MICHELLE RAVEN

SPÄTE VERGELTUNG

Ro[illegible]

LYX

EGMONT

Originalausgabe Oktober 2013 bei LYX
verlegt durch EGMONT Verlagsgesellschaften mbH,
Gertrudenstr. 30–36, 50667 Köln

1. Auflage
Redaktion: Jutta Schneider
Satz: Greiner & Reichel, Köln
Printed in Germany (671575)
ISBN 978-3-8025-8831-0

www.egmont-lyx.de

Prolog

Diamond Bar Ranch, West Yellowstone, Montana

Oh, verdammt! Warum traf sie den Mann ihres Lebens, während er vor dem Altar stand und die Braut mit so viel Liebe ansah, dass selbst ein Blinder bemerkt hätte, was sie ihm bedeutete? Okay, das war vielleicht etwas übertrieben, aber der Trauzeuge war so was von heiß, dass sie es kaum erwarten konnte, ihn endlich persönlich kennenzulernen. Unauffällig blickte Chloe Hunter auf die Uhr und zuckte schuldbewusst zusammen, als ihre ältere Schwester Shannon ihr den Ellbogen in die Rippen stieß.

»Mund zu, Augen nach vorne.« Inzwischen hörte Shannon sich schon fast an wie ihr Lebensgefährte Matt, welcher der militärischen Spezialeinheit der Navy SEALs angehörte.

Chloe rieb über ihre traktierten Rippen. »He, mein Blick war vorn.«

Shannon grinste sie an. »Ja, aber nicht auf dem strahlenden Bräutigam.«

Chloes Blick glitt zu ihrem Bruder Shane, der tatsächlich ein solches Glücksgefühl ausstrahlte, während er Autumns Hand fest in seiner hielt, dass sich Chloe die Kehle zuschnürte. Sie gönnte es den beiden von Herzen, nach dem, was sie vor einigen Jahren durchgemacht hatten, als Autumns psychisch gestörter Exfreund sie beinahe im Arches National Park getötet hätte.

Shane sah in seinem schwarzen Anzug wirklich großartig aus,

genauso wie sein Trauzeuge Clint, aber da beide ihre Brüder waren, wurde ihre Aufmerksamkeit schnell wieder von Autumns Trauzeugen gefangen genommen. Der dunkelgraue Anzug umschmeichelte dessen muskulöse Statur, die Sonne brachte rote Lichter in seinen dunkelbraunen Haaren hervor. Seine Augenfarbe konnte sie nicht genau erkennen, aber sie würde sich nach der Trauung auf jeden Fall nah genug an ihn heranpirschen, um sie herauszufinden.

In diesem Moment tauschten Shane und Autumn ihre Schwüre aus, und für einen winzigen Moment glaubte Chloe tiefen Schmerz und Sehnsucht im Gesicht des Trauzeugen zu lesen, bevor er sich wieder zu einem Lächeln zwang. Die ganze Sache war sowieso etwas ungewöhnlich. Autumns Eltern waren vor Jahren gestorben, deshalb hatte sie Zach Murdock gebeten, sie zum Altar zu führen und auch als ihr Trauzeuge zu fungieren. Den New Yorker Detective hatte sie kennengelernt, als er ihr nach dem brutalen Angriff ihres Exfreundes beigestanden hatte. Zach hatte ihr auch die Stelle als Rangerin im Arches National Park besorgt, wo sie dann Shane kennengelernt hatte. Dort war Zach von dem Verbrecher schwer verletzt worden und hatte längere Zeit im Koma gelegen, aber wohl glücklicherweise keine Schäden zurückbehalten.

Jedenfalls hatte Autumn darauf bestanden, ihn bei der Hochzeit an ihrer Seite zu haben, nach allem, was er für sie getan hatte. Das war sicher eine nette Idee, und Chloe gönnte es Autumn, die Menschen um sich zu haben, die ihr am meisten bedeuteten. Doch Zach wirkte nicht so, als würde ihn die Aufgabe besonders glücklich machen, ganz im Gegenteil. Während Shane und Autumn sich küssten, um ihre Ehe zu besiegeln, blickte er geradeaus zu den Gästen, die in langen Stuhlreihen auf dem Rasen vor dem Haus saßen.

Chloes Herz zog sich vor Mitleid zusammen, während sie

gemeinsam mit den anderen aufstand und begeistert klatschte. Mit Mühe schob sie Zach Murdock aus ihren Gedanken und konzentrierte sich ganz auf das Brautpaar, das nun mit einem strahlenden Lächeln durch den Mittelgang schritt, während eine einzelne Trompete »Amazing Grace« spielte. Tränen der Rührung stiegen in Chloes Augen, und sie lachte, als sie sah, dass es Shannon genauso ging. Ihre andere Schwester Leigh saß am Anfang des Gangs, wo ein Platz für ihren Rollstuhl freigelassen worden war. Zwar konnte sie nach über vier Jahren endlich wieder laufen, doch um ihre Muskeln nicht zu überlasten, verwendete sie trotzdem noch hin und wieder den Rollstuhl, besonders, wenn sie wusste, dass es ein langer Tag werden würde. Ihr Lebensgefährte Barker stand neben ihr, seine Hände lagen liebevoll auf ihren Schultern.

Überhaupt schienen überall glückliche Liebespaare aus dem Boden zu sprießen, jetzt waren nur noch ihr Bruder Jay und sie übrig. Während Jay nicht so wirkte, als würde er in absehbarer Zeit sein Junggesellenleben aufgeben wollen, hätte sie nichts dagegen, einen Mann zu treffen, den sie lieben konnte. Allerdings würde er damit leben müssen, dass ihr Job als Pflichtverteidigerin in New York für sie im Moment an erster Stelle kam. Die Arbeit ließ ihr kaum Zeit zum Atmen, doch gleichzeitig liebte sie diese Hektik und das Gefühl, etwas Sinnvolles zu tun.

Nach ihrem Studium an der renommierten Harvard University hätten ihr wesentlich lukrativere Stellen im Bereich der Strafverteidigung offengestanden, aber sie hatte sich dafür entschieden, die deutlich bescheidener bezahlte Position am Büro der Pflichtverteidigung anzunehmen. Sie wollte damit denjenigen zu ihrem Recht zu verhelfen, die sich einen teuren Anwalt nicht leisten konnten. Natürlich waren auch unter den Armen Täter, die ins Gefängnis gehörten, doch auch sie hatten ein Recht auf eine vernünftige Verteidigung.

Chloe schüttelte die Gedanken an ihren Job ab und folgte den anderen zum Büffet, das in einem luftigen Pavillon aufgebaut worden war. Der Tag war angenehm warm, wie gemacht für eine Gartenhochzeit, die sich Autumn und Shane so sehr gewünscht hatten. Das Glück war ihnen freundlich gesonnen, denn in anderen Jahren waren durchaus schon Septembertage vorgekommen, an denen es in West Yellowstone schneite. Auch die Hunter-Ranch als Ort der Feier war ein Wunsch von Autumn gewesen, die es liebte, alle Mitglieder der Familie um sich zu haben. Das lag vermutlich daran, dass Autumn selbst ein Einzelkind war – sie wusste gar nicht, wie nervig es sein konnte, ständig jemanden um sich zu haben.

Was natürlich nicht hieß, dass Chloe ihre Familie nicht gerne traf – sie musste nur nicht mehr unbedingt mit ihnen zusammenwohnen. Aber da ihre Geschwister inzwischen über das ganze Land verstreut lebten, liebte sie die seltenen Familienzusammenkünfte. Ein Lächeln huschte über ihr Gesicht, als sie Marthas strahlendes Gesicht betrachtete, als sie Shane und Autumn umarmte. Seit vielen Jahren kümmerte sich die Köchin um das leibliche Wohl auf der Ranch und war genauso wie ihr Mann Joseph ein Teil der Familie geworden. Gegen ihren Protest war heute zur Feier des Tages ein Caterer engagiert worden, damit Martha und Joseph auch als Gäste an der Feier teilnehmen konnten.

Chloe ließ ihren Blick über die Anwesenden gleiten, die sich gerade an den festlich geschmückten Tischen verteilten. Außer der Familie waren nicht viele andere Gäste eingeladen worden: Autumns Freundin war mit ihrem Mann aus Houston gekommen, und natürlich Zach, dann noch einige ihrer Ranger-Kollegen aus dem Arches sowie ein paar von Shanes früheren Kollegen aus dem Yellowstone National Park. Sonst war nur noch die unmittelbare Verwandtschaft samt erweitertem Anhang gekommen, darunter Matts Schwester und ihre Tochter. Auch Barkers Tochter Kate war der Einladung gefolgt, obwohl es aussah, als würde sie sich in Gegenwart so vieler Fremder etwas unwohl fühlen. Aber immerhin war sie einen Schritt auf ihren Vater zugegangen, der sehr darunter gelitten hatte, dass sie ihn längere Zeit nicht mehr hatte sehen wollen.

Chloes Lächeln kehrte zurück, als sie Clints Lebensgefährtin Karen entdeckte, deren weites Kleid ihre etwas mollige Figur umschmeichelte. Die beiden wohnten in Richmond, Virginia, und daher von allen ihren Geschwistern am nächsten an New York. Das war auch gut so, denn Chloe war in den letzten Wochen etliche Male dorthin geflogen, um sie zu besuchen und ihre süße Nichte zu sehen. Zwar verspürte sie selbst noch keinen Drang, Mutter zu werden, aber sie liebte es, die Tante der kleinen Maya zu sein. Sie schlenderte zu Karen hinüber, die sich gerade an einen Tisch setzte. Als Chloe näher kam, sah sie, dass Karens Augen gerötet waren.

Besorgt setzte sie sich neben sie. »Geht es dir nicht gut?«

Karen lächelte sie beruhigend an. »Doch, natürlich. Das sind nur die blöden Hormone, ein Relikt der Schwangerschaft. Immer wenn ich sehe, dass jemand glücklich ist – oder traurig –, muss ich heulen.«

Chloe lachte auf. »Oh, das kann ich nachvollziehen, auch ohne besondere Hormone. Das Trompetensolo hat mich ziemlich geschafft.«

Karens Augen wurden glasig. »Mich auch.« Rasch holte sie ein Taschentuch heraus und tupfte unter ihren Augen. »Verdammt, das ist echt lästig.«

»Wo hast du denn Clint gelassen? Als Trauzeuge muss er doch gleich eine Rede halten.«

Karen verzog den Mund. »Vermutlich versucht er, sich davor zu drücken. Aber ich glaube nicht, dass Shane das zulassen wird.« Sie blickte über Chloes Schulter. »Ah, da ist er ja.« Ihre Gesichtszüge wurden weicher, ihre Liebe für Clint war deutlich zu erkennen.

Innerlich seufzte Chloe auf. Sosehr sie sich für ihre Geschwister und deren Partner über ihr Glück freute, machte es ihr auch jedes Mal wieder bewusst, dass sie selbst allein war. Wenn sie in New York war, machte ihr das gar nichts aus, sie war mit ihrem ausgefüllten Leben zufrieden, aber hier, mitten unter lauter glücklichen Paaren … Wie von selbst suchte sie in der Menge nach Zachs hochgewachsener Gestalt. Eigentlich legte sie es nicht darauf an, einen Mann zu finden, aber wenn ihr ein solches Prachtexemplar über den Weg lief, würde sie bestimmt nicht Nein sagen.

»Pass auf, dass dir nicht die Augen aus dem Kopf fallen.« Clints amüsierte Stimme erklang hinter ihr.

Chloe rollte mit den Augen, bevor sie sich zu ihm umwandte. Die Antwort erstarb auf ihrer Zunge, als sie Maya sah, die selig im Arm ihres Vaters schlief. Es war zu niedlich, ihren muskulösen, zwei Meter großen Bruder dabei zu beobachten, wie er das winzige Geschöpf so selbstverständlich in seiner Armbeuge trug. Der kleine Körper schmiegte sich vertrauensvoll an seinen Oberarm, die Füßchen baumelten in der Luft. Vorsichtig strich Chloe über den schwarzen Flaum auf dem Kopf. Sofort öffnete Maya die Augen und blickte sie direkt an. Sie hatte blaue Augen, aber die braunen Einsprengsel darin verrieten bereits, dass sich die Farbe noch ändern würde.

Ihr Arm hob sich. »Da…«

Chloe lachte. »Genau, Tante Chloe. Passt auf, das wird ihr erstes Wort.«

Clint hob eine Augenbraue. »Das glaube ich nicht. Das sollte eindeutig Dad heißen.«

Karen verdrehte die Augen. »Hört auf damit, ihr beiden, sie

ist noch viel zu klein, um richtige Wörter auszusprechen. Und wenn, dann würde sie natürlich Mom sagen.«

Clint lächelte sie an. »Damit könntest du recht haben.« Er beugte sich vor und küsste Karen sanft auf den Mund. Als er sich von ihr lösen wollte, hatte Maya ihre Hand in Karens lange blonde Haare gekrallt.

Karen verzog schmerzlich das Gesicht. »Autsch. Warte, gib sie mir, dann hast du ein wenig Ruhe.«

Clint zögerte, gab die Kleine dann aber an seine Lebensgefährtin weiter. »Es hat mir nichts ausgemacht.«

»Das weiß ich. Nach deiner Rede bekommst du sie auch gleich wieder.«

Clint blickte sie nur noch einmal an, dann seufzte er tief und verschwand aus dem Pavillon.

Chloe sah ihm nach. »Glaubst du, er sucht sich ein Versteck?«

Karen lachte. »Das würde er nicht wagen.« Sie drehte Maya um, sodass sie an ihrer Brust lag, und die Kleine schloss zufrieden die Augen. Liebevoll strich Karen mit einem Finger über ihre Wange. »Außerdem hat er es bisher noch nie geschafft, Maya länger als zehn Minuten aus den Augen zu lassen, wenn er nicht arbeiten muss.«

Wer hätte gedacht, dass der stille und in sich gekehrte Clint sich zum Übervater mausern würde? Andererseits hatte sie seinen Beschützerinstinkt auch schon oft genug mitbekommen, von daher war es wohl nicht so verwunderlich.

»Da ist ja meine kleine Prinzessin!« Ihre Mutter Angela kam zu ihrem Tisch und gab Maya einen Kuss.

Chloe warf Karen einen Blick zu. Ihre Mutter wünschte sich schon seit Jahren, dass ihre Kinder heirateten und Enkelkinder produzierten, doch bisher hatte sie erst ein einziges. Deshalb überschüttete sie Karen und Maya mit Aufmerksamkeit, sobald sie in ihrer Reichweite waren. Erstaunlicherweise schien Karen das jedoch nichts auszumachen, was vielleicht auch daran lag, dass ihre eigenen Eltern sehr distanziert waren und ihre Tochter seit der Geburt noch nicht einmal besucht hatten. Wie sie eine so warmherzige Tochter wie Karen hatten bekommen können, war Chloe ein Rätsel.

Da sie diese gefühlsduselige Seite ihrer eigenen Mutter aber nur begrenzte Zeit ertragen konnte, stand Chloe rasch auf und entschuldigte sich. Als sie an einem der anderen Tische Jay sitzen sah, atmete sie erleichtert auf. Wenigstens würde sie dort kein Geschäker ertragen müssen – außer er hatte unter den Hochzeitsgästen bereits eine neue Eroberung entdeckt. Aber bisher sah es noch nicht so aus, deshalb gesellte sie sich zu ihm.

Er grinste sie wissend an. »Dudidudi?«

»Hör bloß auf. Ich finde es ja niedlich, wenn Maya irgendwelche Töne von sich gibt, aber wenn eine Frau von über sechzig plötzlich mit Babygebrabbel anfängt, dann wird es gruselig.«

Jay lachte laut auf. »Gut, dass ich das nicht zu oft miterleben muss.« Er senkte die Stimme und lehnte sich zu ihr über den Tisch. »Mom hat mich schon wieder gefragt, wann ich endlich eine vernünftige Frau mit nach Hause bringe.« Langsam lehnte er sich wieder zurück. »Ich verstehe nicht, warum es ihr nicht reicht, wenn sie bereits vier Kinder hat, die fest verbandelt sind.«

»Du Ärmster! Ich glaube, ich habe noch ein paar Jahre Welpenschutz. Und danach …« Sie zuckte mit den Schultern. »Ich lasse mich sicher nicht von ihr in eine Beziehung drängen. Wenn es irgendwann passiert, okay, wenn nicht, muss ich ihre Kommentare eben ertragen.« Chloe blickte über ihre Schulter und erstarrte, als Zach den Pavillon betrat. Mit Mühe unterdrückte sie einen Seufzer und drehte sich wieder zu ihrem Bruder um.

Der zwinkerte ihr zu. »Na, schon einen geeigneten Kandidaten entdeckt? Obwohl ich finde, dass er eindeutig zu alt für dich ist.«

»Jay …« Warnend funkelte sie ihn an.

Beschwichtigend hob er die Hände. »Schon gut, ich bin schon still.«

Sie hatte es noch nie geschafft, längere Zeit auf Jay böse zu sein. Obwohl er acht Jahre älter war als sie, hatte sie sich immer gut mit ihm verstanden. Auch wenn er nach außen stets gut gelaunt wirkte und nichts ernst zu nehmen schien, wusste sie insgeheim, dass er seine wahren Gefühle nur versteckte. Sie vermutete, dass es an seiner Arbeit als Detective in San Francisco lag und den Dingen, die er dabei tagtäglich erlebte, worüber er aber nie mit jemandem redete.

Lächelnd legte sie ihre Hand auf seine. »Ich hoffe, dass du noch etwas länger ungebunden bleibst, sonst sitze ich irgendwann ganz allein auf den Familienfeiern herum.«

»Garantiert. Ich habe nicht die Absicht, mich anketten zu lassen. Wahrscheinlich wirst du noch vor mir dein Gegenstück finden.«

Das konnte tatsächlich sein, wenn Jay bei dem Frauentyp blieb, den er zu bevorzugen schien: schlank, schön und sexy und nur an einer kurzen Affäre interessiert.

Ein Klirren holte sie aus ihren Gedanken. Gespannt blickte sie dorthin, wo das Brautpaar mit den Trauzeugen saß. Clint hatte sich erhoben und wirkte, als müsste er es mit einem ganzen Bataillon bewaffneter Feinde aufnehmen. Er räusperte sich und hielt eine recht kurze, aber wunderschöne Rede über das Brautpaar, wie sie sich kennengelernt und sich ihr gemeinsames Leben aufgebaut hatten. Nachdem der Applaus abgeklungen war, setzte er sich wieder und gab an Zach weiter, der nun aufstand. Es war ihm anzusehen, wie unwohl er sich in seiner Haut fühlte, aber die meisten hielten es wahrscheinlich für Nervosität.

Seine Stimme klang gepresst, als er schließlich sprach. Dabei wandte er sich direkt an das Brautpaar. »Autumn, als wir uns vor knapp drei Jahren in New York zum ersten Mal trafen, hätte ich nie gedacht, dass wir heute hier stehen würden.« Er lächelte leicht. »Ich wünsche euch beiden alles Glück dieser Welt, ihr habt es verdient.« Er hob sein Glas und prostete ihnen zu.

Chloe wusste nicht, warum, aber seine Worte machten sie unsagbar traurig. Vielleicht, weil sie zu spüren glaubte, dass er die Glückwünsche zwar völlig ernst meinte, gleichzeitig aber daran zerbrach, dass er nicht selbst der Bräutigam war. So ein Unsinn, sie wusste rein gar nichts über Zach Murdock, erst recht nicht, was in seinem Kopf vor sich ging. Auch wenn sie glaubte, selbst über die Entfernung den Schmerz in seinen Augen sehen zu können, während er Shane die Hand reichte.

Genervt schüttelte Chloe den Kopf. Sie hatte eindeutig zu viel Fantasie, eine Eigenschaft, die unter den Frauen in ihrer Familie weit verbreitet war. Allerdings überließ sie das doch besser ihrer Schwester Shannon, die spannende Liebesromane schrieb oder Leigh, die sich als Innendesignerin und mit der Produktion von eigenen Tiffany-Stücken ihr Geld verdiente. Nein, es war besser, bei den Gesetzestexten zu bleiben, die waren präzise und meistens eindeutig. Andererseits konnten sie aber auch furchtbar langweilig sein. Außerdem war sie hier, um sich zu amüsieren und ein wenig von der vielen Arbeit der letzten Zeit zu erholen. Und was gab es da Besseres, als einen gut aussehenden Mann zu beobachten? Zufrieden lehnte sich Chloe in ihrem Stuhl zurück und beschloss, den Tag zu genießen.

Nach dem Essen schlenderte sie zur Tanzfläche hinüber und beobachtete eine Weile das Treiben. Autumn und Shane tanzten beinahe zu jedem Stück der kleinen Band und schienen dabei gar nicht genug voneinander bekommen zu können. Der Anblick von Leigh, die in Barkers Armen langsam über das Parkett schwebte, trieb Chloe die Tränen in die Augen. Ein Lächeln lag auf Leighs Lippen, und sie wirkte so glücklich wie seit sehr langer Zeit nicht mehr. Es war nur Barker zu verdanken, dass sie jetzt hier war und sogar tanzen konnte.

Eine Bewegung zwischen den Bäumen lenkte Chloes Blick ab. Sie sah genauer hin und entdeckte Zach, der an einen Baumstamm gelehnt die Tanzfläche beobachtete. Aus dieser Entfernung konnte sie seinen Gesichtsausdruck nicht sehen, aber sie konnte sich vorstellen, wie schwer es für ihn sein musste, Autumn und Shane so glücklich zu sehen. Nach kurzem Zögern entschied sie, dass es Zeit war, ihn abzulenken und ihm zu zeigen, dass es auch noch andere Frauen gab. Sie selbst zum Beispiel.

Zach lehnte an einem Baum ein Stück vom Ranchhaus entfernt und beobachtete mit einem hohlen Gefühl in der Brust das Treiben auf der Tanzfläche. Nein, das war nicht ganz richtig, eigentlich sah er nur ein einziges Paar: Autumn schwebte in Shanes Armen über das Parkett und strahlte vor Glück, während sie ihrem Mann dabei tief in die Augen sah. Shane war genauso in sie vernarrt und schon den ganzen Tag nicht aus dem Lächeln herausgekommen. Das konnte Zach sehr gut nachvollziehen. Wenn Autumn ihn selbst jemals so angesehen hätte, wäre er nun vielleicht der glücklichste Mann der Welt. Aber das hatte sie nicht, weder damals in New York noch bei seinen Besuchen hier in Utah. Und er konnte Shane nicht einmal hassen, denn der Ranger war ein furchtbar netter Mensch. Kein Wunder, dass Autumn sich in ihn verliebt hatte und nicht in einen grüblerischen Detective aus New York.

Einen Moment lang schloss Zach die Augen, aber die Szene spielte sich in seinem Gehirn weiter ab. Er konnte der Tatsache nicht entkommen, dass er Autumn für immer verloren hatte, egal, was er noch versuchen würde. Inzwischen hatte er sich damit arrangiert, zumindest hatte er das geglaubt, aber sie hier so zu sehen, ließ wieder alle alten Gefühle in ihm hochkommen. Vermutlich wäre es besser, jetzt zu gehen, bevor er sich noch ganz zum Narren machte.

»Ein schönes Paar, oder?« Die weibliche Stimme durchbrach abrupt seine Gedanken.

Zach warf der Frau einen flüchtigen Blick zu und erkannte eine von Shanes Schwestern. Autumn hatte sie ihm vor der Hochzeit von Weitem gezeigt. Sein Blick glitt wieder zur Tanzfläche. »Ja.« Er merkte selbst, wie gepresst seine Stimme klang, konnte es jedoch nicht verhindern. Mit etwas Glück würde die Frau einsehen, dass er keine Gesellschaft wollte, und ihn in Ruhe lassen.

»Wir wurden uns noch nicht vorgestellt, ich bin Chloe, Shanes Schwester.«

Leider schien sie den nicht ganz so subtilen Hinweis nicht verstanden zu haben, deshalb wandte Zach sich ihr widerwillig erneut zu. »Zach Murdock.«

Offensichtlich wusste sie das schon, denn ihr Gesichtsausdruck zeigte keine Überraschung. »Du bist der Polizist, der Autumn geholfen hat.«

Zach lachte ohne Humor. »Wenn man das Hilfe nennen kann.«

Zwar war er damals in den Arches National Park geeilt, als er hörte, dass Autumns Verfolger wieder aufgetaucht war, doch er war prompt in dessen Falle gelaufen. Im Gebüsch vor Autumns Hütte hatte er ein Aufblitzen bemerkt und dessen Ursache herausfinden wollen. Zwar hatte er seine Pistole dabeigehabt, doch

Pears hatte sich ihm unbemerkt von hinten genähert und ihn mit einem Knüppel niedergeschlagen. Obwohl er sich nach Kräften wehrte, hatte er es nicht geschafft, den Verbrecher aufzuhalten. Infolgedessen hatte er selbst mit einer Kopfverletzung einige Monate im Koma gelegen, und Autumn war erneut entführt und verletzt worden. Glücklicherweise hatten Shane und sein Bruder Clint sie gerade noch rechtzeitig retten können. Wie immer, wenn er darüber nachdachte, begann sein Kopf zu schmerzen.

»Möchtest du tanzen?«

Zach schreckte aus seinen düsteren Gedanken auf und blickte auf Chloe hinunter. Mit großen hellbraunen Augen in einem herzförmigen Gesicht sah sie ihn hoffnungsvoll an. Sie war attraktiv, keine Frage, aber sie wirkte, als wäre sie Jahrzehnte jünger als er. In ihrer Gegenwart kam er sich furchtbar alt vor.

Deshalb schüttelte er als Antwort auf ihre Frage den Kopf. »Entschuldige, ich sollte jetzt lieber gehen.«

Enttäuscht blickte Chloe ihn an. »Aber die Feier hat doch gerade erst begonnen. Autumn möchte sicher, dass du noch ein wenig bleibst.«

Die Vorstellung, dass Autumn ihn mit ihren grünen Augen ansehen und ihn bitten könnte, zu bleiben, veranlasste ihn dazu, sich abrupt umzudrehen und in Richtung Parkplatz zu gehen.

Chloe rannte hinter ihm her. »Hey, das kannst du doch nicht machen!«

Zach blieb stehen, drehte sich aber nicht noch einmal um. »Sag Autumn bitte, dass ich mich sehr für sie freue.« Rasch stieg er in sein Auto und startete den Motor. Als er losfuhr, schaute er in den Rückspiegel. Chloe stand in der Einfahrt und blickte ihm hinterher. Wahrscheinlich bildete er sich den enttäuschten Ausdruck auf ihrem Gesicht nur ein. Warum sollte sie das auch sein, sie kannte ihn ja gar nicht. Und er war mit Ende dreißig tatsächlich viel älter als sie, nach seiner Einschätzung war sie gerade mal Mitte zwanzig. Aber das war auch völlig egal, er war sowieso nicht bereit für irgendeine Art von Beziehung oder auch nur einen Flirt, nicht solange er Autumn noch nicht vergessen hatte. Wenn es das war, was Chloe im Sinn gehabt hatte, vielleicht wollte sie auch einfach nur nett sein.

Auch wenn Zach es nur ungern wahrhaben wollte, Shane war der richtige Mann für Autumn. Er gab ihr Liebe, Geborgenheit und eine große Familie. Zach dagegen war ein zynischer Einzelgänger, der selten lachte. Autumn wirkte glücklich, und das war alles, was für ihn zählte. Zumindest sollte es so sein. Warum fühlte es sich dann trotzdem so an, als wäre ihm das Herz herausgerissen worden? Er konnte nur hoffen, dass er seine Gefühle für Autumn endlich in den Griff bekam, wenn er wieder in New York war.

1

New York City, zweiundzwanzig Monate später

Candice Meadows drehte den Schlüssel herum und schob ihre Wohnungstür mit der Hüfte auf, während sie die schwere Einkaufstüte mit beiden Armen hielt. Eigentlich war sie nach der Arbeit viel zu müde, um einzukaufen, geschweige denn zu kochen, doch irgendetwas musste sie ja zu sich nehmen, wenn sie nicht ganz zusammenbrechen wollte. Es wäre natürlich schön, wenn das Essen bereits fertig auf dem Tisch stünde, wenn sie spät abends nach Hause kam, doch das war mehr als unwahrscheinlich. Sie schob die Tür mit ihrer Ferse hinter sich zu und überquerte den winzigen Flur, um in die ebenso kleine Küche zu kommen. Mit einem tiefen Seufzer stellte sie die Tüte auf dem Küchentisch ab und strich sich eine Haarsträhne aus der Stirn. Schmutziges Geschirr türmte sich im Spülbecken, leere Bierdosen standen herum.

Mit beiden Händen stützte sich Candice auf den Rand des Spülbeckens und schloss die Augen. Sie hatte sich ihr Leben immer anders vorgestellt: mit einem interessanten und gut bezahlten Job, einem liebevollen Mann, mit ein oder zwei Kindern. Ein Haus am Stadtrand, gute Freunde. Stattdessen hauste sie in diesem Loch mit einem arbeitslosen Loser, der es nicht mal schaffte, die Wohnung aufzuräumen, wenn er schon den ganzen Tag zu Hause rumhing. Ihren Job als Stripperin hatte sie aufgegeben, weil sie lieber etwas Seriöseres tun wollte. Dafür durfte sie jetzt für weniger Geld zwei Jobs machen, als

Kassiererin im Supermarkt und einige Abende in der Woche als Kellnerin in einer Kneipe.

Schwerfällig richtete sie sich auf und bemerkte dabei ihr Spiegelbild in der Fensterscheibe über dem Spülbecken. Matt lagen die Haare um ihren Kopf, Falten durchzogen ihre früher so glatte Haut. Die Kleidung hing an ihr herunter. Als Stripperin war sie stolz auf ihren Körper gewesen und hatte sich jeden Tag in Form gehalten. Inzwischen war sie viel zu müde, um überhaupt noch die Kraft für Sport aufzubringen. Abends fiel sie nur noch ins Bett und hoffte, endlich einmal eine Nacht durchschlafen zu können. Was ihr fast nie gelang, denn Jesse scherte sich nicht darum, ob sie den Schlaf brauchte. Beinahe jeden Abend kam er irgendwann in der Nacht ins Schlafzimmer getorkelt, fiel über sie her und nahm sich nicht mal die Zeit, es auch ihr schön zu machen. Was auch ziemlich aussichtslos war, weil er spätestens nach fünf Minuten über ihr zusammenbrach und einschlief.

Warum duldete sie ihn überhaupt noch in ihrer Wohnung? Früher hätte sie einen Typen wie ihn schon längst rausgeschmissen, aber selbst dafür fehlte ihr im Moment jegliche Kraft. Und wenn sie ehrlich war, fürchtete sie sich auch ein wenig vor seiner Reaktion. Jesse konnte äußerst jähzornig sein, besonders, wenn er betrunken war. Wenn sie versuchte, ihm sein bequemes Leben wegzunehmen, würde er ganz sicher nicht einfach gehen, sondern völlig ausrasten. Das war schon zwei Mal aus völlig nichtigen Anlässen geschehen, und sie wollte es auf keinen Fall noch einmal erleben. Letztes Mal war sie mit einem gebrochenen Arm davongekommen, womöglich würde sie beim nächsten Mal nicht überleben. Ein Schauer lief durch ihren Körper, und sie entschied, diese Gedanken für den Moment zur Seite zu schieben und erst wieder darüber nachzudenken, wenn sie richtig wach war.

Candice unterdrückte ein Gähnen und begann, die verderblichen Lebensmittel im Kühlschrank zu verstauen. Nachdem sie die anderen Sachen in die Schränke geräumt und die Tüte ordentlich zusammengefaltet in die Schublade gelegt hatte, atmete sie tief durch. Eigentlich würde sie am liebsten nur eine Kleinigkeit essen und dann ins Bett fallen, aber sie wusste, dass Jesses Reaktion deutlich schlimmer ausfallen würde, als wenn sie ihn jetzt weckte und sich nach seinen Essenswünschen erkundigte. Aber dafür würde sie garantiert nicht ins Schlafzimmer gehen, denn das Letzte, wonach ihr jetzt der Sinn stand, war Sex. Allein der Gedanke an seinen Alkoholatem ließ sie würgen. Für einen Moment lehnte sie ihre Stirn an das kühle Holz des Oberschranks, dann straffte sie die Schultern.

»Jesse? Ich bin zu Hause, möchtest du etwas essen?« Angespannt wartete sie auf seine Reaktion, doch es kam nichts. Entweder war er noch nicht zu Hause oder er schlief einen so tiefen Alkoholrausch aus, dass er sie nicht gehört hatte. »Jesse, bist du da?«

Als wieder keine Antwort kam, entspannte sie sich langsam. Wenn sie Glück hatte, blieb er die ganze Nacht weg – oder vielleicht für immer. Die Wahrscheinlichkeit war zwar ziemlich gering, aber man konnte ja träumen. Mit einem etwas leichteren Gefühl machte sie sich daran, die Dosen wegzuwerfen und das Geschirr abzuwaschen. Unordnung konnte sie einfach nicht ertragen. Danach würde sie sich eine Kleinigkeit zu essen machen und sich noch eine Weile vor den Fernseher setzen, bevor sie ins Bett ging. Candice bemühte sich, ihre schmerzenden Füße zu ignorieren, während sie rasch den Abwasch erledigte. Jetzt brauchte sie zwar keine hochhackigen Schuhe mehr zu tragen, aber während ihrer Zeit als Stripperin hatte das zu ihrer Arbeitskleidung gehört, und dementsprechend kaputt waren ihre Füße jetzt.

Manchmal vermisste sie es tatsächlich. Nicht unbedingt die Situation, sich vor ekligen, lüsternen Männern auszuziehen, aber die Kameradschaft unter den Tänzerinnen und vor allem das Tanzen fehlten ihr. Aber selbst wenn sie jetzt zu ihrem alten Job zurückkehren wollte, konnte sie das nicht mehr. Sie war inzwischen zu alt und zu verbraucht, niemand würde sie mehr ansehen wollen. Ganz zu schweigen davon, dass es einen Grund gegeben hatte, dieses Leben hinter sich zu lassen. Mühsam unterdrückte sie ihre Erinnerungen daran.

Candice ließ die Hände sinken, als sie glaubte, trotz des Klapperns der Teller ein weiteres Geräusch gehört zu haben. Lauschend legte sie den Kopf zur Seite, doch da war nichts. Schulterzuckend machte sie sich wieder an die Arbeit. Wenn Jesse nach Hause gekommen oder aufgewacht wäre, hätte er sich auf jeden Fall bemerkbar gemacht. Trotzdem lief ein unbehagliches Prickeln über ihren Rücken, und sie horchte auf weitere Geräusche. Obwohl sie nichts mehr hörte, nahm ihre Unruhe zu. Das war auch einer der Gründe, warum sie Jesse noch duldete: Sie mochte nicht allein sein. Früher hatte sie damit kein Problem gehabt, aber in den letzten anderthalb Jahren hatte sich die Angst verschärft. Über den Grund dafür mochte sie allerdings nicht nachdenken, sonst würde sie wieder nicht einschlafen können.

Gerade hatte sie den letzten Teller in der Hand, als sich etwas um ihren Arm schloss und sie mit Wucht durch die Küche geschleudert wurde. Mit einem erschrockenen Aufschrei ließ sie den Teller fallen und versuchte, sich abzufangen, doch der Schwung war zu groß, und sie fiel über den Stuhl. Hart landete sie auf dem Boden, Schmerzen schossen durch ihren Körper. Sie wollte sich aufsetzen, fiel aber mit einem Wimmern wieder zurück, als ihr Handgelenk nachgab. Es hing in schiefem Winkel herunter und war höchstwahrscheinlich gebrochen. Der

Gedanke schoss durch ihren Kopf, dass sie bei der Arbeit ausfallen und wahrscheinlich entlassen werden würde, doch das verlor seine Bedeutung, als sie die Gestalt erkannte, die sich jetzt über sie beugte.

Hastig versuchte Candice, nach hinten zu robben, auf die Tür zu, doch sie wusste schon jetzt, dass es nutzlos war. Ihr größter Alptraum wurde auf schreckliche Weise wahr. Seine Hand schloss sich um ihren Fußknöchel, nicht allzu fest, aber so, dass sie nicht entkommen konnte.

»Dachtest du, du könntest dich vor mir verstecken, kleine Candy?«

Candice begann zu zittern. »Nein, ich …«

Er griff nach ihrem verletzten Handgelenk und zog sie daran hoch. Der Schmerzensschrei blieb ihr in der Kehle stecken, als sie die Wut und Mordlust in seinen Augen sah. Zum ersten Mal spürte sie, wie sich Todesangst anfühlte. Ohne Vorwarnung traf ein Schlag ihr Gesicht und ließ sie rückwärts stolpern. Ihre Wange pochte, und sie schmeckte das Blut aus der frischen Wunde. Ihr Angreifer packte sie am Ausschnitt ihrer Bluse und drückte ihren Rücken auf den Tisch hinunter. Schützend hielt sie ihren gesunden Arm vor sich, doch er schlug ihn sofort beiseite.

»Weißt du, was ich gehört habe? Dass du mit jemandem über mich gesprochen hast. Ich muss sagen, das hat mich wirklich enttäuscht.« Er beugte sich dichter über sie und drückte dabei mit seiner Faust auf ihren Brustkorb, sodass sie kaum Luft bekam.

»Bitte …« Punkte tanzten vor ihren Augen. Schwach versuchte sie, ihn mit ihren Beinen abzuwehren, doch er ignorierte die Tritte. Stattdessen schlug er noch einmal zu. Ihr Kopf prallte auf die Tischplatte, und sie hatte Mühe, bei Bewusstsein zu bleiben.

»Ich will wissen, wem du von mir erzählt hast und was es genau war.« Seine Hand schloss sich um ihre Kehle. »Und zwar schnell, ich habe auch noch anderes vor.«

Candice wusste genau, wovon er sprach, aber sie wollte nicht die eine Person verraten, die ihr geglaubt und geholfen hatte.

»Wenn du glaubst, dass ich einfach wieder weggehe, wenn du mir nichts sagst, dann hast du dich geirrt. Du wirst reden, auf die eine oder andere Weise.«

Dann drückte er zu und Schwärze senkte sich über sie. Beinahe war sie froh, dass es so schnell vorbei war.

Ein scharfer Schmerz riss sie aus ihrer Ohnmacht. Für einen Moment war Candice verwirrt, dann erinnerte sie sich wieder an das Geschehene. Panisch wollte sie sich aufsetzen, doch der Schmerz verstärkte sich bei der Bewegung, und so blieb sie schwer atmend auf dem Tisch liegen. Zögernd blickte sie nach oben und traf auf einen beinahe amüsierten Blick – vermischt mit Hass. Sämtliches Blut verließ ihren Kopf, als sie das große Messer sah, dessen Spitze in ihrem Oberarm steckte.

»Ich wusste doch, dass dich das wieder aufweckt. Und, bist du schon bereit, mit mir zu reden?«

Sie musste irgendwie entkommen, koste es, was es wolle! Dieses Schwein musste gestoppt werden! Doch sie fühlte sich so schwach, und ihre Verletzungen pochten schmerzhaft. Sie musste ihn überraschen, sonst hatte sie keine Chance gegen ihn. Er war viel größer und kräftiger als sie und hatte offensichtlich keinerlei Skrupel, sie zu verletzen. Mühsam sammelte sie ihre letzten Kraftreserven. »O…okay.«

Ein zufriedenes Grinsen breitete sich auf seinem Gesicht aus. »Das ging überraschend schnell.«

Sie hatte gehofft, dass er das Messer zurückziehen würde,

doch er ließ es in ihrem Arm stecken. Mit zusammengebissenen Zähnen bereitete sie sich innerlich auf ihren Angriff vor.

Seine Augen zogen sich drohend zusammen. »Na wird's bald? Ich habe nicht die ganze Nacht Zeit.«

»Sch…merz.«

Er stieß das Messer tiefer. »Du wirst gleich noch viel mehr Schmerzen erleiden, wenn du nicht endlich redest.«

Candice nutzte seine Ablenkung und zog ruckartig ihr Bein hoch. Wie erhofft, traf sie ihn direkt in die Weichteile. Mit einem Aufheulen taumelte er zurück und ließ das Messer los. Mühsam kletterte sie vom Tisch und lief auf unsicheren Beinen los. Sie war schwächer als erwartet und kam viel zu langsam vorwärts. Hinter sich hörte sie einen wüsten Fluch und wusste, dass ihre Zeit ablief. Das Messer fiel aus der Wunde und landete klirrend auf dem Boden. Doch sie hatte keine Zeit, es aufzuheben, um sich damit zu verteidigen, denn sie hörte schon Schritte hinter sich.

»Nein! Jesse! Hilfe!« Sie lief über den Flur und taumelte gegen die Wand.

»Das wirst du mir büßen!« Seine Stimme war schon ganz nah, aber vielleicht hatte sie noch eine Chance. Sie musste nur schnell genug sein, um …

Da der Weg zur Haustür versperrt war, lief sie in die andere Richtung. Wenn sie zum Telefon kam, das noch im Schlafzimmer liegen musste, könnte sie Hilfe herbeirufen. Sie schlitterte um die Ecke, warf sich in den Raum und knallte die Tür hinter sich zu. Sofort tastete sie mit zitternden Händen nach dem Schlüssel und drehte ihn herum. Das Herz hämmerte in ihrer Brust, und sie bekam kaum Luft, konnte sich aber jetzt nicht ausruhen, da jede Sekunde zählte. Sie stürzte zum Telefon, das noch auf dem Nachttisch lag, wo sie es zuletzt benutzt hatte, und hob es hoch. Zumindest versuchte sie das, doch es entglitt ihren feuchten Fingern und fiel zu Boden.

»Oh Gott, oh Gott!« Candice stürzte auf die Knie und hob es auf. Das blutige Display wischte sie an ihrer Hose ab und atmete erleichtert auf, als sie sah, dass das Telefon anscheinend noch funktionierte.

Ein lautes Krachen erklang, als sie gerade den Notruf wählte. Candice kauerte sich hinter die Bettkante, als die Tür aufflog und gegen die Wand schlug. Eine Hand über den Mund gelegt, um ihren Angstlaut zu dämpfen, drückte sie mit dem Daumen auf die Taste, die sie mit der Polizei verbinden würde.

»New York City Police Department, was haben Sie für einen Notfall?«

Gerade als Candice etwas sagen wollte, presste sich eine Hand auf ihren Mund, während sich ein Knie in ihren Rücken bohrte und sie auf den Boden drückte. Brutal riss er ihr das Telefon aus der Hand.

»Entschuldigen Sie, ich habe die falsche Schnellwahltaste gedrückt und bin versehentlich bei Ihnen gelandet. Es gibt hier keinen Notfall.«

»Sagen Sie mir bitte Ihren Namen, Sir.«

»Ich bin Jesse Curtis, die Nummer gehört zur Wohnung meiner Freundin, Candice Meadows.«

»Könnte ich mit Ms Meadows sprechen?«

»Das geht leider nicht, sie ist noch bei der Arbeit. Entschuldigen Sie, ich habe es eilig. Einen schönen Abend noch.« Er beendete das Gespräch und warf das Telefon dann mit Wucht gegen die Wand.

Scharfkantige Plastikteile regneten auf Candice herunter. Noch immer presste er sie mit dem Knie in ihrem Rücken auf den Boden und verhinderte so, dass sie sich herauswinden konnte.

»Dachtest du wirklich, du könntest mir entkommen, Schlampe?« Brutal griff er ihr in die Haare und zog ihren Kopf zurück, bis sie glaubte, ihr Genick würde brechen.

»Bitte, bitte …«

»Das hilft dir jetzt auch nichts mehr. Du hättest dir vorher überlegen sollen, ob du mich wirklich verärgern willst, Candy.« Die Klinge des Messers presste sich so fest gegen ihre Kehle, dass sie Angst hatte zu schlucken. »Sag mir, was ich wissen will.«

»Ich … weiß nicht … wovon du … redest.«

Das Messer verschwand, dafür riss er sie herum, bis sie mit dem Rücken auf dem Boden zwischen Bett und Wand lag. Er kniete sich auf ihre Beine, sodass Candice sie nicht mehr bewegen konnte. Sie war ihm völlig ausgeliefert. »Falsche Antwort.«

Ohne Vorwarnung traf sie ein Schlag im Gesicht, dann weitere Schläge an ihrem Oberkörper. Sie versuchte, sich zusammenzukrümmen und die empfindlichsten Stellen zu schützen, doch da er auf ihr hockte, konnte sie ihm nicht entkommen. Schmerzen hüllten sie ein, und ihr wurde klar, dass das erst der Anfang war, wenn sie ihm nicht gab, was er haben wollte. Tränen mischten sich mit ihrem Blut, als sie den Widerstand aufgab. Sie wollte den einen Menschen, der ihr geglaubt hatte, nicht verraten, aber sie wollte auch nicht dafür sterben. *Es tut mir leid.*

Zach blickte von den Papieren auf seinem Schreibtisch auf, als das Telefon klingelte. Keine Seltenheit im Police Department, aber mitten in der Nacht eher ungewöhnlich. Mit einem tiefen Seufzer rieb er seine überanstrengten Augen und griff mit der anderen Hand zum Hörer. »Murdock.«

»Hier ist Cassie Ferguson.«

Seine Augenbrauen schossen in die Höhe. »Was machst du denn noch hier? Ich dachte, du wärst schon längst zu Hause.«

Ein Schnauben drang durch die Leitung. »Schön wär's. Ich habe diese Woche Nachtschicht in der Notrufleitstelle, während Tom sich um die Kinder kümmert.«

Cassies Mann war Rettungssanitäter, ebenfalls im Schichtdienst, und sie versuchten, ihre Einsatzzeiten so zu legen, dass immer einer von ihnen bei den beiden Söhnen war.

»Und du hast dich gerade einsam gefühlt und mich deshalb angerufen?« Er übernahm oft den Nachtdienst, weil er keine Familie hatte, um die er sich kümmern musste und außerdem die nächtliche Ruhe im Department mochte.

»Sehr witzig, Zach.« Ihre Stimme wurde ernst. »Ich hatte eben einen merkwürdigen Notruf und weiß nicht, was ich tun soll. Der Anrufer sagte zwar, dass er die Nummer nur versehentlich gewählt hat, aber es kam mir trotzdem komisch vor. Deshalb habe ich den Namen ins System eingegeben, den er mir genannt hat.« Sie machte eine Pause. »Jesse Curtis.«

Zach richtete sich ruckartig auf, als er den Namen hörte. »Curtis, bist du sicher?«

»Ja. In der Akte habe ich deinen Namen gelesen, deshalb dachte ich, du würdest das vielleicht überprüfen wollen.«

»Verdammt richtig.« Jesse Curtis war ein Bastard, der es für sein gutes Recht hielt, seine Freundin nach Belieben herumzuschubsen, zu bedrohen und zu schlagen. Zach hatte ihn vor einiger Zeit verhaftet, weil er seine damalige Freundin krankenhausreif geschlagen hatte, doch Zach hatte ihn laufen lassen müssen, weil das Opfer zu verängstigt war, um gegen seinen Peiniger auszusagen. Zach ballte seine Hand zur Faust. »Woher kam der Anruf?«

»Er hat keine Adresse genannt, aber er sagte, dass es der Anschluss seiner Freundin sei, einer gewissen Candice Meadows.«

Anscheinend hatte er inzwischen eine neue Dumme gefunden, die das Geld für ihn verdiente und sich dann auch noch von ihm quälen ließ. Zach schnappte sich einen Stift und notierte den Namen. »Okay, ich werde die Sache überprüfen. Kannst du die Adresse herausfinden und zwei Streifenwagen dorthin schicken?«

»Wird sofort gemacht.«

»Danke, Cassie. Und ich nehme das auf meine Kappe, wenn sich die Sache tatsächlich als Fehlalarm herausstellt.« Wobei er rechtlich auf der sicheren Seite war; sowie ein Notruf gewählt wurde, hatten sie das Recht, die Adresse ausfindig zu machen und die Sache zu überprüfen. Er kannte Jesse Curtis und wusste, wozu der Mann fähig war. Auf keinen Fall wollte er, dass dieser Mistkerl noch einer weiteren Frau etwas antat. Nicht, wenn er es verhindern konnte. »Gibst du mir dann auch die Adresse durch? Auf mein Handy bitte, ich gehe schon mal zu meinem Wagen.«

»Alles klar.« Sie zögerte. »Sei vorsichtig, Zach, die ganze Sache gefällt mir nicht.«

Ein schwaches Lächeln hob seine Mundwinkel. »Das bin ich immer.« Er legte auf, bevor er sich von ihr eine Standpauke anhören musste.

Ja, er wusste selbst, dass er in den letzten Jahren nicht so auf sich achtgegeben hatte, wie es sinnvoll gewesen wäre, aber er hatte keineswegs einen Todeswunsch, wie Chief Murray ihm vor einiger Zeit vorgeworfen hatte. Er wollte auf jeden Fall leben, und da sein Schutzengel damals im Arches National Park schon völlig überlastet worden war, passte er seitdem selbst auf sich auf. Kopfschüttelnd schnappte er sich das Schulterholster mit seiner Pistole sowie seine Jacke und verließ sein Büro.

Die Gänge waren verwaist, was ihm nur recht war. Seine Gedanken drehten sich darum, welche Situation er gleich in der Wohnung dieser Candice Meadows vorfinden würde. Für die Frau hoffte er, dass es wirklich nur ein Fehlalarm gewesen war, doch gleichzeitig würde es ihm große Befriedigung verschaffen, dieses Schwein von einem Mann endlich hinter Gittern zu sehen. Ein Gefühl von Dringlichkeit ließ ihn die Treppen hinunterlaufen, anstatt auf den langsamen Fahrstuhl zu warten. Da er nicht wusste, wie viel Zeit die Sache in Anspruch nehmen würde, entschied er sich in der unterirdischen Parkgarage für seinen Privatwagen. Wenn es länger dauern sollte, konnte er dann gleich von dort aus nach Hause fahren. Wo auch immer »dort« war.

Zach setzte sich in den Wagen und zog sein Handy heraus. Da in der Tiefgarage erfahrungsgemäß kein Empfang möglich war, startete er den Motor und fuhr los. Vor dem Gebäude hielt er am Straßenrand und rief Cassies SMS mit der Adresse ab, die er jetzt ins Navigationsgerät einprogrammierte. Ungeduldig wartete er, bis das Gerät die Satelliten gefunden hatte und die Route auf dem Display angezeigt wurde. Wie erwartet lag die Wohnung in einer weniger guten Gegend von New York, eine, in der Gewalt fast an der Tagesordnung war. Vor allem konnte man dort nicht erwarten, dass die Nachbarn die Polizei riefen, wenn sie Krach und Schreie hörten. So etwas war normal und wurde einfach ignoriert.

Die nächtlichen Straßen waren glücklicherweise weitgehend leer, sodass er schnell durchkam und bereits wenige Minuten später vor dem vierstöckigen Wohnhaus parkte. Die beiden Streifenwagen standen schon vor dem Haus, und einer der Polizisten kam zu ihm herüber, als er ausstieg.

»Hallo, Detective. Die Leitstelle sagte, wir sollten auf Sie warten und noch nicht reingehen. Bisher scheint hier alles ruhig zu sein.«

Zach nickte ihm zu. »Officer. Hoffen wir, dass es wirklich nur ein falscher Alarm war.« Er ging zur Haustür und drückte auf den Klingelknopf, neben dem der Name *Meadows* stand.

Niemand öffnete. Zach klingelte noch einmal und trat dann zurück, als wieder nichts passierte. »Okay, gehen wir rein.« Sein schlechtes Gefühl verstärkte sich, auch wenn es immer noch sein konnte, dass niemand mehr zu Hause war oder die Bewohner nachts nicht die Tür öffnen wollten.

Der Streifenpolizist öffnete die Tür und ging dann die Treppe hinauf ins dritte Stockwerk. Es dauerte eine Weile, bis sie die richtige Wohnungstür gefunden hatten, doch schließlich standen sie davor. In der Wohnung war es totenstill, und Zachs Nacken begann zu kribbeln, ein sicheres Zeichen, dass irgendetwas nicht stimmte. Er bedeutete den Polizisten mit einer Handbewegung, von der Tür wegzutreten, und stellte sich selbst so hin, dass sein Körper durch die Wand geschützt war. Zu oft war es bereits vorgekommen, dass jemand einfach durch die Tür schoss.

Laut klopfte Zach mit der Faust an die Tür. »Polizei, machen Sie die Tür auf, Ms Meadows.« Keine Antwort, kein Laut. Noch einmal klopfte er. »Wenn Sie nicht aufmachen, kommen wir rein.«

Als wieder nichts passierte, trat er zurück und nickte dem Polizisten zu, der mit einem kleinen Rammbock bereitstand. Mit einem gezielten Stoß gegen das Schloss brach dieser die Tür auf. Die Pistole im Anschlag schob sich Zach an ihm vorbei und betrat den schlauchartigen Flur der Wohnung. Er war stockdunkel, deshalb tastete er nach einem Lichtschalter. Zwar war er dann für einen möglichen Gegner sichtbar, aber es brachte auch nichts, wenn er sich im Dunkeln durch die Wohnung tastete. Er fand den Schalter und betätigte ihn. Eine matte Glühbirne erhellte den Flur. Vorsichtig bewegte Zach sich vorwärts und blickte in den ersten Raum. Es war die Küche.

Vor dem Schrank befand sich ein umgekippter Stuhl, die Scherben eines Tellers lagen daneben. Im Waschbecken war

Wasser eingelassen, ein paar gespülte Teller standen auf einem kleinen Abtropfgestell. Zach betrat den kleinen Raum und prüfte mit einem Finger die Wassertemperatur. Es war noch lauwarm. Also musste jemand vor noch nicht allzu langer Zeit hier gewesen sein. Und er bezweifelte, dass es Jesse Curtis gewesen war, der hier den Abwasch machte. Sein Blick glitt über die wenigen Möbel und blieb an dem Tisch hängen, auf dessen zerkratzter Oberfläche ein dunkler Fleck zu sehen war. Zach beugte sich dichter darüber. Das sah eindeutig nach Blut aus. *Verdammt!*

Wenn er Optimist wäre, würde er glauben, dass die Bewohnerin gestolpert war, sich an einer Tellerscherbe geschnitten hatte und zu einer Notaufnahme gefahren worden war. Als Realist und mit etlichen Jahren Berufserfahrung als Detective spielten sich vor seinem inneren Auge ganz andere Szenen ab. Einer der Polizisten erschien in der Türfüllung und winkte ihn zu sich. Zachs Magen krampfte sich zusammen. Er wusste schon jetzt, wie die Sache enden würde. Ein weiteres Kreuz in einer Statistik. Aber diesmal war der Täter bekannt, sie mussten ihn nur erwischen.

Er trat wieder auf den Flur und folgte dem Polizisten, der ihn zu einer Stelle führte, an der sich ein Streifen Blut über die weiße Tapete zog. Zach stellte sich daneben und presste die Zähne zusammen. Das Blut befand sich etwa auf Höhe der Schulter einer normal großen Frau. Mit einem unguten Gefühl folgte er dem Gang, an dessen Ende sich auf beiden Seiten ein Zimmer befand. Eine Tür war geschlossen, die andere sah aus, als wäre sie niedergetreten worden. Sofort wandte er sich in diese Richtung und bedeutete einem der Polizisten, die andere Tür zu bewachen. Einen Moment lang lauschte er, dann hockte er sich hin und betätigte den Lichtschalter.

Die Deckenlampe beleuchtete einen leeren Raum. Auf

den ersten Blick sah es nicht so aus, als hätte hier ein Kampf stattgefunden, doch dann entdeckte er die Blutspritzer an der Wand neben dem Bett. Sein Magen krampfte sich zusammen, der letzte Rest Hoffnung verflüchtigte sich. Vorsichtig trat er um das Bett herum und unterdrückte gerade noch einen Schreckenslaut, als er Candice Meadows fand. Oder zumindest das, was von ihr übrig geblieben war.

2

Sie waren zu spät. Obwohl es mehr als offensichtlich war, dass die Frau nicht mehr lebte, beugte Zach sich über sie und fühlte an ihrer Halsschlagader nach einem Puls. Nichts. Glücklicherweise hatte er schon seit Stunden nichts gegessen, denn sein Magen rebellierte bei dem fürchterlichen Anblick, den das Opfer bot. Wut stieg in ihm auf, während er sich langsam aufrichtete. Dem fragenden Blick des Polizisten antwortete er mit einem Kopfschütteln. Dieser hatte sich zur Türöffnung zurückgezogen, nachdem klar gewesen war, dass in dem Raum niemand mehr lauerte. An Zachs Gesichtsausdruck war wohl abzulesen, wie schlimm die Frau zugerichtet war, denn der Polizist zog sich noch weiter auf den Flur zurück und sprach dabei leise in sein Funkgerät. Vermutlich forderte er Detectives der Mordkommission und den Gerichtsmediziner an.

Eigentlich war Zachs Arbeit hier erledigt, denn für Mordfälle war er nicht zuständig, trotzdem wollte er noch den Rest der Wohnung überprüfen. Irgendetwas an dieser ganzen Geschichte war seltsam. Warum sollte der Täter den Notruf wählen oder dabei seinen Namen angeben? Jesse Curtis war zwar ein Schwein, aber zumindest besaß er so viel Intelligenz, um zu wissen, wie man es vermied, ins Gefängnis zu kommen. Leider, denn sonst hätten sie ihn schon längst aus dem Verkehr gezogen, bevor er jemanden umbrachte. Obwohl Zach wusste, dass er damals nichts anderes hätte tun können, als den Mistkerl gehen zu lassen, fühlte er sich dennoch schuldig am Tod dieser Frau. Candice Meadows, den Namen würde er vermutlich nie vergessen, genauso wenig wie den Anblick ihres geschundenen Körpers. Für einen winzigen Moment überlagerte Autumns verletztes Gesicht das des Opfers, und er war dankbar, dass sie sich damals noch rechtzeitig hatte befreien können, bevor ihr Exfreund sie tötete.

Rasch verließ Zach den Raum, bevor ihm hinterher doch noch richtig schlecht wurde. Die Streifenpolizisten wichen vor ihm zurück, anscheinend konnte er seinen Zorn und seine Abscheu nicht verbergen. Mit Mühe riss er sich zusammen und versuchte, seine Gefühle unter Kontrolle zu bekommen. Er musste bei der Sache bleiben und alles ordnungsgemäß durchführen, damit nicht irgendein verdammter Anwalt noch verhinderte, dass Jesse Curtis seine verdiente Strafe bekam.

Rasch wurden die gesamte Wohnung und sämtliche Schränke durchsucht, bis nur noch ein Raum übrig war. Mit der Pistole in der Hand wandte Zach sich der geschlossenen Tür gegenüber dem Schlafzimmer zu. Zach glaubte zwar nicht, dass der Täter noch in der Wohnung war, denn sicher hätte er das Aufbrechen der Tür gehört und wäre entweder geflüchtet oder hätte die Polizisten angegriffen. Trotzdem musste er vorsichtig sein und die Regeln einhalten, die bei der Durchsuchung einer Wohnung galten. Es herrschte absolute Stille, die nur vom Summen des Kühlschranks unterbrochen wurde. Zach legte seine Hand auf die Klinke, drückte sie lautlos herunter und schob die Tür behutsam auf. Er gab den anderen Polizisten ein Zeichen, zurückzubleiben, während er in den dunklen Raum blickte.

Es rührte sich nichts, dennoch spürte er instinktiv, dass sich jemand im Wohnzimmer befand. Zach tastete nach dem Lichtschalter und betätigte ihn. Gedämpftes Licht flammte auf und offenbarte einen zumindest auf den ersten Blick leeren Raum. Mit der Pistole im Anschlag trat er in das Zimmer und blickte sich um. Kein Angreifer sprang hervor und schoss auf ihn, nichts rührte sich. Sollte ihn sein Instinkt so getrogen haben? Nein, da war etwas … Der Geruch von Alkohol lag schwer in der Luft, zusammen mit dem unangenehmen Körpergeruch eines Mannes. Ein schnaubendes Geräusch ließ ihn innehalten, doch als nichts geschah, ging er weiter.

Schließlich entdeckte er Jesse Curtis tief schlafend auf dem Sofa liegend, das mit der Rückenlehne zur Tür stand und den Mann deshalb bisher verdeckt hatte. Seine Wut kochte über und Zach war mit zwei Schritten bei ihm. Mit einer Hand packte er ihn am T-Shirt, mit der anderen hielt er seine Pistole unter das Kinn des Mörders.

»Wach auf, du Scheißkerl!«

Curtis gab nur ein Grunzen von sich und schlief weiter. Selbst als Zach ihn schüttelte, zeigte er keinerlei Reaktion.

»Detective …«

Angewidert richtete Zach sich auf und blickte den Polizisten an, der ihn angesprochen hatte. »Was?«

Dieser deutete mit bleichem Gesicht auf die Brust des Schlafenden. Zach folgte seinem Blick und zuckte zusammen, als er die dunklen Flecken auf dem blauen T-Shirt sah. Langsam drehte er seine Hand um, mit der er ihn festgehalten hatte, und verzog den Mund, als er das Blut auf seiner Haut entdeckte. Das kam weder von ihm noch von der Toten, die er mit der anderen Hand berührt hatte. Blieben also nur zwei Möglichkeiten. Vorsichtig hob Zach den Saum des T-Shirts an und blickte darunter. Zwar befanden sich auch auf der schwabbeligen weißen Haut rote Flecken, aber es waren keine Wunden sichtbar. Was bedeutete, dass das Blut an Curtis' Kleidung gekommen sein musste, während er seine Freundin getötet hatte.

Zachs Wunsch war erfüllt worden: Jesse Curtis würde verhaftet werden und diesmal der gerechten Strafe nicht entkommen. Aber um was für einen Preis! Mühsam hielt er sich davon ab, dem Mörder die Faust ins Gesicht zu rammen oder ihn gleich zu erschießen. Genau deshalb war er nicht bei der Mordkommission, dort hatten die Fälle von vornherein den schlimmsten Ausgang, selbst wenn der Mörder gefasst wurde. Für die Opfer war es immer zu spät.

»Rufen Sie einen Krankenwagen, es sieht nicht so aus, als würde unser Täter aus eigener Kraft hier rauskommen. Im Krankenhaus soll ihm sofort eine Blutprobe entnommen und auf Alkohol, Drogen und alles andere untersucht werden.« Er hielt seine blutige Hand hoch. »Hat zufällig jemand ein Taschentuch dabei?«

Als Chloe morgens in ihr Büro der Pflichtverteidigung kam, wartete ihre Vorgesetzte Marie Scribner schon auf sie. Das war so ungewöhnlich, vor allem um diese Uhrzeit, dass Chloe sie einen Moment lang nur anstarrte. Schließlich riss sie sich zusammen und stellte ihre Tasche auf den Schreibtisch.

»Guten Morgen, Marie.« Sie schlüpfte aus ihrem Blazer und hängte ihn über ihren Stuhl. »Kann ich etwas für dich tun?«

»Hallo Chloe.« Marie, der sie wegen ihrer unangenehmen Art gerne aus dem Weg ging, sprach ihren Namen immer auf amerikanische Art aus, also *Klui*, während ihre Familie und Freunde das französische *Kloe* benutzten.

Chloe biss die Zähne zusammen und ignorierte die absichtliche Verschandelung ihres Namens. Als Marie nichts weiter sagte, zog sie eine Augenbraue hoch. Seit Marie sich eine Stufe hochgearbeitet hatte und damit auch im Gebäude ein Stockwerk höher gezogen war, ließ sie sich kaum noch hier unten blicken. Sie verteilte die Arbeit fast nur noch per Telefon oder E-Mail. Und die Fallakten ließ sie von der Hauspost herunterbringen. Normalerweise, doch heute hielt sie eine Mappe in ihren manikürten Händen. Neugierig blickte Chloe darauf und hoffte, dass Marie bald zur Sache kommen würde, denn sie hatte wie immer viel zu tun.

»Ich habe einen neuen Fall für dich. Es geht um einen Mord, der mutmaßliche Täter kann sich keinen Anwalt leisten, deshalb übernehmen wir die Verteidigung.« Marie schob die Mappe über den Tisch. »Oder vielmehr du.«

Chloe schlug die Mappe auf und zuckte zurück, als sie sofort mit einem Tatortfoto konfrontiert wurde. Sie blickte hoch und sah den zufriedenen Ausdruck auf Maries Gesicht. Es wäre nicht verwunderlich, wenn ihre Vorgesetzte das Bild absichtlich nach ganz oben gelegt hätte. »Ist der Angeklagte schon im Gefängnis oder noch im Police Department? Warum wurde ich nicht eher verständigt? Jeder Angeklagte hat ein Recht …«

Maries Augen verengten sich. »Ich kenne die Rechte mindestens genauso gut wie du. Es steht alles da drin. Anscheinend war der mutmaßliche Täter so betrunken und zugedröhnt, dass er nicht ansprechbar war. Deshalb wurde er ins Krankenhaus gebracht und dort ausgenüchtert. Jetzt sitzt er in Untersuchungshaft.« Marie stand auf und ging zur Tür. Mit der Hand auf der Klinke drehte sie sich noch einmal zu Chloe um. »Seine Aussage ist übrigens ganz innovativ: Er kann sich an nichts erinnern.« Damit verließ sie das Büro und schloss leise die Tür hinter sich.

Was auch immer Marie für ein Problem mit ihr hatte, es nahm Chloe langsam den Spaß an der Arbeit. Sie erwartete sicher nicht, sich mit jedem anzufreunden, aber sie bemühte sich immer um ein freundliches und kollegiales Verhalten gegenüber ihren Kollegen. Doch Marie hatte es von Anfang an auf sie abgesehen und ihr unmissverständlich gezeigt, dass sie es als Zumutung empfand, mit einer Anfängerin arbeiten zu müssen. Das war ein Grund dafür, warum Chloe sich vom ersten Tag an mit Feuereifer in die Arbeit gestürzt hatte und inzwischen mehr Fälle bearbeitete als die anderen jungen Verteidiger. Sie wollte nicht nur sich selbst, sondern auch ihren Vorgesetzten beweisen, dass sie das Zeug zu einer guten Anwältin hatte. Allerdings hatten ihr Engagement und ihre erfolgreiche Arbeit nur dazu geführt, dass Marie sie inzwischen bei jeder Gelegenheit niedermachte. Vermutlich fürchtete sie, ihre Vorgesetzten könnten bemerken, dass Chloe ihr in allem mittlerweile das Wasser reichen konnte.

Mit einem tiefen Seufzer widmete sich Chloe der Fallakte. Sie schob die Fotos zur Seite, um sie später zu betrachten, wenn sie etwas im Magen hatte. Allein der kurze Blick hatte ihr gereicht, um zu wissen, dass das kein einfacher Fall werden würde. Stattdessen widmete sie sich dem Bericht, der die Fundsituation und die Festnahme schilderte. Ihr Blick blieb an einem Namen hängen, und ihr Herz machte einen Hüpfer. *Zach Murdock!* Seit er sie auf Shanes und Autumns Hochzeit einfach stehen gelassen hatte, war sie ihm nicht wieder begegnet, obwohl sie beide in New York im Bereich der Verbrechensbekämpfung arbeiteten. Dass sie sich nie über den Weg gelaufen waren, war von ihrer Seite Zufall, konnte von seiner aber durchaus Absicht sein. Wahrscheinlicher war es aber wohl, dass er sie zwei Minuten nach seiner Flucht von der Ranch bereits wieder vergessen hatte.

Chloe schnitt eine Grimasse, als ein vertrauter Stich durch ihren Körper zuckte. Es war erstaunlich, wie lange so eine Abfuhr in der Erinnerung bleiben konnte. Sie kannte Zach gar nicht richtig und verstand deshalb nicht, warum es ihr überhaupt etwas ausmachte, dass er nicht mit ihr hatte tanzen wollen. Aber sooft sie sich auch sagte, dass er es nicht wert und vermutlich ein unsympathischer Schnösel war, konnte sie diesen Moment doch nie ganz aus ihrer Erinnerung tilgen. Ärger stieg in ihr auf und verdrängte alle anderen Gefühle. Es war sein Pech, dass er sie hatte gehen lassen, und es wurde Zeit, die Sache zu vergessen. Andererseits lebte sie seit dem Ende ihres Studiums fast wie eine Nonne, es gab einfach immer zu viel zu tun, als dass sie die Zeit hätte, sich mit anderen Männern zu treffen und sich abzulenken.

Ein frustrierter Laut stieg aus ihrer Kehle auf, und sie schlug rasch die Hand vor den Mund. Verdammt noch mal, sie musste sich auf den Fall konzentrieren und durfte sich nicht davon ablenken lassen, dass Zach Murdock derjenige gewesen war, der die Tote gefunden hatte! Das war sie ihrem Mandanten schuldig. Rasch vertiefte sie sich in die Lektüre und blickte erst wieder auf, als sie den gesamten Bericht durchgelesen hatte. Neben den Zetteln lag ihr Block, auf dem sie sich während des Lesens immer Notizen machte. Insgesamt sah es nicht gut aus für Jesse Curtis, dafür waren die Beweise zu erdrückend. Und auch wenn sie seine Verteidigerin war – wenn er diese arme Frau wirklich so zugerichtet hatte, würde sie ihn gerne lebenslang dafür im Gefängnis schmoren sehen. Das hieß aber nicht, dass sie ihren Job nicht nach bestem Vermögen erledigen würde.

Zuletzt suchte sie noch einmal die Fotos heraus und betrachtete sie genau, auch wenn es ihr schwerfiel. Mit Mordfällen hatte sie bisher noch nicht viel zu tun gehabt, meist vertrat sie Mandanten, denen gewaltfreie Verbrechen vorgeworfen wurden, vielleicht auch mal ein Einbruch oder eine Körperverletzung. Die Mordfälle wurden normalerweise von den oberen Etagen vertreten, und es zeugte von der Unmöglichkeit, den Fall zu gewinnen, dass er ihr aufgedrückt worden war. Sie konnte sich sogar vorstellen, dass Marie ihn ihr extra gegeben hatte, damit ihre bisherigen Erfolge davon überschattet würden.

Chloe biss ihre Zähne zusammen. Egal, was Marie auch bezweckte, Chloe würde ihr Bestes geben, wie bei jedem Fall. Dafür musste sie jedoch zunächst mit ihrem Mandanten reden, damit sie einschätzen konnte, wie sie die Verteidigung am besten angehen sollte. Sie nahm den Telefonhörer in die Hand und wählte die Nummer der Gefängnisverwaltung. Dort machte sie einen Termin für ein vertrauliches Gespräch mit Jesse Curtis aus. Nachdenklich legte sie den Hörer anschließend zurück. Laut Auskunft des zuständigen Beamten war ihr Mandant immer noch verwirrt, der Effekt des Alkohols und möglicher Drogen auch nach zwei Tagen immer noch nicht ganz abgeklungen. Doch das musste sie riskieren, denn sie wollte so schnell wie möglich ihre Verteidigungsstrategie planen. Sie war ziemlich sicher, dass die Staatsanwaltschaft innerhalb kürzester Zeit Anklage erheben und wegen der scheinbar klaren Beweislage einen schnellen Prozessbeginn beantragen würde.

Gerne würde sie auch mit Zach reden, um sich ein Bild davon zu machen, weshalb er zu der Wohnung gefahren war und die Sache überprüfen wollte, obwohl der Notruf abgebrochen worden war. Normalerweise wurde in solchen Fällen nichts getan oder höchstens noch einmal zurückgerufen oder ein Streifenwagen hingeschickt. In diesem Fall hatte es ein Detective auf sich genommen, mitten in der Nacht dorthin zu fahren. Aber vielleicht konnte sie das auch auf andere Weise herausbekommen, denn sie wollte Zach ungern noch einmal gegenüberstehen, weil sie sich dann wieder wie die junge, naive Frau vorkommen würde, die sie vor knapp zwei Jahren tatsächlich gewesen war. Inzwischen war so viel passiert in ihrem Leben, hatte sie so viel gesehen und erlebt, dass es sie geprägt und verändert hatte.

Chloe schüttelte den Kopf und stand auf. Zach Murdock war im Moment unwichtig, jetzt ging es einzig darum, ihren Job zu machen, und zwar so gut, dass ihr niemand hinterher vorwerfen konnte, sie hätte sich nicht bemüht. Sie zog ihren Blazer über, stopfte die Unterlagen in die Tasche und verließ das Büro. Ihre hochhackigen Schuhe klapperten über den Fliesenboden, als sie rasch das Gebäude verließ.

Ein Lächeln umspielte ihre Mundwinkel, als sie sich daran erinnerte, dass Shane immer behauptete, sie würde keine langsame Gangart kennen. Damit konnte er durchaus recht haben. Wann hatte sie sich eigentlich das letzte Mal für irgendetwas Zeit genommen oder etwas nur aus Spaß gemacht? Es war schon Jahre her, zumindest fühlte es sich so an. Normalerweise störte sie das auch nicht, sie brauchte die Bewegung, das Gefühl, etwas zu tun. Aber in letzter Zeit merkte sie, was es sie kostete, immer unter Strom zu stehen.

Wenn dieser Fall erledigt war, würde sie ein paar Wochen Urlaub beantragen und versuchen, sich darüber klar zu werden, was sie genau wollte und wie sie den Job erledigen konnte, ohne sich dabei aufzureiben. Andere machten das schon viel länger als sie und wirkten wesentlich zufriedener mit ihrem Leben. Aber vielleicht war sie dafür einfach noch viel zu jung und hungrig nach Erfolg. Sie befand sich noch zu sehr auf der Suche nach ihrem Platz im Leben.

Chloe trat aus dem Gebäude und blinzelte gegen die Sonne, die gerade hinter den Gebäuden aufstieg. Noch war das Wetter angenehm warm, doch im Laufe des Tages würde es heißer und damit deutlich unangenehmer werden. Sommer in New York City war nicht unbedingt ihre liebste Jahreszeit, viel lieber wäre sie jetzt auf der Ranch in Montana, wo es wenigstens einen Hauch von Wind gab. Aber das würde in den nächsten Wochen oder sogar Monaten nicht möglich sein, je nachdem, wie lange das Verfahren gegen Jesse Curtis dauerte und wann es anfing.

Schnellen Schrittes ging Chloe zum Straßenrand und rief ein Taxi herbei. Während ihrer Zeit in New York hatte sie sich angewöhnt, die meisten Wege mit der U-Bahn oder dem Taxi zurückzulegen, alles andere dauerte bei der katastrophalen Verkehrs- und Parkplatzsituation einfach zu lange. Im Taxi holte sie ihren Block heraus und notierte sich noch einige Fragen, die sie ihrem Mandanten stellen wollte. Obwohl die Sache auf den ersten Blick eindeutig aussah, fielen ihr immer mehr Ungereimtheiten auf, je länger sie darüber nachdachte. Als sie vor dem Gefängnis ausstieg, summte ihr der Kopf vor Fragen und Möglichkeiten.

Chloe zeigte am Gefängniseingang ihren Ausweis und ihre Registrierung als Anwältin und ließ ungeduldig die Sicherheitsmaßnahmen über sich ergehen. Sie wurde durchleuchtet, ihre Tasche durchsucht und einbehalten. Schließlich durfte sie mit der Mappe, ihrem Block und einem Filzschreiber den Gang betreten, der sie zu dem Unterredungsraum führen würde. Dort konnten sich Anwälte mit ihren Mandanten unterhalten, ohne dass das Gespräch aufgezeichnet wurde oder ein Wärter im Raum anwesend war. Ein Wärter geleitete sie dorthin, schloss die Tür auf und entfernte sich dann, um den Untersuchungshäftling zu holen.

Zögernd schritt Chloe durch den karg ausgestatteten Raum und legte ihre Unterlagen auf den Tisch. Dieser schien ebenso wie die Stühle schon bessere Zeiten erlebt zu haben. War die Luft hier wirklich stickiger als anderswo oder kam ihr das nur so vor? Chloe setzte sich absichtlich noch nicht hin, denn sie hasste es, wenn die Leute über ihr aufragten. Was bei ihrer geringen Größe fast immer der Fall war, aber sie weigerte sich, einem mutmaßlichen Verbrecher so viel Macht über sich zu geben. Nervös ging sie im Raum auf und ab, bis der Wärter mit dem Gefangenen zurückkam.

Jesse Curtis trug die standardisierte Gefängniskleidung und Turnschuhe mit Klettverschlüssen an den Füßen. Durch seine ungewaschenen Haare und die fleckige Haut wirkte er ungepflegt, zudem schwankte er im Griff des Wärters und musste zum Tisch geführt werden. Nachdem er endlich auf dem Stuhl saß, stützte er seine Arme auf die Tischplatte und senkte den Kopf.

Chloe richtete sich gerader auf und wandte sich an den Wärter. »Was ist mit meinem Mandanten los? Hat er hier Zugriff auf Alkohol oder Drogen gehabt?«

Der Mann, Conner stand auf seinem Namensschild, wirkte genervt. »Nein, das sind immer noch die Nachwirkungen des Zeugs, das er vor der Tat geschluckt hat. Heute ist der erste Tag, an dem er überhaupt aufrecht stehen konnte.«

»Danke, Mr Conner, ich klopfe dann, wenn ich fertig bin.«

Conner nickte ihr knapp zu, verließ den Raum und zog die Tür hinter sich ins Schloss.

Einen Moment lang beobachtete Chloe noch ihren in sich zusammengesunkenen Mandanten, dann ging sie zum Tisch zurück und setzte sich ihm gegenüber. »Mr Curtis, mein Name ist Chloe Hunter, ich bin Ihre vom Gericht bestellte Pflichtverteidigerin, da Sie bisher keinen Verteidiger benannt haben. Das können Sie selbstverständlich noch tun, doch bis dahin bin ich für Ihren Fall zuständig.«

Keine Reaktion von Curtis.

Chloe streckte eine Hand aus, ließ sie aber gleich wieder sinken, weil sie sich nicht überwinden konnte, Curtis anzufassen. »Mr Curtis, sehen Sie mich an.«

Langsam hob er den Kopf und starrte sie aus blutunterlaufenen Augen an. »Häh?«

Mühsam unterdrückte sie einen Seufzer. »Haben Sie meine Erklärung eben verstanden, Mr Curtis?«

»Welche?«

Mit kaum verhohlener Ungeduld erklärte sie ihm noch einmal seine derzeitige Situation. »Sie wurden wegen des Mordes an Ihrer Lebensgefährtin Candice Meadows verhaftet und werden höchstwahrscheinlich in absehbarer Zeit des Mordes angeklagt. Können Sie sich einen Verteidiger leisten?«

Sein Kopf bewegte sich schwankend von einer Seite zur anderen. »Nein, ich habe ... derzeit keinen Job. Und da Candice nun ...« Sein Gesicht verzerrte sich, aber sie konnte nicht erkennen, ob es Wut oder Schmerz war.

»Dann werde ich Sie vertreten, sollte es zu einem Prozess kommen. Auch bei Gesprächen mit der Polizei werde ich zugegen sein und Sie entsprechend beraten.«

»Okay.«

Die Dankbarkeit war geradezu überwältigend, dachte sie ironisch, aber das war Chloe schon von anderen Fällen gewohnt. Deshalb öffnete sie jetzt die Mappe und blickte auf den Bericht hinunter. »Haben Sie verstanden, was Ihnen vorgeworfen wird?« Als er nicht antwortete, fasste sie es noch einmal kurz zusammen. »Sie werden verdächtigt, Candice Meadows in der vorletzten Nacht brutal geschlagen, vergewaltigt und mit einem Messer wiederholt auf sie eingestochen zu haben. Mindestens einer der Messerstiche war tödlich.«

Sein Kinn wackelte verdächtig. »Das war ich nicht!«

Chloe verschränkte ihre Finger über der Akte. »Mr Curtis, Sie wurden direkt im Anschluss an die Tat in der Wohnung des Opfers schlafend im Wohnzimmer angetroffen, Ihre Kleidung war voller Blut. Das blutige Messer lag neben dem Sofa. Ihre Fingerabdrücke waren auf der Tatwaffe.«

Curtis rieb heftig mit den Händen über sein Gesicht. »Das kann nicht sein, ich war ...« Er brach ab und ballte eine Hand zur Faust. Vorsichtshalber rückte Chloe ein Stück von ihm ab.

Doch er beachtete sie gar nicht und schien völlig in dem gefangen zu sein, was in seinem Kopf vor sich ging. »Ich kann mich nicht mehr … erinnern. Aber ich bin mir fast sicher, dass ich gar nicht zu Hause war.«

Schweigend holte Chloe ein Foto heraus und legte es vor ihn hin. »Das sind doch Sie, oder?«

Lange betrachtete Curtis schweigend die Aufnahme, die von ihm in der Wohnung mitsamt der blutbespritzten Kleidung gemacht worden war. »Ja, aber …«

»Es gibt hier etliche Aussagen von den dort anwesenden Polizisten und Sanitätern, die Sie am Tatort gesehen haben.«

Sie legte ein Foto des Opfers daneben und beobachtete seine Reaktion eingehend. Seine sowieso schon blasse Gesichtsfarbe wurde noch grauer, seine Augen bewegten sich unruhig hin und her.

»Die Frage, die wir jetzt klären müssen, ist, an was Sie sich von dem Tag erinnern können. Wo Sie waren, was Sie gemacht haben, wann Sie nach Hause gekommen sind. Ob Sie etwas getrunken haben und wie viel. Ob Sie andere Substanzen zu sich genommen haben. Wenn Sie unzurechnungsfähig waren, kann uns das im Prozess helfen.« Der Gedanke hinterließ einen schalen Beigeschmack in ihrem Mund. Sie hielt nichts davon, sich herauszureden, weil man zu viel getrunken hatte. Ihrer Meinung nach war ein Täter deshalb genauso schuldig, als wenn er nüchtern gewesen wäre.

Curtis sprang auf und hieb mit der Faust auf den Tisch. »Ich erinnere mich aber an nichts, verdammt noch mal! Wenn du blöde Kuh das nicht kapierst, will ich einen anderen Anwalt!«

Obwohl ihr Herz hämmerte, schaffte Chloe es, ihre Stimme ruhig zu halten. »Sofern Sie sich keinen anderen Anwalt leisten können, was wir bereits geklärt hatten, sind Sie auf mich angewiesen. Ich würde also vorschlagen, dass Sie sich hinsetzen und sich angemessen verhalten, sonst verlasse ich diesen Raum und verteidige Sie so, wie ich es für richtig halte.« Als er sie nur stumm anstarrte, hob sie ihre Stimme. »Haben Sie das verstanden?«

Die Tür öffnete sich und der Wärter blickte durch den Spalt. »Ist hier alles in Ordnung, Ms Hunter?«

Chloe sah Curtis an und hob fragend eine Augenbraue. Sofort setzte ihr Mandant sich hin und verschränkte die Arme über der Brust. Chloe nickte dem Wärter zu. »Ja, danke, Mr Conner.«

Zögernd verließ dieser den Raum.

Chloe legte die Fotos zurück in die Mappe. »Okay, fangen wir noch einmal von vorne an. Sie sagen, Sie erinnern sich nicht an die Tat. Gibt es denn etwas, an das Sie sich entsinnen? Was haben Sie Ihrer Erinnerung nach als Letztes gemacht?«

»Ich …« Er schluckte sichtbar. »Ich glaube, ich war in meiner Stammkneipe, wie fast jeden Abend.«

»Gut, können Sie mir sagen, wie die Kneipe heißt und wo sie liegt?«

Mühsam rekonstruierten sie gemeinsam Curtis' Bewegungen am Mordtag bis zu seinem Filmriss, der praktischerweise genau die Zeit des Verbrechens abdeckte. Als sie merkte, dass ihr Mandant sich kaum noch auf dem Stuhl halten konnte, beendete sie das Gespräch. Sie würden es an einem anderen Tag fortsetzen müssen, wenn er wieder aufnahmefähig war. Rasch packte sie ihre Sachen zusammen und stand auf. »Ich werde morgen oder übermorgen noch einmal vorbeikommen und mit Ihnen den Rest besprechen. Bisher habe ich von der Staatsanwaltschaft noch nichts gehört, aber ich werde mich darum kümmern. Wenn Ihnen noch etwas einfällt, können Sie mich jederzeit kontaktieren.« Sie schob eine Visitenkarte über den Tisch. »Auf Wiedersehen.«

»Ms Hunter …«

»Ja?«

»Ich habe Candice nicht getötet. Ich hatte auch keinen Grund dazu, sie war immer … gut zu mir. Hat zwei Jobs gehabt und Geld für uns herangeschafft. Warum sollte ich sie umbringen?«

Chloe biss auf die Innenseite ihrer Wange, um ihm nicht zu sagen, wie armselig sie es fand, dass seine Freundin zwei Jobs haben musste, während er selbst nur faul zu Hause herumhing. Allerdings überzeugte sie diese Begründung viel mehr, als wenn er seine Liebe zu der Toten erklärt hätte. Das hätte sie ihm nämlich nicht abgenommen. Ohne ein weiteres Wort verließ sie den Raum und war froh, als sie wenige Minuten später endlich wieder frische Luft um sich hatte.

3

Unruhig wippte Zach mit dem Fuß, während er vor der Tür des Gerichtssaals, in dem der Fall Jesse Curtis verhandelt wurde, darauf wartete, für seine Aussage hereingerufen zu werden. Die letzten Wochen waren mörderisch gewesen – anscheinend machte die Hitzewelle die Menschen noch aggressiver als sonst, deshalb häufte sich die Arbeit auf seinem Schreibtisch.

Normalerweise hätten nur die zuständigen Detectives der Mordkomission vor Gericht aussagen müssen, aber da er derjenige war, der die Leiche und den Täter entdeckt hatte, war er von der Staatsanwaltschaft zum Prozess vorgeladen worden. Während er sich sonst nicht darum riss, vor Gericht auszusagen, wollte er im Fall von Jesse Curtis gerne dazu beitragen, dass dieser endlich hinter Gitter kam. Und dass der Prozess für den Mörder so ausgehen würde, daran hatte er keinen Zweifel, denn die Beweise waren eindeutig.

Als sich die Tür zum Gerichtssaal öffnete, richtete er sich auf und ging zu der schweren Holztür, als sein Name aufgerufen wurde.

Der Prozess fand in einem der kleineren Säle statt, wahrscheinlich weil das Opfer eine beinahe mittellose, unbekannte Frau gewesen war. Zach bemühte sich um eine sachliche Miene, während er den Mittelgang entlang zum Zeugenstand ging. Absichtlich blickte er nicht zur rechten Seite, wo der Angeklagte mit seinem Verteidiger saß, denn er wusste nicht, ob er es schaffen würde, ihn anzusehen und nicht dem Verlangen nachzugeben, ihm sämtliche Knochen zu brechen. Besser, er wartete mit dem Sichtkontakt, bis eine sichere Barriere zwischen ihnen war.

Er setzte sich auf den Zeugenstuhl und ließ sich vereidigen, bevor er einen Blick in Richtung des Verbrechers wagte. Sämtliche Muskeln in seinem Körper spannten sich an, als er den Bastard dort in einem ordentlichen Anzug sitzen sah, während sein Opfer schon seit Wochen auf dem Friedhof lag. Um seine Wut unter Kontrolle zu bringen, ließ er seinen Blick weiter zum Verteidiger gleiten und spürte, wie das Blut aus seinem Gesicht wich. Auch wenn es Jahre her war, seit er sie gesehen hatte, erkannte er Chloe Hunter sofort wieder. Besonders ihre großen hellbraunen Augen waren unverkennbar. Die bei der Hochzeit ungezähmten Locken hatte sie zu einer komplizierten Frisur hochgesteckt, und sie trug ein elegantes Kostüm, soweit er das von hier aus sehen konnte. Und offensichtlich verteidigte sie dieses Schwein.

Trotzdem konnte er seine Augen nicht von ihr abwenden, bis sich der Staatsanwalt schließlich räusperte. Schuldbewusst schnellte Zachs Kopf zu ihm herum, und er konzentrierte sich wieder voll auf seine Aufgabe. Langsam und so detailliert wie möglich beantwortete er die Fragen des Staatsanwalts zum Auffinden der Leiche und zu der Verhaftung des Mörders. Da er mit den späteren Ermittlungen nichts mehr zu tun hatte, war er schon nach wenigen Minuten fertig. Automatisch hielt er den Atem an, als Chloe sich erhob, um die Bank herumging und auf ihn zukam. Vor allem aber hatte er Mühe, den Blick auf ihrem Gesicht zu halten und nicht an ihrem wohlgerundeten Körper hinabwandern zu lassen. Das ärgerte ihn noch mehr, und er spürte, wie ein Muskel in seiner Wange zu zucken begann.

Als sie näher kam, erkannte er, dass sie offensichtlich nicht überrascht über seine Anwesenheit war. Vermutlich hatte sie seinen Namen schon vor einiger Zeit auf der Liste der Zeugen gesehen. Allerdings lächelte sie ihn nicht an wie bei ihrem ersten Treffen damals, sondern blickte ihm ernst entgegen. »Guten Tag, Mr Murdock.«

»Ms Hunter.« Er quetschte die Worte hervor und erkannte seinen Fehler erst, als sich ihre Augenbrauen zusammenzogen, weil er sie mit ihrem Namen ansprach.

Doch sie ging nicht darauf ein, sondern kam sofort zur Sache. »Ihre Ausführungen waren sehr beeindruckend, aber ich wüsste gerne von Ihnen, wieso Sie sich entschieden haben, gerade diesem Notruf nachzugehen, obwohl der Anrufer sagte, dass es sich um ein Versehen handelte. Ist das so üblich in Ihrem Department?«

»Es kommt vor, wenn wir das Gefühl haben, dass etwas an der Sache faul ist. Und das war in diesem Fall so.«

»So ganz verstehe ich das noch nicht. Vielleicht können Sie mir erklären, warum Ms Ferguson aus der Einsatzleitstelle gerade bei Ihnen angerufen hat?«

»Ich hatte Nachtdienst, und sie war sich nicht sicher, ob sie den Notruf weiterleiten sollte.«

Chloes Augen funkelten, als sie sich nach vorn lehnte. »Also haben Sie entschieden, der Sache nachzugehen. Warum genau?«

Ein Hauch ihres Parfüms drang in seine Nase und machte es ihm noch schwerer, sich zu konzentrieren. »Weil sie mir den Namen Jesse Curtis nannte und er bereits in der Vergangenheit wegen häuslicher Gewalt aufgefallen war.«

Chloe blickte ihn einen Moment an, dann wandte sie sich an den Richter. »Euer Ehren, ich beantrage, ins Protokoll aufzunehmen, dass mein Mandant noch nie wegen eines solchen Delikts angeklagt oder verurteilt wurde. Das ist nur eine Mutmaßung von Seiten des Zeugen.«

Zach presste die Lippen zusammen, um ihr nicht zu sagen, was sie mit ihrer Mutmaßung tun konnte.

»Mr Murdock, Sie sind also zu der Wohnung gefahren und haben dort wie beschrieben die Tote vorgefunden.«

Diesmal konnte er sich nicht zurückhalten. »Sie hatte einen Namen: Candice Meadows!«

Chloe lächelte ihn schmallippig an. »Sie haben natürlich recht. Sie haben also die Verstorbene, Ms Meadows, im Schlafzimmer vorgefunden. Die Frage ist für mich: Warum haben Sie überhaupt die Wohnungstür aufgebrochen, als niemand antwortete? Ist das ebenfalls so üblich?«

»Mein Instinkt hat mir gesagt, dass etwas nicht stimmt, daher habe ich entschieden, die Tür aufbrechen zu lassen.«

»Ihr Instinkt.« Sie legte so viel Skepsis in das Wort, dass Zach die Hände in seinem Schoß zu Fäusten ballte. »Können Sie das etwas näher beschreiben?«

Der Staatsanwalt erhob sich. »Euer Ehren, verfolgt Ms Hunter überhaupt einen Sinn mit diesen ganzen Fragen? Ich kann jedenfalls noch keinen erkennen.«

Der Richter wandte sich der Pflichtverteidigerin zu. »Ms Hunter, kommen Sie bitte zur Sache.«

»Natürlich, Euer Ehren.« Wut blitzte für einen winzigen Moment in ihren Augen auf. »Ich möchte gerne wissen, warum Mr Murdock sich genau in dieser Nacht, in diesem Fall dazu entschieden hat, nicht nur umgehend zu der Wohnung zu fahren, sondern auch die Tür aufzubrechen.«

Zach beugte sich vor. »Wenn ein Mann, der bereits mehrfach der Gewalt gegen Frauen verdächtigt wurde, sich an einem Notruftelefon meldet und sagt, es wäre alles in Ordnung, und wenn mitten in der Nacht niemand die Tür aufmacht, wenn die Polizei klingelt, dann gehe ich lieber das Risiko ein, eine Tür fälschlich einzuschlagen, als das Leben einer Frau zu gefährden, indem ich nichts tue.«

Chloe nickte. »Das ist verständlich. Die Frage ist für mich

nur, ob Sie auch so reagiert hätten, wenn *nicht* Jesse Curtis' Name gefallen wäre.«

Zach zögerte kurz. »Ja, ich denke schon.«

Ihre Miene drückte Skepsis aus, als sie sich zur Jury umdrehte. »Und *ich* denke, dass die Polizei nur so reagiert hat, weil der Name Curtis fiel.«

Der Staatsanwalt sprang auf. »Einspruch!«

»Stattgegeben.« Der Richter wandte sich an die Jury. »Sie werden die Bemerkung von Ms Hunter ignorieren.«

Zach unterdrückte ein Schnauben. Zwar wurde die Jury dazu angewiesen, doch sie würden es ganz sicher nicht vergessen. Was zum Teufel tat Chloe da? Wollte sie wirklich, dass ein Verbrecher wie Curtis wieder auf die Straße kam? Oder war das alles nur ein Spiel für sie, damit sie sich profilieren konnte? Als er ihre angespannte Miene sah, verwarf er den Gedanken wieder. Offensichtlich dachte sie, dass das, was sie tat, richtig war.

»Ms Hunter, ich möchte Sie nicht verwarnen müssen.«

»Das ist nicht nötig, Euer Ehren. Ich habe nur noch eine Frage an den Zeugen.« Der Richter gab ihr mit einer Geste zu verstehen, dass sie fortfahren konnte. »Mr Murdock, in welchem Zustand haben Sie den Angeklagten vorgefunden?«

»Er lag im Wohnzimmer auf dem Sofa, anscheinend war er völlig betrunken. Er war nicht in der Lage aufzustehen, deshalb haben wir ihn mit einem Krankenwagen abtransportieren lassen.«

Chloe blickte ihn direkt an. »Und Sie glauben wirklich, dass jemand in diesem Zustand die Tat begehen konnte, für die Mr Curtis jetzt angeklagt ist?«

Zach antwortete nicht, und Chloe erwartete das auch offensichtlich nicht. Stattdessen wandte sie sich wieder an die Jury. »Der Blutalkoholspiegel von Mr Curtis betrug kurz nach seiner Einlieferung ins Krankenhaus zwei Komma fünf Promille. Außerdem wurden in seinem Blut verschiedene Drogen gefunden. Zwei Tage später konnte er immer noch nicht richtig laufen, und bis heute plagen ihn Erinnerungslücken.«

»Wenn Sie keine weitere Frage an den Zeugen haben, Ms Hunter, ist er hiermit entlassen.«

»Nein, Euer Ehren.« Sie lächelte Zach schwach an. »Danke, Mr Murdock.«

Zach nickte knapp, verließ den Zeugenstand und ging den Gang hinunter. Kurz bevor die große Tür hinter ihm ins Schloss fiel, hörte er noch, wie der Richter eine Pause verkündete. Rasch strebte Zach zum Treppenhaus, damit er nicht ins Gedränge kam. Er hatte so viele andere Fälle zu bearbeiten, dass er es sich nicht leisten konnte, hier noch mehr Zeit zu verlieren. Auch wenn es ihn vielleicht interessiert hätte, welche Beweise seine Kollegen von der Mordkommission zusammengetragen hatten und wie das Verfahren ausgehen würde. Aber das würde er wohl spätestens aus der Zeitung erfahren.

Verdammt, musste er so rennen? Mit ihren hochhackigen Schuhen konnte sie sich nicht so schnell bewegen – und vor allem machte es einen Heidenkrach auf den Fliesen. Chloe dachte darüber nach, ihn zu rufen, aber das würde wohl auch etwas komisch wirken, wenn die Pflichtverteidigerin laut schreiend hinter einem Zeugen herlief. Was hatte er es auch so eilig? Es war kurz nach Mittag, vielleicht hatte er einfach Hunger, aber irgendwie wurde sie das Gefühl nicht los, dass er vor ihr floh.

Chloe verdrehte die Augen, als ihr einfiel, was ihr an der Situation bekannt vorkam. Es war beinahe wie ein Déjà-vu, nur dass sie sich diesmal nicht auf der Ranch in Montana befanden, sondern im Supreme Court von New York. Und sie war inzwischen gestandene Anwältin und ließ sich nicht so einfach abweisen, wenn es um so etwas Wichtiges wie ein Menschenleben ging.

Inzwischen glaubte sie nämlich fest daran, dass Jesse Curtis unschuldig war. Gut, zumindest des Mordes an Candice Meadows – ansonsten war er ein ziemliches Schwein. Sie wusste selbst nicht, warum sie sich solche Mühe gab, seine Unschuld zu beweisen; rein moralisch gehörte Jesse sowieso hinter Gitter. Es gab für sie keinen Zweifel, dass er diverse frühere Freundinnen geschlagen und bedroht hatte. Aber deshalb war er noch kein Mörder. Und es zählte nur, den wahren Mörder ins Gefängnis zu bringen, damit er nicht noch einmal jemandem so etwas antun konnte.

Mit einem letzten Sprint hatte sie Zach schließlich auf halber Treppe eingeholt. Da ihr die Luft zum Reden fehlte, griff sie nach seinem Arm und hielt ihn fest. Zach fuhr herum, während er gleichzeitig seinen Arm wegzog. Dadurch verlor Chloe das Gleichgewicht auf der Treppe und stürzte mit einem erstickten Schrei nach hinten. Bevor sie jedoch rückwärts die Stufen hinunterfiel, packte Zach sie schnell und zog sie schützend an sich. Einen winzigen Moment lang presste sie ihren Oberkörper an seinen muskulösen Brustkorb, dann hatte sie den Schrecken überwunden und löste sich von ihm.

Verlegenheit machte sich in ihr breit, als sie seinen finsteren Gesichtsausdruck sah. »Danke … für die Rettung.« Zach nickte nur knapp und wollte sich wieder umdrehen, doch sie hinderte ihn daran. »Könnte ich kurz mit dir sprechen?«

»Entschuldige, ich habe keine Zeit, ich muss zurück ins Büro.«

Chloe versuchte, sich nicht anmerken zu lassen, wie sehr diese offensichtliche Ausrede sie schmerzte. Bisher war ihr noch nie ein Mann begegnet, der sich so abweisend ihr gegenüber verhalten hatte – und das auch noch ohne jeden ersichtlichen Grund.

»Es geht um den Fall, Zach, ich versuche nicht, mich dir irgendwie aufzudrängen.«

Überraschung zeigte sich auf seinem Gesicht, dann zogen sich seine Augenbrauen zusammen. »Das hatte ich auch nicht angenommen.«

»Gut. Normalerweise habe ich es auch nicht nötig, einem Mann hinterherzulaufen.« Okay, das hätte sie lieber nicht sagen sollen, aber Zach schaffte es irgendwie, sie bis aufs Blut zu reizen. Rasch redete sie weiter. »Ich glaube nicht, dass Jesse Curtis schuldig ist, Zach.«

Seine Miene verhärtete sich. »Ich habe meiner Aussage nichts hinzuzufügen. Candice ist brutal ermordet worden, und wir haben Curtis mit ihrem Blut bespritzt und mit der Mordwaffe daneben im Wohnzimmer gefunden. Ich denke, eindeutiger geht es nicht. Wenn du mich jetzt entschuldigst …«

»Aber das ist …«

Zach unterbrach sie. Er senkte die Stimme und schob sein Gesicht dicht an ihres heran. »Ich habe bereits mehrmals mit Curtis zu tun gehabt, weil er seine Freundinnen krankenhausreif geprügelt und mit einem Messer verletzt hat. Allerdings haben die Frauen ihre Aussage immer wieder zurückgezogen, weil sie solche Angst vor ihm hatten. Ich möchte nichts lieber, als ihn endlich hinter Gittern zu sehen.« Missbilligung war in seinen Augen zu erkennen. »Dieser Mann ist wie Robert Pears, und du weißt, was der Autumn alles angetan hat. Curtis ist ein ebensolcher Abschaum, und wenn du ihn verteidigst, bist du nicht viel besser als er.«

Chloe spürte, wie das Blut aus ihrem Kopf wich, und hielt sich rasch am Geländer fest. Wut mischte sich mit Schmerz. Wie konnte Zach so etwas sagen? Ihre Kehle zog sich zusammen, und ihr war es nicht mehr möglich, ihm zu sagen, was sie von seiner selbstgerechten Art hielt. Bevor er die Tränen sah, die sich in ihren Augen bildeten, wirbelte sie herum und lief die Treppe wieder hinauf.

»Chloe …«

Sie glaubte, Zachs Stimme zu hören, drehte sich jedoch nicht mehr um. Er hatte mehr als deutlich gemacht, was er von ihr und ihrer Arbeit hielt, noch einmal brauchte sie sich das nicht anzuhören. Wahrscheinlich hätte sie sowieso erneut auf eine weitere Untersuchung der Beweise drängen oder sogar über das Gericht gehen und eine richterliche Anordnung an das Police Department dafür beantragen sollen. Aber sie war davon ausgegangen, dass Zach ihr wegen ihrer – wenn auch sehr flüchtigen – Bekanntschaft eher zuhören würde und ihr helfen könnte, die Sache zu beschleunigen. Eine ziemliche Fehleinschätzung, wie sich jetzt herausstellte. Vielleicht würde sie ihn nun endlich vergessen können, was ihr bisher noch nicht gelungen war. Sie würde jedenfalls keine Gefühle mehr an einen Mann verschwenden, der sie Abschaum nannte.

Chloe nahm sich vor, nun erst recht allen zu beweisen, dass der wahre Mörder immer noch da draußen herumlief. Nachdem sie sich im Waschraum ein wenig abgekühlt hatte, kehrte sie in den Gerichtssaal zurück.

Zach stützte den Kopf in die Hände und schloss die Augen. Auch Stunden später fragte er sich noch, was in ihn gefahren war, Chloe dermaßen anzugehen. Natürlich wollte er, dass Curtis für seine Tat bestraft wurde, und er war auch generell nicht sonderlich begeistert von Verteidigern, dafür hatte er bereits zu viele erlebt, die versucht hatten, Freisprüche für die schlimmsten Verbrecher zu erzielen, nur weil sie dafür bezahlt wurden. Trotzdem hatte er noch keinem gegenüber so reagiert wie bei

Chloe Hunter. Er rieb mit den Händen über sein Gesicht und hob den Kopf. Vor ihm lagen stapelweise Akten, doch er schaffte es einfach nicht, sich darauf zu konzentrieren.

Von sich selbst genervt schob er die Mappen zur Seite und stand auf. Es brachte nichts, im Büro zu bleiben, wenn er doch nichts erledigt bekam. Und das lag nur an Chloe. Oder vielmehr an seiner eigenen Blödheit. Nach seiner Aussage hätte er gleich ins Büro zurückgehen sollen, so, wie er es vorgehabt hatte. Doch als er den schmerzerfüllten Ausdruck in Chloes Augen gesehen hatte, nachdem er sie so beleidigt hatte, war er stattdessen in den Gerichtssaal zurückgekehrt und hatte in einer unbeachteten Ecke der weiteren Verhandlung gelauscht. Dabei war es ihm weniger um den Fall gegangen – auch wenn der ihn interessierte – als darum, wie die Verteidigerin ihren Job erledigte.

Wenn er ehrlich war, musste er zugeben, dass Chloe ihn beeindruckte. Sie kokettierte nicht mit ihrem guten Aussehen, sondern präsentierte schlicht aber wirkungsvoll ihre Fakten. Dabei versuchte sie auch nicht, ihren Mandanten als einen guten, aufrechten Bürger darzustellen. Stattdessen schaffte sie es immer wieder, bei den Zuhörern und sicher auch der Jury Zweifel an seiner Schuld zu wecken. Allerdings konnte sie die wenigsten ihrer Theorien auch wirklich beweisen. Nach der Verhandlung hatte Zach sich schnell aus dem Saal geschlichen, damit sie ihn nicht bemerkte. Vielleicht war es feige, aber er wusste, dass eine weitere Begegnung so kurz nach seinem unangebrachten Ausbruch nicht gut enden würde.

Zach zog seine Jacke an und verließ sein Büro. Rasch meldete er sich bei dem Wachhabenden ab, bevor er in den Fahrstuhl stieg und in die Tiefgarage fuhr. Als er sich wenig später mit seinem Wagen in den Verkehr einreihte, verband er sein Handy mit der Freisprecheinrichtung und drückte eine Kurzwahltaste. Er war sich nicht sicher, ob es eine gute Idee war – falsch, er war sich sicher, dass es *keine* gute Idee war –, aber er würde keine Ruhe finden, bis er es erledigt hatte.

»Ja?« Die weiche Stimme drang durch das Wageninnere und brachte etwas in ihm zum Vibrieren. Verdammt, das hatte er doch schon lange hinter sich gelassen!

»Hallo Autumn, hier ist Zach.«

»Zach!« Autumns erfreuter Ausruf ließ ihn lächeln. »Ich freue mich, dass du dich meldest, das letzte Mal ist schon Monate her.«

Das war ihm bewusst, denn er hatte sich absichtlich ferngehalten, aber das konnte er ihr natürlich nicht sagen, denn es würde sie verletzen. »Tut mir leid, hier ist in letzter Zeit die Hölle los.«

»Das weiß ich doch. Und ich kenne es von Jay, der meldet sich auch viel zu selten.« Sie lachte leise. »Wobei das bei ihm in letzter Zeit auch daran liegen kann, dass er zu sehr mit seiner Jocelyn beschäftigt ist.«

Zach schnitt eine Grimasse. Damit war auch der letzte Junggeselle der Hunter-Brüder vergeben, und auf den Feiern, zu denen ihn Autumn immer noch einlud, obwohl er jedes Mal absagte, hätte er noch ein glückliches Paar mehr beobachten können. Sofort fühlte er sich schuldig wegen dieser Gedanken. Der gesamte Hunter-Clan war furchtbar nett, und er wünschte ihnen nur das Beste. Vorzugsweise, wenn er nicht dabei war … »Aber als Detective hat er in San Francisco sicher auch genug zu tun.«

»Leider. Er erzählt nie etwas davon, aber es muss richtig schlimm sein.« Sie räusperte sich. »Aber was schwafele ich hier herum, sicher hast du nicht angerufen, um mit mir über solche Dinge zu reden. Wie geht es dir?«

»Gut, und euch?« Das war zwar gelogen oder zumindest

übertrieben, aber er wollte Autumn nicht mit seinen Problemen belästigen.

»Sehr gut. Wir haben jetzt noch eine zweite Katze, genau genommen einen Kater.« Autumn schwieg einen Moment. »Ich habe ihn Tombo genannt.«

Zachs Kehle schnürte sich zusammen, als er den Schmerz in ihrer Stimme hörte. In New York hatte sie damals auch einen Kater namens Tombo gehabt, den ihr Exfreund auf grausame Weise getötet hatte. »Er hätte kaum ein besseres Zuhause finden können.«

»Das denke ich auch. Shane verwöhnt ihn nach Strich und Faden.« Autumn klang schon wieder wesentlich fröhlicher. »Was ist los, Zach?«

Für einen Moment wusste er nicht, was er sagen sollte. Dann stieß er einen tiefen Seufzer aus. »Du kennst mich zu gut.«

»Du bist mein Freund, Zach, natürlich kenne ich dich und interessiere mich dafür, was in deinem Leben vor sich geht.«

Es versetzte ihm einen Stich, während sich gleichzeitig Wärme in ihm ausbreitete. Er räusperte sich. »Ich habe heute vor Gericht bei einem Prozess ausgesagt. Chloe war die Verteidigerin.«

»Das ist ja ein Zufall! Ist die Kleine nicht toll?«

»Ich bezweifle, dass sie es gerne hören würde, als klein bezeichnet zu werden. Mir kam sie jedenfalls sehr erwachsen vor.«

Autumn lachte. »Das ist ihr Los als Jüngste des Hunter-Clans. Wahrscheinlich wird sie für ihre Eltern und Geschwister immer die Kleine bleiben.« Sie wurde ernst. »Aber darüber wolltest du sicher nicht reden.«

Zach schnitt eine Grimasse. »Sie verteidigt einen brutalen Mörder, den ich verhaftet habe.«

»Sie ist Pflichtverteidigerin und kann sich ihre Mandanten nicht aussuchen, Zach. Aber sie nimmt ihren Job genauso ernst wie du deinen.« Anscheinend klang noch ein wenig von seiner Geringschätzung durch, denn Autumn benutzte den Tonfall, der ihm zeigte, dass sie von ihm enttäuscht war.

»Das Gefühl hatte ich auch.« Zach fuhr an den Straßenrand und schaltete den Motor aus.

Autumn schwieg einen Moment. »Und was hat sie so erzählt? Du hast sie doch sicher zu einem Kaffee eingeladen, oder?«

Das fehlte ihm noch. »Nein.«

»Warum denn nicht? Sie ist intelligent, liebenswürdig und sieht toll aus. Mal ganz davon abgesehen, dass sie Shanes Schwester ist und du sie kennst.«

»Wir haben bisher kaum mehr als drei Worte gewechselt.« Vor allem, weil er sie seit der Hochzeit nicht mehr gesehen und sie vorhin schon nach wenigen Sätzen beleidigt hatte.

Natürlich ließ Autumn es nicht auf sich beruhen. »Aber warum denn nicht?«

Zach seufzte und schloss die Augen. »Ich fürchte, ich habe etwas zu ihr gesagt, das sie verletzt hat.«

»Oh, Zach. Dann entschuldige dich bei ihr. Ich denke nicht, dass sie sonderlich nachtragend ist.«

Das glaubte er zwar nicht, aber damit musste er Autumn ja nicht belasten. »Kannst du mir ihre Kontaktdaten geben?« Besser, er brachte es schnell hinter sich, bevor er den Mut verlor.

»Natürlich, Moment.«

Ein Rascheln erklang, dann ein zufriedener Laut. »Hier sind sie. Bereit?«

Zach zog rasch Block und Stift heraus und notierte die Telefonnummer und Adresse, die Autumn ihm diktierte. »Danke.«

»Wenn du Chloe anrufst, grüß sie bitte von mir. Sag ihr, sie soll weniger arbeiten und sich endlich mal wieder bei uns blicken lassen.«

»Wird erledigt.« Sofern sie ihn überhaupt anhörte.

»Ich mache mir Sorgen um dich, Zach. Du klingst überhaupt nicht gut. Wenn du überarbeitet bist, gönn dir mal wieder eine Pause. Du weißt, dass du jederzeit bei uns willkommen bist.«

Zach rieb über seine schmerzende Brust. »Das weiß ich, danke. Im Moment schaffe ich es nicht, aber vielleicht in ein paar Monaten.«

»Pass auf dich auf, Zach.«

»Das tue ich doch immer.« Meistens zumindest.

Lange Zeit betrachtete er Chloes Telefonnummer und steckte das Handy schließlich wieder ein. Es wäre nicht richtig, sie telefonisch um Entschuldigung zu bitten. Er sollte ihr ins Gesicht blicken, wenn er ihr sagte, wie leid es ihm tat, sie ohne Anlass so beleidigt zu haben. Entschlossen ließ er den Motor wieder an und fuhr auf die Straße zurück.

4

Chloe hatte sich nach einem langen und frustrierenden Arbeitstag gerade ihre Wohlfühlkleidung übergezogen, als es an der Tür klingelte. Gut, endlich kam die bestellte Pizza, sie war schon halb verhungert. An den meisten Abenden kochte sie sich etwas Gesünderes, aber heute brauchte sie etwas, das sie vergessen ließ, wie furchtbar der Tag gewesen war. Die Auseinandersetzung mit Zach war dabei der absolute Tiefpunkt gewesen. Noch jetzt schmerzte ihr Innerstes, wenn sie sich seinen verächtlichen Blick in Erinnerung rief. Gleichzeitig brandete aber auch die Wut wieder in ihr auf. Auf ihn, aber vor allem auch auf sich selbst, weil sie sich von der Meinung eines Mannes, den sie eigentlich gar nicht kannte, dermaßen herunterziehen ließ.

Da die Sprechanlage kaputt war, drückte sie einfach nur auf den Knopf, der die Haustür öffnete, und wartete, bis der Pizzabote vor der Tür erschien. Als es klopfte, blickte Chloe durch den Spion und zuckte zurück. Nicht der erwartete Bote stand gerade vor ihrer Wohnungstür, sondern Zach. Wie zum Teufel kam der hierher? Und vor allem, was wollte er: sie noch einmal beschuldigen, ein gewissenloses und geldgieriges Monster zu sein? Einmal reichte ihr völlig.

Zach klopfte erneut. »Chloe, mach bitte die Tür auf, ich muss mit dir sprechen.«

Sie presste eine Hand auf ihre Kehle, die sich bereits wieder zuschnürte und lehnte sich mit dem Rücken gegen die Tür. Nur mit Mühe brachte sie überhaupt einen Ton hervor. »Geh weg.«

Grandios, das klang sehr erwachsen. Aber es passte zu ihrer derzeitigen Stimmung. Am liebsten würde sie sich irgendwo verkriechen und sich die Decke über den Kopf ziehen.

Einen Moment lang herrschte Stille, dann ertönte ein dumpfes Geräusch. Gegen ihren Willen neugierig geworden, blickte Chloe wieder durch den Spion. Sie konnte nur noch ein Stück seiner Wange sehen, es schien, als hätte er seine Stirn gegen das Holz gelehnt. Für einen winzigen Augenblick überlegte sie, ob er krank war und Hilfe brauchte, doch dann setzte ihr Verstand wieder ein. Wenn es Zach gelungen war, in den vierten Stock zu kommen, dann würde er es auch wieder nach unten schaffen. Ohne ihre Hilfe.

»Bitte, Chloe.« Seine Stimme klang rau und müde, so, als hätte er ebenfalls einen sehr anstrengenden Tag hinter sich.

Mühsam unterdrückte sie einen Anflug von Mitleid. »Ich denke, wir haben uns bereits heute Mittag alles gesagt. Geh jetzt bitte.«

Zach hob den Kopf, und sie konnte jetzt direkt in seine dunkelbraunen Augen blicken. Sie glaubte, dort Bedauern zu erkennen, doch das konnte auch an der Verzerrung durch den Spion liegen. »Ich hätte es vorgezogen, das nicht im Hausflur sagen zu müssen, wo jeder deiner Nachbarn mithören kann, aber ich kann verstehen, dass du mir nicht die Tür öffnen willst.« Er holte tief Luft. »Wir haben vorhin nicht alles gesagt, beziehungsweise, ich habe zu viel gesagt. Es tut mir leid, Chloe, meine Worte waren völlig inakzeptabel. Es war nicht richtig, dich mit Curtis zu vergleichen, und ich wünschte, ich könnte die Worte wieder zurücknehmen, aber das geht leider nicht.«

Nein, das ging tatsächlich nicht, sie würden wohl für lange Zeit in ihr Gehirn eingebrannt sein.

Zach trat einen Schritt zurück und rieb mit der Hand über sein Gesicht. »Das wollte ich dir nur sagen, auch wenn es jetzt zu spät ist. Ich denke, dass du eine sehr gute und gewissenhafte Anwältin bist, Chloe. Allerdings weiß ich auch, zu was Curtis fähig ist und ich möchte einfach nicht, dass er noch einmal die Chance erhält, einer anderen Frau so etwas anzutun. Und das würde er, wenn du erreichst, dass das Verfahren gegen ihn eingestellt wird.«

Damit konnte er durchaus recht haben, aber trotzdem konnte sie nicht einfach einen – in dem Fall – unschuldigen Mann ins Gefängnis gehen lassen, wenn sie der Überzeugung war, dass er den Mord nicht begangen hatte. Der Druck um ihren Brustkorb löste sich ein wenig. Zach hatte sich extra die Mühe gemacht, ihre Adresse ausfindig zu machen und war hierhergekommen, um sich zu entschuldigen. Dies löschte das Gesagte zwar nicht vollständig aus, aber sie konnte es akzeptieren. Wie oft hatte sie etwas im Eifer des Gefechts gesagt, das ihr hinterher leidgetan hatte, und ihr war immer verziehen worden. Mit einem tiefen Atemzug trat sie zurück und öffnete die Tür einen Spaltbreit. Zach hatte sich bereits umgedreht, so, als wollte er gehen.

»Danke für die Entschuldigung.«

Zach blickte sie ernst an und nickte dann. »Danke, dass du noch mit mir redest. Ich könnte es verstehen, wenn du nie wieder ein Wort mit mir wechseln würdest.«

Zum ersten Mal seit dem Debakel im Gerichtsgebäude breitete sich ein Lächeln auf ihrem Gesicht aus. »Das wäre dann doch etwas drastisch und vor allem unpraktisch, wenn wir uns irgendwann bei einer Familienfeier begegnen sollten.« Sie wurde ernst. »Aber mach so etwas bitte nicht noch einmal, Zach. Es hat mir wehgetan, dass du so von mir denkst.« Chloe biss sich auf die Lippe. Das hatte sie gar nicht sagen wollen, es passierte häufiger, dass ihr etwas herausrutschte, das besser ungesagt geblieben wäre.

Zach trat einen Schritt vor und berührte mit seinen Fingerspitzen ihren Handrücken. »Ich verspreche es. Und sollte ich irgendwann noch einmal einen solchen Mist von mir geben, hast du meine Erlaubnis, mir etwas über den Kopf zu ziehen.«

»Oh, jetzt wünschte ich fast, es wäre schon so weit.«

Seine Mundwinkel hoben sich. »Das klang schon eher nach der Chloe Hunter, die ich kenne.«

Sofort verschwand ihre Belustigung. »Zach, du kennst mich nicht wirklich. Wir sind uns, abgesehen von heute, erst einmal begegnet, und da bist du geflüchtet. Und ich kenne dich auch nicht; von daher sollten wir es vermeiden, voreilige Schlüsse zu ziehen. Ich bin kein Abschaum, und du bist kein vorurteilsbeladener Mistkerl, wie ich kurzzeitig dachte. Okay?«

Er hielt ihr seine Hand hin, und Chloe ergriff sie. »Okay. Gute Nacht, Chloe.«

»Dir auch.«

Sie wollte schon die Tür schließen, als er sie noch einmal ansprach. »Ich soll dich übrigens von Autumn grüßen. Du sollst weniger arbeiten und dich öfter bei ihnen blicken lassen.«

Chloe schnaubte. »Das ist ja wohl …«

Zach hob die Hände und entfernte sich von ihr. »Ich bin nur der Überbringer der Nachricht, macht das unter euch aus.«

Diesmal verschwand er endgültig im Treppenhaus, und Chloe schloss die Tür hinter ihm. Mit dem Rücken lehnte sie sich dagegen und atmete tief ein. Der Gedanke, dass Zach mit Autumn über sie gesprochen hatte, spülte den letzten Ärger weg. Offensichtlich hatte er seine Worte tatsächlich bereut und sich überlegt, wie er die Sache wiedergutmachen konnte. Sie würde die Angelegenheit zwar nicht so schnell vergessen, aber sie konnte ihren Frieden damit schließen und es abhaken.

Erschrocken zuckte sie zusammen, als es an der Tür klopfte. Seltsamerweise machte ihr Herz bei dem Gedanken einen

Sprung, dass Zach zurückgekommen sein könnte. Rasch öffnete sie die Tür wieder und versuchte, ihre Enttäuschung zu verbergen, als nur der Pizzabote davorstand.

»Ihre Pizza, Ms Hunter.« Damit reichte er ihr einen großen Karton.

Chloe rang sich ein Lächeln ab und atmete tief den köstlichen Duft frisch gebackener Pizza ein. »Vielen Dank, das riecht himmlisch. Moment, ich lege rasch den Karton zur Seite, dann bezahle ich.«

Der junge Mann hob die Hand. »Das ist nicht nötig, die Rechnung hat der Herr übernommen, dem ich im Treppenhaus begegnet bin.« Er winkte ihr zu und lief schon die Treppe hinunter.

Sowie Chloe die Tür geschlossen hatte, legte sie den Karton auf die Kommode und rannte zum Fenster. Sie schob den Vorhang ein wenig beiseite und blickte auf die Straße hinunter. Innerhalb von Sekunden hatte sie Zachs hochgewachsene Gestalt entdeckt, der gerade in seinen Wagen stieg. Als hätte er ihre Anwesenheit gespürt, blickte er nach oben. Einen Moment lang blickten sie sich nur an, dann hob er kurz die Hand, schloss die Wagentür und fuhr los. Ihr Herz machte einen kleinen Hüpfer, und sie ließ sich wie betäubt auf das Sofa sinken. Offensichtlich war ihre Faszination für Zach Murdock trotz der Ereignisse nicht vergangen. Im Gegenteil, sie schien noch stärker geworden zu sein, weil sie die Möglichkeit gehabt hatte, ein wenig hinter seine Fassade zu blicken. Sie konnte sich nur noch nicht entscheiden, ob das gut oder schlecht war.

Am nächsten Morgen machte Chloe auf ihrem Weg zur Arbeit einen Abstecher zum Police Department. Zwar glaubte sie nicht, dass Zach sich trotz seiner Entschuldigung gestern Abend dazu bringen lassen würde, ihr zu helfen, aber sie wollte es zumindest versuchen. Ihre Möglichkeiten, in dem Fall Unterstützung zu bekommen, waren ausgeschöpft. Weder die ermittelnden Detectives noch die Staatsanwaltschaft schienen sich dafür zu interessieren, ob eventuell ein Unschuldiger verurteilt werden würde. Auch wenn Jesse Curtis theoretisch ins Gefängnis gehörte, dann nicht aufgrund dieser Tat. Vor allem aber würde eine Verurteilung bedeuten, dass der wahre Mörder davonkam – was sie unbedingt verhindern musste.

Sie betrat das Gebäude und ging gleich zu den Fahrstühlen. Es war immer von Vorteil, wenn man die richtigen Leute kannte; so hatte sie ohne Probleme erfahren, wo sich Zach Murdocks Büro befand. Ihr Ausweis vom Büro der Pflichtverteidigung sorgte dafür, dass sie einfach durchgelassen wurde. Vermutlich hätte sie sich anmelden sollen, aber sie wollte nicht, dass Zach sie schon am Telefon abwimmelte. Wenn sie ihm ihre Beweise darlegte – oder vielmehr die Tatsache, dass viele Beweise nicht eindeutig waren –, würde er ihr hoffentlich freiwillig helfen. Und wenn nicht, dann hatte sie es wenigstens versucht.

Da Zach so einsichtig gewesen war und sich entschuldigt hatte, hoffte sie, dass er ihr zumindest zuhören würde, ohne sie gleich rauszuschmeißen. Alles andere hing davon ab, wie gut sie ihren Fall präsentierte. Chloe holte tief Luft und klopfte an die halb geöffnete Tür seines Büros. Zach saß hinter seinem Schreibtisch und sah auf, als sie die Tür weiter aufschob. Ein seltsamer Ausdruck glitt über sein Gesicht, den sie nicht deuten konnte.

Dann wurde seine Miene wieder neutral, und er erhob sich. »Hallo Chloe, komm herein.«

Als sie eingetreten war, blickte Chloe sich kurz in dem recht kleinen Raum um, dessen Mobiliar die besten Zeiten schon lange hinter sich hatte. »Guten Morgen, Zach.« Sie schloss die

Tür hinter sich, was Zach mit zusammengeschobenen Augenbrauen quittierte. »Kann ich kurz mit dir unter vier Augen reden? Es ist wirklich wichtig.«

»Natürlich.« Während er das Wort aussprach, konnte sie beinahe seinen eigentlichen Gedanken hören: *Wenn es sein muss.* Er deutete auf den Stuhl, der vor seinem Schreibtisch stand, und wartete, bis sie sich gesetzt hatte, bevor er wieder auf seinem Drehstuhl Platz nahm.

Chloe mochte Männer mit Manieren, deshalb lächelte sie ihn an. »Danke.« Sie faltete ihre Hände über der Aktentasche, die sie auf ihren Schoß gelegt hatte. »Ich möchte mich bei dir für die Entschuldigung bedanken – und auch für die Pizza, obwohl die nicht nötig gewesen wäre.«

Unbehaglich zuckte Zach mit den Schultern. »Die Entschuldigung war angebracht und die Pizza nur eine kleine Wiedergutmachung, zu der ich mich spontan entschlossen habe, als mir der Bote entgegenkam und erwähnte, sie wäre für dich.« Ein kleines Lächeln huschte über sein Gesicht. »Obwohl ich sie ihm eigentlich lieber abgenommen hätte, sie roch richtig verführerisch.«

Dass er sich in ihrer Gegenwart entspannt genug fühlte, um sogar einen kleinen Scherz zu machen, gab ihr Hoffnung für ihr Vorhaben. Chloe zwinkerte ihm zu. »Und du glaubst gar nicht, wie gut sie geschmeckt hat.«

Zach stöhnte auf. »Das war jetzt gemein.« Er schluckte hörbar. »Jetzt läuft mir das Wasser im Mund zusammen.«

Lachend beugte Chloe sich vor. »Selbst schuld.«

Sofort wurde Zach ernster. »Das stimmt allerdings. Es wird nicht wieder vorkommen.«

Chloe nickte. »Das hoffe ich.« Einen Moment lang ließ sie sich davon ablenken, wie das Sonnenlicht das Rot in seinen braunen Haaren zum Vorschein brachte. Zu gerne würde sie ihre Hände hineingraben und feststellen, ob sie so weich waren, wie sie aussahen.

»Chloe? Bist du nur deshalb gekommen?«

Wärme stieg in ihre Wangen, als sie erkannte, dass sie sich von ihrer Mission hatte ablenken lassen. »Nein. Ich möchte gerne mit dir über Jesse Curtis sprechen.«

Sofort verschloss sich seine Miene. »Der Teil meiner Aussage gestern bleibt bestehen: Ich glaube, dass Curtis der Täter war, und habe ansonsten nichts mehr dazu zu sagen. Es ist nicht mein Fall.«

Chloe lehnte sich vor. »Bitte, Zach, ich weiß nicht, mit wem ich sonst darüber reden könnte. Deine Kollegen von der Mordkommission und die Staatsanwaltschaft weichen nicht von ihrem Standpunkt ab und sind nicht bereit, weitere Ermittlungen anzustellen.«

»Dann haben sie vielleicht ihre Gründe dafür.«

Wut regte sich in ihr. »Ja, nämlich den, dass es einfacher ist, Jesse Curtis zu verurteilen, als nach dem wahren Täter zu suchen.«

»Das sind meine Kollegen, über die du gerade redest, Chloe.«

Wenn sie ihre Haare nicht hochgesteckt hätte, würde sie jetzt mit beiden Händen daran ziehen, so frustriert war sie. Seit Wochen die gleiche Reaktion bei allen, die sie darauf angesprochen hatte. »Ich weiß, und ich finde es traurig, dass es anscheinend jedem egal ist, wenn ein Mörder ungestraft davonkommt.«

»Chloe …«

»Nein, Zach, ich bin nicht hier, weil ich es so lustig finde. Oder weil ich meinen Mandanten mag, das tue ich nämlich ganz und gar nicht. Mir geht es allein darum, die Wahrheit herauszufinden und einem fälschlich Angeklagten zum Recht zu verhelfen.« Mit Mühe ließ sie ihre Stimme sanfter klingen. »Du hast Candice gesehen und weißt, was für ein brutaler Mistkerl sie getötet hat. Möchtest du, dass so etwas noch einer anderen Frau geschieht?«

Zach wurde blass, und ein Muskel zuckte in seiner Wange. »Das war ein Tiefschlag, Chloe.«

»Ich weiß, und es tut mir leid. Aber ich möchte einfach nicht, dass wir einen riesigen Fehler begehen.«

Mit einem tiefen Seufzer lehnte Zach sich in seinem Stuhl zurück. »Bist du bei jedem deiner Fälle so engagiert?«

In der Gewissheit, dass sie gewonnen hatte und er ihr wenigstens zuhören würde, fand sie ihr Lächeln wieder. »Natürlich, wie sollte ich sonst meinen Job gut machen?«

»Warum bist du dann nicht normale Verteidigerin geworden? Du würdest viel mehr Geld verdienen.«

Sie holte die Unterlagen aus der Aktentasche. »Stimmt, aber die Gerechtigkeit interessiert mich mehr als ein hoher Verdienst.«

Zach schüttelte innerlich den Kopf. Gegen Chloe hatte er überhaupt keine Chance zu bestehen, wenn sie etwas wirklich wollte, war sie wie ein Bullterrier. Eine Eigenschaft, die er schon bei mehreren Mitgliedern der Familie Hunter bemerkt hatte. Also hatte er entschieden, sich ihre Unterlagen anzuschauen und klein beizugeben. Wenn sich herausstellte, dass seine Kollegen gründlich gearbeitet und nichts übersehen hatten, wovon er ausging, würde sie ihn wenigstens endlich mit dieser Sache in Ruhe lassen.

Als Chloe sich vorbeugte, löste sich eine Strähne ihres Haars aus der eleganten Aufsteckfrisur, und Zach erinnerte sich daran, wie sie ihm gestern die Tür geöffnet hatte. Die wilden Locken hingen ungehindert hinab, und anstelle des eleganten Kostüms im Gerichtssaal trug sie Jeans und ein eng anliegendes T-Shirt, das ihre kurvige Figur noch betonte. Es war ihm unheimlich schwergefallen, überhaupt ein Wort herauszubringen, geschweige denn, sich ordentlich zu entschuldigen, aber zum Glück war Chloe anscheinend nicht nachtragend. Außer sie wollte seine Hilfe in Anspruch nehmen und hatte deshalb entschieden, ihm zu verzeihen.

Zach verzog den Mund bei diesem Gedanken. Ihm wäre es lieber, wenn sie aus freien Stücken zu ihm gekommen wäre, und nicht nur, weil sie etwas von ihm wollte. Doch nach dem, was er sich gestern geleistet hatte, sollte er wohl froh sein, dass sie überhaupt noch ein Wort mit ihm wechselte.

»Also gut, erzähl mir, was dich an dem Fall stört.«

Grübchen blitzten auf, als Chloe ihn anlächelte. »Okay.«

Zach ignorierte das leichte Flattern in seinem Magen und blickte Chloe ernst an. »Ich werde dir meine ehrliche Meinung sagen. Wenn an deinen Vermutungen etwas dran sein könnte, werde ich dir helfen, die Wahrheit herauszufinden. Wenn nicht, möchte ich, dass du mir versprichst, die Sache ruhen zu lassen und dich darauf zu konzentrieren, Curtis zu verteidigen.«

Ihre hellbraunen Augen lagen prüfend auf ihm, dann nickte sie langsam. »Abgemacht.«

Erleichtert atmete er auf. Damit sollte die Sache in spätestens einer halben Stunde ausgestanden sein.

»Okay, da ich bald im Büro sein muss, mache ich es so schnell wie möglich.« Sie lächelte ihn schief an. »Deinem erleichterten Gesichtsausdruck nach zu urteilen ist das auch in deinem Sinne.«

»Ja.« Er deutete auf die Aktenstapel, die seinen Schreibtisch bedeckten. »Momentan scheinen alle durchzudrehen, muss am Wetter liegen.«

»Warum hast du eigentlich den Mordfall nicht bearbeitet?«

»Ich bin nicht bei der Mordkommission. Ich bearbeite nur Fälle von häuslicher Gewalt, Vergewaltigungen, Missbrauch und so weiter.«

»Und in dieser Funktion hattest du damals auch mit Jesse Curtis zu tun?«

»Genau.« Zach bemühte sich, nicht wieder die Einzelheiten der beiden Misshandlungsfälle hochkommen zu lassen. Die Frauen hatten ihre schweren Verletzungen in Krankenhäusern behandeln lassen müssen, doch sie hatten es nicht gewagt, gegen Curtis auszusagen. Und sie waren auch nicht in ein Frauenhaus gegangen, wie er es ihnen geraten hatte. Glücklicherweise hatten sie es anscheinend irgendwie geschafft, von Curtis loszukommen, bevor er ihnen das antat, was Candice Meadows erlitten hatte.

Eine sanfte Berührung an seiner Hand schreckte ihn aus seinen Gedanken auf. Chloes Blick lag besorgt auf ihm. »Alles in Ordnung?«

Zach richtete sich gerader auf. »Ja, natürlich.« Rasch zog er seine Hand zurück, als er bemerkte, dass Chloes schlanke Finger noch darauf ruhten.

»Ich kann mir vorstellen, dass dein Job ziemlich schwer und belastend sein kann.«

Er hob die Schultern. »Immer noch besser als Mordkommission, wenigstens ist bei meinen Opfern ein Happy End noch möglich.« Viele der Opfer waren allerdings psychisch so geschädigt, dass sie den Rest ihres Lebens darunter litten. Dennoch verschaffte es ihm eine gewisse Befriedigung, die Täter zu finden und für ihre Tat zu bestrafen.

Chloe zog einen Block aus ihrer Tasche. »Wessen wurde Curtis vorher beschuldigt?«

»Ich wurde zum ersten Mal angefordert, als eine schwer verletzte Frau in ein Krankenhaus eingeliefert worden war. Ihr

Körper wies unzählige Blutergüsse und Schnitte sowie ein paar Knochenbrüche auf. Ihr Freund hat sie dorthin begleitet, und der Ärztin kam die Sache verdächtig vor, deshalb hat sie die Polizei eingeschaltet. Es war offensichtlich, dass das Opfer von Curtis unterdrückt wurde, aber leider hat die Frau sich nicht getraut, gegen ihn auszusagen. Das Gleiche ist dann etwa ein Jahr später noch einmal mit einer anderen Frau passiert. Wieder konnte ich nichts unternehmen, weil sie nicht ausgesagt hat und es keine Zeugen gab.«

Chloe machte sich ein paar Notizen. »Deshalb bist du zu der Wohnung gefahren, als der Notruf einging und Curtis' Name genannt wurde.«

Zach nickte stumm.

»Wie lief das genau ab?«

»Cassie aus der Leitzentrale hat den Notruf entgegengenommen. Da ihr die Sache komisch vorkam, hat sie den Namen Jesse Curtis in unserer Datenbank gesucht. Dort hat sie meine beiden Berichte gefunden, und da ich in der Nacht der zuständige Detective im Dienst war, hat sie mich angerufen und gefragt, ob wir etwas unternehmen sollten. Ich habe mich dafür entschieden, dem Notruf nachzugehen.« In Chloes Augen konnte er erkennen, was sie sagen wollte. »Ja, ich weiß, dass der Notruf angeblich ein Versehen war, aber unter den Umständen fand ich es angebracht, ihn trotzdem als Notruf zu behandeln.« Er schluckte hart. »Leider zu Recht, wie sich gezeigt hat.« Wieder erinnerte er sich an Candice' geschundenen Körper.

»Ich kann mir nicht vorstellen, wie schlimm es sein muss, in eine Wohnung zu kommen und so etwas vorzufinden.« Chloes Ton war mitfühlend. »Ich habe nur die Fotos gesehen, aber das hat mir völlig gereicht.«

»Man lernt, damit umzugehen.« Er erwähnte nicht, dass viele seiner Kollegen Alkohol oder andere Dinge dafür benötigten, die sie zumindest zeitweise von der schrecklichen Seite ihres Jobs ablenkten. Er selbst fuhr lieber in jeder freien Minute in die Natur, um sich dort den Kopf durchpusten zu lassen und sich an die schönen Dinge im Leben zu erinnern. Hin und wieder klappte es sogar.

»Als du dort ankamst, hat niemand die Tür geöffnet, ihr habt sie aufgebrochen und du hast Candice im Schlafzimmer gefunden, während Curtis schlafend im Wohnzimmer auf dem Sofa lag. Korrekt?«

»Ja.«

»Was ich erstaunlich finde, ist, dass Curtis in seinem Zustand überhaupt in der Lage war, Candice so zuzurichten und ein normales Telefonat mit der Notrufzentrale zu führen. Mir wurde gesagt, dass er einen Tag lang nur geschlafen und selbst nach zwei Tagen noch Ausfallerscheinungen gehabt habe. Auch als ich mit ihm sprach, fiel mir sein schlechter körperlicher Zustand auf. Eigentlich konnte er mit zwei Komma fünf Promille gar nicht in der Lage sein, seine Freundin so furchtbar zuzurichten. Offensichtlich hat er einen völligen Filmriss, er kann sich auch schon Stunden vor dem Mord an nichts erinnern, und diese Erinnerung ist bis heute nicht zurückgekehrt.«

»Wirst du das in der Verteidigung verwenden?«

»Eventuell. Aber eigentlich würde ich lieber auf unschuldig plädieren.«

Zach sprang auf, sein Bürostuhl rollte nach hinten und knallte an die Wand. »Was?«

Chloe blickte ihn ruhig an. »Zach, setz dich bitte wieder.«

Ihm war bewusst, dass er überreagierte, konnte jedoch nicht verhindern, dass sich seine Hände um die Tischkante klammerten, bis seine Fingerknöchel weiß hervorstanden. »Die Beweise sind eindeutig, es gibt keinen Grund anzunehmen, dass jemand anders dafür verantwortlich ist.«

»Doch, den gibt es, und vor allem sind die Beweise eben nicht eindeutig. Und genau deshalb bin ich hier. Nehmen wir zum Beispiel die Blutprobe, die ihm kurz nach seiner Ankunft im Krankenhaus entnommen wurde. Sie wurde auf Alkohol und Drogen untersucht. Als ich darum bat, noch andere Tests vorzunehmen, wurde das abgelehnt.«

Langsam setzte Zach sich wieder hin. »Wenn es doch offensichtlich ist, dass er volltrunken war, was für einen Unterschied macht das, ob er noch etwas anderes im Blut hatte?«

Chloe verzog den Mund. »Genau das Argument kam auch von deinen Kollegen aus der Mordkommission.«

»Und es ist berechtigt. Wir haben Curtis sozusagen mit dem Messer in der Hand erwischt. Er ist der Täter und war betrunken, Ende der Geschichte.«

»Nicht ganz. Wenn er nämlich noch etwas anderes im Blut gehabt hätte, Flunitrazepam zum Beispiel, dann würde das erklären, warum er sich an nichts erinnern kann. Sicher weißt du, dass dieses Mittel in Verbindung mit Alkohol Gedächtnislücken hervorrufen kann. Und es würde bedeuten, dass er nicht der Täter sein kann, weil er zu solch einer Tat gar nicht mehr fähig gewesen wäre. Und er hätte auf keinen Fall mehr verständlich telefonieren können.«

5

Als Chloe Zachs ungläubigen Gesichtsausdruck sah, war sie nicht erstaunt. Nach seiner heftigen Reaktion eben hatte sie schon erwartet, dass er ihr nicht glauben würde.

»Willst du damit sagen, dass Jesse Curtis unbemerkt eine Date-Rape-Droge verabreicht und dann der Mord untergeschoben wurde? Das ist doch lächerlich.«

»Mag sein, aber es ist die einzige Erklärung, die für mich einen Sinn ergibt. Da Curtis sich nicht daran erinnert, wo er gewesen ist, habe ich in seiner Stammkneipe nachgefragt. Der Wirt berichtet, dass er Curtis in seinem Lokal gesehen habe, wo er mehrere Stunden auf seinem üblichen Barhocker verbracht und ziemlich viel Alkohol konsumiert haben soll.« Außerdem hatte er einige der Frauen dort verbal belästigt, aber das tat hier nichts zur Sache. »Gegen ein Uhr nachts ist er dann aufgebrochen – allerdings nicht allein. Ein unbekannter Mann hat ihn gestützt, weil er nicht mehr eigenständig gehen konnte.«

Zach runzelte die Stirn, vermutlich, weil das nicht in seine Theorie passte. »Konnte er ihn beschreiben?«

»Leider nicht, es war ziemlich dunkel, und er hat ihn nur kurz von hinten gesehen, während die beiden zur Tür hinausgingen.«

»Aber er ist sicher, dass es Curtis war.«

»Ja.« Chloe tippte mit dem Kugelschreiber auf ihren Block. »Curtis ist also so betrunken, dass er nicht mal alleine gehen kann, aber er soll dann eine Stunde später verständlich telefoniert haben? Der Wirt sagte, er hätte ziemlich gelallt, als er zuletzt mit ihm gesprochen hatte.«

»Hast du das meinen Kollegen mitgeteilt?«

»Natürlich, sie haben es ignoriert, so wie alles andere, was ich vorgebracht habe.«

Zach wirkte nicht sehr glücklich darüber. »Aber Curtis' Fingerabdrücke waren auf der Tatwaffe.«

»Ja, aber auch das kann jemand geschickt inszeniert haben, wenn derjenige sich ein wenig Mühe gegeben hat. Aber das ist eine andere Baustelle, bleiben wir bei dem Alkohol: Ich kann mir nicht vorstellen, wie jemand mit dem Promillepegel noch in der Lage gewesen sein soll, eine Frau zu vergewaltigen. Prügeln vielleicht schon, aber der Rest … nein. Und selbst wenn er das hätte tun können, bleibt das Telefonat, das ich mir nicht erklären kann. Die Wahrscheinlichkeit, dass Curtis in dem Zustand vernünftige, ruhige Sätze von sich gegeben hätte, ist äußerst gering. So, wie ich Curtis bisher kennengelernt habe, würde er solch eine Tat im Affekt begehen, aber nicht ruhig und kalt, so, wie der Mann am Telefon anscheinend geklungen hat.«

Sie konnte Zach ansehen, dass ihm inzwischen auch Zweifel kamen. Er rieb sich sichtlich unbehaglich über das Gesicht. »Ich könnte Cassie bitten, mir den Notruf vorzuspielen. Normalerweise werden die Anrufe aufgezeichnet und als Beweismittel aufbewahrt, wenn ein Verbrechen begangen wurde.«

»Das wäre schön, ich habe schon vor Wochen darum gebeten, bisher aber immer noch keine Kopie erhalten.« Sie zog einen USB-Stick aus ihrer Tasche. »Ich habe Curtis den Notruf nachsprechen lassen, falls du die Stimmen vergleichen willst.«

Zach nahm ihn mit spitzen Fingern entgegen. »Das ist sicher hilfreich. Aber ich kann mir nicht erklären, warum du noch keine Kopie bekommen hast.«

Das ging ihr allerdings auch so. »Anscheinend sind bei euch

gerade alle furchtbar überarbeitet und deshalb nicht in der Lage, die von mir angeforderten Informationen über die gesammelten Beweise mir zukommen zu lassen.«

Zachs Augenbrauen schoben sich zusammen. »Das kann ich mir überhaupt nicht vorstellen. Was fehlt dir denn noch?«

Chloe blätterte durch ihre Notizen. »Dann ist da wie schon erwähnt die Tatwaffe.«

»Darauf sind nun eindeutig die Fingerabdrücke von Jesse Curtis.«

»Das bezweifle ich gar nicht. Es war ein Küchenmesser, das eindeutig dem Set zugeordnet wurde, das in der Küche von Candice Meadows gefunden wurde. Mir stellt sich jedoch die Frage: Könnten die Fingerabdrücke auch daher stammen, dass er es in der Küche benutzt hat?«

Zach runzelte die Stirn. »Selbst wenn, kann er danach trotzdem damit zugestochen haben.«

»Natürlich. Aber nach meinen Informationen wurden keine anderen Abdrücke darauf gefunden. Auch nicht von dem Opfer.«

»Vielleicht hatte sie es gerade vorher gespült.«

Chloe beugte sich vor. »Und danach nicht mehr angefasst, um es in den Messerblock zu stecken?« Als sie sah, dass Zach darüber nachdachte, redete sie rasch weiter. »Ich habe bisher nur die Information bekommen, dass die Abdrücke des Täters darauf sind, aber nicht, wie sie angeordnet sind. Stimmen sie mit jemandem überein, der auf einen anderen Menschen einsticht?« Sie hielt ihren Stift so, wie sie ein Messer halten würde, wenn sie zustach. »Vor allem, von welcher Hand stammten die Abdrücke? Jesse Curtis ist Linkshänder.«

Inzwischen hatte sich Zach ebenfalls einen Block herausgeholt und machte sich Notizen. Erleichtert deutete Chloe das als ein gutes Zeichen.

Schließlich blickte er auf, sein Gesichtsausdruck war grimmig. »War das alles?«

»Ein Punkt noch: das blutbespritzte T-Shirt.«

Zach legte seinen Stift zur Seite. »Das ist nun wirklich eindeutig, es ist genau das Spritzmuster drauf, das bei einem solchen Verbrechen entsteht. Und das Blut wurde unzweifelhaft Candice Meadows zugeordnet.«

»Das bestreite ich auch gar nicht. Ich glaube allerdings nicht, dass das T-Shirt überhaupt Jesse Curtis gehört.«

Zachs Augen verengten sich. »Und wie willst du das beweisen?«

»Ich fürchte, dass ich es nicht beweisen kann, aber zumindest will ich Zweifel wecken, denn die gibt es meiner Meinung nach eindeutig. Curtis ist zwar kein großer Mensch, hat aber einen ziemlich breiten Brustkorb und einen dicken Bauch. Deshalb trägt er immer T-Shirts der Größe XXL. Das blutige T-Shirt ist aber nur Größe XL und ihm damit zu eng. In seinem ganzen Schrank gibt es kein einziges T-Shirt, das nicht XXL ist.«

»Vielleicht hatte er es noch von früher, als er schlanker war. Oder es war ein Geschenk.«

Chloe hob die Schultern. »Das kann sein. Aber mich wundert schon, dass Curtis sich das einzige nicht passende T-Shirt aus dem Schrank greift, besonders, da er ausgegangen ist. Von früher kann das T-Shirt eigentlich auch nicht sein, Curtis sagte, er hätte schon seit langer Zeit dieselbe Größe, und ich habe die T-Shirt-Marke überprüft, es gibt sie erst seit einem Jahr.«

»Also doch ein Geschenk oder ein Fehlkauf, das kann ja vorkommen.«

»Ja, kann es. Aber zusammen mit allem anderen kommt es mir einfach seltsam vor. Ich würde gerne wissen, ob das T-Shirt zum Beispiel nach Zellen anderer Personen abgesucht wurde oder ob es auch andere Flecke gibt, die vielleicht nicht zum

Muster passen. Auch darauf habe ich leider keine Antwort bekommen.«

Zach machte sich eine weitere Notiz, bevor er den Stift auf die Schreibtischplatte warf und sich in seinem Stuhl zurücklehnte. »Wenn der Täter bereits gefasst ist, wird im Normalfall nur geprüft, ob die Beweise mit dem Täter und dem Verbrechen zusammenpassen, und es wird nicht weiter gesucht. Besonders, wenn es so offensichtlich ist wie bei Jesse Curtis. Das läuft auch bei anderen, ähnlichen Fällen so ab.«

Das konnte sie einerseits verstehen, andererseits machte es sie aber auch wütend, vor allem, weil all ihre Hinweise und Nachfragen ignoriert wurden. So sollte gute Polizeiarbeit sicher nicht ablaufen. Chloe steckte ihre Unterlagen wieder in die Aktentasche und erhob sich. »Danke fürs Zuhören.«

Zach stand ebenfalls auf und kam um den Schreibtisch herum. »Keine Ursache. Ich werde mich mal umhören, und wenn ich noch etwas erfahre, melde ich mich sofort bei dir.«

Chloe lächelte ihn an. »Danke.«

»Aber erwarte nicht, dass das Ergebnis in deinem Sinne ausfallen wird. Zudem glaube ich immer noch, dass Curtis ins Gefängnis gehört.«

Sie trat dicht zu ihm und legte den Kopf in den Nacken, um ihm in die Augen blicken zu können. »Ob du es glaubst oder nicht, das denke ich auch – nur nicht wegen dieses Verbrechens.« Sie senkte ihre Stimme noch weiter. »Curtis ist ein sexistischer Mistkerl, der Frauen nur benutzt. Trotzdem hat auch er ein Anrecht auf ein faires Verfahren.« Ihr war klar, dass Zach das als Polizist sicher anders sah, da er ständig mit solchen Typen zu tun hatte und oft genug frustriert war, weil er sie nicht zur Strecke bringen konnte.

Doch er nickte nur. »Das kann ich verstehen. Viel Glück bei deinem Prozess.«

»Brauchst du meine Telefonnummer?«

Eines seiner seltenen Lächeln ließ sein Gesicht kurz aufleuchten. »Die habe ich bereits.«

Wie im Reflex hob sie ihre Hand, um über seine Lippen zu streichen, als sie sich im letzten Moment ihrer Absicht bewusst wurde. Rasch senkte Chloe ihren Arm wieder, während Hitze in ihr Gesicht schoss. »Einen schönen Tag noch.« Eilig wandte sie sich ab, damit er ihre Verlegenheit nicht bemerkte, und strebte den Gang entlang zum Fahrstuhl. Sie musste dringend an die frische Luft, offensichtlich hatte die Nähe zu Zach ihren gesunden Menschenverstand beeinträchtigt. Ja, er hatte versprochen, sich für sie umzuhören, aber das hieß noch lange nicht, dass er etwas anderes in ihr sah als Autumns kleine Schwägerin und gleichzeitig eine nervige Anwältin. Und das war verdammt schade.

Zach stand in der offenen Tür seines Büros und blickte Chloe hinterher. Ihre hohen Hacken klapperten im Stakkato über den Steinboden, während ihre Hüfte sich unter dem engen Rock sanft bei jedem Schritt hin- und herbewegte. Er lehnte sich mit der Schulter gegen die Türfüllung und steckte die Hände in die Hosentaschen, als ihn auf einmal der verrückte Impuls überkam, hinter ihr herzulaufen und ihr die Spangen aus den Haaren zu ziehen, damit ihre Haarmähne locker über ihren Rücken fiel. Ein seltsames Gefühl, das er nicht benennen konnte, bildete sich in seinem Magen.

»Kennst du die etwa? Sieht heiß aus, ist aber eine eiskalte Ziege, die dich im Gerichtssaal ohne Rücksicht auseinandernimmt.«

Langsam drehte Zach sich zu Kendricks um, einem der Detectives, der jetzt neben ihm stand. Er wusste, dass er am besten cool reagieren sollte, doch irgendwie schaffte er es nicht. »Ich will nicht, dass du so über sie redest, verstanden? Und nein, ich kenne sie nicht näher, aber bisher kam sie mir nett vor.«

Kendricks grinste ihn hämisch an. »Ah, wieder einer, den sie getäuscht hat. Du wirst es ja erleben, wenn sie dich irgendwann verarscht.« Damit schlenderte er wieder zu seinem Büro zurück.

Fassungslos blickte Zach ihm nach. Bisher hatte er Frank Kendricks nur als ruhigen und halbwegs angenehmen Kollegen erlebt.

Cassie tauchte neben ihm auf und grinste ihn an. »Lass dir von Frank nichts einreden, er ist nur neidisch, weil er mal versucht hat, bei ihr zu landen, und abgeblitzt ist.«

Nachdenklich schüttelte Zach den Kopf. »Das mag mit reinspielen, aber ich schätze, er musste mal in einem Fall aussagen und ist dort auf Chloe getroffen.«

»Chloe, huh?«

Zach seufzte tief. »Längere Geschichte. Aber es ist gut, dass ich dich treffe. Ich möchte mir gerne noch mal die Aufzeichnung des Notrufs in der Meadows-Sache anhören.«

Cassie runzelte die Stirn. »Ist die Sache nicht schon längst gelaufen? Ich dachte, ihr habt den Täter, und der steht schon vor Gericht?«

»Das schon, aber ich würde es gerne mal selbst hören. Wie es aussieht, muss Curtis ja völlig betrunken gewesen sein.«

»Also, während des Telefonats habe ich davon jedenfalls nichts bemerkt, sonst hätte ich das erwähnt. Ich würde dir gerne helfen, aber ich habe keinen Zugriff mehr auf die alten Aufzeichnungen, da müsstest du dich an die Technikabteilung wenden. Oder an deine Kollegen von der Mordkommission, die haben sicher auch eine Kopie.«

Zach schnitt innerlich eine Grimasse. Zu den Detectives der Mordkommission wollte er nicht unbedingt gehen, sie mochten es nicht, wenn man sich in ihre Fälle einmischte. Was er durchaus verstehen konnte, ihm ging es nicht anders. Daher wäre es besser, sie zu umgehen und lieber gleich in der Technik danach zu fragen. »Danke, das werde ich machen.«

Besorgt blickte Cassie ihn an. »Lass dich von dem Fall nicht fertigmachen, Zach. Du hast damals alles Menschenmögliche getan, um Jessie Curtis einzubuchten.«

Er fragte sich gerade, woher sie so viel darüber wusste, als ihm einfiel, dass sie sicher mit seiner Kollegin, die eine Freundin von Cassie war, über den Fall geredet hatte. »Es ist kein schönes Gefühl, zu wissen, dass ich so nah an ihm dran war und ihn nicht außer Gefecht setzen konnte, aber ich weiß auch, dass mir vom Gesetz her die Hände gebunden waren. Ich habe allerdings nicht damit gerechnet, dass er jemanden umbringen würde.« Wieder fiel ihm Chloes Überzeugung ein, dass Curtis nicht der Täter sei. Was würde sich wohl schlimmer anfühlen: wenn Curtis tatsächlich der Täter war oder wenn noch so ein Schwein frei herumlief? Letzteres vermutlich, und genau das war der Grund, warum er Chloes Argumente nicht einfach abtat.

»Zach?«

»Entschuldige, ich war in Gedanken. Was hast du gesagt?«

Cassie grinste ihn an. »Nichts Wichtiges, aber ich will dich mal nicht weiter stören, damit du in Ruhe von der niedlichen Verteidigerin träumen kannst.«

»Das ist nicht …« Er brach ab, als er merkte, dass es sowieso nichts bringen würde. »Denk, was du willst.«

»Das tue ich sowieso immer.« Sie berührte seinen Arm. »Ich finde, du könntest es bedeutend schlimmer treffen.«

»Cassie …«

»Okay, ich bin schon still. Wir sehen uns.« Sie winkte ihm kurz zu, bevor sie ihn allein ließ.

Kopfschüttelnd ging Zach in sein Büro zurück und rief einen

der Mitarbeiter des Technikteams an, der ihm versprach, ihm eine Kopie des Notrufs zu besorgen. Damit würde er jetzt erst einmal anfangen und anschließend die anderen Beweisstücke überprüfen, wenn ihm das noch sinnvoll erschien.

Deutlich besser gelaunt machte Chloe sich auf den Weg zum Büro der Pflichtverteidigung. Zwar war noch nicht sicher, ob Zach etwas herausfinden würde, aber er hatte zumindest versprochen, sich die Beweise anzusehen – und das war schon mehr als erwartet. Sollte dabei herauskommen, dass doch alles seine Richtigkeit hatte, würde sie sich damit zufriedengeben. Doch wenn an ihrem Verdacht etwas dran war, würde sie sicherstellen, dass so eine Unachtsamkeit bei Polizei und Staatsanwaltschaft nicht noch einmal vorkam. Es war verständlich, dass alle überarbeitet waren und bei einem so offensichtlich klaren Fall nicht alle Möglichkeiten ausschöpften, aber spätestens als Chloe auf die Ungereimtheiten hingewiesen hatte, hätte etwas passieren müssen.

Tief in ihre Gedanken versunken, überquerte Chloe an der Ampel die Straße. Sie war nur wenige Schritte gegangen, als hinter ihr ein warnender Ruf ertönte. Jemand ergriff ihren Arm und riss sie heftig zurück. Auf ihren hohen Absätzen verlor sie das Gleichgewicht und stürzte auf die Straße. Nur wenige Zentimeter von ihrem Bein entfernt schoss mit quietschenden Reifen ein Auto vorbei. Flüche und Schreie ertönten, etwas flog durch die Luft und landete mit einem Scheppern hinter ihr. Einen Moment lang blieb sie wie betäubt liegen, dann hob sie langsam ihren Kopf.

»Alles in Ordnung, Miss?« Ein Teenager hockte sich neben sie, das Gesicht kreidebleich.

»I…ich denke schon.« Mühsam richtete sie sich auf und blickte um sich. Alles war so furchtbar schnell gegangen, dass sie überhaupt nicht mitbekommen hatte, was hier geschehen war. Einige Leute standen verstreut mitten auf der Straße, ein zerbeultes Fahrrad lag hinter ihr. Daneben saß ein Mann in Fahrradmontur, an dessen nackten Beinen sich Schürfwunden befanden.

Sie blickte den Jugendlichen an. »Was ist passiert?«

»So ein Idiot von Autofahrer ist einfach bei Rot rübergefahren! Hätte ich Sie nicht rechtzeitig am Arm zurückgezogen, hätte er Sie voll erwischt.«

Ein Schauer lief über Chloes Rücken. »Dann danke ich dir für deine tolle Reaktion.« Sie bemühte sich um ein Lächeln. »Ist denn bei dir alles in Ordnung?«

Er zuckte mit den Schultern und rückte seine Baseballkappe zurecht. »Klar. Ich glaube, es hat schon jemand die Polizei gerufen. Brauchen Sie mich noch? Ich muss nämlich jetzt los, sonst komme ich zu spät.«

»Ich bin sicher, die Polizei wird noch eine Aussage von dir brauchen. Wenn du dadurch zu spät zur Schule kommst, schreiben sie dir eine Entschuldigung.«

»Echt? Cool.«

Diese typische Reaktion brachte sie zum Lächeln. »Vielleicht fährt dich anschließend sogar jemand zur Schule, nachdem du mich gerade gerettet hast.«

Ihre Worte brachten ihr deutlich in Erinnerung, dass sie jetzt tatsächlich schwer verletzt oder sogar tot sein könnte, wenn der Jugendliche nicht aufgepasst hätte. Warum hatte sie das Auto nicht selbst bemerkt? Weil sie mit den Gedanken ganz woanders gewesen war. Sie öffnete ihre Aktentasche, die sie trotz des Sturzes nie losgelassen hatte, und zog eine Visitenkarte heraus, die sie dem Jungen reichte.

»Solltest du jemals etwas brauchen, ruf mich einfach an.«

Seine Augen weiteten sich, als er auf die Visitenkarte blickte.

»Sie sind Anwältin, ehrlich? Die habe ich mir bisher immer anders vorgestellt.«

»Wie denn?«

»Na ja …« Er errötete und blickte auf seine ausgetretenen Turnschuhe. »Älter, irgendwie hässlicher.«

Diesmal lachte sie wirklich. »Ich nehme das als Kompliment. Aber lass das nicht die anderen Anwälte hören.«

Energisch schüttelte er den Kopf, dann blickte er zur Straßenecke, wo gerade ein Streifenwagen auftauchte.

Chloe versuchte wieder auf die Füße zu kommen, was mit hohen Absätzen und wackeligen Knien gar nicht so einfach war. Sie verzog den Mund, als sie die Abschürfungen an ihrem Bein und den Ellbogen bemerkte. Eines ihrer schönsten Kostüme war zerstört – und das nur, weil sie einen guten Eindruck auf Zach hatte machen wollen. Allerdings war es gut, dass sie ihn schon vorher aufgesucht und er sie nicht in diesem Zustand gesehen hatte. Der Teenager stützte sie schließlich, bis sie halbwegs sicher auf ihren Beinen stand.

»Danke noch mal. Wie heißt du eigentlich?«

»Shawn.« Er ließ sie rasch los und steckte die Hände in die Hosentaschen.

Bis die Polizisten endlich zu ihr kamen, vergingen weitere zwanzig Minuten. Sie gab ihre Personalien an und sagte aus, dass sie den Wagen nicht richtig bemerkt habe. Er war dunkel gewesen, aber mehr hatte sie in der Schrecksekunde nicht erkennen können. Shawn konnte mit mehr Details aufwarten, aber auch er hatte sich das Nummernschild nicht gemerkt und auch den Fahrer wegen der getönten Scheiben nicht gesehen.

Als sie erwähnte, dass sie Rechtsanwältin sei, wurde der Blick des Polizisten schärfer und er fragte sie, ob die Fahrerflucht mit einem ihrer Fälle zu tun haben könnte. Einen Moment lang dachte Chloe darüber nach, aber dann schüttelte sie den Kopf.

»Nein, das kann ich mir nicht vorstellen. Ich habe in letzter Zeit keine Drohbriefe bekommen, und außerdem wusste niemand, dass ich heute Morgen hier langgehen würde. Normalerweise fahre ich direkt mit der Bahn zum Büro.«

Der Polizist nickte. »Dann war es wohl wirklich nur ein Idiot, der bei Rot rübergefahren ist und dann Fahrerflucht begangen hat. Wenn wir noch etwas herausfinden oder weitere Fragen haben, melden wir uns bei Ihnen.«

Chloe nickte ihm dankend zu und rief ein Taxi, von dem sie sich nach Hause fahren ließ. In dem Zustand wollte sie nicht ins Büro kommen, und sie brauchte auch ein wenig Zeit, um sich wieder zu beruhigen. Nachdem die Gefahr vorbei war, setzte auf einmal ein Zittern ein, das ihren ganzen Körper erfasste. Von den Sanitätern waren ihre Schürfwunden gesäubert und mit Verbänden umwickelt worden. Sie hatten ihr auch angeboten, sie ins Krankenhaus zu bringen, aber das wollte sie nicht. Es ging ihr gut, und sie hatte noch so viel Arbeit zu erledigen, dass sie sich einen Ausfalltag nicht leisten konnte.

Schlimm genug, dass sie viel zu spät zur Arbeit kommen würde, was Marie sicher sofort registrieren würde. Ganz sicher würde sie bei ihren Vorgesetzten anmerken, dass Chloe ihre Arbeit wohl nicht ernst genug nahm. Aber das war ihr im Moment egal, sie brauchte diese Zeit für sich. Und außerdem war sie beinahe überfahren worden, was ein triftiger Grund war, um später oder überhaupt nicht am Arbeitsplatz zu erscheinen. Glücklicherweise wusste die obere Etage, dass sie stets ihr Bestes gab, und Maries Anschwärzungsversuche liefen immer ins Leere. Trotzdem wäre es ihr lieber, wenn sie erst gar keine Angriffsfläche liefern würde. Wut auf den rücksichtslosen Autofahrer kroch in ihr hoch. Wie konnte er mitten im New Yorker Berufsverkehr dermaßen unaufmerksam fahren? Wie leicht hätte er jemanden dabei umbringen können!

Der Taxifahrer blickte sie besorgt im Rückspiegel an. »Geht es Ihnen gut, Ma'am?«

Mit Mühe unterdrückte sie ein erneutes Zittern – diesmal vor Wut. »Ja, danke.«

Sein zweifelnder Blick zeigte, wie schlimm sie aussehen musste, aber er nickte nur und sagte nichts weiter. Wenig später hielt er vor dem mehrstöckigen Haus an, in dem ihre Wohnung lag. Sie bezahlte ihn samt einem großzügigen Trinkgeld und stieg die Eingangstreppe hinauf. Vor einem halben Jahr hatte sie das Glück gehabt, eine annehmbare und bezahlbare Wohnung in einem umgebauten Reihenhaus zu finden. Bisher hatte ihr Herz jedes Mal höher geklopft, wenn sie an der Backsteinfassade hinaufgeblickt hatte, doch heute hatte sie keinen Sinn dafür. Sie wollte einfach nur hinein und sich für ein paar Minuten in Selbstmitleid wälzen.

So schnell es ihr lädierter Zustand erlaubte, erklomm Chloe die Treppe und öffnete ihre Wohnungstür. Sie trat ein und ließ die Tür hinter sich ins Schloss fallen. Mit dem Rücken lehnte sie sich dagegen und schloss die Augen. Wie sehr wünschte sie sich, dass Zach jetzt bei ihr wäre und sie einfach in die Arme nähme. Doch das würde wohl für immer ein Wunschtraum bleiben. Vermutlich sollte sie froh sein, dass er inzwischen überhaupt schon mit ihr sprach.

6

Sowie sein Programm eine neue Mail ankündigte, ließ Zach den Bericht fallen, den er gerade las und öffnete die Audiodatei, die ihm der Techniker geschickt hatte. Nach einer kurzen Pause ertönte Cassies ruhige Stimme. Die Stille, die danach folgte, ließ ihm die Haare zu Berge stehen. Das Telefon war unter dem Bett, direkt neben der Leiche gefunden worden, was nahelegte, dass es ihr noch gelungen war, den Notruf zu wählen, bevor ihr Mörder sie überwältigt und den Anruf beendet hatte. Wenn sie vielleicht ein bisschen schneller gewesen wären … Nein, die Wahrscheinlichkeit war hoch, dass Candice Meadows sofort nach dem Anruf gestorben war.

Zach lehnte sich angespannt vor, als eine männliche Stimme erklang, die sich als Jesse Curtis identifizierte. Seine Hand spannte sich um den USB-Stick an, den Chloe ihm gegeben hatte. Es war schon einige Zeit her, dass er mit Curtis gesprochen hatte, deshalb konnte er nicht genau sagen, ob hier derselbe Mann sprach. Aber Chloe hatte insofern recht, dass sich die Stimme auf keinen Fall betrunken anhörte. Die Wörter waren präzise, ohne verschluckte oder lang gezogene Silben. Wie konnte Curtis so sprechen, wenn sie ihn etwa zwanzig Minuten später mit zwei Komma fünf Promille Alkohol im Blut aufgefunden hatten?

Laut Zeugenaussagen war Candice Meadows erst höchstens eine Stunde zu Hause gewesen, bevor sie ermordet wurde. Curtis hätte also nach dem Mord gar nicht genug Zeit gehabt, um sich dermaßen zu betrinken. Und es blieb die Behauptung des Wirts bestehen, mit dem Chloe gesprochen hatte, dass Curtis stundenlang in dessen Kneipe gesessen und getrunken hatte. Hier passte eindeutig einiges nicht zusammen.

Mit zusammengebissenen Zähnen schob er den USB-Stick in seinen Computer und rief die Datei auf, die Curtis' Sprachprobe enthielt. Schon nach den ersten Worten war klar, dass es nicht die Stimme des Verdächtigen war, die sich auf dem Band der Notrufzentrale befand. Natürlich könnte Curtis seine Stimme verstellt haben, aber das wäre durch einen Stimmenvergleich ganz einfach herauszufinden. Zach schickte die Datei von Curtis an den Techniker und bat ihn, die beiden Stimmen zu vergleichen.

Es dauerte nur wenige Minuten, bis die Antwort kam. Es waren eindeutig zwei verschiedene Individuen, ohne jede Möglichkeit auf einen Irrtum. Was bedeutete, dass am Tatabend, ungefähr zur Tatzeit, ein anderer, unbekannter Mann in der Wohnung gewesen war. Das musste nicht zwangsläufig bedeuten, dass Curtis nicht der Täter war, aber es warf zumindest einige Fragen auf. Auch hinsichtlich der anderen Beweise. Sein Instinkt meldete sich mit Nachdruck, und er fragte sich, ob er am Tatort etwas übersehen hatte. Andererseits war er nur kurz da gewesen und davon ausgegangen, dass seine Kollegen von der Mordkommission den Rest erledigen würden.

Wobei er ihnen keinen Vorwurf machen konnte, sie waren genau wie er davon ausgegangen, dass der bereits mehrfach wegen Tätlichkeiten gegen Frauen aufgefallene, am Tatort anwesende Mann der Täter war. Die Frage war nur, ob sie den wahren Täter – sollte Curtis tatsächlich unschuldig sein – jetzt überhaupt noch finden würden. Die Spur war mehrere Wochen nach der Tat eigentlich schon zu kalt. Diese Vorstellung ließ einen harten Knoten in seinem Magen entstehen. Wenn der Mörder noch eine Frau überfiel und umbrachte … Rasch schob Zach den Gedanken beiseite. Zuerst musste er herausfinden, ob Curtis der Täter war oder nicht. Erst dann würde er darüber nachdenken, wie sie ihren Fehler wiedergutmachen konnten.

Kurzentschlossen griff er nach dem Telefonhörer und wählte die Nummer der Gerichtsmedizin. Zwar hatte er mit diesem Amt so gut wie nie etwas zu tun, weil er keine Mordfälle bearbeitete, aber den Gerichtsmediziner Caleb Black traf er regelmäßig beim Sport. Mittlerweile hatte sich eine lockere Freundschaft zwischen ihnen entwickelt. Mit etwas Glück war Caleb der für den Fall zuständige Pathologe und würde ihm sagen können, was er wissen wollte.

»Gerichtsmedizin, Andrews.«

»Hallo Ms Andrews, hier ist Detective Zach Murdock. Ist Dr. Black gerade zu sprechen?«

»Kleinen Moment, ich glaube, er steckt derzeit mit beiden Händen in einer Leiche. Ich rufe ihn.«

Zach verzog bei der anschaulichen Schilderung das Gesicht. Noch ein Grund, warum er nicht bei der Mordkommission war: Dann würde er regelmäßig bei Autopsien zuschauen müssen, und er wusste nicht, ob er dabei immer seinen Mageninhalt bei sich behalten würde.

»Black.«

»Hallo Caleb, hier ist Zach Murdock. Ich hoffe, ich halte dich nicht von einer wichtigen Autopsie ab.«

»Aber nein, das ist das Gute an Leichen: Sie können auch mal ein paar Minuten warten.«

Das mochte er sich auch nicht näher vorstellen. Anscheinend waren alle Mitarbeiter der Gerichtsmedizin mit einer ordentlichen Portion schwarzem Humor gesegnet. Wahrscheinlich war das auch nötig in diesem Job, damit man die Dinge, die man täglich sah, nicht zu sehr an sich heranließ.

»Also, was kann ich für dich tun? Du rufst ja sicher nicht an, weil du einfach nur mit mir plaudern möchtest.«

Zach lehnte sich in seinem Stuhl zurück. »Leider nicht. Hast du die Autopsie von Candice Meadows vorgenommen?«

»Candice … ah, der Curtis-Prozess, oder? Da muss ich noch meine Aussage machen.« Etwas schepperte, dann ertönte ein Zischen. »Was interessiert dich daran? Du bist doch gar nicht bei der Mordkommission.«

Das war der Moment, wo es etwas heikel wurde. Theoretisch durfte Caleb niemandem etwas über den Fall sagen, der nicht daran arbeitete. Er wollte seinen Freund nicht in die Irre führen, aber gleichzeitig musste er sich auch unbedingt Klarheit verschaffen. »Nein, aber ich war als Erster am Tatort und habe die Leiche entdeckt.«

»Ah, verstehe. Du weißt, dass ich dir keine Details dazu nennen kann, Zach.«

»Mich interessieren eigentlich nur die Stichwunden.«

Ein Gluckern ertönte, offensichtlich hatte Caleb sich eine Getränkedose aus dem Automaten gezogen und nutzte das Telefonat für eine kleine Pause. »Was genau interessiert dich daran? Das am Tatort gefundene Messer war eindeutig die Mordwaffe.«

»Das dachte ich mir schon.« Schließlich war es über und über mit Blut bedeckt gewesen, als er es neben Curtis entdeckte.

»Was willst du dann wissen?« Neugier klang deutlich aus Calebs Frage.

Der Moment der Wahrheit war gekommen. Angespannt lehnte Zach sich vor. »Ob du die Schnitte genauer untersucht hast und feststellen konntest, mit welcher Hand der Mörder zugestochen hat.«

Einen Moment herrschte Schweigen. »Mir wurde gesagt, dass der Mörder gefasst ist und nur die Beweise gebraucht werden, die ihn überführen sollen. Da wir hier gerade Hochsaison haben und die Leichenhäuser überquellen, habe ich mich daran gehalten. Denkst du, ich hätte genauer nachschauen sollen?«

Verdammt! »Ich weiß es nicht. Ich wurde darauf aufmerksam gemacht, dass der mutmaßliche Täter Linkshänder ist, und wollte nur für mich überprüfen, ob das mit den Stichwunden übereinstimmt.«

»Aber warum kümmerst du dich darum und nicht einer der zuständigen Detectives? Jenks war bei der Autopsie dabei und hat nichts davon erwähnt.«

Wahrscheinlich, weil er sich überhaupt nicht dafür interessiert hat, ob Curtis Rechts- oder Linkshänder ist. Ihm ging es nicht anders, bis Chloe ihn darauf aufmerksam machte. Es gefiel ihm ganz und gar nicht, dass sie offensichtlich inzwischen so davon überzeugt waren, das Richtige zu tun, dass ihnen solche schwerwiegenden Fehler unterliefen. »Sie hatten zu dem Zeitpunkt keinen Grund anzunehmen, dass Curtis nicht der Täter war. Aber ich habe gerade einen Beweis erhalten, dass Curtis an dem Abend offenbar nicht der einzige Mann in der Wohnung war. Es könnte also sein, dass ein anderer Täter das Opfer erstochen hat.«

»Mist. Warum sagt mir niemand so was?«

»Meine Kollegen sind sich wohl sehr sicher, dass sie den richtigen Täter gefasst haben.«

»Und du bist das nicht?«

Zach rieb über seine Stirn. »Nicht mehr so ganz. Curtis würde sehr gut als Täter passen, er ist schon früher durch Gewalt gegen Frauen aufgefallen. Ich *möchte*, dass er der Täter ist. Aber inzwischen habe ich Zweifel und die will ich schnellstmöglich beseitigen.«

»Ich verstehe. Dann ist es ja gut, dass ich die Leiche noch im

Kühlhaus liegen habe, weil sich bisher keine Verwandten gemeldet haben und ich abwarten wollte, ob sie noch mal für den Prozess gebraucht wird.«

Abrupt setzte er sich auf. »Sie ist noch da? Dann könntest du dir die Schnitte noch mal anschauen?«

Caleb schnaubte. »Eigentlich nur auf Anweisung der Detectives oder der Staatsanwaltschaft, aber das will ich nun selbst auch wissen. Ich muss dich jedoch schon vorwarnen, solche Spuren sind nie völlig eindeutig, es sind einfach Erfahrungswerte, die sich aus verschiedenen Indizien zusammensetzen, wie zum Beispiel den Abwehrwunden am Opfer.«

»Das reicht mir schon, ich möchte mich nur vergewissern, dass wir wirklich den richtigen Täter haben.«

Caleb seufzte. »Ich melde mich bei dir, wenn ich etwas gefunden habe.«

»Danke.« Zach legte den Hörer auf und starrte einen Moment lang auf die Papiere vor sich. Da es noch dauern konnte, bis von Caleb ein Ergebnis kam, entschied er, sich auch das T-Shirt und das Messer anzusehen. Allerdings würde das ein wenig mehr Fingerspitzengefühl erfordern, da der Prozess gegen Curtis noch nicht abgeschlossen war und die Beweismittel somit noch »heiß« waren. Aber es musste sein, denn je mehr Zeit sie vergeudeten, desto unwahrscheinlicher war es, den Täter überhaupt noch zu fassen – sofern es nicht Curtis war.

Chloe war gerade dabei, im Bad ihre Schürfwunden mit lauwarmem Wasser zu waschen, als ihr Handy klingelte. Vor Schreck ließ sie den Waschlappen fallen und fluchte, als er ihre Wunde streifte. Einen winzigen Moment lang überlegte sie, ob sie einfach nicht drangehen sollte, aber es könnte schließlich etwas Wichtiges sein. Die Zähne gegen den Schmerz zusammengebissen humpelte sie ins Wohnzimmer und kramte in ihrer Handtasche nach dem Telefon. Endlich fand sie es und zog es rasch heraus.

»Ja?«

»Chloe? Hier ist Zach. Entschuldige, rufe ich zu einem ungünstigen Zeitpunkt an?«

Allein seine warme Stimme zu hören ließ Tränen in Chloes Augen aufsteigen. Wütend wischte sie darüber. Offensichtlich hatten die Ereignisse sie doch mehr mitgenommen, als sie zunächst gedacht hatte. »Nein, das ist schon okay.« Ihre Stimme klang ungewohnt heiser, und sie räusperte sich.

Einen Moment lang herrschte Stille. »Geht es dir gut?« Deutlich war Besorgnis in seiner Frage zu hören.

Chloe schloss die Augen und atmete tief aus. »Nein, nicht wirklich. Ich wäre gerade beinahe von einem Auto überfahren worden.«

Sie hörte ein Scheppern, so, als hätte Zach etwas umgestoßen. »Was? Wo bist du? Geht es dir gut?«

»Nur ein paar Schürfwunden, nichts Schlimmes. Ich bin gerade zu Hause, um mich umzuziehen.« Sie berichtete kurz, was geschehen war, und wie die schnelle Reaktion des Teenagers Shawn ihr vermutlich das Leben gerettet hatte.

»Haben sie den Bastard erwischt?« Es klang so viel Wut in Zachs Stimme mit, dass es Chloe gleich viel besser ging.

»Bisher leider noch nicht. Aber sie werden mich informieren, sowie sie ihn haben.« Doch das war unwahrscheinlich, da keiner der Zeugen das Nummernschild erkannt hatte. Chloe schüttelte den Kopf. Sie musste jetzt dringend über etwas anderes reden, sonst würde sie doch noch anfangen zu weinen, und das wollte sie nicht unbedingt tun, wenn Zach sie hören konnte. »Warum rufst du eigentlich an? Ich habe es leider etwas eilig, weil ich endlich zur Arbeit muss.«

»Du willst nach der Sache noch ins Büro?« Ungläubigkeit schwang in seiner Frage mit.

»Zach …«

»Soll ich vorbeikommen?«

Chloe schloss die Augen. »Sei bitte nicht so nett, sonst muss ich auflegen.«

Zach gab einen undefinierbaren Laut von sich. »Das muss ich nicht verstehen, oder? Aber okay, wenn du das nicht willst, dann versprich mir wenigstens, dass du mich anrufst, wenn du Hilfe oder Gesellschaft brauchst, okay?«

»Versprochen.« Eigentlich könnte sie jetzt schon anfangen zu wählen, weil sie ganz dringend jemanden brauchte, der sie festhielt. Aber das sollte sie Zach vermutlich nicht sagen.

»Gut. Ich rufe an, weil ich mir die Aufnahme vom Notruf angehört habe.«

Sofort richtete Chloe sich gerader auf. Spannung ließ sie ihre Schmerzen kurzzeitig vergessen. »Und? Hatte ich recht?«

»Der Mann war weder betrunken, noch war es Jesse Curtis.«

Chloe ballte eine Faust. Ja, sie hatte es gewusst! »Bist du sicher?«

»Ich habe die Stimme auf deinem Band von einem Techniker mit der vom Notruf vergleichen lassen. Das Ergebnis war eindeutig: Es sind zwei verschiedene Männer.«

»Kann ich das als Beweis im Prozess bringen?«

Zach schwieg einen Moment. »Ich habe das inoffiziell überprüfen lassen; wenn du es im Prozess verwenden willst, musst du über die offiziellen Kanäle gehen.«

Chloe schnitt eine Grimasse. »Super, das habe ich ja schon versucht, aber ich wurde bisher vom NYPD weitgehend ignoriert.«

Ein ungläubiger Laut drang durch die Leitung. »Ich kann

mir nicht vorstellen, dass das Police Department eine Anfrage vom Büro der Pflichtverteidigung nicht bearbeitet.«

»Sagen wir es so: Ich habe das Gefühl, dass sie nicht gerade mit Hochdampf daran arbeiten. Für sie ist der Fall eindeutig, und deshalb rechnen sie wohl auch nicht damit, bei weiteren Untersuchungen etwas zu finden. Andere Fälle sind wichtiger, und meine Anfrage wird immer weiter nach hinten geschoben.«

Zach schwieg einen Moment. »Ich verstehe meine Kollegen zwar, denn für mich sah der Fall bis vor Kurzem auch eindeutig aus, aber trotzdem müssen die Beweise ordentlich untersucht werden, besonders, wenn jemand von der Anklage oder Verteidigung danach fragt. Hast du denn noch mal offiziell nachfragen lassen, wo die Ergebnisse bleiben?«

»Bisher noch nicht, es dürfte auch nicht einfach sein, meiner Vorgesetzten klarzumachen, dass ich nicht ihrer Empfehlung auf einen Deal mit der Staatsanwaltschaft folgen werde.«

»Ich würde sagen, das kannst du jetzt beruhigt tun. Denn vor ein paar Minuten habe ich auch mit dem Rechtsmediziner gesprochen, der Candice obduziert hat. Die Stichwunden wurden anscheinend nicht dahingehend untersucht, ob der Täter Rechts- oder Linkshänder ist. Das wird er jetzt noch nachholen. Und ich werde mich gleich noch um das T-Shirt und die Fingerabdrücke auf dem Messer kümmern.«

Das war mehr, als sie nach ihrem holperigen Start zu hoffen gewagt hatte. »Danke, deine Hilfe bedeutet mir sehr viel, Zach.«

»Und du bist sicher, dass du nicht lieber nach dem Schrecken zu Hause bleiben solltest?« Wieder schwang deutlich die Besorgnis in seiner Stimme mit.

Chloe bemühte sich, zuversichtlicher zu klingen, als sie sich fühlte. »Ja, ich bin sicher. Hier würde ich nur nachgrübeln, außerdem habe ich viel zu viel Arbeit zu tun. Du weißt doch, ich bin mitten in einem Prozess, und morgen ist wieder Verhandlungstag. Aber ich fahre mit dem Taxi, damit mir das nicht noch mal passiert.«

»Gute Idee. Aber Chloe, wenn irgendetwas sein sollte, ruf mich an, dann komme ich und hole dich ab, okay?«

Wärme breitete sich in ihr aus, auch wenn sie wusste, dass er das sicher für jeden seiner Freunde machen würde. Andererseits, seit wann waren sie Freunde? »Ja, das mache ich, danke. Wenn du etwas wegen Curtis erfährst, melde dich bitte so schnell wie möglich, ja?«

»Natürlich.« Er schnaubte. »Kaum zu glauben, dass ich etwas tue, das dazu führen könnte, dass dieser Mistkerl wieder auf freien Fuß kommt.«

Dem konnte sie innerlich nur zustimmen. »Leider ist unsere Rechtsprechung da eindeutig, und wir dürfen nur jemanden wegen eines Verbrechens bestrafen, das er begangen hat. Ein gewalttätiges Arschloch zu sein fällt leider nicht darunter – zumindest solange wir es ihm nicht beweisen können.«

»Kannst du ihn nicht dazu bringen, die Misshandlungen seiner Freundinnen zuzugeben? Vielleicht würde ich mich dann besser dabei fühlen.«

Chloe lachte leise auf. »Leider kann ich keine Wunder bewirken. Und davon mal abgesehen dürfte ich es dir als seine Anwältin nicht sagen, wenn er diese Taten zugeben würde.«

Zach schwieg einen Moment. »Ich weiß wirklich nicht, wie du es machst, ständig mit solchen Leuten zu tun zu haben.«

Da sie seinen Gesichtsausdruck nicht sah, konnte sie nur erraten, wie er das meinte. »Genauso wie du, Zach.«

»Ich weiß, entschuldige. Es ist nur … in all den Jahren, die ich schon Detective bin, habe ich mir einen Schutzpanzer zugelegt. Du bist noch so jung und …«

Rasch unterbrach sie ihn, bevor er etwas sagte, das sie dazu veranlassen würde, ihn durch das Telefon hindurch zu erdolchen. »Ich bin kein Kind mehr, ich dachte, das hätten wir bereits geklärt. Inzwischen bin ich schon seit einigen Jahren dabei, und ich denke, ich kann gut damit umgehen. Nur weil ich nicht wie eine Walküre gebaut bin, musst du nicht denken, dass ich mich nicht durchsetzen kann.«

»Das ist mir schon aufgefallen.« Er murmelte es so leise, dass sie es beinahe nicht hörte. Lauter fuhr er fort: »Ich muss jetzt los. Pass bitte auf dich auf, Chloe.«

Er legte auf, bevor sie etwas dazu sagen konnte. Vermutlich war sie eine Idiotin, dass sie glaubte, Zach würde sie irgendwann einmal als erwachsene Frau sehen. Vielleicht lag es daran, dass sie Shanes kleine Schwester war, oder er fand sie einfach nicht attraktiv. Diesmal pochte der Schmerz in ihrem Inneren. Eigentlich hatte sie inzwischen gelernt, solche unnützen Gefühle beiseitezuschieben und sich auf die wichtigen Dinge zu konzentrieren. Aber bei Zach war ihr das noch nie gelungen. Zwar hatte sie ihn in den letzten zwei Jahren in die hinterste Ecke verdrängt, doch seit sie ihm im Gerichtssaal wiederbegegnet war, hatte sich auch ihre Sehnsucht nach ihm wieder bemerkbar gemacht. Und das war wirklich mehr als lästig!

Von sich selbst genervt stopfte sie das Handy wieder in ihre Tasche und kehrte ins Bad zurück. Eilig wickelte sie einen neuen Verband über die nun gereinigten Wunden, zog sich eine saubere Hose und einen weiten, langärmeligen Pullover an, damit niemand die Verbände sah, schlüpfte in ihre Schuhe und verließ mit der Aktentasche in der Hand ihre Wohnung. Das Taxi wartete bereits vor dem Haus auf sie, und sie ahnte, dass ihr kleiner Ausflug nicht billig werden würde. Und das alles nur wegen dieses Idioten, der bei Rot über die Ampel gefahren war! Da sie jetzt nichts mehr daran ändern konnte, entschloss Chloe sich, einfach dankbar zu sein, dass sie nicht schwerer verletzt worden war, und die Angelegenheit zu vergessen.

Als sie schließlich zwanzig Minuten später die Räume des Büros der Pflichtverteidigung betrat, sah sie schon an der angestrengten Miene der Sekretärin, dass sie wohl nicht so einfach davonkommen würde. Rachel deutete mit dem Kopf zu Chloes Büro und machte mit den Fingern ein Kreuz, ihr geheimes Zeichen dafür, dass Marie auf einem Kreuzzug war und jeder in Deckung gehen sollte. Was leider nicht möglich war, wenn Marie sich in ihrem Büro aufhielt. Mit einem innerlichen Seufzer schüttelte sie resigniert den Kopf in Rachels Richtung und betrat ihren Raum. Marie saß hinter Chloes Schreibtisch und blätterte in ihren Akten. Das war auch eine Sache, die ihr gehörig gegen den Strich ging. Zwar war Marie ihre Vorgesetzte und sie konnte sich jederzeit erkundigen, woran Chloe arbeitete, aber dies hier war ihr Büro, ihr Schreibtisch – und damit tabu für jeden anderen.

Marie sah auf, als Chloe eintrat. Sie machte sich nicht einmal die Mühe, zu verbergen, dass sie wieder geschnüffelt hatte. »Da bist du ja endlich.«

Chloe antwortete mit ruhiger Stimme, während sie innerlich kochte. »Hallo, Marie. Suchst du etwas?« Normalerweise war sie diplomatischer, aber die Ereignisse hatten sie jeglicher Geduld beraubt.

Für einen winzigen Moment blitzte Wut in Maries Augen auf. »Ja, dich! Es kann nicht sein, dass hier jeder kommt und geht, wie er will.«

Chloe stützte die Hände auf die Tischplatte und beugte sich vor. »Ich habe angerufen, dass ich später komme, weil ich beinahe von einem Auto überfahren worden wäre. Wenn dir das lieber ist, kann ich mich natürlich auch krankmelden oder den Tag freinehmen.«

Marie war anzusehen, dass sie etwas dazu sagen wollte, aber schließlich presste sie nur die Lippen zusammen. »Ich wollte mich erkundigen, wie es mit dem Curtis-Fall läuft. Welche Strategie verfolgst du dort? Verminderte Schuldfähigkeit?«

Ein Blick auf die Unterlagen, die aufgeschlagen auf dem Schreibtisch lagen, genügte, um zu wissen, warum Marie diese Frage stellte. Allerdings trug Chloe den Notizblock mit ihren Gedanken zum Fall immer bei sich, deshalb hatte Marie nur Zugriff auf die reinen Fakten gehabt.

Chloe stellte ihre Tasche ab. »Das wäre eine Möglichkeit, aber momentan tendiere ich zu unschuldig.«

Maries Augen weiteten sich. »Du solltest einen Deal mit der Staatsanwaltschaft eingehen, um das Strafmaß zu drücken.« Ein scharfes Lächeln spielte um ihren Mund. »Offensichtlich bist du noch nicht so weit, und dir fehlt einfach die Erfahrung.«

Chloe bemühte sich erneut, gelassen zu reagieren. »Ich weiß genau, was ich mache. Wenn ich herausfinde, dass mein Mandant unschuldig ist, werde ich auf unschuldig plädieren. Ist er schuldig, gehe ich auf verminderte Schuldfähigkeit aufgrund von Alkohol.«

Verwirrt blickte Marie sie an. »Aber der Fall ist doch völlig eindeutig, Curtis wurde mehr oder weniger neben der Leiche gefunden. Ich glaube, du verrennst dich da in etwas.«

So knapp wie möglich schilderte Chloe ihr die Existenz eines zweiten Mannes in der Wohnung, welcher der Notrufzentrale geantwortet hatte. Bei den weiteren Beweisen ging sie nicht ins Detail, sondern machte nur deutlich, dass es Gründe für eine Unschuldsvermutung gab.

»Aber die Polizei hat doch alles untersucht und glaubt, dass er der Täter ist.«

»Weil es auf den ersten Blick so aussieht. Deshalb hat sich niemand die Mühe gemacht, tiefer zu graben. Aber jetzt gibt es echte Indizien für seine Unschuld, und dafür brauche ich eine offizielle Handhabe, um die Beweisstücke bei der Polizei noch einmal gründlich untersuchen zu lassen, sofern das noch nicht geschehen ist. Ich habe das Gefühl, dass die Polizei die Sache extra langsam behandelt, um nicht zugeben zu müssen, dass sie eventuell den falschen Täter hat. Denn wenn ich mit meiner Annahme recht habe, hat jemand anderer Candice Meadows ermordet – und Jesse Curtis muss freigelassen werden.«

Jetzt lag deutliches Interesse in Maries Augen. Ein Freispruch wäre für ihre Abteilung ein Gewinn, und sie liebte nichts mehr, als zu gewinnen. Selbst wenn sie den Ruhm dafür mit Chloe teilen musste. »In Ordnung, ich werde eine erneute Untersuchung der Beweisstücke veranlassen. Sollte sich das Police Department weigern, werden wir es wegen Behinderung der Justiz belangen.«

Chloe lächelte sie an. »Danke. Sagst du mir dann Bescheid, damit ich pünktlich zum Department fahre?«

»Ich denke, das wird die Polizei schon selbst hinkriegen und uns dann die Ergebnisse schicken.«

»Aber …«

»Mein letztes Wort, Chloe. Kümmere dich lieber darum, dass der Papierkram in Ordnung ist.«

Wut strömte durch ihren Körper, und Chloe musste all ihre Willenskraft aufbringen, um nicht den Briefbeschwerer an die Tür zu werfen, direkt nachdem ihre Vorgesetzte das Büro verlassen hatte. Jetzt hatte sie zwar, was sie wollte, aber wenn Marie ihren Willen bekam, würde Chloe zu einer Randfigur degradiert werden. Aber das war ihr Fall, waren ihre Beweise! Sie würde sich auf keinen Fall ausbooten lassen. Zur Not würde sie einen anderen Weg finden, um bei der Untersuchung dabei zu sein. Zachs Gesicht tauchte kurz vor ihrem inneren Auge auf, und sie nahm sich vor, ihn baldmöglichst anzurufen.

7

Zach war erstaunt von dem Impuls, seine Arbeit einfach liegen zu lassen, zu Chloe zu fahren und sich davon zu überzeugen, ob es ihr auch wirklich gut ging. Am Telefon eben klang sie anders als sonst, so verletzlich. Als hätte ihr der gefährliche Zwischenfall mehr zugesetzt, als sie wahrhaben oder zugeben wollte. Seiner Meinung nach sollte sie lieber zu Hause bleiben und sich von jemandem verwöhnen lassen, als zur Arbeit zu gehen, aber das wollte er ihr nicht sagen, weil er kein Recht dazu hatte. Sie waren noch nicht einmal befreundet, nur durch den Mordfall kurzzeitig verbunden. Seltsamerweise störte ihn das. Er wollte das Recht haben, sich um sie zu sorgen und darum zu kümmern, dass es ihr gut ging. Und das bereitete ihm höllische Angst.

Vor allem aber verwirrte es ihn, da Chloe überhaupt nicht seinem sonstigen Typ entsprach: Sie war zu jung, zu … lebendig für ihn. Jahrelang hatte er nie mehr als ein flüchtiges Interesse für andere Frauen verspürt, weil sie es nie mit Autumn aufnehmen konnten. Doch Chloe hatte es innerhalb kürzester Zeit geschafft, ihn so zu beschäftigen, dass er kaum noch an etwas anderes denken konnte. Tatsächlich verspürte er beim Gedanken an Autumn nur noch eine ganz leichte Wehmut – was einem kleinen Wunder gleichkam. Wie lange dieser Zustand anhalten würde, wusste er allerdings nicht und beschloss deshalb, ihn zu genießen, solange es ging.

Mit deutlich besserer Laune als seit Langem fuhr er mit dem Fahrstuhl in die Katakomben des Gebäudes, in denen die Spurensicherung residierte. Es gab verschiedene Labors, Räume mit technischer Ausstattung und ein Lager, in dem sämtliche Beweisstücke aufbewahrt wurden.

Zach entschied sich, zuerst das Messer zu überprüfen, deshalb ging er in das für Fingerabdrücke zuständige Labor. Glücklicherweise traf er dort einen Techniker an, den er schon von anderen Fällen her kannte.

»Hallo, Louis.«

Der Mann drehte sich zu ihm um, und ein Lächeln huschte über sein zerknittertes Gesicht. »Detective Murdock, welch eine Überraschung! Was führt Sie denn hierher?«

»Der Fall Meadows.«

Louis verzog das Gesicht. »Eine sehr unschöne Sache. Glücklicherweise waren die Fingerabdrücke auf der Tatwaffe wunderbar zu erkennen. Ich bin wirklich froh, dass ihr dieses Schwein geschnappt habt, sonst würde ich mir noch mehr Sorgen um meine Frau und meine Töchter machen.«

Zach griff das Thema gleich auf und fragte Louis nach der Lage der Fingerabdrücke auf dem Messer. Dieser holte eine Akte aus einem Schrank und öffnete die Mappe. Er blätterte durch die Papiere und zog schließlich eine Zeichnung hervor, die die Spuren auf dem Messer darstellte.

Mit dem Zeigefinger deutete er auf einen Abdruck. »Das hier oben ist der Daumen, eine ganz typische Position für jemanden, der zusticht.« Louis demonstrierte es mit einer Handbewegung. »Und seitlich die anderen Finger.«

»Müsste das nicht verwischt sein, wenn er mehrmals zugestochen hat und der Messergriff vom Blut glitschig wurde?«

Louis hob die Schultern. »Kann passieren, muss aber nicht.«

»Kannst du aus den Spuren erkennen, um welche Hand es sich handelt?«

Verwirrt blickte Louis ihn an. »Na, die von Curtis natürlich. Das habe ich als Erstes überprüft.«

»Ich meinte, welche seiner Hände.«

»Ach so. Eindeutig die rechte.« Seine Augenbrauen schoben sich zusammen. »Jetzt sag mir bitte nicht, dass Curtis Linkshänder ist.« Zach nickte stumm. »Mist, so was muss man mir doch sagen! Als ich die Fingerabdrücke abnahm, war Curtis noch im Vollrausch, sonst hätte ich es gemerkt.«

»Also hatte Curtis das Messer in seiner rechten Hand, warum auch immer.«

»Er kann auch mit rechts zugestoßen haben, so was ist schon öfter vorgekommen.« Er zog ein Foto von Candice Meadows' Leiche heraus. »Allerdings sieht mir das sehr nach einem emotionalen Verbrechen aus, und meistens wird da die dominantere Hand benutzt.«

»Danke, das hilft mir schon sehr weiter.«

Louis steckte das Foto rasch wieder ein und schlug die Mappe zu, nachdem er unter die Darstellung »rechte Hand« geschrieben hatte. »Was geht denn da vor? Ich dachte, es wäre alles klar und der Fall wasserdicht?«

Zach steckte seine Hände in die Hosentaschen. »Sieht so aus, als hätte der Fall ein Loch.« Rasch erklärte er dem Techniker die Sache mit dem Notruf.

»Das ist ja ein Ding. Man sollte doch meinen, dass die Sache schon eher überprüft worden wäre.«

»Sie hatten bisher keine Veranlassung dazu, Curtis war der offensichtliche Täter.« Vielleicht *zu* offensichtlich, wenn er jetzt darüber nachdachte.

»Dann hoffe ich, dass ihr bald den Schuldigen findet, sofern es nicht Curtis war. Denn wenn so ein Schwein noch frei herumläuft …«

Zach konnte dem nur zustimmen.

Kurz darauf verließ er das Labor und machte sich auf die Suche nach dem zuständigen Mitarbeiter, der das T-Shirt untersucht hatte. Glücklicherweise hatte Louis ihm den Namen genannt, und so dauerte es nicht lange, bis Zach Hawkins in einem kleinen Büro fand. Da er ihn nicht persönlich kannte, war es schwieriger, ihn davon zu überzeugen, ihm seine Untersuchungsergebnisse des T-Shirts zu präsentieren, aber schließlich stimmte er zu.

»Ich habe das Spritzmuster mit der Lage der Einstiche beim Opfer verglichen, und sie stimmen überein. Derjenige, der das T-Shirt getragen hat, hat über dem Opfer gehockt, während er auf es eingestochen hat.«

Zach hatte nichts anderes erwartet, es war unmöglich, Spritzmuster zu fälschen. »Haben Sie irgendwelche anderen Spuren an dem T-Shirt gefunden? Haare, Hautpartikel, Fingerabdrücke?«

»Ja, Genanalysen haben sie dem Opfer und dem Täter zugeordnet.«

»Also Curtis?«

Hawkins blickte ihn merkwürdig an. »Das habe ich doch gesagt.«

»Irgendwelche Partikel, die sie nicht den beiden zuordnen konnten, die also zu einer dritten Person gehören müssen?«

»Nein.«

»Kann ich das Beweisstück mal sehen?«

Die Augen des Technikers verengten sich. »Was soll das werden? Zweifeln Sie etwa meine Ergebnisse an, Detective?«

Zach stieß einen lautlosen Seufzer aus und bemühte sich um eine beruhigende Miene. »Nein, gar nicht. Es sind nur Beweise aufgetaucht, dass nicht nur Curtis und sein Opfer in der Wohnung waren, sondern noch eine dritte Person. Deshalb interessiert es mich, ob noch andere Spuren gefunden wurden.«

»Ich verstehe.« Hawkins schwieg so lange, dass Zach schon dachte, er würde nicht mehr antworten, doch dann räusperte er sich. »Kommen Sie mit.«

Froh, dass er sich nicht selbst auf der Liste eintragen musste, folgte Zach ihm in den klimatisierten Raum, wo die Beweisstücke in Kartons aufbewahrt wurden. Nach kurzer Suche zog Hawkins eine Schachtel aus dem Regal und öffnete sie. Er zog Handschuhe über und nahm vorsichtig das blutbefleckte T-Shirt heraus, das so präpariert worden war, dass die Flecken deutlich sichtbar waren. Sorgsam bettete er es auf einen Tisch und deutete auf die Blutspritzer. »Hier sehen Sie deutlich, wo das Blut des Opfers ihn getroffen hat. Am Halsausschnitt haben wir ein Haar von Curtis gefunden. In Brusthöhe Zellen des Opfers, wahrscheinlich hat sie versucht, ihn abzuwehren.«

Zach betrachtete das Blutmuster genauer. »Kann es sein, dass es insgesamt ein wenig verwischt ist?«

»Ja, das ist vermutlich passiert, als es dem Täter ausgezogen wurde, zur Beweissicherung.«

Oder als es Curtis übergezogen wurde, um ihn als den Täter hinzustellen. »Wissen Sie, ob an seinen Armen passende Spritzer gefunden wurden?« Zach versuchte, sich zurückzuerinnern, aber er konnte es nicht mit Gewissheit sagen.

Hawkins schüttelte langsam den Kopf. »Nein. Aber es müssten irgendwo Fotos existieren, die das abdecken.«

Am unteren Bund des T-Shirts entdeckte Zach einen Riss. »Ist der auch beim Ausziehen passiert?«

»Nein, das wäre vermerkt worden. Er muss vorher schon vorhanden gewesen sein.«

»Vom Opfer verursacht?«

»Zumindest nicht nachweisbar. Sagen Sie mir jetzt, worauf Sie hinauswollen?«

Zach wusste, dass er den Techniker nicht länger hinhalten

konnte. »Ich versuche herauszufinden, ob Curtis das Opfer getötet hat oder ob es jemand anders war, der ihm danach das T-Shirt übergezogen hat, um es so aussehen zu lassen, als wäre er der Täter gewesen.«

»Hm.« Hawkins betrachtete das Beweisstück mit zusammengezogenen Brauen. »Schwer zu sagen. Wie kommen Sie darauf?«

»Es ist nur eine Theorie. Gibt es innen im T-Shirt Spuren?«

Hawkins hob den Stoff an. »Hier unten ist ein Fingerabdruck, aber der ist so verschmiert, dass man keinen Vergleich anstellen kann.«

Zach warf einen Blick darauf und bemerkte dann, dass auch die Spritzer im Inneren völlig verwischt waren. »Wie kann so etwas passieren?«

»Wenn sich die Person viel bewegt oder das T-Shirt sofort ausgezogen hat, während das Blut noch frisch war.«

»Wir haben Curtis schlafend auf dem Sofa vorgefunden. Vielleicht ...«

»Das reicht, Murdock.« Die Stimme kam von der Tür her.

Zach drehte sich langsam um, denn er wusste, dass seine Zeit abgelaufen war. Die beiden Detectives der Mordkommission kamen auf ihn zu, und er konnte an ihren wütenden Gesichtern ablesen, was sie von seiner Einmischung hielten. »Jenks, Houston.«

»Was tust du hier, Murdock?« Jenks Gesicht war rot angelaufen.

»Ich sehe mir die Beweisstücke an.« Zach schaffte es, seine Stimme neutral klingen zu lassen.

Houston lehnte sich mit der Hüfte an den Tisch. Er war der Ruhigere von beiden, aber auch ihm war die Verärgerung deutlich anzusehen. »Warum?«

»Um eine Theorie zu überprüfen.«

Aus den Augenwinkeln sah er, wie Hawkins das T-Shirt an sich nahm und rasch wieder im Karton verstaute, bevor er den Raum verließ. Sehr schlau von ihm, sich schnell aus dem Staub zu machen.

Jenks mischte sich wieder ein. »Ja, Kendricks erzählte, dass du mit der heißen Verteidigerin gekuschelt hast. Fällst du uns hier in den Rücken? Ich dachte, du wärst genauso scharf darauf, diesen Bastard von der Straße zu bekommen, wie wir.«

Wut über seinen Kollegen Kendricks stieg in ihm auf, der anscheinend nichts Besseres zu tun hatte, als irgendwelchen Blödsinn zu verbreiten. »Das bin ich, vielleicht sogar noch mehr als ihr, weil ich gesehen habe, wozu der Typ fähig ist.« Allein die Erinnerung daran drehte ihm den Magen um.

»Warum willst du ihm dann helfen? Ist die Kleine so heiß im Bett?«

Ohne nachzudenken packte Zach Jenks am Hemd. »Rede gefälligst nicht so über sie! Sie hat nichts damit zu tun, außer dass sie die Einzige zu sein scheint, die sich wirklich dafür interessiert, ob der wahre Mörder noch frei herumläuft.« Angewidert stieß er Jenks von sich, der nach hinten stolperte. »Wenn ihr damit fertig seid, in der Nase zu bohren, meldet euch bei mir.« Um nicht noch mehr zu sagen, was er später vielleicht bereuen würde, oder sogar eine Schlägerei mit diesem Idioten anzufangen, verließ er rasch den Raum und ging zum Fahrstuhl. Erleichtert atmete er auf, als sich die Tür hinter ihm schloss und er für einen Moment mit seinen Gedanken allein war.

Wie hatte er so seine Beherrschung verlieren können? Normalerweise war er die Ruhe in Person und ließ die seltenen blöden Sprüche seiner Kollegen einfach an sich abprallen. Aber kaum kam Chloe ins Spiel, benahm er sich wie ein Hitzkopf, der es nicht besser wusste. Für seine Kollegen war das sicher ein gefundenes Fressen, und sie würden sich nicht mehr davon abbringen lassen, ihm ein Verhältnis mit Chloe anzudichten. *Verdammt!* Er würde das, was er herausgefunden hatte, an Chloe weitergeben und mehr nicht. Der Rest lag dann bei ihr.

Chloe war gerade in die Unterlagen zu den Beweisstücken im Curtis-Fall vertieft, als ihr Handy klingelte. Sie griff danach, ohne ihren Blick von dem Foto des blutigen Messers abzuwenden. »Ja?«

»Chloe? Hier ist Zach.«

Sofort begann ihr Herz schneller zu schlagen, als sie seine Stimme hörte. »Oh, hallo.« Chloe verdrehte die Augen bei ihrer intelligenten Antwort.

Eine kleine Pause entstand. »Wie geht es dir?«

»Solange ich mich nicht bewegen muss, ganz gut.«

»Vielleicht solltest du doch zum Arzt gehen.« Sofort schwang wieder die Besorgnis in seiner Stimme mit, die sie morgens so aus dem Konzept gebracht hatte.

»Nein, wirklich, es geht mir gut. Die paar Abschürfungen und blauen Flecken sind nichts gegen das, was ich mir früher öfter auf der Ranch zugezogen habe.«

»Wenn du sicher bist …« Seine Stimme wurde kurz leiser, dann klappte eine Tür. »Ich rufe an wegen der Beweise. Hast du schon den Antrag auf erneute Untersuchung gestellt?«

»Ja, meine Vorgesetzte hat sich darum gekümmert.« Und es ärgerte sie immer noch, dass sie von ihr den Befehl erhalten hatte, nicht ins Police Department zu fahren. Auch wenn ein Teil von ihr froh war, sich nicht bewegen zu müssen.

»Gut. Ich habe mir einige der Beweisstücke angesehen, und es scheint mir, als wäre der Fall tatsächlich nicht so eindeutig, wie er zuerst aussah. Das ist aber natürlich nur meine persönliche Meinung, und ich werde das auch nicht vor Gericht aussagen.«

»Verstanden. Was genau hast du gefunden?«

Zach berichtete ihr von den Ergebnissen seiner Untersuchung, und ihre Aufregung steigerte sich. Ja, sie hatte es gewusst!

»Das sind natürlich alles keine Beweise, und Curtis könnte immer noch der Täter sein. Ich denke aber, dass es sinnvoll wäre, die Beweisstücke noch einmal gründlich zu untersuchen, um sicherz1ustellen, dass wirklich der wahre Täter vor Gericht steht.«

»Danke, Zach, du hast mir sehr geholfen.«

Zach räusperte sich. »Gern geschehen. Aber es wäre besser, wenn wir uns in nächster Zeit nicht noch einmal im Police Department treffen, ich will nicht, dass es Gerede gibt.«

Chloe spürte einen Stich im Herzen, als er das sagte. »Was für Gerede?« Als er nicht antwortete, hakte sie nach. »Was haben sie gesagt? Es war dieser Idiot Kendricks, oder? Ignorier ihn einfach, er hat es auf mich abgesehen, seit ich ihn vor einiger Zeit habe abblitzen lassen.« Sie hatte ihn aus den Augenwinkeln gesehen, als sie gegangen war, und geahnt, dass er Ärger machen würde.

»Unter anderem, aber mit dem kann ich umgehen. Mir geht es eher darum, dass bei dem Fall kein Gerede aufkommen darf, dass ich möglicherweise für das Büro der Pflichtverteidigung Beweise manipuliert habe.«

»Wenn jemand so etwas angedeutet hat, dann …«

Zach unterbrach sie. »Nein, das hat bisher noch niemand getan. Aber Jenks und Houston waren nicht davon begeistert, dass ich mir auf eigene Faust die Beweise angesehen habe.«

Chloe verzog den Mund. Das konnte sie sich allerdings vorstellen, die beiden schienen es sehr persönlich zu nehmen, wenn es jemand wagte, ihre Arbeit in Zweifel zu ziehen. »Ich hoffe, du bekommst jetzt meinetwegen keinen Ärger.«

»Das werde ich nicht. Trotzdem ist es besser, wenn ab jetzt alles strikt nach Vorschrift erledigt wird.« Er zögerte. »Auch für dich.«

Sie wusste nicht, warum es sie immer noch ärgerte, obwohl sie es seit ihrem ersten Tag als Anwältin gewöhnt war. »Es hat wieder jemand angedeutet, dass ich mein Aussehen dafür eingesetzt habe, um die Informationen zu bekommen, oder? Ich bin es echt leid. Wenn mir mal jemand vorwerfen würde, dass ich meine Intelligenz einsetze, dann könnte ich vielleicht darüber lachen.« Chloe stieß geräuschvoll den Atem aus. »Entschuldige, Zach, ich wollte dich da nicht mit hineinziehen. Hast du dich von mir genötigt gefühlt?«

Zu ihrer Überraschung lachte Zach leise. »Nein, keine Angst, ich kann durchaus noch selbst entscheiden, was ich tue, und lasse mich dabei weder von gut aussehenden Anwältinnen noch von idiotischen Kollegen beeinflussen.«

Hitze stieg in ihre Wangen, was er zum Glück nicht sehen konnte. »Das beruhigt mich, danke.« Hatte er es ernst gemeint, dass er sie attraktiv fand? Oh verdammt, sie war schlimmer als ein Teenager! »Ich hoffe, dass wir bald wieder in der Öffentlichkeit miteinander reden können, wenn der Prozess vorbei ist.«

»Natürlich.« Zach schwieg einen Moment. »Pass auf dich auf, Chloe.«

»Das werde ich. Danke noch mal für deine Hilfe. Bis bald.« Chloe beendete die Verbindung und presste das Handy an ihre Schläfe.

Einerseits war sie froh, dass ihre Einwände bezüglich der Beweise nun endlich ernst genommen wurden, aber es ärgerte sie, dass sie nicht mal mit Zach sprechen konnte, ohne dass irgendwelche Idioten wieder rumerzählten, sie würde ihre weiblichen Reize einsetzen, um Informationen zu bekommen. Wäre sie dagegen ein Mann mittleren Alters, würden alle davon ausgehen, dass es extrem schlau von ihr war, die Unregelmäßigkeiten aufgedeckt zu haben. Vielleicht regte sie sich aber diesmal auch deshalb so darüber auf, weil sie wünschte, dass Zach sie tatsächlich begehrte und ihr nicht nur half, weil sie Autumns Schwägerin war.

Chloe legte das Handy auf den Schreibtisch und setzte sich auf. Es brachte nichts, immer über die gleichen Dinge nachzugrübeln, es wurde Zeit, dass sie selbst aktiv wurde. Entweder, um die Situation zu ändern, oder um sich ein für alle Mal davon zu verabschieden. Aber das würde warten müssen, bis der Prozess gegen Curtis beendet war, denn Zach hatte recht, es war besser, wenn sie so lange etwas auf Abstand gingen.

Gerade hatte sie sich wieder eingearbeitet, als die Tür ihres Büros aufging und Marie hineinstürmte. Ihre Augen glitzerten, und sie wedelte mit einigen Papieren herum. »Die Beweisstücke werden neu untersucht. Bis diese Untersuchung abgeschlossen ist, wird der Prozess vertagt. Richter Holbrook ist gelinde gesagt etwas angesäuert, dass ihm offensichtlich unvollständige Beweise vorgelegt wurden, und er verlangt diesmal einwandfreie Gutachten, bevor er den Prozess fortführt.«

Erleichtert lächelte Chloe ihre Vorgesetzte an. »Das ist gut. Wir bekommen dann auch die vollständigen Ergebnisse vorgelegt, sobald sie vorliegen, oder? Damit muss ich mich ja auf den weiteren Lauf des Prozesses vorbereiten.«

»Selbstverständlich. Holbrook wird die weiteren Verhandlungstage erst dann anberaumen, wenn wir ausreichend Zeit hatten, unsere weitere Strategie zu planen.« Marie zog ihre bereits tadellos sitzende Bluse zurecht. »Und diesmal werde ich mit in den Gerichtssaal gehen, wäre doch gelacht, wenn wir den Prozess nicht gewinnen würden.«

Chloes Lächeln erlosch, und sie unterdrückte gerade noch

ein Stöhnen. Sie hätte sich denken können, dass Marie sich auf den Prozess stürzen würde, sobald er für sie interessant wurde. Und das war mit der Möglichkeit, ihn prestigeträchtig zu gewinnen, geschehen. Leider würde Chloe nichts dagegen unternehmen können, denn es war Maries Recht als ihre Vorgesetzte, einen Prozess zu übernehmen. Trotzdem machte es sie wütend, dass sie selbst die ganze Arbeit und den Verdacht gehabt hatte, dass an der Sache etwas nicht stimmte, und nun Marie womöglich die Glückwünsche einheimsen würde. Nicht, dass Chloe darauf so viel Wert legte, aber sie sah auch nicht ein, dass jemand anderes von ihrer Arbeit profitierte.

»Ich möchte, dass du mir alle Akten zur Verfügung stellst, Chloe – inklusive deiner Notizen zu dem Fall. Vor allem interessieren mich die Stellen, an denen die Beweise der Polizei bisher ungenau waren.«

»Natürlich, du bekommst sie heute Nachmittag.« Sie sagte es durch zusammengebissene Zähne, aber immerhin schaffte sie es, Marie nicht ihre Meinung zu sagen.

Das war wohl wieder einer dieser Fälle, bei dem ihre Brüder sagen würden, dass sie nicht verstanden, warum ihre Schwester Anwältin sein wollte. Es passte einfach nicht zu ihr, sich so etwas gefallen zu lassen, ohne ihre Meinung zu sagen. Aber das war der Preis dafür, beim Büro der Pflichtverteidigung angestellt zu sein. Vielleicht sollte sie sich doch irgendwann überlegen, sich als Rechtsanwältin selbstständig zu machen. Wenn sie es gut plante, konnte sie dann trotzdem weiterhin auch ärmere Angeklagte vertreten. Sie wollte nicht damit reich werden, sie musste nur dafür sorgen, dass es für das teure Leben hier in New York reichte.

»Und Chloe …« Marie war bereits zur Tür gegangen und drehte sich kurz vorher noch einmal zu ihr um.

»Ja?«

»Nächstes Mal will ich sofort informiert werden, wenn sich ein Prozess nicht so entwickelt wie erwartet, klar? Ich will nicht noch einmal vor dem Deputy Public Defender zugeben müssen, dass ich nicht weiß, wie sich ein Fall entwickelt, der meinem Büro zugewiesen wurde. Haben wir uns verstanden?«

»Selbstverständlich.« Ja, sie würde sich eindeutig überlegen, ob sie sich selbstständig machen sollte.

8

Chloe trat aus dem Gerichtsgebäude und blinzelte wegen der grellen Sonne und dem Blitzlichtgewitter, das sofort einsetzte, sowie sie in Begleitung von Jesse Curtis draußen erschien. Einerseits war sie glücklich, dass das Verfahren gegen ihren Mandanten aufgrund der unklaren Beweislage eingestellt worden war, andererseits hieß das aber auch, dass der wahre Täter immer noch frei herumlief – und dass Curtis wieder auf die Menschheit losgelassen wurde. Zwar hatte er sich während des Prozesses gut benommen, um die Jury von seiner Unschuld zu überzeugen, aber er war und blieb ein Arschloch, das keinerlei Respekt vor Frauen hatte. Sie konnte nur hoffen, dass er etwas aus der Sache gelernt hatte, und nie wieder eine Frau misshandelte, wie er das laut Zach schon früher getan hatte.

Glücklicherweise war Marie nicht dazu gekommen, ihre Ankündigung wahr zu machen. Ein anderer, wichtigerer Fall hatte ihre ganze Zeit beansprucht, und so konnte sie sich nicht in den Meadows-Prozess einmischen. Das bedeutete aber auch, dass Chloe mit den Pressevertretern reden musste, die ihr bereits von Weitem ihre Fragen zuriefen. Nicht gerade eine ihrer liebsten Aufgaben, vor allem, da sie ihren Mandanten nicht mochte.

Ein besonders aufdringlicher Journalist schob ihr ein Mikrofon ins Gesicht, während sie die Treppe hinunterging. »Ms Hunter, was sagen Sie dazu, dass Ihr Mandant so spektakulär von den Vorwürfen freigesprochen wurde?«

Chloe drängte einen Seufzer zurück und blieb stehen. »Ich bin sehr froh darüber, dass das Gericht die Unschuld meines

Mandanten erkannt hat. Jesse Curtis hat das furchtbare Verbrechen nicht begangen, dessen er beschuldigt wurde.« Genau genommen war er nicht freigesprochen worden, sondern das Verfahren war wegen unklarer Beweislage eingestellt worden, aber sie wies den Journalisten nicht darauf hin.

Ein anderer Pressevertreter drängte sich vor. »Dann läuft der Mörder von Candice Meadows noch frei herum?«

»Ich fürchte, ja. Ich gehe aber davon aus, dass die Polizei bereits auf seiner Spur ist und ihn bald gefasst haben wird.« Jedenfalls hoffte sie das. Das Police Department war allerdings nicht glücklich darüber, dass sie jetzt doch noch die Arbeit investieren mussten, die sie bereits gleich zu Anfang hätten erledigen müssen. Bis zuletzt wollten sie nicht wahrhaben, dass Curtis nicht der Täter war, selbst als die nochmalige Blutanalyse tatsächlich neben der großen Alkoholmenge eine hohe Dosis einer Date-Rape-Droge nachwies.

»Mr Curtis, wie fühlen Sie sich, nachdem Sie nun wieder frei sind?«

Curtis grinste in die Kameras, und Chloe musste sich wegdrehen, damit niemand ihre angewiderte Grimasse sah. »Sehr gut. Ich habe von Anfang an gesagt, dass ich unschuldig bin, aber mir wollte niemand glauben.« Er tätschelte Chloes Arm. »Außer meiner attraktiven Anwältin hier. Sie hat tatsächlich auch etwas in ihrem Kopf.« Sein Blick ruhte dabei auf ihren Brüsten.

Chloe spürte, wie ihr das Blut in den Kopf stieg, und sie beeilte sich, aus dieser peinlichen Situation zu entkommen. »Entschuldigen Sie, wir müssen los. Es wird später noch eine offizielle Stellungnahme des Büros der Pflichtverteidigung geben.« Sie packte Curtis am Arm und zog den Mann unsanft mit sich, während sie weitere Fragen der Journalisten ignorierte. Glücklicherweise hinderten die Wachleute die Reporter daran, ihnen zu folgen. Als Curtis sich noch einmal umdrehen wollte, packte sie fester zu. »Sie halten jetzt den Mund und kommen mit.«

Erstaunlicherweise gehorchte er, wahrscheinlich war er zu überrascht davon, dass eine Frau es wagte, so mit ihm zu reden. Chloe nutzte die Gelegenheit und winkte ein Taxi heran, das prompt vor ihnen am Straßenrand hielt.

Nachdem sie mit dem Fahrer den Preis verhandelt und bezahlt hatte, öffnete sie die Wagentür. »Fahren Sie nach Hause, Curtis, und versuchen Sie, nicht wieder in Schwierigkeiten zu geraten.«

»Kommen Sie nicht mit? Wir könnten ein wenig feiern und uns einen schönen Nachmittag machen.« Dabei grinste er sie lüstern an.

Chloe unterdrückte gerade noch eine scharfe Bemerkung. »Ich habe noch etwas zu tun. Und selbst wenn ich freihätte, würde ich ganz sicher nichts mit Ihnen unternehmen. Um genau zu sein, möchte ich Sie nicht wiedersehen. Ist das klar?«

Röte stieg in sein Gesicht, und er schob sein Gesicht dicht an ihres heran. »Du denkst wohl, du bist zu gut für mich, was?« Sein Blick glitt an ihrem Körper hinunter. »Ich habe schon deutlich bessere Titten gesehen, du brauchst dir also gar nichts einzubilden.«

Chloe trat zurück, sodass die Autotür zwischen ihnen stand. »Gut, dass wir das geklärt haben. Steigen Sie jetzt ein, sonst zahle ich das Taxi nicht.«

»Frigides Weib. Irgendjemand sollte dir mal den Stock aus dem Arsch holen.«

Erleichtert atmete Chloe auf, als Curtis endlich in den Wagen stieg. Doch als sie die Tür schließen wollte, hielt er sie noch einmal auf.

»Auch wenn meine Candy keine Stripperin mehr war – sie war zehnmal mehr Frau als du. Sie wusste, wie man einen

Mann zufriedenstellt.« Damit zog er die Tür zu und gab dem Fahrer ein Zeichen, loszufahren.

Noch lange nachdem sich das Taxi entfernt hatte, stand Chloe am Straßenrand und starrte ihm hinterher. Kälte breitete sich in ihr aus, als ihr klar wurde, dass sie möglicherweise etwas übersehen hatte. *Candy … eine Stripperin*. Die Worte hallten in ihr wider, und sie fragte sich, ob das ein Zufall sein konnte. Vielleicht …

»Ms Hunter?«

Erschreckt wirbelte sie herum, als sie auf einmal die Stimme hinter sich hörte, und zwang sich zu lächeln. »Ja?«

Einer der Wachleute des Gerichts stand mit besorgter Miene vor ihr. »Geht es Ihnen gut?«

»Ja, natürlich. Danke, Mr Gibbs.«

Er wirkte nicht ganz überzeugt, nickte aber. »Kann ich Ihnen ein Taxi rufen, Ma'am?«

Diesmal gelang ihr ein aufrichtiges Lächeln. »Nein danke, ich nehme den Bus, ich muss noch ins Büro.«

Gibbs deutete über seine Schulter zu der Pressemeute, die sich noch nicht zerstreut hatte. »Sicher, dass Sie das wollen? Die werden Sie bestimmt nicht in Ruhe lassen.«

Chloe warf einen Blick hinter ihn. »Sie haben recht, ich nehme wohl doch besser ein Taxi.« Normalerweise würde sie zu Fuß gehen, aber nachdem sie vor zwei Wochen beinahe überfahren worden war, fühlte sie sich dabei nicht mehr wohl.

Mit einem scharfen Pfiff rief Gibbs ein Taxi heran und hielt ihr die Tür auf. »Einen schönen Tag noch, Ms Hunter.«

»Danke, Ihnen auch.«

Chloe wartete, bis er die Tür geschlossen und sie dem Fahrer die Adresse genannt hatte, bevor sie in den Sitz zurücksank und dankbar die Augen schloss. Ein Prozess war immer nervenaufreibend und anstrengend, aber diesmal fühlte sie sich regelrecht ausgepumpt. Zu gern würde sie jetzt nach Hause fahren und sich von Curtis' Berührung und seinen widerlichen Worten reinwaschen. Sie konnte tatsächlich nachvollziehen, warum Zach zuerst so wütend gewesen war, als es darum ging, dass Curtis freikommen könnte. Aber leider konnte niemand eingesperrt werden, nur weil er sich wie ein sexistisches Arschloch verhielt. Dann würden innerhalb kürzester Zeit die Gefängnisse völlig überlaufen.

Da sie merkte, dass sie langsam in den Schlaf zu driften begann, öffnete Chloe ihre Augen und setzte sich gerader hin. Heute Nachmittag war noch eine Dienstbesprechung im Büro geplant, und da konnte sie es sich nicht leisten, zu fehlen oder bei den langweiligen Themen gar einzuschlafen. Besonders da sie wusste, dass Marie versuchen würde, den Erfolg im Curtis-Prozess für sich zu beanspruchen. Normalerweise kümmerte sie sich nicht weiter darum, aber inzwischen war Chloe zu der Überzeugung gelangt, dass sie sich wehren musste, wenn sie jemals von der oberen Etage wahrgenommen werden wollte. Zwar legte sie keinen großen Wert darauf, aufzusteigen, aber sie wollte endlich eine andere Vorgesetzte haben. Und das ging leider nur, wenn sie selbst einen anderen Platz in der Hierarchie einnahm. Ansonsten müsste sie gehen.

Zach holte sich gerade in der kleinen Küche einen frischen Kaffee, als Houston den Raum betrat. Der Detective hatte in den vergangenen Wochen kein Wort mit ihm gewechselt, deshalb erwartete Zach, dass er sich sofort wieder zurückziehen würde, sobald er Zach erblickte. Umso erstaunter war er, als Houston ihm zunickte und sich ebenfalls einen Kaffee holte. Sollte sein Kollege endlich verstanden haben, dass er sich nicht in den Curtis-Fall eingemischt hatte, um sich in irgendeiner Weise zu profilieren?

»Hast du schon gehört, dass die Verteidigung eine Einstellung des Prozesses gegen Curtis erreicht hat?«

Nein, das hatte er nicht und wusste auch nicht, wie er auf diese Nachricht reagieren sollte. Einerseits freute er sich für Chloe, andererseits hasste er es aber auch, dass dieser Typ wieder frei herumlief. Wenigstens hatte er im Gefängnis niemandem schaden können. »Nein«, sagte er daher nur.

Anstatt es dabei zu belassen, lehnte Houston sich mit der Hüfte gegen die Spüle und blickte ihn prüfend an. »Du wirkst nicht besonders glücklich darüber.«

Zachs Blutdruck schoss in die Höhe. »Warum sollte ich das auch sein? Glaubst du, ich will, dass so ein Schwein wie Curtis draußen herumläuft? Wenn es nach mir ginge, würde ich ihn sofort einsperren. Aber es wäre nicht richtig gewesen, den wahren Mörder davonkommen zu lassen und die Sache Curtis anzuhängen.«

Houston nickte langsam. »Das stimmt. Tut mir leid, ich habe dich neulich falsch beurteilt.«

»Schon vergessen.« Das stimmte nicht wirklich, aber es brachte auch nichts, weiter einen Groll zu hegen. Außerdem musste es Houston einiges gekostet haben, diese Entschuldigung auszusprechen. Vor allem wusste Zach, dass die Sache hauptsächlich von Kendricks und Jenks ausgegangen war. »Habt ihr schon einen Hinweis, wer der Täter sein könnte?« Houston blickte ihn kritisch an, und Zach hob die Schultern. »Reine Neugier.«

Houston stieß einen Seufzer aus und rieb sich über die Stirn. »Bisher noch keine Spur. Zwar haben wir seine Stimme auf Band, aber sie konnte nicht zugeordnet werden. Ansonsten keinerlei genetische oder sonstige Spuren, dass er überhaupt in der Wohnung gewesen ist. Als wäre er ein verdammtes Gespenst.«

Das hörte sich allerdings nicht gut an. »Ist der Barkeeper noch mal befragt worden, der den Mann mit Curtis zusammen gesehen hat?«

»Wir sind keine verdammten Dilettanten, Murdock! Natürlich haben wir ihn befragt und ihn auch mit einem Phantomzeichner zusammengesetzt, aber er konnte sich einfach nicht mehr erinnern, wie der Kerl aussah. Zu lange her, außerdem hat er auch nicht richtig darauf geachtet, weil der Laden zu dem Zeitpunkt rammelvoll war.«

Zach bemühte sich, ruhig zu bleiben. »Das war eine simple Frage, kein Vorwurf. Du kannst mir glauben, dass ich genauso sehr will, dass der Mörder gefasst wird, wie ihr. So, wie er das Opfer zugerichtet hatte, glaube ich nämlich nicht, dass es bei einem Mord bleiben wird, jetzt, wo der Täter Blut geleckt hat. Und wer weiß, ob es überhaupt sein erster Mord war. Er scheint ja sehr methodisch vorgegangen zu sein, wenn er keine Spuren hinterlassen hat.«

Houston schnitt eine Grimasse. »Das brauchen wir jetzt gerade noch: einen Serienkiller. Wir haben natürlich die Datenbank durchsucht, aber da er keinen wirklich einzigartigen Modus Operandi gezeigt hat, ist es schwierig, in der Masse an Vergewaltigungs- und Mordfällen unseren Täter zu identifizieren.« Er senkte die Stimme. »Es wurde sogar ein Profiler eingeschaltet, mal sehen, ob der mehr zum Täter sagen kann.«

Zach konnte sich schon vorstellen, was für ein Profil dabei herauskommen würde. Vermutlich würde es so allgemein gehalten sein, dass beinahe jeder der Täter sein könnte. »Ich hoffe, ihr findet den Mörder schnell, denn die Vorstellung, dass so ein Mensch frei herumläuft, macht mich ganz nervös.«

»Nicht nur dich.« Houston schenkte sich noch eine Tasse

Kaffee ein, nachdem er die erste bereits ausgetrunken hatte. »Ich halte mich derzeit nur noch mit Koffein wach. Es kommt mir vor, als gäbe es zurzeit einen Mord nach dem anderen.«

»Es liegt an der Hitze, wie jedes Jahr.«

»Dann können wir nur hoffen, dass der Herbst dieses Jahr schnell kommt.« Houston zwinkerte ihm zu. »Apropos Hitze … Siehst du noch die Verteidigerin?«

Zach rollte mit den Augen. Offenbar glaubte Kendricks immer noch, Chloe bei seinen Kollegen schlechtmachen zu müssen. »Sie hat einen Namen, Houston, und nein, ich ›sehe‹ sie nicht, das habe ich noch nie. Chloe ist lediglich die Schwägerin einer Freundin.« Noch während er das sagte, wusste er, dass es eine Lüge war. Natürlich, technisch trafen seine Worte zu, aber das Flattern in seinem Bauch, wann immer er sie sah oder nur ihr Name erwähnt wurde, deutete darauf hin, dass zumindest sein Körper das anders sah.

»Wenn du das sagst.« Houston grinste ihn wissend an und verließ die Küche.

Mit einem genervten Laut ließ Zach seine Stirn gegen den Schrank sinken und schloss die Augen. Wahrscheinlich würde er Chloe gar nicht mehr wiedersehen, er sollte sie einfach vergessen und sich auf seine Arbeit konzentrieren. Denn nicht nur die Mordrate war alarmierend gestiegen, sondern auch die Fälle von häuslicher Gewalt und Missbrauch. Eigentlich könnte er momentan rund um die Uhr arbeiten. Da das nicht ging, schleppte er sich jeden Abend erst spät nach Hause und fiel fast augenblicklich todmüde ins Bett. Der Vorteil an dieser Methode war, dass ihn so nur selten Alpträume heimsuchten, andererseits tendierte sein Privatleben im Moment gegen null.

Allerdings hatte er erst letzte Nacht davon geträumt, dass sich ein weiblicher Körper an ihn schmiegte. Eine Hand glitt über seine Brust, hinunter zu seinem Bauch und dann noch tiefer. Gleichzeitig schob sich ein Bein über seine Oberschenkel und presste sich gegen seinen Penis. Ein weicher Mund schloss sich über seiner Brustwarze, und Zach ließ sich mit einem tiefen Stöhnen fallen. Als er wenig später aufwachte, war er allein und musste sich selbst um seine schmerzende Erektion kümmern. Dabei dachte er nicht etwa an Autumn oder irgendeine andere Frau, sondern nur an eine: Chloe. *Verdammt!* Er wollte sich nicht von ihr angezogen fühlen, das würde nur weitere Probleme verursachen.

»Geht es dir nicht gut, Zach?« Cassies Stimme erklang auf einmal dicht hinter ihm.

Seine Augen flogen auf und er blickte über die Schulter. »Doch, alles in Ordnung.«

»Du siehst aber nicht so aus.« Besorgt legte sie eine Hand auf seinen Arm.

Zach drehte sich zu ihr um und hoffte, dass sie die Beule in seiner Hose nicht bemerken würde, die der Gedanke an Chloe in seinem Bett verursacht hatte. Eine Ablenkung musste her. »Ich hatte gerade ein Gespräch mit Houston.«

»Der Stadt oder dem Detective?«

Ein widerwilliges Lächeln hob seine Mundwinkel. »Haha. Er sagt, Curtis ist frei und sie sind noch keinen Schritt weiter, den wahren Mörder zu finden.«

Jeglicher Humor verschwand aus Cassies Augen. »Das habe ich auch gehört. Zu schade, dass es doch nicht Curtis war. Dann wäre der Fall jetzt abgeschlossen und der Täter sicher hinter Gittern.«

»Ja.« Zach stieß einen tiefen Seufzer aus. »Wir können nur hoffen, dass der Mörder irgendeinen Fehler begeht und wir ihn doch noch schnappen.«

»Mein Mann wollte mich schon dazu drängen, nicht mehr ohne Pistole auszugehen.«

»Das ist vielleicht etwas übertrieben, aber ich denke auch, dass der Täter erneut zuschlagen wird.«

Cassie verzog das Gesicht. »Hoffentlich nicht.« Ohne Vorwarnung wechselte sie das Thema. »Und, wie geht es deiner Verteidigerin?«

Sofort spannte sich sein Magen wieder an, ganz zu schweigen von einigen anderen Teilen seiner Anatomie. Genervt blickte er Cassie an. »Habt ihr heute kein anderes Thema?«

Fröhlich grinste sie ihn an. »Nein. Wer wollte das denn noch wissen?«

»Houston.«

Sofort wurde sie ernst. »Er hat aber hoffentlich nichts Blödes über sie gesagt?«

»Nein, keine Angst, das waren neulich auch eher Jenks und Kendricks.«

»Gut.« Ihr Lächeln kehrte zurück. »Und glaub nicht, dein Themawechsel zieht bei mir. Chloe Hunter ist doch sicher glücklich, dass ihre Verteidigungsstrategie Erfolg hatte.«

Wie unauffällig. »Das kann ich dir nicht sagen, ich habe seit Wochen nicht mit ihr gesprochen.«

Seine Absicht, ihre Fragen abzublocken, funktionierte leider nicht. »Aber warum denn nicht? Ich dachte, du magst sie.«

Mit einem lautlosen Seufzer erkannte er, dass er Cassie nicht loswerden würde, wenn sie sich einmal in das Thema verbissen hatte. »Ich weiß nicht, was du dir vorstellst, aber wir haben kein geheimes Verhältnis oder so. Ich kenne Chloe, weil sie die Schwägerin einer Freundin ist. Bis vor ein paar Wochen wusste ich nicht mal, dass sie hier in New York als Anwältin arbeitet. Seitdem habe ich vielleicht drei oder vier Mal mit ihr geredet.«

»Ach, schade.« Cassie blickte ihn forschend an. »Ich hatte gehofft, du hättest vielleicht endlich eine Frau gefunden, die dir gefällt.«

Zach schüttelte den Kopf. »Wenn es mal so weit ist, wirst du es als Erste erfahren, ich verspreche es.«

»Okay, ich werde dich daran erinnern.« Cassie stellte sich auf die Zehenspitzen und küsste ihn auf die Wange. »Und ich finde immer noch, dass Chloe Hunter eine tolle Frau für dich wäre.«

Bevor er etwas dagegen sagen konnte, verschwand Cassie aus der Küche und ließ ihn mit seinen Gedanken zurück. Verdammt, er hatte genug anderes zu tun! Dennoch fragte er sich, was Chloe wohl gerade machte und ob es ihr gut ging. Fest entschlossen, sich ab jetzt nur noch seiner Arbeit zu widmen, kehrte er mit dem Kaffee in sein Büro zurück.

Als Chloe in den Sitzungsraum trat, waren die anderen Anwälte schon versammelt. Es herrschte eine seltsame Stimmung, so, als hätten sie sich gerade über sie unterhalten und wären durch ihr Auftauchen gestört worden. Chloe straffte die Schultern und rang sich ein Lächeln ab, während sie sich auf den noch freien Platz setzte.

»Tut mir leid, dass ich so spät komme, ich hatte noch einen wichtigen Anruf zu erledigen.«

Der oberste Boss nickte ihr zu. »Kein Problem, wir sind auch eben erst eingetroffen.« Was wahrscheinlich genauso gelogen war wie ihre Ausrede. Er blickte sich unter den Anwesenden um. »Gut, dann fangen wir jetzt an. Zuerst würde ich gerne etwas über den Curtis-Prozess erfahren. Das Ergebnis kennen wir natürlich schon, und ich möchte Sie zu der hervorragenden Leistung beglückwünschen, Ms Hunter.«

Chloe spürte, wie Wärme in ihre Wangen stieg. »Danke, Mr Hammond, das bedeutet mir sehr viel.«

»Mich würde interessieren, wie Sie darauf gekommen sind, dass der Verdächtige nicht der Täter sein kann.«

So knapp wie möglich berichtete Chloe von ihren Erkenntnissen und der zuerst sehr mühseligen Zusammenarbeit mit der Polizei. Je länger sie redete, desto finsterer wurde Maries Miene, deshalb bemühte Chloe sich, sie nicht mehr anzusehen, sondern sich ganz auf die Kollegen zu konzentrieren, die wirklich daran interessiert waren.

Einige Minuten später war die Befragung beendet, und der Fokus aller richtete sich auf andere Fälle. Zufrieden, dass ihre Vorgesetzten ihr Engagement im Curtis-Fall bemerkt hatten, gleichzeitig aber auch froh darüber, dass sie nicht mehr im Mittelpunkt stand, lauschte sie mit einem Ohr, während ihre Gedanken ansonsten darum kreisten, wie sie Zach für seine Hilfe danken könnte. Sie könnte ihm eine Flasche Wein schicken, aber das war ihr zu unpersönlich, vor allem, weil sie gar nicht wusste, ob er überhaupt Alkohol trank. Nein, es wäre besser, wenn sie sich persönlich bei ihm bedankte. Dann könnte sie ihn auch noch einmal sehen, mit ihm zu sprechen und einfach in seiner Nähe sein. Chloe schüttelte den Kopf. Ging es noch peinlicher, sich einem Mann aufzudrängen, der nun schon mehrfach deutlich gemacht hatte, dass er nichts mit ihr zu tun haben wollte?

Endlich war die Dienstbesprechung zu Ende, und Chloe kehrte erleichtert in ihr Büro zurück. Gerade als sie die Tür hinter sich schließen wollte, wurde sie von außen wieder aufgestoßen und Marie trat in den Raum. Genau das, was ihr jetzt noch gefehlt hatte. Chloe versuchte, sich ihren Widerwillen nicht anmerken zu lassen, und setzte sich hinter ihren Schreibtisch.

Eine offensichtlich aufgebrachte Marie folgte ihr, stützte die Hände auf die Schreibtischplatte und beugte sich vor. »Glaub nicht, dass ich es zulassen werde, dass du den ganzen Ruhm für den Gewinn des Curtis-Prozesses einsackst.«

Ruhig blickte Chloe sie an. »Warum nicht? Es war schließlich meine Arbeit, die dazu geführt hat, dass der Angeklagte freigelassen wurde.«

Rote Flecken erschienen auf Maries Wangen, und ihre Augen glitzerten wütend. »Du stehst immer noch unter meiner Verantwortung und kannst nichts tun, ohne dass ich es absegne. Es wäre gut, wenn du dich beim nächsten Mal daran erinnerst, denn noch einmal werde ich nicht zulassen, dass du dich so in den Vordergrund stellst.«

Chloe bemühte sich, ihren Ärger nicht zu zeigen. »Das habe ich nie getan, und das weißt du. Aber ich sehe es auch nicht ein, unsere Vorgesetzten anzulügen, nur damit du dich besser fühlst.«

»Du …«

»Entschuldige mich, ich habe noch einige andere Dinge vorzubereiten.«

Marie richtete sich auf, und ihre Augen feuerten Dolche in Chloes Richtung. Schweigend wandte sie sich um und verließ das Büro.

Chloe zuckte zusammen, als die Tür laut hinter ihr ins Schloss fiel. Vermutlich hatte sie sich gerade keinen Gefallen getan, aber sie war es leid, sich von Marie so behandeln zu lassen. Die Anwältin war völlig unfähig, wenn es darum ging, Untergebene zu führen. Und wenn Marie nicht irgendwann merkte, dass Chloe sich die miese Behandlung nicht länger gefallen lassen würde, war sie tatsächlich gezwungen, damit entweder zu einem der Vorgesetzten zu gehen oder zu kündigen.

9

Nach einer anstrengenden Schicht stieg Zach langsam die Treppe zu seiner Wohnung hinauf. Manchmal wünschte er sich, er hätte nicht gerade die oberste Wohnung im Dachgeschoss eines vierstöckigen Hauses ohne Fahrstuhl. Er wollte jetzt nur noch schnell etwas essen und dann ins Bett fallen. Die Hitze setzte ihm auch zu, sein Schädel fühlte sich an, als würde er jeden Moment explodieren. Wobei das nicht nur an der Wärme lag, sondern auch an dem bedrückenden Fall, den er heute bearbeitet hatte. Wie konnten Menschen sich so etwas gegenseitig antun, besonders wenn einer wesentlich schwächer war und man ihn angeblich liebte? Aber das würde er wohl nie verstehen. Mit einer Hand hielt er sich am Treppengeländer fest, weil die alte Kopfverletzung manchmal seinen Gleichgewichtssinn störte.

Gerade als er die letzte Stufe erklomm, bemerkte er, dass jemand vor seiner Wohnungstür saß. Seine Instinkte ließen ihn sofort zu seiner Waffe greifen, aber bereits während der Bewegung merkte er, dass keine Gefahr drohte. Die Person war zusammengesunken und für einen Moment glaubte er, dass sie tot wäre. Sein Herz blieb eine Schrecksekunde lang stehen, bis er erkannte, dass sie nur schlief. Mit einem erleichterten Seufzer hockte er sich neben sie und berührte zögernd ihre Schulter. Sofort zuckte sie zusammen, ihre Augen flogen auf, und sie blickte ihn blinzelnd an.

»Was machst du hier, Chloe?« Sobald die Frage heraus war, zuckte er innerlich zusammen. Das klang beinahe vorwurfsvoll, dabei hatte er es gar nicht so unfreundlich gemeint, wie es herausgekommen war. Vielleicht sollte er doch irgendwann mal einen Kurs belegen, in dem er richtiges Benehmen lernte.

Ein leichtes Lächeln huschte über Chloes Züge. »Was für eine nette Begrüßung.« Sie hielt ihm ihre Hand hin, und er half ihr hoch. »Aber da ich mich nicht vorher angemeldet habe, ist die Frage vermutlich berechtigt.«

»Entschuldige, das war etwas unhöflich, aber es war ein langer Tag.« Er griff um sie herum und schloss die Tür auf.

Chloe blickte auf ihre Uhr und gähnte unterdrückt. »Das stimmt allerdings, ich muss wohl eingeschlafen sein, während ich auf dich gewartet habe.«

»Komm rein.« Zach hielt die Tür für sie auf und schaltete das Licht an, auch wenn er sich gleichzeitig sagte, dass das keine gute Idee war.

»Danke.« Neugierig blickte sie sich in der Wohnung um, was Zach unangenehm war, weil doch einige Dinge herumlagen. »Entschuldige die Unordnung, ich habe heute keinen Besuch erwartet.« Und auch das klang beinahe wieder wie ein Vorwurf. Vermutlich wäre es wirklich besser, Chloe würde so schnell wie möglich wieder verschwinden, damit ihm nichts herausrutschen konnte, das sie ihm später übelnehmen könnte.

»Meine Schuld. Es war eine ganz kurzfristige Entscheidung, und ich habe nicht darüber nachgedacht, dass ich damit deine Pläne durchkreuzen könnte.« Ernst blickte sie ihn an. »Ich kann auch sofort wieder gehen, wenn dir das lieber ist.« Ihre hellbraunen Augen verdunkelten sich. »Ich wollte nur nicht …«

»Was wolltest du nicht?«

Chloe hob die Schultern. »Allein sein.«

Sicher war es vernünftiger, wenn sie wieder ginge, aber es gelang ihm nicht, sie wegzuschicken, als er die Verletzlichkeit in ihren Augen sah. Obwohl er verhindern wollte, dass etwas zwischen ihnen entstand, sagte er schließlich: »Du kannst gerne bleiben, aber ich bezweifle, ob ich heute ein guter Gastgeber sein werde.«

Strahlend lächelte Chloe ihn an. »Oh, das musst du auch nicht, ich bin nicht hier, um mich unterhalten zu lassen.« Sie hob eine Tüte hoch. »Und ich habe auch etwas zu essen mitgebracht, falls du keine Lust mehr hast zu kochen.«

Jetzt erst wurde er sich des appetitlichen Geruchs bewusst, der aus der Tüte drang. »Umso besser, ich glaube nämlich nicht, dass ich noch allzu viel im Kühlschrank habe.«

Chloe stellte die Tüte auf den Tisch. »Hast du etwas dagegen, wenn ich ein wenig ablege?« Mit spitzen Fingern zog sie an ihrem Blazer. »Ich muss unbedingt aus den Büroklamotten raus und mich ein wenig frischmachen, bevor ich vor Hitze eingehe.«

Zach räusperte sich. »Kein Problem. Das Bad ist links um die Ecke, nicht zu verfehlen.« Was daran lag, dass sein Apartment nur aus Wohnküche, Schlafzimmer und einem winzigen Bad bestand.

»Danke. Bin sofort wieder da. Vielleicht kannst du das Essen ja schon mal erhitzen, falls du eine Mikrowelle hast.«

Mit einem mulmigen Gefühl im Magen blickte er ihr nach, als sie ins Bad trat und die Tür hinter sich schloss. Zach sah an sich herunter und beschloss, dass er auch seine Arbeitskleidung ausziehen sollte. Das war normalerweise das Erste, was er tat, besonders bei diesen Temperaturen. Zwar lief seine Klimaanlage auf Hochtouren, aber sie war so altersschwach, dass sich die Wärme trotzdem in der Wohnung staute. Nach einem letzten Blick auf die Badezimmertür betrat er sein Schlafzimmer und schlüpfte schnell aus seinen Sachen. Wäre er jetzt allein, würde er sich überlegen, ob er sich nur in Boxershorts auf sein Sofa werfen würde, doch dagegen hätte Chloe sicher etwas einzuwenden. Deshalb entschied er sich für alte knielange Shorts und ein dünnes T-Shirt. Er versuchte, nicht daran zu denken, wie Chloe sich jetzt gerade auszog, aber es gelang ihm nicht ganz. Angewidert von sich selbst schüttelte er den Kopf und zwang sich, an etwas anderes zu denken, denn er konnte nicht den Rest des Abends mit einer Erektion herumlaufen, die sie in der engen Shorts sofort sehen würde.

Barfuß trat er zurück in die Wohnküche, packte das Essen aus und verteilte es auf zwei Teller. Der Geruch nach Geschnetzeltem stieg in seine Nase, und das Wasser lief ihm im Mund zusammen. Wenn Chloe nicht gekommen wäre, hätte er sich eine dieser pappigen Tiefkühlmahlzeiten machen müssen, die sich noch in seinem Eisfach befanden. Zach stellte einen der Teller in die Mikrowelle, schaltete sie aber noch nicht an. Damit würde er warten, bis Chloe aus dem Bad kam. Stattdessen ging er zum Kühlschrank, holte sich ein Bier heraus und trank einen kräftigen Schluck. Auch die Getränkeauswahl war ziemlich beschränkt, er konnte nur hoffen, dass Chloe entweder Bier oder Wasser trank.

Bevor er noch länger darüber nachdenken konnte, öffnete sich die Badezimmertür und Chloe trat heraus. Zach erstarrte, als sein Blick über ihre Kleidung glitt. Sie trug nur den kurzen Rock, der ihre schlanken, nackten Beine betonte, und ein äußerst knappes Top, das ihre Brüste wunderbar zur Geltung brachte.

Als sie seinen Blick bemerkte, lächelte sie unsicher. »Ich hoffe, es macht dir nichts aus, die Bluse war einfach zu warm, genauso wie die Strumpfhose.« Sie hatte auch ihre Haare gelöst, die jetzt in einer lockigen Mähne ihr Gesicht umrahmten.

Zach wollte etwas sagen, verschluckte sich jedoch an seinem Bier und begann zu husten. Aus tränenden Augen beobachtete er, wie Chloe sich ihm näherte. Kräftig klopfte sie auf seinen Rücken. Es kam ihm ewig vor, bis die Flüssigkeit aus seiner

Luftröhre verschwunden war und er wieder frei atmen konnte. Chloe blieb die ganze Zeit neben ihm und strich beruhigend über seinen Rücken. Damit sie nicht bemerkte, was ihre Nähe bei ihm anrichtete – vor allem in der Hüftregion – trat er schließlich einen Schritt zurück.

»Danke, es geht schon wieder.« Seine Stimme klang vom Husten rau und er räusperte sich. »Möchtest du jetzt essen?«

»Ja, bitte. Allerdings hast du mir noch nicht geantwortet.«

Verwirrt blickte er sie an. »Worauf?« Da sie so nah vor ihm stand, blickte er direkt in ihre großen Augen und meinte, darin versinken zu können.

Ein kleines Lächeln spielte um ihren Mundwinkel. »Ob es dir etwas ausmacht, wie ich herumlaufe.«

Zach bemühte sich, nicht wieder an ihrem Körper herunterzublicken, besonders, da sie so dicht vor ihm stand. »Nein, natürlich nicht. Solange dich mein Aufzug nicht stört …« Verdammt, warum hatte er das gesagt?

Ihr Blick glitt an ihm hinunter und er glaubte, eine zarte Röte in ihre Wangen steigen zu sehen, als sie die deutlichen Umrisse seiner Erektion unter dem dünnen Stoff seiner Shorts bemerkte. Als sie wieder hochsah, lächelte sie ihn breit an. »Überhaupt nicht.«

Wie ein Fieber schoss die Erregung durch seinen Körper, und er krampfte seine Hand um die Bierflasche, um Chloe nicht sofort an sich zu ziehen. Was war nur heute mit ihm los? Ja, Chloe war ganz sicher eine begehrenswerte Frau, aber er kannte etliche gut aussehende Frauen, bei denen er nie das dringende Bedürfnis verspürte, einfach alles andere zu vergessen und seine Lust zu stillen. Dumm war nur, dass das in diesem Fall nur Komplikationen mit sich bringen würde. Zudem kannte er sie nicht einmal gut genug, um entscheiden zu können, ob und wie sehr er sie überhaupt mochte. Genau genommen war sie tabu für ihn, weil sie zum Hunter-Clan gehörte und vor allem viel zu jung war. Aber seinen Körper schien das nicht weiter zu interessieren.

Mit Mühe wandte er sich von ihr ab und ging in die Küchenecke. Er schaltete die Mikrowelle an und trat dann zum Kühlschrank. »Leider habe ich nur Wasser oder Bier vorrätig. Was möchtest du haben?« Die kühle Luft half ein wenig dabei, seine Erregung in den Griff zu kriegen, und er schloss erleichtert die Augen.

»Ein Bier ist okay, ich muss ja nicht fahren.«

Seine Augen flogen auf. Dachte sie etwa, er würde sie hier übernachten lassen? »Warum nicht?«

Sie blickte ihn merkwürdig an. »Weil ich mit dem Taxi gekommen bin. Ich habe gar kein Auto.«

Beruhigt atmete er durch. »Ach so. Ich kann dich nachher auch nach Hause fahren.«

»Danke, aber das ist nicht nötig.«

Zach presste die Lippen zusammen, um ihr nicht zu sagen, wie gefährlich es war, als Frau allein im Dunkeln durch die Gegend zu laufen. Das wusste sie als Rechtsanwältin sicher selbst, und außerdem war er nicht ihr Vater. »Überleg es dir, das Angebot steht.«

Chloe nickte ihm zu und nahm das Bier entgegen, das er ihr hinhielt. »Danke.« Sie öffnete den Schraubverschluss und nahm einen tiefen Schluck. »Oh, das tut gut.« Mit einem kleinen Lächeln hielt sie die kalte Flasche an ihr Dekolleté und erschauerte. »Kann ich dir bei irgendetwas helfen?«

Ja, sie könnte die Flasche wegstellen, vor ihm auf die Knie sinken, seine Hose öffnen und sich um seine schmerzende Erektion kümmern. Die erotische Vorstellung ließ ihn beinahe aufstöhnen, und er wusste, dass er so viel Distanz wie möglich zwischen sich und Chloe bringen musste, wenn er sich nicht auf sie stürzen wollte. »Du kannst schon mal den Tisch decken. Teller und Gläser sind in dem Oberschrank dort drüben, Besteck ist in der Schublade neben dem Herd.«

»Okay.« Sie lächelte ihn an und strich im Vorbeigehen mit der kalten Bierflasche über seinen nackten Arm.

Zach blickte ihr hinterher und beobachtete, wie sich der Rock beim Gehen noch enger an ihren Po schmiegte. Leichte Bräune überzog ihre Arme und Beine und zeigte, dass sie sich trotz ihrer anspruchsvollen Arbeit öfter im Freien aufhielt. Das Klingeln der Mikrowelle riss ihn aus seinen Gedanken, und er drehte sich kopfschüttelnd zu dem Gerät um. Rasch wechselte er die Teller und schaltete es wieder ein. Den fertigen Teller trug er zu dem kleinen Tisch, den Chloe gerade deckte. Normalerweise saß er hier allein, häufig mit seinen Akten, die er von der Arbeit nach Hause brachte, deshalb fühlte es sich merkwürdig an, ihn für zwei Leute gedeckt zu sehen.

»Brauchst du ein Glas?« Erwartungsvoll blickte Chloe ihn an.

»Nein.« Gerade noch rechtzeitig erinnerte er sich an die Manieren, die seine Mutter ihm vor ewigen Zeiten einmal eingetrichtert hatte. »Aber wenn es dich stört, dass ich aus der Flasche trinke …«

Chloe unterbrach ihn. »Da ich selbst aus der Flasche trinke, ist das kein Problem. Und außerdem ist das deine Wohnung, es wäre ja noch schlimmer, wenn ich als spontaner Gast diktieren würde, wie du hier lebst.«

Zach blickte sie irritiert an. »Jetzt übertreib nicht so.«

Mit einem breiten Grinsen blickte sie ihn an. »Erwischt.« Schnell wurde sie wieder ernst. »Danke, dass ich bleiben darf. Der Gedanke, jetzt in meine Wohnung zurückzukehren …« Ein Schauer lief durch ihren Körper.

Zach stellte seine Flasche auf den Tisch, um den zweiten Teller aus der Mikrowelle zu nehmen. Nachdem sie sich beide gesetzt hatten, kam er zu dem Thema, das zwischen ihnen hing. »Ich habe gehört, dass der Prozess gegen Curtis eingestellt wurde. Herzlichen Glückwunsch.«

Chloe schnitt eine Grimasse. »Danke.« Mit der Gabel stocherte sie in ihrem Essen.

Fragend blickte er sie an. »Freust du dich nicht darüber? Ich dachte, das war es, was du erreichen wolltest.«

Hart blies Chloe den Atem aus und hob den Kopf. »Schon. Vom professionellen Standpunkt aus bin ich zufrieden. Curtis war nicht der Täter, und es wäre falsch gewesen, ihn zu verurteilen. Das heißt aber nicht, dass ich es gut finde, dass dieser sexistische Bastard wieder auf freiem Fuß ist.«

Ärger stieg in Zach auf. »Was hat er zu dir gesagt? Hat er dich angefasst?« Seine Hand spannte sich um seine Gabel.

»Er war sein übliches ekliges Selbst, sonst nichts.« Chloe lächelte leicht und legte ihre Hand über seine Finger. »Keine Angst, ich kann mich zur Not selbst verteidigen. Aber ich verstehe jetzt, warum du so davon überzeugt warst, dass er Candice Meadows ermordet hat.«

Zach verzog den Mund. »Nicht gerade eine meiner Sternstunden als Ermittler. Und vor allem hätte ich es nicht an dir auslassen dürfen.«

»Schon vergessen.« Sie blickte wieder auf ihren Teller. »Wusstest du, dass Candice vorher Stripperin war?«

»Nein, wie kommst du darauf?«

»Curtis sagte heute, seine Candy hätte als Stripperin gearbeitet.«

Zach hob die Schultern. »Was macht es für einen Unterschied? Sie hatte auf keinen Fall verdient, was ihr angetan wurde.«

Ein seltsamer Ausdruck huschte über Chloes Gesicht. »Natürlich nicht. Es ist nur …« Sie brach ab und wedelte mit der

Gabel. »Egal.« Bevor Zach etwas sagen konnte, fuhr Chloe fort. »Ich wünschte nur, dass die Polizei den richtigen Täter schon gefunden hätte. Es macht mich nervös, mir vorzustellen, dass er noch frei herumläuft.«

»Nicht nur dich.« Zach fuhr frustriert mit der Hand durch seine Haare. »Ich habe Houston heute danach gefragt. Offensichtlich sind sie noch nicht weitergekommen. Es sieht so aus, als hätte der Täter keinerlei Spuren hinterlassen.«

Chloes Gesicht wurde blasser, sodass die Sommersprossen auf ihrer Nase stärker hervorstachen. »Das ist nicht gut.«

Dem konnte er nur zustimmen. Aber es half auch nichts, jetzt darüber nachzugrübeln und sich davon das Essen verderben zu lassen. Den Kopf zerbrechen konnte er sich später auch noch, wenn Chloe wieder gegangen war. »Wie ist dein Erfolg von deinen Vorgesetzten aufgenommen worden?«

Erneut verzog Chloe das Gesicht. »Meine direkte Vorgesetzte war äußerst ungehalten, dass ich auf der Mitarbeiterbesprechung vom obersten Chef gelobt wurde. Wenn es nach ihr ginge, hätte sie den Erfolg für sich beansprucht, obwohl sie gar nichts dazu beigetragen hat. Da das nicht geklappt hat, versuchte sie, mich hinterher unter Druck zu setzen.« Einer ihrer Mundwinkel hob sich. »Ich fürchte, ich war nicht besonders diplomatisch.«

Zach grinste. »Das kann ich mir bei dir gar nicht vorstellen.«

Chloe streckte ihm die Zunge heraus.

Sofort schoss Zachs Puls in die Höhe, und er musste den Drang bekämpfen, sich über den Tisch zu lehnen und seinen Mund auf Chloes zu pressen. Rasch hob er die Bierflasche an seine Lippen und trank einen tiefen Schluck. Als er wieder aufblickte, betrachtete Chloe ihn nachdenklich.

Um sie und auch sich selbst davon abzulenken, führte er

die Unterhaltung fort. »Was wirst du jetzt wegen deiner Vorgesetzten machen? Das ist ja keine besonders schöne Arbeitssituation.«

Chloe hob die Schultern. »Ich weiß es noch nicht. Wenn es so bleibt, werde ich irgendwann gehen müssen, denn das halte ich nicht noch ein paar Jahre aus. Noch besser wäre es natürlich, wenn ich befördert würde. Aber da ich noch eine der jüngeren Anwältinnen bin, ist die Wahrscheinlichkeit wohl ziemlich gering.«

»Und was würdest du machen, wenn du gehst?«

Mit den Fingern strich sie über das Kondenswasser an ihrer Bierflasche. »Eigentlich könnte ich mich höchstens selbstständig machen. Aber ich fürchte, das wäre finanziell ein Verlust für mich.«

Zachs Augenbrauen schoben sich zusammen. »Warum? Ich dachte, die Gehälter im Staatsdienst sind notorisch schlecht? Bei der Polizei ist es jedenfalls so.«

»Bei uns leider auch, zumindest wenn man auf der unteren Stufe steht.« Sie pustete sich eine Haarsträhne aus den Augen. »Wenn ich meine eigene Kanzlei aufmache, möchte ich mir meine Mandanten selbst aussuchen. Und ich würde vermutlich nicht gerade Reiche nehmen – außer sie sind unschuldig.«

Das hätte er nicht von jemandem erwartet, der schon seit mehreren Jahren Pflichtverteidiger war. Inzwischen musste ihr doch aufgefallen sein, dass die wenigsten Angeklagten wirklich unschuldig waren. »Jetzt kannst du sie dir doch auch nicht aussuchen.«

Chloe stützte ihre Ellbogen auf den Tisch und beugte sich vor. »Eben, aber das würde ich gerne. Ich möchte, dass auch ärmere Angeklagte eine Chance auf einen fairen Prozess haben.«

»Das ist aber sehr idealistisch.«

Ein Lächeln breitete sich auf ihrem Gesicht aus. »So bin ich eben.«

Ehrlich gesagt mochte er das sogar an ihr, besonders weil er nach den langen Jahren im Polizeidienst fast nur noch an das Schlechte in den Menschen glaubte. Es war erfrischend, mit jemandem zusammen zu sein, der noch nicht so hart und zynisch war wie viele seiner Kollegen. »Ich hoffe, du kannst dir das bewahren, Chloe.«

Forschend blickte sie ihn an. »Machst du dich über mich lustig?«

»Nein, überhaupt nicht.«

»Okay, dann danke, ich werde es versuchen. Auch wenn ich meistens versuche, das Positive zu sehen, bin ich nicht naiv. Ich hatte schon einige schlimme Fälle, die mir gezeigt haben, wozu die Menschen fähig sind.«

Ein Schatten glitt über ihr Gesicht, der in Zach den Wunsch weckte, sie aufzuheitern. »Genug mit den Arbeitsthemen, ich dachte, wir wollten uns entspannen.«

Ihr Gesicht hellte sich ein wenig auf. »Genau.«

Um sich von der Tatsache abzulenken, dass er am liebsten mit den Fingern ihre samtige Haut erkundet hätte, redete er rasch weiter. »Woher hast du eigentlich meine Adresse?«

Chloe grinste ihn an. »Von derselben Person, die dir auch meine Adresse gegeben hat.«

Die Erinnerung an Autumn war wie eine kalte Dusche, doch er versuchte, sich nichts anmerken zu lassen. »Ich glaube, ich muss mit ihr mal über die Herausgabe von vertraulichen Daten sprechen.«

Mit schräg gelegtem Kopf blickte Chloe ihn an, und Zach hatte beinahe das Gefühl, dass sie in ihn hineinschauen konnte. Da er nicht wollte, dass sie bemerkte, wie viel er für die Ehefrau ihres Bruders empfand, stand er rasch auf. »Möchtest du noch ein wenig Nachtisch?«

Ihr braungoldener Blick folgte ihm zum Kühlschrank. »Was hast du denn da?«

Erleichtert, dass sie nicht weiter auf Autumn oder sein seltsames Benehmen einging, lockerten sich seine angespannten Muskeln ein wenig. Rasch öffnete er das Eisfach seines Kühlschranks und blickte hinein. »Schokoeis.« Chloe begann zu lachen, und er drehte sich erstaunt zu ihr um. »Was ist daran so lustig?«

»Ein Mann, noch dazu ein großer, harter Cop, steht auf Schokoladeneis. Das finde ich süß.«

Zach verzog den Mund. So hatte ihn bisher noch niemand bezeichnet. »Wenn du keins möchtest, dann sag es einfach.« Er hob die Hand, um die Klappe des Eisfachs wieder zu schließen.

»Oh, schon gut. Tut mir leid, wenn ich deinen männlichen Stolz durch meine Bemerkung verletzt haben sollte.« Sie zwinkerte ihm zu. »Übrigens liebe ich Schokoeis.«

Bei der Vorstellung, was er mit Eis und ihrem Körper alles anstellen könnte, hob sich sein Schaft, und er war froh, dass er mit dem Rücken zu Chloe stand. Ein paar Minuten beschäftigte er sich damit, das Eis in zwei Schälchen zu löffeln, dann kehrte er damit zum Tisch zurück. »Hier, bitte.«

Chloe lächelte ihn an. »Hmm, das sieht gut aus. Danke.«

»Das Mindeste, was ich tun kann, nachdem du das Hauptgericht mitgebracht hast.«

»Dann schulde ich dir noch einen Nachtisch, denn du hast neulich bereits meine Pizza bezahlt.« Chloe schob einen Löffel voll Eis in den Mund und schloss genießerisch die Augen.

Zach verschluckte sich fast bei ihrem entrückten Gesichtsausdruck. Gott, wie gerne würde er sich jetzt über den Tisch beugen und sie küssen! Sie würde nach Chloe schmecken und nach Schokolade … Mühsam riss er sich zusammen. Es wäre keine gute Idee, ihre Beziehung zu vertiefen, das war ihm völlig klar. Chloe war viel zu jung für ihn, zu … unschuldig. Seine Erregung steigerte sich noch, als sie genießerisch ihren Löffel ableckte. Dabei schien sie überhaupt nicht zu bemerken, was sie bei ihm anrichtete. Und das war vermutlich auch besser so. Er kam sich vor wie ein alter Lustmolch, der es auf Bambi abgesehen hatte. Die Vorstellung brachte ihn dann doch zum Grinsen, und er entspannte sich wieder etwas.

»Was ist denn so lustig?«, fragte sie ihn neugierig.

»Nichts.« Zach steckte sich rasch einen Löffel Eis in den Mund, damit er nicht mehr sagte. Wie zum Beispiel, dass er sich wünschte, ihr Löffel zu sein. Oje, selbst in seinen Ohren klang das ungeheuer abgedroschen – und irgendwie pervers. Also hielt er besser den Mund und konzentrierte sich darauf, das Schälchen zu leeren.

»Ach, komm, sag schon, ich brauche heute was zur Aufmunterung.«

»Glaub mir, du willst es nicht wissen. Außerdem habe ich mich nur über mich selbst lustig gemacht.«

Chloe grinste ihn an. »Umso besser.«

Zach schloss die Augen. »Lass es, Chloe.«

Eine Weile blickte sie ihn nur an, dann verschwand das Lächeln aus ihrem Gesicht. »Okay.« Sie wandte den Blick ab und widmete sich wieder ihrem Eis. Aber nicht, bevor er die Verletztheit in ihren Augen gesehen hatte.

Mist! »Du würdest wahrscheinlich schreiend aus der Wohnung rennen – und das zu Recht.«

Chloe blickte nicht auf. »Ist schon in Ordnung, du musst es mir nicht sagen.«

»Chloe …« Es dauerte einen Moment, bis sie den Kopf hob.

Deutlich konnte er das neugierige Funkeln in ihren Augen sehen. »Guter Versuch.«

»Ach, komm schon, so schlimm kann es ja nicht sein.« Ihre Mundwinkel hoben sich provozierend. »Oder hast du dir vorgestellt, ich würde anstelle der Eiscreme …« Sie brach ab und starrte ihn mit großen Augen an. Vermutlich, weil sein Kopf inzwischen bestimmt so aussah wie ein Feuermelder.

»Iss jetzt weiter, sonst schmilzt das Eis noch.« Wirklich lahm, aber ihm fiel nichts Besseres ein.

Zu seinem Erstaunen begann Chloe zu lachen. Schließlich beruhigte sie sich so weit, dass sie wieder sprechen konnte. »Das macht nichts, ich mag es, wenn das Eis schön weich ist.«

Seine Zunge klebte am Gaumen fest, und er brachte keinen vernünftigen Satz mehr heraus. Er hätte erwartet, dass sie wütend reagieren würde oder schockiert, aber bestimmt nicht, dass sie seinen geistigen Fehltritt mit Humor nehmen würde. Und das machte sie ihm noch sympathischer, als sie es sowieso schon war. Anscheinend erkannte Chloe, dass sie jetzt von ihm keine Antwort bekommen würde, denn sie wandte sich wieder dem Eis zu. In einträchtiger Stille, nur unterbrochen vom Klirren ihrer Löffel, aßen sie den Nachtisch und lehnten sich dann beide zur selben Zeit mit einem zufriedenen Seufzer zurück.

10

Wenn er ehrlich war, musste er zugeben, dass Chloe deutlich weniger anstrengend war, als er es bei ihrem ersten Treffen – und auch vor zwei Wochen noch – erwartet hatte. Im Gegenteil, selbst wenn sie beide schwiegen, fühlte er sich in ihrer Gegenwart wohler als seit Langem mit einer Frau. Zumindest einer, die jung, ungebunden und attraktiv war. Und das hieß, dass er sie dringend hier rausschaffen musste, bevor sie das fragile Gleichgewicht durcheinanderbrachte, das er gerade erst so mühsam errungen hatte. Das war schon daran zu merken, dass er den Abschied immer weiter hinauszögerte. Doch er fragte sie nicht, ob sie noch zusammen fernsehen sollten, wie es ihm fast auf der Zunge lag.

Schließlich schob Chloe nach einem langen Blick auf ihn ihren Stuhl zurück und stand auf. »Ich denke, ich werde jetzt mal gehen.« Sie nahm das Schälchen und ihr Glas in die Hand. »Wo ist dein Geschirrspüler?«

Zach erhob sich ebenfalls. »Lass die Sachen einfach stehen, ich mache das nachher.«

»Okay.«

Es war ihr deutlich anzusehen, dass er etwas Falsches gesagt hatte, doch er wusste nicht, wie er die freundschaftliche Stimmung von vorhin wieder aufleben lassen konnte, ohne ihr zu signalisieren, dass er mehr von ihr wollte.

»Dann ziehe ich mich wieder um, damit ich nach Hause fahren kann.«

Er legte seine Hand um ihren Arm, als sie ins Bad gehen

wollte. »Willst du dich wirklich bei dieser Hitze wieder in dein Zeug zwängen?«

Chloes Augenbrauen zuckten in die Höhe. Sie deutete auf ihre Kleidung. »So kann ich ja wohl kaum mit der Bahn oder dem Taxi fahren.«

Sein Blick glitt an ihrem Körper hinab, und er spürte erneut Erregung in sich aufsteigen. Rasch ließ er sie wieder los und trat einen Schritt zurück. »Das nicht, aber ich bringe dich sowieso mit dem Auto nach Hause.«

»Das ist nicht …«

Bestimmt unterbrach er sie. »Doch, das ist es.« Allein die Vorstellung, dass sie nachts allein herumlaufen könnte, trieb seinen Blutdruck in die Höhe.

Schließlich nickte sie, und ein leichtes Lächeln spielte um ihre Lippen. »Danke.«

Zach zog seine Schuhe an, während Chloe ihre Kleidung aus dem Bad holte, nahm sein Portemonnaie und die Schlüssel und hielt ihr die Wohnungstür auf. Schnell folgte er ihr die Treppen hinunter und brachte sie zu seinem Wagen.

Während der Fahrt herrschte Schweigen, aber es war nicht mehr so angespannt wie noch in der Wohnung. Chloe legte ihren Kopf an die Kopfstütze und blickte aus dem Seitenfenster. Immer wieder warf Zach ihr einen Blick zu, sobald es der Verkehr zuließ. Ihre Haare umrahmten in sanften Wellen ihr Gesicht, das gleichzeitig jugendlich und in sich gefestigt wirkte. Auf den ersten Blick konnte man sich nicht vorstellen, was für eine großartige Anwältin sie war. Besonders, wenn ihre Haare nicht hochgesteckt waren und sie ein knappes Top und einen kurzen Rock trug. Gerade diese Mischung faszinierte ihn, stellte er fest. Normalerweise interessierte ihn ein völlig anderer Typ Frau, doch Chloe schaffte es irgendwie, ihn das vergessen zu lassen, wenn er in ihrer Nähe war.

Erleichtert hielt er schließlich am Straßenrand vor Chloes Apartmenthaus und schaltete den Motor aus. »Da sind wir.« Innerlich verdrehte er die Augen. *Oh ja, eine besonders intelligente Bemerkung, als könnte sie das nicht selbst sehen.*

Chloe löste ihren Sicherheitsgurt und wandte sich ihm zu. »Danke fürs Bringen. Und für den netten Abend.« Sie lächelte ihn an. »Und das Schokoladeneis.«

Als hätte er nur darauf gewartet, sprang sein Körper wieder darauf an. Langsam wurde es wirklich lächerlich. In seinem Alter sollte er sich besser unter Kontrolle haben. »Gern geschehen.«

Für einen Moment schien es, als wollte sie noch etwas sagen, doch dann nickte sie nur. »Gute Nacht, Zach.«

»Gute Nacht.«

Chloe öffnete die Wagentür und stieg rasch aus. Nach einem kurzen Lächeln warf sie die Tür zu und strebte über den Bürgersteig auf das Haus zu. Zach hatte bereits die Hand am Zündschlüssel, als ihm bewusst wurde, dass er sie so nicht gehen lassen konnte. Eilig löste er den Gurt und stieß seine Tür auf. Er kam gerade bei ihr an, als sie die Haustür aufschloss. Seine Hand berührte zaghaft ihre Schulter und er spürte, wie sie erstarrte.

»Chloe …« Ein Zittern lief durch ihren Körper, und er trat noch einen Schritt näher.

»Ja?« Sie drehte sich nicht zu ihm um, ging aber auch nicht ins Haus.

»Es war wirklich ein schöner Abend. Danke für deinen Besuch.« Die Haut ihrer Schulter fühlte sich samtig weich an und seine Finger glitten wie von selbst zu ihrem Nacken.

»Ich habe mir doch nicht nur eingebildet, dass du mich eben so schnell wie möglich loswerden wolltest, oder? Wo soll das eigentlich hinführen, Zach?«

Ratlos schwieg Zach einen Moment, dann sagte er ihr die Wahrheit. »Ich habe keine Ahnung.«

Ihr Lachen strich über ihn wie eine Liebkosung. »Wenigstens bist du ehrlich.« Sie drehte sich zu ihm um und legte ihre Hand an seine Wange. »Wenn du es irgendwann weißt, sag mir Bescheid.« Damit beugte sie sich vor und berührte mit ihren Lippen flüchtig seinen Mund.

Zach ballte die Hände zu Fäusten, um der Versuchung zu widerstehen, sie an sich zu ziehen und endlich richtig zu küssen, so, wie er es schon seit Stunden – oder wenn er ehrlich war, Wochen – wollte. Stattdessen trat er langsam zurück. »Du wirst die Erste sein, die es erfährt.«

Wieder ein Lächeln, diesmal deutlich wärmer und mit einem Hauch von Verlangen. »Gut. Du schuldest mir noch einen Tanz.«

Zuerst wusste er nicht, was sie meinte, aber dann erinnerte er sich daran, dass sie ihn auf Autumns Hochzeit aufgefordert und er sie einfach stehengelassen hatte. Damals war er völlig aufgewühlt gewesen, das Wissen, dass er die Frau, die er liebte, für immer verloren hatte, war zu schmerzhaft, als dass er auf die Gefühle anderer geachtet hätte. Noch etwas, das er würde wiedergutmachen müssen.

Als er aus seinen Erinnerungen auftauchte, war Chloe bereits im Haus verschwunden. Kopfschüttelnd kehrte Zach zum Wagen zurück und fuhr zu seiner Wohnung.

Chloe ließ die Wohnungstür hinter sich zufallen und warf sich auf ihr Sofa. Eine Weile saß sie einfach nur da und berührte mit den Fingern ihre Lippen. Es war ihr ein Rätsel, wie sie es geschafft hatte, sich zurückzuhalten. Noch jetzt prickelten ihre Lippen und das, obwohl sie seine kaum berührt hatten. Aber nach Zachs wechselhaftem Benehmen wollte sie nicht das Risiko eingehen, ihm die Tiefe ihrer Gefühle zu zeigen. Vermutlich hätte er sie sanft, aber bestimmt abblitzen lassen, und sie wusste nicht, ob sie das noch einmal überstanden hätte, ohne ihm das zu sagen, was ihr auf der Zunge lag. Hoffentlich dachte er jetzt genauso über den Kuss nach wie sie und fragte sich, wie es sich anfühlen würde, sie richtig zu küssen. In seinen Augen hatte jedenfalls eindeutig Verlangen gelegen.

Da sie selten lange stillsitzen und grübeln konnte, stemmte sie sich nach wenigen Minuten wieder hoch und beschloss, dass eine kühle Dusche jetzt genau das Richtige war. Vielleicht würde das auch ihr Verlangen stillen, das Zach mit seinen heißen Blicken und seinen Berührungen bei ihr ausgelöst hatte. Ihrem Körper war es offensichtlich völlig egal, ob Zach ihre Erregung überhaupt beabsichtigt hatte, er wollte mehr. Jetzt sofort. Allein die Erinnerung daran, wie Zach sie angesehen hatte, als sie in ihrem engen Top aus dem Bad gekommen war, reichte, um ihre Körpertemperatur um einige Grade ansteigen zu lassen.

Okay, jetzt war es eindeutig Zeit für eine kalte Dusche. Sie musste einen klaren Kopf behalten, wenn sie Zach nicht zu viel Macht über sich geben wollte. Außerdem gab es auch noch andere, wichtigere Dinge, wie zum Beispiel das, was er über Candice gesagt hatte. Sosehr sie es auch versuchte, es ließ sie einfach nicht mehr los. Dass Zach auch nicht gewusst hatte, dass sie davor eine Stripperin gewesen war, ließ Chloe sich fragen, warum Candice diese Tatsache so versteckt hatte. Oder hatte *sie* sich versteckt? Vor etwas oder jemandem? Chloe wollte, nein – musste mehr darüber erfahren, wenn sie jemals mit diesem Fall abschließen wollte. Und da der Mörder immer noch frei herumlief und die Polizei im Dunkeln tappte, ließ ihr die Sache keine Ruhe.

Nach einer kurzen, aber erfrischenden Dusche setzte Chloe sich an ihren Schreibtisch, für den sie einen Platz in der Ecke ihres Wohnzimmers gefunden hatte, und ging noch einmal ihre sämtlichen Unterlagen durch. Doch nichts darin erklärte, warum Curtis die ganzen Wochen über nichts darüber gesagt hatte, dass seine Freundin früher eine Stripperin gewesen war – und warum er jetzt, nachdem der Prozess vorbei war, diese Bemerkung gemacht hatte. Wenn sie der Sache auf den Grund gehen wollte, musste sie wohl oder übel noch einmal mit dem Mistkerl reden. Sie wollte sicher sein, dass Candice' früherer Job als Stripperin nichts mit ihrem Tod zu tun hatte.

Chloe rieb über ihre müden Augen und stützte den Kopf auf ihre Hände. Curtis würde bis morgen warten müssen, sie war heute zu keinem klaren Gedanken mehr fähig. Langsam stand sie auf und dehnte ihren steifen Rücken. Vermutlich würde sie sowieso nicht schlafen können, nachdem sie gerade wieder in die furchtbaren Einzelheiten des Verbrechens vertieft gewesen war. Doch das war mittlerweile nichts Neues mehr für sie, und sie hatte gelernt, damit klarzukommen. Es war nur ein kleiner Preis dafür, dass sie ihren Traumjob ausüben durfte.

Wenig später lag sie im Bett und starrte im Dunkeln an die Decke. Von dort blinkten ihr einige kleine Lämpchen entgegen, die auf diese Entfernung wie Sterne aussahen. Es war ihr kleines Zugeständnis an die Tatsache, dass sie sich nach der Ranch in Montana sehnte, und gab ihr ein wenig das Gefühl, sie würde dort in ihrem Bett liegen und in den Nachthimmel schauen. Ob Zach wohl genauso wach lag und sich fragte, was zwischen ihnen passiert war? Als ihr klar war, dass sie wieder bei dem Thema angekommen war, das sie garantiert wach halten würde, vergrub sie ihr Gesicht mit einem Stöhnen im Kopfkissen.

Da der nächste Morgen ein Samstag war und sie keinen aktuellen Prozess zu betreuen hatte, wachte sie erst auf, als ihr Nachbar meinte, eine Dusche nehmen zu müssen. Das Knattern und Röcheln der alten Rohre durch die dünnen Wände konnte selbst Tote aufwecken und war der einzige Minuspunkt der Wohnung. Mit einem Stöhnen zog sie die Bettdecke über den Kopf, was aber nur bedingt half. Die Decke dämpfte ihren frustrierten Schrei, als sie erkannte, dass sie nicht wieder einschlafen würde. Dann konnte sie genauso gut aufstehen und den Tag beginnen, schließlich hatte sie genug zu tun. Während der Nacht war sie zu dem Entschluss gekommen, zu Curtis' neuer Bleibe zu fahren, anstatt zu versuchen, ihn anzurufen. Sie war sich ziemlich sicher, dass er sofort auflegen würde, wenn er ihre Stimme hörte. Und selbst wenn nicht, musste sie sein Gesicht sehen, um herauszufinden, ob er sie belog.

Ein wenig mulmig war der Gedanke schon, ganz allein zu ihm zu fahren, und sicherlich war es auch ziemlich leichtsinnig, einem potenziell gewaltbereiten Mann seines Kalibers ohne Schutz gegenüberzutreten. Aber wen sollte sie um Hilfe bitten? Zach wollte sie nicht schon wieder belästigen, da sie sowieso schon das Gefühl hatte, ihn ständig gegen seinen Willen zu bedrängen. Und jemand anders fiel ihr nicht ein.

Allerdings konnte sie sich eine deutlich bessere Beschäftigung für einen sonnigen Sommertag vorstellen, als erneut diesem Widerling begegnen zu müssen. Besonders nach dem, was er gestern zu ihr gesagt hatte. Während des Prozesses hatte er sich ihr gegenüber noch weitestgehend zurückgehalten, wahrscheinlich weil er befürchtete, dass sie sich nicht mehr bemühen würde, wenn er sein wahres Wesen zeigte. Offensichtlich schien ihm das jetzt nicht mehr nötig, nachdem er wieder auf freiem Fuß war. Aber davon würde sie sich nicht beeinflussen lassen. Sie musste wissen, ob Candice Meadows' Vorleben in irgendeiner Weise mit ihrem Tod zusammenhing, und Curtis war der Einzige, der ihre Fragen diesbezüglich beantworten konnte.

Wieder ergriff die Anspannung von ihr Besitz, und Chloe bemühte sich, das schlechte Gefühl abzuschütteln. Vermutlich war das alles nur Zufall, und sie machte sich völlig umsonst Sorgen, dass die Sache mit einem ihrer alten Fälle zu tun haben könnte. Die Wahrscheinlichkeit dafür stand sowieso nicht besonders hoch, doch irgendwie ließ der Gedanke sie nicht wieder los, dass sie irgendetwas übersehen hatte. Und bis das geklärt war, würde sie alles dafür tun, den wahren Mörder zu finden. Leider sah es bisher nicht so aus, als würden sich die Detectives wirklich anstrengen, den Fall aufzuklären. Entweder weil sie keine neue Spur hatten oder es ihnen schlicht egal war. Schließlich war das Opfer nur eine Frau aus der Unterschicht. Wie immer machte sie dieser Gedanke wütend. Es war natürlich ein wenig unfair, die meisten der Polizisten leisteten gute Arbeit, und es war ihnen egal, woher das Opfer kam.

Kopfschüttelnd machte Chloe sich im Bad fertig, aß eine Kleinigkeit und verließ dann ihre Wohnung. Heute trug sie mit ihrer Leinenhose und einer leichten Bluse eine Mischung aus Arbeitskleidung und legerem Freizeitoutfit. Da Curtis' neue Wohnung nicht gerade in einer besonders guten Wohngegend lag, hatte sie sich ein Taxi bestellt, das bereits vor der Tür wartete, als sie aus dem Haus trat. Rasch ging sie auf den Wagen zu, öffnete die hintere Tür und stieg ein.

Als sie dem Fahrer ihr Ziel nannte, verzog er missbilligend den Mund. »Sicher, dass Sie da hinwollen, Miss? Die Gegend ist nichts für eine junge Frau wie Sie.«

Chloe unterdrückte ein Seufzen und lächelte ihn an. »Ja, ich bin sicher. Es ist helllichter Tag, und ich bin gut darauf vorbereitet. Aber danke für Ihre Besorgnis.«

Der Mann blickte sie im Rückspiegel an. »Wie Sie meinen.« Schulterzuckend gab er Gas und fädelte sich in den Verkehr ein.

Zwanzig Minuten später hielten sie vor einem Gebäude an, das eindeutig bessere Zeiten gesehen hatte. Genauso wie das ganze Viertel. Auf die Wände waren großflächige Graffitis gesprüht, der Asphalt war an vielen Stellen löchrig, einzelne Gehplatten auf dem schmalen Fußweg herausgerissen. Ja, eindeutig nicht die Gegend, in der sie sich freiwillig aufhalten würde. Aber vermutlich waren hier die Mieten niedrig genug, dass Leute wie Curtis sie sich irgendwie leisten konnten. Jetzt schämte sie sich fast dafür, dass sie über ihre eigene Wohnung gejammert hatte – wenigstens war sie sauber, renoviert und lag in einer halbwegs ansprechenden Nachbarschaft.

Chloe reichte dem Fahrer das Geld. »Könnten Sie hier auf mich warten?«

Er blickte sie nicht an. »Tut mir leid, Miss, ich habe noch einen anderen Kunden, den ich gleich abholen muss.«

Ja, alles klar. Wahrscheinlich wollte er einfach nur nicht länger in dieser Gegend stehen. »Okay. Dann einen schönen Tag noch.«

Chloe stieg aus und schnitt eine Grimasse, als ihr Schuh in einem undefinierbaren Matsch in der Rinne vor der Bürgersteigkante versank. Mit mehr Wucht als nötig schlug sie die Tür zu und blickte dem Taxi hinterher, als es davonbrauste. Sofort glaubte sie von allen Seiten Blicke auf sich gerichtet zu spüren und beeilte sich, in den zweifelhaften Schutz des Gebäudes zu kommen. An der Haustür angekommen blickte sie auf das Klingelbrett und stöhnte. Es waren kaum Namen darauf, und einige waren etliche Male überklebt oder überschrieben worden. Und keiner davon lautete Curtis. Gut, das war vielleicht noch verständlich, da er erst gestern hier eingezogen war. Die Frage war nur, wie sie ihn finden sollte, zumal auch die Apartmentnummern nicht an den Klingeln standen.

Schließlich zählte sie von oben durch und drückte auf einen

Knopf, neben dem kein Name stand, von dem sie aber hoffte, dass er zur Wohnung 4C gehörte. Chloe wartete, doch nichts geschah. Gerade als sie einen weiteren Klingelknopf ausprobieren wollte, ging von innen die Tür auf und eine relativ junge, aber trotzdem schon verbraucht wirkende Frau mit einem Baby auf der Hüfte blickte sie irritiert an.

»Wer sind Sie?«

»Entschuldigen Sie, habe ich bei Ihnen gerade geklingelt? Das tut mir leid. Ich wollte zu Jesse Curtis, er ist ganz neu hier im Haus und hat anscheinend noch kein Namensschild an der Klingel. 4C.« Hoffnungsvoll sah Chloe die Frau an.

»Kenn ich nicht. Ist mir aber auch völlig egal. Die Türöffner sind kaputt und wir müssen jetzt jedes Mal runterlaufen, wenn jemand klingelt.« Wütend funkelte die Frau sie an.

»Das t…«

»Ja, ja. Und wer sind Sie nun? Sie kommen nicht hier aus der Gegend.« Sie formulierte es nicht als Frage.

»Ich bin Anwältin.«

Die schlecht gezupften Augenbrauen schossen in die Höhe. »Werden da jetzt schon Teenager zugelassen?«

Chloe stieß einen stummen Seufzer aus. »Nein. Können Sie mir sagen, welcher Klingelknopf zu 4C gehört?«

»Woher soll ich das wissen?« Die Frau trat einen Schritt zurück, und Chloe fing rasch die Tür auf, bevor sie sich hinter ihr schließen konnte. »Gehen Sie einfach rein und klopfen Sie an seine Tür.«

»Danke.« Chloe schloss die Haustür hinter sich und stieg hinter der Frau die Treppe des düsteren und muffig riechenden Gebäudes hinauf.

Aus einigen Wohnungen drang Lärm von Fernsehern und irgendwelchen Haushaltsgeräten. Der Geruch nach Kaffee und verbranntem Essen stieg in Chloes Nase, und sie musste einen automatischen Würgereflex unterdrücken. Mit zusammengebissenen Zähnen stieg sie in den vierten Stock hinauf, nachdem die Frau ohne ein Wort in einem Gang verschwunden war, und suchte nach der Tür mit der Nummer 4C. Nach kurzer Zeit wurde sie fündig und atmete erleichtert auf. Wenn möglich, wollte sie hier so schnell wie möglich wieder raus. Hoffentlich war Curtis schon wach, sie hatte keine Lust, noch einmal wiederzukommen.

Entschlossen, die Sache endlich hinter sich zu bringen, drückte Chloe auf den Klingelknopf, der neben der Tür angebracht war. Aus dem Inneren der Wohnung hörte sie einen scheppernden Gong. Unbewusst straffte sie ihre Schultern und hob ihr Kinn. Curtis würde merken, dass sie sich nicht von seiner rüpelhaften Art beeindrucken ließ. Sie würde die Informationen von ihm bekommen, irgendwie. Doch niemand öffnete die Tür, und sie konnte auch nichts aus dem Inneren der Wohnung hören. *Mist!* Sie hatte nicht erwartet, dass Curtis um diese Uhrzeit schon weg sein würde, aber es war natürlich möglich. Oder er schlief alkoholbedingt so tief, dass er die Klingel nicht gehört hatte.

Chloe presste die Lippen zusammen und klingelte erneut. Wieder keine Antwort. Nicht bereit, so schnell aufzugeben, zog sie ihr Handy heraus und wählte Curtis' Nummer, die sie noch in ihrer Wohnung in die Kontaktliste gespeichert hatte. Wenn er antwortete und ihr sagte, wo er gerade war, könnte sie auch dorthin fahren. Niemand nahm ab, doch sie glaubte, eine leise Melodie aus der Wohnung zu hören, die verstummte, als sie die Verbindung beendete. Zumindest wusste sie jetzt sicher, dass dies wirklich seine Wohnung war. Entweder war er da, oder er hatte sein Handy liegen lassen und wäre nicht erreichbar, bis er wieder nach Hause kam. So hatte sie sich ihren Ausflug nicht vorgestellt, auch wenn sie zugeben musste, dass es ein wenig leichtsinnig gewesen war, auf gut Glück hierherzufahren.

In einem letzten Versuch hob Chloe die Hand und klopfte laut an die Tür. Überrascht spürte sie, wie das Holz unter ihren Fingerknöcheln nachgab und die Tür ein wenig nach innen aufschwang. Chloe versuchte, durch den kleinen Spalt etwas zu sehen, aber es war zu dunkel in der Wohnung.

»Mr Curtis? Hier ist Chloe Hunter, ich möchte mit Ihnen sprechen.« Ihre Stimme hallte laut durch den Gang, und Chloe sah sich unbehaglich um.

Wenn möglich wollte sie keine Zeugen für ihren Besuch, daher schob sie die Tür ein Stück weiter auf und schob den Kopf durch den Spalt. »Mr Curtis?«

Wieder erfolgte keine Antwort, und sie überlegte, was sie nun tun sollte. Das Sinnvollste wäre sicher, die Tür hinter sich zuzuziehen und zu gehen, doch sie konnte sich nicht dazu durchringen. Vielleicht lag Curtis irgendwo hilflos herum, weil er zu viel getrunken hatte. Dann würde sie sich unterlassener Hilfeleistung schuldig machen. Ja, ein guter Grund, die Tür noch weiter aufzuschieben und hindurchzuschlüpfen, aber auch nicht ihr einziger. Mit schlechtem Gewissen schloss sie die Wohnungstür hinter sich und blickte sich nervös in dem düsteren Raum um. Rasch betätigte sie den Lichtschalter und verzog den Mund, als sie sich in dem mit Kisten und Müllsäcken vollgestopften Raum umsah. Offenbar war Curtis noch nicht dazu gekommen, seine Habseligkeiten auszupacken. In der kleinen Küchenecke lagen Verpackungen eines Fast-Food-Restaurants auf der Spüle.

Es gingen zwei weitere Türen von dem Raum ab, hinter einer vermutete sie das Bad, die andere musste zum Schlafzimmer führen. »Mr Curtis, sind Sie hier?«

Die Stille hatte etwas Unheimliches, und ein Schauer lief

über Chloes Rücken. Sie war für so etwas eindeutig nicht geschaffen. Ihr Bruder Clint hätte mit keiner Wimper gezuckt, und auch Jay hatte als Detective sicher genug Wohnungen durchsucht, aber sie hatte extra die Seite des Justizapparats gewählt, bei der sie nur indirekt mit Verbrechen zu tun haben würde. Zögernd durchquerte sie den Raum und legte ihre Hand an eine der beiden Türen. Mit einem unheilvollen Quietschen öffnete sie sich und offenbarte ein winziges Bad. Ein benutztes Handtuch lag auf dem Boden, aber sonst sah der Raum noch ziemlich unberührt aus. Okay, sie würde nur sicherstellen, dass Curtis nicht hier war und dann sofort verschwinden.

Chloe holte noch einmal tief Luft, dann drückte sie die Klinke zum Schlafzimmer hinunter. Ihre Hand zitterte, als sie die Tür aufstieß und einen Blick in den Raum warf. Das ungemachte Bett war leer, und Chloe wollte sich gerade erleichtert wieder zurückziehen, als sie aus den Augenwinkeln eine Bewegung bemerkte. Erschreckt riss sie ihren Kopf herum und stieß unwillkürlich einen entsetzten Schrei aus, bevor sie rückwärts aus dem Raum stolperte.

11

Im Wohnzimmer lehnte sie sich an die Wand und schloss die Augen, was aber nicht dabei half, den schrecklichen Anblick aus ihrem Gedächtnis zu vertreiben. Curtis war zu Hause, allerdings nicht schlafend oder betrunken, wie sie erwartet hatte, sondern er hing mit einem Strick um den Hals vom Deckenventilator! In der Nähe lag ein umgestürzter Hocker. Ganz offensichtlich kam jede Hilfe zu spät. Seine weit aufgerissenen Augen quollen aus dem blaurot verfärbten Gesicht, seine Zungenspitze schaute zwischen den Zähnen heraus. Curtis trug lediglich eine zerschlissene Unterhose und war am ganzen Körper totenbleich. Nachträglich wurde ihr auch der Gestank bewusst, der durch die offene Tür drang, und sie presste eine Hand über Mund und Nase. Ihre Beine gaben nach, und sie rutschte an der Wand nach unten.

Übelkeit breitete sich in ihr aus. Sie musste hier raus! Chloe rappelte sich schnell wieder auf. Mit wackeligen Beinen rannte sie los und stürzte aus der Wohnungstür. Im Treppenhaus hatte sie einen Moment Mühe, sich zu orientieren, doch dann fand sie den Weg nach unten. Um nicht hinzufallen, hangelte sie sich am Treppengeländer nach unten. Trotzdem verfehlte sie die letzte Stufe und strauchelte. Erst im letzten Augenblick konnte sie sich abfangen und lehnte für einen Moment ihre Stirn an ihren Arm. Ihr Magen hob sich erneut, und sie hatte Mühe, sich nicht zu übergeben.

Schließlich schaffte sie es mit letzter Kraft nach draußen, lehnte sich dort mit den Händen auf den Knien vor und atmete tief durch, um sich zu beruhigen und den Gestank von Tod aus ihrer Nase zu bekommen.

Mit zitternden Fingern zog sie das Handy aus ihrer Hosentasche und suchte Zachs Nummer heraus. Während sie darauf wartete, dass er abnahm, lehnte sie sich mit der Hüfte an ein Geländer, das den Kellereingang umgab. Die Hitze des Metalls brannte sich in ihre Haut, aber sie hieß das Gefühl willkommen. Trotz der Umgebungswärme war sie völlig ausgekühlt und bebte am ganzen Körper. Der Teil ihres Verstandes, der noch funktionierte, sagte ihr, dass sie unter Schock stand, aber sie schaffte es einfach nicht, ihre Panik abzuschütteln.

»Ja?«

Zachs tiefe Stimme drang beruhigend an ihr Ohr, und Chloe brauchte einen Moment, bis sie einen Ton herausbrachte. »H…hier ist C…Chloe.«

»Chloe? Was ist los? Geht es dir gut?« Besorgnis klang deutlich hörbar in seinen Fragen mit.

»J…ja. Nein.« Chloe blies ihren Atem aus und versuchte, sich zusammenzureißen. »Ich bin unverletzt, aber Curtis, er …«

Zach unterbrach sie. »Curtis? Was macht er denn bei dir? Belästigt er dich?«

Chloe schloss die Augen. »Nein, er ist … tot. Und ich bin bei ihm, nicht umgekehrt.«

Einen Moment lang herrschte Stille, und sie befürchtete schon, dass Zach aufgelegt hätte, als er wieder sprach. »Curtis ist tot, habe ich das richtig verstanden?«

»Ja.«

»Hast du ihn …?«

Ihre Augen flogen auf. »Nein! Natürlich nicht, er war schon tot, als ich ankam. Er hat sich … erhängt.«

»Entschuldige, ich musste das fragen. Hast du schon die Polizei gerufen?«

»N…nein. Daran habe ich noch gar nicht gedacht.« Genau genommen hatte sie nur zwei Gedanken gehabt: »raus hier« und »Zach«.

»Okay. Dann mach das jetzt. Aber gib mir vorher noch die Adresse, dann komme ich so schnell wie möglich dorthin.«

Chloe diktierte ihm die Adresse und spürte, wie ihre Anspannung ein wenig nachließ. »Danke, Zach.«

»Kein Problem. Warte einfach vor dem Haus auf die Polizei.«

Mit einer gewissen Erleichterung beendete Chloe das Gespräch. Es war ihr zwar peinlich, dass sie es offensichtlich nicht schaffte, eine solche Situation allein zu bewältigen, aber sie wusste, dass jetzt alles gut werden würde, weil Zach kam. Seine Bereitschaft, alles stehen und liegen zu lassen, um sie zu unterstützen, löste Wärme in ihr aus und es gelang ihr, den Schock ein wenig abzuschütteln. Sie rief beim Notruf an, schilderte die Situation und setzte sich anschließend auf die untere Sprosse des Geländers, um auf die Polizei zu warten.

Es dauerte eine Viertelstunde, bis der erste Streifenwagen eintraf – anscheinend war ein Selbstmord kein dringender Notfall, und die Polizisten konnten sich Zeit lassen. Und es ließ Chloe einige Minuten der Ruhe, um über das Geschehene nachzugrübeln und zu dem Schluss zu kommen, dass irgendetwas an der Sache faul war.

Sie stand auf, als einer der Polizisten auf sie zukam.

»Sind Sie Ms Hunter, die den Notfall gemeldet hat?« Er war noch jung, auf seinem Uniformhemd stand der Name Kusack.

»Ja, genau. Ich bin – war – die Anwältin von Mr Curtis und bin hergekommen, um noch ein paar Dinge mit ihm zu klären.«

»Wie haben Sie den Toten entdeckt? Haben Sie einen Schlüssel?«

Chloe schnitt innerlich eine Grimasse bei der Vorstellung. »Nein, ich habe irgendwo geklingelt, weil sein Name noch nicht auf dem Klingelbrett steht, und eine junge Frau hat mich netterweise ins Haus gelassen. Seine Wohnungstür ging auf, als ich geklopft habe.«

Kusack notierte etwas in seinem Block. »Okay. Können Sie uns zeigen, welche Wohnung es ist?«

Widerwillig, das Haus noch einmal zu betreten, führte Chloe die beiden Polizisten in die vierte Etage und deutete dann den Gang hinunter. »4C. Er ist im Schlafzimmer.« Allein die Erinnerung daran ließ die Übelkeit wieder in ihr hochsteigen, und sie entschuldigte sich rasch, bevor sie die Treppen nach unten lief.

Gerade als sie das Haus verließ, fuhr Zach vor, und Chloe spürte eine ungeheure Erleichterung in sich aufsteigen. Nur mit Mühe konnte sie sich davon abhalten, sich in seine Arme zu stürzen, sowie er ausstieg. Gott, was gäbe sie darum, jetzt einfach nur von ihm gehalten zu werden, bis die grauenvollen Bilder aus ihrem Kopf verschwanden. Aber dafür stand ihr Verhältnis zu Zach auf zu wackeligen Füßen.

Stattdessen bemühte sie sich um ein Lächeln, das reichlich schwach ausfiel. »Danke, dass du gekommen bist.«

Zach trat zu ihr auf den Bürgersteig und schloss seine Hand um ihren Arm. »Das ist doch selbstverständlich. Wie geht es dir?«

Wärme sickerte von seiner Hand in ihren Körper und sie schwankte automatisch in seine Richtung. Nur mit allergrößter Willenskraft hielt sie den Abstand zwischen ihnen größer als zwanzig Zentimeter. »G…gut.«

Besorgt musterte er sie. »Das sieht aber nicht so aus. Ich bringe dich von hier weg.«

»Nein!« Auf seinen verwunderten Blick hin senkte sie ihre Stimme. »Es geht schon. Ich habe nur eben die Polizisten nach oben gebracht und …«

»Ich verstehe.« Seine andere Hand legte sich um ihre Wange. »Trotzdem siehst du so aus, als müsstest du dich dringend hinsetzen.«

Unwillkürlich schmiegte Chloe ihr Gesicht in seine Hand. »Das mache ich gleich. Aber ich kann nicht hier weg.«

»Warum nicht? Du hast mit dem Todesfall nichts zu tun. Wenn die Polizei also deine Kontaktdaten hat, wirst du hier nicht mehr gebraucht, zumal es ja auch Selbstmord war.«

»Das ist es ja gerade. Ich kann mir das nicht vorstellen.«

Mit zusammengezogenen Brauen blickte Zach sie an, seine Hand schloss sich fester um ihren Arm. »Wie meinst du das?«

Chloe biss auf ihre Lippe. »Ich habe Curtis während der letzten Wochen ein wenig kennengelernt, und ich kann mir nicht vorstellen, dass er sich selbst umbringen würde. Dafür ist er viel zu egozentrisch.« Als Zach nichts erwiderte, blickte sie ihn fragend an. »Du hast ihn doch auch erlebt. Kam er dir wie jemand vor, der sich erhängen würde – vor allem, wenn er gerade freigesprochen wurde? Candice Meadows war für ihn nur Mittel zum Zweck, sie hat das Geld verdient und ihn in ihrer Wohnung wohnen lassen. Er hegte keine tieferen Gefühle für sie.«

Zach nickte langsam. »Das glaube ich auch. Aber wir können nicht in die Leute reinschauen. Wer weiß, vielleicht war er betrunken, und seine frustrierende Lebenssituation ist ihm bewusst geworden.«

»Das ist natürlich eine Möglichkeit. Oder der wahre Mörder wollte verhindern, dass Curtis ihn identifiziert.« Daran, wie sich seine Augen verengten, konnte Chloe erkennen, dass Zach etwas dagegen sagen wollte, deshalb legte sie ihre Finger an seine Lippen und redete rasch weiter. »Ich sage ja nicht, dass es so war. Aber es wäre gut, wenigstens die Möglichkeit im Auge zu behalten und dafür zu sorgen, dass Beweise an der Leiche und dem Fundort gesammelt werden. Wenn Curtis Selbstmord begangen hat – gut. Wenn nicht …«

»… ist das dort oben ein Tatort und sollte nicht von Unbefugten betreten werden.« Zach zog sein Telefon heraus, während er auf die Eingangstür zustrebte. Kurz vorher drehte er sich noch einmal zu ihr um. »Setz dich in meinen Wagen, ich rufe die Detectives der Mordkommission an und kümmere mich darum, dass sich die Spurensuche die Wohnung vornimmt.«

»Danke. Vierte Etage.« Die Arme um sich geschlungen beobachtete sie, wie Zach nach einem Nicken im Haus verschwand.

Einerseits war Chloe froh, dass Zach sich der Sache annahm, andererseits hätte sie ihn aber auch sehr gerne in ihrer Nähe gehabt, weiterhin seine beruhigende Wärme gespürt und sich an ihn gelehnt. Von sich selbst genervt richtete sie sich gerader auf. Sie musste sich endlich wieder in den Griff kriegen, damit Zach sie nicht für ein Weichei hielt. Dankbar ließ sie sich auf den Beifahrersitz seines Wagens sinken und lehnte sich gegen die heiße Rückenlehne. Mit einem Seufzer sog sie die Hitze in sich auf. Wie kam es, dass sie sich umgeben von Zachs Sachen so beschützt vorkam, obwohl sie sich immer noch in derselben schlechten Gegend befand und sich in dem Haus vor ihr eine Leiche befand?

Gerade als sie sich ein wenig entspannt hatte, hörte sie ein weiteres Auto vorfahren, dicht gefolgt von einem Krankenwagen. Beide kamen ohne Blaulicht und Sirene, ein deutliches Zeichen, dass sie es nicht mehr eilig hatten. Chloe blieb im Wagen sitzen und drehte nur den Kopf, um zu beobachten, wer ausstieg. Ihr Magen verknotete sich, als sie Houston und Jenks erkannte, die beiden Detectives, die bereits den Mordfall Meadows bearbeitet hatten. Was vermutlich sinnvoll war, aber sie konnte sich vorstellen, wie die beiden reagieren würden, sowie sie Chloe bemerkten.

Wie erwartet ließ das nicht lange auf sich warten. Im Vorbeigehen blickte Jenks in den Wagen und blieb ruckartig stehen, als er sie sah. Houston drehte sich um, als er bemerkte, dass sein Partner stehengeblieben war und blickte sie nun ebenfalls an. Mit einem lautlosen Seufzer bereitete Chloe sich auf das vor, was jetzt kommen würde.

Jenks schlenderte zu ihr hinüber und lehnte sich an die Wagentür. »Was machen *Sie* denn hier?« Seine lässige Pose war eindeutig nur zur Schau.

Chloe überlegte, ob sie einfach nicht darauf eingehen sollte, doch sie wusste, dass ihn das nur noch mehr anstacheln würde. Sehnsüchtig blickte sie zum Haus. Hoffentlich kam Zach bald zurück und konnte sich um seine Kollegen kümmern. »Auch Ihnen einen schönen guten Morgen, Detective Jenks. Obwohl er leider heute nicht so angenehm ist, da sich ein Toter in diesem Haus befindet und Ihre Anwesenheit erfordert.«

Jenks Augen verengten sich. »Die Mordkommission ist nicht für Selbstmord zuständig.«

»Nein, vermutlich nicht. Aber soweit ich weiß, ist sie dafür zuständig, herauszufinden, ob es wirklich ein Selbstmord war und nicht etwa getarnter Mord.« Okay, vermutlich hätte sie ein wenig diplomatischer sein können, aber dieser Kerl hatte sie vom ersten Tag an genervt. Sie nickte Houston zu, der ihr bisher immer als der Vernünftigere der beiden erschienen war. »Detective Murdock wartet oben auf Sie.«

»Dann werden wir uns die Sache mal ansehen. Wo müssen wir hin?«

»Vierte Etage, 4C.«

Houston nickte. »Komm Jenks.«

Jenks rührte sich nicht. »Mich würde aber viel mehr interessieren, was unsere liebste Anwältin überhaupt hier macht und warum sie Murdock gerufen hat, der mit Todesfällen gar nichts zu tun hat.«

Bevor Chloe antworten konnte, zog Houston seinen Partner mit sich zum Haus und sein Protest verklang. Als die beiden nicht mehr zu sehen waren, atmete Chloe tief durch und versuchte, ihre Ruhe wiederzufinden. Es brachte nichts, wenn sie sich über einen Idioten wie Jenks aufregte, genau das würde ihm nur in die Hände spielen. Allerdings sollte sie wirklich versuchen, sich mit den Detectives des New York Police Departments in Zukunft gut zu stellen, denn sie würden sicher hin und wieder in Prozessen zusammentreffen. Es wäre also nicht so gut, sich einen von ihnen zum Feind zu machen.

Von den Ereignissen erschöpft zog sie die Autotür zu und verriegelte sie, auch wenn es dadurch im Wagen stickig wurde, bevor sie der Müdigkeit nachgab und ihre Augen schloss. Fast augenblicklich verlor sie den Kampf und sank in einen unruhigen Schlaf.

Als Zach aus dem Haus trat, wurde er von einer Hitzewelle empfangen, die ihm nach dem, was er oben gesehen und gerochen hatte, noch unangenehmer vorkam. Innerhalb kürzester Zeit klebte die Kleidung an seinem Körper, und er wünschte sich, jetzt zu Hause in seiner klimatisierten Wohnung zu sitzen. Stattdessen hatte er sich mit Houston und Jenks herumgeschlagen, die ziemlich sauer waren, an einem Samstag herauskommen zu müssen, um sich einen Selbstmörder anzuschauen. Auf den ersten Blick sah es auch tatsächlich so aus, als hätte Curtis das Seil mit einer Schlinge am Deckenventilator befestigt, wäre dann auf einen Hocker gestiegen und hätte sich schließlich selbst erhängt.

Wenn es jemand anders als Jesse Curtis gewesen wäre, hätte er vermutlich auch daran geglaubt, aber Chloe hatte völlig recht: Sich selbst zu töten, noch dazu nachdem er wieder auf freiem Fuß war, passte nicht zu diesem Bastard. Nachdem er ihn dort oben so hängen sah, hatte Zach eine Mischung aus Abscheu, Mitleid und Befriedigung empfunden, dass er jetzt keiner Frau mehr etwas antun konnte. Mit Mühe überredete er seine Kollegen schließlich dazu, die Sache wie einen Mordfall zu behandeln und die Beweise zu sichern. Das war auch der einzige Grund, warum er Jenks nach einigen hämischen Bemerkungen über Chloes Anwesenheit nicht einen Fausthieb verpasste, sondern ihn ignorierte.

Trotz der Hitze war er froh, endlich dem Gestank und dem bedrückenden Anblick der Leiche entkommen zu können. Vor allem aber wollte er sich endlich um Chloe kümmern, denn der Schock war ihr eben deutlich anzusehen gewesen. Wäre es nicht darum gegangen, den Tatort zu sichern, bevor die Streifenpolizisten mögliche Beweise vernichteten, hätte er sie nie in dem Zustand allein gelassen. Schnell ging er zu seinem Wagen. Sein Herz blieb für einen Augenblick stehen, als er sah, dass Chloes Kopf an die Seitenscheibe gesunken war. Ihr Gesicht war kreidebleich und glänzte feucht.

Hoffentlich hatte sie im aufgeheizten Innern des Wagens keinen Hitzschlag oder Schwächeanfall erlitten! Beunruhigt klopfte er an die Scheibe und atmete auf, als Chloes Kopf hochzuckte und sie sich hektisch umsah. Als sich ihre Augen trafen, konnte er deutlich die Erleichterung sehen, die sich über ihr Gesicht zog. Sie entriegelte die Türen, und Zach zog die Beifahrertür auf. Chloe kippte ihm beinahe entgegen, und er fing sie rasch auf. Bevor er sich zurückziehen konnte, schlang sie ihre Arme um seine Hüfte und presste ihr Gesicht an seinen Bauch.

Hilflos rieb er über ihren Rücken. »Geht es dir gut? Es ist

viel zu heiß, um im geschlossenen Auto zu sitzen. Warum hast du dir nicht die Klimaanlage angemacht?«

»Mir war so kalt, und außerdem hatte ich keinen Schlüssel.« Ihre Worte wurden durch sein T-Shirt gedämpft.

Stimmt, der steckte in seiner Hosentasche. »Tut mir leid, daran hatte ich nicht gedacht.« Sanft löste er sich von Chloe, ging um den Wagen herum und stieg auf der Fahrerseite ein. Schnell schloss er seine Tür, steckte den Schlüssel in die Zündung und startete die Klimaanlage. Zuerst kam nur heiße Luft heraus, aber dann wurde es allmählich kühler. Zach stieß einen erleichterten Seufzer aus. »Schließ die Tür, damit die Wärme nicht von außen eindringt.«

Chloe beugte sich nach draußen und erstarrte. Als er merkte, dass etwas nicht stimmte, blickte er an ihr vorbei und sah, wie die in einen Leichensack gehüllte Leiche auf einer Bahre aus dem Haus gebracht wurde. Die Sanitäter schoben sie in den Krankenwagen und warfen die hinteren Türen zu. Zögernd legte Zach eine Hand auf Chloes Rücken und fühlte, wie sie zusammenzuckte.

Er wollte irgendetwas sagen, das sie ablenkte, aber ihm fiel nichts ein. »Sie bringen ihn zur Gerichtsmedizin.« Zach schnitt eine Grimasse. *Sehr intelligent!*

Langsam, fast wie in Zeitlupe drehte sich Chloe zu ihm um. Ihre hellbraunen Augen wirkten riesengroß in ihrem blassen Gesicht. »Wird eine Autopsie gemacht?«

»Ich nehme es an. Wobei eigentlich nicht infrage steht, ob er erstickt ist – es ist nur unklar, ob er die Sache selbst veranlasst hat oder jemand nachgeholfen hat.«

Wenn möglich wurde sie noch eine Spur blasser. »Dann glaubst du mir?«

»Dass Curtis nicht der Typ für Selbstmord ist? Ja, absolut. Aber das heißt nicht, dass er es nicht trotzdem getan hat. Wir können ja nicht in die Leute reinblicken.« Bevor sie etwas sagen konnte, legte er seine Hand auf ihre. »Die Leiche wird obduziert, die Beweise am Fundort werden überprüft, und dann wissen wir hoffentlich mehr.«

Matt lächelte Chloe ihn an. »Danke.«

»Nichts zu danken. Auch wenn ich nicht sonderlich traurig über Curtis' Tod bin, will ich trotzdem wissen, ob es noch jemand anderen gibt, der hier seine Finger im Spiel hat und versucht, mit einem Mord davonzukommen. Warum auch immer er es auf Curtis abgesehen hatte.«

Chloe hob die Schultern. »Vielleicht hatte er Angst, dass Curtis sich irgendwann wieder an die fehlenden Stunden erinnert. Wenn meine Theorie stimmt, war der Mann mit ihm in der Kneipe und hinterher auch in der Wohnung. Die durch das Flunitrazepam verursachte Amnesie könnte unvollständig gewesen sein, und vielleicht hätte er irgendwann einen Teil seiner Erinnerung zurückgewonnen. Das konnte der Täter nicht zulassen.«

Einen Moment lang schwieg Zach, während er sich diese Möglichkeit durch den Kopf gehen ließ. »Okay, nehmen wir an, dass du recht hast und Curtis von Candice Meadows' Mörder getötet wurde. Die Frage ist für mich nur: Was hast du hier überhaupt gemacht?«

»Das würde mich allerdings auch mal interessieren.«

Die Stimme drang unerwartet von außen herein, sodass Chloe heftig zusammenzuckte. Innerlich fluchte Zach, dass er sie nicht schon längst von hier fortgebracht hatte, während er Jenks wütend anstarrte. Der ließ sich davon überhaupt nicht beirren, sondern lehnte sich mit der Hüfte gegen den Wagen und verschränkte seine Arme über dem Oberkörper. Offensichtlich hatte er vor, so lange hier auszuharren, bis er eine Antwort erhalten hatte.

Als Chloe stumm blieb, zog Jenks verächtlich seine Oberlippe hoch. »Hatten Sie ein Verhältnis mit Curtis?«

Das weckte Chloes Lebensgeister. »Wie bitte? Natürlich nicht! Sind Sie von allen guten Geistern verlassen?«

Jenks zuckte mit den Schultern. »So, wie Sie sich angestrengt haben, ihn freizubekommen, wäre das eine logische Schlussfolgerung.«

»Das reicht jetzt, Jenks! Chloe hat es nicht nötig, sich solch einen Schwachsinn anzuhören.« Zach stand kurz vor dem Siedepunkt, noch eine dumme Bemerkung und er würde explodieren. Und wohin das führte, hatten sie ja neulich schon erlebt.

Offenbar war das auch Jenks noch im Gedächtnis, denn er gab seine Machopose auf und trat vorsichtshalber einen Schritt zurück. »Was denn, bist du etwa eifersüchtig, Murdock?«

Mit einem beinahe tierischen Grollen beugte Zach sich über den Beifahrersitz und griff nach Jenks. Houston packte seinen Kollegen hinten am Hemd und zog ihn kräftig zurück, während Chloe beschwichtigend eine Hand auf Zachs Arm legte.

»Lass ihn, er ist es nicht wert.« Ihre Stimme klang gepresst, und er konnte die Wut in ihren Augen sehen.

Zögernd ließ Zach sich wieder auf seinen Sitz sinken und atmete tief durch. Nur langsam verzog sich der rote Wutschleier vor seinen Augen, und er wusste, dass er Jenks niedergestreckt hätte, wenn nicht Houston und Chloe in der Nähe gewesen wären.

Einen Moment lang herrschte angespannte Stille, dann räusperte Houston sich. »Das war unnötig und unprofessionell, Will. Entschuldigen Sie bitte, Ms Hunter.« Als Chloe ihm zunickte, sprach er weiter. »Nichtsdestotrotz haben wir tatsächlich ein paar Fragen bezüglich der Umstände Ihres Auffindens der Leiche.«

»Das verstehe ich. Reicht es, wenn ich am Montag im Department vorbeikomme und meine Aussage mache?«

Houston lächelte sie an. »Natürlich. Ich wünsche Ihnen noch ein schönes Wochenende.« Er nickte Zach zu, und sprach dann leise auf Jenks ein, der ihnen nur einen verächtlichen Blick zuwarf, bevor er davonstakste.

Sobald die beiden Detectives außer Reichweite waren, warf Chloe die Wagentür zu. Sie sagte nichts, aber ihr war deutlich anzusehen, dass sie am Ende ihrer Kräfte war. Deshalb schob Zach nur den Automatikhebel in Position und fuhr los. Seine Fragen würden noch ein wenig warten müssen.

12

Die kurze Fahrt verlief schweigend, obwohl Zach sicher eine Menge Fragen hatte. Offenbar hatte er bemerkt, wie kurz sie davorstand, die Fassung zu verlieren, und beschlossen, erst später mit ihr in Ruhe darüber zu reden. Dafür war Chloe sehr dankbar, denn es kostete sie alle Kraft, das Zittern zu unterdrücken, das in regelmäßigen Abständen durch ihren Körper lief. Ihre Kiefermuskeln schmerzten schon, so fest biss sie ihre Zähne aufeinander. Chloe zuckte zusammen, als Zach unerwartet seine Hand auf ihre ineinander verschränkten Finger legte. Sofort drang Wärme an ihre Haut, und sie erkannte, dass sie immer noch eiskalt sein musste. Ihr Kreislauf war durch den Schock anscheinend völlig im Keller. Ein Schauer lief durch ihren Körper, und sie verhinderte gerade noch, dass ein Stöhnen über ihre Lippen drang.

Zach drückte sanft ihre Finger. »Geht es oder soll ich die Klimaanlage runterdrehen?«

Nur mit Mühe bekam Chloe die Zähne auseinander. »Danke, es geht schon. Die K…Kälte kommt von innen.«

Besorgt blickte Zach sie kurz an. »Wir sind gleich da, dann kannst du ein heißes Bad nehmen, vielleicht wird dir dadurch wärmer.«

Das klang gut, allerdings befürchtete sie fast, dass auch das nicht helfen würde. Für einen kurzen Moment war ihr wärmer geworden, als Jenks ihre Wut provoziert hatte, doch es war nur von kurzer Dauer gewesen. Jetzt fühlte sie sich noch matter als vorher. Das ärgerte sie sogar noch mehr, denn sie wollte nicht diese schwache Person sein, die sofort zusammenbrach, wenn etwas sie erschreckte. Zach hatte in seinem Leben bestimmt schon viel schlimmere Dinge gesehen. Und ihm war kaum etwas anzumerken, obwohl er viel länger in dem Zimmer mit der Leiche gewesen war. Aber vielleicht war das auch einfach eine Routinesache.

Da Zach immer noch auf ihre Antwort zu warten schien, nickte sie schließlich. »Ein Bad wäre schön. Ich weiß nur nicht, ob es helfen wird.«

»Wenn nicht, probieren wir etwas anderes aus.«

Oh ja, eine Umarmung würde sicher Wunder wirken! Sie konnte schon beinahe spüren, wie er seinen Körper an ihren presste, seine Arme um sie schlang und sie einfach nur so lange festhielt, bis ihre Welt sich wieder richtete. »Was denn?«

»Trinkst du Alkohol?«

Chloe unterdrückte einen enttäuschten Laut und blickte zu Zach hinüber. Seine Hände lagen wieder am Lenkrad, seine Augen waren auf die Straße gerichtet. »Ich war Jurastudentin. Das sagt eigentlich alles.«

Zach schaute sie verwundert an. »Wieso? Was hat das eine mit dem anderen zu tun?«

»Während des Studiums gab es Unmengen an Partys. Allerdings trinke ich eher selten, das Zeug bekommt mir nicht.«

Nach einem langen Blick wandte Zach sich wieder der Straße zu. »Du musst das Studentenleben vermissen.«

Chloe sah auf ihre Hände hinunter. »Nein, eigentlich nicht. Ich war nie so der Partytyp, obwohl ich einigen Feiern nicht entgehen konnte. Tatsächlich habe ich die meiste Zeit gelernt. Das Studium in Harvard war furchtbar teuer, und ich wollte nicht eine Sekunde länger studieren als nötig.« Zach gab einen undefinierbaren Laut von sich, weshalb Chloe die Stirn runzelte. »Das überrascht dich, oder?«

Als sie schon erwartete, keine Antwort mehr zu bekommen, schüttelte er schließlich den Kopf. »Nein, eigentlich nicht. Zumindest nicht, seit ich gesehen habe, wie du dich in den Curtis-Fall verbissen hast. Mir scheint es eher so, als würdest du deinen Beruf ein wenig zu ernst nehmen und darüber vergessen, das Leben zu genießen.«

Dass er sie so gut einschätzen konnte, machte sie nervös. »Das musst du gerade sagen. Ich könnte mir vorstellen, dass es bei dir genauso ist.«

Wieder warf er ihr einen kurzen Blick zu. »Deshalb weiß ich ja, wie ungesund es ist, das Leben an sich vorbeiziehen zu lassen. Ich bin zu alt und eingefahren, um noch etwas zu ändern, aber du kannst das noch.«

Chloe schnaubte. »Selten eine schlechtere Ausrede gehört. Wenn du etwas ändern wolltest, könntest du es auch. Komm mir nicht mit dem Alter, *so* alt bist du nun auch wieder nicht.«

»Woher willst du das wissen?«

»Äh …« Hitze stieg in ihre Wangen, und sie blickte schnell aus dem Seitenfenster. »Oh, wir sind ja schon fast da. Danke für …«

Zach unterbrach sie. »Ich bringe dich noch hoch. Und ich lasse mich sicher nicht von dir ablenken.« Er fuhr den Wagen in eine Parklücke am Straßenrand und schaltete den Motor aus. »Also, woher?«

»Es könnte sein, dass ich das mal bei irgendeinem Gespräch mitbekommen habe.«

Zach löste den Gurt und drehte sich zu ihr um. Sein Blick zeigte deutlich seine Skepsis. »Bei welcher Gelegenheit sollte jemals in einem Gespräch mein Alter aufkommen?«

Inzwischen war ihr gar nicht mehr kalt, ihr Gesicht glühte förmlich vor Verlegenheit. »Ich habe mich mit Autumn über dich unterhalten, okay? Willst du vielleicht auch noch die

Details erfahren?« Chloe wartete nicht auf seine Antwort, sondern stieß rasch die Tür auf und stieg aus.

So schnell es ihre wackeligen Beine zuließen, strebte sie auf ihren Hauseingang zu. Sie brauchte mehrere Versuche, um den Schlüssel ins Schloss zu bekommen, und das reichte Zach, um sie einzuholen, bevor sie im Haus verschwinden konnte.

Warm legte sich seine Hand auf ihren Rücken. »Hey, was läufst du denn weg? Ich wollte doch mit nach oben kommen.«

Chloe schloss die Augen, widerstand aber der Versuchung, die Stirn an das Holz zu legen. »Das ist nicht nötig, ich komme schon zurecht.«

Zach griff an ihr vorbei und schob die schwere Holztür auf. »Ich möchte aber selbst sehen, dass es dir gut geht. Außerdem habe ich noch ein paar Fragen an dich.«

Unruhe erfasste Chloe, während sie in den Hausflur trat. »Reicht es nicht, wenn ich am Montag mit den beiden Detectives rede? Ich dachte, sie wären für den Fall zuständig.« Deutlich spürte sie Zachs intensiven Blick im Rücken, als sie langsam die Treppe hinaufstieg.

»Offiziell ja, aber du hast mich angerufen, wenn du dich noch erinnerst. Ich denke, da ist es nur natürlich, dass ich mehr darüber erfahren will, was du überhaupt dort gemacht hast.« Unausgesprochen schwang der Vorwurf mit: *allein, in dieser Gegend, bei diesem Abschaum*.

Schließlich gab Chloe sich geschlagen. Zach hatte völlig recht: Sie hatte ihn angerufen und in die Sache mit hineingezogen, also hatte er auch ein Anrecht zu erfahren, warum sie dort gewesen war. Die Frage war nur, wie er ihre Erklärung aufnehmen würde. »Okay.« Sie schloss ihre Wohnungstür auf und trat ein. »Komm rein. Kann ich dir etwas zu trinken anbieten?«

»Nein danke, ich nehme mir selbst etwas. Warum nimmst du nicht dein Bad und entspannst dich erst mal? Ich sehe in der

Zeit ein wenig fern. Wenn du dich besser fühlst, können wir uns in Ruhe unterhalten.«

Chloe nickte ihm nur zu und zog sich in ihr Schlafzimmer zurück. Wie sollte sie ruhig in der Wanne liegen, wenn Zach nebenan war? Andererseits wollte sie endlich wieder warm werden und vor allem den Gestank loswerden, der in ihrer Einbildung an ihr haftete, seit sie Curtis gefunden hatte. Glücklicherweise schloss das Bad direkt an ihr Schlafzimmer an, und sie musste nicht noch einmal durch das Wohnzimmer gehen. Sie ließ das Wasser einlaufen und schüttete eine gute Dosis Schaumbad dazu, bevor sie ins Schlafzimmer zurückkehrte und ihre Wohlfühlkleidung herauslegte. Momentan konnte sie keine steife, einengende Kleidung vertragen.

Nachdem genug Wasser in der Wanne war, zog sie sich rasch aus und warf die schmutzige Kleidung in den Wäschekorb. Mit angehaltenem Atem stieg sie in die Wanne und stöhnte auf, als sie das heiße Wasser an ihrem Körper spürte. Ein beruhigender Duft stieg aus dem Schaum, und Chloe atmete ihn tief ein, während sie den Kopf auf das Kissen am Wannenrand bettete. Langsam sickerte die Wärme in ihren Körper und löste das Eis in ihrem Innern. Mit einem erleichterten Seufzer sank sie tiefer in die Wanne, sodass nur noch ihr Kopf aus dem Wasser ragte. Chloe schloss die Augen und bemühte sich um positive Gedanken. Zum Beispiel, wie Zach ihr geholfen hatte, obwohl er es nicht hätte tun müssen. Die Besorgnis in seinen Augen, als er gefragt hatte, ob es ihr gut gehe. Sie musste aufpassen, sonst würde sie sich daran gewöhnen, ihn in der Nähe zu haben …

Zach zappte durch die Programme, ohne wirklich etwas wahrzunehmen. Nachdem Chloe im Schlafzimmer verschwunden war, hatte er sich ein Glas Wasser geholt und den Fernseher angeschaltet. Doch anstatt sich auf das Footballspiel zu konzentrieren, lauschte er mit einem Ohr auf das Plätschern des Wassers und stellte sich vor, wie Chloe gerade völlig nackt nur wenige Meter von ihm entfernt in der Wanne lag. Seine Finger krampften sich um die Fernbedienung, bis sie ein unheilvolles Knacken von sich gab. Mit einem gequälten Laut schaltete er den Fernseher aus und warf die Fernbedienung auf die Couch.

Ruhelos stand er auf und trat zum Fenster, das überraschenderweise den Blick auf einen begrünten Hinterhof freigab. Gerade als er sich abwenden wollte, nahm er aus den Augenwinkeln eine Bewegung wahr und lehnte sich auf das Fensterbrett, um besser sehen zu können. In einem Gebüsch am Rande des ummauerten Grundstücks wackelte es, doch sosehr er sich auch bemühte, mehr konnte er nicht erkennen. Sofort meldete sich sein beruflicher Instinkt, und er blieb reglos stehen, während er das Gebüsch weiter beobachtete. Doch er konnte die Blätterwand beim besten Willen nicht mit den Augen durchdringen. Am liebsten wäre er nach unten gelaufen und hätte nachgesehen, doch er konnte Chloe jetzt nicht allein lassen.

Nachdem er einige Minuten lang keine Bewegung mehr wahrgenommen hatte, entschied er, dass es vermutlich nur eine Katze gewesen war, die es auf einen Vogel abgesehen hatte. Schulterzuckend kehrte er dem Fenster den Rücken zu und blickte auf die Wanduhr, die über dem Herd hing. Wie lange war Chloe jetzt schon in der Wanne? Er hatte keinerlei Erfahrung damit, wie viel Zeit Frauen für so etwas brauchten – ihm reichten seine Zehn-Minuten-Duschen völlig. Alles, was länger dauerte, machte ihn nervös.

Auch wenn er sich blöd dabei vorkam, ging er zur Schlafzimmertür und lauschte daran. Wenn Chloe jetzt herauskäme und ihn dabei erwischte, würde sie ihn vermutlich für einen Perversen halten, aber er konnte nicht anders. Sowie er einen Laut von ihr hörte, würde er sich wieder auf die Couch setzen.

Allerdings hörte er rein gar nichts, weder plätscherndes Wasser, noch ein anderes Geräusch. Es war totenstill im Bad. Die Haare in seinem Nacken stellten sich auf, und Zach wusste, dass er keine Ruhe finden würde, bis er sich nicht überzeugt hatte, dass es Chloe gut ging. Eine kleine Stimme in seinem Hinterkopf rief »Ausrede!«, aber Zach ignorierte sie.

Er klopfte an die Schlafzimmertür. »Chloe? Ist alles in Ordnung?«

Als er keine Antwort erhielt, verstärkte sich sein Gefühl, dass etwas nicht stimmte. Langsam drückte er die Klinke herunter und schob seinen Kopf durch den Türspalt. »Chloe?«

Wieder erhielt er keine Antwort. Deshalb öffnete er die Tür noch weiter und trat ins Schlafzimmer. Es war leer, und Zach bemühte sich, nicht zu sehr auf die Dessous zu starren, die auf dem Bett ausgebreitet lagen. Stattdessen ging er auf die nächste Tür zu, die zum Bad führen musste. Er legte abermals sein Ohr an die Tür, aber es war immer noch kein Laut zu vernehmen.

Nach kurzem Zögern klopfte er. »Chloe?«

Erneut antwortete sie ihm nicht und machte auch sonst keine Geräusche, die es unweigerlich gegeben hätte, wenn sie sich über sein Klopfen erschreckt hätte. Der Druck in seinem Magen nahm zu, und er entschied, das Risiko einzugehen, Chloe zu verärgern. Und sie nackt zu sehen. Zach schnitt eine Grimasse und schob langsam die Tür auf. Durch den Spalt konnte er nur das Waschbecken sehen, daher war er gezwungen, ganz in den Raum zu treten.

Sein Herz begann schneller zu klopfen, als er Chloe vom Hals bis zu den Füßen mit Schaum bedeckt in der Badewanne liegen sah. Noch immer rührte sie sich nicht, und er glaubte für einen winzigen Moment, dass sie tot wäre. Doch dann bemerkte er, dass sich ihre Brust unter dem Schaum hob und senkte. Trotzdem blieben ihre Augen geschlossen, da sie anscheinend tief schlief. Nicht gerade ungefährlich in einer vollen Badewanne – er musste sie aufwecken. Zögernd trat er näher an die Wanne und gönnte sich einen winzigen Augenblick, um Chloes im Licht rötlich schimmernde Haare zu bewundern, die sich feucht um ihr leicht gerötetes Gesicht kringelten.

Gerade als er die Hand ausstreckte, um sie sachte aufzuwecken, hoben sich ihre Lider. Einen Moment lang versank er in ihren goldbraunen Augen und brachte keinen Ton heraus. Schließlich blinzelte sie, und der Bann brach.

Abrupt wandte er sich ab und ging zur Tür zurück. »Entschuldige, ich habe geklopft, aber du hast nicht geantwortet, und ich habe mir Sorgen gemacht, weil du schon so lange in der Wanne bist.«

»Danke.« Ihre Stimme klang sanft durch den Raum.

Die Hand auf dem Türgriff drehte er sich zu ihr um. »Wofür?«

Zach wurde warm, als sie ihn anlächelte. »Dass du dir um mich Sorgen machst. Ich muss wohl eingeschlafen sein.« Sie richtete sich ein wenig auf, und der Schaum gab den Ansatz ihrer Brüste frei.

Zach wusste, er sollte wegsehen, aber er konnte es einfach nicht. Das Wasser ließ ihre leicht gebräunte Haut leuchten, und er wünschte sich nichts mehr, als dass der Schaum noch weiter nach unten rutschte.

»Ich denke, ich sollte dann wohl mal rauskommen, bevor meine Haut ganz schrumpelig wird. Außerdem möchte ich dich nicht so lange warten lassen, du hast sicher auch noch etwas anderes vor.«

Zach räusperte sich. »Lass dir ruhig Zeit. Ich warte draußen.«

Gerade als er sich endgültig abwenden wollte, erklang wieder ihre Stimme. »Könntest du mir bitte noch das große Handtuch reichen?«

Gequält schloss Zach die Augen und wünschte, er wäre stark genug, das Richtige zu tun: so schnell wie möglich von hier zu verschwinden. Aber er schaffte es nicht. Das Wasser plätscherte, und Zach riss das Handtuch von dem Ständer, bevor er sich zu Chloe umdrehte. In dem Moment stand sie auf, der Schaum glitt an ihrem Körper nach unten. Schnell hielt Zach das Handtuch vor sie, doch der Schaden war bereits angerichtet. Der Anblick ihrer glatten, mit Wassertropfen und Schaum gesprenkelten Haut war für immer in sein Gedächtnis eingebrannt. Noch jetzt glaubte er, ihre aufgerichteten dunklen Brustspitzen zu sehen, dabei hatte sie längst das Handtuch um sich gewickelt – und er sich abgewandt.

»Danke, den Rest schaffe ich alleine.« Klang da ein Lachen in ihrer Stimme mit?

Doch Zach hatte nicht vor, so lange zu bleiben, um das herauszufinden. So schnell wie möglich verließ er das Bad und durchquerte rasch das Schlafzimmer. *Nur nicht auf das Bett schauen …* Unweigerlich glitt sein Blick zu den Dessous, die dort ausgebreitet lagen. Die Vorstellung, wie Chloe darin aussehen würde, erhitzte sein Blut noch weiter. *Mist! Was war nur mit ihm los?* Normalerweise hatte er keinerlei Problem damit, sich in der Nähe einer Frau zusammenzunehmen. Genauer gesagt war das auch der Grund dafür, dass er schon seit langer Zeit keine Beziehung mehr eingegangen war – er schaffte es einfach nicht, diese Kontrolle loszulassen und Gefühle zu investieren.

Umso erschreckender war es, dass gerade Chloe Hunter Gefühle in ihm auslöste, die er gar nicht haben wollte. Und erst recht nicht, da sie so viel jünger war und noch dazu die Schwägerin von Autumn! Zach erwartete den üblichen schmerzhaften Stich bei dem Gedanken an sie, doch seltsamerweise war da nichts außer einem leisen Bedauern für etwas, das nie eine

Chance hatte. Und das bereitete ihm fast noch mehr Furcht. Er sollte so schnell wie möglich nach Hause fahren, damit er Gelegenheit hatte, seine Gefühle zu sortieren, bevor er Chloe wiedersah.

Aber stattdessen kehrte er ins Wohnzimmer zurück und trat wieder ans Fenster. Inzwischen flirrte draußen die Luft vor Hitze und nirgends war mehr eine Bewegung zu sehen. Anscheinend hatten sämtliche Lebewesen Schutz vor den unbarmherzigen Mittagstemperaturen gesucht und würden erst wieder herauskommen, wenn es abends etwas kühler wurde. Nur er würde gleich durch die Hitze fahren müssen, sobald Chloe ihm seine Fragen beantwortet hatte. Eigentlich ging es ihn ja gar nichts an, da er an dem Fall nicht beteiligt war, aber er wurde das Gefühl nicht los, dass noch irgendetwas anderes vorging.

Zach rieb sich über die Stirn. Vielleicht lag es auch daran, dass der Fall so seltsam war. Natürlich kam es hin und wieder vor, dass einem Unschuldigen eine Tat untergeschoben wurde, aber das, was im Fall Curtis passiert war, hatte eine völlig andere Dimension. Der Täter war ein hohes Risiko eingegangen, als er Curtis zurück in die Wohnung gebracht hatte. Er hätte dabei jederzeit gesehen werden können. Und warum hatte er seine Stimme auf dem Tonband hinterlassen? War er so davon überzeugt gewesen, dass es niemand nachprüfen würde? Oder wusste er, dass er nicht gefasst werden konnte?

Genauso merkwürdig war der vorgetäuschte Selbstmord von Curtis, sofern er sich nicht wirklich selbst umgebracht hatte. Das erforderte viel Planung und Aufwand. Vielleicht … Zach erstarrte, als er hörte, wie die Schlafzimmertür geöffnet wurde. Noch bevor er sich umdrehte, nahm er den gleichen exotischen Geruch wahr, der aus dem Schaumbad aufgestiegen war. Es dauerte einen Moment, bis er seinen Körper so weit unter Kontrolle hatte, dass er sich relativ gefahrlos umdrehen konnte. Jedenfalls dachte er das – bis er Chloe sah, die ein weit ausgeschnittenes T-Shirt trug, das einen ihrer BH-Träger enthüllte, und dazu eine knappe Shorts, die ihre langen Beine zeigte.

Sein Mund wurde trocken, er schluckte mühsam. Schnell blickte er in ihr Gesicht, um dort seine Selbstbeherrschung wiederzufinden. Allerdings hatte er nicht mit der Unsicherheit gerechnet, die ihm aus ihren Augen entgegenleuchtete, und der Art, wie sie nervös auf ihre Lippe biss.

Zach räusperte sich. »Geht es dir jetzt besser?«

Ihr Gesicht hellte sich auf, und sie lächelte ihn dankbar an. »Ja, viel besser. Mir ist endlich wieder warm.«

Das konnte er an ihrer knappen Kleidung erkennen, aber Zach schaffte es gerade noch, das nicht zu kommentieren. »Schön. Möchtest du etwas essen?«

Chloe wurde etwas blasser und presste die Hand auf ihren Magen. »Nein, besser nicht. Ich bin schon froh, dass ich inzwischen den Gestank aus der Nase habe.«

»Dann sollte ich dir besser nicht zu nahe kommen, ich fürchte, mir haftet er noch an.« Oh ja, eine tolle Ausrede, sie nicht noch einmal so nah an sich heranzulassen.

Ihr Gesichtsausdruck machte deutlich, dass sie seine Absicht durchschaute. »Du kannst gerne hier duschen.«

In einem Badezimmer, das so riecht wie Chloe? »Das ist nicht nötig. Ich bleibe sowieso nicht so lange und habe außerdem keine Kleidung zum Wechseln hier. Dann würde ich danach wieder genauso riechen.«

»Ich bin sicher, hier liegt noch Kleidung von meinen Brüdern rum, die du dir leihen könntest.« Sie sprach sofort weiter, als sie sah, dass er ablehnen wollte. »Bitte, Zach, dann fühlst du dich bestimmt auch besser.«

Das wagte er zu bezweifeln, aber er brachte es nicht über sich, ihr die Bitte abzuschlagen. Nur um ihr nach dem traumatischen Erlebnis beizustehen natürlich. »In Ordnung.« Noch während er das sagte, wusste er, dass es ein Fehler war. Seine Abwehr bröckelte sowieso bereits, und es fehlte nur noch ein kleiner Schubs, um ihn ins Verderben zu schicken. Dummerweise schien er Chloe aus irgendeinem Grund nichts abschlagen zu können, wenn sie ihn mit ihren großen Augen flehend anschaute. »Aber ich habe wirklich nicht viel Zeit, ich habe heute Nachmittag noch eine Verabredung.«

»Oh.« Es war ihr genau anzusehen, dass sie dachte, er hätte ein Date.

Vermutlich sollte er es dabei belassen, aber sein Mund öffnete sich ohne sein Zutun. »Ich gebe einen Kurs in Selbstverteidigung für Kinder und Jugendliche. Das Police Department hat ein Programm entwickelt, das Sicherheit vermitteln soll.«

Ihr Lächeln kehrte zurück. »Das finde ich toll. Die Kinder haben Glück, dass du dich für sie engagierst.« Bevor er antworten konnte, sprach sie weiter. »Geh schon mal ins Bad, ich lege dir die Kleidung auf das Bett.«

Das ließ er sich nicht zweimal sagen, denn ihre Bewunderung war ihm unangenehm. Er war gerne mit den Kindern zusammen und hatte vor allem viel Zeit dafür, da er selbst keine Familie hatte. Wenn er damit nur einem Menschen helfen konnte, später kein Opfer zu werden, hatte es sich schon gelohnt. Dabei ging es ihm nicht nur um körperliche Verteidigung, sondern auch darum, das Selbstbewusstsein der Kinder zu stärken, damit sie lernten, sich von niemandem einschüchtern oder zu etwas überreden zu lassen, das sie nicht wollten.

Zach schüttelte die Gedanken ab und ging rasch ins Bad. Je eher er die Sache hinter sich brachte, desto besser. Er schloss die Tür hinter sich und lehnte sich einen Moment lang dagegen, als der Geruch des Schaumbads ihn umhüllte und verführte. Kopfschüttelnd zog er sich aus und ließ die Kleidung auf dem Boden liegen, bevor er in die Wanne stieg. Nach kurzer Suche fand er ein Duschgel, das wenigstens nicht ganz so süßlich roch wie der Badezusatz. Bei den Kids wäre es Gesprächsthema Nummer eins, wenn er beim Training wie eine Frau riechen würde.

Erfrischt stieg er kurze Zeit später aus der Wanne und ging ins Schlafzimmer. Dort lag wie versprochen Kleidung bereit, jedoch keine Unterwäsche. Zach blickte zum Bad zurück, konnte sich aber nicht dazu durchringen, die alte Boxershorts noch einmal anzuziehen, sondern entschied sich, nur die weite Cargoshorts und das etwas zu enge T-Shirt anzuziehen. Dass das ein Fehler war, ahnte er bereits, als er ins Wohnzimmer trat und Chloe so verloren auf dem Sofa sitzen sah.

13

Chloe blickte auf, als Zach ins Zimmer trat, und verschluckte sich beinahe. In Shanes Kleidung sah Zach ungewohnt locker aus – und sehr sexy. Die Shorts saß perfekt, aber das T-Shirt war zu eng und zeigte deutlich seine ausgeprägten Muskeln. Sie konnte sich gerade keine bessere Ablenkung wünschen, denn während sie auf Zach gewartet hatte, waren wieder die Erinnerungen an Curtis in ihr hochgestiegen. Ein Schauer lief durch ihren Körper, und sie verschränkte die Arme über der Brust.

Mit einem undeutbaren Gesichtsausdruck blickte Zach sie an. »Danke für die Sachen. Sie riechen tatsächlich besser.«

»Gerne. Shane hätte sicher nichts dagegen.« Und vor allem sah ihr Bruder darin nie so gut aus. Aber sie war vermutlich auch ein wenig voreingenommen, was Zach betraf.

Sie bemerkte, wie sein Blick ebenfalls über ihren Körper glitt, und hatte Mühe, die Verlegenheit zu unterdrücken, die sich in ihr ausbreiten wollte. Gott, hatte sie sich ihm wirklich vorhin nackt gezeigt? Natürlich war es nur ein Versehen gewesen, aber wenn er anders reagiert hätte, wäre es ihr im Nachhinein vielleicht weniger peinlich. Doch mit seiner Reaktion hatte er sehr deutlich gemacht, dass er sie nicht attraktiv fand. Jeder andere Mann mit einem Hauch von Interesse hätte sie sicher berührt oder geküsst.

Es wäre wohl am besten, wenn sie ihn so schnell wie möglich loswerden würde, bevor sie noch einen Fehler beging. Chloe schob das Kinn vor. Nein, sie hatte keine Lust mehr, um die

Liebe eines Mannes zu betteln. Normalerweise drängte sie sich anderen Männern auch nicht so auf. Wenn er irgendwann doch noch Interesse an ihr hätte, könnte er sich ja bei ihr melden, ansonsten würde sie ihn behandeln wie alle anderen Bekannten auch: freundlich, aber distanziert.

»Möchtest du etwas trinken?«

»Gerne.« Er stoppte sie, als sie aufstehen wollte. »Bleib sitzen, ich kann mir auch selbst etwas holen.« Dankbar ließ sie sich zurücksinken. Am Kühlschrank drehte er sich zu ihr um. »Kann ich dir etwas mitbringen?«

»Ja, danke. Ein Glas Cola bitte.« Sie brauchte jetzt dringend etwas, das ihr die Kraft gab, sein Verhör durchzustehen. Mit einem Schaudern dachte sie daran, was passieren würde, wenn die Presse davon Wind bekäme, dass Curtis sich erhängt hatte – und sie diejenige gewesen war, die ihn gefunden hatte.

Zach reichte ihr ein Glas und setzte sich neben sie auf das Sofa, vermutlich, weil keine anderen Sitzgelegenheiten in dem Wohnzimmer vorhanden waren, und weniger, weil er unbedingt so nah neben ihr sitzen wollte. Er trank einen Schluck von seinem Zitronenmischgetränk und lehnte sich zurück. Eine Weile lang sagte er nichts, sondern betrachtete sie nur auf eine Weise, die sie extrem nervös machte. Als ob er bis in ihre Seele schauen könnte und alle Geheimnisse wüsste, die sie vor ihm verbarg. Das waren zwar nicht so viele, aber ihr war trotzdem unwohl bei dem Gedanken.

Zach legte einen Arm auf die Rückenlehne. »Warum hast du mich angerufen?«

Verwirrt blickte sie ihn an. Mit der Frage hatte sie nun nicht gerechnet. Vor allem wusste sie keine vernünftige, unverfängliche Antwort darauf. »Ich hatte das Gefühl, dass du da sein solltest.«

Erstaunt zog er die Augenbrauen hoch. »Das ist alles?«

Chloe blitzte ihn wütend an. »Du warst der Erste, an den ich gedacht habe, okay? Ich wollte dich in meiner Nähe haben.«

Ein Lächeln spielte um seine Mundwinkel. »Schon besser.«

Sie wusste nicht, was sie von seiner merkwürdigen Stimmung halten sollte. »War das etwa alles, das du wissen wolltest? Das hättest du mich auch im Wagen fragen können.«

Sofort verschwand der Anflug von Humor aus seinen Augen. »Nein, das war nicht alles. Ich möchte gerne wissen, was du überhaupt dort wolltest.«

»Mit Curtis reden.«

Als sie das nicht weiter erläuterte, schaute Zach sie stirnrunzelnd an. »Worüber?«

»Das unterliegt der Schweigepflicht zwischen dem Anwalt und seinem Mandanten.«

»Soll ich dir wirklich glauben, dass du an einem Samstagmorgen in eine üble Gegend gefahren bist, um mit Curtis über etwas zu reden, das mit seinem Prozess zu tun hat? Du hättest ihn anrufen oder ihn ins Büro bestellen können.«

Womit er nüchtern betrachtet völlig recht hatte. Chloe blickte auf ihre verschränkten Finger hinunter. Nur hatte sie eben angenommen, persönlich irgendwie besser an Curtis ranzukommen, was im Nachhinein wohl keine so gute Idee gewesen war.

»Chloe?« Zach legte seine große Hand auf ihre. »Ich bin nicht dein Feind. Ich möchte nur verstehen, was so wichtig war, dass du dafür deine Sicherheit völlig außer Acht gelassen hast.«

Gegen Zach, den Polizisten, konnte sie bestehen, aber wenn er seine Besorgnis zeigte, war sie machtlos. Besonders, wenn er sie dazu auch noch berührte. Mit einem innerlichen Seufzer gab sie auf. »Es ging nicht um den Prozess direkt. Ich wollte von ihm mehr darüber erfahren, was Candice Meadows früher gemacht hat.«

»Du meinst ihren Job als Stripperin?«

»Ja, unter anderem. Es kommt mir wie ein gezieltes und möglicherweise persönliches Verbrechen vor, das nicht mal eben so aus einer Laune heraus geschehen ist. Wenn wirklich jemand Curtis als Täter inszeniert hat, noch dazu auf eine solche Weise, dann setzt das eine sehr akribische Planung voraus. Für mich bedeutet das, dass der Täter entweder Curtis oder das Opfer kannte.«

Zach schwieg einen Moment und nickte dann. »Das ist anzunehmen.« Er lehnte sich zurück und beendete damit ihre Berührung. »Für mich erklärt das aber nicht, warum du damit nicht zur Polizei gegangen bist, sondern stattdessen dachtest, dass es eine gute Idee wäre, Curtis alleine aufzusuchen.«

Chloe schnitt eine Grimasse. »Du hast doch gesehen, wie deine Kollegen auf mich reagieren. Sie hätten mich sofort abgebügelt, genauso wie während des Prozesses.«

»Vermutlich. Aber du hättest mit mir darüber sprechen können. Ich hätte dir zugehört und hätte mich auch mit Curtis unterhalten.«

Sie lächelte ihn an. »Das ist nett von dir, aber ich glaube nicht, dass Curtis mit der Polizei geredet hätte – und schon gar nicht mit dir, wenn er dich von früher kannte und wusste, dass du ihn hinter Gittern sehen wolltest.«

Zach seufzte. »Ja, damit hast du sicher recht. Trotzdem war es viel zu gefährlich, was du gemacht hast. Stell dir vor, du hättest Curtis lebend angetroffen und er hätte dich angegriffen! Du hättest sogar dem Mörder begegnen können, falls es wirklich kein Selbstmord war.«

Chloe spürte, wie das Blut aus ihrem Kopf wich, sie begann zu zittern. Darüber hatte sie noch gar nicht nachgedacht. Oh Gott, sie könnte jetzt tot sein!

Mit einem leisen Fluch rückte Zach näher und zog sie an

seine Brust. Für einen kurzen Moment hielt sie sich steif, doch dann presste sie ihr Gesicht an seine Schulter. Er legte ihr die Hand auf den Rücken und begann, sie mit langsamen Bewegungen zu streicheln. Tief atmete sie seinen beruhigenden Geruch ein und spürte, wie die Anspannung allmählich nachließ.

Der Gedanke, dass ihr Ausflug auch ganz anders hätte ausgehen können, war nicht gerade angenehm, aber da alles gut ausgegangen war – mit Ausnahme des Auffindens von Curtis' Leiche –, riss sie sich nun zusammen. Egal was für ein Mensch Curtis auch gewesen war, wenn jemand ihn umgebracht hatte, dann mussten sie seinen Mörder finden. Besonders, wenn derjenige auch Candice Meadows getötet hatte.

Bedauernd hob sie den Kopf, weil sie wieder von Zach abrücken wollte. Doch als sie dabei aufsah, versank sie in Zachs schokoladenbraunen Augen und hielt inne, als sie das Verlangen darin sah. Damit hatte sie nicht gerechnet, nachdem er im Bad so schnell vor ihr geflüchtet war. Fand er sie vielleicht doch anziehend? Chloes Herz klopfte schneller, als sich Zachs Kopf beinahe unmerklich senkte. Seine Lippen waren ihren so nah, dass sie seinen Atem spüren konnte. Chloe versuchte, sich zurückzuhalten, aber es gelang ihr einfach nicht. Langsam überbrückte sie die Distanz zwischen ihnen und strich mit ihren Lippen sanft über Zachs Mund.

Sie hörte, wie sein Atem stockte, und nahm das als gutes Zeichen. Unter ihrer Handfläche, die noch auf seiner Brust lag, konnte sie das rasche Pochen seines Herzens spüren. Sie freute sich, dass ihn die Situation anscheinend auch nicht kaltließ, daher vertiefte sie den Kuss. Einen Moment lang passierte nichts, und sie befürchtete schon, die Zeichen doch falsch gedeutet zu haben, doch dann öffnete Zach den Mund und begrüßte ihre Zunge mit seiner. Seine Hand legte sich um ihren Hinterkopf. Chloe folgte gerne dem Druck und lehnte sich näher an ihn.

Zach legte den Kopf schräg und nutzte die bessere Position sofort aus, um tiefer in ihren Mund zu dringen.

Hitze breitete sich in ihr aus, während sie alles um sich herum vergaß. Es zählte nur noch das Hier und Jetzt, die Gefühle, die sein Kuss in ihr auslöste. Nach scheinbar unendlich langer Zeit löste Zach sich von ihr und rückte ein Stück ab. Sein Atem ging schwer, und in seinem Gesicht hatte sich eine leichte Röte ausgebreitet. Erregung glitzerte in seinen Augen, und Chloe wünschte sich, er würde sich einfach wieder vorbeugen und dort weitermachen, wo er aufgehört hatte.

Doch das tat er nicht, stattdessen veränderte sich langsam seine Miene, in der eben noch die Erregung gestanden hatte. Ein wenig verlegen räusperte er sich. »Entschuldige, ich wollte dich nicht so überfallen.«

Ein Stich durchfuhr sie, denn sie ahnte, was nun kommen würde. »Das hast du nicht.« Sie versuchte ein Lächeln. »Falls du es nicht gemerkt hast, ich habe damit angefangen.«

Zach lächelte nicht. Bedauern stand in seinen Augen. »Hör zu, Chloe …«

»Nein, ich bereue es nicht, und es wäre nett, wenn du einfach sagen könntest, dass du es genossen hast.«

Zach neigte den Kopf. »Das habe ich. Aber ich kann dir einfach nicht das geben, was du möchtest, Chloe.«

Ihr Herz zog sich schmerzhaft zusammen. Wie konnte er sich nach solch einem Kuss immer noch dagegen sperren, dass etwas zwischen ihnen war? »Warum nicht?«

Er blickte sie nur schweigend an.

»Hast du denn gar nichts gespürt?« Unter ihrer Handfläche konnte sie immer noch seinen galoppierenden Herzschlag fühlen. »Das glaube ich dir nicht.«

Zach erhob sich abrupt. »Tu uns beiden einen Gefallen und lass es einfach ruhen.«

Der Schmerz breitete sich in ihr aus, und sie schaffte es einfach nicht mehr, ihren Mund zu halten. »Autumn wäre die falsche Frau für dich gewesen. Du brauchst jemanden, der dich auf Trab hält und dafür sorgt, dass du dich nicht in dich zurückziehst.« In dem Moment, als sie es sagte, merkte sie, dass es ein Fehler war. Sie wusste selbst nicht, warum sie auf einmal von Autumn angefangen hatte, die offensichtlich so ein wunder Punkt für Zach war.

Tatsächlich wurde Zachs Blick bei ihren Worten eiskalt, seine Miene starr. Nichts erinnerte mehr an den Mann, in dessen Armen sie eben noch gelegen hatte. »Und wen schlägst du vor? Dich?«

Chloe spürte, wie das Blut aus ihrem Gesicht wich. Nur mit Mühe brachte sie einen Ton heraus. »Ich denke, es ist besser, wenn du jetzt gehst.«

Reue breitete sich über Zachs Gesicht aus. »Chloe …«

»Geh.« Sie drehte sich um, ging in ihr Schlafzimmer und schloss die Tür hinter sich.

Als sie nach kurzer Zeit die Wohnungstür ins Schloss fallen hörte, ließ sie sich auf ihr Bett sinken und vergrub das Gesicht in den Händen. Gott, wie hatte sie nur so dumm sein können? Seit Jahren wusste sie jetzt schon, dass Zach in Autumn verliebt war, und trotzdem hatte sie gedacht, sie könnte ihn für sich gewinnen. Wie oft musste er sie noch zurückweisen, bis sie es endlich verstand?

Noch jetzt konnte sie die Wärme seines Körpers spüren, seinen Duft riechen, den Druck seiner Lippen auf ihren fühlen. Wie konnte etwas so *richtig* sein und gleichzeitig so falsch? Spürte Zach denn nicht, dass etwas zwischen ihnen war, oder war sie für ihn nur ein kleines Zwischenspiel, das ihn von Autumn ablenken sollte? Wut kam bei dem Gedanken in ihr auf. Wie konnte ein erwachsener Mann über Jahre hinweg einer

Frau hinterhertrauern, die er noch nicht einmal geküsst hatte? Chloe hielt bei dem Gedanken inne und spürte, wie Kälte in ihren Körper sickerte.

Vielleicht *hatten* Autumn und Zach ja sogar eine Beziehung gehabt, bevor sie Shane kennenlernte. Und vielleicht war es nicht nur eine völlig einseitige Sache gewesen, denn sie hatte Autumn nie danach gefragt. Gut, genau genommen ging sie das ja auch gar nichts an. Außer, dass sie Zach gerade geküsst hatte und wissen wollte, warum er offensichtlich nicht in der Lage war, mit der Vergangenheit abzuschließen.

Chloe legte sich auf ihr Bett und starrte mit brennenden Augen an die Decke. Eigentlich war sie genauso schlimm wie Zach. Während er Autumn hinterherhechelte, schaffte sie es nicht, ihn zu vergessen. Es war wie ein frustrierender Kreislauf, der sie drei verband. Dabei sollte es doch leicht sein, ihn aus ihrem Gedächtnis zu streichen, so, wie ihr das bei anderen Männern vorher auch gelungen war. Sie musste sich nur in ihrer Arbeit vergraben und würde bald alles andere vergessen. Es wäre doch gelacht, wenn sie sich von so einem Kerl aus dem Konzept bringen lassen würde!

Mit neuem Elan stand Chloe auf und ging zu ihrem Schreibtisch. Da sie noch keinen neuen Fall bearbeitete, konnte sie sich jetzt ganz darauf konzentrieren, der Curtis-Sache auf den Grund zu gehen. Einer Eingebung folgend zog sie ihre Akten zu einem älteren Fall heraus, bei dem sie vor einigen Jahren mitgewirkt hatte. Irgendwie glaubte sie, dass ein Zusammenhang bestand, sie konnte nur noch nicht den Finger darauf legen, was es genau war. Auch damals war eine Stripperin das Opfer gewesen, allerdings war diese nicht ermordet worden. Vermutlich war diese kleine Parallele nur Zufall, aber genau das würde sie jetzt herausfinden. Chloe beugte sich über die Unterlagen und war innerhalb kürzester Zeit völlig vertieft darin.

Zach schlug mit der Hand auf das Lenkrad und fluchte laut. Was zum Teufel war mit ihm los? Er hatte nicht vorgehabt, Chloe zu küssen, und von Anfang an gewusst, dass es keine gute Idee war. Aber dann hatte sie ihn berührt, und er war machtlos gewesen. Der Sog der Leidenschaft in ihren großen Augen hatte ihn einfach mitgerissen, und er hatte sie geküsst wie ein Verdurstender. Und es war unglaublich gewesen. Allein die Erinnerung daran reichte, um sein Herz wieder schneller schlagen zu lassen.

Er hatte den Kuss genossen, doch dann war in ihm die Angst hochgekommen, sich noch einmal in eine Frau zu verlieben, die ihn dann doch wieder verlassen würde. Und dass es so kommen würde, daran gab es für ihn keinen Zweifel. Es war nur eine Frage der Zeit, bis Chloes Faszination vergehen und sie sich jemanden suchen würde, der eher zu ihr passte. Als sie dann Autumn erwähnt hatte, war eine Sicherung bei ihm durchgebrannt, und er hatte verbal zurückgeschlagen. Nicht etwa, weil er wirklich noch in Autumn verliebt war, sondern weil Chloe mit dem, was sie sagte, recht hatte. Wäre er mit Autumn zusammengekommen, hätten sie sich wahrscheinlich irgendwann gegenseitig gelangweilt. Und mit seinem Job und den unregelmäßigen Arbeitszeiten hätte er ihr auch nie die Stabilität geben können, die sie brauchte.

Trotzdem fragte er sich, woher Chloe überhaupt von seinen Gefühlen für Autumn wusste. War es so offensichtlich gewesen? Zach fluchte erneut. Eigentlich hatte er gedacht, mit Ausnahme der Hochzeit seine Gefühle sehr gut versteckt zu haben, doch vielleicht war das ein Irrtum. Aber dann wäre Shane doch sicher nicht immer so nett zu ihm gewesen, oder? Vor einigen Jahren hatte Shane ihm sogar geholfen, als sein Freund Morgan schwer verletzt worden war und einen Platz gebraucht hatte, wo er unterkommen konnte.

Zach wischte diese Gedanken ungeduldig beiseite. Das brachte ihn jetzt auch nicht weiter, die Frage war nur, wie er sich bei Chloe entschuldigen konnte. Nicht, weil er ihr wieder nahekommen wollte – auch wenn sein Körper nichts dagegen hätte –, sondern weil er sie nicht verletzt sehen mochte. Und schon wieder durch seine Schuld. Beim ersten Mal hatte sie ihm noch schnell vergeben, doch er fürchtete, dass sie es ihm diesmal nicht so leicht machen würde.

Dabei hatte er eigentlich nur für sie da sein und sie auf andere Gedanken bringen wollen. Zach stieß ein Schnauben aus. Das war ihm ja ziemlich gut gelungen … Wahrscheinlich würde sie ihm in Zukunft aus dem Weg gehen. Was nicht schwer sein dürfte, schließlich hatten sie sich vorher jahrelang nicht in New York getroffen. Das Problem war nur, dass er jetzt wusste, was für eine tolle Frau sie war – und wie sie schmeckte – und er sie eigentlich gerne wiedersehen würde. Auch wenn er wusste, dass das keine gute Idee war. Verdammt, er war so verwirrt, er wusste selbst langsam nicht mehr, was er überhaupt wollte!

Kurzentschlossen rastete Zach sein Telefon in der Freisprechanlage ein und drückte die Kurzwahltaste für Morgan Spade. Sein Freund war der Einzige, der ihn vermutlich verstehen würde. Ungeduldig lauschte er dem Freizeichen, während er gleichzeitig fast hoffte, dass Morgan nicht da wäre, damit er seine chaotischen Gefühle nicht in Worte fassen musste.

»Ja?« Morgans tiefe Stimme drang atemlos durch den Lautsprecher.

»Morgan, hier ist Zach. Störe ich gerade?«

Ein rumpelndes Lachen antwortete ihm. »Dann wäre ich sicher nicht ans Telefon gegangen. Ich war gerade in der Garage.«

Seit Morgan mit Sam – Samantha – Dyson zusammen war, klang er fast immer so zufrieden und aufgeräumt wie jetzt gerade. Das war nicht immer so gewesen, früher war er eher in sich gekehrt und eine Zeit lang sogar sehr deprimiert und wütend, vor allem, nachdem seine Schwester Mara getötet worden war. Doch wie es aussah, hatte Sam neues Glück in sein Leben gebracht, was Zach seinem Freund von Herzen gönnte.

»Wie geht es dir?« Zach verdrehte die Augen, als er bemerkte, wie lahm die Frage klang.

Doch Morgan schien es nicht zu merken. »Sehr gut, Sam hat noch mal eine Verlängerung für die Ausgrabung in Golden bekommen und muss noch nicht nach Salt Lake City zurück.«

»Klingt gut. Aber deine Kollegen sind sicher enttäuscht, dass sie dich noch länger ertragen müssen.«

Morgan lachte. »Sehr witzig. Und wie geht es dir? Irgendwelche interessanten Fälle?« Als Feuerwehrmann und Brandermittler bekam Morgan oft genug auch die dunkleren Seiten des Lebens zu sehen.

Zach berichtete kurz von der Verhaftung Curtis', dem Prozess und schließlich seinem Tod. Morgan pfiff durch die Zähne. »Das ist ja fast unglaublich. Bist du dahintergekommen?«

Zach schnitt eine Grimasse. »Nein, ich hätte Curtis als Täter verurteilt. Erinnerst du dich an Shane Hunter? Seine jüngere Schwester Chloe war Curtis' Verteidigerin und hat die Sache ins Rollen gebracht.«

»Natürlich erinnere ich mich an ihn, besonders, da Sam und ich inzwischen schon ein paar Mal dort zu Besuch waren und sie auch schon zu uns nach Denver gekommen sind. Stimmt, er sagte, dass seine kleine Schwester Anwältin sei. Das ist ja ein Zufall, dass ihr euch dort über den Weg gelaufen seid.«

Und wie sie sich über den Weg gelaufen waren. Vor allem hatte er selbst dabei keine gute Figur gemacht. Was war es an Chloe, das ihn losreden ließ, ohne vorher darüber nachzudenken, was er sagte? »Ja.« Okay, das klang selbst für ihn sehr lahm.

Morgan schwieg einen Moment. »Du magst sie, oder?«

Mist. Er hätte sich denken können, dass sein Freund zwischen den Zeilen lesen konnte. »Ich kenne sie kaum. Außerdem ist sie Shanes Schwester und …«

Morgan unterbrach ihn. »Darum geht es nicht. Oder sollte es zumindest nicht – und auch nicht, ob sie Autumns Schwägerin ist. Das hast du doch überwunden, oder?«

Zach rieb über seine Stirn. Es war eindeutig ein Fehler gewesen, seinem Freund einmal unter Alkoholeinfluss davon zu erzählen. »Ja.«

»Und warum bist du dann so unglücklich darüber, dass du dich zu dieser Chloe hingezogen fühlst?«

Sein Magen zog sich zusammen. »Wer sagt, dass ich das bin?«

Morgan lachte leise. »Ah, gut, du streitest nicht ab, dass du dich zu ihr hingezogen fühlst, ein Fortschritt.« Er wurde wieder ernst. »Und dass dich irgendetwas belastet, merke ich daran, dass du mich überhaupt mal wieder angerufen hast. Das tust du sonst nämlich sehr selten und schon gar nicht vom Auto aus. Und wenn du es wirklich für dich behalten wolltest, hättest du sie gar nicht erst erwähnt.«

Manchmal war es ein Fluch, wenn einen jemand zu gut kannte. »Ich habe ein Problem.«

»Sie kann dich nicht ausstehen?«

Sofort spürte er wieder ihren Körper an seinem, erinnerte sich an die Erregung in ihren Augen. »Nein, im Gegenteil, denke ich.«

»Und das ist schlecht?« Er konnte förmlich Morgans hochgezogene Augenbrauen vor sich sehen.

»Ja, weil ich nicht glaube, dass es gut wäre, ihr näherzukommen.«

»Weil sie nicht Autumn ist.« Morgan formulierte es nicht als Frage.

»Nein, nicht deshalb.« Oder zumindest nur zu einem sehr geringen Teil.

»Dann verstehe ich dich nicht. Ist sie hässlich? Dumm? Zickig?«

Ärger brodelte in ihm hoch. »Natürlich nicht! Sie ist wunderschön, natürlich intelligent, sonst wäre sie nicht Anwältin, und äußerst nett. Vor allem ist sie auch mitfühlend.«

Morgen schwieg einen Moment. »Auch wenn ich mich wiederhole: Warum wehrst du dich dann so dagegen? Sie klingt wie eine Traumfrau.«

Zach stieß einen tiefen Seufzer aus. »Ich weiß es selbst nicht so recht. Irgendetwas sagt mir, dass ich ihr nicht zu nahe kommen sollte. Außerdem ist sie viel zu jung für mich und zu … aktiv. Ich würde sie nur unglücklich machen.«

»Also, dazu kann ich nun wirklich etwas sagen, weil ich damals bei Sam ähnliche Skrupel hatte. Ich hatte das Gefühl, dass ich viel zu alt und zu ›kaputt‹ für sie wäre. Ich wollte nicht, dass sie irgendwann aufwacht und sich fragt, was sie überhaupt mit so einem alten Knacker will. Ich verstehe also völlig, warum du zögerst. Aus heutiger Sicht kann ich dir sagen: Das Alter ist völlig egal, wenn man sich liebt. Durch Sam fühle ich mich endlich wieder lebendig, und ich würde keinen Moment mit ihr missen wollen.«

Ein wenig hob sich der Druck von seiner Brust. »Ja, aber sie liebt dich, das ist etwas anderes.«

»Natürlich funktioniert das nur, wenn ihr euch beide liebt, aber wie willst du das herausfinden, wenn du sie gleich von dir stößt und sie gar nicht an dich heranlässt? Es kann sein, dass ihr wirklich nicht zueinander passt und besser getrennte Wege geht. Aber vielleicht ist sie auch die eine Frau, die zu dir gehört und es schafft, dich aus dem Loch herauszuholen, in dem du jetzt schon seit Jahren steckst.«

Zach wollte eine abfällige Bemerkung machen, doch seine Zunge war wie festgenagelt, denn Morgan hatte wirklich recht, das wurde ihm auf einmal bewusst. Seit Jahren hatte er schon keine richtige Freude mehr am Leben und folgte nur noch seiner Routine aus Arbeit und Schlafen. Es war klar, dass es so nicht weitergehen konnte. Ob er es Chloe zumuten sollte, ihn zu ertragen, war eine andere Frage, aber er wollte und musste sich bei ihr für seinen Ausbruch vorhin entschuldigen. Wie es sich dann entwickelte, würde er abwarten müssen, denn es hing davon ab, ob Chloe ihm verzieh.

Mit Verspätung merkte er, dass Morgan immer noch in der Leitung war und er ihn recht lange angeschwiegen hatte. »Tut mir leid, ich war gerade in Gedanken. Danke für deine Meinung, ich werde darüber nachdenken.«

»Tu das. Und halt mich auf dem Laufenden, ich möchte hinterher damit angeben können, dass ich zu eurem Glück beigetragen habe.«

Zach musste grinsen. »Das hättest du wohl gerne. Grüß Sam von mir und sag ihr, dass sie den größten Romantiker aller Zeiten abbekommen hat.«

Morgan lachte. »Das ist ihr schon aufgefallen, fürchte ich. Bis bald!«

Mit einem wesentlich besseren Gefühl beendete Zach das Gespräch. Auch wenn er noch nicht genau wusste, wie er das anstellen sollte, würde er sich bei Chloe entschuldigen und versuchen, alle Vorbehalte beiseitezuschieben, wenn er mit ihr zusammen war. Er würde sie nachher anrufen und um eine Verabredung bitten, damit er ihr erklären konnte, dass seine ablehnende Reaktion andere Gründe und nichts mit ihr zu tun hatte.

14

Chloe blickte von ihren Unterlagen auf und rieb sich über die schmerzenden Augen. Ein Blick aus dem Fenster zeigte ihr, dass sie den größten Teil des Nachmittags in die Akten vertieft gewesen war. Kein Wunder, dass ihr Nacken schmerzte und ihre Augen sich anfühlten, als hätte sie Sand unter den Lidern. Mit den Fingern rieb sie über die Verspannungen und blinzelte, bis sie wieder etwas auf dem Computerbildschirm sehen konnte. Während der letzten Stunden war sie jedes Protokoll und jede Information durchgegangen, die sie zu Candice Meadows hatte finden können, und hatte sie mit dem anderen Fall verglichen. Da ihre Unterlagen nicht viel über das Vorleben des Opfers hergaben und sich auch während des Prozesses keine Freunde oder Verwandte gemeldet hatten, die Chloe hätte befragen können, wollte sie nun über das Internet ihr Glück versuchen.

Der Name Candice Meadows brachte einige Einträge zutage, die sich aber alle mit dem Mord und anschließenden Prozess beschäftigten. Nur eine weitere Seite fand sich, die ein altes Jahrgangsfoto einer Highschool zeigte. Chloe beugte sich vor und betrachtete das grobkörnige Bild genauer. Mit Mühe machte sie schließlich eine lächelnde Candice ausfindig. Die Vorstellung, dass die Aufnahme erst dreizehn Jahre alt war, machte Chloe traurig. Das aktuelle Foto von dem Opfer zeigte deutliche Spuren ihres harten Lebens und dass Candice nicht glücklich gewesen war.

Da sie nicht weiterkam, gab Chloe schließlich nach einigem Überlegen »Candy« und »Stripper« ein. Das gab deutlich mehr

Treffer, und sie klickte sich mühsam durch die Ergebnisliste. Bei einigen Seiten hatte sie das dringende Bedürfnis, sich die Hände zu waschen, aber sie suchte trotzdem weiter. Schließlich gab sie als weiteres Suchwort noch »New York« ein, was die Auswahl deutlich einschränkte. Schließlich fand sie eine Seite, auf der Fotos eines Junggesellenabends zur Schau gestellt wurden. Warum jemand so etwas ins Internet stellen musste, war ihr ein Rätsel, aber wenn es ihr dabei half, herauszufinden, ob Candice Meadows wirklich als Stripperin gearbeitet hatte, sollte es ihr recht sein.

Mit angehaltenem Atem beugte sie sich vor, als auf einem Foto eine sehr leicht bekleidete Frau einen Poledance absolvierte. Die Aufnahme war wegen der Dunkelheit unscharf und verwackelt, aber Chloe meinte, eine gewisse Ähnlichkeit mit Candice Meadows zu erkennen. Zumindest die langen blonden Haare und die schlanke Figur, das Gesicht lag im Dunkeln und war zu stark geschminkt, um es mit Gewissheit sagen zu können. Als sie den Namen Candy im Text unter dem Bild las, begann ihr Herz schneller zu klopfen. Endlich hatte sie eine Spur! Nach kurzer Suche fand sie den Namen des Nachtclubs, in dem die Feier stattgefunden hatte. *The Riverside Club*. Ihr Magen zog sich zusammen, als sie den Namen wiedererkannte, und sie stand rasch auf. Ein letzter Blick auf den Bildschirm bestätigte ihr, dass das Foto vor drei Jahren entstanden war, es also durchaus im Zeitrahmen des alten Verbrechens lag. Nein, das war sicher nur ein Zufall.

Kurzentschlossen setzte sie sich wieder hin und rief die Homepage des Nachtclubs auf. Es war nicht viel darauf zu sehen, nur ein paar kleine Fotos und einige Informationen zu den Attraktionen. Chloe suchte die Adresse des Clubs heraus und merkte sich die Öffnungszeiten. Ein Blick auf die Uhr zeigte ihr, dass sie pünktlich zur Öffnung dort eintreffen könnte, wenn sie sich jetzt zurechtmachen und losfahren würde. Am schnellsten wäre es, wenn sie die Fähre nach Brooklyn nähme und von dort aus mit dem Taxi zum Nachtclub führe. Allerdings würde sie sich dann beeilen müssen, um die letzte Fähre zurück noch zu bekommen. Chloe zuckte mit den Schultern. Zur Not könnte sie auch mit dem Taxi den weiten Umweg über die Brücke nehmen. Das würde zwar teuer werden, wäre aber immerhin besser, als über Nacht in Brooklyn zu stranden.

Rasch ging Chloe zu ihrem Schrank und suchte sich passende Kleidung heraus, mit der sie hoffentlich in der Party-Meute nicht auffallen würde, die aber auch nicht zu aufreizend war, um ihr unerwünschte Aufmerksamkeit zu verschaffen. Anschließend legte sie im Bad ein leichtes Make-up auf, steckte ihre Locken zu einem raffinierten Knoten auf und warf sich einen letzten Blick im Spiegel zu. Noch immer war sie ungewöhnlich blass, die Erlebnisse des Tages belasteten sie mehr, als sie wahrhaben wollte. Aber davon würde sie sich nicht abhalten lassen. Candice Meadows verdiente es, dass ihr Mörder gefunden und verurteilt wurde.

Natürlich könnte sie auch den Detectives erzählen, was sie herausgefunden hatte, aber sie bezweifelte, dass Jenks und Houston sie ernst nehmen würden. Garantiert würden die beiden sich niemals auf den Weg nach Brooklyn machen, um dort in einem Nachtclub zu überprüfen, ob hier eine Frau namens Candy gearbeitet hatte. Oder doch, Jenks würde hinfahren, aber nur, um sich die nackten Frauen anzuschauen. Chloe verzog den Mund. Nein, da war es besser, wenn sie selbst hinfuhr. Vielleicht würde der Besitzer auch lieber mit ihr reden als mit einem Polizisten.

Für einen kurzen Moment dachte sie daran, Zach zu fragen, ob er mitkommen wollte, doch sie konnte nicht vergessen, was er zu ihr gesagt hatte. Nein, es war besser, wenn sie Zach für eine Weile aus dem Weg ging bis sie ihre Gefühle wieder unter Kontrolle hatte. Außerdem brauchte sie ihn nicht für ihre kleine Erkundung. Es war Sommer, bis spät abends hell draußen, und an einem Samstag würden Unmengen an Leuten auf der Fähre, auf den Straßen und in dem Nachtclub sein. Davon abgesehen hatte sie immer Pfefferspray in ihrer Handtasche, und ihre Brüder hatten ihr etliche Selbstverteidungstricks beigebracht. Zudem lag der Nachtclub glücklicherweise in einer der besseren Gegenden von Brooklyn, und sie würde vom Pier aus mit dem Taxi dorthin fahren.

Eigentlich gab es also keinen Grund, Zach anzurufen und um Hilfe zu bitten. Froh über diese Erkenntnis schnappte sie sich ihre Tasche, steckte die Fotos von Candice sowie ihr Handy ein und kontrollierte, ob alles vorhanden war, was sie brauchen würde. »Ein drittes Mal werde ich dich sicher nicht um Hilfe bitten, Zach.« Chloe verdrehte die Augen, als sie merkte, dass sie laut gesprochen hatte. Wunderbar, jetzt führte sie schon Selbstgespräche! Sie kam zwar auch ohne Zach klar, musste aber gerechterweise zugeben, dass er ihr beide Male sehr geholfen hatte. Aber das machte die Sache nur noch schlimmer.

Mit einem hohlen Gefühl in der Brust machte sie sich schließlich auf den Weg nach unten, wo das Taxi schon auf sie wartete, das sie vorher bestellt hatte. Innerhalb weniger Minuten kam sie am Fähranleger an und erreichte gerade noch die Fähre. Über den East River brauchte sie nur fünfzehn Minuten bis zur Haltestelle North Williamsburg, und außerdem war die Fahrt viel schöner als mit dem Auto über eine der Brücken. Sie genoss den Ausblick auf das Wasser und die Silhouette der Stadt. Noch schöner war es bei Sonnenuntergang oder in der Dunkelheit, wenn überall in den Gebäuden die Lichter brannten. Doch das war im Sommer wegen der spät hereinbrechenden Nacht leider nicht der Fall.

Chloe stellte sich an die Reling und ließ den warmen Wind über ihr Gesicht streichen. Tief atmete sie die Luft ein und spürte, wie sie endlich ein wenig zur Ruhe kam, während sie sich vom hektischen Treiben in Manhattan entfernte. Diese Ruhe hielt zwar nur wenige Minuten an, bis sie in Brooklyn wieder an Land ging, aber sie fühlte sich danach wieder etwas mehr wie sie selbst.

Mit einem Taxi fuhr sie zu dem Nachtclub, der samstags glücklicherweise schon um neun Uhr öffnete. Angespannt blickte sie zu dem überraschend dezenten Schild mit dem Schriftzug *The Riverside Club* hinauf und ging dann auf den Türsteher zu. Er blickte einmal an ihr hinab und wieder hinauf, dann nickte er knapp und bedeutete ihr, den Nachtclub zu betreten. An der Kasse zahlte sie den ziemlich hohen Eintrittspreis und trat in das Innere des Clubs. Froh, diese Hürde ohne Probleme gemeistert zu haben, blickte sie sich in dem in dunklen Farben dekorierten Raum um. Es herrschte um diese Uhrzeit gähnende Leere, auch auf der Tanzfläche und auf der Bühne hielt sich niemand auf. Im Hintergrund spielte leise Musik, die noch gut zu ertragen war.

Hinter der langen Theke stand ein Barkeeper und wischte gelangweilt mit einem Tuch über das Holz. Der Mann würde ihr erster Anlaufpunkt sein, denn von Berufs wegen bekam er sicher viel mit. Als sie näher kam, blickte er auf, und ein Lächeln glitt über sein Gesicht. »Hallo, haben Sie sich hierher verirrt?«

Irritiert blickte sie ihn an. »Nein, wieso?«

Er legte den Lappen beiseite und stützte die Ellbogen auf die Theke. »Weil hier normalerweise eher Männer, Gruppen oder Paare hinkommen, seltener einzelne Frauen alleine. Sie wissen schon, dass wir ein Strip-Club sind?«

»Das ist mir bewusst.« Sie setzte sich auf einen der Hocker. »Könnte ich einen leichten Weißwein haben?«

Wieder lächelte er sie an. »Natürlich.«

Heimlich beobachtete Chloe ihn, während er ihr den Wein eingoss. Wie sie sich eingestehen musste, sah der Barkeeper auf eine jungenhafte Weise sehr gut aus. Und wenn sie seine Blicke richtig deutete, dann hatte er gegen einen kleinen Flirt nichts einzuwenden. Chloe war beinahe versucht, darauf einzugehen, doch dummerweise schaffte sie es einfach nicht, Zach zu vergessen. Erst recht nicht, nachdem sie jetzt wusste, wie es sich anfühlte, von ihm geküsst zu werden. Von sich selbst und ihrer Schwäche genervt unterdrückte sie einen Seufzer.

»Hier, bitte.« Der Barkeeper schob das Weinglas über die Theke.

»Danke.« Chloe nahm einen Schluck und genoss den leicht herben Geschmack. »Hm, der ist gut.«

»Wir bieten hier nur exzellente Getränke an. Ich kann Ihnen auch gerne etwas mixen, wenn Sie experimentierfreudig sind.«

»Erst mal reicht mir der Wein, danke.« Sie blickte ihn über den Rand des Glases an. »Arbeiten Sie schon lange hier?«

Er schüttelte den Kopf. »Erst knapp ein Jahr. Aber ich muss sagen, das ist ein deutlich besserer Job als der, den ich davor hatte.«

Enttäuscht erkannte Chloe, dass er ihr bei der Frage, ob die Candy auf dem Foto Candice Meadows war, nicht helfen konnte, weil er zu der Zeit noch nicht hier gearbeitet hatte. Schade, es wäre sicher einfach gewesen, ihn zur Mitarbeit zu überreden. Aber sie brachte es nicht über sich, ihn einfach so stehen zu lassen. Also sprach sie ihn noch einmal auf seinen Job an. »Waren Sie davor auch Barkeeper?«

»Ja, drüben in Queens. Aber das war ein so furchtbarer Schuppen, dass ich es nur kurz dort ausgehalten habe. Ich mache das nur nebenbei während meines Studiums.« Er grinste.

»Vielleicht sollte ich mich vorstellen, wenn ich Ihnen schon meine Lebensgeschichte erzähle: Ich bin Jerry.«

Sie schüttelte seine Hand. »Chloe. Was studieren Sie?«

Ein wenig verlegen hob er die Schultern. »Jura. Ich weiß, ich sehe nicht aus wie ein angehender Anwalt.«

Eingehend betrachtete sie seinen muskulösen Körperbau und die Tattoos auf seinen Unterarmen. »Vielleicht haben Sie recht. Aber wie muss man denn als Anwalt aussehen?«

»Mittleres Alter, konservative Frisur, teurer Anzug, glänzende Schuhe?«

Chloe lachte auf. »Okay, die gibt es auch. Aber es gibt auch viele, gerade jüngere, die sich nicht so leicht in eine Form pressen lassen.«

Neugierig blickte er sie an. »Kennen Sie sich damit aus?«

»Könnte man sagen, ich bin selbst Anwältin.« Sie grinste, als Röte in seine Wangen stieg.

»Tut mir leid, ich wollte nicht …«

Chloe winkte ab. »Kein Problem.« Es war ihr schon unzählige Male passiert, dass Leute überrascht reagierten, wenn sie von ihrem Beruf erfuhren. Sie sah einfach zu jung dafür aus. Vielleicht war das auch ein Grund, warum Zach … *Nein, nicht schon wieder!* Mühsam machte sie sich von dem Gedanken an ihn frei.

Interessiert beugte Jerry sich noch weiter vor. »Anklage oder Verteidigung?«

»Ich arbeite für das Büro der Pflichtverteidigung.«

»Das klingt interessant.« Intensiv starrte er sie an. »Kann es sein, dass ich Sie erst kürzlich im Fernsehen gesehen habe?« Er schnipste mit den Fingern. »Der Mordprozess gegen Curtis, oder?«

»Sie haben ein gutes Gedächtnis, das wird Ihnen beim Studium und später bei den Fällen helfen.«

Nachdenklich kratzte er sich am Kopf. »Allerdings verstehe ich jetzt noch weniger, was Sie hier überhaupt machen. In Manhattan gibt es doch viel exklusivere Clubs und vor allem ohne … ähm … Entertainment.«

Chloe überlegte, ob sie ihn anlügen sollte, aber dann entschied sie sich, ihm gegenüber ehrlich zu sein. Vielleicht konnte er ihr doch helfen. »Ich versuche, hier etwas zu recherchieren.«

Jerry zog die Augenbrauen hoch. »Etwas, das dem Club schaden kann?«

»Nein, natürlich nicht.«

»Gut, ich hänge nämlich an dem Job.«

Beruhigend lächelte Chloe ihn an. »Keine Angst. Eigentlich möchte ich nur wissen, ob eine bestimmte Frau hier vor einiger Zeit gearbeitet hat.«

»Hat sie etwas Verbotenes gemacht?«

»Nein, überhaupt nicht.« *Sie ist nur tot.*

»Wann war das? Vielleicht kenne ich sie.«

»Das ist eher unwahrscheinlich, es müsste schon ein paar Jahre her sein.« Trotzdem suchte sie das Foto von Candice aus ihrer Tasche und schob es über die Theke.

Jerry nahm es in die Hand und studierte es aufmerksam. Schließlich schüttelte er den Kopf. »Nein, tut mir leid. Da sollten Sie den Besitzer Dave fragen, er kennt jeden Einzelnen, der hier jemals gearbeitet hat.«

»Wo finde ich ihn denn?«

Jerry blickte sich im Raum um. »Wenn er hier nicht ist, müsste er oben in seinem Büro sein. Soll ich ihn mal anrufen und fragen, ob er heute Abend Zeit hat?«

Dankbar lächelte Chloe ihn an. »Das wäre wirklich sehr nett.« Vielleicht würde die Sache sogar noch schneller gehen, als sie gehofft hatte.

»Kleinen Moment.« Jerry ging zu einem Telefon, das an der Wand hinter der Bar hing und drückte auf eine Kurzwahltaste.

Chloe konnte nicht hören, was er sagte, weil genau in diesem Moment eine größere Gruppe laut lachend und redend den Club betrat. Sofort schwoll der Lärmpegel unangenehm an, und Chloe spürte, wie ihre entspannte Stimmung verflog. Rasch steckte sie das Foto von Candice wieder ein und trank noch einen Schluck Wein.

Jerry kam zu ihr zurück und schnitt eine Grimasse, als er die Gruppe sah. »Das war es dann wohl mit der Ruhe. Tut mir leid, ich werde wohl in nächster Zeit beschäftigt sein. Gehen Sie dort hinten die Treppe hinauf und oben auf der Galerie dann rechts. Die letzte Tür ist Daves Büro. Er erwartet Sie dort.«

Rasch trank Chloe ihren Wein aus und schob Jerry das Glas zu. »Danke. Wie viel macht das?«

Er zwinkerte ihr zu. »Geht aufs Haus.«

Chloe wollte erst ablehnen, nahm die freundliche Geste des Barkeepers dann aber dankend an. Sie zog eine Visitenkarte aus ihrer Handtasche. »Falls Sie mal Fragen zum Job eines Anwalts haben oder Hilfe brauchen, melden Sie sich bei mir.«

»Hey, super, danke! Falls wir uns nicht mehr sehen sollten: einen schönen Abend noch und viel Erfolg bei Ihrer Suche!«

»Danke, Jerry. Es war nett, mit Ihnen zu plaudern.« Und das war es tatsächlich. Warum konnte es nicht mit Zach so einfach sein? Und warum musste sie schon wieder an ihn denken? Schnell konzentrierte sie sich wieder auf den Grund, weshalb sie hierhergekommen war.

Während der Barkeeper mittlerweile von einer Menschentraube belagert wurde, durchquerte Chloe den Raum und stieg langsam die Metalltreppe hinauf. Oben angekommen versanken ihre Füße beinahe in einem langflorigen Teppich, der die Galerie bedeckte. Sehr ungewöhnlich, aber vielleicht half es dabei, den Lärm von unten ein wenig zu dämpfen. An der letzten Tür angekommen, atmete sie noch einmal tief durch und klopfte dann.

»Herein.«

Die raue Stimme klang kurz angebunden und passte perfekt zum Aussehen des Clubbesitzers, wie Chloe gleich darauf feststellte, als sie die Tür öffnete. Dave war vermutlich Mitte bis Ende dreißig, wirkte aber durch seine massive Statur und das von Falten und Narben gezeichnete Gesicht älter. Er saß an einem riesigen alten Schreibtisch, hinter ihm gab eine Fensterscheibe den Blick auf den Innenraum des Clubs frei. Erstaunlicherweise war hier von dem Lärm unten kaum etwas zu hören. Schnell schloss Chloe die Tür wieder hinter sich und genoss die Stille.

»Hallo, ich bin Chloe Hunter. Danke, dass Sie sich so kurzfristig bereit erklärt haben, mit mir zu sprechen.«

Einen Moment lang sah er sie nur still an. »Dave Reyes. Mir gehört der Club. Jerry sagte, Sie haben eine Frage zu einer Frau, die hier gearbeitet haben könnte.«

»Das ist richtig.«

Bevor sie mehr sagen konnte, beugte er sich vor. Seine ungewöhnlich dunklen Augen bohrten sich in ihre. »Ich gebe keine Daten zu meinen Angestellten – oder früheren Angestellten – heraus.«

Sofort versuchte Chloe gegenzusteuern. »Das sollen Sie auch gar nicht. Ich möchte Ihnen nur ein Foto zeigen und wissen, ob diese Frau bei Ihnen gearbeitet hat.«

Seine Augen verengten sich. »Sie sind also Anwältin?«

Überrascht sah Chloe ihn an. »Woher wissen Sie das?«

»Geraten. Ich habe schon einige von Ihrer Sorte kennengelernt.«

Chloe trat näher an den Tisch heran und starrte verärgert

auf Dave hinunter. »*Mich* kennen Sie jedenfalls nicht, deshalb würde ich es begrüßen, wenn Sie mich nicht mit allen anderen Anwälten in einen Topf werfen würden.«

Er setzte ein schiefes Grinsen auf. »Verstanden. Und um ehrlich zu sein, habe ich es auch von Jerry erfahren. Ich wollte nur sehen, wie Sie reagieren.«

Rasch holte sie das Foto heraus, weil er ihr gerade etwas zugänglicher erschien. »Ich möchte wissen, ob diese Frau bei Ihnen vor einigen Jahren als Stripperin gearbeitet hat.« Sie legte es vor ihn auf den Tisch.

Dave blickte die Aufnahme lange an, bevor er wieder den Kopf hob. Es war ihm nicht anzusehen, ob er sie erkannt hatte. »Ist sie in irgendwelchen Schwierigkeiten?«

Das war der Moment, den Chloe am meisten hasste. »Sie ist tot.«

Etwas wie Schmerz zuckte einen Sekundenbruchteil über sein Gesicht, bevor er sie wieder ausdruckslos anblickte. »Wie?«

»Sie wurde ermordet. Ihr Lebensgefährte wurde verhaftet und vor Gericht gestellt, aber es stellte sich heraus, dass er es nicht gewesen sein kann. Erst nach dem Prozess hat er mir erzählt, dass die Tote als Stripperin gearbeitet hat.«

»Warum fragen Sie ihn dann nicht danach?«

Frustriert kniff Chloe ihre Augen zusammen. »Weil er jetzt ebenfalls tot ist.« Ein Schauer lief durch ihren Körper, als sie sich daran erinnerte, wie sie ihn aufgefunden hatte.

»Auch ermordet?«

Chloe biss auf ihre Lippe. »Es sah wie Selbstmord aus.«

»Zusammengefasst denken Sie also, dass der Mörder noch irgendwo da draußen herumläuft und es etwas mit der Vergangenheit des Opfers als Stripperin zu tun haben könnte.«

Erstaunt blickte Chloe ihn an. »So ungefähr. Sind Sie Polizist?«

»Nein.« Der Hauch eines bitteren Lächelns glitt über sein Gesicht. »Nicht mehr.«

Das erklärte natürlich, warum Dave so schnell die Situation richtig eingeschätzt hatte. »War diese Frau nun bei Ihnen als Stripperin beschäftigt?«

Mit den Fingern strich er über das Foto, während er es noch einmal betrachtete. »Sie kam vor etwa fünf Jahren zu mir auf der Suche nach einem Job. Davor war sie in einem ganz üblen Schuppen, in dem die Mädchen schlecht behandelt wurden. Sie war gerne Striptease-Tänzerin, aber nicht unter den Bedingungen. Ich habe sie hier angenommen, und unter dem Namen Candy wurde sie schnell eine unserer beliebtesten Tänzerinnen. Dann verschwand sie eines Tages plötzlich; sie sagte nur, sie könnte nicht wiederkommen, und ging. Seitdem habe ich sie nie wieder gesehen.« Er blickte auf, und diesmal stand Wut in seinen Augen. »Was ist mit ihr geschehen? Sie sieht erschöpft und viel älter aus als damals.«

»Wann war das?«

Dave presste die Lippen zusammen, als sie eine Gegenfrage stellte, anstatt ihm zu antworten. »Ich schätze, es ist so etwa anderthalb Jahre her.«

Der Druck in ihrem Magen verstärkte sich. Das passte erschreckend gut. Sie reichte ihm ihre Visitenkarte. »Könnten Sie in Ihren Unterlagen nachschauen und mir ein möglichst genaues Datum sagen?« Er nickte knapp. »Sie hat zwei Jobs gleichzeitig gemacht, als Kassiererin und Kellnerin, und sie hatte einen echten Mistkerl als Freund.«

»Gut, dass er schon tot ist, sonst würde ich mich gezwungen sehen, ihm einen Besuch abzustatten.« Seiner Miene war anzusehen, dass er es völlig ernst meinte.

»Dem kann ich nur zustimmen – und ich habe ihn vor Gericht verteidigt.« Chloe steckte das Foto wieder ein. »Aber ich denke, es ist wichtiger, den Mörder zu kriegen, denn wenn der noch einmal zuschlagen sollte …«

»Was wissen Sie bisher über ihn?«

Frustriert atmete Chloe scharf aus. »Nichts, rein gar nichts. Die Polizei tappt völlig im Dunkeln. Alle Indizien deuteten zunächst auf meinen Mandanten, daher existiert von dem wahren Täter bisher lediglich eine Stimmprobe.«

Dave lehnte sich vor. »Haben Sie sie dabei?«

»Nein, sie ist bei der Polizei. Glauben Sie, dass Sie den Mann identifizieren könnten? Wenn Sie im Police Department …«

»Nein danke.« Er lehnte sich in seinem Schreibtischstuhl zurück. »Es wäre sowieso unwahrscheinlich, dass ich seine Stimme erkenne, selbst wenn er schon mal im Club gewesen sein sollte.«

Das war ohne Zweifel eine Ausrede, aber sie konnte ihn nicht dazu zwingen. Deshalb wechselte sie das Thema. »Sie wissen also nicht, warum Candice so plötzlich gegangen ist, obwohl ihr die Arbeit eigentlich gefiel? War sie vorher irgendwie anders? Vielleicht verängstigt?«

Dave hob die Schultern. »Es ist mir zumindest nichts aufgefallen. Aber ich habe mit den Tänzerinnen auch nicht täglich etwas zu tun. Ich nehme nur Krankmeldungen, Beschwerden und Ähnliches entgegen und gebe ihnen einmal in der Woche ihr Geld.«

»Gibt es jemanden, der mehr Kontakt mit ihr hatte?«

»Die anderen Tänzerinnen sicherlich.« Er erhob sich. »Kommen Sie mit, ich bringe Sie in die Garderobe. Die Vorstellung beginnt erst in einer halben Stunde, vielleicht kann Ihnen jemand weiterhelfen.«

»Danke, das ist sehr nett von Ihnen.«

»Sagen Sie mir einfach Bescheid, wenn der Bastard gefasst ist, dann sind wir quitt.«

Chloe lächelte ihn an. »Das werde ich. Danke.« Trotz seiner schroffen Art mochte sie ihn irgendwie.

Wieder nickte er nur und ging an ihr vorbei zur Tür. Er öffnete sie, ließ Chloe vor ihm durchtreten und zog sie hinter sich ins Schloss. Chloes Augen weiteten sich, als sie das Gewimmel in dem Raum unter ihr sah. Offensichtlich hatte sich der Club in der Viertelstunde, die sie von dem Trubel und Lärm abgeschnitten im Büro gewesen war, gut gefüllt. Laut wummernde Musik ließ sie wünschen, sie hätte Ohrenschützer mitgenommen. Wegen des Lärms schwiegen sie, während Dave sie an der Tanzfläche vorbei in den hinteren Bereich führte, in dem sich die Technik und die Garderobe befanden.

Vor der Tür beugte er sich zu ihr hinunter und sprach direkt in ihr Ohr. »Die Mädchen haben bald ihren Auftritt, machen Sie also am besten schnell. Sind Sie mit dem Auto hier?«

Chloe schüttelte den Kopf. »Nein, mit der Fähre.«

»Wenn Sie nachher gehen wollen, sagen Sie Jerry Bescheid, er ruft dann ein Taxi für Sie. Die Gegend ist zwar nicht ganz so schlimm wie vor ein paar Jahren noch, aber ganz sicher ist es trotzdem nie.«

»Danke für den Tipp und Ihre Hilfe.« Sie hielt ihm die Hand hin, die er nach kurzem Zögern ergriff. »Vielleicht komme ich mal wieder vorbei, einfach nur zum Spaß.«

Er zog die Augenbrauen hoch. »Sie können doch den Lärm überhaupt nicht ab.«

Chloe lachte. »Das vielleicht nicht, aber dafür habe ich hier zwei sehr nette Männer kennengelernt.«

Sein Gesicht rötete sich, dann lächelte er sie an. »Sie sind jederzeit willkommen.«

15

Nachdem Chloe mit den Stripperinnen gesprochen hatte, die sie in der Garderobe antraf, schob sie sich durch die Menge, um zurück zur Theke zu kommen. Neue Informationen hatte sie von den Frauen auch nicht bekommen können, da manche erst später engagiert worden waren und weil Candice offenbar sehr zurückhaltend gewesen war und selten ein privates Wort mit jemandem gewechselt hatte. Immerhin konnte sie aber ein Foto ergattern, das Candy im Arbeitsoutfit zeigte und das Chloe sich später in Ruhe und bei besserem Licht ansehen würde. Jetzt musste sie sich allerdings so schnell wie möglich ein Taxi rufen lassen, damit sie pünktlich zur Fähre kam. Noch länger hier auszuharren, um die nächste Abfahrtszeit abzuwarten, würden ihre Ohren sicher nicht ertragen.

An der Bar schaffte sie es schließlich in dem Getümmel, Jerrys Aufmerksamkeit zu erregen. »Na, alle Infos bekommen?«

»Zumindest weiß ich jetzt, dass sie wirklich hier gearbeitet hat. Könnten Sie mir bitte ein Taxi bestellen? Vielleicht kennen Sie ein Unternehmen, das schnell hier ist. Wenn ich die nächste Fähre noch erwischen will, muss ich mich nämlich beeilen.«

»Schade, ich dachte, Sie trinken hier vielleicht noch etwas. Aber klar, ich rufe sofort an.« Er entfernte sich, während sie versuchte, ihren Platz an der Theke gegen die drängelnden Massen zu behaupten.

Sie zog ihr Handy aus der Tasche, um noch einmal den Fährplan zu kontrollieren, als plötzlich das Telefon in ihrer Hand zu vibrieren begann. Da sie das Klingeln bei dem Lärm nicht hören konnte, wäre ihr der Anruf sicher entgangen, wenn sie es nicht zufällig herausgeholt hätte. Ein Blick auf das Display ließ sie zögern. *Zach*. Und offensichtlich hatte er es schon ein paar Mal bei ihr versucht, wie die angezeigten Anrufe bewiesen. Sie hatte nicht erwartet, noch einmal von ihm zu hören, und schon gar nicht so schnell. Wollte sie sich das wirklich antun?

Schließlich siegten doch ihre Neugier und das Bedürfnis, Zachs Stimme zu hören. Sie nahm das Gespräch an und presste das Handy fest an ihr Ohr, während sie das andere mit einem Finger zuhielt. »Ja?«

»Chloe? Hier ist Zach.« Als sie nicht antwortete, sprach er weiter. »Wo warst du denn? Ich habe es schon ein paar Mal versucht, aber du bist nie ans Telefon gegangen. Ich wollte dich fragen, ob …« Er brach ab. »Was ist das für ein Lärm bei dir? Ich verstehe ja mein eigenes Wort kaum. Bist du auf einer Party?«

Wut stieg in ihr auf. »Und wenn es so wäre? Was geht es dich an?«

Eine Weile herrschte Stille, dann seufzte Zach. »Es tut mir leid, was ich vorhin gesagt habe. Ich meinte es nicht so.«

Ihr Herz klopfte schneller, aber sie weigerte sich, es ihm so leicht zu machen. »Warum hast du es dann gesagt?«

»Können wir uns nicht irgendwo treffen und in Ruhe darüber reden?«

Chloe hatte Mühe, sich daran zu erinnern, dass sie diesmal standhaft bleiben wollte. »Ich weiß noch nicht, ob ich das möchte. Das kommt auf deine Begründung an.«

Zach räusperte sich. »Ich hatte Angst, dir so nahezukommen.«

Chloe konnte nichts sagen, weil sich ihre Kehle zusammengezogen hatte.

»Bist du noch da?«

»Ja.« Mit Mühe presste sie das Wort heraus.

»Ich möchte mich gerne noch heute Abend mit dir treffen. Bitte.«

Würde sie nicht mitten in der Menge stehen, hätte Chloe ihre Stirn auf die Theke geschlagen, weil sie kurz davor stand, erneut nachzugeben. »Das ist schwierig, ich bin gerade in Brooklyn, und es ist schon spät.«

»Was machst du denn da? Es ist viel …«

Chloe unterbrach ihn. »Du solltest jetzt besser schweigen, wenn du deine Chance nicht verderben willst.«

Er schien sich ihre Worte zu Herzen zu nehmen. »Kann ich dich dort treffen?«

»Nein, ich fahre gleich wieder zurück.«

»Mit dem Taxi?«

»Fähre. Um genau zu sein, fährt sie bald los, und ich muss noch mit dem Taxi zum Pier. Ich melde mich dann und sage dir, ob ich die Fähre bekommen habe.«

»Okay. Und Chloe? Sei bitte vorsichtig.« Das Klicken zeigte ihr, dass er bereits aufgelegt hatte.

Sie drehte sich wieder zur Bar um und erkannte, dass Jerry ihr gegenüber lehnte und fasziniert ihrem Gespräch gelauscht hatte. Röte stieg in ihre Wangen.

»Probleme?«

»Nein, alles in Ordnung.« Außer dass sie Männer einfach nicht verstand. Warum waren sie nur so unbeständig? Erst kalt, dann heiß, dann wieder kalt und warm und alles dazwischen. Wie sollte sie sich jemals daran gewöhnen und sich darauf einstellen können?

»Gut, das Taxi ist in fünf Minuten vor der Tür.«

Chloe lächelte ihn an. »Super, danke. Und mein Angebot bezüglich Jura steht.«

»Ich werde garantiert darauf zurückkommen. Jetzt muss ich aber leider weitermachen, sonst schlagen sich die Gäste die Köpfe ein. Einen schönen Abend noch, Chloe.«

»Danke, Ihnen auch.«

Erleichtert verließ sie kurz darauf endlich das Gebäude und atmete tief die frische Abendluft ein. Gut, frisch war sie vermutlich nur im Vergleich zu drinnen, aber alles war besser als diese Mischung aus Schweiß, Parfüm und Aftershave. Sie lehnte sich an einen Poller und wartete auf das Taxi. Es war ein ständiges Kommen und Gehen im Club, daher war sie nie allein. Wie versprochen rollte wenig später das Taxi vor und hielt auf der Straße vor dem Club an. Rasch ging Chloe darauf zu und stieg hinten ein.

»Zum Fähranleger North Williamsburg bitte.«

Als ahnte der Fahrer, dass sie es eilig hatte, trat er ordentlich aufs Gas und brachte sie innerhalb kürzester Zeit zu ihrem Ziel. Dankbar stieg Chloe am Pier aus und bezahlte den Fahrer. Die Fähre war noch nicht in Sicht, aber es standen schon etliche Passagiere vor dem Zugang. Da sie nicht wusste, ob alle auf das Boot passen würden, wartete Chloe mit ihrem Anruf, bis sie an Deck stand und die Fähre ablegte.

Zach meldete sich innerhalb von Sekunden, so, als hätte er das Telefon gar nicht aus der Hand gelegt, während er auf ihren Rückruf gewartet hatte. Wärme breitete sich in ihr aus, auch wenn sie sich gleichzeitig ermahnte, ihren Gefühlen nicht wieder freien Lauf zu lassen.

»Ich bin jetzt auf der Fähre und komme in einer Viertelstunde East 34th St./Midtown an.«

»Ich werde dort auf dich warten.«

»Okay.«

»Und Chloe …«

»Ja, ja, ich soll auf mich aufpassen, ich weiß.«

Zach lachte rau. »Eigentlich wollte ich sagen, wie froh ich bin, dass du mir noch eine Chance gibst.«

Verdammt, wie sollte sie da standhaft bleiben? Chloe unterdrückte einen Seufzer. »Nutze sie, Zach.«

»Das werde ich. Und jetzt muss ich losfahren, sonst bin ich nicht rechtzeitig da, wenn du ankommst. Sollte ich mich verspäten, warte am Anleger auf mich, okay?«

»Ja. Bis gleich.« Chloe beendete die Verbindung und starrte über das Wasser auf das andere Ufer des East River.

Es wurde langsam dunkler, und immer mehr Lichter gingen in den Hochhäusern Manhattans an, während die letzten Strahlen der untergehenden Sonne dazwischen hervorblitzten. Sosehr Chloe den Anblick genoss, wurde es ihr zwischen den ganzen Leuten langsam zu eng, daher zog sie sich auf die hintere Seite der Fähre zurück, die sie fast für sich allein hatte. Lediglich ein verliebtes Pärchen stand dort eng umschlungen, halb von einem Pfeiler verdeckt und bemerkte nichts mehr um sich herum. Chloe lehnte sich mit den Ellbogen auf die Reling und blickte in das dunkle Wasser hinunter. Ein kalter Hauch stieg empor und ließ Chloe frösteln. Egal wie heiß es auch war, das Wasser des East River blieb durch die Nähe zum Atlantik, die Strömung, die Breite von fast einem Kilometer und die Tiefe von bis zu zehn Metern immer kühl.

Inzwischen hatte die Fähre am Pier in Queens weitere Passagiere aufgenommen und überquerte jetzt die Meerenge. Glücklicherweise blieb der hintere Teil des Bootes weiterhin leer, sodass Chloe die Überfahrt genießen konnte. Wobei sie mittlerweile kaum etwas wahrnahm, da ihre Gedanken ständig um Candice Meadows kreisten. Es passte alles zusammen: ihre frühere Arbeit als Stripperin in diesem Club, der Zeitrahmen, die Tatsache, dass sie ungefähr zum Zeitpunkt des früheren Prozesses, bei dem ihre Kollegin das Opfer gewesen war, alles hinter sich gelassen hatte und verschwunden war. Natürlich konnte das alles Zufall sein, aber wenn nicht, wenn beide Fälle zusammenhingen, dann hatte sie eine Ahnung, wer der Täter sein könnte. Ein ungutes Gefühl stieg in ihr auf. *Vielleicht* …

Ohne Vorwarnung traf sie ein harter Schlag auf den Kopf. Fast im selben Moment wurde sie von jemandem hochgehoben und über die Reling gestoßen. Es passierte alles so schnell, dass Chloe keine Chance hatte, sich an den Streben festzuhalten. Ihre Hände schienen nicht richtig zu funktionieren. So verlor sie das Gleichgewicht und stürzte über Bord. Wie einen Schock spürte sie das kalte Wasser, als sie unvermittelt auf der dunklen Wasseroberfläche aufschlug und in den East River eintauchte. Gerade als sie vor Entsetzen schreien wollte, schlug das eisige Wasser schon über ihrem Kopf zusammen und drang in ihren Mund. Panik flammte in ihr auf und ließ sie wild um sich schlagen und treten, doch da war nur Wasser. Kein Gegner, aber auch nichts, woran sie sich festhalten könnte. Immer tiefer schien sie in die düsteren Tiefen des East River abzusinken.

Ihre Lunge brannte vom Sauerstoffmangel, sie musste dringend an die Wasseroberfläche, sonst würde sie ertrinken! Die nasse Kleidung wickelte sich um ihren Körper und behinderte sie bei ihren hilflosen Schwimmbewegungen. Ihr Kopf pochte höllisch, und nur dem kalten Wasser war es wohl zu verdanken, dass sie überhaupt bei Bewusstsein blieb. Das würde sie jedoch nicht mehr lange sein, wenn sie nicht endlich Luft bekam. Mit letzter Kraft schwamm sie nach oben und durchstieß schließlich die Wasseroberfläche. Gierig atmete sie ein und begann zu husten, als Wasser in ihre Luftröhre drang. Als sie sich ein wenig beruhigt hatte und wieder atmen konnte, schob sie ihre Haare aus dem Gesicht und blickte sich um.

Furcht breitete sich in ihr aus, als sie sah, dass sich die Fähre schon ein ganzes Stück entfernt hatte. Selbst wenn sie jetzt schrie, würde keiner sie bei dem Lärm der Motoren mehr hören. Sie rief dennoch, wedelte mit den Armen und verschwendete in ihrer Panik kostbare Kraft, die sie zum Überleben brauchte – doch ohne Erfolg. Unbeirrt fuhr die Fähre auf das Ufer zu und ließ sie hier mitten im East River zurück. Oh Gott, sie würde sterben! Schon jetzt spürte sie, wie ihr Körper immer wieder nach unten gezogen wurde, wie die Kraft sie verließ und die starke Strömung sie abtrieb. Nein, das würde sie nicht zulassen. Zach stand dort am Ufer und wartete auf sie. Sie würde kämpfen.

Chloe blinzelte Wasser und Tränen aus ihren Augen und blickte auf die Fähre, die immer kleiner wurde. Genau dort musste sie hin. Der East River war nicht so furchtbar breit, vielleicht könnte sie das schaffen, auch wenn sie schon lange nicht mehr geschwommen war. Wenn nicht, würde sie hier sterben, allein und unbemerkt. Doch die Genugtuung wollte sie demjenigen nicht geben, der sie kaltblütig ins Wasser gestoßen hatte. Wut verdrängte für einen Moment die Angst und gab ihr die Kraft, loszuschwimmen. Ihre Schuhe hatte sie schon verloren, aber ihre weite Bluse, die sie angezogen hatte, um sich ein wenig Abkühlung zu verschaffen, behinderte sie beim Vorwärtskommen.

Schon jetzt konnte sie spüren, wie das kalte Wasser ihr jede Energie raubte. Immer öfter wirkten die Lichter am Ufer seltsam verschwommen, und ein scharfer Schmerz zog durch ihren Kopf. Jemand hatte ihr einen heftigen Schlag auf den Kopf versetzt und sie zusätzlich noch ins Wasser gestoßen, so viel war sicher. Es war eindeutig ein Anschlag auf ihr Leben, wie ihr jetzt erst richtig bewusst wurde. Der Täter musste noch an Bord der Fähre sein und würde am Ufer direkt an Zach vorbeigehen, der nicht ahnte, dass ihr etwas zugestoßen war. Mit neuer Entschlossenheit hielt sie weiter auf das Ufer zu, doch ihre Bewegungen wurden immer langsamer, ihre Arme und Beine taub vom kalten Wasser. Jetzt wünschte sie sich ihr Handy herbei, doch das lag zusammen mit ihrer Handtasche inzwischen auf dem Grund des East River und war sowieso nicht wasserdicht.

Was würde Zach tun, wenn er merkte, dass sie nicht an Bord war? Würde er sie suchen oder einfach annehmen, dass sie es sich anders überlegt hatte? Die Vorstellung, dass sie vielleicht bis Montag niemand vermissen und nach ihr suchen würde, trieb ihr neue Tränen in die Augen. Doch Chloe versuchte sich zusammenzureißen, denn sie musste ihre Kraft sparen, wenn sie sich retten wollte. Und sie wollte leben, vor allem wegen ihrer Familie und Zach, aber auch, um den Verbrecher zur Strecke zu bringen.

Chloe wusste nicht, wie lange sie schon geschwommen war, es kam ihr wie eine Ewigkeit vor. Doch als sie aufblickte, schien das Ufer noch keinen Meter näher gerückt zu sein. Wahrscheinlich weil sie mehr gegen die Strömung gekämpft hatte, als wirklich vorwärtszukommen. Sosehr sie es auch wollte, sie würde es nicht allein schaffen. Ja, sie würde kämpfen, bis sie nicht mehr konnte, aber wenn sie nicht zufällig entdeckt und gerettet wurde, würde sie hier ertrinken. Die Vorstellung, was das ihrer Familie antun würde, presste ihre Lunge zusammen und ließ sie nach Luft ringen. *Es tut mir so leid …*

Unruhig wartete Zach darauf, dass die Fähre endlich anlegte. Er war vor fünf Minuten am Pier angekommen, und seitdem starrte er auf das Boot, als könnte er es dazu bewegen, schneller zu fahren. Warum er so nervös war, konnte er gar nicht sagen. Vermutlich, weil er Chloe endlich in seine Arme schließen und sich bei ihr entschuldigen wollte. Es war ein Wunder, dass sie ihm überhaupt noch eine Chance gab, und die wollte er nutzen, bevor Chloe womöglich zur Besinnung kam und ihn doch noch aus ihrem Leben verbannte.

Immer wenn sie in seiner Nähe war, fühlte er sich deutlich lebendiger und jünger – selbst wenn sie sich stritten. Nach längerem Nachdenken hatte er erkannt, dass sie tatsächlich recht hatte: Er brauchte jemanden wie sie, der ihn zwang, am Leben teilzunehmen und nicht alles an sich vorbeirauschen zu lassen. Seit er sie wiedergetroffen hatte, fühlte er sich deutlich lebensfroher, grübelte nicht mehr ständig über die Vergangenheit oder den Verlust Autumns nach. Die Tage waren nicht mehr so deprimierend gleichförmig, sondern er freute sich tatsächlich, wenn die Möglichkeit bestand, dass er Chloe treffen könnte. Erst durch sie hatte er gemerkt, wie einsam er wirklich gewesen war. Und genau das würde er ihr gleich sagen, wenn sie endlich von dieser verdammten Fähre käme. Was hatte sie überhaupt in Brooklyn zu suchen? Als er sie verlassen hatte, wirkte sie nicht so, als würde ihr der Sinn nach einer Party stehen. Ein plötzlicher Gedanke ließ ihm die Haare im Nacken zu Berge stehen: Hatte sie irgendwie herausgefunden, wo Candice Meadows gestrippt hatte und war allein dorthin gefahren? Er würde es ihr zutrauen.

Mühsam versuchte Zach den aufsteigenden Ärger zu bekämpfen, der sich aus seiner Angst um sie nährte. Wenn er sie gleich mit Vorwürfen überschüttete, würde er sie endgültig verlieren, so viel stand fest. Nein, er musste erst dafür sorgen, dass sie ihn wieder in ihr Leben ließ, und dann würde er ganz vorsichtig anmerken, wie gefährlich es sein konnte, wenn sie solche Alleingänge unternahm. Sie war Anwältin, keine Polizistin – und selbst in letzterem Fall würde er sie nicht allein irgendwohin gehen lassen, sofern er es verhindern konnte. Allerdings behielt er das wohl besser für sich.

Endlich legte die Fähre an, und mit ihr strömten die ersten

Menschen auf den Pier. Ungeduldig wartete Zach darauf, Chloe zu erblicken, doch sosehr er auch suchte, er konnte sie nicht entdecken. Schließlich liefen die letzten Passagiere an ihm vorbei. Keine Chloe. Das schlechte Gefühl von eben meldete sich zurück und eine böse Vorahnung stieg in ihm auf. Eilig ging er zu dem Bootsmann, der gerade die neuen Passagiere an Bord lassen wollte. »Entschuldigen Sie, waren das alle Passagiere?«

Irritiert blickte der Mann ihn an. »Ja, hier ist Endstation.«

»Ich suche eine junge Frau, die in Brooklyn an Bord gegangen ist. Sie hätte hier aussteigen müssen, aber sie war nicht dabei.«

»Dann ist sie vielleicht schon vorher ausgestiegen, was weiß ich. Gehen Sie bitte zur Seite, ich muss die Leute hier reinlassen.«

Zach zückte seine Marke und hielt sie dem Mann vor die Nase. »Polizei. Lassen Sie niemanden an Bord, bis ich Ihnen Bescheid gebe.«

»Aber unser Zeitplan …«

»Der ist mir scheißegal!« Zach wandte sich ab, um sich wieder unter Kontrolle zu kriegen. Seine Finger zitterten, als er sein Handy herausholte und Chloes Nummer wählte. Es kam sofort die Mailbox. Könnte es sein, dass sie ihm aus dem Weg ging? Nein, es war nicht Chloes Art, sich zu verstecken, vor allem, nachdem sie sich gerade verabredet hatten. Und sie wusste, dass er hier auf sie wartete. Irgendetwas war passiert, er konnte es spüren.

Er wandte sich wieder zu dem Bootsmann um. »Ich werde mich kurz auf dem Schiff umsehen.« Bevor er wieder aufgehalten werden konnte, lief er los.

Nach kurzer Zeit kam ihm ein Mann in Uniform entgegen. »Ich bin der Kapitän, was ist hier los?«

»Detective Murdock, NYPD. Ich suche eine junge Frau,

die in Brooklyn an Bord gegangen ist und eben hier eintreffen wollte. Sie ist aber nicht unter den Passagieren gewesen, die die Fähre verlassen haben.«

»Ich habe niemanden auf meinem Rundgang gesehen, aber wir können noch einmal überall nachsehen. Kann es sein, dass die Frau sich versteckt hat?«

»Nein, dazu hätte sie keinen Grund.«

Zach folgte dem Kapitän über das Schiff und blickte in jede mögliche Nische. Nichts.

»Und Sie sind sicher, dass sie sich auf genau dieser Fähre befand?«

»Ja, sie hat mich vor etwa einer Viertelstunde angerufen und gesagt, dass sie jetzt an Bord ist und wir uns hier treffen.« Zach fuhr mit der Hand durch seine Haare. »Und jetzt ist ihr Telefon tot.«

»Dann kann sie höchstens am Hunters Point wieder ausgestiegen sein.« Er blickte auf das Wasser. »Oder sie ist über Bord gegangen, aber das hätte bei den vielen Menschen eigentlich jemand mitkriegen müssen.«

Eiseskälte breitete sich in Zach aus. »Und wenn nicht?«

Der Kapitän blickte ihn entschuldigend an. »Dann sieht es schlecht aus. Das Wasser ist sehr kalt und vor allem ist die Strömung nicht zu unterschätzen.«

»Verdammt!« Er musste sie finden! Ohne ein weiteres Wort zu verlieren, rannte Zach schon los. Gleichzeitig zog er sein Handy heraus und wählte den Notruf. »Hier ist Detective Zach Murdock. Ich bin am Pier 34th St. / Midtown, schickt sofort ein Rettungsboot raus, es kann sein, dass jemand von einer Fähre gefallen ist.«

»Es kann sein?«

»Ich habe keine Zeit für Diskussionen, jede Sekunde zählt. Irgendwo zwischen Brooklyn und Manhattan, auf der normalen Fährroute. Durch die Strömung kann sie ein wenig abgetrieben sein.«

»Alles klar, wir sagen der Coast Guard Bescheid. Sollen die Sie dort abholen?«

Zach erblickte ein kleines Boot, mit dem der Besitzer gerade am Steg für Privatboote anlegte. »Nein, ich konfisziere ein Privatboot und fange schon mit der Suche an.« Er legte auf und lief los. Zwar wusste er, dass die Wahrscheinlichkeit, Chloe auf der großen Wasserfläche zu finden, äußerst gering war, aber er musste etwas tun, sonst würde er vor Angst um sie verrückt werden.

Der Bootsführer fiel beinahe vor Schreck rückwärts ins Wasser, als Zach plötzlich vor ihm stand. Vermutlich sah er aus wie ein Irrer, außer Atem und mit zerzaustem Haar. Deshalb zückte er rasch seine Dienstmarke und hielt sie dem Mann unter die Nase. »Detective Zach Murdock, NYPD. Ich brauche Ihr Boot, es ist wahrscheinlich eine Person von der Fähre gefallen.«

»Oh, natürlich. Können Sie damit umgehen?«

»Ja, aber es wäre mir lieber, wenn Sie fahren und ich nach der Vermissten Ausschau halten kann.«

Der Mann nickte nur und löste das Tau wieder, mit dem er das Boot am Steg befestigt hatte. »Steigen Sie ein.«

Erleichtert atmete Zach auf, während er in das Boot stieg. »Danke, Mr …«

»Brown.« Er startete den Motor und hob die Stimme, um über dem Lärm gehört zu werden. »Wo ist die Person über Bord gegangen?«

Zach setzte sich in den Beifahrersitz und hielt sich an der Bordwand fest, als das Boot scharf wendete. »Das ist das Problem: Ich weiß es nicht. Irgendwo auf der Fährroute zwischen Brooklyn und hier. Ich weiß nur, dass sie in Brooklyn noch an Bord war, aber nicht hier angekommen ist.«

Der besorgte Seitenblick des Mannes sagte alles. »Fahren wir die Route ab und sehen, ob wir etwas entdecken.«

Zach nickte ihm zu und war froh, dass Brown seine Bedenken nicht geäußert hatte. Sorgen machte er sich schon genug. Das Herz hämmerte in seiner Brust, während er angestrengt auf das Wasser hinausblickte. »Haben Sie Licht?«

Wortlos legte Brown einen Schalter um und schaltete damit einen starken Lichtstrahl ein, der über das bewegte Wasser tanzte. Zach wusste, wie aussichtslos ihre Suche war, aber er musste es einfach versuchen. *Gott, Chloe!* Das wäre alles nicht passiert, wenn er sie nicht angeschnauzt und dann allein gelassen hätte. Aber jetzt war nicht die Zeit, sich Vorwürfe zu machen; er musste alle Energie darauf verwenden, sie zu finden. Er konnte sich nicht vorstellen, ihr Lachen nie wieder zu hören, das Aufleuchten ihrer hellbraunen Augen zu sehen. Seine Hände klammerten sich fest um das Holz, doch er spürte nichts außer der Panik, Chloe nicht zu finden. Wie sollte er jemals den Hunters gegenübertreten, um ihnen mitzuteilen, dass ihre jüngste Tochter ertrunken war?

Nein, so durfte er nicht denken! Chloe lebte, sie musste es einfach. Doch je länger sie über das Wasser kreuzten und von nichts außer schwarzer Tiefe umgeben waren, desto hoffnungsloser wurde es. Vielleicht hatte die Strömung sie schon viel zu weit in Richtung Ozean abgetrieben. Seine Brust fühlte sich an wie eingeschnürt, und er hatte Mühe, noch Luft zu bekommen. Tränen brannten in seinen Augen, die er nicht auf den scharfen Fahrtwind schieben konnte. Er wischte mit seinem Ärmel darüber, damit sie nicht seine Sicht trübten. In der Ferne konnte er die Schiffe der Küstenwache hören, die ebenfalls die Suche aufgenommen hatten, aber er nahm sie nur am Rande wahr.

Ein lautes Knattern ließ ihn nach oben blicken, wo er erleichtert einen Verkehrshubschrauber entdeckte, der abgezogen worden war, um an der Suche teilzunehmen. Ein gleißender Lichtstrahl glitt über das unruhige Wasser und erleichterte Zach nun die Suche. Quälend lange Minuten starrte er mit brennenden Augen auf das Wasser, während Brown das Boot über den East River lenkte. Vielleicht kämpfte Chloe nur wenige Meter entfernt um ihr Leben und er bemerkte sie gar nicht. Allein die Vorstellung war so furchtbar, dass Zach sie rasch vertrieb. Er musste Chloe finden, unbedingt.

Sein Blick glitt im Lichtstrahl des Hubschraubers über die Wellen und blieb an einem etwas helleren Fleck hängen. Dann war er verschwunden, bevor Zach erkennen konnte, was es war. Angestrengt starrte Zach hinaus und beugte sich über die Reling, als der Punkt ein paar Meter weiter wieder auftauchte. War das ein Gesicht? Er war sich nicht sicher, aber das war egal.

»Stopp!« Zach schlüpfte aus seinen Schuhen und riss sich das Hemd von den Schultern. Brown rief etwas, doch Zach konnte es bei dem Lärm des Hubschraubers und dem Plätschern der Wellen nicht hören. Als Zach über die Reling kletterte, schloss sich eine Hand um seinen Oberarm.

Brown schrie direkt in sein Ohr. »Warten Sie, bis wir näher dran sind und nehmen Sie eine Leine, sonst verlieren Sie sie.«

Vermutlich hatte der Bootsführer damit recht, aber die wenigen Sekunden, bis sie sich der Stelle näherten und wirklich ein Gesicht erkennen konnten, waren die Hölle. Ohne darauf zu warten, dass Brown den Bootsmotor ausmachte, griff Zach nach einer Leine und sprang ins Wasser.

16

Hart schlug Zach auf das Wasser und spürte, wie die Kälte an seine Haut drang. Wenn Chloe wirklich schon seit so langer Zeit im Wasser war, müsste sie völlig unterkühlt sein. Zach wischte sich das Wasser aus den Augen und blickte sich hektisch um. Zuletzt hatte er den hellen Fleck etwa zwei Meter vom Boot entfernt gesehen. Vom Wasser aus konnte er allerdings nichts mehr erkennen. War Chloe schon untergegangen?

Ein schriller Pfiff ertönte und ließ Zach zum Boot blicken. Brown stand an der Reling und deutete auf etwas. Zach drehte sich in die angegebene Richtung – und tatsächlich, da war es wieder, nur wenige Meter entfernt. Ein Gesicht, das sofort wieder verschwand. Mit einigen kräftigen Kraulzügen schwamm Zach darauf zu. Bevor er die Person erreichen konnte, tauchte sie wieder unter. Zach war ein guter Schwimmer, aber selbst für ihn war es extrem anstrengend, gegen die Strömung zu kämpfen. Als der Kopf nicht wieder auftauchte, holte er tief Luft und tauchte unter. Er öffnete die Augen und ignorierte das Brennen, welches das schmutzige Wasser verursachte. Verzweifelt blickte er sich um, konnte aber kaum etwas erkennen.

Dann tauchte neben ihm ein Schatten auf, nach dem er instinktiv griff. Seine Hände bekamen einen schlaffen Körper zu fassen, der sich nicht bewegte. Zach schlang einen Arm um den Brustkorb und schwamm mit kräftigen Stößen an die Wasseroberfläche. Sowie sein Kopf über Wasser war, atmete er tief durch und blickte auf seinen Fang hinunter. Es war Chloe!

Doch ihr Gesicht war totenbleich, und sie schien nicht mehr zu atmen. *Nein!*

Mit zitternden Fingern strich er über ihre kalte Wange, während er sie nur mit seinen Beinbewegungen über Wasser hielt. »Chloe, wach auf, du bist gleich in Sicherheit!« Er erhielt keine Reaktion und seine Angst um sie verstärkte sich noch.

Vorsichtig lenkte Brown das Boot neben ihn, nachdem er durch die Strömung einige Meter abgetrieben war. »Hinten ist eine Leiter. Ich nehme sie Ihnen dort ab.«

Zach wollte sie nicht wieder loslassen, aber er wusste, dass Chloe so schnell wie möglich aus dem Wasser herausmusste. Mit einem Fuß stellte er sich auf die am Schiff angebrachte Leiter und hob Chloe mühsam nach oben, bis Brown sie erreichen konnte. Anschließend kletterte er schnell hinterher und hockte sich erschöpft und vor Kälte zitternd neben Chloe, die der Besitzer auf die gepolsterte Bank im hinteren Teil des Bootes gelegt hatte.

Brown räusperte sich. »Ist das die Frau, die Sie gesucht haben?«

»Ja.«

»Dann sollte ich vielleicht der Suchmannschaft Bescheid geben, dass wir sie haben und dass sie einen Krankenwagen am Ufer bereitstellen sollen.«

Kurz blickte Zach auf. »Ja, das wäre gut. Danke.«

Vorsichtig schob Zach die nassen Haare zur Seite, die an Chloes Wangen klebten. Anschließend beugte er sich vor und überprüfte, ob sie atmete. Doch es war kein Hauch zu spüren. Zach legte eine Hand über ihr Herz, spürte aber auch keine Schläge. »Komm schon, Chloe, gib jetzt nicht auf!«

Zach begann mit der Beatmung, während Brown in regelmäßigen Abständen ihr Herz massierte. Als Zach schon glaubte, dass es zu spät wäre und Chloe hier in seinen Armen sterben würde, bewegte sich ihr Brustkorb, und sie begann zu husten. Schnell drehte er sie auf die Seite, damit sie das verschluckte Wasser aushusten konnte, und strich ihr dabei beruhigend über den Rücken. Brown verschwand, um den Motor des kleinen Bootes zu starten. Die nächsten Minuten hielt Zach sie einfach nur fest und lauschte ihren rauen Atemzügen. Schließlich blickte er auf und stellte erleichtert fest, dass sie schon fast am Ufer angekommen waren. Er war so auf Chloe fixiert gewesen, dass er die Bewegung des Bootes überhaupt nicht bemerkt hatte.

Brown blickte sich um und grinste ihn an.

Zach lächelte dankbar zurück, bevor er sich wieder Chloe zuwandte. Ihre Augen waren ein Stück geöffnet, und sie blickte ihn verwirrt an. Sie versuchte, etwas zu sagen, begann aber gleich wieder zu husten.

Rasch beugte Zach sich über sie und legte seine Finger auf ihre Lippen. »Bleib erst mal ruhig hier liegen, Chloe. Es ist alles in Ordnung, ich habe dich.«

Tränen bildeten sich in ihren Augen, und sie drückte schwach seinen Arm, bevor ihre Hand wieder herunterfiel. Es musste sie unheimlich viel Kraft gekostet haben, sich so lange über Wasser zu halten. Wenn sie nur etwas früher aufgegeben hätte, wäre sie gestorben. Ein Zittern lief durch seinen Körper. Zach beugte sich über sie und vergrub sein Gesicht an ihrer Halsbeuge, während er versuchte, seine Gefühle wieder in den Griff zu bekommen.

Ein Ruck lief durch das Boot, dann berührte ihn jemand an der Schulter. »Wir sind da.«

Widerwillig richtete Zach sich auf und drehte sich zu Brown um. »Vielen Dank für Ihre Hilfe.«

Brown lächelte ihn an und schüttelte seine Hand. »Aber gerne. Ich bin froh, dass wir Ihre Freundin retten konnten.«

Zach tastete seine nasse Kleidung ab. »Ich kann Ihnen leider keine Visitenkarte geben, aber wenn Sie sich beim NYPD melden und nach Detective Murdock fragen, kann ich mich bei Ihnen für Ihre geopferte Zeit erkenntlich zeigen.«

Brown winkte bereits ab. »Nicht nötig. Die paar Minuten habe ich gerne investiert, um eine junge Frau zu retten.«

Noch einmal nickte Zach ihm zu, dann hob er Chloe hoch und trug sie auf den Steg. Es waren bereits Sanitäter vor Ort, die Chloe sofort auf eine Trage luden, kurz untersuchten und sie zum Krankenwagen rollten. Zach wusste, dass sie so schnell wie möglich ins Krankenhaus musste, doch es fiel ihm schwer, sie jetzt gehen zu lassen. Am liebsten hätte er sie weiter festgehalten, bis er sich vergewissert hatte, dass es ihr gut ging und sie ihm nicht wieder entrissen wurde. Kopfschüttelnd ging er hinter der Trage her und merkte kaum, wie ihm ein Sanitäter eine Isolierdecke über die Schultern warf. Ein Angehöriger der Küstenwache lief neben ihm her und stellte ihm Fragen, doch er hörte sie kaum.

Beim Krankenwagen angekommen drehte er sich zu dem Mann um. »Entschuldigen Sie, ich kann derzeit nicht mit Ihnen reden. Und Sie können Chloe jetzt nicht befragen, sie steht noch unter Schock.«

»Sie sind Detective Zachary Murdock, richtig? Wie heißt das Opfer?«

»Chloe Hunter. Sie ist Anwältin beim Büro der Pflichtverteidigung. Reicht es auch, wenn wir morgen Ihre Fragen beantworten? Ich bin sehr dankbar für Ihre Hilfe, aber ich will mit zum Krankenhaus fahren.«

»Alles klar, aber spätestens morgen brauche ich Ihre Aussage für den Bericht.«

»Natürlich, ich melde mich gleich morgen früh bei Ihnen. Haben Sie eine Visitenkarte?«

Der Mann reichte ihm eine und verabschiedete sich dann mit einem knappen Nicken.

Gerade als Zach sich wieder zu Chloe umdrehen wollte, tauchte Brown hinter ihm auf. »Sie haben Ihr Hemd und Ihre Schuhe auf dem Boot vergessen.«

Zach sah an sich herunter und erkannte, dass er tatsächlich auf Socken über den Steg gegangen war und es nicht einmal bemerkt hatte. »Danke.« Rasch streifte er seine Schuhe über und zog dann das nasse T-Shirt aus und dafür das trockene Hemd an. Seine Hose tropfte zwar immer noch, aber dagegen konnte er jetzt nichts machen. Ein Schauer durchfuhr ihn, und er zog die Decke enger um sich.

Nachdem er sich von Brown verabschiedet hatte, trat er näher an den Krankenwagen, in dem Chloe gerade untersucht wurde. Schließlich hielt er es nicht mehr aus und sprach einen der Sanitäter an. »Wie geht es ihr?«

»Sind Sie derjenige, der sie aus dem Wasser gefischt hat?«

»Ja.«

»Ich kann Ihnen nichts dazu sagen, wenn Sie kein Verwandter sind. Wir bringen Sie jetzt ins Krankenhaus, dort wird ein Arzt sie ordentlich durchchecken.«

»Ich bin ihr Freund, sie hat keine Verwandten in der Nähe. Kann ich bei Ihnen mitfahren?« Als er sah, dass der Sanitäter ablehnen wollte, sprach er rasch weiter. »Ich möchte sie nach dem schrecklichen Erlebnis nicht allein lassen.«

Der Mann sah immer noch so aus, als wollte er ihn fortschicken, aber schließlich nickte er zögernd. »Sie hat nach jemandem namens Zach gefragt. Sind Sie das?«

Zachs Kehle zog sich zusammen. »Ja.«

»Okay, dann kommen Sie. Es besteht keine Lebensgefahr, aber wir werden ihre Werte weiterhin überwachen müssen.« Sein Blick fiel auf Zachs nasse Haare. »Sind Sie verletzt?«

»Nein, nur nass und kalt.«

Wortlos reichte der Sanitäter ihm ein Handtuch, das er dankend entgegennahm. Er setzte sich auf den ihm zugewiesenen Platz am hinteren Ende des Wagens und rubbelte rasch seine Haare trocken. Seine Hose musste warten, bis er irgendwo einen Ersatz bekam. Angespannt beugte er sich vor und beobachtete Chloes immer noch zu bleiches Gesicht und wünschte, er könnte mit ihr sprechen und ihr versichern, dass sie in Sicherheit war. Doch es war zu laut im Wagen, und er wollte den Sanitätern bei ihrer Arbeit auch nicht im Weg sein. So beschränkte er sich darauf, seine Hand beruhigend auf Chloes Bein zu legen. Ihre Augen öffneten sich, und einen Moment lang blickte sie ihn an, bevor sich die Lider wieder schlossen.

Bei der Ankunft im Krankenhaus wurde er von Chloe getrennt und nach einer kurzen Untersuchung, bei der festgestellt wurde, dass ihm nichts fehlte, in einen Warteraum verbannt. Aber immerhin bekam er eine OP-Hose von einer mitfühlenden Schwester geliehen, die ihm auch noch den Tipp gab, zu duschen, weil das Wasser im East River gesundheitsschädlich sei. Als er sich gewaschen hatte, konnte er endlich die trockene OP-Hose anziehen. Nervös ging er im Wartezimmer auf und ab, während er darauf wartete, Neuigkeiten über Chloes Zustand zu erfahren. Natürlich stellten sich die Ärzte wieder an, weil er kein Verwandter war, aber nachdem er sich als Detective des NYPD zu erkennen gegeben hatte, erfuhr er schließlich, dass es ihr den Umständen entsprechend gut ging und sie bis auf eine Gehirnerschütterung und eine leichte Unterkühlung keine ernsteren Verletzungen hatte.

Anschließend wurde ihm sogar erlaubt, in ihrem Zimmer zu warten, bis sie wieder aufwachte. Zach schob sich einen Stuhl dicht an ihr Bett und nahm ihre Finger in seine Hände. Noch immer fühlte sie sich viel zu kalt an, aber das war sicher nur

Einbildung. Tatsache war aber, dass sie dunkle Ringe unter ihren Augen hatte und auf ihrem Hinterkopf ein kleiner Verband thronte, der eine Platzwunde verdeckte. Hatte sie sich irgendwo gestoßen, als sie von der Fähre gefallen war? Oder hatte sie sich die Verletzung zugezogen, bevor sie über die Reling gestürzt war? Auch wenn er noch so ungeduldig war, er würde warten müssen, bis es Chloe besser ging, bevor er Antworten erhielt.

Zach machte es sich etwas bequemer auf dem Stuhl – soweit das möglich war – und richtete sich auf eine lange Wartezeit ein.

Mit einem Ruck schreckte Chloe auf und rang heftig nach Atem. *Sie war unter Wasser, etwas zog sie immer weiter nach unten. Gleich würde sie sterben …*

»Es ist alles in Ordnung, Chloe, du bist in Sicherheit.« Die ruhige Stimme drang durch ihre Panik, und sie erkannte, dass sie atmen konnte und nicht mehr im Wasser war.

Tief sog sie die kostbare Luft ein und merkte, dass ihre Lunge schmerzte. Was war geschehen? Sie konnte sich nur noch daran erinnern, dass sie im East River um ihr Leben gekämpft hatte, aber ihre Kraft sie schließlich verließ. Ein letztes Mal war sie untergegangen und … dann war Zach auf einmal da gewesen und sie war nicht mehr im Wasser, sondern … auf einem Boot? Wie war sie dorthin gekommen? Aber das war egal, solange Zach bei ihr war und ihr versicherte, dass alles gut werden würde. Er war doch da, oder hatte sie sich das nur eingebildet? Erneute Angst durchzuckte sie, und mit Mühe hob sie langsam ihre Lider.

Zuerst war alles verschwommen, doch dann klärte sich ihr Blick. Allerdings wusste sie dadurch immer noch nicht, wo sie war. Auf jeden Fall war sie in einem Gebäude, dafür war sie sehr dankbar. Ein stechender Schmerz fuhr durch ihren Kopf, als sie ihn bewegte, und sie wollte ihn berühren, aber ihre Hand wurde festgehalten. Große Hände hielten ihre Finger sicher in einem sanften, aber festen Griff. Chloe ließ ihren Blick an den kräftigen Armen nach oben wandern, bis sie beim Gesicht ankam. *Zach!*

Es war tatsächlich seine Stimme gewesen, die sie gehört hatte und nicht bloß in ihrer Einbildung. Dann bemerkte sie die verstrubbelte Frisur, seine merkwürdige Kleidung und vor allem sein Gesicht, das wirkte, als wäre er über Nacht um Jahre gealtert. »Was …« Ihre raue Stimme war kaum zu verstehen, und sie räusperte sich. »Was ist passiert? Du siehst … schlimm aus.«

Seine Finger schlossen sich fester um ihre, ein Muskel zuckte in seiner Wange. »Du wärst beinahe gestorben.« Bei den harschen Worten zuckte sie zurück, doch Zach ließ sie nicht los. »Gott, Chloe, mach mir nie wieder solch eine Angst!«

Chloe lachte ungläubig auf, um nicht den Tränen nachzugeben. »Glaubst du etwa, das war Absicht?«

Zach hob eine Hand und schob sanft eine Haarsträhne aus ihrem Gesicht. »Nein, natürlich nicht. Ich möchte das nur nicht noch einmal erleben. Die Angst, dich nicht rechtzeitig zu finden, und wie du ausgesehen hast, als ich dich aus dem Wasser gezogen habe …« Ein Schauer lief durch seinen Körper und er schloss die Augen. »Du hast nicht mehr geatmet, und ich dachte …«

Chloe suchte in ihrer Erinnerung, doch da war nichts. »Du hast mich gerettet?«

»Ja. Aber es war nur Zufall und nur dem Suchscheinwerfer des Hubschraubers zu verdanken, dass ich dich gesehen habe, bevor du ganz untergingst. Ein paar Minuten später …«

Jetzt war es an Chloe, zu schaudern. Sie hätte tot sein können, einfach so. Zögernd legte sie ihre Hand an seine Wange.

»Danke, Zach.« Seine Lider hoben sich, und sie versank in den braunen Tiefen. Zum ersten Mal versuchte er nicht, seine Gefühle vor ihr zu verstecken.

Er drehte den Kopf und küsste ihre Handfläche. »Bitte steig in nächster Zeit in keine Fähre mehr, das macht mein altes Herz nicht mit.«

Ein Prickeln begann an ihrem Nacken, als sie sich daran erinnerte, dass sie keineswegs aus Versehen ins Wasser gefallen war, sondern von jemandem von der Fähre gestoßen wurde. Aber darüber wollte sie jetzt noch nicht nachdenken, sondern sich nur auf Zach konzentrieren. »Wie hast du mich überhaupt gefunden?«

Zach rieb seine stoppelige Wange an ihrer Hand. »Pures Glück. Als du nicht unter den Leuten warst, die von der Fähre gegangen sind, habe ich das Schiff abgesucht. Da du mich von der Fähre aus angerufen hattest, war klar, dass während der Fahrt irgendwas passiert sein musste. Also habe ich die Küstenwache verständigt, habe mir selbst ein Boot samt Fahrer geschnappt und bin rausgefahren. Wir sind die Route abgefahren, und irgendwann habe ich dich entdeckt.«

»Ich habe versucht, an Land zu schwimmen, aber die Strömung war zu stark, ich bin überhaupt nicht vom Fleck gekommen.« Die Vorstellung, dass sie jetzt irgendwo am Grund des East River liegen könnte oder ihre Leiche in den Atlantik gespült worden wäre, war alles andere als angenehm.

»Immerhin hast du es geschafft, nicht zu weit abgetrieben zu werden, nur dadurch konnten wir dich finden. Wenn du dich beim nächsten Mal entscheidest, ein nächtliches Bad zu nehmen, mach das bitte in deiner Badewanne.« Dabei hielt er sie so fest, als fürchte er, sie könnte jederzeit verschwinden.

Chloe schnitt eine Grimasse. »Das habe ich ganz sicher nicht freiwillig gemacht. Oder glaubst du, ich habe mir selbst etwas über den Schädel gezogen und mich dann über die Reling gehievt und ins Wasser geworfen?«

Es dauerte eine Sekunde, ihre Worte sacken zu lassen, dann richtete Zach sich abrupt auf und starrte sie mit scharfem Blick an. »Du meinst, es war Absicht? Jemand wollte dich umbringen?«

Auch wenn sie es nicht wahrhaben wollte, konnte sie es doch nicht verleugnen. »Die Wahrscheinlichkeit ist zumindest relativ hoch. Oder fällt dir eine Möglichkeit ein, wie das unabsichtlich passiert sein könnte?«

»Nein, dann wäre sicher auch Alarm geschlagen worden, sowie du über Bord gingst.« Sein Gesichtsausdruck wurde härter. »Der Mistkerl muss direkt an mir vorbeigegangen sein, während ich auf dich gewartet habe.« Seine Hand schloss sich zur Faust. »Ich werde …«

Chloe wusste, dass sie ihm erzählen musste, was sie erfahren hatte und wen sie für den Mörder von Candice Meadows und Jesse Curtis hielt, aber sie konnte sich noch nicht dazu durchringen. Nicht jetzt, während sie beide noch so aufgewühlt waren und ihr Kopf so heftig pochte, dass sie kaum einen klaren Gedanken fassen konnte. Sie würde ihm gleich davon berichten, sobald sie sich ein wenig erholt hatte.

Ein Schauer lief durch ihren Körper, und sie beschloss, sich erst einmal auf Zach zu konzentrieren. »Warum wolltest du mich eigentlich treffen?«

Seine Miene wurde weicher, aber nicht weniger intensiv. »Ich wollte mich bei dir entschuldigen für das, was ich gesagt habe.« Ein schiefes Lächeln hob seinen Mundwinkel. »Mit Autumn hast du einen wunden Punkt bei mir berührt, wie du vermutlich schon bemerkt hast. Es war nicht richtig, meinen Frust an dir auszulassen.«

Chloe versuchte, sich aufzusetzen, gab aber wegen der

Schmerzen auf. Sofort war Zach bei ihr und drückte auf den Knopf, der das Kopfteil des Bettes ein wenig erhöhte. »Danke.« Einen Moment lang blieb sie still liegen, bis sich das Dröhnen in ihrem Kopf ein wenig gelegt hatte. »Nein, das war nicht richtig. Aber ich hätte auch nichts über Autumn sagen sollen, es geht mich nichts an.«

Zachs Augenbrauen schoben sich zusammen. »Meinst du das ernst?«

Warum hatte sie eigentlich mit diesem Thema angefangen? Es hätte ihr klar sein müssen, dass das ihre Kopfschmerzen nur verstärken würde. »Im Moment schon. Können wir das Thema wechseln? Mein Kopf tut weh.«

Sofort wurde seine Miene weicher. »Natürlich. Entschuldige, ich lasse dich jetzt schlafen. Soll ich jemanden aus deiner Familie benachrichtigen?«

Allein der Gedanke daran ließ ihr Herz rasen. »Nein!« Als er sie seltsam ansah, fuhr sie ruhiger fort. »Kannst du dir vorstellen, was passieren würde, wenn meine Eltern oder meine Geschwister erfahren, was mir zugestoßen ist? Sie würden sofort in voller Mannschaftsstärke samt Anhang hier anrollen. Das wäre mir jetzt wirklich zu viel, so gern ich sie auch sonst um mich habe.« Ganz zu schweigen davon, dass sie ihre Familie auch ganz sicher nicht in die Reichweite eines Mörders bringen wollte.

Zach nickte langsam. »Bist du sicher?«

Erleichtert lächelte sie ihn an. »Ja.« Sie verzog den Mund, als ihr ein Gedanke kam. »Verdammt, mein Handy liegt zusammen mit meinen Papieren und dem Wohnungsschlüssel im East River! Wenn meine Familie mich nicht erreichen kann, wird sie spätestens in zwei Tagen sowieso hier einfallen.«

»Du kannst sie von meinem Handy aus anrufen und erklären, dass dein Telefon kaputt ist.«

»Oh, gute Idee, danke. Das mache ich aber erst morgen. Wenn ich nachts anrufe, wissen sie, dass etwas nicht stimmt.«

»Alles klar. Sag einfach Bescheid, wenn du so weit bist.«

»Danke. Kannst du mich morgen abholen?« Chloe biss sich auf die Lippe, als ihr die Frage herausrutschte. Schon wieder begann sie, sich Zach aufzudrängen, dabei hatte sie doch beschlossen, es nicht mehr zu tun.

»Nein.« Stumm starrte sie Zach bei dieser unerwarteten Antwort an. Zach seufzte tief auf und setzte sich wieder auf den Stuhl. »Ich kann dich nicht abholen, weil ich heute Nacht hierbleibe.«

Obwohl sie erleichtert war, versuchte sie, sich das nicht zu sehr anmerken zu lassen. »Warum willst du das tun?«

Ernst blickte Zach sie an. »Ist dir schon der Gedanke gekommen, dass der Kerl noch mal versuchen könnte, dich zu töten, nachdem es vorhin nicht geklappt hat?«

Chloe spürte, wie ihr das Blut aus dem Gesicht wich. Sie war so mit anderen Dingen beschäftigt gewesen, dass sie darüber noch gar nicht nachgedacht hatte. Vielmehr war sie davon ausgegangen, dass ihr im Krankenhaus nichts passieren würde. Aber Zach hatte recht: Was könnte den Verbrecher daran hindern, es hier noch mal zu probieren? Wie sein Angriff auf der Fähre gezeigt hatte, schien er keine Angst zu haben, entdeckt zu werden, selbst wenn es unzählige Zeugen gab. Er könnte sich als Arzt oder Pfleger verkleiden und hier einfach reinspazieren. Es gelang ihr nicht, das Zittern zu unterdrücken, das ihren Körper erfasste.

Sofort war Zach bei ihr und schlang seine Arme um sie. »Schsch. Ich bin hier, niemand kann dir etwas tun.«

Doch was war, wenn er Zach etwas antat, um zu ihr zu gelangen? Der Täter hatte bereits bei Curtis gezeigt, zu was er imstande war und wie weit er gehen würde. Chloe presste ihr

Gesicht an Zachs Brust und lauschte dem gleichmäßigen Klopfen seines Herzens. Ihre Hände krampften sich in den Stoff seines Hemdes. Als Reaktion darauf hielt Zach sie nur noch fester, eine Hand schob sich unter ihre Haare und er massierte leicht ihren Nacken. Einen Moment lang kostete sie das Gefühl seiner Nähe aus, dann löste sie sich widerstrebend von ihm.

Zach hielt sie weiterhin fest, sodass nur wenige Zentimeter ihre Gesichter trennten, als sie den Kopf hob. Sein Atem strich über ihr Gesicht, und ihre Lippen begannen zu prickeln. Lange Zeit verharrten sie so, dann strich Zach sanft über ihren Mund. Fast nur ein Hauch, aber es reichte, um ihren Puls zu beschleunigen.

»Schlaf jetzt, Chloe.« Sanft löste er sich von ihr und setzte sich wieder auf den Stuhl.

Chloe wollte protestieren, aber sie wusste, dass es hier, im Krankenhaus und in ihrem derzeitigen Zustand nichts bringen würde. Deshalb legte sie sich nur zurück und schloss die Augen. »Gute Nacht, Zach. Und … danke.«

17

Den größten Teil der Nacht wachte Zach an Chloes Bett und beobachtete, wie sie schlief. Immer wenn es so aussah, als würde sie schlecht träumen, versuchte er, sie mit seiner Berührung zu beruhigen. Nur kurz verließ er das Zimmer, um ein Telefonat zu führen und sich im Badezimmer ein wenig frisch zu machen. Auf den Fluren konnte er niemanden entdecken, der so wirkte, als wollte er Chloe umbringen, aber Zach ging trotzdem kein Risiko ein und blieb immer in ihrer Nähe. Es ging ihm gegen den Strich, nicht jetzt nach dem Täter suchen zu können oder alle Informationen über ihn aus Chloe herauszupressen, aber er wusste, dass sie sich nach dem furchtbaren Erlebnis erst einmal erholen musste.

Als ein leises Klopfen an der Tür erklang, stand Zach rasch auf und öffnete sie einen Spaltbreit. Er hatte keine Waffe dabei, aber er würde jeden auseinandernehmen, der es wagte, einen Finger gegen Chloe zu erheben. Seine Anspannung verschwand, als er den Besucher erkannte. Der reichte ihm nur eine Tüte und zwinkerte ihm zu, bevor er wieder verschwand. Zach schloss leise die Tür und warf einen Blick in die Tüte. Zufrieden stellte er sie auf den Stuhl und drehte sich zu Chloe um. Ihre Augen waren offen, und sie blickte ihn direkt an.

Sofort ging Zach zu ihr und nahm ihre Hand. »Entschuldige, habe ich dich geweckt?«

»Schon in Ordnung, ich denke, ich habe genug geschlafen.« Ihr Blick glitt zum Fenster, Sonnenstrahlen drangen durch den Spalt im Vorhang. »Normalerweise wache ich viel früher auf.«

»Du hattest einen anstrengenden Abend.«

Chloe schnitt eine Grimasse. »So kann man das auch nennen.« Neugierig blickte sie an ihm vorbei. »Was ist das?«

Widerstrebend ließ Zach ihre Hand los und nahm die Tüte vom Stuhl. »Ich habe uns etwas zum Anziehen bringen lassen.« Er sah an sich hinunter. »Ich glaube nicht, dass ich so rausgehen kann, und deine Kleidung sieht auch nicht viel besser aus.«

Chloe folgte seinem Blick und blieb schließlich an seiner Hüftregion hängen. Sofort regte sich sein Schaft, und eilig hielt er die Tüte davor. Ihre Blicke trafen sich.

»Hast du …?« Chloe beendete ihre Frage glücklicherweise nicht, denn er wollte nicht darüber reden, warum er unter der OP-Hose nackt war.

»Soll ich den Arzt holen, damit er dich noch mal untersucht, bevor du entlassen wirst?«

Eine gute Ablenkung, denn die Neugier wich aus Chloes Augen, und sie stöhnte leise. »Muss das sein?«

»Ja. Mit Kopfverletzungen ist nicht zu spaßen.«

Chloe antwortete mit einem Seufzer. »Du bist schlimmer als meine Eltern. Okay, aber vielleicht sollte ich dann erst mal ins Bad gehen, ich sehe bestimmt schlimm aus.«

Zach ließ seinen Blick über sie gleiten und musste lächeln. »Du siehst sehr gut aus, besonders dafür, dass du ein Bad im East River genommen hast.« Als ihm wieder bewusst wurde, dass sie dort beinahe ertrunken war, verging ihm jedoch das Lachen.

Chloe schien seinen Gefühlsumschwung zu bemerken, denn sie schlug die Decke zurück und schob langsam ihre Beine aus dem Bett. »Das beurteile ich lieber selbst.«

Zach bot ihr seinen Arm als Stütze an, was sie, ohne zu zögern, in Anspruch nahm. Eine Weile saß sie einfach da, bis sie schließlich mit seiner Hilfe langsam aufstand. Zach schlang einen Arm um ihre Taille, während er langsam mit ihr zum Bad ging. Er versuchte zu ignorieren, dass sie unter dem dünnen Nachthemd nichts trug und er dadurch nicht nur die Wärme ihrer Haut spüren, sondern auch die Spitzen ihrer Brüste sehen konnte. Mit einiger Anstrengung schaffte er es, geradeaus zu blicken und sich ganz darauf zu konzentrieren, Chloe zu helfen. Nach dem, was sie durchgemacht hatte, wäre es nicht richtig, sie zu beäugen und daran zu denken, sie so zu berühren, wie er es gerne wollte. Und da wäre ja auch noch die Sache mit seinem verbalen Ausrutscher gestern.

Chloe öffnete die Badezimmertür und trat ein, während Zach draußen stehen blieb. »Ich bringe dir die Kleidung und ein Notfallset.«

Als er kurz darauf an die Badezimmertür klopfte und sie öffnete, war Chloes Gesicht gerötet und frei von jedem Make-up. Jetzt wusste er, wie sie aussehen würde, wenn er jemals neben ihr aufwachte. Zum Anbeißen. Statt dem Impuls nachzugeben, sie an sich zu ziehen und zu küssen, reichte er ihr rasch die Kleidung und die kleine Hülle aus durchsichtigem Plastik, in der sich eine Grundausstattung zur Körperpflege befand.

Chloes Augen leuchteten auf, als sie die Bürste und die anderen Utensilien sah. »Oh, genau das, was ich jetzt brauche! Vielen Dank, Zach.«

»Gerne.« Er fuhr mit der Hand durch seine zerzausten Haare. Vermutlich hätte er seinen Freund bitten sollen, ihm auch einen Kamm mitzubringen, aber das konnte warten. »Brauchst du bei irgendetwas Hilfe?«

Lächelnd blickte Chloe ihn im Spiegel an. »Nein danke, es geht schon. Ich bin gleich fertig.«

Zach nickte. »Ich warte vor der Tür, falls etwas sein sollte, ruf einfach.« Schnell zog er sich zurück, um der Versuchung zu entgehen, Chloe anzubieten, ihr die Haare zu kämmen. Was war los mit ihm? Anscheinend hatte es ihn so schockiert, Chloe beinahe zu verlieren, dass er sich gar nicht mehr von ihr trennen wollte.

Während er auf sie wartete, bemühte Zach sich, seinen Kopf freizubekommen und sich auf die Suche nach dem Täter zu konzentrieren. Warum wollte jemand Chloe töten? Gab es irgendwelche persönlichen Gründe, oder hatte es etwas mit ihrem Job zu tun? Er tippte auf Letzteres, denn er konnte sich nicht vorstellen, dass jemand Chloe so verabscheuen könnte. Vielleicht hatte es etwas mit dem Meadows-Fall zu tun? Schließlich war sie deswegen vermutlich in dem Club gewesen.

Er sollte sie fragen, ob sie in letzter Zeit Drohbriefe oder -anrufe bekommen hatte. Oder ob ihr schon einmal etwas … Zach stockte, als ihm einfiel, dass sie vor ein paar Tagen beinahe überfahren worden wäre. Konnte das derselbe Kerl gewesen sein, oder war es nur Zufall? Möglich wäre es, aber als Detective glaubte er normalerweise nicht an Zufälle.

»Ich bin fertig.«

Tief in Gedanken versunken bemerkte er erst jetzt, dass sich die Badezimmertür hinter ihm geöffnet hatte. Zach drehte sich um und vergaß beinahe zu atmen, als er Chloe ansah. Die leichte Sommerhose und das dazu passende T-Shirt saßen wie angegossen, anscheinend hatte er ihre Größe gut geschätzt. Zu gut – wahrscheinlich wäre es besser gewesen, er hätte ein paar Nummern größer genommen, um sich besser konzentrieren zu können. Schnell bewegte er den Blick nach oben. Sie war nur leicht geschminkt, die Locken umrahmten frei ihr Gesicht.

Als könnte sie seine Gedanken lesen, fasste Chloe in ihre Haare. »Ich wollte sie zusammenbinden, aber das zerrt zu sehr an der Wunde.«

Zu gern würde er seine Hände hineinwühlen, deshalb schob er sie vorsichtshalber in seine Hosentaschen. »Mir gefallen sie so.«

Chloe blickte ihn einen Moment lang schweigend an, dann lächelte sie leicht. »Danke.« Vorsichtig setzte sie sich auf das Bett. »Auch für die Kleidung. Woher hast du gewusst, welche Größe ich brauche?«

»Geraten.« Dann ging er zur Tüte, holte einen weiteren Gegenstand heraus und hielt ihn Chloe hin. »Ich wusste nicht, welche Marke du bevorzugst, aber ich dachte, es ist wichtiger, dass du überhaupt erst mal erreichbar bist.«

Chloe starrte erst das Handy an und nahm es dann vorsichtig entgegen. »Vielen Dank, ich finde es wunderschön.« Sie strich beinahe zärtlich über das Display.

»Es hat deine alte Nummer, ich habe sie von der vorherigen Karte übertragen lassen. Deine Adressen und alles andere musst du natürlich selbst wieder eintragen.«

»Ich wusste gar nicht, dass so was geht, besonders so schnell.«

Zach zwinkerte ihr zu. »Mit den richtigen Kontakten ist alles möglich.«

Chloe lächelte ihn an. »Auf jeden Fall bin ich dir sehr dankbar, ich habe die Nummer auf meinen Visitenkarten stehen, und meine gesamte Familie und alle meine Freunde haben sie. Wenn ich die hätte ändern müssen, hätte das ein heilloses Durcheinander gegeben.«

Sie bewunderte immer noch ihr neues Handy, als der Arzt endlich das Zimmer betrat. Zach war froh darüber, sie für einen Moment allein lassen zu können, denn er war beinahe eifersüchtig auf das Handy geworden, das sie streichelte wie ein Lebewesen. Zach betrat das Bad und zog erleichtert die Tür hinter sich zu. Wenn er sich zu lange in Chloes Gesellschaft aufhielt, wurde der Drang immer stärker, sie an sich zu ziehen, sie zu berühren und zu küssen. Aber hier war nicht der richtige Ort, und Chloe war auch nicht in der Verfassung dafür.

Rasch zog er sich um und steckte die geliehene OP-Hose in die Tüte, damit er sie einer Schwester geben konnte. Nach einem kurzen Blick in den Spiegel und dem Versuch, seine Haare mit Wasser wenigstens ein wenig zu glätten, kehrte er eilig zu Chloes Zimmer zurück. Er wollte sie nicht länger als nötig alleine lassen, auch wenn der Arzt bei ihr war. Vor der Tür blieb er stehen und lauschte einen Moment. Beruhigt, als er Chloes Stimme hörte, setzte er sich auf einen der Stühle, die in einer Reihe an der Wand standen, und schloss die Augen. Beinahe sofort schlief er ein.

Chloe atmete erleichtert auf, als der Arzt endlich ihr Krankenzimmer verließ. Sie wartete auf Zach, doch als er nicht wieder auftauchte, machte sie sich langsam Sorgen um ihn. War ihr Angreifer ins Krankenhaus gekommen und hatte Zach angegriffen? Nein, das hätte sicher jemand bemerkt. Aber wo war Zach dann? Schnell holte sie ihre immer noch feuchte Kleidung aus dem Schrank und ging zur Tür. Sie wollte so schnell wie möglich hier raus. Wenn sie Zach nicht fand, konnte sie ihn vielleicht ausrufen lassen.

Sie öffnete die Tür und trat auf den Gang. Als sie Zach auf einem Stuhl in der Nähe sitzen sah, breitete sich Erleichterung in ihr aus. Irgendwie hatte sie befürchtet, er könnte sie allein lassen, weil es mit ihr zu anstrengend war. Rasch ging sie auf ihn zu und blieb dicht vor ihm stehen. Ein Lächeln hob ihre Mundwinkel, als sie erkannte, dass Zach tief und fest schlief. Er hatte seinen Kopf an die Wand gelehnt, seine Arme waren über der Brust verschränkt. Seine Haare hatte er offensichtlich ein wenig gebändigt, aber seine Erschöpfung war ihm trotzdem deutlich anzusehen. Chloe wünschte, sie könnte die dunklen Ringe unter seinen Augen und die Sorgenfalten auf seiner Stirn einfach wegwischen.

Stattdessen setzte sie sich neben ihn und legte vorsichtig ihre Hand auf seinen Arm. Vermutlich sollte sie ihn einfach schlafen lassen, aber irgendwas drängte sie, ihn zu berühren und in seiner Nähe zu sein.

Nach nur wenigen Sekunden schlug Zach die Augen auf und setzte sich alarmiert auf. Die Muskeln in seinem Arm spannten sich an. Sein Blick glitt über den Gang und landete schließlich auf ihr. Sofort entspannte er sich. »Entschuldige, anscheinend bin ich doch müder als gedacht.« Er drückte ihre Hand. »Bist du entlassen?«

»Ja. Der Arzt sagte, ich soll es noch ruhig angehen lassen, aber ansonsten bin ich wieder fit.«

Zach betrachtete sie eingehend, dann nickte er. »Gut. Dann bringe ich dich jetzt von hier weg.«

»Endlich. Wenn ich erst mal zu Hause bin, schlafe ich mindestens zwölf Stunden am Stück.«

Er nahm ihr die Kleidung ab und hielt ihr eine Hand hin, um ihr aufzuhelfen. »Wir fahren nicht zu dir.«

Irritiert blickte sie ihn an. »Warum nicht?«

»Weil der Täter dich dort finden könnte.«

»Aber …« Chloe schluckte schwer. Die Vorstellung, dass der Mistkerl wusste, wo sie wohnte und dort auf sie warten könnte, war alles andere als angenehm. Aber es war wahrscheinlich, dass er sie beobachtete und verfolgte, denn wie hätte er sonst wissen können, dass sie auf der Fähre war? Ein eisiger Schauer lief über ihren Rücken. »Wo soll ich denn sonst hin? Meine ganzen Sachen sind in meiner Wohnung.«

»Erst mal kommst du mit zu mir. Dort erzählst du mir alles und ruhst dich ein wenig aus. Ich überlege mir dann, wie wir weiter vorgehen können. Vielleicht kann ich Polizeischutz für dich beantragen.«

»Das wäre toll, aber ich möchte dich nicht in Gefahr bringen.«

Zach lächelte schwach. »Das tust du nicht. Und wenn doch, kann ich selbst auf mich aufpassen.«

Als Chloe sich vorstellte, wie der Mörder von Candice auf sie oder Zach losgehen könnte, presste sie sich unwillkürlich dichter an Zach. »Das hoffe ich. Er ist ein Monster.«

Sein Gesichtsausdruck war hart. »Und du wirst mir gleich alles über ihn sagen, was du weißt. Ich bin Detective, Chloe, ich weiß, was ich tue.«

Das wusste sie und sie vertraute ihm auch, aber sie konnte nur hoffen, dass es reichte.

Chloe trat an Zachs Seite ins Freie und blieb abrupt stehen, als die feuchte, heiße Luft sich wie eine Wand vor ihr aufbaute. Mühsam atmete sie ein und strich eine Haarsträhne aus ihren Augen. »Verdammt, ist es etwa noch heißer geworden?«

»Wärmer nicht unbedingt, aber schwüler. Das sieht nach einem Gewitter aus.«

Ein Blick in den Himmel zeigte Chloe, dass Zach vermutlich recht hatte. Das Blau des Himmels wirkte wie ausgewaschen, und am Horizont zogen langsam dunkle Wolkenberge auf. »Dann sollten wir uns wohl beeilen, ich habe keine Lust, schon wieder nass zu werden.« Normalerweise genoss sie Sommerregen, besonders die kühlere, reine Luft danach, aber im Moment wollte sie einfach nur noch trocken nach Hause kommen. In Zachs Wohnung, korrigierte sie sich.

Unsicher blickte sie ihn von der Seite her an. Obwohl seine Augen blutunterlaufen waren und er aussah, als würde er jeden Moment einschlafen, schien er wachsam alles um sich herum zu erfassen. Erst als er sicher war, dass ihnen keine Gefahr drohte, führte er sie über den Parkplatz. Vor einem unscheinbaren Auto blieb er stehen. Sie starrte es erstaunt an.

»Habe ich nur geträumt, dass du bei mir im Krankenwagen warst?«

»Nein. Wieso?«

»Wie kommt dann dein Wagen hierher?«

Ein leichtes Lächeln hob Zachs Mundwinkel. »Ein Freund hat ihn hergebracht, zusammen mit den anderen Sachen.«

»Hat dieser Freund auch einen Namen?«

»Ja.«

Chloe verzog den Mund. »Okay, du willst ihn mir also nicht sagen. Können wir jetzt fahren?«

Wenige Minuten später parkte Zach vor seinem Wohnhaus. Er zog den Schlüssel ab und blickte sie an. »Alles in Ordnung? Du bist so still.«

»Es gibt durchaus auch Phasen, in denen ich nicht rede.«

Zach grinste sie unerwartet an. »Die habe ich noch nicht erlebt.« Schnell wurde er wieder ernst. »In diesem Fall sollte es aber nur ein Ausdruck meiner Sorge sein.«

Mit einem Seufzer gestand sie sich ein, dass sie ihm einfach nicht böse sein konnte. »Es geht mir gut. Nur ein wenig müde und wütend, dass ich nicht in meine Wohnung kann.«

Zach legte seine Hand auf ihre Finger. »Du kannst gerne so lange bei mir bleiben, wie du willst.«

Wärme stieg in ihr auf. »Danke.« Zwar störte sie die Situation immer noch, doch der Gedanke, in den nächsten Tagen in Zachs Nähe zu sein, gefiel ihr im Grunde sehr gut. Hoffentlich tat er das nicht nur, weil ein Mörder hinter ihr her war. Chloe schnitt eine Grimasse, während sie ihre Tür aufschob.

Sofort war Zach bei ihr und hielt ihr seine Hand hin. Dankbar ergriff Chloe sie und ließ sich aus dem Wagen helfen. Während er mit ihr zum Haus ging, blickte Zach sich weiterhin wachsam um, so, als würde er erwarten, beobachtet zu werden. Aber woher sollte jemand wissen, wo Zach wohnte und dass sie hierherkommen würde? Außer sie wurde schon länger überwacht und der Verbrecher hatte gesehen, wie sie Zach besucht hatte. Ihr Magen zog sich bei dieser Vorstellung zusammen.

Vor dem Haus blieb sie stehen. »Vielleicht sollte ich mir ein Zimmer in einem Hotel suchen. Ich möchte nicht, dass du meinetwegen Schwierigkeiten hast.«

Zach legte seine Hände auf ihre Schultern. »Da ich auch dorthin mitgehen würde, um dich beschützen zu können, ist mir meine Wohnung lieber. Hier kenne ich mich aus, und ich kann sie so sichern, dass niemand zu dir vordringen kann.«

Da sie ihn offensichtlich nicht umstimmen konnte, fügte sie sich seinem Willen. »Okay.«

Gemeinsam stiegen sie die Treppen nach oben. Vor seiner Wohnung blieb Zach stehen und blickte Chloe ernst an. »Bleib kurz draußen.«

Damit schloss er die Tür auf und verschwand in der Wohnung. Zuerst dachte sie, er wollte vielleicht noch ein wenig aufräumen, aber dann wurde ihr klar, dass er die Wohnung erst nach Eindringlingen durchsuchte. Ihr Herz begann schneller zu klopfen, je länger sie dort im Flur stand und auf Zach wartete.

Erleichtert atmete sie auf, als Zach unverletzt wieder erschien. »Komm rein.«

Chloe trat ein, und die Tür fiel hinter ihr mit einem Klicken ins Schloss. Sofort schob Zach den Riegel vor und schloss zusätzlich noch ab.

Zach deutete auf den Wohnraum. »Fühl dich ganz wie zu Hause. Kann ich dir irgendetwas bringen? Kaffee, Tee, Saft?«

»Ein Saft wäre nett, alles andere ist vermutlich nichts für meinen Kopf.« Sie hielt die feuchte Kleidung hoch. »Wo kann ich die Sachen hier aufhängen?«

Zach nahm sie ihr ab. »Am besten stecken wir sie gleich in die Waschmaschine, damit sie genug Zeit haben, um zu trocknen.«

»Gute Idee. Was möchtest du trinken?«

Er warf ihre Kleidung in die Waschmaschine, die in einer kleinen Nische neben der Küche stand. »Ich mache mir gleich einen Kaffee. Ich dachte, wir könnten erst mal in Ruhe frühstücken.« Zach drehte sich zu ihr um. »Oder möchtest du dich gleich hinlegen?«

Chloe hob abwehrend die Hände. »Bloß nicht, ich habe genug gelegen. Ich bin zwar müde, gleichzeitig aber auch unruhig, sodass ich mich dringend ein wenig bewegen muss, auch wenn meine Muskeln noch wehtun.«

»Frühstück kommt sofort, ich werfe nur schnell noch ein paar von meinen Sachen mit in die Waschmaschine, damit es sich auch lohnt.«

Amüsiert wartete sie, bis er mit einem Berg Wäsche unter dem Arm aus dem Schlafzimmer zurückkam. »Ich finde es toll, mit welcher Selbstverständlichkeit du deinen Haushalt schmeißt.«

Zach richtete sich auf und blickte sie an. »Wer soll es denn sonst tun, wenn ich hier alleine wohne? Und ich hasse es, wenn die Wohnung zu unordentlich wird oder ich keine saubere Kleidung mehr habe.«

Chloe hob die Schultern. »Andere Männer haben dafür eine Freundin oder eine Putzfrau – oder sie bringen die Wäsche zu ihrer Mutter.« Sie sah, wie ein Schatten über sein Gesicht huschte, und wünschte, sie hätte den Mund gehalten.

»Meine Mutter war viel krank und ist nun schon lange tot. Mein Vater hat sich aus dem Staub gemacht, als ich noch klein war. Von daher habe ich es früh gelernt, im Haushalt mitzuhelfen.«

Chloe wusste, dass er sicher kein Mitleid von ihr wollte, aber sie konnte nicht anders, als zu ihm zu gehen und ihn fest zu umarmen. Einen Moment lang hielt Zach sich steif, doch dann schlang er seine Arme um sie und erwiderte ihre Umarmung. Ihr Ohr presste sich an seine Brust und sie konnte seinen beruhigenden Herzschlag hören. Wie von selbst schlossen sich ihre Augen und sie genoss das Gefühl, ihm so nahe zu sein.

Als sie merkte, dass seine Umarmung sie langsam schläfrig machte, löste sie sich bedauernd von ihm. »Wie war das noch mit dem Frühstück? Soll ich schon mal den Tisch decken?«

Zach legte seine Hand um ihren Nacken und strich mit dem Daumen über ihren Puls. »Warum setzt du dich nicht so lange auf das Sofa und lässt mich hier alles vorbereiten?«

Chloes Puls schoss in die Höhe, und sie lehnte sich unwillkürlich tiefer in seine Berührung. »Nein, ich möchte mich lieber bewegen, sonst werde ich ganz steif.«

Ein Lächeln spielte um Zachs Mund. »Gut, dann hilf mir. Ich gebe dir die Sachen an und du verteilst sie auf dem Tisch.«

Wärme breitete sich in ihr aus, weil es sie an zu Hause erinnerte. Als wären sie tatsächlich ein Paar, eine Familie. »Ja, Sir, Detective.«

18

Zach versuchte, Chloe nicht allzu offensichtlich anzustarren, aber er war nicht sicher, ob ihm das auch gelang. Zwar hatten sie hier schon mal zusammengegessen, aber jetzt kam es ihm irgendwie … intimer vor. Aber vielleicht bildete er sich das nur ein und interpretierte etwas in Chloes Verhalten hinein, das eigentlich nur Dankbarkeit war. Der Gedanke schlug auf seinen Appetit, und er legte das Messer zur Seite. Er nahm einen Schluck Kaffee und beobachtete Chloe beim Essen.

Sie hob den Kopf und bemerkte seinen Blick. Röte stieg in ihre Wangen. »Entschuldige, offenbar habe ich wirklich Hunger. Vermutlich liegt das daran, dass ich gestern Mittag zuletzt etwas gegessen habe.«

»Ich hätte dir etwas ins Krankenhaus bringen sollen.«

Chloe winkte ab. »Da ich eh die meiste Zeit geschlafen habe, hätte das nichts gebracht. Außerdem hatte ich da noch keinen Appetit.«

»Dann freut es mich, dass er jetzt wiedergekehrt ist.«

Sie grinste ihn an. »Das wirst du dir noch anders überlegen, wenn ich dir erst die Haare vom Kopf gefressen habe.«

Er schüttelte den Kopf. »Bei dem, was du erlebt hast, ist es kein Wunder, dass du jetzt erst mal deine Energiereserven auffüllen musst.« Sowie die Worte aus seinem Mund waren, verfluchte er sich dafür.

Chloes Gesicht hatte deutlich an Farbe verloren, ihre Augen wirkten riesig. »Glaubst du, er wird es noch mal versuchen?«

Zach versuchte, seine Ungeduld zu unterdrücken. »Das kann

ich dir nicht sagen, da ich ja immer noch nicht weiß, worum es überhaupt geht und wer dich ins Wasser gestoßen hat.«

Chloe ließ das Besteck sinken und stützte die Ellbogen auf den Tisch. »Ich weiß. Es ist nur …« Sie brach ab und presste die Lippen zusammen.

»Was?«

Chloe ging nicht auf seine Frage ein, sondern fuhr mit dem Finger über den Rand ihres Glases. Der Ausdruck in ihren Augen zeigte, dass sie mit den Gedanken ganz woanders war.

Schließlich klärte sich ihre Miene und sie blickte ihn direkt an. »Es sind nur Mutmaßungen, ich habe keine Beweise für meine These. Hör dir bitte erst alles an, bevor du etwas unternimmst, okay?«

Zach nickte knapp. »Fang einfach von vorne an, dann sehen wir weiter.«

Chloe holte tief Atem. »Ich glaube, dass ich Candice Meadows kannte.«

Diese Aussage war so weit von dem entfernt, was er erwartet hatte, dass Zach für einen Moment wie paralysiert dasaß. »Was?«

Chloes Mund verzog sich unglücklich. »Na ja, nicht direkt kennen, aber ich hatte wohl vor einigen Jahren kurz Kontakt mit ihr.«

Zach entspannte sich etwas. Das klang schon etwas weniger ominös. »Bei welcher Gelegenheit?« Und warum hatte sie ihm das bisher nicht erzählt? Die zweite Frage verkniff er sich mit einiger Mühe.

»Es ging damals um einen Vergewaltigungsfall, bei dem ich als Verteidigerin mitgearbeitet habe. Ich war noch unerfahren und sollte den Fall größtenteils beobachten und dem Verteidiger assistieren.«

»Candice war das Opfer? Das hätte doch bei der polizeilichen Überprüfung auftauchen müssen.«

Chloe schüttelte bereits den Kopf. »Nein, sie war Zeugin, und eine anonyme noch dazu. Sie tauchte in dem Prozess gar nicht auf, sondern wurde außerhalb des Gerichts befragt und ins Protokoll aufgenommen. Deshalb habe ich sie auch jetzt nicht erkannt, da ich sie nie gesehen habe. Sie hatte sich damals telefonisch bei mir gemeldet und mir erzählt, dass der Kerl, den ich da verteidige, ihre Kollegin schon seit Längerem belästigt hätte. Außerdem hätte sie beobachtet, wie er kurz nach dem Opfer den Club verließ und ihr folgte.«

Schuldbewusst blickte Chloe ihn mit ihren hellbraunen Augen an. »Du kannst dir vorstellen, dass ich so ein Schwein nicht verteidigen wollte, aber wir sind verpflichtet, jeden zu verteidigen, der sich keinen Anwalt leisten kann. Der Täter war damals ein Kleinkrimineller und hatte kein Geld, also mussten wir ihn annehmen, auch wenn wir wussten, dass er schuldig war.«

Zach konnte sich vorstellen, wie belastend das sein konnte. Und es ließ sein schlechtes Gewissen wieder aufbranden, weil er ihr genau das bei ihrem ersten Treffen vor Gericht vorgeworfen hatte. »Candice hat also ausgesagt, und er wurde verurteilt?«

»Genau. Allerdings nur für anderthalb Jahre, wahrscheinlich weil dem Opfer eine Mitschuld gegeben worden war, weil es als Stripperin arbeitete.« Diesmal stand Wut in Chloes Augen. »Als würde sie es darauf anlegen, vergewaltigt zu werden, nur weil sie sich in ihrem Job auszog, um Männer zu unterhalten.«

Ja, das wurde leider häufig so ausgelegt. »Das heißt, er ist jetzt frei?«

»Ich gehe davon aus, seine Strafe müsste er abgesessen haben.«

»Das kann ich nachprüfen. Wie heißt er?«

»Bentley Scott.« Chloe zitterte, als sie den Namen nannte. »Das Opfer heißt Christine Higgins.«

Zach notierte sich die beiden Namen. »Okay. Aber ich verstehe noch nicht so ganz, was das mit dem Mordversuch an dir zu tun hat. Und wenn du den Namen der Zeugin nicht kennst, wie kommst du darauf, dass es Candice sein könnte?«

»Durch das, was Curtis nach seiner Freilassung zu mir gesagt hat. Er nannte sie Candy und sagte, dass sie eine Stripperin gewesen sei. Mir kam es komisch vor, dass das nirgends aufgetaucht ist und offenbar niemand wusste, was sie vorher gemacht hat.«

»Es gibt nicht jeder gerne zu, dass er mal gestrippt hat.«

Chloe nickte. »Natürlich. Aber normalerweise findet die Polizei so was dann doch heraus. Bei Candice schien es so, als hätte es ihr Leben bis vor ein paar Jahren gar nicht gegeben.« Sie blies hart den Atem aus. »Ich habe dann ein wenig im Internet recherchiert, nach »Candice«, aber auch nach »Candy« und »Stripperin«. Dort habe ich ein Foto von einer Junggesellenparty entdeckt, das eine Frau zeigte, die Candice zumindest ähnlich sah.« Ihre auf dem Tisch verschränkten Hände zitterten sichtbar. »Sie arbeitete in demselben Club wie Christine damals. Deshalb bin ich mit einem Foto von Candice dorthin gefahren und habe den Besitzer nach ihr gefragt. Er hat sie wiedererkannt und sagte mir, sie wäre vor einiger Zeit nicht mehr wiedergekommen.«

Zach spürte Wut in sich aufsteigen. »Warum hast du mir nichts gesagt? Ich wäre mit dir dorthin gefahren.« Lange sah sie ihn schweigend an und Zach erinnerte sich daran, dass er sie beleidigt und dann die Wohnung verlassen hatte. Hitze stieg in seine Wangen. »Ich weiß, es ist meine Schuld. Aber trotzdem, Chloe, es war verdammt gefährlich, dort alleine hinzufahren, wenn du den Verdacht hattest, dass der Mord damit zusammenhängt.«

»Es war nicht mal dunkel, und ich wollte nur ein paar Fragen stellen. Woher sollte ich wissen, dass jemand versuchen würde, mich zu töten?« Sie blickte auf ihre Finger. »Außerdem wollte ich nicht, dass jemand erfährt, was ich damals getan habe.«

Verständnislos blickte er sie an. »Was hast du denn getan? Es war dein Job, ihn zu verteidigen.«

»Ja, aber genau deshalb hätte ich die Zeugin nicht an die Staatsanwaltschaft verweisen und ihr Tipps geben dürfen, wie es am sichersten für sie ist.« Ihre Stimme wurde leiser. »Wenn das herauskommt, verliere ich wahrscheinlich meine Zulassung, auf jeden Fall aber meinen Job. Und was fast noch schlimmer wäre: Das Urteil gegen den Verbrecher könnte wegen eines Formfehlers aufgehoben werden.«

Zach rieb über seinen Mund. Die Sache wurde immer verzwickter. Schließlich legte er seine Hand über ihre. »Wir müssen dafür sorgen, dass der Kerl gefasst wird, wenn er für den Mord an Candice Meadows und den Angriff auf dich verantwortlich ist.«

»Ja, aber das wissen wir doch nicht! Deshalb habe ich versucht, Beweise zu finden.« Jetzt blickte sie auf, und er konnte die Tränen sehen, die in ihren Augen schwammen. »Wenn ich schon meine Zulassung opfere, dann nur, wenn ich auch sicher sein kann, dass dieser Mistkerl ein für alle Mal hinter Gittern landet.«

Er konnte verstehen, dass Chloe nicht ihre Lebensgrundlage verlieren wollte, aber er hatte andere Prioritäten. »Ich kann nicht zulassen, dass jemand frei herumläuft, der dich töten will.«

»Glaubst du, ich will das? Trotzdem haben wir noch keinerlei Beweise oder wenigstens Indizien, dass Bentley Scott Candice ermordet hat. Wie hätte er sie überhaupt finden sollen? Soweit ich weiß, wurde die Identität der Zeugin nie enthüllt.«

»Vermutlich hat er das genauso gemacht wie du: im Nachtclub herumgefragt und erfahren, wer direkt nach der Tat nicht mehr dort aufgetaucht ist. Oder er hat sie damals dort gesehen und konnte sich denken, dass sie es war. Wann wurde er aus dem Gefängnis entlassen?«

Chloe rieb über ihre Stirn, als hätte sie Schmerzen. »Ich habe keine Ahnung. Ich weiß nicht mal, ob er überhaupt schon raus ist, aber mit dem verhängten Strafmaß müsste es hinkommen.« Sie verzog den Mund. »Wer weiß, vielleicht ist er wegen guter Führung schon früher rausgekommen.«

Zach klappte seinen Block zu. »Ich werde mich morgen mal umhören.«

Flehend blickte Chloe ihn an. »Aber erwähn bitte nicht, was ich gemacht habe, zumindest, bis wir sicher sind, dass er wirklich der Täter ist.«

»Chloe …«

»Bitte! Deine Kollegen würden die Theorie sowieso nicht glauben, sich aber sicher auf die Möglichkeit stürzen, mich bei der Anwaltskammer anzuschwärzen. Und das könnte dazu führen, dass das damalige Urteil aufgehoben wird.«

Zach seufzte tief auf. »Okay, ich werde erst mal nichts von dir sagen. Aber wenn sich herausstellt, dass wirklich Scott verantwortlich ist, werde ich dich nicht mehr heraushalten können.«

Erleichtert lächelte sie ihn matt an. »Danke.« Erneut rieb sie über ihre Schläfe.

Entschlossen stand er auf und hielt ihr seine Hand hin. »Komm, du gehörst ins Bett.«

»Aber ich habe doch die ganze Zeit geschlafen. Außerdem hast du die Ruhe viel nötiger.« Trotz ihres Protests ließ sie sich von ihm aufhelfen und folgte ihm zum Schlafzimmer.

Zach schnitt eine Grimasse, als er das ungemachte Bett sah. Allerdings hatte er gestern auch nicht wissen können, dass er heute Besuch bekommen würde. Er drehte sich zu Chloe um. »Warum gehst du nicht erst ins Bad, während ich das Bett neu beziehe und ein wenig Ordnung mache?«

»Das ist doch nicht nö…«

Zach unterbrach sie. »Doch, ist es, glaub mir.«

Anscheinend erkannte Chloe, dass er es ernst meinte, denn sie lächelte ihn nur an und verließ das Zimmer. Rasch bezog er das Bett neu und stopfte alles, was auf dem Boden, dem Bett oder dem Sessel lag, entweder in den Wäschekorb oder in den Kleiderschrank. Schließlich blickte er sich zufrieden in dem Raum um. Er musste Chloe so schnell wie möglich ins Bett kriegen, denn er merkte, dass er sich nicht mehr lange auf den Beinen halten konnte. Normalerweise konnte er zwar einige Zeit ohne Schlaf auskommen, aber Schlafmangel, zusammen mit der Angst um Chloe und dem kurzen Bad im East River, bewirkte, dass er sich dringend hinlegen musste.

Kurze Zeit später kam Chloe aus dem Bad zurück. Ihr Gesicht war frisch geschrubbt, trotzdem wirkte sie müde. »Hast du vielleicht ein T-Shirt? Ich möchte ungern in meinen einzigen sauberen Sachen schlafen.«

»Natürlich.« Zach suchte eines seiner alten weichen T-Shirts heraus und legte es auf das Bett, bevor er das Zimmer verließ.

Zögernd trat er wieder ein, als Chloe ihn kurz danach rief. Sie lag bereits im Bett, die Decke bis zum Kinn hochgezogen. »Alles okay?«

Chloe lächelte ihn an. »Ja, das fühlt sich wunderbar an. Danke, Zach, für alles.«

»Gerne.« Er ging wieder zur Tür. »Schlaf schön.«

»Warum legst du dich nicht auch hin? Du siehst müde aus.«

Mit einem stummen Seufzer drehte er sich wieder zu ihr um. »Das mache ich auf der Couch.«

Chloe stützte sich auf ihre Ellbogen und blickte ihn mit zusammengezogenen Augenbrauen an. »Warum denn das? Die Couch ist viel zu klein für dich.«

»Es wird schon gehen.« Auch wenn das Sofa tatsächlich furchtbar unbequem war und er alles für sein gemütliches, weiches Bett geben würde.

Chloe richtete sich auf und griff nach der Bettdecke. »Dann gehe ich auf die Couch, ich bin viel kleiner als du und …«

Mit zwei Schritten war er bei ihr und drückte sie sanft zurück. »Du bist verletzt, du bleibst schön im Bett.«

Einen Moment lang sah sie ihn schweigend an. »Nur wenn du auch ins Bett kommst. Es ist breit genug für uns beide, falls du Angst um deine Unschuld hast.«

Zach wusste, wann er verloren hatte. Er hatte einfach keine Kraft mehr, sich auch noch mit Chloe zu streiten. Und die leere Seite des Bettes wirkte unheimlich verlockend. »Also gut.« Er nahm ein weiteres sauberes T-Shirt aus dem Schrank und knöpfte sein Hemd auf. Als er bemerkte, dass Chloe ihn immer noch anstarrte, hielt er inne. »Mach die Augen zu und schlaf, sonst gehe ich doch noch aufs Sofa.«

Mit einem leisen Lachen, das ihm direkt in den Schaft fuhr, tat Chloe, was er ihr befahl. Kopfschüttelnd entledigte er sich schnell seiner Kleidung und kletterte, nur mit dem T-Shirt und seiner Boxershorts bekleidet, ins Bett. Genießerisch schloss er die Augen, als er in die weiche Matratze sank. Chloes Duft stieg in seine Nase, und mit einem Lächeln schlief er ein.

Es schienen kaum mehr als ein paar Sekunden vergangen zu sein, als Chloe hochschreckte. Desorientiert blickte sie sich um, bis ihr wieder einfiel, wo sie war. Eigentlich war sie nur wegen

Zach ins Bett gegangen – sie wusste, dass er nicht schlafen würde, solange sie sich nicht ebenfalls hinlegte. Und dass er den Schlaf dringend nötig hatte, war deutlich sichtbar gewesen. Sie lächelte, als sie die Wärme an ihrem Rücken spürte. Anscheinend hatte er sich im Schlaf an sie geschmiegt. Sein Arm lag über ihrer Taille, ein Knie hatte sich zwischen ihre Beine geschoben. Zufrieden schob sie ihre Hüfte zurück, um sich noch enger an ihn zu schmiegen.

Jetzt erst bemerkte sie wieder, dass sie beide nur T-Shirts und Unterwäsche trugen, ihre nackten Beine pressten sich aneinander. Seine Haare kitzelten an ihren Schenkeln, als er sich als Reaktion auf ihre Nähe bewegte. Mit dem Arm zog er sie enger an sich, während sich sein Oberschenkel höher schob, bis er sich an ihre Scham presste. *Oh Gott!* Chloe schloss die Augen und genoss das Gefühl, ihm so nahe zu sein. Auch wenn er sich ihr gegenüber seit gestern Abend sehr nett verhielt und sich rührend um sie kümmerte, bezweifelte sie, dass er ihr im wachen Zustand körperlich so nah kommen würde. Und das war zu schade.

Denn im Schlaf schien er ihre Nähe zu genießen, wenn sie das harte Objekt als Indiz nahm, das sich an ihren Po presste. Chloe versuchte wirklich, sich nicht an seiner Erektion zu reiben, aber es war verdammt schwierig. Wenn sie das hier durchstand, hatte sie wirklich einen Heiligenschein verdient. Oder zumindest Flügel. Sie unterdrückte ein Lachen und schloss die Augen. Vielleicht würde sie wieder einschlafen, wenn sie sich ein wenig entspannte. Dummerweise bewirkten die geschlossenen Augen nur, dass ihre anderen Sinne umso sensibler waren. Zachs Geruch stieg in ihre Nase, während sie seinen gleichmäßigen Atemzügen lauschte. Jedes Mal wenn er ausatmete, strich die Luft über ihren Nacken und sie bekam eine Gänsehaut.

Ihre Brustspitzen stellten sich auf und rieben mit jedem ihrer Atemzüge am Stoff des T-Shirts. Feuchtigkeit bildete sich in ihrer Mitte und sie versuchte, die Beine zusammenzupressen, was aber nicht funktionierte, solange Zachs Oberschenkel dazwischen war. Unruhig bewegte sie sich, doch Zach hielt sie fest. Sein Schaft schien noch härter geworden zu sein, und Chloe musste ihre Finger ineinander verschränken, um Zach nicht zu berühren. Nach der durchwachten Nacht brauchte er dringend seinen Schlaf, sie wollte ihn nicht wegen ihrer Bedürfnisse aufwecken. Es musste ihr genügen, ihn endlich an ihrem Körper zu spüren, und sie sollte es genießen, so lange es dauerte.

Erneut versuchte sie, sich zu entspannen, und hätte es beinahe geschafft, als Zach etwas murmelte und mit seiner Hand über ihren nackten Bauch strich. Offenbar war das T-Shirt hochgerutscht und Zach hatte die Gelegenheit genutzt, um ihre Haut zu berühren. Angespannt hielt sie den Atem an, in der Erwartung, dass Zach aufwachen würde. Doch das tat er nicht. Stattdessen kroch seine Hand höher und legte sich über ihre Brust. Chloes Augen flogen auf, und sie starrte blind auf den Schrank. Erregung schoss durch ihren Körper, und sie versuchte zu entscheiden, was sie jetzt tun sollte. Zach aufwecken und diese erotische Folter beenden oder seine warmen Finger auf ihrer Brust und das daraus resultierende unerfüllte Verlangen ertragen.

Sie war noch immer damit beschäftigt, eine Entscheidung zu treffen, als sich Zachs Körper plötzlich versteifte. Offenbar war er aufgewacht und hatte die Situation erkannt. Als er seine Hand zurückziehen wollte, reagierte sie instinktiv und hielt sie auf ihrer Brust fest.

Ein heiserer Laut entfuhr ihm. »Chloe …« Bevor sie etwas sagen konnte, spannte sich seine Hand an und er presste sie stärker auf ihre Brust. Auf keinen Fall konnte er so übersehen, dass ihr harter Nippel sich in seine Handfläche bohrte.

»Bitte, Zach.« Ihre Bitte klang sehnsüchtig.

Zu ihrem Erstaunen zog Zach sich nicht vor ihr zurück, sondern kam ihrem Wunsch nach. Ein Finger strich leicht über ihre Brustspitze, umkreiste sie, bis Chloe sich unruhig gegen ihn bewegte. Zach schob seinen Oberschenkel weiter zwischen ihre Beine, sodass sich sein Unterleib noch dichter an sie presste und ihr jede Bewegung unmöglich machte. Erregung breitete sich in ihr aus, als sie erkannte, dass sie seinen Händen und seinem Körper völlig ausgeliefert war. Normalerweise gab sie gern den Ton an, aber in diesem Moment, bei diesem Mann, hatte sie kein Problem damit, das Kommando abzugeben. Besonders, wenn er es so leicht schaffte, ihren Körper zum Singen zu bringen.

Ihr Herz hämmerte, während sie angespannt darauf wartete, was Zach als Nächstes tun würde. Ihre Brustspitzen waren so empfindlich, dass die leichteste Berührung seiner rauen Finger Energiestöße in ihren Unterleib sandte. Ihre Feuchtigkeit durchnässte mittlerweile ihren Slip, und sie war sicher, dass Zach die Auswirkungen ihrer Erregung an seinem Bein fühlen konnte. Genauso, wie sie sein gesteigertes Verlangen daran erkannte, dass sich sein Schaft immer härter gegen ihren Po presste. Oh Gott, sie wollte Zach ansehen und berühren, sich an ihm reiben, um das Ziehen in ihrem Unterleib zu besänftigen.

Schließlich hielt Chloe es nicht mehr aus. Da sie seinen Körper nicht erreichen konnte, presste sie ihre Hand wieder auf seine und zwang ihn dazu, ihre Brust noch fester zu berühren. Wieder folgte er ihrer Aufforderung, schloss seine Finger diesmal um ihre Brustwarze und reizte sie. Chloe hielt den Atem an, als ein Strahl reiner Lust durch ihren Körper fuhr. Mit einem Keuchen ließ sie die Luft entweichen. *Ja, mehr!* Da ihr die Worte fehlten, beschränkte sie sich darauf, den Druck ihrer Hand zu verstärken und zu genießen, wie Zach ihrer Bitte erneut folgte. Mit der anderen Hand schob er ihre Haare zur Seite und fuhr mit den Lippen über ihren Nacken. Eine Gänsehaut überzog ihren Körper und sie drehte ihren Kopf so, dass er ihre Haut besser erreichen konnte.

Das nutzte er sofort und knabberte an ihrem Hals, während seine Hand zu ihrer anderen Brust glitt. Unruhig bewegte Chloe sich, doch ihr Verlangen war so nicht zu stillen. Sie wollte mehr, viel mehr. Als könnte er ihre Gedanken hören, spannte Zach seine Muskeln an und rollte sich mit ihr herum, sodass sie nun auf ihm lag, ihren Rücken an seiner Brust, seinen Schaft an ihren Po gepresst. Jetzt waren ihre Arme zwar frei, aber sie konnte immer noch nicht wesentlich mehr von Zach erreichen. Frustriert berührte sie seine Seiten, doch auch da versperrte ihr der Stoff den Weg. Chloe schob ihre Finger darunter und hob die Hüfte an, während sie die Boxershorts kräftig nach unten zog.

Ein Grollen ertönte unter ihr, doch sie kümmerte sich nicht darum. Sie wollte Haut, jetzt, sofort! Schließlich schien Zach einzusehen, dass sie nicht aufgeben würde, und half ihr dabei, seine Boxershorts zumindest so weit nach unten zu schieben, dass sein Schaft heraussprang. Immer noch war eines seiner Beine zwischen ihr, sodass seine Erektion sich heiß über ihren Eingang legte. Was an sich genau das war, was sie wollte, nur dummerweise hatte sie noch ihren Slip an. Anscheinend hatte Zach den gleichen Gedanken, denn schon hakten sich seine Finger unter den Bund und zogen den Slip herunter.

Endlich waren sie beide ab der Taille nackt, und sie konnte seinen Penis direkt an ihrer Haut spüren. Es fühlte sich so gut an, dass sie für einen Moment ganz ruhig dalag und es einfach nur genoss.

»Alles okay?« Zachs raue Stimme war kaum mehr als ein Flüstern.

Chloe strich als Antwort mit ihren Fingern seitlich über seine Hüfte. Wahrscheinlich hätte sie jetzt keinen Ton herausbekommen, zu sehr war sie in den Gefühlen gefangen, die Zachs Nähe in ihr auslöste. Ihre Hand wanderte zur Mitte, doch bevor sie seinen Schaft berühren konnte, hatten seine Finger ihre eingefangen. Sie gab einen protestierenden Laut von sich und Zachs Muskeln spannten sich unter ihr an. Er schob auch sein zweites Bein zwischen sie und bog ihre Beine nach außen, sodass sie jetzt weit offen auf ihm lag. Da er offensichtlich nicht wollte, dass sie seinen Penis berührte, begnügte sie sich damit, ihre Hände um seinen Po gleiten zu lassen, der durch seine angewinkelten Beine gut erreichbar war. Zach zuckte zusammen, hinderte sie aber nicht daran.

Mit beiden Händen schob er ihr T-Shirt nach oben und zog es ihr vorsichtig über den Kopf, als Chloe sich ein wenig aufrichtete. Nachdem er sich auch seiner restlichen Kleidung entledigt hatte, ließ Chloe sich wieder zurücksinken und stöhnte auf, als ihre nackte Haut aufeinandertraf. Sie konnte das schnelle Klopfen von Zachs Herz spüren und seine rauen Atemzüge hören. Eine Hand legte er wieder auf ihre Brust, mit der anderen wanderte er über ihre Rippen nach unten. Chloe schob die Decke zur Seite, um besser sehen zu können. Der Anblick von Zachs gebräunten Händen auf ihrer hellen Haut steigerte ihr Verlangen noch mehr.

Zachs Daumen und Zeigefinger zupften an ihrer Brustwarze, die sich hoch aufgerichtet hatte. Ihre Bauchmuskeln zogen sich zusammen, als Zach langsam darüber strich. Immer tiefer glitten seine Finger, und Chloe hielt in Erwartung seiner heiß ersehnten Berührung den Atem an. Doch Zach ließ sich Zeit, ihren Körper zu erkunden. Zur Strafe für seine Folter kniff sie ihn leicht in den Po. Leider bewirkte das auch nicht, dass er sich beeilte, stattdessen begann er, genüsslich an ihrem Ohr zu knabbern. Geduld war noch nie ihre Stärke gewesen, aber darauf warten zu müssen, dass Zach sie dort berührte, wo sie es am dringendsten brauchte, ließ ihre Anspannung in nie gekannte Höhen schnellen.

Schließlich, nach beinahe unendlich langer Zeit, glitt seine Hand über ihre Scham und legte sich auf ihre feuchte Spalte. Chloe wollte instinktiv ihre Beine zusammenpressen, doch Zachs Schenkel hielten sie weiterhin offen. Seine Finger strichen über ihre Klitoris und Chloe stieß einen atemlosen Schrei aus. Oh Gott, wenn er so weitermachte, würde sie völlig zerfließen. Ihr Atem stockte in der Kehle, als Zach gleichzeitig ihre Brustspitze fest umschloss und ein Finger in sie eintauchte. Doch bevor sie das Gefühl, ihn in sich zu haben, genießen konnte, verließ er sie bereits wieder. Enttäuscht stöhnte sie auf.

19

Zach verbarg sein zufriedenes Lächeln an ihrem Nacken, als er ihr Stöhnen hörte. Chloe bewegte sich unruhig über ihm und er hatte alle Mühe, sie dort zu halten, wo er sie haben wollte: nackt auf ihm und hilflos seinen Berührungen ausgeliefert. Als er aufgewacht war und gemerkt hatte, wo seine Hand lag, hatte er eine Sekunde lang darüber nachgedacht, sich zurückzuziehen und das Richtige zu tun. Doch als Chloe dann seine Hand auf ihre Brust gepresst hatte, konnte er sich ihrer sehnsüchtigen Bitte nicht mehr verschließen. Falsch, er *wollte* es nicht. Er hatte es satt, immer der Vernünftige zu sein. Chloe war erwachsen und konnte ihre eigenen Entscheidungen treffen. Wenn sie wollte, dass er sie berührte, warum sollte er ihnen beiden dann dieses Vergnügen versagen? Und als sie ihren Po an seinem Schaft rieb, war es um seine Beherrschung geschehen.

Er presste seine Knie weiter nach außen, um Chloe noch mehr für ihn zu öffnen. Nur schade, dass er sie nicht sehen konnte, aber das musste er sich für ein anderes Mal aufheben. Sein Finger glitt über ihre Klitoris und sein Herz machte einen Satz, als sich Chloes Fingernägel tiefer in seinen Po bohrten, während sie sich erneut erregt auf ihm bewegte. Wahrscheinlich wusste sie gar nicht, was sie ihm damit antat. Sein Schaft presste sich in ihre Pospalte, und jede Bewegung brachte ihn näher an den Orgasmus heran. Den wollte er aber noch hinauszögern, um den Moment auszukosten und ihren wunderschönen Körper ausgiebig mit den Händen zu erkunden. Ihre harten Brustspitzen bettelten förmlich darum, dass er sie berührte und an ihnen saugte, was in dieser Position leider nicht ging.

»Zach …«

Ihre heisere Stimme ließ ein Zittern durch seinen Körper laufen, und er brauchte seine ganze Beherrschung, um nicht allein dadurch zu kommen. »Ja?«

»Tu endlich was!«

Zach schwankte zwischen Belustigung und Verzweiflung. »Das tue ich doch.«

»Dann mach mehr.« Ihre Hand glitt an seinem Po nach unten, bis ihre Fingerspitzen seine Hoden berührten.

Unwillkürlich hob er seine Hüfte und presste seinen Schaft noch härter gegen ihre Spalte. Gott, er wollte nichts lieber, als sich in ihr zu vergraben, aber das ging nicht. »Was … möchtest du denn?« Seine Stimme war nur noch ein tiefes Knurren.

»Dich, in mir.« Ein Schauer lief durch ihren Körper.

»Das geht nicht.« Und es tat ihm unendlich weh, das zu sagen. Mehr, als sie es sich vorstellen konnte.

Chloe stellte jede Bewegung ein, sie schien nicht einmal mehr zu atmen. »Warum nicht?«

Zach biss die Zähne zusammen. »Kein Kondom in der Wohnung.«

»Oh.« Sie drehte den Kopf und hauchte einen Kuss auf seine Brust. »Das ist extrem schade.«

Schade war gar kein Ausdruck. Warum war er so dumm gewesen, sich keinen Vorrat an Kondomen anzulegen? Auch wenn er bereits seit längerer Zeit keine Freundin gehabt hatte, hätte er für den Notfall welche vorrätig haben sollen. Aber jetzt war es zu spät, das zu bedauern, und er musste das Beste aus der Situation machen.

»Willst du aufhören?« Er hielt den Atem an, aus Furcht, Chloe könnte die Sache beenden.

»Bist du verrückt? Jetzt, wo ich dich endlich da habe, wo ich dich schon lange haben wollte, werde ich dich bestimmt nicht wegschicken.«

»Unter dir?«

Chloe stieß ein heiseres Lachen aus. »Mir ist völlig egal, ob du unter, über oder neben mir bist, solange du mich endlich weiter berührst.«

Ihre Worte ließen Hitze durch seinen Körper schießen und er beeilte sich, ihrem Wunsch nachzukommen. Während er sich wieder mit ihren Brüsten beschäftigte, tauchte er mit einer Hand erneut in ihre feuchte Hitze ein. Langsam schob er einen Finger immer tiefer hinein und genoss das Gefühl, wie ihre Muskeln sich um ihn herum zusammenzogen. Die Vorstellung, wie sich das Zucken an seinem Schaft anfühlen würde, steigerte seine Erregung noch. Tief atmete er durch und versuchte, sich so lange zu beherrschen, bis Chloe ihren Höhepunkt erreicht hatte. Doch das war nicht so einfach, da sie mit ihren Hüftbewegungen weiterhin seinen Penis massierte, ihre Finger seine Hoden berührten und langsam nach hinten wanderten.

Zach presste die Augen zusammen und stieß einen stummen Fluch aus. *Okay, Konzentration.* Da er in dieser Position einfach nicht genügend Spielraum hatte – und auch keine Kontrolle darüber, wie viel Druck Chloe auf seinen Unterleib ausübte, rollte Zach sich rasch herum, sodass Chloe auf einmal unter ihm lag. Einen Moment lang genoss er das Gefühl, wie sich ihr Po gegen seinen Schaft presste, dann biss er sanft in ihren Nacken.

»Dreh dich um.«

Widerwillig bewegte er sich etwas von ihr weg, damit sie genug Platz hatte, um sich auf den Rücken zu rollen. Mit großen Augen blickte sie ihn schließlich an, ihre Wangen waren gerötet. Oh ja, er würde es genießen, ihr anzusehen, was seine

Berührungen bei ihr bewirkten. Er umfasste sanft ihre Handgelenke und zog sie nach oben. Dort legte er ihre Finger um die Metallstreben des Bettes.

»Nicht loslassen.«

»Aber …«

Zach beugte sich dicht über sie und blickte ihr direkt in die Augen. »Vertraust du mir?«

Chloe biss sich in die Unterlippe. An der Art, wie sich ihre Pupillen erweiterten, konnte er sehen, wie sehr sie die Idee erregte, ihm so viel Macht über ihren Körper zu verleihen. »Natürlich.«

Ihre Antwort sandte einen Stoß direkt in seinen Schaft. »Gut.« Er legte seine Lippen auf ihre und küsste sie mit all dem Verlangen, das sich in ihm aufgestaut hatte. Mit einem leisen Seufzer gab sie sich ihm hin und erlaubte seiner Zunge Zugang.

Zachs Arme zitterten, und er riss sich nach langer Zeit schwer atmend los. Gott, wenn ihn schon ein einfacher Kuss so aus der Bahn warf, was würde erst passieren, wenn er irgendwann seine schmerzende Erektion in ihr vergraben konnte? Der Gedanke daran half ihm nicht gerade dabei, sich zu beherrschen. Langsam kroch er weiter nach unten und schob ihre Beine auseinander, bis seine Hüfte dazwischen passte. Als sein harter Schaft über das Bettlaken strich, unterdrückte er ein Stöhnen. Es fehlte nicht mehr viel, dass er explodierte.

Mit der Zunge strich er über eine Brustspitze, die sich sofort zu einem harten Knoten zusammenzog. Rastlos wand Chloe sich unter ihm, sodass er mit dem Oberkörper auf sie sank, damit sie stillhielt. Gleichzeitig schloss er seinen Mund um ihre Brustwarze und saugte fest daran. Chloes Arme spannten sich an, ihre Finger krampften sich um die Metallstäbe. Ihre Beine legten sich um seinen Rücken und pressten ihn dichter an sich. Zach konnte ihre Feuchtigkeit an seiner Haut spüren. Nach einem kurzen scharfen Biss entließ er ihre Brustspitze bedauernd aus seinem Mund und zog mit der Zunge eine feuchte Spur über ihre Rippen nach unten. Tief atmete er ihren unvergleichlichen Duft ein und genoss ihre weiche Haut an seinen Lippen. Mit beiden Händen hielt er ihre Hüfte fest, als sie sich ihm entgegenheben wollte.

Chloe gab einen protestierenden Laut von sich, als Zach sie in die Matratze presste, anstatt ihr zu erlauben, sich an ihm zu reiben. Gott, sie brauchte jetzt seine Berührung, musste seine Haut an ihrer spüren, seine Hände auf ihrem Körper. Doch er schien sie eher in den Wahnsinn treiben zu wollen. Und er hatte damit Erfolg, der Mistkerl. Sie wollte mit den Fingern seine Muskeln berühren, die harten Konturen seines Körpers nachfahren, sie in seine zerzausten Haare vergraben. Stattdessen hielt sie sich am Kopfteil des Bettes fest, als würde sie wegfliegen, wenn sie losließ.

Ihre Augen flogen auf, als Zachs Atem über ihren Bauch strich. Sie hob den Kopf und blickte an sich herab. Der Anblick, wie Zach zwischen ihren Beinen lag, seine gebräunten Hände auf ihrer bleichen Hüfte, der Mund beinahe auf Höhe ihrer Scham, stieß sie beinahe über die Klippe. Unwillkürlich presste sie ihre Beine stärker um seinen Brustkorb zusammen und sah, wie Zach aufblickte. Seine Augen wirkten beinahe schwarz, seine Lippen und Wangen waren gerötet. Dann lächelte er sie langsam an – und Chloe stürzte in den Abgrund. Ihr Oberkörper bog sich nach oben und sie stieß einen keuchenden Schrei aus.

»Verdammt!«

Nur gedämpft hörte sie Zachs Fluch, dann war sein Mund über ihrer Klitoris und er begann, an ihr zu saugen, während seine Finger in sie stießen. Da er sie nicht mehr festhielt, konnte sie ihm ihren Unterleib entgegenheben. Zach folgte ihrer stummen Aufforderung und verlängerte so ihren Orgasmus, bis sie völlig geschwächt auf die Matratze zurücksank. Mühsam löste sie ihre Finger von den Stäben und legte sie zaghaft auf Zachs Kopf. Mit einem letzten Zungenstreich, der einen weiteren Stromstoß durch ihren Körper sandte, blickte er auf. Seine Augen glitzerten, und die Haut spannte sich über seinen Wangenknochen. Er war offensichtlich noch nicht gekommen.

»Komm her.«

Ohne zu zögern, folgte er ihrer Aufforderung. Chloe schlang ihre Arme um seinen Nacken und stürzte sich auf seinen Mund. Ihre Zungen trafen sich, und Chloe gab ein zufriedenes Schnurren von sich. Da Zach offenbar auch von selbst dort blieb, wo sie ihn haben wollte, löste sie nach einiger Zeit ihren Griff und strich mit den Händen über seine Schultern. Das Spiel seiner Muskeln fühlte sich so gut an, sie könnte Stunden damit zubringen, es zu erforschen. Allerdings konnte sie seinen harten Schaft an ihrem Oberschenkel spüren und wusste, dass eine langsame Erkundung seines Körpers noch ein wenig warten musste.

Ihre Finger glitten über seinen Brustkorb, immer weiter hinunter, bis sie seine Hüfte erreichte. Da es sie so verlockte, machte sie einen kleinen Abstecher zu seinem Po, den sie vorhin nicht richtig hatte erforschen können. Jetzt umfassten ihre Hände seine harten Muskeln, und sie knetete ihn ausgiebig, vom Übergang zum Rücken bis zum Ansatz seiner Hoden. Immer drängender stieß seine Zunge in ihren Mund und imitierte damit die Bewegung seiner Erektion an ihrem Oberschenkel. Mit einem bedauernden Seufzer erkannte sie, dass es unfair wäre, Zach noch weiter zu quälen. Nur ungern beendete sie den Kuss.

»Rutsch höher.« Sie war selbst erstaunt, wie dunkel ihre

Stimme klang. Und dass sich ihr Eingang verlangend zusammenzog, als Zach wortlos gehorchte.

Er stützte sich über ihr auf, die Muskeln in seinen Armen bildeten ein interessantes Relief zu beiden Seiten ihres Kopfes. Seine Knie rahmten ihre Hüfte ein, und er beugte sich noch weiter vor, bis sie seinen Penis leicht mit den Händen erreichen konnte. Gierig griff sie danach und strich mit ihren Fingern über seine beeindruckende Länge. Seidig glatte Haut überzog einen steinharten Kern, der sich unter ihrer Berührung noch vergrößerte. Zachs Kopf sackte zwischen seinen Armen nach unten und er stieß einen rauen Laut aus. Seine Augen waren geschlossen, ein beinahe schmerzlicher Ausdruck stand auf seinem Gesicht.

Zufrieden, dass er ihr Zusammensein genauso genoss wie sie, schlang Chloe ihre Finger fester um den Schaft, während die andere Hand seine Hoden umfasste. Zach bewegte seine Hüfte in ihre Richtung, wodurch sich seine Erektion durch ihre Hand schob. Danach zog er sich wieder zurück, bevor er sich erneut vorwärts bewegte. Chloe schloss ihre Hand noch fester um seinen Penis. Immer schneller wurden seine Bewegungen, und an seinen Hoden konnte sie fühlen, dass er bereits kurz vor dem Höhepunkt stand. Mit dem Daumen strich sie über die feuchte Spitze seines Schafts. Ein Schauer lief durch Zachs Körper.

Mit einem tiefen Stöhnen stieß er einige Male schnell in ihre Hand, dann verspannten sich seine Muskeln, er hielt inne und ergoss sich auf ihren Bauch. Chloe hatte noch nie etwas Erotischeres gesehen. Als Zachs Arme stärker zu zittern begannen, ließ sie ihn rasch los, damit er sich neben sie legen konnte. Einen Moment lang lagen sie beide schwer atmend da, und Chloe schwelgte in der Tatsache, dass sie Zach endlich so berühren konnte, wie sie wollte.

Zach räusperte sich. »Das war unerwartet.«

Verwirrt blickte Chloe ihn an. »Wieso? Ich dachte, deshalb haben wir überhaupt erst damit angefangen.«

Ein Lächeln erschien auf seinem Gesicht. Er hob eine Hand und strich eine Haarsträhne aus ihrem Gesicht. »Ich meinte, dass du gekommen bist, ohne dass ich dich überhaupt berührt habe.«

Chloe spürte Hitze in ihre Wangen schießen und drehte ihren Kopf zur Seite. Verdammt, warum war ihm das aufgefallen? Jeder andere Mann wäre zufrieden gewesen und hätte es nicht weiter erwähnt.

Zach dagegen zwang sie dazu, ihn wieder anzusehen. »Chloe?«

Sie stöhnte genervt auf. »Es war dein Lächeln, okay? Du hast mich angelächelt, und das hat mir schon gereicht, um …« Chloe sah gerade noch seine Zähne in einem Lächeln aufblitzen, als er sich über sie beugte und sie leidenschaftlich küsste.

Schwer atmend fiel er schließlich wieder zurück. »Gott, du schaffst mich, Frau!«

Zufrieden lächelte Chloe ihn an. »Dito.«

Lange Zeit sah er sie einfach nur an, dann stand Zach auf und kam kurz darauf mit einem feuchten Waschlappen zurück. Nachdem er ihren Bauch gesäubert hatte, legte er sich wieder neben Chloe, schlang seinen Arm um sie und zog sie dicht an sich. Sie versuchte, sich nicht anmerken zu lassen, wie glücklich sie darüber war. Beinahe hatte sie befürchtet, dass er sich nach dem Sex wieder zurückziehen und eine Mauer zwischen ihnen aufbauen würde. Aber anscheinend hatte er kein Problem mehr damit, dass sie sich jetzt endlich nähergekommen waren. Ein gutes Zeichen, denn sie war noch lange nicht mit ihm fertig.

Anscheinend musste sie eingeschlafen sein, denn Chloe wachte erst wieder auf, als ein ungewohntes Klingeln sie weckte. Es dauerte einen Moment, bis sie es schaffte, sich ganz aus ihren Träumen zu lösen und den Anflug von Panik zu überwinden, als sie Zach nicht neben sich fand. Hatte sie etwa geträumt, dass sie sich geliebt hatten? Ihr Herz setzte vor Schreck einen Schlag aus und klopfte schneller weiter, als Zach nackt ins Zimmer trat und ihr etwas hinhielt. Chloe blinzelte ihn an.

Ein leichtes Lächeln spielte um seinen Mund. »Dein neues Telefon klingelt. Willst du nicht drangehen?«

Der Gedanke, es könnte jemand aus ihrer Familie sein, ließ sie sich rasch aufsetzen und die Bettdecke über ihren nackten Körper ziehen, bevor sie ihre Hand nach dem Handy ausstreckte.

Mit hochgezogenen Augenbrauen blickte Zach sie an und reichte ihr schließlich das Telefon. Dann lehnte er sich mit dem Rücken an den Schrank. Anscheinend hielt er nichts von Privatsphäre.

Chloe schüttelte den Kopf und nahm das Gespräch an. »Ja?«

»Chloe Hunter?« Die männliche Stimme kam ihr bekannt vor, aber sie konnte sie nicht richtig einordnen.

Unbehagen stieg in ihr auf. »Ja?«

Zach ließ die Arme sinken, die er über der Brust gekreuzt hatte, und trat näher zum Bett.

Der Anrufer atmete tief durch. »Oh gut, ich dachte schon, Ihnen wäre etwas passiert.« Er lachte kurz. »Ich weiß, es ist verrückt, aber ich habe gehört, dass eine junge Frau von einer Fähre in den East River gefallen ist, kurz nachdem Sie meinen Club verlassen hatten, und irgendwie hatte ich befürchtet, dass Sie es sein könnten.«

Erst jetzt erkannte Chloe die Stimme und lehnte sich erleichtert zurück. »Dave Reyes?«

Ein kurzes Lachen ertönte. »Genau. Entschuldigung, ich scheine meine Manieren verlegt zu haben. Es geht Ihnen also gut?«

»Ja, allerdings bin ich tatsächlich von der Fähre in den East River gestoßen worden. Wie kamen Sie darauf, dass ich es sein könnte?« Eine Weile herrschte Schweigen, und Chloe presste das Telefon ans Ohr, um besser hören zu können. »Dave, sind Sie noch da?« Aus den Augenwinkeln sah sie, dass Zach sich bereit machte, ihr das Handy zu entreißen, deshalb hielt sie eine Hand hoch, um ihn aufzuhalten.

»Ja. Verdammt! Aber es ist Ihnen nichts passiert?«

Chloe verzog den Mund. »Außer dass ich fast ertrunken wäre und eine Platzwunde am Hinterkopf habe, nein.«

Dave räusperte sich. »Ich weiß auch nicht, wie ich darauf kam, Cop-Instinkt vielleicht. Es passiert eher selten, dass jemand auf dieser Strecke von der Fähre fällt, und nachdem Sie mir gesagt hatten, dass Candice und ihr Lebensgefährte tot sind und der Täter noch nicht gefasst … Irgendwie kam es mir so vor, als könnten Sie in Gefahr schweben.«

Chloe schauderte, als sie sich daran erinnerte, wie nah sie daran gewesen war, wirklich zu sterben. »Dann würde ich sagen, dass auf Ihre Instinkte Verlass ist.«

Dave lachte harsch auf. »Nicht, dass ich mir etwas dafür kaufen könnte. Haben Sie einen Schutz?«

Sie bemühte sich, Zach nicht anzusehen, aber sie spürte, wie ihre Wangen heiß wurden. »Ja, es ist ein Detective bei mir.«

»Gut. Denn wenn der Täter noch nicht mal davor zurückschreckt, in aller Öffentlichkeit eine Anwältin anzugreifen, wird er jetzt sicher nicht aufgeben.«

Wieder lief ein Zittern durch ihren Körper, als Dave ihre eigene Befürchtung aussprach. Zach gab ihr ein Zeichen, dass er das Handy haben wollte. »Der Detective möchte mit Ihnen sprechen.«

Dave schwieg einen Moment, dann seufzte er leise. »Okay.«

Chloe hielt Zach mit einer Hand an der Brust auf. »Danke für Ihre Besorgnis. Wenn Ihnen noch etwas wegen Candice einfällt oder Ihnen jemand auffällt, der ein besonderes Interesse daran zeigt, sagen Sie mir bitte Bescheid.«

»Natürlich. Passen Sie auf sich auf, Chloe Hunter.«

»Danke, das werde ich.« Mit einem unguten Gefühl gab Chloe das Handy weiter. Zach sah nicht so aus, als wäre er in der Stimmung, freundlich zu sein. Sie lehnte sich vor und sprach leise in sein Ohr. »Sei nett zu ihm.«

Der Blick, den Zach ihr zuwarf, hätte sie in jeder anderen Situation zum Lachen gebracht. Doch nach den Ereignissen der vergangenen Tage fiel es ihr schwer. Es war ein seltsames Gefühl, sich vorzustellen, dass irgendwo jemand existierte, der sie töten wollte. Zwar war Zach jetzt bei ihr, aber ihr wäre es lieber, er wäre es nicht nur, um sie zu beschützen, sondern weil er sich nach ihr sehnte. Sie ließ die Hand über seine nackte Brust gleiten und wandte sich schließlich von ihm ab. Leise schloss sie die Badezimmertür hinter sich und lehnte sich mit dem Rücken dagegen. So gern sie auch mit Zach zusammen war, sie musste jetzt ein paar Minuten für sich sein.

Der Sex mit Zach war fantastisch gewesen, genauso, wie sie ihn sich immer erträumt hatte. Es hatte sie tatsächlich ein wenig überrascht, dass Zach sich nicht wieder zurückgezogen, sondern sie wie eine normale Frau behandelt hatte. Und dass er sich erlaubt hatte, sich gehen zu lassen. Allein die Erinnerung daran sandte einen Schauer durch ihren Körper. Ihre Brustspitzen zogen sich zusammen, und sie musste sich schnell ablenken, bevor das Verlangen wieder über ihren gesunden Verstand herrschte. So wunderbar das Zusammensein mit Zach auch gewesen war, sie musste erst wissen, wo sie bei ihm stand, bevor sie weitere Gefühle investierte. Auch wenn es ihr gerade bei Zach schwerfiel, ihre Gefühle überhaupt zu steuern.

Mit einem tiefen Seufzer stieß sie sich von der Tür ab und stieg in die Duschkabine. Am liebsten würde sie sich jetzt in die Wanne legen, aber leider gab es hier keine. Deshalb würde sie mit einer heißen Dusche vorliebnehmen müssen. Chloe stellte sich unter den Duschkopf und ließ ihre angespannten Muskeln von dem harten Strahl massieren.

Zach legte das Handy auf die Kommode und stand einen Moment einfach nur da, um sich wieder zu beruhigen, bevor er mit Chloe redete. Zuerst war es einfach nur Eifersucht gewesen, die ihn dazu getrieben hatte, sich in ihr Telefonat mit diesem Reyes einzumischen, doch während seiner Unterhaltung mit dem Clubbesitzer hatte zunehmende Sorge dieses Gefühl überlagert. Reyes betrachtete offenbar die Möglichkeit, dass der Überfall auf Chloe mit den Ereignissen vor anderthalb Jahren zusammenhing, als sehr wahrscheinlich. Zwar war er anfangs ziemlich einsilbig gewesen und hatte Zach das Gefühl gegeben, dass Dave Polizisten hasste, doch dann hatte er seine Fragen bereitwillig beantwortet. Vermutlich, weil er nicht wollte, dass Chloe etwas passierte.

Was Zach wieder zu der Frage brachte, was gestern im Strip-Club vorgefallen war, unter anderem zwischen Chloe und Dave. Womöglich hatte Dave sogar schon damals beim Prozess ein Auge auf Chloe geworfen – er hatte zugegeben, dass er an den meisten Tagen der Gerichtsverhandlung als Zuschauer zugegen gewesen war. Angeblich war ihm Chloe gar nicht so aufgefallen, weil sie nur am Tisch der Verteidigung gesessen hatte. Daraufhin hatte Zach ihn über den damaligen Prozess ausgefragt. Die wichtigsten Punkte hatte er sich notiert, um sie morgen im Department überprüfen zu können. Jetzt war nur die Frage, was er mit Chloe machen sollte. Er konnte sie unmöglich allein in ihre Wohnung zurücklassen. Und morgen würde er wieder zur Arbeit müssen, und da konnte er sie kaum mitnehmen.

Beinahe magisch vom Geräusch der Dusche angezogen öffnete er die Badezimmertür und trat in den Raum. Wasserdampf wallte ihm entgegen, doch sein Blick heftete sich auf die durchsichtige Duschkabine, hinter der er Chloes nackten Körper ausmachen konnte. Vermutlich sollte er sich leise wieder zurückziehen und ihre Privatsphäre respektieren, doch er schaffte es nicht. Nachdem er sich einmal erlaubt hatte, sie anzusehen und zu berühren, wollte und konnte er sich nicht mehr dazu zwingen, in ihr nur Shanes Schwester zu sehen.

Zach schnitt eine Grimasse, als ihm bewusst wurde, dass er tatsächlich seit gestern nicht einmal mehr an Autumn gedacht hatte, zu sehr beherrschte Chloe und seine Sorge um sie seine Gedanken. Aber selbst vor dem schrecklichen Anschlag auf ihr Leben war ihm schon klar gewesen, dass Chloe ihn als Person weit mehr faszinierte, als Autumn es je getan hatte. Bei Autumn war sein Beschützerinstinkt noch ausgeprägter gewesen; er wollte dafür sorgen, dass sie nie wieder so etwas Furchtbares durchmachen musste. Natürlich wollte er auch Chloe in Sicherheit bringen, aber er fühlte sich gleichzeitig von ihrer Unabhängigkeit angezogen, ihrer Stärke.

Sein Blick glitt an ihrem Körper hinunter. Es wäre gelogen, wenn er behauptet hätte, dass ihre Schönheit ihn nicht auch beeindruckte, genauso wie ihre Offenheit und Energie. Chloe hatte mit ihrer Bemerkung völlig recht gehabt: Er brauchte eine Frau, die ihn forderte und ihn mit ihrer Freude am Leben ansteckte. Ihn dazu brachte, auch einmal etwas ohne große Überlegung zu tun und einfach nur zu genießen. Und genau das würde er jetzt machen. Mit zwei großen Schritten war er bei der Duschkabine und öffnete die Tür.

Zach trat unter den Strahl und schmiegte sich an Chloes Rücken. Sie zuckte kurz zusammen, aber dann wich die Anspannung aus ihrem Körper, und sie lehnte sich an ihn. Zufrieden schlang er seine Arme um ihren Bauch und hauchte einen Kuss auf ihre Schläfe. Chloe legte ihren Kopf an seine Schulter zurück und blickte zu ihm auf. Wassertropfen hingen in ihren langen Wimpern und liefen über ihre Wangen. Niemand sagte ein Wort, während sich ihre Blicke ineinander vertieften. Zach hätte stundenlang so stehen bleiben können, aber schließlich hielt er es nicht mehr aus. Er beugte sich vor und fuhr sanft mit den Lippen über Chloes.

Sofort öffnete sie ihren Mund und begrüßte seine Zunge mit ihrer. Erst als er keine Luft mehr bekam, ließ er von ihr ab und lehnte seine Stirn an ihre. Chloe drehte sich in seinen Armen um und legte ihre Wange an seine Brust. Zachs Hand glitt über ihren Rücken nach unten, bis sie auf ihrem Po landete. Chloe drehte den Kopf und saugte leicht an seiner Brustwarze. Seine Augen schlossen sich, und Zach erkannte, dass er verloren war.

20

Selten war Zach etwas so schwergefallen, wie Chloe im Büro der Pflichtverteidigung zurückzulassen. Auch wenn sie dort gut geschützt war, schaffte er es trotzdem nicht, seine Besorgnis zu vergessen. Im Auto hatte Chloe ihm einen langen Abschiedskuss gegeben, woraufhin er beinahe auf das Gaspedal getreten und sie mitgenommen hätte. Irgendwohin, ganz egal, solange sie nur in Sicherheit und bei ihm war. Zach schnitt eine Grimasse. Zwar hatte er schon immer einen gewissen Beschützerinstinkt gehabt, aber Chloe brachte eine noch extremere Seite in ihm zum Vorschein. Vermutlich sollte er ihr die besser nicht zeigen, sonst würde sie noch schneller verschwinden, als sie in sein Leben getreten war.

Erneut blickte er auf die Uhr und stieß einen tiefen Seufzer aus. Normalerweise schaffte er es ohne Probleme, sich auf seine Arbeit zu konzentrieren, und merkte gar nicht, wie der Tag verging, doch heute schien sich jede Sekunde zu ziehen wie Kaugummi. In der Mittagspause würde er Chloe abholen und mit zum Department nehmen, damit sie bei Houston und Jenks ihre Aussage wegen Curtis machen konnte. Bis dahin wollte er alles über Bentley Scott herausfinden, was die Polizeidatenbank hergab. Und wenn das nicht reichte, würde er noch andere Quellen anzapfen. Sollte Scott tatsächlich hinter dem Mord an Candice Meadows und dem Angriff auf Chloe stecken, wollte er ihn so schnell wie möglich aus dem Verkehr ziehen.

Um endlich etwas zu tun, gab er als Erstes Scotts Namen ein und verzog den Mund, als er die aufgeführten Vergehen betrachtete. Offensichtlich hatte der Mistkerl bereits im jugendlichen Alter seine kriminelle Laufbahn gestartet, allerdings war seine Jugendstrafakte für Zach nicht ohne Weiteres einsehbar. Aber es reichte ihm auch völlig zu sehen, wie Scott sich langsam »hochgearbeitet« hatte, von leichteren Vergehen wie Ladendiebstahl oder Körperverletzung bis hin zu der Vergewaltigung von Christine Higgins, für die er dann ins Gefängnis gekommen war. Zach notierte sich die Aktennummer, damit er sich eine Kopie von dem zuständigen Department anfordern konnte. Vielleicht wäre es auch sinnvoll, mit den damals zuständigen Detectives zu sprechen.

Als Nächstes rief er beim Direktor des Gefängnisses an, in dem Scott über ein Jahr lang inhaftiert gewesen war. Die kurze Unterhaltung reichte, um das schlechte Gefühl in seinem Magen noch zu verstärken. Scott war von seinen Mithäftlingen nicht gut behandelt worden; er war etliche Male auf der Krankenstation gelandet. Warum genau, unterlag der Schweigepflicht, aber Zach konnte es sich vorstellen. Noch ein Grund mehr, um in Scott den Wunsch zu verstärken, sich zu rächen, sobald er entlassen würde. Das würde zu den schweren Wunden passen, die er Candice zugefügt hatte, und zu der Tatsache, dass sie auch vergewaltigt worden war.

Anschließend versuchte Zach herauszufinden, wo Christine Higgins inzwischen lebte, doch in der Datenbank fand sich keine Angabe dazu. Vielleicht stand es in den Akten, aber wahrscheinlicher war, dass das damalige Opfer der Polizei seine neue Anschrift nie gemeldet hatte. Dann musste er über das Einwohnermeldeamt gehen, um Christine schnellstmöglich vor Scott zu warnen, denn sicher wollte er auch an ihr Rache nehmen.

Um seine letzten Zweifel an Scotts Schuld zu zerstreuen, rief Zach als Nächstes den Sozialarbeiter an, der als Scotts Bewährungshelfer fungierte. Dieser erzählte ihm, dass er am Vortag noch Kontakt mit Scott gehabt habe. Offenbar hatte dieser sich gemäß den Bewährungsauflagen regelmäßig gemeldet und schien gewillt zu sein, ein normales Leben zu führen.

Nach einigem Druck nannte der Sozialarbeiter ihm Scotts Adresse, bestand aber darauf, dabei zu sein, wenn Zach mit ihm sprach. Damit konnte Zach leben, sofern er ihm nicht in die Quere kam. Da er sowieso nicht länger still sitzen konnte, beschloss er, die Sache gleich hinter sich zu bringen. Er steckte seine Waffe ins Schulterholster und zog ein leichtes Jackett darüber, auch wenn er in der Hitze vermutlich fast umkommen würde. Doch er wollte dem Mann auf keinen Fall unbewaffnet gegenüberstehen. Sein Vorgehen entsprach zwar nicht ganz den Vorschriften, aber das war ihm im Moment egal.

Wie erwartet dauerte es bei dem starken Verkehr einige Zeit, bis er endlich vor dem anonymen Mehrfamilienhaus in einer der schlechteren Gegenden von Queens ankam. Der Sozialarbeiter wartete bereits vor der Tür, als Zach am Straßenrand parkte. Er hängte eine Plakette des Police Departments an den Rückspiegel, in der Hoffnung, dass der Wagen noch da sein würde, wenn er wieder aus dem Gebäude kam. Eilig stieg er aus und strebte auf das Haus zu. Er hatte keine Zeit zu verlieren, wenn er hinterher noch pünktlich zu Chloe kommen wollte. Nicht dass sie wieder auf komische Ideen kam, wenn er sich verspätete.

Der Sozialarbeiter blickte ihm ungeduldig entgegen.

Zach gab ihm die Hand. »Ich bin Detective Murdock. Entschuldigen Sie bitte die Verspätung, der Verkehr war mörderisch. Haben Sie schon geklingelt?«

»Warner. Nein, ich dachte mir, es ist besser, die Sache so kurz wie möglich zu halten. Schließlich haben wir beide keine Befugnis und sind auf sein Wohlwollen angewiesen.«

Auch wenn Zach das wusste, denn schließlich gab es noch keine offiziellen Ermittlungen gegen Scott, gefiel ihm der Gedanke überhaupt nicht. Er biss die Zähne zusammen, um nichts zu sagen, das Warner dazu bewegen könnte, die ganze Sache abzublasen. »Wollen wir?«

Der Sozialarbeiter nickte knapp und schob die Haustür auf. Zach folgte ihm die Treppe hinauf, bis Warner vor einer Tür stehen blieb. Bevor Zach reagieren konnte, klopfte er bereits. Aufgebracht gab Zach ihm ein Zeichen, von der Tür zurückzutreten und zog seine Waffe. Es war durchaus schon vorgekommen, dass ein Verbrecher mit Kugeln geantwortet hatte, wenn jemand vor seiner Tür stand. Warner wurde blasser, trat aber zur Seite, sodass er durch die Wand geschützt war.

Als niemand öffnete, klopfte Zach noch einmal lauter. »Bentley Scott, machen Sie auf!«

Wieder passierte nichts.

»Vielleicht ist er nicht da.«

Ja, oder er war in der Wohnung und wollte nicht mit ihnen sprechen. Zach gab Warner ein Zeichen, dass er es noch einmal versuchen sollte.

Der Sozialarbeiter klopfte erneut. »Mr Scott? Hier ist Rick Warner, ich muss mit Ihnen sprechen.«

Stille. Die Haare in Zachs Nacken stellten sich auf. Am liebsten würde er die Tür eintreten, doch damit sicher einen Schritt zu weit gehen.

»Der ist nicht mehr da.«

Zach fuhr herum, als die Stimme hinter ihm erklang. Automatisch richtete er seine Waffe auf die Person, die ihn angesprochen hatte. Als er sah, dass es nur ein älterer Mann in einem fleckigen Unterhemd war, unter dessen Bund ein gewaltiger Bierbauch hervorragte, ließ er die Pistole sinken.

»Woher wissen Sie das?«

Misstrauisch beäugte der Mann die Waffe. »Kommt drauf an, wer Sie sind.«

Mit einem stummen Seufzer zog Zach seine Marke hervor und hielt sie hoch. »Detective Murdock, NYPD. Und wer sind Sie?«

Der Mann schnitt eine Grimasse. »Gerald Tanner, ich bin der Hausmeister.«

»Okay. Und woher wissen Sie, dass Bentley Scott nicht da ist?«

»Na, weil ich gesehen habe, wie er gestern mit seinen ganzen Sachen das Haus verlassen hat. Auch wenn er nicht viel hatte, die Wohnung wird möbliert vermietet.«

Zach traf eine Entscheidung. »Haben Sie einen Schlüssel?«

Tanner zog seine Hose hoch. »Natürlich, ich muss ja in die Wohnungen, wenn etwas kaputt ist.«

»Dann schließen Sie auf.«

Der Mann zögerte. »Ich weiß nicht, brauchen Sie dafür keinen Durchsuchungsbefehl?«

Zach presste seine Zähne zusammen. »Sie haben doch gerade gesagt, die Wohnung steht leer. Dafür brauche ich keinen Durchsuchungsbefehl.« Seine Ungeduld brach sich Bahn. »Und jetzt schließen Sie endlich die verdammte Tür auf, sonst trete ich sie ein.«

Tanner zuckte zusammen und beeilte sich, die Tür zu öffnen.

Sowie er den Schlüssel herausgezogen hatte, schob Zach ihn zur Seite. »Bleiben Sie draußen, bis ich mich vergewissert habe, dass wirklich niemand in der Wohnung ist.« Er warf einen Blick auf den Sozialarbeiter. »Das gilt auch für Sie.«

Warner hob die Hände und trat noch einen Schritt zurück. »Liebend gern. Aber wenn Scott doch in der Wohnung sein sollte, rufen Sie mich.«

»Natürlich.«

Zach schob langsam die Tür auf, behielt aber seine Waffe schussbereit in der Hand. Vielleicht war Scott doch zurückgekehrt und der Hausmeister hatte nichts davon bemerkt. Lauschend blieb er zunächst in der Tür stehen und bewegte sich erst ein Stück hinein, als er nichts hörte. Er verzog den Mund, als ihm ein übler Geruch entgegenwaberte und er den Unrat sah, der Boden und Möbel in dem kleinen Wohnzimmer bedeckte. Offenbar hatte Scott es nicht für nötig befunden, sein Geschirr zu waschen oder die unzähligen Behälter mit Fast-Food-Resten wegzuwerfen. Auf dem Boden knirschte es, als er weiterging, und er erstarrte.

Als nichts passierte, verdichtete sich die Gewissheit, dass Scott wirklich ausgeflogen war. Schließlich hatte Zach auch den Rest der Wohnung durchsucht und kein Anzeichen dafür gefunden, dass Scott noch hier lebte. Es gab keinerlei persönliche Gegenstände mehr, nicht einmal Essen im Kühlschrank – wenn man von dem absah, was bereits vergammelt war. Mit einem schlechten Gefühl im Magen ging er zur Wohnungstür zurück und schob sie weit auf.

Tanner blickte an ihm vorbei, und seine Augen weiteten sich. »Oh verdammt! Der Besitzer wird bestimmt verlangen, dass ich den ganzen Scheiß entferne.«

Zach konnte kein großes Mitgefühl aufbringen, zu sehr war er mit dem Gedanken beschäftigt, was er jetzt machen konnte, um Scott zu finden und zu beweisen, dass er ein mehrfacher Mörder war.

Auch Warner warf einen Blick in die Wohnung und zog sich gleich wieder auf den Hausflur zurück. »Er war nicht da, oder?«

»Nein. Und er hat auch alle persönlichen Gegenstände mitgenommen. Ich denke, Sie sollten dem Amt melden, dass Ihr Schützling gerade seine Bewährungsauflagen verletzt hat.«

Warner seufzte tief. »Es sieht so aus.«

»Hat Scott irgendeinen Hinweis darauf gegeben, wo er sich jetzt aufhalten könnte?«

»Nein, mit keinem Wort. Er hat sich regelmäßig gemeldet und unauffällig verhalten, aber er hat auch nie etwas über sich preisgegeben.«

Noch eine Sackgasse. Zach wandte sich an den Hausmeister. »Lassen Sie alles so, wie es ist, ich schicke ein Team her, das die Spuren sichert. Ich gebe Ihnen Bescheid, wenn Sie die Wohnung wieder betreten können.«

»Aber …«

Ein Blick von Zach brachte ihn zum Verstummen. Zufrieden wandte er sich wieder dem Sozialarbeiter zu und gab ihm eine Visitenkarte. »Sollte sich Scott noch einmal bei Ihnen melden, sagen Sie mir sofort Bescheid. Haben Sie eine Handynummer von ihm?«

»Ja.«

Zach notierte sich die Nummer in der Hoffnung, dass sie vielleicht über das GPS-Signal seinen Aufenthaltsort ermitteln konnten. Mehr konnte er momentan leider nicht tun. Ein Blick auf die Uhr zeigte ihm, dass er noch ein wenig Zeit hatte, um alles in die Wege zu leiten, bevor er Chloe abholen würde. Mit etwas Glück würde Scott vielleicht schon bald in Gewahrsam sein und Chloe könnte sich wieder frei bewegen.

Anschließend fuhr er auf schnellstem Wege zum Police Department. Er ging sofort in die Technikabteilung und ließ die Handynummer dort, damit sie zurückverfolgt werden konnte. Während er auf das Ergebnis wartete, klärte er mit seinem Captain ab, dass Scotts Wohnung auf Spuren untersucht wurde. Dieser war zuerst skeptisch, stimmte aber zu, dass es zumindest nicht schaden konnte. Gleichzeitig verlangte er aber auch Beweise, dass Bentley Scott derjenige war, der Candice Meadows ermordet haben könnte.

Und genau das war das Problem: Die hatte Zach noch nicht. Vor allem aber konnte er nichts von Chloes Rolle in der Sache sagen, wenn er nicht ihre Zukunft als Anwältin aufs Spiel setzen wollte. Womit die Verbindung zwischen dem Opfer und Scott sehr dünn war, besonders weil die Akten des Prozesses nicht öffentlich waren und Candice Meadows Name nicht als Zeugin genannt wurde. Zach setzte sich an seinen Schreibtisch und vergrub frustriert die Hände in seinen Haaren. Es musste doch irgendetwas geben, das er tun konnte!

Ein Anruf bei Caleb Black ergab nur, dass er mit der Autopsie von Jesse Curtis noch nicht begonnen hatte, weil der Todesfall als Selbstmord eingeschätzt wurde und damit keine hohe Priorität besaß. Immerhin schaffte Zach es, dem Rechtsmediziner das Versprechen abzuringen, die Autopsie vorzuziehen und ihn sofort zu informieren, sowie er ein Ergebnis hatte.

Mit den Fingern trommelte Zach entnervt auf die Schreibtischplatte, während er sich den nächsten Schritt überlegte. Sein Blick fiel auf seinen USB-Stick, und er erstarrte. Verdammt! Warum hatte er nicht früher daran gedacht? Er griff erneut nach dem Telefon und ließ sich mit dem für den damaligen Vergewaltigungsfall zuständigen Detective verbinden. Nachdem er ihm erklärt hatte, wer er war und warum er sich für den alten Fall interessierte, erzählte ihm der Detective bereitwillig, welchen Eindruck er von dem Täter hatte. Auch eine Bitte Zachs erfüllte er gerne, denn seiner Meinung nach hätte der Verbrecher deutlich länger in Haft bleiben müssen.

Nur wenige Minuten später erhielt Zach die sehnlich erwartete E-Mail und speicherte den Anhang auf seinem USB-Stick. Damit lief er zur Technikabteilung und ließ von dem Techniker dort die Stimmaufzeichnung des Notrufs aus Candice Meadows' Wohnung mit der Datei vergleichen, die er eben von dem Detective bekommen hatte. Diese enthielt die Aufnahme von einer Befragung Bentley Scotts nach seiner Verhaftung. Ungeduldig lief er in dem kleinen Büro auf und ab, während der Techniker den Stimmenvergleich am Computer vornahm. Es schien ewig zu dauern, bis er schließlich die Kopfhörer abnahm und sich zu Zach umdrehte.

Automatisch hielt Zach den Atem an. »Und?«

»Eindeutig identisch. Zwar gibt es gewisse Variablen, die durch die Aufnahmetechnik und den Level an Aufregung des Sprechers zu erklären sind, aber die Stimmanalyse zeigt eindeutig, dass es sich in beiden Fällen um dasselbe Individuum handelt.«

Ein Kribbeln lief über Zachs Rückgrat. Ja, er hatte ihn!

Nachdem Chloe den ganzen Vormittag versucht hatte, sich auf ihre Arbeit zu konzentrieren und ihren Kollegen, allen voran Marie, aus dem Weg zu gehen, um nicht den auffallenden Verband an ihrem Hinterkopf erklären zu müssen, war sie erleichtert, als Zach endlich den Kopf in ihr Büro steckte. Gierig sog sie seinen Anblick in sich auf. Trotz der Hitze trug er ein Jackett über einem hautengen T-Shirt, seine Jeans hing tief auf der Hüfte. Seine rötlich schimmernden Haare standen zu allen Seiten ab.

Ein zögerndes Lächeln spielte um seine Mundwinkel. »Kann ich reinkommen?«

»Natürlich!« Sie fuhr mit der Hand über ihren Mund, um sicherzustellen, dass sie nicht sabberte, als er nähertrat. »Wollen wir gleich los?«

Zach stellte eine Tüte auf ihren Schreibtisch. »Ich dachte, wir könnten erst noch etwas essen.«

Obwohl er es nicht erwähnte, hatte er sich das offensichtlich überlegt, damit sie sich nicht zu lange außerhalb des Gebäudes aufhielt. Ein Schauer lief über ihren Rücken, als sie sich vorstellte, dass ihr irgendwo da draußen jemand auflauerte.

Zach trat um den Schreibtisch herum und legte seine Hände auf ihre Schultern. »Lass uns für einen Moment nicht daran denken, sondern einfach das Essen genießen, okay?«

Stumm nickte sie. Sie wünschte, es wäre so einfach, aber es brachte tatsächlich nichts, jetzt darüber nachzugrübeln. »Warten deine Kollegen denn nicht auf mich?«

»Houston und Jenks haben noch einen Termin, du kannst danach mit ihnen sprechen.«

Mit einem tiefen Seufzer lehnte Chloe sich im Stuhl zurück. Einerseits wollte sie es schnell hinter sich bringen, andererseits war sie aber auch froh, noch ein wenig Aufschub zu haben, bevor sie sich wieder anfeinden lassen musste. Sie legte den Kopf in den Nacken und blickte zu Zach hoch, der sich über sie beugte. »Danke, dass du so geduldig bist.«

Zach senkte den Kopf, bis seine Lippen dicht über ihren waren. »Wir stehen das durch, zusammen.«

Bevor sie antworten konnte, berührte sein Mund ihre Lippen. Zärtlich küsste er sie, während sich seine Arme enger um sie schlossen. Chloes Lider sanken herab, und sie ließ sich in den Kuss sinken. Es fühlte sich so gut an, von seinen Armen umgeben zu sein, dass sie einen protestierenden Laut von sich gab, als er sich langsam wieder aufrichtete. Ihre Lider hoben sich und ihr Atem stockte, als sie die Glut in seinen Augen sah.

Seine Zähne blitzten in einem Lächeln auf, als sie versuchte, ihn wieder zu sich hinunterzuziehen. »Wir sollten lieber aufhören, bevor noch jemand hereinkommt.«

Seine Worte wirkten wie eine kalte Dusche. »Oh.« Wie hatte sie auch nur für einen Augenblick vergessen können, dass sie sich in ihrem Büro befanden? Bedauernd ließ sie ihn los und biss sich auf die Lippe, als er von ihr zurücktrat. Seine Finger strichen über ihre Wange, und sie lehnte sich ihm automatisch entgegen.

Zach schüttelte den Kopf und ging rasch um den Schreibtisch herum. »Du bist wirklich gefährlich. Kaum berühre ich dich, vergesse ich alles andere.«

»Ist das so schlecht?«

Mit einem Seufzer ließ er sich in den Stuhl ihr gegenüber fallen. »Prinzipiell nicht, im Moment aber schon. Ich kann es mir nicht leisten, weniger wachsam zu sein.« Sein Mundwinkel hob sich. »Und ich gehe davon aus, du möchtest auch nicht, dass deine Kollegen sehen, wie ich dich auf dem Tisch liebe, oder?«

Bei seinen Worten stieg Hitze in ihre Wangen, und sie starrte ihren Schreibtisch an, während sie sich vorstellte, wie sich Zach über sie beugte und seine Haut über ihre rieb, während er tief in sie stieß. Ihre Finger krallten sich um die Armlehnen ihres Stuhls, während sie unruhig herumrutschte. Ein tiefes Stöhnen ließ sie hochschauen.

Tiefe Röte überzog Zachs Wangen, er atmete schneller. »Verdammt, Chloe, hör auf damit, sonst muss ich gehen!«

Sie konnte nicht anders, sie musste lachen. »Entschuldige.«

»Ja, das nehme ich dir sofort ab. Du genießt es doch, mich hier zappeln zu lassen.« Humor funkelte in seinen dunklen Augen.

Chloe lehnte sich vor. »Um ehrlich zu sein: ja, ein wenig. Ich freue mich, nicht mehr die Einzige zu sein, die diese Anziehung zwischen uns spürt.« Bevor er etwas sagen konnte, sprach sie weiter. »Außerdem hast du damit angefangen. Mit deinem Kuss und vor allem der Erwähnung von Sex auf dem Schreibtisch. Was denkst du, wie ich hier noch vernünftig arbeiten soll?«

Zach lächelte sie an. »Tut mir leid, es kam so über mich. Wie wäre es, wenn wir jetzt essen, bevor es ganz kalt ist?«

Essen, richtig, das hatte sie fast vergessen. Sie griff nach der Tüte und öffnete sie. Köstliche Gerüche strömten ihr entgegen, und ihr Magen knurrte laut. Verlegen presste sie eine Hand darauf. »Offensichtlich bin ich doch hungriger, als ich gedacht hatte.«

»Dann ist es ja gut, dass ich vorbeigekommen bin.«

Ernst blickte Chloe ihn an. »Ja, das ist es. In jeder Hinsicht.«

Zach warf ihr einen undefinierbaren Blick zu, bevor er ihr die Tüte aus der Hand nahm und das Essen herausholte. Vor jeden von ihnen stellte er einen Plastikbehälter mit Essen, goss etwas zu trinken ein und legte noch Plastikbesteck und Servietten dazu. »Greif zu.«

Das ließ sich Chloe nicht zwei Mal sagen. Sie öffnete ihren Behälter und atmete tief ein. »Ich liebe chinesisches Essen.«

»Gut. Und jetzt iss.«

Chloe verdrehte die Augen, tat aber, was er befahl. Sie würde ihm ein anderes Mal erklären, dass sie nicht auf Befehle reagierte – wie ihre Brüder schon unzählige Male zu spüren bekommen hatten –, jetzt war sie zu hungrig. Als sie ein wenig gesättigt war, blickte sie auf und fand Zachs Augen auf sich gerichtet. Jeglicher Humor war aus seinem Gesicht verschwunden, eine steile Falte stand zwischen seinen Augenbrauen.

Sie ließ die Gabel sinken. »Was hast du?«

Zach räusperte sich. »Es sieht so aus, als wäre Bentley Scott wirklich derjenige, der Candice Meadows getötet hat.«

Ihr Herz begann schneller zu schlagen, während Chloe ihn anstarrte. »Woher weißt du das?«

»Ich habe die Akten von dem damaligen Fall angefordert. Aber wirklich sicher bin ich mir, seit ich eben die Stimme des Notrufs mit einer Stimmprobe von Scott während eines Verhörs habe vergleichen lassen. Es war eine eindeutige Übereinstimmung.«

Chloe verschränkte ihre Hände im Schoß miteinander, um

sie am Zittern zu hindern. »Hast du überprüft, ob er aus dem Gefängnis entlassen wurde?«

»Ja. Er ist seit einigen Monaten draußen. Er ist es, Chloe.« Zach beugte sich über den Tisch und legte seine Hand auf ihren Arm. »Ich war vorhin mit seinem Bewährungshelfer in seiner Wohnung in Queens.«

Furcht rieselte durch ihren Körper. Auch wenn sie Zach gesund und munter vor sich sah, verursachte der Gedanke, dass er einem Mörder gegenüberstehen könnte, eine tief sitzende Angst in ihr. »Hast du ihn verhaftet?«

Bereits bevor er antwortete, konnte sie in der Art, wie sich seine Augen verengten, sehen, dass es nicht so war. »Nein, er war ausgeflogen. Ich habe den Auftrag gegeben, dass sein Handy zurückverfolgt werden soll, aber bisher empfangen wir kein Signal.« Frustriert fuhr er sich mit der Hand durch seine Haare. »Nur ein bisschen früher und wir hätten ihn verhaften können. Der Hausmeister sagte, dass er ihn erst gestern zum letzten Mal gesehen habe.«

Chloe schloss die Augen vor Scham. »Es ist meine Schuld, ich hätte meinen Verdacht früher offenlegen müssen. Dann wäre er jetzt im Gefängnis und könnte nie wieder jemandem schaden.«

Zach zog seine Hand von ihr zurück, und Schmerz durchfuhr sie. Sie wollte ihn nicht verlieren, nachdem sie ihn gerade erst gefunden hatte. Erschreckt zuckte sie zusammen, als ihr Stuhl auf einmal herumgedreht wurde. Ihre Augen flogen auf, und sie starrte in Zachs Gesicht, das sich auf gleicher Höhe mit ihrem befand.

Er legte seine Hände auf ihre Oberschenkel. »Es war nicht deine Schuld, Chloe. Ich verstehe vollkommen, dass du erst sichergehen wolltest, ob dein Verdacht richtig war, bevor du gehandelt hast.«

Erleichterung durchzuckte sie. »Danke.«

Sein Griff wurde fester. »Aber ich wünschte, du hättest mir vertraut und es mir früher gesagt. Ich weiß, dass ich mich wie ein Idiot verhalten habe, aber du vertraust mir doch als Polizist, oder?«

Stumm nickte sie.

»Dann versprich mir bitte, dass du nichts mehr alleine unternimmst und auch nichts für dich behältst, was für den Fall wichtig sein könnte. Ich werde alles tun, um dich zu schützen, aber das kann ich nur, wenn ich alles weiß.«

Tränen schnürten ihre Kehle zusammen und sie schluckte hart. »Ich verspreche es.«

Zach hob eine Hand und strich sanft über ihre Wange. »Gut. Wir werden ihn kriegen, Chloe. Wir wissen jetzt, wer er ist, und damit wird er sich nicht mehr lange verstecken können.«

Sie hoffte es mit jeder Faser ihres Seins. Würde Candice Meadows jetzt noch leben, wenn Chloe ihr nicht den Kontakt zur Staatsanwaltschaft vermittelt hätte? Höchstwahrscheinlich. Allerdings wäre dann Scott möglicherweise freigesprochen worden, statt für anderthalb Jahre ins Gefängnis zu gehen.

»Warum tut er das? Er muss doch wissen, dass die Wahrscheinlichkeit hoch ist, dass er wieder ins Gefängnis kommt.«

Zach zuckte mit den Schultern. »Vermutlich ist bei ihm der Gedanke an Rache stärker als alles andere.«

Der Ausdruck in seinem Gesicht machte ihr Angst. »Was weißt du noch?«

Beruhigend rieb Zach über ihr Bein. »Ich habe mit dem Gefängnisdirektor gesprochen. So, wie es aussieht, hatte Scott keine besonders angenehme Zeit dort. Einige der anderen Insassen haben ihn …« Er brach ab.

Chloe spürte, wie das Blut aus ihrem Gesicht wich. »Oh nein. Kein Wunder, dass er die Sache nicht auf sich beruhen lässt. Hätte man denn im Gefängnis nicht besser aufpassen können?«

»Es kann nicht jeder Insasse jede Sekunde des Tages überwacht werden. Besonders in Gemeinschaftszellen oder in den Duschräumen sind solche Übergriffe leider üblich. Und Scott hat sich praktisch selbst zum idealen Opfer gemacht, weil er wegen Vergewaltigung einsaß. Viele der anderen Insassen haben Frauen, Freundinnen oder Schwestern, die solchen Kerlen wie Scott zum Opfer fallen könnten.«

Prüfend blickte Chloe ihn an. »Das klingt, als würdest du es beinahe gutheißen.«

»Nein, auf keinen Fall. Aber ich muss auch sagen, dass es mit Scott eben keinen Unschuldigen getroffen hat.«

»Das vielleicht nicht, aber es hat auch dazu beigetragen, dass er noch brutaler wurde und sich an der armen Candice so furchtbar gerächt hat.« Übelkeit stieg in ihr auf, als sie sich an die Tatortfotos und den Bericht des Gerichtsmediziners erinnerte. Candice war brutal vergewaltigt worden – wesentlich schlimmer als Christine damals. Was den Schluss nahelegte, dass sich in Bentley Scott durch die Zeit im Gefängnis extrem viel Wut angestaut hatte.

»Ja, das mag sein. Aber meist ist es bei solchen Tätern so, dass sie nicht aufhören, wenn sie einmal Blut geleckt haben. Die Abstände werden kürzer und die Brutalität steigt, weil die Männer erst so ihren Kick davon bekommen. Er hätte bald wieder eine Frau überfallen, wenn er nicht ins Gefängnis gekommen wäre.«

Chloe wusste, dass Zach recht hatte, aber sie konnte trotzdem ihre Schuldgefühle nicht völlig abschütteln.

Zach legte seine Hände an ihre Wangen. »Du konntest nicht wissen, dass Candice Meadows damals die Zeugin war und Scott vorhatte, ihr etwas anzutun. Ich weiß, es ist schwer, aber versuch, das jetzt zu vergessen und dich darauf zu konzentrieren, dass wir ihn kriegen werden.«

»Okay.«

Er lächelte sie an und stand dann auf. »Lass uns aufessen und dann zum Department fahren.«

Da ihr nichts anderes übrig blieb, folgte sie Zachs Vorschlag, aber trotzdem schaffte Chloe es nicht, das Gefühl drohenden Unheils abzuschütteln.

21

Besorgt musterte Zach Chloes blasses Gesicht, als sie Houston und Jenks schilderte, wie sie Jesse Curtis' Leiche gefunden hatte. Die Sache an sich war schon schlimm genug, aber er wusste, dass sie sich immer noch einen Teil der Schuld dafür gab – und das war unakzeptabel.

Zach blendete sich wieder in das Gespräch ein, als Jenks sich zu Wort meldete. »Sagen Sie uns noch mal, was Sie überhaupt bei Jesse Curtis wollten. Ist es üblich, dass Anwälte ihren Mandanten einen morgendlichen Besuch abstatten, nachdem diese gerade freigekommen sind?« Er sagte es in einem so suggestiven Tonfall, dass Zach sich kaum zurückhalten konnte. Glücklicherweise antwortete Chloe, bevor er der Versuchung erlag, Jenks den Mund mit seiner Krawatte zu stopfen.

»Üblich sicher nicht, aber ich hatte noch Fragen an ihn und dachte mir, es wäre sinnvoll, diese so schnell wie möglich zu klären.« Chloe verzog den Mund. »Anscheinend hätte ich noch schneller sein müssen.«

Houston mischte sich ein. »Und was war das genau, das Sie wissen wollten?«

Chloe rieb über ihre Schläfe. »Curtis hatte mir gegenüber erwähnt, dass Candice Meadows früher als Stripperin gearbeitet hat, ich wollte mehr dazu wissen.«

»Warum? Der Prozess war beendet.« Jenks starrte sie irritiert an.

»Weil ich das Gefühl hatte, dass die Tat vielleicht etwas damit zu tun haben könnte. Und der Prozess ist vielleicht beendet, der wahre Täter aber leider noch nicht gefasst und verurteilt.«

Houstons Augenbrauen schoben sich zusammen. »Und Sie sind nicht auf die Idee gekommen, uns besser darüber zu informieren?«

Bevor Chloe antworten konnte, mischte Zach sich ein. »So, wie ihr sie vorher behandelt habt? Ihr hättet sie nur wieder abblitzen lassen.«

»Willst du damit sagen, dass wir unsere Arbeit nicht richtig machen?« Jenks sprang auf, aber Houston hielt ihn mit einer Hand auf der Brust zurück.

»Du bist hier nur aus kollegialer Höflichkeit, Murdock. Wir können das auch ganz anders aufziehen.« Eine Warnung lag in seinem Blick.

Zach presste die Lippen aufeinander und nickte knapp.

Houston wandte sich wieder Chloe zu. »Okay, machen wir weiter. Von Curtis haben Sie ja offensichtlich nichts mehr erfahren, und wir haben auch in seiner Wohnung nichts dazu gefunden. Der Gerichtsmediziner ist mit der Autopsie noch nicht fertig, aber bisher sieht alles nach Selbstmord aus.«

Chloe warf Zach einen kurzen Blick zu und blickte Houston dann direkt an. »Ich glaube nicht, dass Curtis sich umgebracht hat, dafür war er nicht der Typ. Besonders, nachdem er gerade seine Freiheit wiedergewonnen hatte. Warum sollte er sich dann töten?«

Jenks zuckte mit den Schultern. »Wer weiß schon, was im Kopf dieses Widerlings vor sich ging.«

»Ich hatte ein paar Mal mit Curtis zu tun und mir erschien er auch nicht wie jemand, der Selbstmord begehen würde.« Zach konnte sich einfach nicht zurückhalten, auch wenn er damit Gefahr lief, von dem Gespräch ausgeschlossen zu werden. »Curtis war ein Parasit, der Frauen ausnutzte und sie misshandelte. Ich bezweifle, dass er jemals einen Gedanken daran verschwendet hat, dass es falsch war, was er tat.«

Houston rieb über sein Kinn. »Vielleicht wusste er nicht, wie es weitergehen sollte.«

Zach schnitt eine Grimasse. »Er hätte innerhalb kürzester Zeit eine andere Frau gefunden. Was auch immer die in ihm gesehen haben.«

»Okay, gehen wir davon aus, dass es Mord war, auch wenn wir dafür noch keine Anhaltspunkte haben. Wer sollte das getan haben, und warum?«

Das war der entscheidende Moment. Höchstwahrscheinlich würden Houston und Jenks ihnen übel nehmen, dass sie eigene Untersuchungen angestellt hatten.

Während Chloe in knappen Worten von ihrem Verdacht bezüglich Bentley Scott berichtete, beobachtete Zach die Mienen seiner Kollegen. Zuerst schauten sie nur ungläubig, dann wechselte Jenks von belustigt zu wütend. Houston dagegen wirkte eher nachdenklich.

Jenks machte sich zuerst Luft. »Was ist das denn für eine bescheuerte Geschichte? Ein ehemaliger Vergewaltiger, der sich rächen will? Noch dazu an einer Zeugin, die eigentlich anonym war?« Er grinste Chloe höhnisch an. »Wenn Sie so Ihre Verteidigungen angehen, werden Sie sich nicht lange als Anwältin halten.«

An der Art, wie Chloe noch eine Spur blasser wurde, erkannte Zach, dass sie von den Worten getroffen war, aber sonst ließ sie sich nichts anmerken. Sie beugte sich zu Jenks vor. »Da ich meinen letzten Prozess gewonnen habe, *trotz* Ihrer schlampigen Arbeit, sehe ich kein Problem mit meiner Arbeitsweise.«

Houston hielt seinen Partner mit einer schnellen Handbewegung zurück, als der erneut verbal zuschlagen wollte. »Die gegenseitigen Beschuldigungen bringen uns nicht weiter.

Sie können sicher sein, dass wir im Fall von Curtis' vermeintlichem Selbstmord genau ermitteln werden, Ms Hunter. Was diesen …«, er betrachtete seine Notizen, »… Bentley Scott angeht, können wir sein Alibi für den Todeszeitpunkt von Ms Meadows überprüfen, aber viel mehr können wir ohne wirkliche Beweise nicht tun. Natürlich werden wir auch mit dem Besitzer des Strip-Clubs reden und uns vergewissern, dass das Opfer wirklich dort gearbeitet hat.«

Zach wusste, dass diese zäh wirkende Prozedur zu allen Ermittlungen dazugehörte, und normalerweise machte ihm das auch nicht viel aus, aber jetzt, wo Chloe in Gefahr war, ging ihm das alles zu langsam. »Wir können die Sache auch etwas abkürzen. Bentley Scott war eindeutig derjenige, der sich zum Zeitpunkt des Mordes in Candice Meadows' Wohnung aufgehalten hat. Ich habe eine Sprachprobe von ihm mit der vom Notruf vergleichen lassen. Sie stimmen eindeutig überein.«

Jenks starrte ihn sprachlos an, und auch Houston brauchte einen Moment, um seine Sprache wiederzufinden. »Du wusstest das die ganze Zeit und sagst es uns erst jetzt? Verdammt noch mal, Murdock, was ist los mit dir?«

Mühsam unterdrückte Zach sein schlechtes Gewissen. Houston hatte zwar recht, aber es hätte sicher noch länger gedauert, wenn er darauf gewartet hätte, dass seine Kollegen handelten. »Ich weiß es erst seit ein paar Stunden. Ihr braucht nicht zu seiner Wohnung fahren, er ist ausgeflogen. Ein Spurensicherungsteam ist bereits bei der Arbeit.«

Houston schien mit jedem Wort wütender zu werden, aber als er sprach, klang seine Stimme gefährlich ruhig. »War das dann alles? Oder gibt es noch etwas, das du uns über *unseren* Fall sagen möchtest? Sitzt der Täter vielleicht schon im Gefängnis?«

Zach bemühte sich, nicht zusammenzuzucken. »Nein, leider

nicht. Ich wüsste auch nicht, wo ich ihn suchen sollte. Von seinem Bewährungshelfer haben wir seine Telefonnummer, und es sitzt schon einer der Techniker daran, ihn über das GPS zu orten, aber derzeit ist das Handy abgeschaltet. Vielleicht hat er es auch zerstört. Davon gehe ich beinahe aus, bisher kam er mir sehr organisiert vor.«

»Und warum war dann seine Stimme auf dem Band? Das war doch ein ziemlich bescheuerter Fehler.«

Zach zuckte mit den Schultern. »Das war etwas, das er nicht vorausplanen konnte. Vielleicht hat ihn die Gegenwehr des Opfers überrascht, und er hat für eine Sekunde nicht darüber nachgedacht, was er tat. Oder er ist davon ausgegangen, dass sein Name nie auftauchen würde und deshalb niemand auf die Idee käme, die Stimmen zu vergleichen.«

»Seltsamerweise bist du aber darauf gekommen, Murdock, obwohl du nicht mal an dem Fall beteiligt bist. Wie kommt das?« In Jenks Frage schwang ein nicht gerade geringer Vorwurf mit.

»Chloe ist eine Freundin, und als sie mir von dem Verdacht erzählte, nachdem sie gerade beinahe umgebracht worden wäre, hielt ich es für wichtig, das nachzuprüfen.«

Röte stieg in Chloes Wangen, und sie blickte ihm nicht in die Augen.

Jenks verschränkte die Arme über der Brust. »Ja, das ist auch so eine Sache, die ich nicht verstehe. Warum sollte er Sie umbringen wollen?«

Zach mischte sich ein, bevor sie etwas sagen konnte. »Chloe gehörte damals zum Verteidigungsteam, vielleicht war Scott nicht damit einverstanden, dass er ins Gefängnis musste.«

»Dann wären die anderen Verteidiger auch in Gefahr. Hat einer von ihnen irgendetwas Ungewöhnliches gemeldet?«

»Das habe ich noch nicht überprüft.«

Houston stand auf. »Und das wirst du auch nicht. Ab sofort hältst du dich aus unserem Fall raus, Murdock. Und ich erwarte, dass du sämtliche Informationen an uns weiterleitest, die du bisher gesammelt hast.«

Genau das hatte Zach erwartet, deshalb nickte er nur knapp. »Chloe braucht einen Schutz, solange Scott noch nicht gefasst ist. Kümmert ihr euch darum?«

»Ich bezweifle, dass sich das Police Department einen Rund-um-die-Uhr-Schutz auf unbestimmte Zeit leisten kann, aber ich werde sehen, was ich tun kann.« Houston hob eine Augenbraue. »Ich nehme an, dass wir sie so lange bei dir finden können?«

Aus den Augenwinkeln sah Zach, dass Chloes Gesicht noch rötlicher geworden war. War es ihr peinlich, wenn andere erfuhren, dass sie zusammen waren? Der Gedanke gab ihm einen Stich. Zwar trieb ihn auch sein Beschützerinstinkt dazu, für ihre Sicherheit zu sorgen, doch keine andere hatte je seine Gefühle so durcheinandergebracht wie Chloe. Er wollte sie für sich beanspruchen und nie wieder loslassen, selbst wenn die Gefahr irgendwann vorbei war. Verdammt, er war ein Wrack!

Er tauchte aus seinen Gedanken auf und sah, dass die anderen ihn merkwürdig musterten. Da erst fiel ihm auf, dass er die Frage gar nicht beantwortet hatte. »Ich werde in meiner Freizeit auf Chloe aufpassen, aber sie braucht zusätzlichen Schutz, wenn ich mal nicht da sein sollte.«

Houston nickte. »Ich werde dafür sorgen. Wenn Ihnen noch etwas einfällt, Ms Hunter, dann melden Sie sich sofort bei uns. Genauso, wenn Sie das Gefühl haben, dass Scott in der Nähe ist. Ein Streifenwagen wird in regelmäßigen Abständen bei Ihrer Wohnung vorbeifahren und nach dem Rechten sehen. Mehr können wir erst dann tun, wenn sicher ist, dass Scott hinter Ihnen her ist. Da Sie nicht gesehen haben, wer Sie auf der

Fähre ins Wasser gestoßen hat, beruht bisher alles erst einmal auf Vermutungen.«

»Danke.«

Zach konnte sehen, wie viel es Chloe kostete, so ruhig zu wirken. Am liebsten würde er sie an sich ziehen und seine Arme um sie schlingen, aber das konnte er nicht tun, solange seine Kollegen noch zusahen. So führte er sie nur aus dem Raum und zu seinem Büro, durch ein Spalier aus neugierigen Blicken, die er selbst dann noch zu spüren glaubte, als die Tür hinter ihnen geschlossen war. Er lehnte sich mit dem Rücken dagegen und blickte Chloe an.

Unsicherheit war in ihren Augen zu erkennen. »Was passiert jetzt?«

»Wir lassen die anderen ihre Arbeit tun und kümmern uns darum, dass du in Sicherheit bist.«

Als Chloe nach diesem anstrengenden Tag abends endlich ihre Wohnung betrat, stiegen ihr Tränen in die Augen. Bisher war das kleine Apartment immer ihr Zufluchtsort gewesen, doch jetzt fühlte sie sich unwohl und von allen Seiten beobachtet. Aber das war natürlich Unsinn, Zach hatte vorher jeden Quadratzentimeter überprüft und sie erst in die Wohnung gelassen, als er sicher war, dass niemand hier auf sie lauerte. Zwei Polizisten im Streifenwagen bewachten das Haus und würden aufpassen, solange sie hier waren. Das würde nicht allzu lange sein, da sie nur einige Sachen packen wollte, die sie in den nächsten Tagen brauchte. Was sie machen würde, wenn die Situation länger anhielt, wusste sie noch nicht. Sie konnte ja nicht ewig bei Zach bleiben. Vielleicht sollte sie Urlaub nehmen und bei ihrer Familie untertauchen.

Nein, das würde sie nur unnötig in Gefahr bringen, außerdem wollte Chloe nicht, dass sich ihre Eltern und Geschwister

Sorgen um sie machten. Sie hatten in den letzten Jahren schon genug durchgemacht, zuletzt mit Jays schweren Brandverletzungen, die er sich zugezogen hatte, als er versuchte, seine Lebensgefährtin Jocelyn vor den Verbrechern zu schützen, die sie umbringen wollten. Die Vorstellung, dass Zach etwas geschehen könnte, während sie bei ihm lebte, war unerträglich. Aber sie war auch nicht so dumm, seine Hilfe abzulehnen, denn sie wusste, dass sie ohne ihn keine Chance gegen Scott hatte.

Eine warme Hand legte sich auf ihre Schulter, und sie zuckte erschrocken zusammen. Als sie Zach erkannte, der sie besorgt musterte, sank sie erleichtert in sich zusammen. »Entschuldige, ich bin etwas schreckhaft.«

»Das ist verständlich. Warum packst du jetzt nicht deine Sachen, dann sind wir ganz schnell hier wieder raus.«

Chloe stieß einen unhörbaren Seufzer aus. »Ja, natürlich. Es ist nur …«

Zach legte seinen Arm um sie. »Ich weiß, dass es schwer ist, aber es ist nur für kurze Zeit. Sie werden Scott sicher schnell verhaften.«

Hoffnungsvoll blickte sie zu ihm auf. »Meinst du wirklich? Deine Kollegen schienen mir nicht sonderlich überzeugt zu sein.«

Ein Muskel zuckte in Zachs Wange. »Wenn sie die Beweise sichten, werden sie sehen, dass wir recht haben. Und du kannst sicher sein, dass sie so einen Fehler wie bei Curtis nicht noch einmal machen werden. Es macht sich nicht sonderlich gut in ihren Akten, deshalb werden sie sich jetzt anstrengen, den richtigen Täter zu finden.«

Chloe genoss einen Moment lang seine Nähe, dann trat sie bedauernd einen Schritt zurück. »Okay. Dann werde ich jetzt mal packen.«

Zach blieb die ganze Zeit in ihrer Nähe, holte ihre Koffer

vom Schrank und trug das volle Gepäck zur Tür. Da sie nicht wusste, wann sie wieder hierherkommen würde, packte sie alles ein, was sie eventuell gebrauchen könnte. Und da sie weiterhin arbeitete, war das nicht wenig. Sie war gerade dabei, den Reißverschluss des letzten Koffers zu schließen, als sie das Geräusch von fließendem Wasser hörte. Neugierig ging sie zum Badezimmer und blieb in der Türfüllung stehen, als sie sah, dass Zach sich über die Wanne beugte.

»Was tust du da?«

Zach drehte sich rasch zu ihr um und lächelte sie schief an. »Ich lasse dir ein Bad ein. Du bewegst dich immer noch ein wenig steif, und ich dachte, ein heißes Schaumbad würde dir helfen. Da meine Wohnung keine Wanne besitzt, muss es eben hier sein.«

Dass er so um sie besorgt war, verursachte ein wohliges Gefühl in ihrer Brust. Trotzdem wusste sie nicht, ob es eine gute Idee war, jetzt zu baden. »Aber die Polizisten warten doch vor dem Haus auf uns.«

»Lass die meine Sorge sein. Sie werden eine Viertelstunde warten können, wenn du dich dann besser fühlst.«

Der Geruch ihres Lieblingsschaumbads erfüllte die feuchte Luft und Chloes Widerstand schmolz. Es wäre herrlich, sich wenigstens für ein paar Minuten in das heiße Wasser legen und alle Sorgen und Verspannungen für eine Weile vergessen zu können. »Danke, Zach.«

Er richtete sich auf und ließ seine Finger seitlich an ihrem Hals nach unten gleiten. »Gern geschehen.« Seine Stimme klang rau, und sie konnte ihm ansehen, dass er sich genauso wie sie an das letzte Mal erinnerte, als sie sich hier im Bad gegenübergestanden hatten.

Auch da hatte der Dampf den Raum erfüllt, doch sie war völlig nackt gewesen. Zachs Blick war über ihren Körper geglitten, und sie hatte für einen Moment gehofft, dass er sie berühren würde. Doch er hatte es nicht getan. Seitdem war so viel geschehen, trotzdem wusste sie immer noch nicht, wie Zach reagieren würde, sollte sie erneut unbekleidet vor ihm stehen. Aber vermutlich würde er das Risiko gar nicht eingehen und sich fernhalten, solange sie badete. Was vermutlich auch besser war, denn sie wollten sich ja nicht so lange hier aufhalten.

Nachdem die Wanne voll genug war, zog Chloe sich rasch aus und ließ sich mit einem tiefen Stöhnen in das heiße Wasser zurücksinken. Ihre Augen schlossen sich, und sie entspannte sich langsam.

»Alles in Ordnung?« Zachs heisere Stimme wehte zu ihr hinüber.

Chloes Lider hoben sich, und sie blickte ihn eine Weile stumm an. Er lehnte am Türrahmen und schien sich nur mit Mühe davon abhalten zu können, in den Raum zu treten. »Nein.«

Zach richtete sich auf und trat einen Schritt auf sie zu, bevor er wieder stehen blieb. »Fehlt dir etwas?«

Sie hielt ihm ihre Hand hin. »Ja, du.«

Ein Zittern lief durch Zachs Körper und seine Augen wurden noch dunkler. »Ich denke nicht, dass das eine gute Idee ist.«

Enttäuschung machte sich in ihr breit. »Warum nicht? Du hast selbst gesagt, dass Scott nicht angreifen wird, solange du bei mir bist und der Streifenwagen vor dem Haus steht.«

Zach blickte sie nur lange an, dann drehte er sich um und verließ den Raum. Verdammt, sie hatte sich doch vorgenommen, nicht mehr hinter ihm herzulaufen! Und doch hatte sie es wieder getan. Chloe schloss erneut die Augen, doch es gelang ihr nicht, die Entspannung zurückzugewinnen. Ihre Muskeln waren verknotet und ihr Herz schmerzte. Wie masochistisch war sie eigentlich, dass sie es immer wieder bei Zach versuchte? Aber sie hatte gedacht …

Sie riss die Augen auf, als sie auf einmal ein Geräusch hörte. Zach war ins Bad zurückgekehrt und zog sich aus, während sein Blick auf ihr ruhte. Auf den Rand des Waschbeckens hatte er in Griffweite seine Pistole gelegt, ein Zeichen dafür, dass er nicht bereit war, ein Risiko einzugehen. Gierig ließ sie ihren Blick über seinen Körper gleiten und genoss die Möglichkeit, ihn endlich einmal in voller Länge betrachten zu können. Seine Erektion befand sich beinahe auf Höhe ihres Kopfes und sie streckte die Hand aus, um ihn umfassen zu können.

Doch Zach trat aus ihrer Reichweite. »Rutsch ein Stück nach vorne.«

Sie gehorchte seinem Befehl so schnell, dass beinahe das Wasser über den Rand der Wanne schwappte. Ein leises Lachen erklang hinter ihr, bevor Zach ebenfalls in die Badewanne stieg und sie dicht an sich zog. An ihrem Rücken spürte sie seinen Herzschlag, sein Schaft presste sich gegen ihre Pospalte. Seine Arme legte er um ihren Körper, und Chloe lehnte sich mit einem zufriedenen Seufzer an seine Brust. Es fühlte sich herrlich an, mit diesem Mann in der Badewanne zu liegen. Gut, die Wanne könnte etwas größer sein, aber das war ihr im Moment egal. Auch dass ein Teil des Wassers auf den Boden plätscherte, sobald sie beide sich bewegten.

»Besser?«

Zachs Frage vibrierte in seiner Brust und sandte Erregung durch ihren Körper. Ihr Unterleib zog sich zusammen, und sie wusste, dass sie mehr von ihm wollte. »Ein wenig.«

Seine Hände glitten über ihre Arme, und trotz des heißen Wassers bekam sie eine Gänsehaut. Von den Handgelenken bis zu den Schultern strich er, dann wieder hinunter, immer wieder, bis sie sich erregt bewegte. Sein Schaft schien noch größer zu werden, und Chloe schmiegte sich dichter an Zach.

»Leg deine Beine über meine.« Verführerisch strichen seine

Worte über ihr Ohr. Seine Zunge berührte sachte ihr Ohrläppchen.

Ohne zu zögern, tat sie, was er verlangte. Sofort zog Zach seine Beine weiter an und kippte sie nach außen, sodass Chloes Schenkel am Wannenrand gefangen waren. Diese Position kannte sie irgendwoher, anscheinend gefiel es Zach, sie so vor sich ausgebreitet liegen zu haben. Aber da sich das heiße Wasser so gut an ihren empfindlichsten Stellen anfühlte, hatte sie nichts dagegen einzuwenden. Wenn er sie jetzt noch berühren würde …

Wie auf ihr Kommando schlossen sich seine Finger um ihre Brustspitze, während seine andere Hand zwischen ihre Schenkel tauchte. Mit einem heiseren Stöhnen bog sie sich seiner Berührung entgegen. Zach ließ sie nicht lange warten, sondern presste seine Handfläche hart gegen ihre Scham. Automatisch hob sie ihre Hüfte, um ihm noch näher zu kommen. Einer seiner Finger tauchte in sie, während die anderen ihre Klitoris reizten. Gleichzeitig zupfte er an ihrer Brustspitze und trug sie damit immer höher hinauf. Chloe krallte ihre Finger in seine Oberschenkel und wünschte, sie könnte ihn endlich in sich fühlen.

»Zach, bitte …«

Seine Lippen fuhren knabbernd an ihrem Hals nach unten. »Bitte was?«

»Ich möchte mehr.« Ihre Stimme war nur noch ein Hauch.

Als Antwort schob Zach einen weiteren Finger in sie. »So?«

»Mehr!«

Ein dritter Finger verschwand in ihren Tiefen und die Gefühle explodierten in ihr, aber trotzdem war es nicht das, was sie wollte. »Nein, bitte, Zach, komm zu mir.« Mit ihrem Po rieb sie über seinen Schaft, in der Hoffnung, dass er ihren Wunsch erfüllen würde.

Zach erstarrte hinter ihr, er schien nicht mal mehr zu atmen. »Chloe …«

Schwer atmend löste sie ihre Hand von seinem Oberschenkel und schob sie hinter ihren Rücken. Es war kaum Platz zwischen ihnen, aber sie schaffte es, seinen Schaft mit den Fingerspitzen zu berühren. Langsam hob sie die Hüfte, doch dann schloss sich Zachs Arm fester um sie, bis sie keinen Muskel mehr rühren konnte.

»Warte.« Seine Stimme war so rau, dass sie das Wort kaum verstand.

Er ließ sie los, und Chloe schloss verzweifelt die Augen. Nein, er konnte jetzt nicht gehen! Ihre Kehle zog sich zusammen, und sie hatte Mühe, einen Ton herauszubringen. »Wenn du nicht willst, verstehe ich d…« Der Satz endete in einem erschrockenen Quietschen, als Zach sie in der Wanne nach vorne schob. Oh Gott, wollte er jetzt nicht mal mehr von ihr berührt werden? Was hatte sie getan?

Bevor ihr etwas einfiel, wie sie Zach wieder besänftigen konnte, schlossen sich seine Arme um ihren Körper und er zog sie wieder zurück. Chloes Hände umklammerten den Wannenrand, um ihr Gleichgewicht zu halten, dann berührte etwas Hartes ihren Eingang und sank tief in sie. Ihr Atem stockte, als die Erregung wieder in ihr anstieg. Zach war wirklich in ihr! Ungläubig wollte sie hinter sich blicken, doch Zach hinderte sie daran. Seine Zähne schabten seitlich über ihren Hals, und Chloe ließ mit einem Stöhnen ihren Kopf nach hinten sinken, damit Zach mehr Raum hatte.

Seine Zunge strich über ihre Halsbeuge. »Du fühlst dich so unglaublich gut an, Chloe.«

Die raue Stimme allein reichte beinahe, um sie zum Orgasmus zu bringen. Ein Schauer lief durch ihren Körper, und sie presste ihre Hüfte nach unten, um den Schaft noch tiefer in sich aufzunehmen. Als er sie komplett ausfüllte, stieß Chloe einen atemlosen Schrei aus. »Du … dich auch.«

Ein tiefes Brummen drang aus Zachs Brust und vibrierte in ihr. Seine Finger nahmen wieder ihre Arbeit auf und trieben sie der Klippe entgegen. Das sanfte Streicheln des Wassers auf ihrer Haut trug ebenfalls dazu bei, dass sie nur noch fühlte und alles andere vergessen war. Dann war es ihr nicht mehr genug, von ihm erfüllt zu sein, sie musste sich bewegen. Mühsam stützte sie sich hoch und ließ sich dann wieder auf ihn hinabsinken.

Gemeinsam stöhnten sie auf, Zachs Atem strich über ihren Hals, und sie begann, vor Sehnsucht zu zittern. Mehr, sie brauchte mehr. Bei ihrem nächsten Absenken stieß Zach nach oben und grub sich damit noch tiefer in sie. Seine harschen Atemzüge drangen an ihr Ohr, und sie wusste, dass er bei ihr war. Seine Finger rieben härter über ihre Klitoris, und ihre Bewegungen wurden schneller. Immer wenn sich Zachs Penis in ihr nach oben bewegte, hielt sie den Atem an. Ihr ganzer Körper glühte vor Verlangen.

Ein weiteres Mal drang er tief in sie, und sie explodierte. Zachs Hüfte zuckte nach oben, und sie spürte an der Art, wie sich sein gesamter Körper anspannte, dass auch er kam. Seine Zähne gruben sich in ihren Nacken, und sein Arm schlang sich so fest um sie, dass sie kaum Luft bekam. Aber das war ihr völlig egal. Die Welle riss sie mit sich, und für eine Weile schwamm sie nur noch in Gefühlen. Ihr Kopf ruhte an Zachs Schulter, ihre Arme waren wieder ins Wasser gesunken. Sie schwebte, ohne jeden Gedanken an alles, das sich außerhalb dieses warmen Kokons befand.

22

Schließlich lockerte sich Zachs Griff, und sie spürte, wie er einen Kuss auf ihren Kopf presste. Lächelnd ließ sie sich tiefer in seine Umarmung sinken. Wenn es nach ihr ginge, könnten sie hier noch ein paar Stunden so liegen.

»Alles in Ordnung?« Ein warmer Ton lag in seiner Stimme.

Ihr Lächeln verbreiterte sich. »Jetzt ja.«

Sein leises Lachen antwortete ihr. »Stets gerne zu Diensten, Ma'am.« Eine Weile schwiegen sie, dann strich Zach sanft mit den Fingern über ihren Arm. »Vermutlich sollten wir jetzt aus dem Wasser steigen, sonst sehen wir hinterher aus wie Dörrobst.«

Damit hatte er sicher recht, aber sie mochte ihn noch nicht gehen lassen. Mit einem tiefen Seufzer richtete sie sich schließlich auf und drehte ihren Kopf, damit sie ihn ansehen konnte. »Glaubst du immer noch, dass ich nicht die Richtige für dich bin?«

Zach stöhnte. »Willst du wirklich jetzt darüber reden?«

Eigentlich nicht, aber wo sie schon mal damit angefangen hatte, wollte sie auch eine Antwort haben. Besonders, da sie immer noch seinen Schaft in sich spürte. Unwillkürlich zogen sich ihre inneren Muskeln zusammen und hielten ihn so in ihrem Körper. Zachs Augen verdunkelten sich, und seine Hände legten sich fester um ihre Arme. Seine Hüfte hob sich ihr entgegen, und er glitt wieder tiefer in sie. Chloes Atem stockte, und sie klammerte sich an den Wannenrand, um nicht im Wasser unterzugehen, als ihre Muskeln zu Pudding wurden.

Chloe keuchte auf. »Ja.«

»Ja, was?«

Sie wusste selbst nicht, was sie meinte. »Egal was, alles.«

Ein leise rumpelndes Lachen erklang. »Ich glaube, es ist besser, wenn wir jetzt die Wanne verlassen und uns dann fertigmachen. Wir wollen ja nicht, dass sich die Polizisten fragen, was wir hier machen, oder?«

»Oh.« Hitze schoss in Chloes Wangen, als ihr wieder einfiel, dass sie hier nicht zum Spaß waren. Sie versuchte, rasch aufzustehen, doch Zach hielt sie weiterhin fest. »Du musst mich schon loslassen, wenn wir heute noch aus der Wanne wollen.«

Seine Arme legten sich um ihren Oberkörper, und er zog sie dicht an sich. »Ich mag aber nicht.«

Ein Lächeln spielte um ihren Mund. »Dann sind wir schon zwei, aber meinst du nicht, es wäre komisch, wenn uns jemand hier in ein paar Jahren in der Wanne entdecken würde?«

Zach seufzte. »Vermutlich. Okay, steh auf, ich stütze dich.«

Dafür war sie unendlich dankbar, als sie merkte, dass ihre Beine nur noch aus Gelee zu bestehen schienen. In einer Beziehung hatte Zach recht gehabt: Nach dem Bad war ihr Körper wunderbar entspannt. Ob das aber am heißen Wasser gelegen hatte, wagte sie zu bezweifeln. Viel eher lag es wohl an Zachs wunderbaren Berührungen, der Art, wie er sie so leidenschaftlich geliebt hatte. Es tat ihr weh, sich jetzt von ihm zu trennen, aber sie hoffte, ihn bald wieder in sich spüren zu können.

»Hier.« Zach schlang ein großes Handtuch um ihren Körper und rubbelte sie sanft trocken.

Mit einem Lächeln ließ sie es geschehen. Ja, sie könnte sich durchaus daran gewöhnen, Zach um sich zu haben. Mit einem Seufzer nahm sie die Sache schließlich selbst in die Hand, damit Zach sich auch abtrocknen konnte. Sie sah ihm dabei zu, wie er das Kondom entfernte und sich rasch abrubbelte. Ihr

Blick fiel auf seinen Schaft, der bereits wieder anschwoll. Überrascht blickte sie auf und bemerkte, dass Zach sie beobachtete. Offenbar hatte er das gleiche Problem wie sie.

Schließlich schüttelte er den Kopf. »Wir sollten wirklich endlich hier raus. Wenn wir dann in meiner Wohnung sind, können wir reden.«

Chloe zog die Augenbrauen hoch. »Reden?«

Ein Lächeln blitzte auf. »Ja, reden. Das wolltest du doch eben noch.«

Schon, aber irgendwie fiel ihr gerade nicht mehr ein, worüber. Aber sie sollten wirklich von hier verschwinden, deshalb protestierte sie nicht weiter, sondern trat ins Schlafzimmer, um sich anzuziehen.

Bentley Scott blickte zu den Fenstern der Wohnung hinauf. Offensichtlich würde die Anwältin heute also mit dem Detective zu seiner Wohnung fahren. Zu dumm, er hätte die Sache gerne so schnell wie möglich erledigt, damit er sich anderen Dingen widmen konnte. Während er im Gefängnis saß, hatte er sich jeden Tag ausgemalt, wie es sein würde, endlich wieder frei atmen zu können, nicht bei jedem Schritt überwacht zu werden oder die erzwungene Anwesenheit anderer Menschen ertragen zu müssen. Oder die anderen Aufmerksamkeiten, um die er nicht gebeten hatte. Vergewaltiger waren im Gefängnis Freiwild, so viel hatte er vom ersten Tag an gemerkt.

Während des Prozesses hatte er noch gedacht, dass er freikommen könnte. Wen interessierte es schon, was eine Stripperin sagte? Es war doch offensichtlich, dass diese Frauen es nur darauf anlegten, die Männer so zu reizen, bis sie ihnen gaben, was sie haben wollten. Nichts anderes hatte er getan. Über Monate hinweg war er in den Club gegangen und hatte Chrissie dabei beobachtet, wie sie mit ihrem Arsch und ihren großen

Titten jeden Mann bezirzte. Eines Abends war er ihr gefolgt, um endlich herauszufinden, wie sie sich in seiner Hand anfühlen würden. Er hatte ihr sogar Geld dafür geboten, als sie nicht auf seine Avancen einging, doch sie hatte nach einem abschätzigen Blick auf ihn abgelehnt.

Eine Frau, die sich für Geld auszog, hatte ihm einen Korb gegeben! Noch jetzt brodelte die Wut in ihm, wenn er nur darüber nachdachte. An dem Abend hatte er schon ein paar Gläser Bier getrunken und war nicht bereit gewesen, ein Nein gelten zu lassen. Niemand ließ ihn abblitzen, schon gar nicht so ein Flittchen! Also schlug er ihr ins Gesicht und zerrte sie hinter die Ecke eines verlassenen Gebäudes. Dort auf dem Boden zeigte er ihr, was sie alles verpasst hätte und wie gut es mit ihm sein konnte. Als er fertig war, warf er ihr ein paar Geldscheine hin und fuhr nach Hause. Eigentlich hatte er erwartet, damit wäre die Sache erledigt, doch diese Schlampe hatte doch tatsächlich die Polizei eingeschaltet und ihn verhaften lassen.

Verhaftet, nur weil er sich das genommen hatte, was sie auf der Bühne so freizügig anbot! Als er verhört wurde, erkannte er, dass die Polizisten auch kein wirkliches Interesse an dem Fall hatten, aber die Staatsanwaltschaft bestand auf einem Prozess. Er selbst wurde vom Büro der Pflichtverteidigung vertreten, weil er zu dem Zeitpunkt kein Geld hatte. Zunächst lief alles recht gut – bis der Staatsanwalt plötzlich eine Zeugin präsentierte, die angeblich gesehen hatte, wie er Chrissie verfolgte. Sie hatte noch nicht mal den Mut, persönlich vor Gericht zu erscheinen oder ihren Namen zu nennen, trotzdem kippte mit ihr der Prozess, und er wurde schließlich zu anderthalb Jahren Gefängnis verurteilt.

Und das nur, weil er ein wenig Spaß haben wollte. Wegen guter Führung war er jetzt seit ein paar Monaten wieder draußen und hatte die Zeit genutzt, um die unbekannte Zeugin von damals ausfindig zu machen. Das war im Grunde gar nicht so schwierig gewesen, ein wenig Geld an den richtigen Stellen und schon hatte er die Information. Dann noch ein wenig Planung, und endlich hatte er der Frau gegenübergestanden, die ihm eine lange Zeit seines Lebens gestohlen hatte. Die Angst in Candys Gesicht zu sehen, als sie ihn wiedererkannt hatte, war erhebend gewesen. Genauso angenehm war es, sie zum Reden zu bringen, ihm zu verraten, wem sie davon erzählt hatte. Und sie dafür zu bestrafen.

Seine Erektion vergrößerte sich, als er darüber nachdachte, wie er mit dem Messer in sie gestoßen hatte. Zu gern hätte er sich noch mehr Zeit mit ihr genommen, aber nach ihrem Notruf hatte er gewusst, dass er nicht viel länger bleiben konnte. Nicht, wenn er diesen Versager Curtis als Täter verurteilt sehen wollte. Und das hätte auch beinahe funktioniert – wenn sich nicht die elende Anwältin eingemischt hätte. Er hatte alles so genau vorausgeplant, wie war sie darauf gekommen, dass es nicht Curtis gewesen war? Und vor allem, warum hatte sie dem Idioten geglaubt?

Bentley zuckte mit den Schultern. Letztlich war es egal, auch wenn er damit noch mehr Arbeit hatte. Allerdings gab es auch ein paar gute Seiten: Es war inspirierend gewesen, Curtis dabei zuzusehen, wie er langsam an dem Seil baumelnd erstickte. Und er hatte gleich noch viel mehr Grund, dafür zu sorgen, dass ihm diese Anwältin nicht noch einmal in die Quere kam. Zuerst hatte er darüber nachgedacht, sie bei der Anwaltskammer anzuschwärzen, damit sie ihre Zulassung verlor, aber das war zu langweilig. Er wollte sie leiden und sterben sehen.

Genau das hatte er schon zwei Mal versucht, aber anscheinend besaß sie einen Schutzengel. Bisher hatte er noch versucht, es wie einen Unfall aussehen zu lassen, aber das war jetzt nicht mehr nötig. Ihr Besuch im Strip-Club zeigte, dass sie seine Verbindung zu Candy gefunden hatte, und er war sich ziemlich sicher, dass sie ihrem Polizisten gleich davon erzählt hatte. Das bedeutete, dass er ab sofort untertauchen musste, was er sowieso vorhatte. Er war darauf vorbereitet und sogar froh, sich endlich nicht mehr bei seinem Bewährungshelfer melden zu müssen.

Das soziale Getue des Kerls war ihm sowieso auf den Geist gegangen, und er hatte sich sehr beherrschen müssen, ihn nicht mit dem Kopf an die Wand zu schlagen. Jetzt war er frei und konnte tun und lassen, was er wollte. Nun war alles für seinen kleinen Rachefeldzug bereit. Sowie er Chloe Hunter irgendwo allein erwischte, gehörte sie ihm. Und dann würde er dafür sorgen, dass sie sich wünschte, ihm nie in die Quere gekommen zu sein. Nach einem letzten Blick auf die Fenster ging er langsam davon. Er würde es wissen, wenn sie wieder in ihre Wohnung kam – und dann gehörte sie ihm.

Kurz darauf verließen sie die Wohnung, und Zach spürte, wie sich Chloes Körper wieder anspannte. Er bereute nicht, sich die Zeit genommen zu haben, sie zu lieben und damit etwas abzulenken, doch er wünschte, ihre Entspannung hätte länger angehalten. Jetzt konnte er sie nur noch so schnell wie möglich zu sich nach Hause bringen und sich dort mit ihr für die Nacht einigeln. Vielleicht gab es morgen schon neue Erkenntnisse, wo Scott sich aufhielt. Noch besser würde es ihm gefallen, wenn er dann schon wieder hinter Gittern wäre. Im Auto warf Zach einen Blick auf Chloe und spürte einen Stich, als er ihren angespannten Gesichtsausdruck sah.

Er legte seine Hand auf ihren Oberschenkel und drückte ihn beruhigend. »Es wird alles gut.«

»Glaubst du?«

Ihre Zweifel taten ihm weh. »Bestimmt. Vielleicht dauert es etwas, aber wir werden diesen Mistkerl finden, und er wird sich für das verantworten müssen, was er getan hat. Und so lange bist du bei mir in Sicherheit.«

»Du kannst doch nicht dein ganzes Leben für mich ändern. Das ist nicht fair dir gegenüber.« Ihre Stimme klang erstickt, als würde sie gegen Tränen ankämpfen.

Verdammt, er hasste es, sie so zu sehen. »Ich habe dich gerne um mich, Chloe. Mach dir darüber keine Gedanken, du kannst so lange bei mir bleiben, wie du möchtest.« Als sie schwieg, warf er ihr einen kurzen Blick zu und bemerkte, dass sie ihn anstarrte.

»Meinst du das ernst?«

Er blickte wieder auf die Straße. »Warum sollte ich das nicht?«

»Na ja, vor einigen Tagen mochtest du mich noch nicht sonderlich. Und jetzt bist du gezwungen, mich Tag und Nacht zu ertragen.«

Zach stieß einen stummen Seufzer aus. Es wurde eindeutig Zeit, dass sie sich unterhielten, und das wollte er nicht unbedingt im Auto tun. »Von *ertragen* kann keine Rede sein. Vor ein paar Wochen kannte ich dich noch gar nicht, aber inzwischen habe ich dich kennengelernt, und ich mag dich sehr, Chloe, daran musst du wirklich nicht zweifeln.«

Ein schwaches Lächeln hob ihre Mundwinkel. »Okay.«

Zach atmete insgeheim auf. Er war nicht gut darin, über seine Gefühle zu sprechen, und gerade jetzt konnte er es sich nicht leisten, dass Chloe ihn missverstand. Es war nur wichtig, dass sie sich in Sicherheit befand.

Der Rest der Fahrt verlief schweigend, und Zach war dankbar dafür, weil er genug damit zu tun hatte, darauf zu achten, dass ihnen niemand folgte. Als sie seine Wohnung erreichten, setzte die Erleichterung ein. Selbst wenn Scott herausfinden sollte, wo Zach wohnte, würde er nicht an Chloe herankommen, dafür würde er schon sorgen. Außerdem würde der Streifenwagen in regelmäßigen Abständen vorbeifahren und so hoffentlich jeden verscheuchen, der einzudringen versuchte.

In seiner Wohnung angekommen, machte Zach erst einen Rundgang, bevor er die Tür hinter ihnen verriegelte und sämtliche Vorhänge zuzog. Sonst kümmerte er sich meist nicht darum, aber er wollte nicht, dass sie hinter den erleuchteten Fenstern ein klares Ziel abgaben. Als er damit fertig war, drehte er sich zu Chloe um, die mitten im Raum stehengeblieben war und ein wenig verloren wirkte.

»Wie wäre es, wenn ich uns etwas zu essen mache?« Glücklicherweise hatte er gestern noch Lebensmittel eingekauft, sodass er sich jetzt nicht darum kümmern musste – und sie nicht verhungerten.

»Ein bisschen was könnte ich schon vertragen, denke ich.«

Besorgt musterte er Chloe. Sie schien am Ende ihrer Kräfte zu sein. »Möchtest du deine Sachen auspacken? In meinem Schrank müsste noch etwas Platz sein, wenn nicht, schieb den Kram einfach zusammen.«

»Bist du sicher, dass dir das recht ist?«

Verwirrt blickte er Chloe an. »Warum sollte es das nicht? Sonst hätte ich es doch nicht vorgeschlagen.«

Chloe hob die Schultern. »Na ja, das wirkt ein bisschen so, als würde ich bei dir einziehen.« Mit den Fingerspitzen strich sie über seine Wange. »Ich bin dir für alles sehr dankbar, Zach, aber ich möchte dich nicht noch mehr belästigen als unbedingt nötig.«

Vermutlich würde er Frauen nie verstehen. Zach legte seine Hand um ihren Arm, führte ihre Finger zu seinen Lippen und küsste sie. »Ich möchte, dass du dich so wohl fühlst wie möglich, während du hierbleiben musst. Dazu gehört unter anderem auch, dass du nicht aus dem Koffer lebst oder ständig fragen musst, wenn du irgendwas benutzen möchtest. Alles klar?« Zum Abschluss biss er leicht in ihre Fingerkuppe.

»Autsch.« Lachend entzog Chloe ihm ihre Hand. Dann stellte sie sich auf die Zehenspitzen und schlang ihre Arme um seinen Hals. »Danke.« Sie presste ihre Lippen auf seine und küsste ihn.

23

Chloes Herz schlug viel schneller, als es bei einem harmlosen Kuss sonst geschah. Aber das lag wohl auch eher daran, dass Zach sich trotz ihres ziemlich schwierigen Anfangs als echter Traummann entpuppte. Und zwar nicht nur im Bett beziehungsweise der Wanne, sondern vor allem auch außerhalb. Welcher Mann räumte schon bereitwillig seinen Kleiderschrank für eine Frau, die er gezwungenermaßen bei sich aufnahm? Chloe grub ihre Hand in seine Haare und intensivierte den Kuss. Als könnte er ihre Gedanken lesen, hob Zach sie hoch, und Chloe schlang ihre Beine um seine Hüften. Ihre Augen schlossen sich wie von selbst, als sein harter Körper sich an ihren presste. Oh ja, so könnte sie …

Ein Klingeln durchbrach jäh ihre Gedanken. Erschreckt zuckte sie zusammen, doch Zach rieb beruhigend über ihren Rücken.

»Das ist nur dein Handy.«

Unter einigen Verrenkungen zog Chloe es aus ihrer Hosentasche, denn Zach war offenbar nicht bereit, sie auch nur für eine Sekunde loszulassen. In dem neuen Telefon waren noch keine Nummern eingespeichert, die den Anrufer identifizierten, aber sie erkannte ihn auch so. Mit einem Seufzer nahm sie das Gespräch an.

»Hallo.«

»Chloe, hier ist Clint.« Als hätte sie das nicht bereits an seiner Reibeisenstimme erkannt.

»Hi Bruderherz, was gibt's?« Sie konnte nicht verhindern,

dass sie ein wenig atemlos klang. Aber das war auch kein Wunder, denn Zach setzte sie nicht ab, sondern ging mit ihr durch das Zimmer.

»Was ist bei dir los? Du klingst so seltsam.«

»Alles in Ordnung, ich bin nur gerade die Treppe raufgerannt und etwas außer Atem.« Wenn er wüsste, warum sie tatsächlich keine Luft bekam, würde er wahrscheinlich einen Anfall bekommen. Nicht, dass Karen und er es nicht auch oft genug taten. Aber das schien für ihn etwas anderes zu sein – besonders wenn es um seine jüngste Schwester ging. Zach stoppte erst, als ihr Rücken eine Wand berührte, und Chloe schaffte es gerade noch, ein erregtes Stöhnen zu unterdrücken.

»Okay.« Clint klang immer noch misstrauisch. »Dir geht es also gut?«

»Ja, sehr gut.« Chloe legte den Kopf in den Nacken, damit Zach an ihrer Kehle knabbern konnte. »Was machen Karen und Maya?«

»Den beiden geht es auch gut. Ich habe gelesen, dass dein Fall jetzt beendet ist. Ich wollte fragen, ob du Lust hast, nächste Woche zu uns zu kommen. Mom und Dad besuchen uns und würden sich sicher freuen, dich auch mal wieder zu sehen, besonders nachdem du am Unabhängigkeitstag keine Zeit hattest.« Es schwang kein Vorwurf in seinen Worten mit, Clint wusste besser als alle anderen, dass manchmal die Pflicht vorging.

Sehnsucht nach ihrer Familie überkam sie, und ein Kloß bildete sich in ihrer Kehle. »Ich würde sehr gerne, Clint, aber ich weiß noch nicht, ob ich es schaffe. Du weißt doch, das Verbrechen schläft nie.«

»Bist du sicher, dass alles in Ordnung ist, Chloe?«

Verdammt, Clint hatte schon immer gewusst, wenn etwas bei ihr nicht stimmte. Sie räusperte sich. »Ja, ich bin sicher.

Ich bin nur etwas überarbeitet. Warum sagst du mir nicht den genauen Termin, und ich melde mich dann in ein paar Tagen noch mal, ob ich es schaffe. Ich würde euch wirklich gerne wiedersehen.«

Clint nannte ihr das Datum, und Chloe speicherte es in ihrem Gedächtnis. Sie konnte nur hoffen, dass sich die Angelegenheit mit Scott bis dahin geklärt hatte, denn sie würde ihre Familie auf keinen Fall in Gefahr bringen. Auch wenn sie sich noch so sehr nach ihren Eltern und Geschwistern sehnte.

»Okay, ich melde mich dann. Gib Maya einen Kuss von mir.«

»Mache ich. Und Chloe, wenn ich erfahre, dass du mir etwas verheimlichst, wirst du es bereuen.« Er legte auf.

Resigniert blickte Chloe auf das Display. Das würde sehr unangenehm werden, wenn Clint jemals herausfand, dass offenbar ein Mörder hinter ihr her war. Aber vielleicht hatte sie Glück, und die Sache endete, bevor er davon erfuhr.

»Welcher deiner Brüder war das?« Zachs Frage durchbrach ihre Überlegungen.

Sie bemühte sich um ein Lächeln, war aber nicht sicher, ob es gelang. »Clint. Meine Eltern besuchen seine Familie nächste Woche in Richmond, und er wollte wissen, ob ich auch hinkommen möchte.« Ein sehnsüchtiger Seufzer entfuhr ihr. »Ich würde ja gerne, aber nicht, solange ich nicht sicher sein kann, dass Scott nicht mehr hinter mir her ist.«

Zach rieb beruhigend über ihre Seite. »Vielleicht ist er bis dahin ja bereits verhaftet. Wenn nicht, könnte ich dich nach Richmond begleiten und dafür sorgen, dass dir nichts passiert.«

Chloes Augen weiteten sich. »Das würdest du tun?«

»Natürlich.«

Wenn er sich nicht bereits in ihr Herz geschlichen hätte, jetzt wäre es ihm gelungen. »Danke. Aber ich denke, dass es besser ist, so lange von meiner Familie fernzubleiben, bis die Sache geklärt ist.« Das Verständnis in seinen Augen war ihr Untergang. Sie zog seinen Kopf wieder zu sich heran und machte dort weiter, wo sie von dem Anruf unterbrochen worden war. Es gab doch nichts Besseres als einen heißen Mann, um sich von seinen trüben Gedanken abzulenken.

Zach schien damit auch kein Problem zu haben, denn er presste sie stärker an die Wand und küsste sie so verlangend, dass sie alles um sich herum vergaß. Sie war gerade dabei, an seinem T-Shirt zu zerren, als erneut das Telefon klingelte.

Mit einem Stöhnen lehnte sie ihren Hinterkopf an die Wand. »Wenn das wieder Clint ist, bringe ich ihn um.« Ohne auf die Nummer zu sehen, nahm sie das Gespräch an. »Ja?«

»Chloe? Hier ist Dave Reyes.«

Zach, der sein Ohr neben ihres gehalten hatte, versteifte sich und setzte Chloe dann auf dem Boden ab.

Bedauernd verließ sie den warmen Kokon seiner Arme und trat einen Schritt zurück. »Ja?«

»Ich habe herausgefunden, wo Chrissie sich aufhält. Anscheinend hatte eines der Mädchen noch Kontakt zu ihr. Sie lebt jetzt unter falschem Namen in einer Kleinstadt in Maine. Ich habe sie angerufen, um sie zu warnen, aber sie hat behauptet, sie wäre nicht Chrissie und hätte auch nie von ihr gehört. Allerdings habe ich ihre Stimme erkannt. Sie ist es.« Die Frustration war ihm deutlich anzuhören.

»Warum erzählen Sie mir das?«

»Ich kann hier wegen meines Clubs nicht weg und hatte gehofft, dass Sie vielleicht mit ihr reden könnten. Wenn Sie vor ihrer Tür stehen, wird sie es nicht mehr leugnen können. Sorgen Sie dafür, dass ihr nichts passiert!«

»Vielleicht kann die Polizei vor Ort …«

»Nein! Sie versteckt sich dort unter falschem Namen. Wenn wir ihr die Dorfpolizei auf den Hals hetzen, wird sie wieder fliehen. Und ich bezweifle außerdem, dass sie genug Männer hätten, um sie rund um die Uhr zu schützen.«

»Okay, geben Sie mir die Adresse, und ich werde sehen, was ich tun kann. Aber ich kann nichts versprechen.« Chloe sah, dass Zachs Augenbrauen zusammengezogen waren. Es würde nicht leicht werden, ihn zu überzeugen. Mit der Hand machte sie eine Bewegung, dass sie etwas zu schreiben brauchte. Mit offensichtlichem Widerwillen reichte Zach ihr Zettel und Stift. Rasch notierte sie den Namen und die Adresse, die Dave ihr diktierte.

»Danke. Melden Sie sich bei mir, wenn Sie dort waren?« Dave schien fest davon auszugehen, dass sie hinfahren würde – und vermutlich hatte er recht.

»Natürlich.« Langsam ließ Chloe das Handy sinken und starrte es für einen Moment nur an.

»Was wollte Reyes?« Zachs Stimme zeugte von unterdrücktem Ärger.

Neugierig blickte Chloe ihn an. »Was hast du eigentlich gegen ihn?«

»Du meinst, außer, dass er deine Telefonnummer hat und dich ständig anruft?«

Chloe musste lachen. »Du bist doch wohl nicht eifersüchtig?«

Keine Spur von Humor war in Zachs Gesicht zu erkennen. »Sollte ich das sein?«

Sie trat näher zu ihm und berührte seine Hand. »Ich bin doch bei dir, oder nicht?«

Zachs Finger schlossen sich fest um ihre. »Ja, aber nicht ganz freiwillig. Wenn es keine Gefahr für dich gäbe, wer weiß …«

Wut kam in ihr auf, und sie riss ihre Hand zurück. »Willst du damit sagen, dass du denkst, ich würde mit jedem schlafen, der mich beschützt? Wenn das so ist, dann gehe ich …«

»Nirgendwohin.« Zach schlang seine Arme um sie und hielt sie so lange fest, bis sie aufhörte, sich gegen ihn zu wehren. Er stützte sein Kinn auf ihren Scheitel und stieß einen tiefen Seufzer aus. »Himmel, Chloe, du bringst mich völlig durcheinander. Natürlich denke ich nicht, dass du mit jedem schläfst. Ich möchte nur nicht, dass du dich genötigt fühlst, nur weil wir jetzt gezwungenermaßen so aufeinander hocken.«

»Das tue ich nicht.« Chloe starrte auf seine Brust, weil er ihr nicht erlaubte, in sein Gesicht zu sehen. »Du solltest inzwischen gemerkt haben, dass ich dich wirklich mag, selbst wenn du es mir manchmal sehr schwer machst.«

»Letzteres verstehe ich zwar auch nicht, aber ich bin froh, dass du mich magst, auch wenn ich mich wie ein Idiot benehme.«

Chloe begann zu lächeln. »Endlich siehst du es ein.«

Er zwickte sie in die Seite. »Du hättest jetzt dementieren müssen.«

Chloe tauchte unter seinem Kinn weg und lehnte sich zurück, um ihm ins Gesicht sehen zu können. »Du weißt doch, ich darf nicht lügen.«

Zuneigung leuchtete aus Zachs Augen. »Kleines Biest.«

»Hey!« Gespielt beleidigt wandte sie sich ab. »Ich sehe schon, dass ich hier nicht gewürdigt werde. Vielleicht sollte ich doch …«

Weiter kam sie nicht, denn Zach schob sein Gesicht dicht an ihres heran. »Keine Chance, du gehörst mir.«

Ihr Herz klopfte schneller, als sie ihn ansah und bemerkte, dass er es völlig ernst meinte. »Tue ich das?«

»Ja.« Es klang beinahe, als müsste er das Wort aus sich herauspressen. Als sie nichts darauf erwiderte, blickte er sie unsicher an. Röte stieg in seine Wangen.

Ein Lächeln hob ihre Mundwinkel. »Gut.«

Mit einem Stöhnen zog Zach sie wieder an sich und vergrub sein Gesicht in ihren Haaren. »Du schaffst mich, Chloe.«

Seine Reaktion gefiel ihr ausnehmend gut, denn sie hatte es satt, für jemanden Gefühle zu empfinden, die dieser nicht erwiderte. Jetzt musste sie abwarten, wohin es sie beide führte. Einen Moment lang schwelgte sie in der Gewissheit, dass sie Zach etwas bedeutete, dann fiel ihr wieder ein, worum Dave sie gebeten hatte.

Zachs Körper versteifte sich wieder, und er schob sie sanft von sich. »Erzähl mir, was dieser Typ von dir wollte.«

»Ich verstehe immer noch nicht, warum du Dave nicht leiden kannst.«

»Du meinst, außer, dass er um dich herumschnüffelt?«

»Er schnüffelt nicht …« Chloe atmete tief durch, als sie erkannte, dass Zach sie nur ablenken wollte. »Was noch?«

Zach rieb über seine Stirn. »Ich habe seinen Namen in unsere Datenbank eingegeben, nachdem du mir von ihm erzählt hattest.«

Mit offenem Mund starrte sie ihn an. »Warum hast du das denn getan? Er steckt sicher nicht hinter dem Mord an Candice Meadows.«

»Das weiß ich. Trotzdem war ich neugierig, besonders, nachdem er dich angerufen hat.«

Nun wollte Chloe auch wissen, was Zach über den Clubbesitzer herausgefunden hatte. »Und, was hast du erfahren?«

»Er war tatsächlich früher ein Cop. Anscheinend war er vor ein paar Jahren in einen Vorfall verwickelt, bei dem mehrere andere Polizisten getötet und verletzt wurden. Er selbst wurde schwer verletzt und schied dann aus dem Dienst aus. Offiziell ehrenhaft, aber inoffiziell existiert wohl die Vermutung, dass er mit Schuld an der Sache haben könnte.«

Jetzt verstand Chloe, warum Dave so verbittert reagiert

hatte, als sie ihn gefragt hatte, ob er ein Polizist war. Ihr Gefühl sagte ihr, dass er keine Schuld an dem Vorfall trug, aber sie sagte nichts dazu. »Das ist traurig.«

»Er scheint ja auf die Füße gefallen zu sein, wenn er einen Club besitzt. Aber darum geht es jetzt nicht. Was wollte er diesmal?«

Chloe wedelte mit dem Zettel. »Er hat Christines jetzige Anschrift herausgefunden. Sie lebt als Agnes Demoines in Belfast, Maine. Dave hat dort angerufen und mit ihr gesprochen, um sie vor Scott zu warnen. Doch sie hat behauptet, sie wäre nicht Christine. Da er selbst keine Zeit hat, bat er mich, dorthin zu fahren und mit ihr zu sprechen.«

Sie konnte in Zachs Miene schon seine Antwort ablesen. »Auf gar keinen Fall! Mal ganz davon abgesehen, dass Belfast nicht mal eben um die Ecke ist, werde ich nicht zulassen, dass du dich in Gefahr begibst.«

»Zach, die Frau könnte in Lebensgefahr schweben! Wenn Scott sogar die Identität der Zeugin herausgefunden hat, glaubst du nicht, dass er dann auch Christines Adresse kennt? Ich könnte es nicht ertragen, wenn noch jemand sterben müsste, besonders, wenn ich es hätte verhindern können.«

»Die Polizei …«

»Dave sagte, dass sie nicht einfach bei ihr auftauchen können, um sie mitzunehmen. Freiwillig wird sie sicher nicht mitgehen, auch wenn es zu ihrem Schutz ist.«

Zach schnitt eine Grimasse. »Und warum sollte sie dann auf dich hören?«

»Sie kennt mich und wird mir glauben, dass ihr Gefahr droht.« Jedenfalls hoffte Chloe das.

»Denkst du auch daran, dass du für sie den Feind vertreten hast, den Mann, der sie brutal vergewaltigt hat? Ich kann mir nicht vorstellen, dass sie die besten Erinnerungen an dich haben wird.« Anscheinend bemerkte Zach, dass ihr das Blut aus dem Gesicht wich, denn er schlang sofort die Arme um sie. »Ich meinte damit nicht, dass ich es so sehe, sondern nur, dass du damit rechnen musst, dass Christine nicht gerade begeistert sein wird, dich zu sehen.«

»Ich weiß. Und ich bin darauf vorbereitet. Aber ich kann einfach nicht hierbleiben und nichts tun, Zach.«

Er küsste ihre Stirn und ließ sie dann los. »Okay. Pack das Nötigste, und dann fahren wir los. Ich muss nur erst noch beim Department anrufen und meine Schicht tauschen.«

Verdammt, daran hatte sie noch gar nicht gedacht. »Zach …«

»Das ist kein Problem, aber wie sieht es bei dir aus?«

Gute Frage. »Ich habe noch etliche Urlaubstage angehäuft, nur die Kurzfristigkeit könnte ein Problem sein. Aber da ich morgen keine Gerichtstermine habe, ist es vermutlich nicht so schlimm, wenn ich einen Tag Urlaub nehme. Zur Not weise ich darauf hin, dass ich mich nach meinem Sturz in den East River noch nicht so gut fühle. Es waren sowieso alle verwundert, dass ich heute da war.« Ernst blickte sie ihn an. »Aber ganz ehrlich, es ist mir egal, was mein Arbeitgeber dazu sagt, wenn es darum geht, vielleicht ein Leben zu retten.«

Besorgnis war in seinen Augen zu erkennen. »Geht es dir denn gut genug? Ich möchte nicht, dass du dich zu sehr verausgabst.«

Chloe lächelte ihn beruhigend an. »Keine Angst, ein paar Stunden Autofahrt werde ich schon durchhalten. Es ist ja nicht so, als müsste ich einen Marathon laufen.«

Acht Stunden später sah sie die Sache völlig anders. Jeder Knochen und Muskel in ihrem Körper schmerzte, und sie konnte ein Stöhnen nicht unterdrücken, als endlich das Ortsschild von Belfast an ihnen vorbeiflog. Sie wusste nicht, wie Zach die lange

Fahrt im Dunkeln ausgehalten hatte, schließlich war er die ganze Zeit gefahren, während sie sogar hin und wieder eingenickt war. Jetzt war es vier Uhr morgens, und sie fragte sich, wie er überhaupt noch die Augen offen halten konnte.

»Am besten suchen wir uns ein Hotelzimmer und schlafen noch ein paar Stunden, bevor wir bei Christine – oder Agnes vielmehr – anklopfen. Sie wird vermutlich nicht besonders zugänglich sein, wenn wir mitten in der Nacht dort auftauchen.«

Im Schein der Instrumentenbeleuchtung konnte sie erkennen, dass Zachs Falten tiefer waren als sonst, er sah mitgenommen aus. Und auch wenn sie so schnell wie möglich zu Christine wollte, konnte sie seine Argumentation nachvollziehen. Vor allem aber war sie furchtbar müde. Der Kampf ums Überleben steckte immer noch in ihren Knochen, und sie wünschte sich nichts mehr als ein schönes weiches Bett und ein paar Stunden Schlaf. »Okay.«

Zach lächelte sie schwach an. »Keine Angst, sie wird auch in ein paar Stunden noch da sein. Und es gibt keine Möglichkeit, wie uns jemand von New York aus gefolgt sein könnte, ich habe die ganze Zeit darauf geachtet.«

Erst jetzt merkte sie, wie angespannt sie gewesen war. »Ich weiß wirklich nicht, was ich ohne dich tun würde.«

»Ich hoffe mal, dass du nicht ohne Schutz hierhergekommen wärst.« Das Licht der Straßenlampen glitzerte in seinen Augen, während sie die Main Street entlang in Richtung Belfast Bay fuhren.

»Nein, wohl nicht.« Sie ignorierte den strengen Blick, den Zach ihr zuwarf. »Schon allein, weil ich überhaupt kein Auto habe. Aber ob du es glaubst oder nicht, es macht mir nicht gerade Spaß, in Gefahr zu geraten, daher neige ich normalerweise auch nicht dazu, irgendwelche Alleingänge zu machen. Das mit Curtis und dem Club war eine Ausnahme, weil ich nicht erwartet habe, dass mir dort etwas passieren könnte. Außerdem wollte ich unbedingt wissen, ob meine Vermutung stimmt.«

Die Zweifel waren deutlich in sein Gesicht geschrieben, aber schließlich nickte er. »Gut.«

Kurze Zeit später hielten sie vor einem Motel, das rund um die Uhr geöffnet war, und Zach besorgte ihnen ein Zimmer. Es war einfach, aber sauber, und das war alles, was für Chloe zählte, die sich mit einem Stöhnen auf das Bett fallen ließ. Ihre Augen schlossen sich wie von selbst, und sie bekam nur noch am Rande mit, wie Zach ihr die Kleidung auszog, die dünne Decke über ihr ausbreitete und schließlich ebenfalls darunterkroch. Sein nackter Körper war wie ein Backofen, an den sie sich mit einem zufriedenen Seufzer anschmiegte.

Zach schlang seine Arme um sie und hauchte einen Kuss auf ihre Stirn, was ihr ein Lächeln entlockte. »Schlaf jetzt, Chloe. Ich wecke dich dann.«

Sie wollte noch fragen, wie er jemals früh genug aufwachen wollte, aber sie schlief ein, bevor die Worte ihren Mund verlassen konnten.

24

Zach unterdrückte ein Stöhnen, als der Wecker seines Handys klingelte. Mühsam öffnete er die Augen und streckte seinen Arm zum Nachttisch aus, damit er das durchdringende Geräusch abstellen konnte. Zwei Stunden Schlaf waren eindeutig zu wenig. Das hatte er vielleicht vor fünfzehn Jahren noch durchgehalten, aber jetzt würde er sich am liebsten noch ein paar Stunden an Chloe schmiegen und den verpassten Schlaf nachholen. Er hatte den Wecker extra auf sechs Uhr morgens gestellt, damit sie Christine nicht verpassten, sollte sie früh zur Arbeit fahren.

Erste Sonnenstrahlen bildeten Muster auf dem ausgeblichenen Teppich. Zach blickte auf Chloe hinunter und spürte, wie etwas in seinem Inneren nachgab. Er konnte sich gut vorstellen, sie immer neben sich schlafen zu sehen, ihren Kopf an seiner Schulter und ein Bein über ihn geschoben. Mit dem Finger schob er eine Haarsträhne beiseite, um ihr Gesicht besser betrachten zu können. Ihre Wimpern bildeten einen dunklen Kranz unter ihren Augen, ihr Mund stand ein wenig offen. Wie gerne würde er sie jetzt küssen und sich dann über ihren nackten Körper schieben und sie lieben, bis sie beide an nichts anderes mehr denken konnten. Aber leider würde das warten müssen, bis sie Christine in Sicherheit gebracht hatten.

Widerstrebend rüttelte er sanft an ihrer Schulter. »Chloe, aufwachen. Wir müssen aufstehen.«

Die einzige Reaktion war ein Murmeln, bevor sie wieder in den Tiefschlaf glitt. So funktionierte es scheinbar nicht mit dem Aufwecken. Zach schob Chloe vorsichtig von sich herunter und beugte sich dann über sie. Sein Blick fiel wieder auf ihren Mund und er widerstand der Versuchung nicht länger, sondern küsste sie so lange, bis sie auf ihn reagierte. Schließlich hob er den Kopf.

Chloe lächelte ihn schläfrig an. »Hm, so werde ich gerne geweckt. Kann ich dich als meinen persönlichen Wecker engagieren?«

Sein Herz klopfte schneller, auch wenn er wusste, dass sie noch nicht klar dachte. »Natürlich, jederzeit.«

Ihre Hand schlang sich um seinen Nacken, und sie versuchte, ihn wieder zu sich herunterzuziehen. Nach kurzem Zögern fügte er sich ihrem Wunsch, und seine Lippen verschmolzen mit ihren. Doch als sie den Kuss vertiefen wollte, entzog er sich ihr.

Ihre andere Hand schlang sich um seinen Rücken und sie versuchte, seinen Unterkörper über sich zu ziehen. Als er sich nicht bewegte, gab sie einen enttäuschten Laut von sich. »Zach …«

»Wir müssen jetzt wirklich aufstehen, Chloe. Ich möchte nicht riskieren, dass Christine zur Arbeit fährt und wir den ganzen Tag auf ihre Rückkehr warten müssen.«

Das drang zu ihr durch, sie ließ die Arme fallen und setzte sich auf. »Du hast ja recht. Willst du zuerst ins Bad?«

»Nein, geh du ruhig.« Vor allem wollte er verhindern, dass sie die gewaltige Erektion sah, die ihre Nähe bei ihm ausgelöst hatte.

Chloe schob sich aus dem Bett und lief durch das Zimmer, ohne sich darum zu scheren, dass sie völlig nackt war. Gierig verfolgte Zach jede ihrer Bewegungen. Sein Blick ruhte gerade auf ihrem Po, als sie sich unvermittelt zu ihm umdrehte. Es blieb keine Zeit, sein Verlangen zu verstecken, es war sicher in sein Gesicht geschrieben.

Chloe stand dort wie erstarrt, dann ging ein Ruck durch ihren Körper. »Verdammt, du glaubst nicht, wie gerne ich jetzt wieder ins Bett klettern und nachprüfen würde, ob du mich genauso willst wie ich dich.«

Zach musste sich räuspern, bevor er überhaupt einen Ton herausbrachte. »Das halte ich für keine gute Idee, wenn wir nicht den ganzen Tag im Bett verbringen wollen.« Trotz seiner Worte schob er die Bettdecke beiseite und zeigte Chloe, wie hart ihn schon allein die Vorstellung machte.

Chloes Augen weiteten sich, als ihr Blick auf seinen harten Schaft fiel, und sie leckte unwillkürlich über ihre Lippen. »Zach …«

»Geh.« War das wirklich seine Stimme, die so heiser klang?

Offensichtlich erkannte Chloe, dass das die einzig richtige Entscheidung war, denn sie setzte sich in Bewegung und schloss Sekunden später die Badezimmertür fest hinter sich.

Enttäuschung breitete sich in ihm aus, obwohl er wusste, dass sie das Richtige taten. Er blickte auf seinen Penis hinunter, der anscheinend noch nicht begriffen hatte, dass es keine Action geben würde. Hoch aufgerichtet bettelte er um Berührung, Feuchtigkeit bildete sich an seiner Spitze. Unglaublich, besonders weil er vor ein paar Wochen noch gesagt hätte, dass sein Geschlechtstrieb nicht besonders ausgeprägt war. Doch seit Chloe in sein Leben getreten war, schien sich seine Libido zu verselbstständigen und sein Schaft zu Höchstform aufzulaufen. Zach legte seine Hand um die harte Länge und schloss die Augen, als das Verlangen durch seinen Körper rieselte.

Nur wenige Bewegungen und er würde kommen, doch das wollte er nicht. Zumindest nicht ohne Chloe. Mit einem rauen Laut zog er seine Hand weg und stand rasch auf. Je schneller sie die Sache erledigten, desto eher hatte er Chloe wieder für sich, und sie konnten all das nachholen, wozu sie bisher noch nicht gekommen waren. Schnell zog er sich an und schnitt eine Grimasse, als der Reißverschluss schmerzhaft auf seine Erektion drückte. Die sollte er bald loswerden, sonst konnte er kaum eine Frau aufsuchen, die in höchster Gefahr schwebte. Der Gedanke half ihm, seine Erregung innerhalb kürzester Zeit in den Griff zu kriegen.

Zach suchte seine Sachen zusammen und wartete, bis Chloe aus dem Bad kam. Nachdem er sich schnell fertig gemacht hatte, gingen sie zur Lobby, um sich dort Kaffee und Donuts zum Mitnehmen zu holen. Das war zwar kein besonders reichhaltiges Frühstück, aber immerhin besser als nichts. Als sie wieder im Auto saßen, blickte Zach Chloe forschend an. Sie war blass, aber offensichtlich entschlossen, die Sache durchzuziehen.

»Bereit?«

Sie zog den Gurt über ihren Körper und ließ ihn einrasten. »Ja.«

Schweigend startete Zach den Wagen und fuhr los. Das Navigationsgerät zeigte ihm den Weg zu dem Haus an, das Christine am Rand des Ortes bewohnte. Er konnte sich vorstellen, wie es für eine Frau aus der Großstadt sein musste, plötzlich an solch einem ruhigen Ort zu leben. Vermutlich hatte sie hier einen schlecht bezahlten Job, bei dem sie nicht weiter auffiel. Aber wenn Scott endlich in Gewahrsam war, würde auch Christine wieder frei sein. Vielleicht nicht von ihren Erinnerungen, aber zumindest brauchte sie sich nicht mehr unter falschem Namen zu verstecken.

Schließlich hielt Zach vor dem kleinen, etwas heruntergekommen wirkenden Haus am Ende einer Sackgasse an. Der salzige Geruch des Meeres drang an seine Nase, sowie er die Autotür öffnete. Nur ein einzelner Wagen parkte ein Stück weiter die Straße hinunter, alle anderen Autos standen in den Garagen oder Einfahrten der Grundstücke. Es war völlig ruhig in der Straße, offenbar war keiner der Bewohner ein Frühaufsteher. Automatisch schloss Zach seine Tür leise und ging um den Wagen herum, um Chloe zu beschützen.

Obwohl es so ruhig war – oder vielleicht gerade deshalb –, hatte Zach ein ungutes Gefühl. Während sie langsam auf das Haus zugingen, hielt er Chloe immer nah bei sich, damit er sich im Notfall vor sie werfen konnte. Seine Hand ruhte unter der Jacke am Griff seiner Pistole. So nah am Wasser war es morgens noch frisch, und er spürte Chloes Zittern. Er schlang seinen freien Arm um ihren Rücken und zog sie noch dichter an sich. Gleichzeitig ging er etwas schneller die Auffahrt hinauf.

Es brannte kein Licht im Haus, das er von draußen sehen konnte. Entweder schlief Christine noch, oder sie war gar nicht da. Dem widersprach allerdings der alte Kleinwagen, der in der Einfahrt parkte. Obwohl sein Instinkt ihm sagte, lieber möglichst schnell von hier zu verschwinden, stieg Zach die drei Stufen zur Haustür hoch. Automatisch schob er Chloe hinter sich, damit sie nicht in der Schusslinie stand. Dann drückte er auf den Klingelknopf.

Als aus dem Haus keine Reaktion kam, klingelte er noch einmal und klopfte dann an die Tür. Wieder keine Antwort.

Schließlich schob Chloe sich an ihm vorbei. »Agnes? Hier ist Chloe Hunter, ich muss mit Ihnen sprechen. Machen Sie bitte auf, es ist wichtig.«

Auf seinen wütenden Blick hin zuckte Chloe mit den Schultern. »Ich dachte mir, sie macht vielleicht eher auf, wenn sie eine Frauenstimme hört.«

Zach wollte gerade mit ihr zum Auto zurückgehen, als er ein Geräusch hinter der Tür hörte. Der Vorhang hinter dem kleinen Fenster schob sich ein winziges Stück zur Seite. Er drückte Chloes Arm und trat dann einen Schritt zur Seite, um die Frau nicht zu verängstigen.

»Ich weiß nicht, ob Sie sich an mich erinnern, ich bin Anwältin. Das dort ist Detective Murdock vom New York Police Department.«

Der Vorhang fiel zurück, und er erwartete schon, Christine würde sich weigern, mit ihnen zu sprechen, aber dann öffnete sich die Tür einen Spaltbreit. Da es drinnen so dunkel war, konnten sie die Frau kaum erkennen. »Ich erinnere mich, Sie haben ihn verteidigt. Warum sollte ich mit Ihnen sprechen wollen?«

Er konnte praktisch Chloes Schuldgefühle spüren, als sie näher zur Tür trat. »Lassen Sie uns bitte herein, es geht um Candy.«

Etwas flackerte in ihren Augen und erlosch dann wieder. »Gehen Sie.«

Chloe legte ihre Hand an die Tür. »Bitte, Christine.«

»Es ist zu spät, Sie können nichts mehr tun.« Verzweiflung sprach aus jedem Wort, und Zachs Magen krampfte sich zusammen.

»Wir können Ihnen helfen und dafür sorgen, dass Sie Ihr Leben zurückbekommen.«

Ihr Kopf schnellte zu ihm herum, und sie musterte ihn lange schweigend mit merkwürdigem Gesichtsausdruck. Schließlich nickte sie. Wortlos trat sie zurück und öffnete die Tür etwas weiter. Um Christine nicht zu erschrecken, ging Chloe vor in den dunklen Flur. Zach schloss die Haustür hinter sich und folgte den beiden Frauen. Christine wandte sich nach links und ging in einen größeren Raum, wahrscheinlich das Wohnzimmer. Auch hier brannte kein Licht, und Zachs schlechtes Gefühl kehrte zurück. Seine Hand ruhte immer noch auf seiner Pistole, während er langsam hinter Chloe das Zimmer betrat.

»Christine, was …« Chloe brach mit einem erschrockenen Keuchen ab, und Zach bewegte sich auf sie zu.

Aus den Augenwinkeln sah er noch eine Bewegung, dann explodierte der Schmerz in seinem Kopf, und er stürzte benommen zu Boden. Das Holz schrappte über seine Wange, doch das spürte er kaum. Das Blut rauschte in seinen Ohren und übertönte jedes andere Geräusch. Sein Blick ruhte auf Chloe, die wie erstarrt dastand, ihre Hände vor den Mund gepresst. Dann schlossen sich seine Lider, und er versank in der Dunkelheit.

»Zach!« Chloe wollte auf ihn zustürzen, doch eine harte Hand schloss sich um ihren Arm und zog sie heftig zurück. Sie stolperte, konnte sich aber gerade noch auf den Beinen halten.

Fassungslos starrte sie den Mann an, der hinter der Tür versteckt gewesen war, als sie den Raum betreten hatte. Jetzt hatte er seinen Arm um Christines Hals geschlungen und presste ihr die Mündung einer Pistole gegen die Schläfe. Abgrundtiefe Angst stand in ihrem Gesicht, ihre Arme hingen schlaff herab. Chloe erkannte, dass es nicht ihr Unwillen gewesen war, mit ihnen zu reden, den sie an der Tür gezeigt hatte, sondern Christines Versuch, ihnen etwas mitzuteilen. Sie zu warnen. Und Chloe war wie eine Idiotin in die Falle getappt und hatte Zach auch noch mit hineingezogen. Besorgt blickte sie ihn an, doch er hatte sich noch keinen Zentimeter bewegt.

Warum nur hatte sie den Angreifer nicht früher entdeckt und Zach rechtzeitig gewarnt? Wenn sie an die Waffe käme, die neben seinem Arm lag …

»Denk nicht mal dran.«

Ihr Kopf schnellte zu dem Mann herum, der im Dämmerlicht des Zimmers immer noch nicht zu erkennen war. Aber sie wusste auch so, wer es war. Selbst wenn seine Stimme ihn nicht verraten hätte.

»Warum tun Sie das?« Mit Erleichterung merkte Chloe, dass ihre Frage überraschend ruhig klang.

»Das kannst du dir ja wohl denken. Habt ihr wirklich gedacht, ihr könnt mich abschütteln?« Er grinste sie an. »Ich war euch die ganze Zeit ein Stück voraus und habe einfach hier auf euch gewartet. Mit Chrissies netter Gesellschaft war es auch gar nicht so langweilig wie befürchtet.« Seine Hand glitt weiter nach unten und legte sich über die Brust der zitternden Frau. Er schob seinen Mund dicht an ihr Ohr. »Du hättest dich einfach nicht wehren sollen, Hure, dann wäre das alles nicht passiert.«

Automatisch machte Chloe einen Schritt nach vorn, aber sein Blick ließ sie verharren. »Lassen Sie sie los.«

»Warum sollte ich das tun? Du glaubst doch nicht im Ernst, dass du mich zu irgendetwas zwingen kannst. Weder damals noch heute. Es war ein kluger Schachzug, die Zeugin zur Staatsanwaltschaft zu schicken, aber du wirst es noch bereuen, dafür werde ich schon sorgen. Ich werde dich vernichten.« Seine Oberlippe hob sich in der Parodie eines Lächelns. »Aber vorher werde ich dir noch zeigen, was passiert, wenn man mir in die Quere kommt.«

Das Geräusch reißenden Stoffs klang laut in der plötzlichen Stille. Der Stoff von Christines T-Shirt teilte sich über ihrem Oberkörper, und eine Brust wurde sichtbar. Einen Moment lang schien sie genauso erstarrt wie Chloe, dann begann sie sich zu wehren. Wie eine Furie schlug und trat sie auf Scott ein, offenbar ohne jeden Gedanken an die Pistole, die immer noch auf ihren Kopf zielte. Chloe wollte ihr helfen, doch sie kam nicht nah genug heran. Dann fiel ihr Zachs Pistole wieder ein und sie stürzte darauf zu. Aus den Augenwinkeln sah Chloe, wie Scott wieder seinen Arm um Christines Hals schlang und sie zu Boden kämpfte. Sie musste sich beeilen!

»Nein!« Es lag eine solche Verzweiflung und so viel Abscheu in Christines Schrei, dass Chloes Magen sich verkrampfte.

Gerade, als sie nach Zachs Pistole griff, ertönte ein Schuss. Chloe blickte zurück, und ihr Herz setzte aus. Scott löste sich von Christine, deren weit aufgerissene Augen an die Decke starrten. Ein kleines Loch war in ihrer Schläfe zu erkennen, aus dem Blut rann. *Gott, nein!* Es dauerte einen Moment, bis Chloe ihre Erstarrung überwinden konnte und sie ihre Hand weiter auf Zachs Pistole zubewegte.

Ihre Finger waren nur wenige Zentimeter davon entfernt, als Scotts Stimme erklang. »Das würde ich an deiner Stelle lassen.«

Chloe wirbelte herum. »Sie haben Christine getötet! Wie konnten Sie das tun?«

Scott zuckte mit den Schultern. »Eigentlich wollte ich erst noch ein wenig Spaß mit ihr haben, aber anscheinend war es ihr lieber, zu sterben.« Seine Pistole war direkt auf Chloes Brust gerichtet. »Bei dir wird es kein Versehen sein, das kannst du mir glauben.« Er stand auf und trat näher an sie heran, während Chloe ein Stück zurückwich. »Bleib stehen oder ich erschieße dich sofort – und deinen Freund noch dazu.«

»Er ist Detective, wenn Sie ihm etwas tun …«

Scott unterbrach sie. »Ich weiß genau, wer und was er ist. Und ich weiß auch, dass er heiß auf dich ist. Euer Gerammel war äußerst anregend, muss ich sagen.« Wieder trat er näher an sie heran, und diesmal traute Chloe sich nicht, ihm auszuweichen. »Was er wohl sagen wird, wenn er aufwacht und merkt, dass ich meinen Spaß mit dir hatte, bevor ich dich für das bestraft habe, was du mir angetan hast?«

»Ich habe Ihnen gar nichts getan! Mir ist jetzt noch schlecht, wenn ich daran denke, dass ich geholfen habe, Sie vor Gericht zu verteidigen, obwohl ich wusste, dass Sie schuldig waren. Sie gehören hinter Gitter – am besten für den Rest Ihres Lebens.«

Scotts Hand schoss vor, und er griff brutal in ihre Haare.

»Und genau da liegst du falsch, Schätzchen. Ich habe mir damals nur genommen, was die Nutte da so freizügig angeboten hat. Dafür hätte ich nie ins Gefängnis kommen dürfen! Weißt du, wie es ist, so lange eingesperrt und für die anderen Insassen Freiwild zu sein?«

Tränen des Schmerzes traten in Chloes Augen, dennoch hielt sie seinem Blick stand. »Nein, aber ich bin sicher, Sie haben jede einzelne Sekunde verdient.«

Er riss ihren Kopf an den Haaren zurück und presste die Mündung der Pistole unter ihr Kinn. »Wir werden gleich sehen, wie lustig du es findest, wenn ich dir im Detail zeige, was sie getan haben.«

Furcht kroch durch Chloes Körper, aber sie versuchte, sie nicht zu zeigen. Sie würde bis zum letzten Atemzug gegen diesen Mann kämpfen. Auf keinen Fall würde sie ihn gewinnen lassen. Nicht nach dem, was er Candice und Christine angetan hatte. Die beiden Frauen waren völlig unschuldig, und er hatte sie benutzt und getötet, als wären sie nichts wert. Wut strömte heiß durch ihre Adern, und sie erinnerte sich an all die Tricks, die Clint und Jay ihr seit ihrer Kindheit beigebracht hatten, sollte sie jemals in eine Situation wie diese geraten.

Sie würde Scott besiegen! Für die ermordeten Frauen, für sich selbst, aber auch für Zach, der immer noch bewusstlos dalag. Sie war die Einzige, die zwischen ihm und dem sicheren Tod stand. Ohne weiter darüber nachzugrübeln, handelte sie. In einer Bewegung stieß sie mit der Hand die Pistole beiseite und rammte gleichzeitig ihren Fuß gegen das Knie des Verbrechers. Ein Schuss löste sich und hallte laut durch das Haus. Der Griff in ihren Haaren lockerte sich, sodass sie Scott zurückstoßen konnte. Er stolperte nach hinten und landete auf dem Boden. Die Pistole fiel aus seiner Hand und schlitterte ein Stück weiter.

»Verdammtes Miststück!« Ohne weitere Vorwarnung stürzte er sich auf sie und brachte sie damit aus dem Gleichgewicht.

Mit voller Wucht fiel sie auf den Arm, und heftiger Schmerz durchfuhr sie. Doch sie ignorierte ihn und brachte dafür einen gezielten Schlag mit ihrem Ellbogen auf Scotts Zwerchfell an, der ihn nach Luft schnappen ließ. Er kippte zur Seite und griff wieder nach der Pistole. Chloe warf sich auf seinen Arm, um ihn daran zu hindern.

Blut lief aus einer Schürfwunde über seine Stirn, aber er gab nicht auf. Seine Faust landete hart in ihrem Magen, und Chloe krümmte sich zusammen. Das nutzte der Verbrecher sofort aus und rollte sich über sie. Übelkeit breitete sich in ihr aus, während sie versuchte, ihn abzuschütteln, doch er war zu schwer. Sie konnte seine Erektion an ihrem Bein fühlen und bekam langsam Panik. Wenn es ihr nicht gelang, ihn zu stoppen, würde er sie erst vergewaltigen und anschließend töten. Das Foto von Candice Meadows' Leiche schoss durch ihren Kopf. Nein, das würde sie nicht zulassen!

Härter als zuvor kämpfte sie, und es gelang ihr, Scott für einige Sekunden aus dem Gleichgewicht zu bringen. Die Gelegenheit nutzte sie, um ihr Knie hochzureißen und mit aller Kraft in seine Weichteile zu stoßen. Mit einem beinahe unmenschlichen Laut brach er zusammen, und Chloe schob ihn mit Händen und Füßen von sich. Anschließend kroch sie auf die Pistole zu. Erleichtert atmete sie auf, als sich ihre Finger um den Griff schlossen. Zwar besaß sie keine Waffe, aber ihr Vater hatte ihr und ihren Geschwistern auf der Ranch schießen beigebracht, sodass sie wusste, worauf es ankam.

Nachdem sie sich vergewissert hatte, dass die Pistole schussbereit war, wirbelte sie herum und zielte auf Scott. Allerdings hatte der es inzwischen geschafft, sich aufzurichten, und warf ihr einen hasserfüllten Blick zu, bevor er in Richtung Tür humpelte. Über sein Verhalten verwundert, zögerte Chloe einen Augenblick. Dann hörte sie es auch: Sirenen.

Chloe unterdrückte einen erleichterten Seufzer. *Endlich, die Rettung!* »Stehen bleiben, oder ich schieße.«

»Wir sehen uns wieder, Miststück!« Damit wollte Scott um die Ecke verschwinden.

Chloe zielte und drückte ab. Der Knall dröhnte ungeheuer laut in ihren Ohren, und es dauerte einen Moment, bis sie feststellte, dass Scott längst verschwunden war. Sie wollte hinter ihm herlaufen, merkte aber bereits nach dem ersten Schritt, dass ihre Beine sie nicht tragen würden. Weiter hinten im Haus schlug eine Tür. *Verdammt!* Mit der Pistole in der Hand kroch sie auf Christine zu, in der Hoffnung, ihr noch irgendwie helfen zu können, aber die Frau war wie erwartet tot.

Chloe sackte neben ihr zusammen. »Es tut mir so leid.« Ein Blick zu Zach bestätigte ihr, dass er immer noch bewusstlos war. Hoffentlich hatte er keine schwere Kopfverletzung und wachte bald wieder auf.

Mit einem lauten Krachen wurde die Haustür aufgebrochen, und wenige Sekunden später fand Chloe sich in grelles Licht getaucht wieder.

»Hände hoch, Waffe fallen lassen!« Die Stimme klang, als stünde der Mann unter großer Anspannung, deshalb legte Chloe rasch die Pistole auf den Boden und hob die Hände über den Kopf. »Bleiben Sie da sitzen und rühren Sie sich nicht.«

Kein Problem, Chloe hatte sowieso das Gefühl, nur noch aus Gelee zu bestehen, und war nicht sicher, sich überhaupt noch bewegen zu können. »Ich bin Chloe Hunter, Pflichtverteidigerin aus New York. Der Täter ist entweder noch im Haus oder hinten raus. Wenn Sie sich beeilen, erwischen Sie ihn noch.«

»Lassen Sie das unsere Sorge sein.« Die Stimme kam näher,

dann verließ der Lichtstrahl ihr Gesicht und leuchtete stattdessen auf Christine. »Verdammt!«

»Könnten Sie bitte nach meinem Freund sehen? Er ist verletzt.«

»Wir werden uns um alles kümmern.«

Chloe schloss die Augen und atmete erleichtert auf. Dann flogen sie überrascht auf, als ihre Arme kräftig nach hinten gebogen und hinter ihrem Rücken Handschellen angelegt wurden. »Hey, was soll das?«

»Chloe Hunter, Sie sind verhaftet. Alles, was Sie sagen, kann …«

25

Ein Stöhnen drang an seine Ohren, und Zach brauchte einen Moment, bis er verstand, dass er selbst den Laut von sich gegeben hatte. Er wollte sich aufsetzen, merkte aber, dass er festgebunden war. Adrenalin schoss durch seinen Körper, und er begann, gegen die Fesseln zu kämpfen.

»Er ist wach, haltet ihn fest, bevor er sich verletzt!«

Die Stimme drang an sein Ohr, doch er begriff den Sinn der Worte nicht. Wo war er, und warum fühlte sich sein Kopf an, als hätte jemand damit Fußball gespielt? Oh Gott, war er wieder ins Koma gefallen, so wie vor einigen Jahren, und hatte noch mehr Zeit verloren? *Bitte nicht!*

Etwas berührte seine Schulter. »Bleiben Sie still liegen, wir sind gleich da. Ich möchte Sie wegen Ihrer Kopfverletzung nicht betäuben, wenn es nicht unbedingt nötig ist.«

Kopfverletzung, das würde natürlich die höllischen Kopfschmerzen erklären und auch die Tatsache, dass sein Gehirn irgendwie zu schaukeln schien. Es kostete ihn seine gesamte Selbstbeherrschung, jede Bewegung einzustellen und sich stattdessen darauf zu konzentrieren, seine Augen zu öffnen. Nachdem er die Lider einen Spaltbreit geöffnet hatte, blickte er sich langsam um. Wenn nicht schon das Gewackel darauf hingewiesen hätte, wüsste er spätestens jetzt, dass er sich in einem Krankenwagen befand. Aber wo? Und was war passiert?

Verschwommene Bilder tauchten in seiner Erinnerung auf. Chloe, zusammen mit ihm im Auto, ein altes Motel, ein kleines Haus. Ein Gefühl von Gefahr. Dann eine Bewegung und

Schmerz, der in seinem Schädel explodierte. *Oh Gott, Chloe!* Erneut versuchte Zach, sich aufzusetzen, und wurde wieder von den Gurten zurückgehalten, die ihn auf der Trage festhielten.

Ein Mann beugte sich über ihn und leuchtete mit einer kleinen Stablampe in seine Augen. Das Licht stach wie eine Lanze in sein Gehirn. »Sind Sie wach?«

»J…ja.« Seine Stimme war so rau, dass er sich selbst kaum verstand.

»Gut. Wir bringen Sie gerade ins Krankenhaus.«

»Was ist mit … Chloe?«

Einen Moment lang herrschte Stille. »Dazu können wir Ihnen nichts sagen. Es wird sicher gleich ein Detective kommen, der Sie befragt, nachdem Sie untersucht wurden.«

Eine klare Lüge, so viel war sicher. Auf jeden Fall wusste der Sanitäter mehr, als er sagte. Und das machte Zach verdammt nervös. Er musste so schnell wie möglich aus dem Krankenhaus raus und zu Chloe, wo immer sie sich auch befand. Der Gedanke, dass sie auch verletzt oder noch schlimmer tot sein könnte, zuckte durch seinen Kopf, aber er verdrängte den Gedanken schnell. Nein, es musste ihr gut gehen, er konnte sie sich nur so vorstellen. Hoffentlich war die Polizei schnell genug gekommen, um den Verbrecher zu verhaften. Er musste sich hinter der Tür versteckt haben, denn der Raum war leer gewesen, als Christine und Chloe ihn vor ihm betreten hatten.

Unruhig spannte er seine Muskeln an und konnte es kaum ertragen, zur Untätigkeit gezwungen zu sein, während er auf der Trage ins Krankenhaus geschoben wurde. Dort wurde er in ein Untersuchungszimmer gebracht und endlich losgeschnallt. Doch bevor er aufstehen und sich selbst entlassen konnte, betrat ein Arzt den Raum, der die Wunde untersuchte und ihn schließlich noch zum CT schickte, damit sein Kopf gescannt wurde. Angeblich wusste der Arzt auch nicht, was geschehen war oder wie es Chloe ging. Das Einzige, was er aus ihm herausbekommen konnte, war, dass er der einzige Patient war, der eingeliefert worden war. Wenn möglich, machte ihn das noch nervöser.

Deshalb war er fast erleichtert, als nach dem CT endlich ein Polizist den Untersuchungsraum betrat. Zach richtete sich ein wenig auf und versuchte, das Pochen in seinem Schädel und die Tatsache, dass er die Umgebung leicht verschwommen sah, zu ignorieren.

»Mr Murdock, ich bin Sheriff Granger. Ich leite die Ermittlungen.« Der Sheriff war etwa Mitte fünfzig und verfügte über einen ausgeprägten Bierbauch sowie einen antiquierten Schnurrbart, dessen Enden nach oben gezwirbelt waren.

»Detective Zach Murdock vom New York Police Department.«

Der Sheriff setzte sich auf den Stuhl neben dem Bett, und Zach war sehr froh darüber, weil er jetzt seinen Kopf gerade halten konnte. »Ja, ich habe Ihre Marke gesehen. Beschreiben Sie mir, was geschehen ist.«

Ungeduldig verlagerte Zach sein Gewicht und versuchte, eine bequemere Stellung zu finden. »Ich hatte eigentlich gehofft, dass Sie mich aufklären könnten, Sheriff. Ich weiß nur, dass ich in das Haus gegangen bin und einen Schlag auf den Kopf bekommen habe. Danach bin ich erst wieder im Krankenwagen aufgewacht.«

Der Sheriff zwirbelte nachdenklich an seinem Bart. »Dann haben Sie nicht gesehen, wie die Frau erschossen wurde? Das ist zu ärgerlich.«

Der Schock ließ ihn für ein paar Sekunden erstarren, dann polterte sein Herz wieder los und schreckliche Angst durchflutete ihn. »Wer wurde erschossen?«

»Ich möchte von Ihnen erst einmal wissen, was Sie eigentlich in dem Haus zu suchen hatten. Normalerweise kriegen wir hier keinen Polizeibesuch aus New York, der am frühen Morgen ein Haus betritt, mit der Folge, dass wir später eine Leiche auf der Trage herausbringen müssen.«

Als Polizist konnte Zach nachvollziehen, was der Sheriff sagte, aber als Chloes Freund war es ihm unerträglich, keine Antwort zu erhalten. Deshalb erklärte er so schnell wie möglich den Hintergrund und endete damit, zu berichten, wie Christine ihnen die Tür geöffnet hatte.

»Sie und diese Chloe Hunter sind also Agnes – Christine, wie Sie sagen – ins Haus gefolgt. Gingen Sie vor oder hinter Ms Hunter?«

»Hinter ihr. Christine und Chloe traten vor mir in den Raum, und dann bekam ich einen Schlag. Ich nehme an, der Angreifer stand hinter der Tür.«

Der Sheriff notierte etwas in seinem Notizbuch. »Es war also keine der beiden Frauen?«

»Nein, auf keinen Fall.« Zach war mit seiner Geduld am Ende. »Können Sie mir jetzt bitte sagen, was geschehen ist, während ich bewusstlos war?«

»Genau das versuchen wir herauszufinden.«

»Dann sagen Sie mir wenigstens, wer getötet wurde!«

Grangers blasse Augen durchbohrten ihn. »Ich nehme an, Sie haben ein Verhältnis mit der Anwältin?«

»Nicht, dass es Sie etwas angeht, aber ja, Chloe ist meine Freundin. Und ich will jetzt endlich wissen, wie es ihr geht.« Seine Stimme brach am Ende, aber das war ihm egal. Beinahe hatte er das Gefühl, wieder in dem kleinen Boot über die Wellen zu jagen – mit der Angst im Nacken, Chloe nicht lebend wiederzusehen. Übelkeit stieg in ihm auf, es fehlte nicht viel und er würde sich übergeben.

»Nun …« Granger richtete sich auf und strich über sein Uniformhemd. »Ms Hunter wurde wegen Mordes verhaftet.«

»Was?« Zach zuckte beim lauten Klang seiner eigenen Stimme zusammen. Etwas leiser fuhr er fort. »Warum zum Teufel haben Sie das getan?«

»Sie hatte die Mordwaffe in ihrer Hand und beugte sich über Ms Demoines' Leiche, als wir eintrafen. Wir haben Beweise gesichert und auf ihrer Hand Schmauchspuren gefunden, die belegen, dass sie die Pistole abgefeuert hat. Wie es aussieht, wurde Ms Demoines aus nächster Nähe erschossen. Und das überzeugendste Indiz: Es war nur noch Ms Hunter im Raum, die in der Lage war, jemanden zu töten. Oder wollen Sie Ihre Aussage ändern?«

Stumm schüttelte Zach den Kopf und zuckte dann zusammen, als ein stechender Schmerz hindurchfuhr. »Aber das ergibt keinen Sinn. Chloe hatte keinen Grund, Christine zu ermorden, im Gegenteil, wir sind hierhergekommen, um sie zu beschützen.«

»Das ist Ihnen ja wunderbar gelungen.« Die Antwort triefte vor Sarkasmus. Der Sheriff beugte sich vor und lehnte seine Arme auf seine Oberschenkel. »Wissen Sie, wie viele Morde wir hier im Jahr haben?« Bevor Zach etwas sagen konnte, redete Granger schon weiter. »Keinen einzigen. Hier gibt es vielleicht ein paar Einbrüche und Diebstähle, aber so gut wie nie ein Kapitalverbrechen. Können Sie sich vorstellen, dass ich nicht gerade begeistert davon bin, wenn ihr Großstädter in meine Stadt kommt und meine Statistik versaut?«

Mit Mühe schaffte Zach es, seine Stimme ruhig zu halten. »Das heißt aber nicht, dass wir die Täter sind. Chloe Hunter ist Pflichtverteidigerin bei der Stadt New York. Sie hat weder ein Motiv, noch würde es zu ihrem Charakter passen, jemanden kaltblütig zu ermorden.«

Granger lehnte sich wieder im Stuhl zurück, der daraufhin protestierend ächzte. »Das habe ich auch nicht behauptet. Es sah nach einem Kampf aus. Vielleicht hatte sie nicht vor, Ms Demoines zu töten, und es ist aus Versehen geschehen. Aber egal wie, Tatsache ist, dass ich hier eine Leiche habe und so schnell wie möglich den Täter präsentieren muss.«

»Dann schlage ich vor, dass Sie sich auf die Suche nach dem wahren Täter machen, denn Chloe war es ganz sicher nicht. Und wenn sie Christine versehentlich getötet hätte, können Sie sicher sein, dass sie es auch zugegeben hätte.« Sein Blick durchbohrte den Sheriff. »Was hat sie denn gesagt, wie es geschehen ist?«

Granger erhob sich und baute sich schwer atmend vor Zach auf. »Halten Sie sich aus meinem Fall raus, Detective. Hier haben Sie keinerlei Befugnis.«

»Das mag sein, aber wenigstens weiß ich, was ich tue.« Sowie die Worte aus seinem Mund waren, wünschte er sie zurück. Es brachte nichts, den Dorfsheriff zu beleidigen, besonders weil er Chloe von jedem Verdacht befreien wollte. »Hören Sie, Sheriff, ich möchte nur, dass der Täter so schnell wie möglich gefunden wird. Und ich bin sicher, dass noch eine weitere Person in dem Haus war, denn schließlich wurde ich von hinten niedergeschlagen, während beide Frauen sich vor mir befanden.«

»Oder Sie sagen es nur, um Ihre Freundin zu entlasten.«

Trotz seiner Schmerzen schob Zach seine Beine aus dem Bett und baute sich vor dem Sheriff auf. Mit Befriedigung sah er, dass er Granger um gute zwanzig Zentimeter überragte. »Wollen Sie mich einer Falschaussage beschuldigen, Sheriff? Das sollten Sie sich noch einmal gut überlegen.«

Der Sheriff trat einen Schritt zurück und blickte sich nervös um. Dann streckte er seine Brust vor und legte seine Hand auf die Pistole an seiner Hüfte. »Ich sage nur, dass Sie mir nicht in die Quere kommen sollen, Murdock. Ms Hunter bleibt so lange in meinem Gewahrsam, bis ihre Unschuld zweifelsfrei festgestellt wurde. Sie hat natürlich das Recht, sich einen Anwalt zu nehmen, wenn sie denkt, dass sie einen benötigt.«

»Zu gütig von Ihnen.« Zach wusste, dass er den Sheriff nicht noch reizen sollte, aber er konnte sich nicht zurückhalten.

Die Vorstellung, dass Chloe wegen lächerlicher Indizien von einem Provinzsheriff festgehalten wurde, war unerträglich. Besonders, wenn sie sich vermutlich wegen Christines Tod schwere Vorwürfe machte. Sobald Granger weg war, würde Zach sich aus dem Krankenhaus entlassen und irgendwie zu Chloe gelangen. Sie brauchte ihn jetzt, dessen war er sicher. Besonders, da der wahre Täter noch auf freiem Fuß war. Das einzig Gute an der Sache war, dass Chloe vermutlich nicht in Gefahr war, solange sie vom Sheriff festgehalten wurde. Trotzdem wollte er bei ihr sein und würde sich von niemandem aufhalten lassen.

»Ich möchte, dass Sie zum Sheriffsbüro kommen, wenn Sie entlassen wurden, um Ihre Aussage schriftlich zu fixieren. Falls Sie sofort nach New York zurückmüssen, können Sie Ihre Aussage auch faxen. Das ist aber eine Ausnahme, schließlich sind wir Kollegen.«

Zach presste die Lippen zusammen, um nicht das zu sagen, was ihm auf der Zunge lag. Schließlich nickte er. »Danke, aber ich werde vorbeikommen. Und erst wieder gehen, wenn Chloe freigelassen wurde.«

Grangers Augenbrauen zogen sich zusammen, und er sah aus, als wollte er noch etwas sagen, doch dann schüttelte er nur den Kopf und verließ wortlos das Zimmer.

Zach verstand, dass der Sheriff mit solch einer Situation völlig überfordert war, aber eine Pflichtverteidigerin zu verhaften, nur weil sie die Tatwaffe in der Hand hielt, war völlig übertrieben. Besonders, wenn es eine logische Erklärung dafür gab. Granger hätte sie mitnehmen, sich ihre Aussage anhören müssen und dann ihren Hinweisen nachgehen sollen. Da er es nicht getan hatte, war Scott weiterhin auf freiem Fuß.

Langsam machte Zach sich auf den Weg durch die Klinik, um jemanden zu finden, der ihn entließ. Schließlich begegnete er einer Schwester, die ihn zu seinem Zimmer zurücksandte, aber versprach, den Arzt zu ihm zu schicken. Zach folgte ihrer Anweisung, weil immer noch alles vor seinen Augen verschwamm und der Schmerz ihn fast in die Knie zwang, sobald er den Kopf falsch bewegte. Es dauerte noch einmal eine halbe Stunde, bis endlich der Arzt seine Ergebnisse vom CT mit ihm besprach und ihn schließlich widerstrebend entließ. Besonders die Tatsache, dass Zach schon einmal eine so schwere Kopfverletzung gehabt und monatelang im Koma gelegen hatte, machte dem Arzt Sorgen. Die Ermahnung, sofort zurück ins Krankenhaus zu kommen, wenn das Schwindelgefühl nicht nachließ, hörte Zach schon fast nicht mehr, während er hinausging. Jede Faser in seinem Körper sagte ihm, dass er sofort zu Chloe musste.

Bentley Scott gefiel es gut, wie die Dinge sich entwickelten, bis auf die schmerzhafte Stirnwunde, die immer wieder zu bluten begann, sowie er dagegen stieß. Zwar hatte er die Sache vorher etwas anders geplant – ein fester Bestandteil davon war Chloe Hunters langsamer, schmerzhafter Tod –, dennoch war es unheimlich erheiternd gewesen, wie sie in Handschellen abgeführt wurde. Hoffentlich wurde sie vom Sheriff richtig unter Druck gesetzt, damit sie auch einmal spürte, wie das war, sich nicht dagegen wehren zu können. Sie war der Willkür der ermittelnden Polizisten ausgeliefert, so wie er damals. Noch jetzt war jede einzelne Sekunde des Verhörs in sein

Gedächtnis eingebrannt. Der Geruch in dem Verhörraum, sein Angstschweiß, der ihm das Hemd am Körper kleben ließ. Das Gefühl, dass sich niemand dafür interessierte, wie es wirklich gewesen war. Für die ermittelnden Detectives war er von vornherein der Schuldige gewesen.

Deshalb hatte er sich entschieden, in der Nähe des Sheriffsbüros auszuharren und sich vorzustellen, wie das Miststück sich jetzt fühlen musste. Ihr Freund würde früher oder später hier auftauchen, wenn er ihm mit dem Schlag nicht den Schädel gebrochen hatte. Vielleicht hätte er gleich dafür sorgen sollen, dass dieser Murdock ihm nicht mehr in die Quere kam, aber in dem Moment hatte er nur daran denken können, die beiden Frauen, die ihm das alles angetan hatten, zu bestrafen.

Und es hatte ja auch alles wunderbar geklappt. Scott schloss die Augen und genoss noch einmal das Gefühl, zu wissen, dass Chrissie ihre gerechte Strafe erhalten hatte. Allerdings ärgerte es ihn, dass ihm die Möglichkeit genommen worden war, sie mit einem Messer zu töten und sich gleichzeitig an ihr zu vergehen. Glücklicherweise hatte er sich schon mit Chrissie vergnügt, bevor die beiden gekommen waren, sodass seine Rache beinahe vollständig gewesen war. Ganz am Anfang hatte er geplant, die Hunter-Frau schnell und unauffällig zu beseitigen, doch das würde ihn mittlerweile nicht mehr zufriedenstellen. Candys und jetzt Chrissies Bestrafung hatten ihm gezeigt, wie befriedigend es sein konnte, jemanden mit eigener Hand zu töten und dabei in die Augen zu sehen. Ein einfacher Autounfall oder Ertrinken reizten ihn nicht mehr. Er musste die Qual und den Schmerz in ihren Augen sehen, um endlich mit der ganzen Sache abschließen zu können.

Und genau das würde er noch von Chloe Hunter bekommen – und noch viel mehr. Sie war ein echter Hingucker, warum hatte er das während seines Prozesses gar nicht bemerkt?

Jedenfalls war sie ganz anders als die beiden Stripperinnen, denen man ansehen konnte, was für ein Leben sie geführt hatten. Nein, die Anwältin war überraschend jung und wirkte durch ihre großen hellbraunen Augen fast ein wenig unschuldig. Natürlich war das eine Täuschung, schließlich hatte er gehört, wie sie mit diesem Murdock zur Sache gekommen war, aber Scott würde es genießen, ihr zu zeigen, wie es in der Welt wirklich zuging. Und wie sie es einem richtigen Mann zu besorgen hatte.

Seine Hand schlüpfte in seine Hose und er massierte seine Erektion, während er sich vorstellte, was er alles mit ihr anstellen würde. Die Gefahr, entdeckt zu werden, erhöhte dabei noch seine Erregung. Er war kurz davor zu kommen, als ein Taxi vor dem Gebäude hielt und der New Yorker Detective ausstieg. Das Verlangen versiegte augenblicklich, und Scott richtete sich auf. Wie kam der Typ so schnell wieder hierher? Offensichtlich hatte er ihn doch nicht hart genug erwischt. Er beobachtete, wie Murdock sich am Auto festhielt, während er bezahlte, und einen Moment still stehenblieb, als das Taxi davonfuhr. Dann straffte er die Schultern und betrat das Sheriffsbüro.

Anscheinend war er noch nicht ganz fit, wollte aber seine kleine Freundin nicht so lange allein lassen. Eindeutig ein Fehler, denn damit hatte der Detective sein Schicksal besiegelt. Wäre er im Krankenhaus geblieben, hätte Scott ihn vielleicht verschont, schließlich wurde er auch nur von den Weibern an der Nase herumgeführt, aber jetzt würde er für seine Einmischung büßen. In Scotts Kopf entstand ein Plan, der mit ein wenig Glück gleich beide Probleme auf einmal aus der Welt schaffen würde. Scott lachte auf. Oh ja, er hatte schon immer gerne geangelt.

Chloe war kurz davor, aus der Haut zu fahren und die Tür des Befragungsraums einzutreten, als sie ohne Vorwarnung aufschwang. Doch statt des Sheriffs, wie sie erwartet hatte, trat nun Zach in den Raum. Mit einem erstickten Laut sprang sie auf und lief zu ihm. Er breitete die Arme aus, und sie schmiegte sich an ihn. Sie lauschte dem beruhigenden Klopfen seines Herzens und sog tief seinen Geruch ein. Zwar versuchte sie, den Hauch von Krankenhausgeruch zu ignorieren, aber das gelang ihr nicht lange. Schließlich hob sie den Kopf und blickte ihn forschend an. Zwischen seinen Augenbrauen stand eine tiefe Falte, ein deutliches Zeichen dafür, dass er starke Schmerzen hatte. Dunkle Schatten lagen unter seinen Augen, die deutlich matter wirkten als sonst.

»Wie geht es dir?«

Seine Frage kam ihrer zuvor. »Sollte ich dich das nicht fragen? Schließlich bist *du* verletzt worden. Der Sheriff sagte mir, dass du im Krankenhaus bist, aber nicht, wie es dir geht.« Sie legte ihre Hand an seine Wange. »Ich habe mir solche Sorgen um dich gemacht.«

»Mir geht es gut.« Wie um die offensichtliche Lüge zu bekräftigen, schwankte er leicht.

Besorgt führte sie ihn zu einem Stuhl. »Setz dich.« Dass er ihrem Befehl wortlos Folge leistete, zeigte, wie schlimm es wirklich um ihn stand. »Was haben die Ärzte gesagt?«

»Das CT hat nichts ergeben. Ich soll aber vorsichtig sein, wegen meiner alten Verletzung.«

Ihr Herz setzte einen Schlag aus. »Oh Gott, daran hatte ich gar nicht mehr gedacht!« Mit den Fingern streichelte sie sein Gesicht. »Geh bitte wieder ins Krankenhaus und lass dich dort richtig durchchecken. Ich könnte nicht damit leben, wenn du meinetwegen einen Rückfall erleidest.«

»Das werde ich schon nicht. Kommen wir jetzt zu dir. Glaub nicht, mich davon ablenken zu können, dass du meine Frage nicht beantwortet hast. Wie geht es *dir*?«

Chloe trat einen Schritt zurück und hob die Schultern. »So weit okay. Außer, dass ich fast wahnsinnig werde, weil die Typen hier so furchtbar langsam und störrisch sind. Man sollte doch annehmen, dass sie meine Aussage etwas schneller überprüfen könnten.«

Zach griff nach ihrer Hand und zog sie wieder an sich. Mit der Stirn lehnte er sich an ihre Brust. »Was ist geschehen, während ich bewusstlos war?«

Ein Schauer lief durch Chloes Körper, als sie sich daran erinnerte, wie Christine gestorben war. Mit leiser Stimme berichtete sie Zach, was passiert war. Als sie zu dem Kampf mit Scott kam, presste er sie enger an sich.

»Gott, Chloe, du hättest sterben können!«

Ein Lachen, das beinahe wie ein Schluchzer klang, stieg in ihrer Kehle auf. »Ja, danke, das ist mir auch aufgefallen. Aber was hätte ich machen sollen? Das zulassen, was dieser Mistkerl mit mir vorhatte? Das konnte ich nicht, Zach.«

»Es tut mir leid, dass ich dich im Stich gelassen habe. Ich hätte vorsichtiger sein müssen.«

»Das ist Unsinn! Du konntest nicht wissen, dass er schon im Haus ist.« Sie rieb über seine Schulter. »Ich verstehe immer noch nicht, warum Christine uns nicht gewarnt hat.«

Zach hob den Kopf, und sie sah, dass seine Augen gerötet waren. »Angst vermutlich. Vielleicht hatte er die ganze Zeit die Pistole auf sie gerichtet. Sie dachte wohl, dass wir ihr helfen könnten.« Sein eigenes Schuldbewusstsein klang deutlich in seiner Stimme mit.

Sie legte ihre Hände um sein Gesicht und zwang ihn, ihr in die Augen zu blicken. »Es ist nicht deine Schuld, Zach. Ich weiß nicht, woher Scott wusste, wo Christine wohnt, aber er kann sie nicht dadurch gefunden haben, dass er uns gefolgt ist. Sonst wäre er nicht schon im Haus gewesen.«

»Schon, aber …«

Die Tür hinter Zach ging auf, und Chloe ließ ihre Hände sinken. Ihre Wut kochte innerlich wieder hoch, als Sheriff Granger den Raum betrat. »Sie müssen jetzt gehen, Murdock, Ihre Viertelstunde ist um.«

Zach schob sein Kinn vor. »Nicht ohne Chloe.«

»Ihre Freundin bleibt so lange hier, bis die Sache aufgeklärt ist. Sie dagegen sollten ins Krankenhaus zurückgehen. Oder sonst wohin, es ist mir egal, Hauptsache, Sie kommen mir nicht in die Quere.«

»Sie …«

Chloe legte ihre Hand auf seinen Arm und unterbrach ihn. »Geh ruhig, Zach. Denk daran, dass Scott noch irgendwo da draußen herumläuft. Ich melde mich dann bei dir, wenn ich hier raus bin.«

Zach zögerte deutlich, Unentschlossenheit stand in seinen Augen. Schließlich nickte er knapp, ignorierte Grangers Anwesenheit und schloss Chloe in seine Arme. Einen Moment lang klammerte sie sich an ihn, dann löste sie sich von ihm und gab ihm einen sanften Kuss.

»Soll ich jemanden für dich anrufen?«

Einen Augenblick lang dachte sie an ihre Familie, aber dann schüttelte sie den Kopf. »Nein, besser nicht. Sie würden sich nur aufregen, und bis sie hier sind, bin ich längst wieder frei.«

»Okay.« Zach klang nicht gerade überzeugt, aber schließlich drückte er nur noch einmal ihre Hand und verließ dann den Raum.

Granger schloss die Tür hinter Zach und blickte Chloe dann prüfend an. »Setzen Sie sich.«

Wortlos folgte Chloe der Aufforderung und nahm an dem kleinen Tisch Platz, der in der Mitte des Raumes stand. Inzwischen fiel es ihr immer schwerer, Ruhe und Selbstsicherheit auszustrahlen, sie war müde, hungrig und vor allem wütend. Nur ihre jahrelange Erfahrung in Gerichtssälen bewahrte sie davor, sich vor dem Sheriff eine Blöße zu geben.

»Fangen wir noch mal von vorne an.«

Chloe stöhnte lautlos und ahnte, dass es noch sehr lange dauern würde, bis Granger sie endlich gehen ließ. Nicht, weil er wirklich glaubte, dass sie jemanden erschossen hatte, sondern einfach nur aus Prinzip und weil sie in seinen Augen einen Mörder nach Belfast gebracht hatte. Sie konnte nur hoffen, dass es ihm irgendwann zu dumm wurde. Und dass Zach wirklich nicht schwerer verletzt war und keine Risiken einging – weder mit seiner Gesundheit noch mit Scott.

26

Zach trat vor das Gebäude und kniff die Augen zusammen. Als Erstes musste er sich eine Sonnenbrille besorgen, bevor sein Schädel von dem grellen Licht platzte, das in seine Augen stach. Er beschloss, zu Fuß zu gehen, einerseits, weil die Geschäfte nur eine Straße weiter angesiedelt waren, und andererseits, weil sein Wagen immer noch vor Christines Haus stand. Vom Sheriffsbüro hatte sich niemand die Mühe gemacht, das Auto hierher transportieren zu lassen. Wenigstens hatte er aber seine Waffe zurückerhalten, nachdem festgestellt worden war, dass es sich nicht um die Tatwaffe handelte. Vor allem aber musste er dringend seine Wut auf sich selbst, auf Scott und auf den Sheriff loswerden, und das ging am besten, wenn er sich körperlich betätigte. Mit seiner Verletzung stand Joggen außer Frage, deshalb musste es eben ein Spaziergang sein.

Während er seine Einkäufe erledigte, überlegte Zach sich, was er jetzt tun konnte. Wenn Scott schlau war, hatte er Belfast längst verlassen und wartete in New York auf ihre Rückkehr. Allerdings sagte ihm sein Gefühl etwas anderes. Scott würde nicht aufgeben, bis er seine Rache bekommen hatte. Durch ihn war Chloe jetzt in Gewahrsam, das musste ihm gefallen, ihn gleichzeitig aber auch ungeduldig werden lassen, weil sie immer noch gesund und munter war. Die Frage war, wie groß Scotts Drang war, sie zu bestrafen. Wollte er noch länger darauf warten, oder würde er versuchen, es hier zu Ende zu bringen? Zachs Instinkt tendierte zu letzterem Szenario.

Das hieß, er musste zur Stelle sein, wenn Chloe freigelassen wurde. Noch einmal trat er in das Sheriffsbüro und stellte eine Tüte auf den Tresen. Die junge Polizistin dahinter blickte ihn fragend an.

»Könnten Sie bitte dafür sorgen, dass Chloe Hunter etwas zu essen bekommt?«

»Natürlich.« Die Frau nahm die Tüte und stellte sie auf eine Ecke ihres Schreibtischs. »Momentan ist der Sheriff noch bei ihr. Wenn er mit der Vernehmung fertig ist, bringe ich ihr das Essen.«

Zach lächelte sie an. »Danke. Und könnten Sie ihr bitte sagen, dass sie mich auf jeden Fall anrufen soll, wenn sie entlassen wird und ich zu der Zeit nicht hier sein sollte? Ich möchte, dass sie hierbleibt und wartet, bis ich sie abhole.«

»Kein Problem.« Besorgt blickte die Polizistin ihn an. »Denken Sie, dass ihr Gefahr droht?«

»Solange der Mörder nicht gefasst ist, ja.«

Sie runzelte die Stirn. »Der Sheriff ist bereits dabei, die Ermittlungen voranzutreiben.«

»Tatsache ist aber, dass Chloe nicht die Täterin ist. Deshalb ist es Zeitverschwendung, sie hier festzuhalten, während der Mörder draußen herumläuft.«

Die Frau nickte und legte die Hand auf die Waffe an ihrer Hüfte. »Ich werde dafür sorgen, dass niemand hier reinkommt und Ms Hunter nicht alleine rausgeht.«

Noch einmal lächelte Zach ihr zu. »Danke.«

Als er draußen war, setzte er die neue Sonnenbrille auf und machte sich mithilfe des Navigationssystems seines Handys auf den Weg zu Christines Haus. Bereits nach wenigen Metern begann er zu schwitzen, sowohl durch die Anstrengung bedingt als auch durch das Wetter. Das half seinem Kopf nicht gerade, und als er endlich ankam, ließ er sich auf den Fahrersitz fallen und schloss die Augen in der Hoffnung, dass das Schwindelgefühl und vor allem der pochende Schmerz nachlassen würden.

Einige Minuten saß er so da und atmete auf, als der Rhythmus seines Herzschlags ruhiger wurde und die Übelkeit ein wenig nachließ. Sein Kopf schmerzte immer noch, aber immerhin fühlte er sich nicht mehr so an, als würde er jeden Moment implodieren. Zach konnte nur hoffen, dass die Symptome kein Anzeichen einer schwerwiegenderen Verletzung waren, denn er hatte keine Zeit, sich darum zu kümmern. Langsam stieg er wieder aus, lehnte sich an den Wagen und betrachtete das Haus. Es war mit einem Band großflächig abgesperrt, und ein Polizist in Uniform stand davor Wache.

So, wie er den Sheriff einschätzte, bezweifelte Zach, dass richtig nach Spuren gesucht wurde. Vermutlich hatte Granger hier gar nicht die Fachleute und müsste sie aus der nächstgrößeren Stadt anfordern. Bis die Beweise dann alle überprüft waren, würden Wochen, wenn nicht gar Monate vergehen. Zeit, die sie nicht hatten. Schließlich stieß Zach sich vom Wagen ab und war froh, als ihn seine Beine halbwegs sicher trugen. Der Polizist sah ihm unsicher entgegen, die Hand lag auf seiner Waffe. Innerlich verdrehte Zach die Augen. Es schien so, als hätte Granger seine Leute völlig nervös gemacht, hoffentlich erschoss der junge Mann ihn nicht, bevor er seine Fragen stellte.

Zach bewegte seine Hände extra langsam und gut sichtbar, während er seine Marke herauszog und sie dem Polizisten hinhielt. »Detective Zach Murdock, NYPD. Ich muss mir den Tatort ansehen.« Eigentlich hatte er keinerlei Berechtigung dafür, doch er hoffte, dass der Polizist das nicht wusste.

Der blickte auf die Marke und dann wieder in Zachs Gesicht, die Unentschlossenheit war ihm deutlich anzusehen. »Ich weiß nicht, ob das geht, Detective. Sheriff Granger hat gesagt, ich soll niemanden hier reinlassen.«

»Das ist verständlich, aber ich bin weder ein Nachbar noch Journalist oder sonst irgendjemand, sondern Detective. Sie wollen doch auch, dass der Mörder der armen Frau so schnell wie möglich gefasst wird, oder? Und Sie wissen, dass die Wahrscheinlichkeit immer geringer wird, je länger es dauert.«

»Schon, aber …«

Zach schob sich an ihm vorbei. »Ich wusste, dass Sie das auch so sehen würden.«

Ohne ihm eine weitere Möglichkeit zum Protest zu geben, öffnete Zach die Tür und trat ins Haus. Innen war es stickig und düster, der Geruch von Tod lag in der Luft. Unwillkürlich atmete Zach flacher und trat leiser auf. Gänsehaut überzog seinen Körper, und er konnte das unheimliche Gefühl nicht abschütteln. Vielleicht lag es daran, dass Chloe hier beinahe gestorben wäre, während er hilflos danebengelegen hatte, denn eigentlich hatte er schon einige Tatorte gesehen und nie so empfunden.

Zachs Nackenhaare sträubten sich, als er in den Wohnraum trat und den Blutfleck auf dem Boden sah, wo Christine gestorben war. Eine Markierung befand sich dort, wo er selbst gelegen hatte. Um keine Spuren zu verwischen, blieb Zach kurz hinter der Tür stehen und versuchte, ein Gefühl dafür zu bekommen, wohin Scott geflüchtet sein könnte. Nicht zur Haustür hinaus, dort hätten ihn die Polizisten gesehen, als sie ankamen. Oder die Nachbarn, die durch die Schüsse aufgeschreckt worden waren. Aber es hatte niemand jemanden gesehen, soweit er wusste, und das bedeutete, dass es einen anderen Ausgang geben musste.

Langsam folgte er Scotts Weg, den Chloe ihm beschrieben hatte. In der Wand entdeckte er ein Loch, wo Chloes Kugel eingedrungen war, als sie auf den flüchtenden Verbrecher geschossen hatte. Sie steckte offensichtlich noch darin, ein weiteres Zeichen dafür, dass der Sheriff seine Arbeit nicht getan hatte. An einer Türfüllung war ein langer Kratzer, aber ob er von Scott stammte, konnte Zach nicht feststellen. So folgte er nur dem Gang und kam in die Küche, von der aus eine Tür zu einem kleinen Vorraum führte. Darin fand er tatsächlich eine Hintertür, die ins Freie führte. Sie war nicht abgeschlossen, und Zach trat mit der Gewissheit nach draußen, dass dies die Tür war, durch die Scott das Haus betreten und auch wieder verlassen hatte.

Eine Weile suchte er nach Spuren, erkannte dann aber, dass das Grundstück zu überwuchert war, um etwas zu finden. Dazu bräuchte er deutlich mehr Zeit und ein ganzes Spurensicherungsteam. Ein Blick auf die Uhr zeigte ihm, dass er jetzt dringend zu Chloe zurückmusste. Wenn der Sheriff sie noch nicht freigelassen hatte, würde Zach dafür sorgen, dass das endlich geschah. Es konnte nicht sein, dass Granger jemanden aus reiner Willkür festhielt, obwohl er genau wusste, dass derjenige nichts verbrochen hatte.

Zach ging um das Haus herum und an dem Polizisten vorbei. Der zuckte zusammen, als er ihn entdeckte, und griff instinktiv nach seiner Waffe.

Beschwichtigend hob Zach die Hände. »Ich bin es nur. Ist Ihnen eigentlich klar, dass dieses Haus eine unverschlossene Hintertür hat, durch die jederzeit jemand eindringen kann?«

»N…nein.« Unbehaglich blickte der Mann zur Hausecke, als könnte dort jederzeit ein Mörder auftauchen.

»Dann sollten Sie das dem Sheriff melden, damit er entscheidet, ob die Tür abgeschlossen wird oder mehr Wachleute aufgestellt werden. Wir wollen ja nicht, dass der Tatort kontaminiert wird.«

»Ja, Sir.«

Fehlte nur noch, dass der Polizist vor ihm salutierte. Kopfschüttelnd ging Zach zu seinem Wagen zurück und stieg ein.

Im Inneren staute sich die Hitze, daher schaltete er zuerst die Klimaanlage ein, während er die Tür noch offen behielt, damit der Seewind etwas Abkühlung brachte. Schweiß perlte auf seiner Stirn und ließ die Kleidung unangenehm an seinem Körper kleben. Dadurch fühlte er sich auch nicht gerade besser. Aber das war nicht zu ändern, genauso wenig wie das Pochen in seinem Schädel. Er konnte nur hoffen, dass die Verletzung ihn nicht dabei behinderte, Chloe zu beschützen und Scott das Handwerk zu legen.

Zach setzte sich in den Wagen und zog mit einer Grimasse die Tür zu. Wenigstens kam inzwischen etwas kühlere Luft aus der Klimaanlage, und er beugte sich vor, damit die Luft auch hinter seinem Rücken zirkulieren konnte. Schließlich fuhr er langsam die Straße hinunter und beobachtete dabei die Umgebung. Er reihte sich in den Verkehr ein, der inzwischen aus immer mehr Touristen bestand, welche die Sommertage für einen Urlaub am Wasser nutzten. Wenn das alles vorbei war, musste er Chloe dringend überreden, mit ihm wegzufahren, raus aus der Stadt, irgendwohin, wo sie alles andere vergessen konnten.

Nur noch eine Querstraße vom Sheriffsbüro entfernt fuhr Zach an einem Wagen vorbei, der ihm irgendwie bekannt vorkam. Er war schon beinahe vorbei, als er sich erinnerte, wo er ihn gesehen hatte: morgens vor Christines Haus. Vermutlich war es nur ein Nachbar, aber sein Blick blieb trotzdem daran hängen. Ein Mann saß am Steuer, aber Zach war zu schnell vorbei, um ihn genauer erkennen zu können. Noch langsamer fuhr er weiter und blickte dabei in den Rückspiegel. Sein Instinkt meldete sich, als er sah, dass der Wagen aus der Parklücke fuhr und sich in die entgegengesetzte Richtung entfernte. Natürlich konnte das reiner Zufall sein – aber er glaubte nicht daran.

Kurz entschlossen drehte Zach um und folgte dem Wagen. Das Kennzeichen stammte hier aus der Gegend, es war ein unauffälliger weißer Mittelklassewagen. Das machte es schwierig, ihm zu folgen, doch Zach ließ sich nicht abschütteln. Hoffentlich gelang es ihm bald, einen Blick auf den Mann zu erhaschen, er wollte nicht einen Unschuldigen durch die Stadt jagen, während Chloe ungeschützt zurückblieb. Aber er sagte sich, wenn nur die kleinste Möglichkeit bestand, Scott zu fassen, durfte er sie sich nicht entgehen lassen.

Zach folgte dem Wagen in einigem Abstand über die Brücke und die Straße weiter an der Bucht entlang nach Nordosten. Je mehr Kilometer ihn von Chloe trennten, desto unruhiger wurde er. Was, wenn er einer falschen Spur folgte? Doch jedes Mal, wenn er wieder umkehren wollte, wuchs das Gefühl in ihm, dass er wirklich Scott folgte. Allerdings kam er nie dicht genug heran, um es endlich überprüfen zu können, denn es würde dem Verbrecher sofort auffallen, wenn ihm ein Wagen aus New York folgte.

Andererseits durfte er Scott auch nicht zu viel Vorsprung lassen, sonst würde es für den Verbrecher ein Leichtes sein, ihm in dem Gewirr von Buchten, Halbinseln und Inseln zu entkommen. Kurz vor dem nächsten Ort, Searsport, verringerte Zach den Abstand, um Scott nicht im Stadtverkehr zu verlieren. Der Wagen fuhr jedoch mit unverminderter Geschwindigkeit auf der Küstenstraße weiter. Offensichtlich hatte der Fahrer ein bestimmtes Ziel vor Augen. Was Zach seltsam vorkam, denn wenn es Scott war, konnte er sich doch hier nicht auskennen.

Wo wollte er also hin? Zach wurde unsicher, ob er dem Wagen weiter folgen oder doch lieber umkehren sollte, und fuhr langsamer. Er hatte sich fast dazu durchgerungen, zurückzufahren, als das Auto in den nächsten Ort abbog. Stockton Springs stand auf dem Ortsschild, und Zach verringerte das Tempo, um nicht gesehen zu werden. Ein paar Hundert Meter folgten sie der Hauptstraße, dann bog Scott erneut ab. Zach fluchte, als er erkannte, dass sie geradewegs auf die Halbinsel Cape Jellison fuhren, denn die schien über und über mit Bäumen und Sträuchern bewachsen zu sein.

Der einzige Vorteil war, dass es nur eine Zufahrtstraße zur Insel gab; wenn es sich also um Scott handelte, könnte ihn eine Straßensperre hier festhalten. Außer er machte sich zu Fuß auf den Weg. Zach dachte daran, den Sheriff anzurufen und die Maßnahme sofort einzuleiten, aber es war klar, dass Granger keinen Finger rühren würde, solange Zach keine Beweise hatte. Oder zumindest mit Sicherheit wusste, dass es sich wirklich um Scott handelte.

Je tiefer sie ins Innere der Halbinsel vordrangen, desto langsamer fuhr Zach. Die Straße führte beinahe schnurgerade über die bewaldete Insel, und er wollte nicht, dass Scott ihn bemerkte. Deshalb ließ er eine so große Lücke zwischen den beiden Wagen entstehen, dass er gerade noch sein Ziel aus weiter Ferne sehen konnte. Die Sonne prallte direkt auf den Asphalt und ließ die Hitze flimmernd aufsteigen, sodass Zach oft Mühe hatte, das andere Auto im Auge zu behalten.

Es half auch nicht gerade, dass immer wieder Wagen mit Touristen oder Einheimischen entgegenkamen und sich hinter ihm eine Schlange bildete. Einige besonders Ungeduldige hatten ihn bereits überholt. Zwar war das gut für seine Tarnung, machte es aber auch deutlich schwieriger, Scott nicht aus den Augen zu verlieren. Zach richtete sich ruckartig auf, als er sah, dass der Wagen plötzlich abbog. Endlich! Beinahe hatte er schon befürchtet, dass der Verbrecher die Straße immer weiterfahren würde, die einmal um die Insel führte. Zach versuchte, sich die Stelle zu merken, doch die allgegenwärtigen Laubbäume erschwerten ihm die Sicht.

Lautes Hupen ertönte, als jemand im Vorbeifahren provozierend seinen Mittelfinger erhob und in hohem Tempo davonraste. Zach ignorierte ihn und konzentrierte sich nur darauf, die Straße zu finden, die Scott genommen hatte. Der schmale Feldweg war so überwuchert, dass Zach ihn erst im letzten Moment bemerkte. Nach einem kurzen Blick in den Rückspiegel trat er auf die Bremse und brachte seinen Wagen vor der Einfahrt zum Stehen. Einige Sekunden lang saß er einfach nur da und starrte die holperige Sandpiste an. Dann gab er sich einen Ruck und bog ein. Wenn es Scott war, durfte er ihn nicht entkommen lassen – Chloes Leben hing davon ab.

Langsam fuhr Zach die Schotterstraße entlang und zuckte zusammen, als etwas die Unterseite des Wagens streifte. Hoffentlich wurde der Weg nicht noch schlechter, sonst würde er mit seinem tief liegenden Stadtwagen nicht weiterkommen. Zach biss die Zähne zusammen und konzentrierte sich aufs Fahren. Das T-Shirt klebte an seinem Rücken, seine Hände waren fest um das Lenkrad geklammert.

Es schien unendlich lange zu dauern, bis er bei einer Lichtung ankam, auf der ein altes Haus stand, das wirkte, als könnte es beim nächsten stärkeren Windstoß zusammenbrechen. Sofort legte Zach den Rückwärtsgang ein und fuhr zurück um die Biegung. Vielleicht hatte Scott ihn schon bemerkt, aber falls nicht, wollte er seine Anwesenheit nicht auch noch ankündigen. Er parkte hinter einem Gebüsch und öffnete die Tür. Automatisch griff Zach nach seiner Pistole, während er die Umgebung beobachtete. Es war nichts zu sehen, kein Blatt regte sich.

Lautlos schlich er zur Lichtung zurück und suchte hinter einem Baum Deckung, bevor er die Lage sondierte. Der andere Wagen stand vor dem Haus, aber es war niemand zu sehen. Vor den Fenstern waren von innen Vorhänge angebracht, deshalb konnte er nicht ins Haus sehen. Noch immer konnte es sein, dass er einem unschuldigen Mann zu seinem Wochenendhaus gefolgt war. Aber das würde er wohl in den nächsten Minuten herausfinden.

Geduckt lief Zach im Schutz der Bäume auf das Haus zu, um ein kleineres Ziel abzugeben, sollte Scott ihn bemerkt haben und das Feuer eröffnen. Doch es blieb still. Zu still für seinen Geschmack, und das schlechte Gefühl verstärkte sich. Seit er im Arches National Park so schwer verletzt worden war, hatte er sich angewöhnt, immer auf seinen Instinkt zu hören. Und der sagte ihm, dass er den Verbrecher so schnell wie möglich finden musste, um weiteres Unheil zu verhindern.

Da offensichtlich schon länger niemand hier wohnte, hatte sich die Vegetation hinter dem Haus fast bis zu den Stufen ausgebreitet. Das bot ihm genug Deckung, um sich dem Gebäude ungesehen bis auf wenige Meter zu nähern. Zach suchte sich eine Stelle aus, an der er nicht im Blickfeld der Fenster lag, und lief rasch auf das Haus zu. Sein Herz klopfte schneller, als er sich mit dem Rücken an die Hauswand lehnte und für einen Moment lauschte. Noch immer war kein Laut zu hören. Nachdem er sicher war, dass seine Kopfverletzung ihn nicht übermäßig einschränkte, atmete er tief durch und schlich an der Hauswand entlang zur Hintertür.

Dicht daneben blieb er stehen, die Waffe schussbereit erhoben. Zach wartete, bis sich sein Puls beruhigt hatte, und streckte dann die Hand nach dem Türgriff aus. Seine Finger schlossen sich darum, und er drückte ihn nach unten. Die Tür öffnete sich, und er schob sie vorsichtig nach innen. Ein leises Knarren ertönte, und er erstarrte. Als nichts weiter passierte, schlüpfte er lautlos durch den Spalt in das dunkle Innere des Hauses. Die Inneneinrichtung – sofern noch vorhanden – sah auch nicht besser aus, als die Fassade andeutete. Der Linoleumboden wölbte sich an einigen Stellen, an anderen fehlte er ganz. Die Tapeten hingen in Fetzen herunter, Fliesen waren teilweise heruntergefallen und lagen zerbrochen auf dem Boden.

Es roch muffig und noch nach etwas anderem, dem er lieber nicht weiter nachging. Es war schwierig, kein Geräusch zu verursachen, da er ständig auf Putz- und Fliesenüberreste trat oder mit nicht mehr befestigten Holzbohlen zu kämpfen hatte. Es gab kaum ein besseres Frühwarnsystem für Scott, wenn er sich hier wirklich versteckt hielt. Chloes Bruder Clint würde als SEAL hier sicher eine wesentlich bessere Figur machen.

Vermutlich hätte er ihn doch anrufen sollen, nachdem die Gefahr für seine Schwester so offenkundig geworden war. Aber er hatte Chloe nicht übergehen wollen, indem er ihre Entscheidung umging, ihre Familie nicht zu informieren. Jetzt wünschte er sich, ein paar SEALs an seiner Seite zu haben. Diese Gedanken schob Zach schnell zur Seite und konzentrierte sich nur darauf, das Haus nach Scott abzusuchen. Er begann mit dem Erdgeschoss, da er verhindern wollte, dass der Mörder entkam, sollte er sich im Haus verstecken. Glücklicherweise war das Haus nicht sonderlich groß, und so konnte Zach immer den Flur im Blick behalten, während er in die einzelnen Räume sah.

Der Mangel an Möbelstücken erwies sich jetzt als Vorteil, ein kurzer Blick genügte, um zu sehen, ob ein Zimmer leer war. Mit einem noch schlechteren Gefühl stieg er die wackelige Treppe ins Obergeschoss hinauf. Scott würde nicht so dumm sein, sich hier zu verbergen, wenn er wusste, dass Zach hinter ihm her war. Es gab von hier oben nur einen Ausweg, und wenn Zach diesen versperrte, war Scott effektiv eingeschlossen. Es konnte natürlich sein, dass er außerhalb des Gebäudes auf ihn lauerte, aber sollte er versuchen wegzufahren, würde Zach das hören.

So leise wie möglich überwand Zach die Stufen, bis er auf einem winzigen Flur stand, von dem aus drei Türen abgingen.

Sie waren alle geschlossen. Sein Nacken kribbelte warnend. Alle anderen Räume waren offen gewesen, es erschien ihm verdächtig, dass diese zu waren. Zach stellte sich an die Wand, um nicht in der Schusslinie zu stehen, und legte seine Hand auf den Türgriff. Langsam schwang die Tür auf und enthüllte einen völlig leeren Raum. Zach atmete erleichtert auf und wandte sich den letzten beiden Türen zu. Hinter einer verbarg sich ein winziges rot gekacheltes Bad, und auch der letzte Raum war leer, wie Zach kurz darauf feststellte. Wo zum Teufel war Scott? Wartete er tatsächlich draußen auf ihn?

Es wurde eindeutig Zeit, die Kavallerie zu rufen. Und wenn der Sheriff nicht kooperierte, würde Zach zur nächsthöheren Stelle gehen. Sein Freund vom FBI wäre sicher interessiert, wenn er hörte, dass ein Dreifachmörder auf der Insel herumlief. Zach erstarrte, als sich ein Arm um seine Kehle legte, während sich gleichzeitig etwas Hartes in seinen Rücken bohrte.

»Sie haben mir die Sache gerade unheimlich erleichtert, Detective Murdock.« Die Stimme erkannte Zach sofort von dem Tonbandmitschnitt. *Scott*.

Nach einer Schrecksekunde reagierte Zach. Er hieb seinen Ellbogen nach hinten und versuchte, sich aus Scotts Griff zu lösen, als dieser zusammenzuckte. Doch der ließ nicht locker, sondern verstärkte den Druck, bis Zachs Luftzufuhr abbrach. Schwarze Punkte flimmerten vor seinen Augen, und Zach wusste, dass er nicht mehr viel Zeit hatte, wenn er noch entkommen wollte.

»Geben Sie auf, Sie können nicht gewinnen.«

Scotts Rat bewirkte eher das Gegenteil, Zachs Kampfgeist wurde entfacht. Aber es half nichts; durch den Sauerstoffmangel wurde er immer schwächer, bis schließlich seine Beine versagten und er in Scotts Griff zu Boden sackte. Sein letzter Gedanke galt Chloe. Wenigstens war sie in Sicherheit.

27

»Sie können jetzt gehen.«

Chloe blickte auf, als die knurrige Stimme des Sheriffs hinter ihr ertönte. Er stand in der Tür des Vernehmungsraumes, in dem sie die letzten Stunden verbracht hatte, und verschränkte die Arme vor der Brust. Sein Gesichtsausdruck sagte sehr deutlich, dass er nicht glücklich damit war, sie gehen lassen zu müssen.

»Haben Sie den Täter gefasst?«

Grangers Miene verfinsterte sich. »Werden in New York etwa immer alle Täter sofort ermittelt?«

Chloe biss sich auf die Lippe, um nicht das zu sagen, was ihr auf der Zunge lag, denn das könnte schnell dazu führen, dass sie noch länger hier festgehalten wurde. Und das war es ihr nicht wert. Sie wollte endlich hier raus und Zach sehen. Als er sie vorhin besucht hatte, hatte er keinen guten Eindruck gemacht. Aber sie wusste, dass ihn nichts im Krankenhaus halten würde, solange Scott noch auf freiem Fuß war. Gott, die Vorstellung, dass Zach versuchen könnte, den Mörder allein zu fassen, ließ das Blut in ihren Adern zu Eis erstarren.

Ohne ein Wort drängte sie sich an dem Sheriff vorbei. »He, wo wollen Sie hin?«

»Sie haben doch gesagt, ich kann gehen. Und genau das tue ich. Vielen Dank für Ihre angenehme Gastfreundschaft.«

Granger griff nach ihrem Arm. »Jetzt hören Sie mal zu, Sie …«

Chloe riss sich los und wirbelte zu ihm herum. »Nein, Sie hören *mir* zu! Wenn ich nicht viel wichtigere Dinge zu tun hätte – wie zum Beispiel einen kaltblütigen Mörder zu finden –, würde ich Sie auf Schadenersatz wegen Amtsmissbrauchs verklagen. Sie wissen schon seit Stunden, dass ich Christine nicht getötet habe, trotzdem haben Sie mich weiterhin hier festgehalten, nur weil es Ihnen Spaß macht. Oder vielleicht auch, um möglichst schnell einen Verdächtigen präsentieren zu können. Sie sind Ihres Amtes nicht würdig, *Sheriff*.«

Grangers Gesicht war inzwischen rot angelaufen, und Chloe befürchtete, dass er jederzeit einen Herzinfarkt bekommen könnte. Bevor sie noch mehr sagte, verließ sie rasch den Raum und durchquerte das Sheriffsbüro. Sie wollte einfach nur hier raus und endlich wieder frische Luft atmen. Vor allem aber wollte sie Zach sehen.

»Einen Moment, warten Sie!«

An der Tür drehte Chloe sich um und blickte die Polizistin fragend an, die ihr hinterhergerufen hatte. »Ja?« Wenn sie noch jemand befragen wollte, würde sie ausrasten.

Die Frau lächelte ihr zu. »Entschuldigung, es geht mich nichts an, aber es sah aus, als wollten Sie rausgehen, und Detective Murdock hatte mich gebeten, Ihnen zu sagen, dass Sie hier auf ihn warten und ihn anrufen möchten, wenn Sie fertig sind und er noch nicht da sein sollte.« Sie hob die Schultern. »Und er war zuletzt vor einigen Stunden hier. Ich hatte eigentlich erwartet, dass er früher wiederkommen würde.«

Diese Worte erfüllten Chloe mit Sorge. Sie hatte ebenfalls damit gerechnet, dass Zach auf sie warten würde. Hoffentlich war seine Verletzung nicht doch schlimmer, als er behauptet hatte. »Vielleicht sitzt er draußen im Wagen oder irgendwo im Schatten.«

Chloe öffnete die Tür und trat auf den Bürgersteig. Scott würde sie wohl kaum direkt vor dem Sheriffsbüro angreifen, daher wagte sie es, einige Meter die Straße entlangzugehen und nach Zach Ausschau zu halten. Doch er war nirgends zu sehen. Die Polizistin stand in der Tür und beobachtete sie, wofür Chloe sehr dankbar war. Schließlich zog sie ihr Handy heraus und wählte Zachs Nummer. Ungeduldig lauschte sie dem Freiton, während sie ihren Blick weiter über die Straße gleiten ließ. Als sie auf einmal ein bekanntes Gesicht sah, weiteten sich ihre Augen. Was machte Dave Reyes hier?

»Ja.«

Die Stimme am anderen Ende klang seltsam undeutlich, aber das war ihr egal, solange sie endlich mit Zach sprechen konnte. »Hier ist Chloe. Wo bist du gerade? Sheriff Granger hat mich endlich gehen lassen.« Als keine Antwort kam, runzelte sie die Stirn. »Geht es dir gut, Zach?«

»Nein, es geht ihm nicht so gut. Und wenn du nicht genau tust, was ich dir sage, wird es ihm sogar noch schlechter gehen.«

Die Stimme, vor allem aber die Worte, ließen Chloe erstarren. Woher hatte Scott Zachs Telefon? Oh Gott, hatte der Verbrecher ihn überwältigt oder sogar getötet?

»Was wollen Sie?« Chloe hatte Mühe, ihre Stimme ruhig zu halten. Eine Hand berührte ihren Arm, und ein Schauer lief über ihren Rücken. Tränen stiegen in ihre Augen, als sie Daves besorgte Miene sah. Stumm schüttelte sie den Kopf, als er etwas sagen wollte.

Ein Lachen drang durch die Leitung. »Das ist doch offensichtlich, oder? Dich natürlich. Du wirst zu mir kommen, und zwar ohne irgendjemanden zu informieren, und wenn du Glück hast, lebt dein Liebhaber noch ein wenig länger. Er war überraschend leicht zu überwältigen, muss ich sagen. Fast ein wenig enttäuschend, aber andererseits soll man einem geschenkten Gaul nicht ins Maul schauen, oder? Also, fahr sofort los.

Ich werde dir unterwegs sagen, wo du hinfahren sollst. Sowie du einen Fehler machst, wird Murdock dafür leiden. Verstanden?«

Chloe zitterte inzwischen am ganzen Leib und hatte Mühe, das Telefon in den plötzlich gefühllosen Fingern zu halten. »Ich glaube nicht, dass Sie Zach haben.«

»Ich dachte, du bist so schlau? Wie sonst sollte ich wohl an sein Handy gekommen sein?«

Da sie sich das selbst schon gedacht hatte, musste sie wohl davon ausgehen, dass es stimmte. Wenn Zach das Telefon nur verloren hätte, wäre er hergekommen, um sie abzuholen. »Ich will mit ihm sprechen.«

»Woher habe ich gewusst, dass du das sagen wirst? Aber ich will mal nicht so sein, besonders, wenn es dich überzeugen wird, so schnell wie möglich hierherzukommen.«

Erst war nichts zu hören, dann ertönte ein lang gezogenes Stöhnen. Sämtliche Haare sträubten sich ihr, und Chloe wäre umgefallen, wenn Dave sie nicht gerade noch rechtzeitig festgehalten hätte. Sie presste das Handy ans Ohr. »Zach?«

»Bleib dort, Chloe … in Sicherheit.« Zachs Stimme war beinahe nur ein Hauch, dicht gefolgt von einem dumpfen Geräusch, so, als hätte ihn jemand geschlagen.

Die Tränen flossen über, als ihr klar wurde, dass Zach sich für sie opfern wollte, aber das konnte sie nicht zulassen. Sie würde alles dafür tun, ihn zu retten. »Ich komme, Zach, halte durch.«

Ein weiteres Lachen ertönte. »Das höre ich gern. Keine Angst, ich werde deinen Liebhaber so lange am Leben halten, bis du da bist. Außer du betrügst mich und versuchst, jemanden zu informieren. Dann muss ich ihn leider für deinen Ungehorsam bestrafen.«

»Nein, nicht! Ich tue alles, was Sie sagen.« Sie presste die Lippen zusammen, um sich davon abzuhalten, Scott anzuflehen, Zach nicht mehr wehzutun. Das würde ihm nur noch mehr Macht geben.

»Das ist vernünftig. Um sicherzustellen, dass du niemanden informierst, werden wir die ganze Zeit über das Telefon miteinander verbunden sein. Wenn du es ausmachst, oder ich merke, dass du mich betrügst, wirst du live miterleben können, wie dein Liebhaber stirbt. Verstanden?«

Ein Schauer lief über Chloes Rücken. »Ja.«

»Gut. Steig ins Auto und fahr auf der Hauptstraße Richtung Norden.«

»Zach hat das Auto.«

Einen Moment herrschte Stille. »Richtig, daran hatte ich nicht mehr gedacht. Dann nimm dir ein Taxi. Aber denk dran: ein Wort zu jemandem, eine falsche Geste, und Murdock ist tot.«

»Verstanden.« Sie konnte das Zittern in ihrer Stimme nicht unterdrücken.

»Ist alles in Ordnung, Ms Hunter?« Die weibliche Stimme erklang hinter ihr und Chloe zuckte erschrocken zusammen.

Rasch wischte sie die Tränen aus ihrem Gesicht und drehte sich schließlich um. »Ja, natürlich. Anscheinend wurde Detective Murdock wieder ins Krankenhaus gebracht, weil seine Kopfverletzung doch schwerer war als gedacht. Ich werde gleich dorthin fahren.«

Eine Weile blickte die Polizistin sie prüfend an, dann nickte sie. »Das tut mir leid. Ich hoffe, es geht ihm bald besser.«

Chloe bemühte sich um ein Lächeln, das ihr aber nicht sehr gut gelang. »Danke.«

Die Polizistin verabschiedete sich mit einem letzten neugierigen Blick auf Dave, dann ging sie zurück ins Gebäude. Verzweifelt sah Chloe ihn an und versuchte, ihm mit den Augen mitzuteilen, dass sie Hilfe brauchte. Sie legte einen Finger auf ihre Lippen und deutete auf ein Auto.

»Sehr gut, und jetzt nimm ein Taxi und fahr endlich los.«

»Moment, ich suche eines. Wir sind hier nicht in New York.« Sie beobachtete, wie Dave in einen Wagen stieg und den Motor anließ. Einen Moment lang schnürte ihr die Panik die Kehle zu, dass er einfach wegfahren könnte, aber er hielt am Straßenrand neben ihr. »Ah, da ist eines.«

Sie öffnete die Beifahrertür. »Sind Sie frei?«

»Ja, wohin soll es gehen?« Daves Stirn war gerunzelt.

»Sag ihm, du möchtest ein wenig die Gegend erkunden.« Scotts Stimme drang aus dem Handy.

»Ich möchte mir gerne die Gegend ansehen. Leider ist mein Mann krank geworden, und ich kann ihn deshalb nur über das Telefon an der Tour teilhaben lassen. Ich hoffe, das stört Sie nicht. Wäre es möglich, dass ich Ihnen einfach zwischendurch Bescheid sage, wenn ich etwas Schönes sehe, das ich mir näher anschauen möchte?« Dave winkte sie zu sich, und sie ließ sich dankbar auf den Beifahrersitz sinken.

»Kein Problem, auch wenn Ihr Mann dadurch einiges verpasst. Allerdings müssten Sie im Voraus bezahlen.«

Chloe zog das Portemonnaie aus ihrer Tasche und zog einen Schein so heraus, dass es raschelte. »Reichen fünfzig Dollar?«

»Als Anzahlung auf jeden Fall, wir rechnen dann später genau ab.« Dave öffnete das Handschuhfach, zog einen Block samt Stift heraus und schloss es wieder. Er drückte ihr beides in die Hand. »Alles klar. In welche Richtung möchten Sie?«

Dankbar nickte Chloe ihm zu. »Die Hauptstraße Richtung Norden, bitte.«

»Wird gemacht. Schnallen Sie sich bitte an.«

Chloe ließ den Gurt einrasten und räusperte sich. »Okay, ich bin unterwegs.« Um den Anschein zu wahren, erzählte sie Scott, an welchen Sehenswürdigkeiten sie vorbeifuhren.

Dave fädelte sich in den Verkehr ein und fuhr in gemäßigtem Tempo durch den Ort. Chloe wollte ihn anflehen, schneller zu fahren, um endlich zu Zach zu kommen, aber das konnte sie nicht tun, solange Scott mithörte. Erschrocken zuckte sie zusammen, als Dave seine Hand auf ihren Oberschenkel legte. Erst jetzt merkte sie, dass sie die ganze Zeit mit den Beinen gewackelt hatte, wie sie es oft tat, wenn sie gestresst war. Als er merkte, dass er ihre Aufmerksamkeit hatte, tippte er auf den Block. Er wartete, bis sie den Stift in die Hand genommen hatte, bevor er anfing, ihr auf Fremdenführerart die Gegend zu beschreiben.

Damit überdeckte er die Geräusche des Stiftes auf dem Papier, während sie ihm in kurzen Stichworten schilderte, was mit Zach passiert war. Dass Christine tot war, wusste er bereits, denn sie hatte den ihr zustehenden Anruf nach ihrer Verhaftung genutzt, um Dave zu informieren – und auch darüber, dass Scott wirklich der Täter war. Sie hatte kurz überlegt, ob sie jemanden aus ihrer Familie anrufen sollte, den Gedanken jedoch schnell verworfen. Jetzt wünschte sie allerdings, sie hätte wenigstens Clint angerufen, denn ihr Bruder hätte sicher gewusst, wie sie Zach am besten befreien konnten.

Aber immerhin hatte sie einen ehemaligen Polizisten an ihrer Seite, das erleichterte sie unheimlich. Allein hätte sie wahrscheinlich gar nicht gewusst, was sie jetzt tun sollte. Die Angst um Zach hätte sie sicher gelähmt. Doch auch so standen die Chancen nicht besonders gut. Wie sollte sie Scott davon abhalten, Zach etwas zu tun? Wenn es helfen würde, wäre sie sogar bereit, sich selbst gegen Zach einzutauschen, doch darauf ginge Scott sicher nicht ein. Er hatte alle Trümpfe in der Hand und wusste das genau. Ihr einziger Vorteil war, dass er nichts von Dave wusste.

»Bist du noch da?« Die Stimme drang durch das Telefon.

»Ja.« Verzweifelt blickte Chloe aus dem Fenster auf die Bucht. Das Wasser glitzerte in der Sonne, und die Szenerie wirkte geradezu malerisch. »Eine schöne Gegend. Fahren wir über die Brücke?« Sie hielt Dave den Block hin und sah, wie ein Muskel in seiner Wange zuckte. Vor ihren Augen verwandelte er sich von einem Clubbesitzer zum Polizisten.

»Das entscheiden Sie, Lady. Wir können diese Straße weiterfahren zum nächsten Ort oder auch einen der kleinen Wege nehmen, die direkt zum Wasser führen.« Wie er es schaffte, seine Stimme so normal klingen zu lassen, war ihr ein Rätsel. Aber vermutlich lernte man das als Polizist.

»Sag ihm, er soll die Straße weiterfahren.«

Chloe gab Scotts Forderung etwas umformuliert weiter, um keinen Verdacht aufkommen zu lassen. Ihr Blick ruhte auf Daves Hand, der jetzt ebenfalls etwas auf den Block schrieb, während er weiterhin auf die Straße sah.

Hintergrundgeräusche? Verkehr? Schiffshupen? Menschen? Tiere?

Chloe zog den Block zu sich heran und nahm Dave den Stift aus der Hand. *Nur Zach. Vermutlich in Gebäude. Hallt etwas.* Was es umso schwerer machen würde, Scott zu überwältigen und Zach zu retten, denn er würde sicher sämtliche Zugänge überwachen. Und sie hatten eben kein SEAL-Team dabei, das sich irgendwo abseilen oder an der Fassade hochklettern konnte. Ihr Magen verkrampfte sich vor Sorge, und sie presste eine Hand darauf.

Dave stieß ihre Finger an und sie reichte ihm den Block. »Wir kommen gleich zum Moose Point State Park. Ein ganz tolles Fleckchen mit immergrünen Bäumen und einem Küstenabschnitt mit Gezeitenbecken. Ideal für Picknicks.« Er deutete auf ein Schild, auf dem genau das stand.

»Das sieht wunderbar aus.«

»Fahr weiter, bis ich etwas anderes sage.« Der Befehl drang durch ihr Handy. In Daves Richtung gewandt schüttelte sie den Kopf.

»Vielleicht können wir nachher noch einmal zurückkommen. Jetzt möchte ich erst mal sehen, was es hier noch so gibt.«

»Kein Problem, es kommen noch einige interessante Punkte, wenn wir die Küste entlangfahren.«

Einige Zeit fuhren sie so weiter, immer geleitet von Scotts Anweisungen am Telefon. Durch Orte hindurch und an grandiosen Ausblicken vorbei, während Chloes Furcht um Zach mit jedem Kilometer wuchs.

»Rechts sehen Sie Sears Island, die Insel ist nur durch eine schmale Landbrücke mit dem Festland verbunden. Sehr sehenswert.«

»Weiter.« An Scotts Stimme war zu hören, dass er immer ungeduldiger wurde. »Und ein bisschen schneller, wenn es geht, ich habe nicht den ganzen Tag Zeit. Denk dran, was ich alles mit deinem Geliebten tun kann, bis du da bist.« Im Hintergrund war erneut ein Stöhnen zu hören.

Sämtliches Blut wich aus ihrem Kopf, und sie biss fest auf ihre Lippe, um mit keinem Laut zu verraten, wie gut Scotts Taktik aufging. »Vielleicht fahren wir noch ein Stückchen weiter. Dort hinten sehe ich noch eine Insel, die scheint sogar noch größer zu sein.«

»Gerne, es ist Ihr Geld.«

Scott lachte. »Einen tollen Taxifahrer hast du dir da geangelt. Aber du wirst ihn bald los sein.«

Chloes Herz begann schneller zu schlagen. Das hörte sich an, als wäre sie bald am Ziel angekommen. Wo immer das auch war. Sie konnte nur hoffen, dass Zach nicht zu schwer verletzt war und es ihnen irgendwie gelingen würde, den Mörder zu überwältigen oder ihm zu entkommen. Sie schrieb Dave eine kurze Notiz und blickte ihn unsicher an. Seine Antwort – *Werde in der Nähe sein. Keine Angst!* – ließ Tränen in ihre Augen steigen. Dankbar drückte sie seine Hand.

»Nimm die Straße nach Jellison Island.«

Chloe beugte sich vor und deutete auf das Schild, das auf die Insel hinwies. »Ich würde mir gerne die Insel ansehen.«

»Okay. Hier finden Sie mit Fort Point einen weiteren State Park. Auch sehr zu empfehlen.«

»Oh Mann, gut, dass die Taxifahrer in New York nicht so viel labern. Ich würde irre werden.«

Sie biss sich auf die Zunge, um Scott nicht zu sagen, dass er das schon längst war.

»Fahr erst mal Richtung Fort Point, bis ich weitere Anweisungen gebe.«

»Der State Park klingt gut. Fahren Sie dort bitte hin.«

»Ihr Wunsch ist mir Befehl, Ma'am.«

Chloe warf Dave einen warnenden Blick zu. Wenn er noch mehr übertrieb, würde Scott merken, dass etwas nicht stimmte, und das konnte sie sich nicht leisten.

Schweigend fuhren sie durch das Innere der dicht bewaldeten Insel. Irgendwo hier musste Zach sein. Sie presste die Lippen zusammen, um Scott nicht anzuflehen, sie noch einmal mit Zach sprechen zu lassen. Was sollte sie auch sagen? Dass sie ihn liebte? Das würde dem Verbrecher nur noch mehr Munition geben, obwohl er schon zu wissen schien, dass sie ein Liebespaar waren.

Trotzdem wäre es ihr lieber, wenn Zach wüsste, was sie für ihn empfand, und dass sie alles tun würde, um ihn zu retten. Selbst ihr eigenes Leben aufs Spiel setzen, wenn es sein musste. Aber sie hoffte, dass es nicht dazu kommen würde. Ihr kam eine Idee, und sie nahm Block und Stift wieder in die Hand. *Rufen Sie meinen Bruder an, wenn ich aus dem Wagen bin.*

Captain Clint Hunter, Navy SEALs, Virginia. Sie blickte Dave an und atmete erleichtert auf, als er knapp nickte.

»Was macht ihr da? Du musst mich schon auf dem Laufenden halten, wo ihr seid, sonst kann ich dir nicht sagen, wo du deinen Geliebten findest.« Scotts Stimme drang unangenehm laut durch die Leitung.

»Der State Park müsste bald kommen, oder?«

Dave spielte sofort mit. »Ja, nur noch wenige Kilometer.«

»Fahrt nicht in den Park, sondern die Jellison Road weiter bis zu einer Einfahrt auf der rechten Seite. Lass das Taxi dort halten, bezahl und schick es weg. Dann folgst du der Einfahrt hinauf.«

Chloes Herz klopfte schneller. Das war es, sie waren nahe dran. Nur noch wenige Kilometer und sie würde Zach wiedersehen. Schnell notierte sie die Anweisungen auf dem Block. Laut sagte sie: »Ich glaube, ich möchte doch noch ein wenig weiterfahren und sehen, was es auf der anderen Seite der Insel gibt.«

»Alles klar.« Wieder legte sich Daves Hand auf ihren Oberschenkel und drückte beruhigend.

Dankbar blickte sie ihn an, dann wandte sie sich wieder dem Fenster zu. Sie fuhren jetzt durch den südlichen Teil der Insel, und noch immer war die Straße zu beiden Seiten von Bäumen eingefasst. Unter normalen Umständen würde sie den Anblick genießen, weil sie in New York die grandiose Natur Montanas vermisste, doch jetzt hatte sie keinen Blick dafür. Stattdessen starrte sie auf den Straßenrand, um bloß nicht die Einfahrt zu verpassen.

»Und Chloe, wenn du auf die Idee kommen solltest, dem Taxifahrer irgendein Zeichen zu geben, lass es. Ich würde es merken, und dein Geliebter müsste darunter leiden.«

Ein Schauer lief über ihren Rücken, aber sie bemühte sich, ihre Stimme ruhig zu halten. »Natürlich.«

Einige Minuten später erreichten sie die Einfahrt. »Oh, das sieht aber nett aus. Ich glaube, hier möchte ich aussteigen und mich umsehen.« Ihre Stimme klang so unecht, dass sie eine Grimasse zog.

Der Wagen hielt am Straßenrand. »Sind Sie sicher, Ma'am? Hier ist nichts außer Bäumen und einer staubigen Straße.« Dave klang wesentlich echter.

»Ja, ich bin sicher. Wie viel schulde ich Ihnen?«

»Fünfundvierzig Dollar. Soll ich hier auf Sie warten?«

»Nein, das ist nicht nötig. Ich rufe dann einfach ein anderes Taxi, wenn ich wieder zurückwill.« Chloe öffnete die Tür. »Behalten Sie den Rest. Danke für die angenehme Fahrt.«

»Hier, nehmen Sie meine Visitenkarte und melden Sie sich, wenn Sie zurückwollen. Vielleicht bin ich dann ja noch in der Gegend.« Er hielt ihr ein großes Messer hin, doch sie schüttelte den Kopf. Es würde ihr nie gelingen, es vor Scott zu verbergen, und sie wollte ihm nicht noch eine Waffe liefern.

»Vielleicht mache ich das. Auf Wiedersehen.« Mit einem mulmigen Gefühl im Bauch schloss sie die Wagentür und beobachtete, wie Dave davonfuhr. Obwohl sie wusste, dass er sie nicht im Stich lassen würde, kam sie sich plötzlich völlig allein vor. Mit einem tiefen Seufzer drehte sie sich um und blickte die Sandpiste hinunter. Von hier aus war nichts zu sehen außer Bäumen und dem mit Schlaglöchern übersäten Weg. Es kam ihr nicht so vor, als würde dieser besonders häufig genutzt. Aber sie entdeckte frische Reifenspuren. *Zach!*

»Bist du ihn jetzt endlich losgeworden? Ich glaube fast, der wollte was von dir.«

»Ja, er ist weg.« Den Rest ignorierte sie.

»Geh die Auffahrt hinauf, bis du zum Haus kommst. Davor bleibst du stehen und wartest, bis ich dir ein Zeichen gebe.«

»Ich möchte noch einmal mit Zach sprechen.« Chloe hasste es, dass ihre Stimme dabei zitterte.

»Das kannst du ja gleich, wenn du hier bist. Er freut sich schon sehr darauf, dich zu sehen.« Im Hintergrund war ein Stöhnen zu hören, und Scott lachte. »Ehrlich, ich weiß nicht, was er an dir überhaupt findet. Gut, du siehst ganz niedlich aus, aber das war's auch schon. Ich bevorzuge richtige Frauen.«

Ja, gut gebaute Stripperinnen offensichtlich, aber das sagte Chloe nicht laut. Doch sie hatte den Verdacht, dass er Frauen eigentlich insgeheim hasste.

»Und jetzt beeil dich endlich mal, ich habe keine Lust mehr zu warten.«

»Wie lang ist die Auffahrt?«

»Keine Ahnung, vielleicht eine Meile oder zwei.«

Wie sollte sie das in der kurzen Zeit schaffen? Und vor allem, wie sollte Dave sie wiederfinden, wenn sie rannte? »Ich kann aber nicht gleichzeitig reden und laufen.«

»Dann spar dir den Atem. Aber lass die Leitung offen, ich will dich hören.«

Chloe antwortete nicht mehr, sondern rannte los. Obwohl sie regelmäßig joggte und sogar hin und wieder ins Fitnessstudio ging, wenn die Zeit es erlaubte, war sie innerhalb kürzester Zeit außer Atem. Sie war es nicht gewohnt, in ihrer Straßenkleidung und normalen Schuhen zu laufen, erst recht nicht über eine sandige, unebene Piste. Besonders, wenn sie gleichzeitig vor Angst um Zach beinahe den Verstand verlor.

Vermutlich waren mehr als zwei Minuten vergangen, als sie endlich schwer atmend bei dem Haus ankam. Es stand offensichtlich schon seit längerer Zeit leer und wirkte, als könnte ein leichter Wind es umpusten. Davor parkte ein ihr unbekannter Wagen, an Zachs war sie vor der letzten Biegung vorbeigekommen.

Sie blickte am Haus hinauf und sah Scott hinter einem der Fenster im oberen Stockwerk stehen. Ungeduldig winkte er ihr zu, und sie setzte sich mit einem unbehaglichen Gefühl wieder in Bewegung. Während sie in der Türöffnung stand, blickte sie sich unauffällig um, konnte Dave aber nirgends entdecken. Hoffentlich fand er sie hier! Nach einem letzten tiefen Atemzug trat sie in das Haus und ging den langen dunklen Gang entlang. Ohne zu zögern, wandte sie sich der Treppe ins Obergeschoss zu. Ihre Beine zitterten, als sie die erste Stufe erklomm.

»Komm hier rauf, und zwar schnell. Ich zähle bis fünf, wenn du dann nicht da bist, verliert dein Geliebter einen wichtigen Körperteil.«

Chloe hastete nach oben, stockte aber, als Zachs Stimme erklang. »Nein! Bring dich in Sicherheit, Chloe!«

Ihr Magen hob sich, als sie gleich darauf ein weiteres dumpfes Geräusch und Zachs Stöhnen hörte. Sie konnte es nicht ertragen, dass er ihretwegen litt, deshalb setzte sie den Weg fort, auch wenn ihr klar war, dass sie hier sterben könnte. Chloe schob ihr Kinn vor. Ohne Zach würde sie nicht gehen, egal, was auch passierte.

28

Dave fluchte stumm vor sich hin, während er versuchte, sich möglichst lautlos durch den dichten Wald zu bewegen. Wenn Chloe und ihrem Freund etwas passierte, war es seine Schuld, er hätte ihnen nie die Adresse von Christine geben dürfen. Schon während des Prozesses hatte Dave festgestellt, wie wenig Mitgefühl Scott für andere empfand, und auch keine Reue für seine Tat. Sein Hauptinteresse lag in der Erfüllung seiner Wünsche und Ziele, alles andere war ihm egal, und er war bereit, dafür über Leichen zu gehen. Die Zeit im Gefängnis hatte seine schlechten Seiten offensichtlich noch verstärkt, denn jetzt beschränkte er sich nicht mehr auf Vergewaltigung, sondern tötete ohne jede Reue und äußerst brutal. Und es schien ihm zu gefallen, solche Macht über eine Frau zu haben.

Von einem Kleinkriminellen hatte er sich innerhalb kürzester Zeit zu einem Serienkiller entwickelt, eine Tatsache, die Dave Sorgen bereitete. Vor der Vergewaltigung war er nur durch gewaltfreie Verbrechen wie Diebstahl und Einbruch aufgefallen, nichts deutete darauf hin, dass er diesen Hass gegen Frauen in sich trug. Dann hatte er Christine angegriffen, und seitdem schien ein Damm in ihm gebrochen zu sein, und er ließ seiner Wut freien Lauf. Eine frühere Kollegin bei der Polizei hatte Dave mit Informationen versorgt, und er beschloss, Bentley Scott zu stoppen. Egal wie.

Doch sein Versuch, Christine zu schützen, indem er ihre Adresse an die Anwältin weitergab, war kläglich gescheitert. Warum war er nicht selbst hingefahren? Vielleicht würde

Christine jetzt noch leben, wenn ihm nicht sein Club wichtiger gewesen wäre. Dave hieb mit der Faust an einen Baumstamm und fluchte unterdrückt, als sich die scharfkantige Borke in seinen Handballen bohrte. Es würde Chloe und ihrem Freund nicht helfen, wenn er sich selbst verstümmelte, daher wischte er das Blut eilig an seiner Jeans ab und schlich vorsichtig weiter.

Nachdem Chloe ihn angerufen und ihm erzählt hatte, was geschehen war, hatte er sich sofort in das nächste Flugzeug gesetzt und war hierhergeflogen. Leider war er nicht schnell genug gewesen, um Scott daran zu hindern, Murdock als Geisel zu nehmen. Und wenn er sich jetzt nicht beeilte, würde es noch mehr Tote geben. Suchend blickte er sich um, konnte aber nirgends eine Spur von Chloe entdecken. Eigentlich hatte er angenommen, dass er sie schnell wieder einholen würde, nachdem er ein Stück entfernt geparkt hatte und querfeldein durch den Wald gelaufen war. Doch sie war offensichtlich bereits in dem Haus, das jetzt hinter einer Biegung auftauchte.

Es würde schwer werden, wenn nicht gar unmöglich, Murdock und Chloe jetzt noch unversehrt aus Scotts Gewalt zu befreien. Aber er musste es zumindest versuchen, denn jemand anders würde nicht schnell genug hier sein. Zwar hatte Clint Hunter versprochen, sofort zu kommen, nachdem er erfahren hatte, was hier geschehen war, doch das würde dauern, weil er sich zur Zeit noch in Portland aufhielt, wo er mit einem Team gerade eine Übung absolvierte. Selbst wenn ein aufgetankter Hubschrauber schon startbereit dort stände, würde es nicht reichen. Und die hiesige Polizei würde in ihrer Unfähigkeit die Geiseln nur gefährden. Also war er auf sich gestellt – wieder einmal.

Mit dem Ärmel rieb Dave über sein schweißfeuchtes Gesicht. Seit dem Zwischenfall, der ihn seinen Job als Detective gekostet hatte, war seine Pistole ungenutzt geblieben, hoffentlich hatte er nichts verlernt. Unbehagen breitete sich in ihm aus, das er sofort unterdrückte.

Obwohl er am liebsten sofort in das Haus gestürmt wäre, zwang Dave sich dazu, einmal das Gebäude zu umrunden, um einen geeigneten Einstieg zu finden. Eine Bewegung hinter dem Fenster des Dachgeschosses ließ ihn innehalten. Verdammt, einen schwerer zugänglichen Ort hätte sich der Verbrecher gar nicht aussuchen können – außer vielleicht den Keller, sofern es einen gab. Dave blickte zum Dach hinauf, das so wirkte, als würde es jeden Moment zusammenbrechen. Zahlreiche Ziegel waren bereits heruntergerutscht und hatten Löcher hinterlassen. Trotzdem musste es ihm irgendwie gelingen, ungesehen in das Haus zu kommen, denn die Zeit lief ab. Nach einem letzten Blick auf das Fenster zog er sich zurück.

Zach versuchte sich wegzudrehen, um dem Tritt zu entgehen, doch er schaffte es nicht. Scotts Schuhspitze traf genau seine Rippen, und der Schmerz explodierte in seinem Körper. Seine Sicht verschwamm für einen Moment, als er keuchend nach Atem rang. Hoffentlich hatte Chloe endlich Vernunft angenommen und war umgekehrt. Wenn Scott sie in die Hände bekam, würde er sie beide sofort töten. Oder noch Schlimmeres. Wieder zerrte Zach an den Seilen, die seine Arme auf den Rücken fesselten. Auch seine Beine waren aneinander geschnürt und zusätzlich noch mit einem Seil an die Armfesseln gebunden, sodass er sich kaum bewegen konnte. Schmerz schoss durch seine aufgeriebenen Handgelenke, aber er durfte jetzt nicht aufgeben.

Scott trat neben ihn und richtete seine Pistole direkt auf Zachs Kopf. Unwillkürlich erstarrte er. Wenn der Mörder ihn jetzt erschoss, wäre Chloe ihm hilflos ausgeliefert. Wäre er nicht so dumm gewesen, Scott nachzufahren, wäre Chloe jetzt in Sicherheit. Warum hatte er gedacht, es in seinem Zustand mit dem Verbrecher aufnehmen zu können? Noch immer drehte sich alles in seinem Kopf und bewirkte eine Übelkeit, die er kaum unterdrücken konnte. Ganz zu schweigen von den Kopfschmerzen, die sich bei jeder Bewegung verstärkten. Der harte Boden, auf dem er verschnürt lag, tat ein Übriges, genauso wie die zu stramm gezogenen Fesseln. Selbst wenn er sich befreien könnte, wusste er nicht, ob er sich überhaupt noch bewegen konnte.

Zach unterdrückte einen Fluch, als Chloe in der Türöffnung erschien. Ihrem bleichen Gesicht war deutlich die Furcht anzusehen, genauso aber auch Entschlossenheit. Verzweiflung überkam ihn, als er das selbstgefällige Grinsen auf Scotts Gesicht sah. Warum hatte sie nicht auf ihn gehört? Er würde nicht mit sich leben können, wenn ihr etwas passierte. Mit neuer Energie machte er sich daran, sich zu befreien.

»Da bist du ja endlich. Ich dachte schon, ich müsste dir beweisen, wie ernst ich es meine.« Mit der Pistole fuchtelte er in Zachs Richtung.

Chloes Blick traf seinen, und er erkannte, dass sie alles tun würde, um ihn zu retten. Sein Herz machte einen schmerzhaften Satz. Sie liebte ihn. Es war ihr so deutlich anzusehen, als hätte sie es ausgesprochen. In jeder anderen Situation hätte ihn das wahnsinnig glücklich gemacht, aber hier, vor den Augen des Verbrechers, waren ihre Gefühle eine Schwäche.

Deutlich sichtbar straffte Chloe ihre Schultern und wandte sich zu Scott um. »Ich bin hier, jetzt lassen Sie ihn gehen. Er hat mit der ganzen Sache nichts zu tun.«

Scott hob verächtlich eine Augenbraue, was dazu führte, dass erneut etwas Blut aus seiner Stirnwunde lief. Genervt wischte er es weg. »Aber da irrst du dich. Er hat sich eingemischt, als er dich gerettet hat und als er dachte, er könnte mir folgen, ohne dass ich es bemerke.« Er schnaubte. »Als wüsste ich nicht, was für ein Auto er fährt. Außerdem war es Absicht, dass er mich sieht und verfolgt. Und er hat genau das getan, was ich geplant hatte.«

Innerlich fluchte Zach. Wie hatte er dem Mörder so einfach auf den Leim gehen können? Man sollte meinen, dass er es nach über fünfzehn Jahren im Polizeidienst besser wissen müsste. Sollte er die Sache überleben – wonach es momentan nicht aussah –, würde er überlegen müssen, ob er überhaupt noch geeignet war, seine Arbeit als Detective zu verrichten. Aber das war jetzt nebensächlich.

Inzwischen war es Chloe gelungen, ihr Anwaltsgesicht aufzusetzen, und sie blickte Scott jetzt kühl an. »Trotzdem lassen Sie ihn gehen, dann bleibe ich freiwillig hier.«

Scott lachte auf. »Mir ist es völlig egal, ob du freiwillig bleibst oder gezwungenermaßen. Du hast überhaupt keine Chance, mir zu entkommen. Und du wirst alles machen, was ich dir sage, wenn du nicht willst, dass ich deinen Geliebten als Zielscheibe benutze.«

Chloe wurde noch blasser, aber ihre Augen sprühten Funken. »Erwarten Sie wirklich, dass Sie damit durchkommen? Man wird Sie finden, und diesmal werden Sie nicht so eine geringe Strafe bekommen.«

»Wer sollte mich schon fassen? Die Polizei hier ist zu unfähig, und niemand anders weiß überhaupt, dass ich hier bin. Bis jemand dahinterkommt, bin ich längst über alle Berge.« Das schmierige Grinsen verschwand und machte einem Ausdruck Platz, der Zach einen Schauer über den Rücken trieb. »Und jetzt hör auf, meine Zeit zu verschwenden, und zieh dich aus.«

»W…was?«

Zach zerrte an seinen Fesseln, aber sie gaben immer noch

nicht nach. Etwas Feuchtes lief über seine Handgelenke – Blut. »Du elender Mistkerl! Lass Chloe in Ruhe.«

Scott grinste ihn an. »Ach ja, wie willst du mich dazu bringen?«

»Das wirst du gleich sehen, wenn ich …« Ein Schuss peitschte durch den Raum, und Zach zuckte automatisch zusammen. Fast erwartete er, einen reißenden Schmerz zu spüren, aber der kam nicht. Offenbar hatte Scott danebengeschossen.

»Das nächste Mal werde ich dich treffen. Du solltest dir also überlegen, ob du dich weiterhin einmischen willst.« Scott tippte sich mit einem Finger auf die Lippen. »Wenn ich es mir recht überlege, ist es zu viel Aufwand, dich noch am Leben zu lassen. Du bist nutzlos, jetzt, wo ich die kleine Anwältin in meiner Gewalt habe.« Wieder hob er die Waffe und zielte auf Zachs Kopf.

»Nein, nicht!« Chloes Schrei hallte durch den leeren Raum, und Zach fluchte, als sie sich direkt in die Schusslinie stellte. »Ich tue, was Sie sagen, wenn Sie Zach nicht töten.« Ihre Stimme zitterte leicht. »Wenn Sie ihm allerdings etwas tun, werde ich Sie mit allem bekämpfen, was ich habe.«

Scotts Miene hatte sich verhärtet, und Zach befürchtete das Schlimmste. Von seiner Position aus konnte er die Pistole nicht mehr sehen, aber er ging davon aus, dass Scott sie immer noch auf Chloe richtete. »Okay, dann mach mal ein wenig schneller, ich habe nicht den ganzen Tag Zeit.«

Zach biss sich auf die Lippe, um seine Worte zurückzuhalten. Am liebsten würde er Chloe sagen, dass sie es nicht tun sollte, aber da die Waffe nun auf sie gerichtet war, traute er sich nicht. Wer wusste schon, ob Scott sie nicht einfach erschießen würde, wenn ihm irgendetwas nicht passte. Da Chloe dem Verbrecher die Sicht versperrte, begann Zach erneut, an seinen Fesseln zu zerren, und diesmal gaben sie tatsächlich ein wenig nach. Mit neuer Entschlossenheit attackierte er das Seil, stockte jedoch, als Chloe die Bluse über ihre Schultern schob und sie zu Boden fallen ließ. Wut und Verzweiflung fraßen sich tief in seine Eingeweide, dass dieser Mörder Chloe nur im BH sah. Nur mit Mühe schaffte er es, sich darauf zu konzentrieren, freizukommen.

»Schon besser.« Scott trat dicht an Chloe heran und blickte über ihre Schulter auf Zach, der sofort jede Bewegung einstellte. »Ich muss meine Meinung revidieren: An der Anwältin ist mehr dran, als ich erwartet hatte.« Seine Finger glitten über ihre Schulter und Zach konnte sehen, wie sich die Muskeln in Chloes Rücken anspannten.

»Brauchst du immer eine Waffe, um die Aufmerksamkeit einer Frau zu erlangen?« Zach wusste, dass es gefährlich war, den Mörder zu reizen, aber er musste ihn von Chloe ablenken und versuchen, ein wenig Zeit zu schinden. Wofür genau, wusste er nicht, aber jede Sekunde mehr bedeutete eine Gelegenheit, die Fesseln zu lösen oder von jemand anderem gerettet zu werden. Zwar bezweifelte er, dass die hiesige Polizei vorbeikommen würde, aber er hoffte, dass Chloe es irgendwie geschafft hatte, jemanden über ihre Situation zu informieren.

Scotts Augen verengten sich, und er schob Chloe grob zur Seite. Sie stolperte und stürzte zu Boden. Sofort rappelte sie sich auf, kroch zu Zach und versuchte offensichtlich, ihn vor Scotts Angriff zu schützen. Er wünschte, sie hätte den Moment der Unaufmerksamkeit zur Flucht genutzt, aber es war ihm schon vorher klar gewesen, dass sie ihn nie im Stich lassen würde. Ein Gefühl tröstender Wärme breitete sich in ihm aus, während er Scott direkt in die Augen blickte. Dessen Gesicht war gerötet, seine freie Hand zur Faust geballt. Der Griff um die Pistole war so fest, dass Zach befürchtete, sie würde losgehen.

Scott beugte sich vor, bis sein Gesicht nur wenige Zentimeter über Zachs war. »Hast du schon mal dabei zugesehen, wie ein anderer Mann deine Freundin gevögelt hat? Ich wette, du bist so ein kleiner Voyeur, den das heißmacht, oder?« Spucketropfen trafen Zachs Wange. »Ich werde sie auch extrahart rannehmen, damit du siehst, wie sehr ihr das gefällt. Du Schlappschwanz hast sie bestimmt nie zum Schreien gebracht, stimmt's?«

Zachs Inneres erstarrte zu Eis. Deutlich konnte er Chloes Zittern spüren, wo sie sich an seinen Körper drängte. An seinem Handgelenk konnte er ein Zupfen spüren, anscheinend war sie trotz ihrer Angst noch in der Lage, klar zu denken und ihm dabei zu helfen, sich zu befreien, während Scott abgelenkt war. Das musste er ausnutzen, es war vielleicht ihre einzige Chance.

Mit Mühe gelang ihm ein mildes Lächeln. »Oh doch, einige Male. Und ich lege Wert darauf, dass meine Partnerin auch Spaß dabei hat. Aber davon hast du wohl keine Ahnung.«

Chloes Finger strichen über seine, und er wünschte, er könnte sich die Ablenkung leisten, sie anzusehen und sich zu vergewissern, dass sie durchhielt. Aber er musste Scott beobachten, denn der würde die Beleidigung sicher nicht auf sich sitzen lassen. Das zahlte sich aus, denn er sah die Faust kommen und konnte den Kopf im letzten Moment so zur Seite drehen, dass Scott sein Kinn nur streifte.

»Du arroganter Arsch! Glaubst du wirklich, das Flittchen macht sich was daraus, mit wem sie es treibt? Frauen nehmen sich immer das, was gerade erreichbar ist. Sie würde dich mit dem Hintern nicht angucken, wenn du kein Geld hättest!«

Zach spürte, wie sich das Seil von seinem Handgelenk löste, aber er hielt die Hände weiterhin hinter dem Rücken. Solange er die Beine nicht bewegen konnte, würde er nicht weit kommen. Deshalb musste er auf die richtige Gelegenheit warten, bevor er zuschlug. Vor allem wollte er Chloe dabei nicht in der

Nähe haben. Zu leicht könnte sich ein Schuss lösen und sie treffen. Deshalb drückte er ihre Hand und schob sie dann sanft von sich. Chloe schien ihn zu verstehen, denn sie richtete sich auf und bewegte sich unauffällig in die andere Richtung.

»Mein Geld hat damit nichts zu tun, sondern die Art, wie ich Frauen behandele. Denkst du wirklich, du könntest als Vergewaltiger irgendwo landen? Keine Frau wird einen Typen wie dich in ihre Nähe lassen.« Zach zwang seine Mundwinkel nach oben. »Aber das Problem wirst du ja bald nicht mehr haben, wenn du lebenslang im Knast sitzt. Deine Mitinsassen freuen sich bestimmt, dich wiederzusehen.«

Wie erwartet brachte das Scotts Wut zum Siedepunkt. Er schnellte vor, legte seinen Unterarm über Zachs Kehle und presste nach unten. Da seine Arme noch nicht richtig funktionierten, war Zach zu langsam, um seinen Hals zu schützen. Dafür stürzte sich Chloe auf den Verbrecher und legte ihren Arm um dessen Kehle. Scott röchelte, hatte aber noch genug Kraft, um mit der Waffe nach hinten zu schlagen. Der Griff kollidierte mit Chloes Stirn, sodass sie Scott losließ und mit einem Schrei nach hinten kippte. Zachs Angst um sie vervielfachte sich, selbst als ihr Eingreifen bewirkte, dass sich Scotts Hand etwas von seiner Kehle löste und er die Pistole verlor. Mit einem lauten Klappern rutschte sie über den Holzboden.

Zach bäumte sich auf und stieß Scott mit seiner Schulter zurück. Schmerz schoss durch seine Arme, als er seine Hand in Scotts T-Shirt krallte, um ihn von Chloe wegzuziehen. Mit einem Stoß seines Ellbogens schlug Scott ihn zurück und rappelte sich auf. Dabei griff er in Chloes Haare und zog sie mit sich. Zach versuchte, ihn zu erwischen, aber seine immer noch gefesselten Beine hinderten ihn daran. Mühsam schwang er seinen Unterkörper herum und versuchte, Scott von den Beinen zu holen, doch der war bereits außer Reichweite.

Chloes schmerzerfülltes Stöhnen klang erschreckend laut in seinen Ohren. Schwindel erfasste ihn, aber er kämpfte dagegen an. Er durfte sich jetzt nicht fallen lassen, er musste den Mörder aufhalten. Wenn es ihm gelang, Chloe zu verschleppen ... Zach wälzte sich herum und versuchte, die Pistole zu erreichen, die ein Stück von ihm entfernt lag. Währenddessen zog Scott Chloe mit sich in Richtung der Treppe. Einen Arm hatte er um ihren Oberkörper geschlungen, während seine Hand weiterhin in ihre Haare gegraben war. Eine Beule bildete sich auf Chloes Stirn, und es war ihr anzusehen, dass sie sich kaum auf den Beinen halten konnte.

Verzweifelt robbte Zach sich vorwärts, seine Fingerspitzen berührten die Pistole. Ein erstickter Schrei ließ ihn herumwirbeln. Die Pistole in seiner Hand richtete sich auf einen leeren Raum. *Verdammt!* Die Furcht um Chloe ließ seine Finger zittern und erschwerte es ihm zusätzlich, endlich die elenden Fesseln von seinen Beinen loszuwerden. Schließlich konnte er die Seile abstreifen und sprang auf. Ein bohrender Schmerz im Kopf ließ ihn schwanken. Für einen Moment wurde ihm schwarz vor Augen, und er stützte sich an der Wand ab, bis sich der Schwindel ein wenig gelegt hatte. Dann lief er los, eine Hand immer an der Wand, damit er auf den Beinen blieb.

Die Treppe musste er langsamer hinuntergehen, weil das Geländer nicht besonders vertrauenswürdig schien und das Flimmern vor seinen Augen ihn nicht erkennen ließ, wo die nächste Stufe anfing. Erleichtert atmete er auf, als er endlich unten war und wieder festen Boden unter den Füßen hatte. Rasch durchquerte er den Flur und blickte dabei in jedes Zimmer. Doch es gab nirgends eine Spur von Chloe und dem Verbrecher. Sein Herz setzte kurz aus, als ihm der Gedanke kam, dass Scott versuchen könnte, mit Chloe wegzufahren.

Erst als er die Haustür öffnete und den Wagen unberührt in der Einfahrt stehen sah, erholte er sich wieder etwas. Zach lehnte sich an den Türrahmen, während er die Gegend mit den Augen überprüfte. Es war nirgends eine Bewegung zu sehen, kein Laut war zu hören. Seine Sorge um Chloe verstärkte sich noch – wenn das überhaupt möglich war. Noch einmal ging er durch das Haus und bemerkte, dass die Hintertür einen Spalt offen stand. Da es keine anderen Hinweise gab, folgte er dieser winzigen Spur.

Zach trat in den verwilderten Garten und duckte sich hinter einen Busch, als am anderen Ende etwas raschelte. Einige Blätter bewegten sich, und ein leises Knacken ertönte. Ja, da war eindeutig jemand! So leise wie möglich schlich Zach durch den Garten und versuchte, die Stelle nicht aus den Augen zu verlieren, wo er die Bewegung gesehen hatte. Er zuckte zusammen, als er auf einen Ast trat und ein knackendes Geräusch erklang. *Verdammt!* In der Stadt hatte er es verlernt, sich leise und vorsichtig in der Natur zu bewegen. Das könnte Chloe das Leben kosten!

Mit fest zusammengebissenen Zähnen schlich Zach weiter und kam schließlich bei der Stelle an. Natürlich war jetzt niemand mehr da, aber auf dem Boden waren deutliche Schuhabdrücke zu sehen sowie einige abgeknickte Zweige. Noch leiser kroch er durch den Busch und tauchte in den Wald ein, der direkt hinter dem Grundstück begann. Durch das dichte Blätterdach war es hier dunkler, und seine Augen brauchten einen Moment, um sich daran zu gewöhnen. Dass weiterhin schwarze Punkte durch sein Gesichtsfeld schwammen, machte die Sache nicht gerade besser. Deshalb brauchte er einen Moment, um den Schatten zu bemerken, der gerade einige Meter entfernt hinter einem Baumstamm verschwand.

Gebückt rannte Zach los, bemüht, so wenig Lärm wie möglich zu veranstalten. Was nicht gerade leicht war in einem trockenen Wald mitten im Hochsommer. Je näher Zach kam, desto langsamer wurde er. Noch immer schmerzte seine Hand von den engen Fesseln, und er hatte Mühe, die Pistole in seinem durch das Blut feuchten Griff zu halten. Er wünschte, er hätte wenigstens einen Blick auf Chloe erhaschen können, damit er wusste, dass es ihr gut ging. Aber der Schatten, den er kurz gesehen hatte, war eindeutig ein Mann gewesen. Hatte Scott sie vielleicht bereits getötet und einfach irgendwo liegen gelassen, während er flüchtete? Alles in ihm erstarrte bei diesem Gedanken. Nein, Chloe musste noch leben, etwas anderes konnte er sich einfach nicht vorstellen.

Mühsam riss Zach sich zusammen und konzentrierte sich ganz darauf, sich an den Mörder heranzuschleichen. Schließlich war er dicht hinter ihm. Scott kniete auf dem Boden und schien völlig auf etwas fixiert zu sein. Diese Unaufmerksamkeit nutzte Zach aus und bohrte den Lauf der Pistole in Scotts Nacken.

»Hände hoch, keine Bewegung. Wenn du auch nur einen Muskel rührst, drücke ich ab und sage dann, es war Selbstverteidigung.« Er konnte spüren, wie der Körper erstarrte. Langsam hoben sich die Hände und Zach spürte beinahe ein wenig Bedauern, dass er Scott nicht erschießen konnte. Aber vermutlich wäre es für den Mistkerl die härtere Strafe, längere Zeit im Gefängnis zu sitzen, als schnell und fast schmerzlos zu sterben. »Hände auf dem Kopf verschränken und dann aufstehen.«

Scott erhob sich mit einigen Schwierigkeiten und stand dann starr vor ihm. Zach runzelte die Stirn. War er vorher auch schon so groß gewesen? Da er nie direkt neben ihm gestanden hatte, konnte er es nicht beurteilen. Ohne die Pistole zu senken, blickte Zach an ihm vorbei, in der Erwartung, Chloe zu sehen. Doch sie war nicht da. Wut breitete sich in ihm aus, und er hatte Mühe, den Finger am Abzug still zu halten. »Wo ist sie, du Bastard? Was hast du mit Chloe gemacht?«

Die Schultern des Mannes sanken nach unten. »Ich glaube, da liegt ein Irrtum vor. Ich bin nicht der, den Sie suchen.«

Sowie er redete, erkannte Zach, dass es sich nicht um Scott handelte. Dieser Mann hatte eine viel tiefere, rauere Stimme, die ihm irgendwie bekannt vorkam. Ein wenig lockerte er den Druck der Pistolenmündung, nahm sie aber nicht ganz herunter. »Wer sind Sie dann?«

Langsam, die Hände weiterhin auf dem Kopf, drehte er sich herum und betrachtete Zach von Kopf bis Fuß. »Dave Reyes. Und Sie sind dann wohl Detective Murdock?«

Der Clubbesitzer aus New York? Misstrauisch starrte Zach ihn an. »Was tun Sie hier? Und wo ist Chloe?«

29

Chloe versuchte, Scott so lange wie möglich aufzuhalten, damit Zach genug Zeit hatte, um sich zu befreien und ihnen zu folgen. Und wo war überhaupt Dave? Eigentlich hätte sie erwartet, dass er sie schon früher finden und eingreifen würde. Aber vielleicht hatte er nicht mitbekommen, dass Scott sie schon wieder aus dem Haus gezerrt hatte. Die Zeit dort oben war ihr zwar unendlich lang vorgekommen, aber tatsächlich waren es wohl nur wenige Minuten gewesen. Hoffentlich fand Dave wenigstens Zach und konnte ihm helfen. Ein Schauer lief durch ihren Körper, als sie sich daran erinnerte, wie schlecht Zach ausgesehen hatte. Sein Gesicht war totenbleich gewesen, Schweiß hatte auf seiner Stirn gestanden. Am schlimmsten aber sahen seine Augen aus: blutunterlaufen und mit winzigen Pupillen.

Sie schob ihr Kinn vor und verlangsamte ihre Schritte weiter. Auf keinen Fall würde sie Scott damit davonkommen lassen. Da er seine Pistole im Haus verloren hatte, war er nur noch mit einem Messer bewaffnet. Die scharfe Klinge lag an ihrer Kehle, und falls er unglücklich stolperte, wäre sie tot. Doch diese Genugtuung wollte sie ihm nicht geben. Er würde ihr schon in die Augen sehen müssen, während er sie tötete. Und sie würde sicher nicht wie ein Schlachtlamm dastehen und ihn einfach gewähren lassen. Nein, sie würde so lange kämpfen, bis sie keine Kraft mehr hatte.

Scotts Griff in ihren Haaren wurde fester, und Chloe unterdrückte mühsam einen Aufschrei. »Ich weiß, was du tust, aber das wird dir auch nichts bringen. Dein Liebhaber wird nicht schnell genug sein. Wenn er überhaupt aus dem Haus kommt, er sah etwas angeschlagen aus, der Arme.«

Chloe schwieg, was den Mörder noch mehr aufzubringen schien. Mit der Klinge ritzte er in ihren Hals. »Falls du denkst, dass ich dich entkommen lasse, irrst du dich. Eher töte ich dich sofort. Und dann gehe ich zurück und bringe deinen Freund um.«

Sie hatte keinen Zweifel daran, dass er es ernst meinte. Ihre Zeit lief langsam ab, sie musste dringend etwas unternehmen, wenn sie nicht wollte, dass Scott gewann. Einen Moment lang schloss sie die Augen und bemühte sich darum, all das Kampftraining, das ihre Brüder ihr gegeben hatten, noch einmal zu verinnerlichen. Seit sie nach New York gekommen war, hatte sie das Training vernachlässigt, weil ihr die Zeit gefehlt hatte. Das rächte sich jetzt. Aber zumindest war ihr theoretisch noch klar, was sie tun musste, um Scott auszuschalten. Nur musste sie ihn irgendwie erst dazu bringen, das Messer von ihrem Hals zu entfernen.

Ein Zweig ragte in den Weg, den sie unauffällig zur Seite bog, während sie hindurchging, um ihn dann zurückschnappen zu lassen. Scotts Schmerzenslaut verschaffte ihr eine grimmige Befriedigung. Zur Strafe zog er heftig an ihren Haaren, sodass sie wünschte, sie hätte kurze, damit er nicht so einen festen Griff darin hätte. Wie sollte sie irgendetwas ausrichten, wenn er sich ihre Haare um die Hand gewickelt hatte und gleichzeitig das Messer gegen ihre Kehle drückte? Mühsam unterdrückte sie die Verzweiflung, die sich in ihr ausbreiten wollte. Nein, sie würde nicht aufgeben, egal, was auch passierte.

Vor ihrem Körper, außer Sicht von Scott, arbeitete sie ihren Arm nach oben, dann atmete sie so tief durch, wie es das Messer erlaubte. Wenn irgendetwas schiefging, könnte sie hier mitten im Wald innerhalb kürzester Zeit verbluten. Doch sie durfte einfach nicht das Schlimmste annehmen. Ungeduldig wartete sie darauf, dass Scott für einen Moment abgelenkt war, dann schob sie ihren Arm nach oben und drückte Scotts Hand mit dem Messer von ihrer Kehle, während sie gleichzeitig ihren anderen Ellbogen nach hinten zwischen seine Rippen schlug. Für kurze Zeit lockerte sich Scotts Griff an ihren Haaren, dann riss er sie mit einem Fluch wieder an sich.

»Das wirst du büßen, Schlampe!«

Wieder setzte er das Messer an ihre Kehle, und Chloe wurde bewusst, dass sie sterben würde, wenn sie jetzt nicht um ihr Leben kämpfte. Mit aller Kraft trat sie nach hinten und traf Scotts Knie, das unter ihm nachgab. Da er sie trotzdem nicht losließ, riss er sie mit sich zu Boden. Der reißende Schmerz auf ihrer Kopfhaut ließ Chloe aufschreien. Immerhin hielt er nicht mehr den Arm um ihre Kehle geschlungen, deshalb konnte sie ihn mit allem bekämpfen, was in ihr war. Leider wusste sie nicht, wo das Messer geblieben war, aber es würde auch so gehen. Sie ballte die Faust und schlug zu. Der Schmerz explodierte in ihren Fingerknöcheln, aber es verschaffte ihr eine gewisse Befriedigung, das Blut zu sehen, das aus Scotts Nase schoss. Ein unheimliches Heulen stieg aus seinem Mund auf, während er mit der Hand seine Nase abtastete. Schmerz und Irrsinn standen nun in seinen Augen.

Chloe nutzte seine Unaufmerksamkeit und riss sich von ihm los. Auf Händen und Knien krabbelte sie los, um dem Mörder zu entkommen. Da schloss sich sein eiserner Griff um ihr Fußgelenk und riss das Bein unter ihr zurück. *Nein!* Chloe versuchte, zuzutreten, doch er hielt sie so fest, dass sie den Halt verlor. Mit einem Aufschrei fiel sie zu Boden und wurde zurückgeschleift. Äste und Steine kratzten über ihre empfindliche Haut. Chloe versuchte, sich an irgendetwas festzuhalten, doch da war nichts. Schließlich schaffte sie es, einen kurzen, etwa handgelenkbreiten Ast zu greifen. Als Scott sich über sie wälzte und sie unter sich begrub, holte sie aus und schlug ihm den Stock über den Kopf.

Leider hatte das nicht den erwünschten Erfolg, sondern machte Scott nur noch wütender. Er lag nun so über ihr, dass sie ihre Arme und Beine nicht mehr bewegen konnte, sein Atem strich über ihr Gesicht und ließ Übelkeit in ihr aufsteigen. Das Blut aus seiner Nase tropfte auf sie herunter, und sie versuchte, ihren Kopf wegzudrehen, doch Scott hielt ihn mit beiden Händen fest.

»Dachtest du wirklich, dass du mir entkommen könntest? Du wirst dir noch wünschen, du wärst ertrunken, denn ich habe nicht vor, dir das Sterben noch einmal so leicht zu machen.«

Leicht? Er dachte, es wäre leicht, zu ertrinken? Vor Wut explodierte sie fast und kämpfte mit allem, was sie noch an Kraft und Energiereserven hatte. Sie wand sich unter Scott und schaffte es, ihn dadurch aus dem Gleichgewicht zu bringen. Mit dem Knie stieß sie nach oben, erwischte seine Weichteile aber nicht vollständig. Ein beinahe unmenschliches Knurren entfuhr ihm. Seine Hand schlang sich um ihre Kehle und drückte zu. Chloe versuchte, ihm zu entkommen, doch ihre Hände waren unter seinem Körper eingeklemmt. Verzweifelt rang sie nach Luft, doch kein Sauerstoff gelangte in ihre Lunge. Ihre Kehle brannte und in ihrer Brust wütete ein schrecklicher Schmerz. Fast wie im East River, als sie zum letzten Mal untergetaucht war und nicht wieder an die Oberfläche kam. Panik mischte sich mit Bedauern. *Zach!* Warum hatte sie ihm nicht gesagt, dass sie ihn liebte, als noch Gelegenheit dazu war? Jetzt war es zu spät, und sie wusste, dass er sich furchtbare Vorwürfe machen würde, wenn sie starb.

Ein letztes Mal bäumte sie sich auf und versuchte, Scott von sich herunterzukatapultieren. Doch sie war schon zu schwach, und der Mörder lachte über ihren Versuch. Er beugte sich dichter über sie. »Na, wie gefällt dir das? Ich hätte dich gerne noch gevögelt, doch dazu fehlt mir leider die Zeit, sonst entwischt mir noch dein kleiner Liebhaber. Zu schade.« Seine Zunge strich über ihre Wange. »Hm, ich mag es, wenn ihr euch wehrt, das gibt der Sache noch mal einen zusätzlichen Kick.«

An ihrem Oberschenkel konnte sie seine Erektion spüren, ihr wurde übel davon. Schwarze Punkte flimmerten vor ihren Augen, und sie spürte, wie ihr Bewusstsein schwand. Nein, sie wollte als Letztes nicht diesen ekelhaften Verbrecher sehen, sondern etwas Schönes, wie die Natur. Oder Zach. Chloe drehte mühsam ihren Kopf zur Seite, doch er wurde sofort wieder herumgerissen.

»Oh nein, du wirst sehen, wer dich besiegt. Du hast verloren, Chloe Hunter.« Seine Lippen bewegten sich weiter, doch sie konnte nichts mehr hören, weil ihre Ohren von einem lauten Rauschen erfüllt waren. Nach und nach schalteten sich all ihre Sinne ab, und ihre Augen schlossen sich. *Zach …*

Misstrauisch beäugte Zach den Clubbesitzer, während der vor ihm durch den Wald schlich. Er konnte sich immer noch nicht erklären, was der Typ überhaupt hier machte, aber im Moment war es nur wichtig, Chloe zu finden, deshalb ließ er die Angelegenheit ruhen. Außerdem wurden seine Sehstörungen immer schlimmer, und es kostete ihn alle Kraft, überhaupt auf den Beinen zu bleiben. Aber er würde so lange funktionieren, bis er Chloe gefunden hatte, alles andere war inakzeptabel. Dave hatte sicher gemerkt, in welcher Verfassung er sich befand, doch er hatte sich einfach nur umgedreht und war losgegangen. Auch wenn er es nie zugeben würde, war Zach dankbar dafür, denn so hatte er mit Daves Rücken einen Fixpunkt, auf den er sich konzentrieren konnte.

Seine harschen Atemzüge klangen laut in seinen Ohren, während die Geräusche um ihn herum seltsam dumpf wirkten. Als Dave unvermittelt stehenblieb, lief Zach beinahe in ihn hinein. Der ehemalige Polizist hob eine Hand zum Zeichen, dass er nichts sagen sollte, und deutete dann in eine bestimmte Richtung. Zach zwinkerte, um seine Sicht zu verbessern, doch es half nur bedingt. Hatte Dave etwas gesehen? Dann zerriss ein gedämpfter Schrei die Stille, und Zach bewegte sich automatisch darauf zu. Eine Hand an seinem Arm hielt ihn auf, und er kam abrupt zum Stehen. Er wirbelte zu Dave herum und schwankte.

»Mist.« Dave stützte ihn mit beiden Händen, bis er sein Gleichgewicht wiedergefunden hatte. »Sind Sie verletzt?« Seine Stimme hielt er so leise, dass Zach ihn kaum verstand.

»Kopfverletzung. Gehen wir weiter.« Er wollte losgehen, doch Dave hielt ihn weiterhin fest.

»Sie sind keine Hilfe für Chloe, wenn Sie sich selbst kaum auf den Beinen halten können.«

Zach riss sich los. »Ich werde Chloe auf keinen Fall im Stich lassen. Und während wir hier reden, könnte Scott schon wer weiß was mit ihr anfangen. Sie können ja gehen, wenn Sie wollen, aber ich werde Chloe suchen, bis ich sie gefunden habe.«

Dave blickte ihn einen Moment lang stumm an, dann schüttelte er den Kopf. »Sturer Hund. Okay, folgen Sie mir, aber leise.«

Zach nickte vorsichtig und atmete erleichtert auf, als Dave sich endlich umdrehte und weiterging. Deutlicher konnte er jetzt die Geräusche eines Kampfes hören, und es kostete ihn jegliche Beherrschung, nicht sofort loszurennen. Aber Dave hatte recht, es brachte nichts, planlos in eine Situation zu platzen. Wenn er noch klar denken könnte, hätte er das auch selbst so gehandhabt. Doch es war Chloe, die gerade in Lebensgefahr schwebte, und seine Gefühle für sie ließen ihn alles andere vergessen. Glücklicherweise bewegte Dave sich jetzt schneller vorwärts, genau in die Richtung, aus der die Geräusche zu kommen schienen.

So schnell wie möglich folgte Zach ihm, seine Hand schloss sich fester um die Pistole. Hinter einem Baum blieb Dave schließlich stehen, sein ganzer Körper war angespannt. Schwer atmend folgte Zach seinem Beispiel und blickte an dem dicken Stamm vorbei. Was er sah, ließ das Blut in seinen Adern gefrieren. Scott lag auf Chloe, seine Hand presste ihre Kehle zusammen. Ihre Augen waren geschlossen und ihre Haut totenbleich, die Lippen waren bläulich angelaufen. *Oh Gott!* Seine Knie drohten nachzugeben, aber er schaffte es gerade noch, auf den Beinen zu bleiben.

Dave blickte ihn scharf an. »Sie bleiben hier und lenken ihn ab, ich schleiche mich an ihn heran.«

»Aber …«

Dave schnitt ihm das Wort ab. »In Ihrem Zustand können Sie körperlich nichts ausrichten. Reden Sie mit ihm, bringen Sie ihn dazu, Chloe loszulassen.« Nach einem letzten Blick verschwand Dave im Unterholz.

Zach wischte seine schweißfeuchte Hand an seiner Jeans ab, damit er einen besseren Griff an der Pistole hatte. Dann holte er tief Luft, richtete sich auf und trat hinter dem Baum hervor. Scott bemerkte ihn zunächst nicht, er war ganz auf Chloe fixiert. Zach wusste, dass er schnell handeln musste, wenn er sie noch retten wollte. Da er sich aufgrund seiner schlechten Sicht nicht zutraute, Scott mit einem Schuss zu treffen, richtete er den Lauf schräg nach oben, bevor er abdrückte. Laut hallte der Schuss durch den stillen Wald.

Scott riss den Kopf hoch und blickte sich wild um. Als er Zach erblickte, weiteten sich seine Augen. Seine Hand um Chloes Kehle schien sich ein wenig zu lockern.

»Lassen Sie Chloe los und bewegen Sie sich langsam von ihr fort.« Zach hörte selbst, wie schwach seine Stimme klang, aber er konnte nichts dagegen tun. Mit der Schulter stützte er sich gegen den Baumstamm, um sein Gleichgewicht zu halten. Seine Hand mit der Pistole zitterte, aber er versuchte, sich nichts anmerken zu lassen. Als Scott seiner Aufforderung nicht folgte und Chloe sich unter ihm immer noch nicht rührte, zog sich Zachs Magen zusammen. »Sie können nicht entkommen, Scott. Zum letzten Mal: Treten Sie zurück!«

Scott lachte nur. »Sie schießen sowieso nicht, aus Angst, Ihre Geliebte zu treffen. Und so, wie Sie dastehen, bezweifle ich, dass Sie überhaupt irgendetwas treffen würden.«

Wut durchströmte Zach – weil der Verbrecher mit seiner Einschätzung völlig richtiglag. Aber das durfte er nicht zeigen, sonst war Chloe verloren. Zach trat einen Schritt vor. »Wollen Sie es wirklich darauf ankommen lassen? Sie können entweder ihr restliches Leben im Gefängnis sitzen oder hier sterben. Mir ist es völlig egal, wofür Sie sich entscheiden.«

Für einen Moment wirkte Scott verunsichert, dann aber zuckte er nur mit den Schultern. »Ich werde auf keinen Fall wieder ins Gefängnis gehen.« Er zog ein Messer hervor und hielt es gut sichtbar in die Luft. »Und wenn ich sterbe, werde ich nicht alleine sein.« Die Klinge senkte sich in Chloes Richtung.

Eiseskälte breitete sich in Zach aus. Er musste schießen, sonst würde Chloe sterben. Aber wenn er schoss und aus Versehen Chloe traf … Sein Instinkt reagierte schneller als sein Gehirn. Sein Finger spannte sich um den Abzug und drückte ab. Der Schuss peitschte durch die Stille. Einen Moment lang schien alles zu erstarren, dann raste Zachs Herz wieder los. Scott hockte immer noch über Chloe, die Kugel musste ihn verfehlt haben.

Sein Mund verzog sich zu einem breiten Grinsen. »Sie hätten besser zielen sollen, Detective. Jetzt wird Ihre Freundin dafür bezahlen.« Seine Hand mit dem Messer hob sich erneut.

Zach machte einen Schritt auf den Mörder zu, doch er wusste, dass er zu spät kommen würde. *Nein, Chloe!* Aus den Augenwinkeln sah er eine Bewegung und erkannte Dave, der in vollem Lauf auf Scott zuhielt. Er war nur noch wenige Meter von dem Verbrecher entfernt, und der hatte ihn immer noch nicht bemerkt, weil er zu sehr mit Zach und Chloe beschäftigt war. *Gott, bitte …* Unbewusst hatte Zach sich ebenfalls in Bewegung gesetzt und lief so schnell er konnte auf Chloe zu. Mit wild klopfendem Herzen beobachtete er, wie Dave sich in bester Footballmanier auf den Verbrecher stürzte und ihn von Chloe herunterrollte. Ein erstickter Aufschrei erklang, dann setzte sich Scott mit aller Kraft zur Wehr.

Zach fiel neben Chloe auf die Knie und legte seine Hand auf ihre Brust. Sie regte sich immer noch nicht, und er konnte nicht feststellen, ob sie überhaupt noch atmete. Mit bebenden Fingern strich er über die roten Würgemale an ihrem Hals und öffnete ihren Mund. »Komm schon, Chloe, mach die Augen auf, du bist in Sicherheit.«

Keine Reaktion. Seine Angst um sie wuchs ins Unermessliche. Er beugte sich über sie und begann mit Beatmung und Herzmassage. Nur am Rande bekam er mit, dass Dave immer noch gegen Scott kämpfte, offenbar war der Verbrecher zäher, als er aussah. Eigentlich müsste er ihm helfen, aber er konnte Chloe nicht einfach hier liegen lassen. Hoffentlich bereitete Dave dem bald ein Ende, denn er konnte jede Hilfe gebrauchen. Bildete er sich nur ein, dass sich Chloes Gesichtsfarbe etwas besserte? Noch einmal legte er die Hand auf ihre Brust, und diesmal glaubte er ein leichtes Klopfen zu spüren. Aber er würde erst wissen, ob sie in Ordnung war, wenn sie aufwachte und mit ihm redete. Doch ihre Augen blieben weiterhin geschlossen.

Eine Bewegung neben ihm ließ ihn den Kopf hochreißen. Scott hatte sich von Dave losgerissen und stürzte nun mit dem Messer in der Hand auf ihn zu. Blut bedeckte die Klinge und Scotts Hand. Zach reagierte instinktiv, er hob die Pistole und zielte direkt auf die Brust des Verbrechers. Ohne eine Vorwarnung schoss er und beobachtete befriedigt, wie Scott durch den Treffer nach hinten geschleudert wurde. Ohne einen Laut von sich zu geben, landete er auf dem Waldboden.

Zach müsste überprüfen, ob der Mörder tot war, doch er konnte sich nicht dazu bringen, Chloe zu verlassen. Aus Angst, dass sie sterben würde, wenn er sie auch nur eine Sekunde losließ. Er blickte in ihr Gesicht und sah, dass selbst der laute Schuss sie nicht aufgeweckt hatte. Sein Herz zog sich zusammen, als er sich vorstellte, dass sie nie wieder aufwachen und ihn mit ihren warmen Augen ansehen könnte. Nie wieder ihr Lächeln sehen oder auch die Art, wie sich ihre Lippen kräuselten, wenn ihr etwas missfiel. Er wollte, dass sie aufwachte und ihm sagte, wie dumm er gewesen war, sich von Scott so überrumpeln zu lassen. Ohne Frage hätte er das verdient, nur seinetwegen lag sie jetzt hier so still auf dem Waldboden.

»Na endlich, ich dachte schon, Sie würden nie schießen.« Die Stimme ertönte hinter ihm.

Zach wirbelte herum, senkte aber die Waffe, als er Dave entdeckte, der auf ihn zukam. Seine Hand hatte er über seine Seite gepresst, Blut sickerte durch seine Finger. »Sind Sie verletzt?«

Er konnte Daves Gesichtsausdruck nicht deuten, als der sich neben ihm niederließ. »Ich werd's überleben.« Sein Blick glitt zu Chloe. »Wie geht es ihr?«

Zachs Kehle schnürte sich zusammen. »Nicht gut. Sie scheint wieder zu atmen, aber sie wacht nicht auf.«

Diesmal war Daves Miene nicht misszudeuten. »Verdammt, wenn ich könnte, würde ich den Mistkerl noch mal töten. Für Christine, für Candice und für Chloe.«

Damit war er eindeutig nicht der Einzige. »Haben Sie ein Handy dabei? Wir brauchen dringend einen Krankenwagen.« Er blickte auf Daves Wunde. »Oder besser zwei.«

Dave grinste ihn schief an. »Besser drei, Sie sehen auch nicht gerade sehr standfest aus.«

Zach deutete mit dem Kopf auf Daves Wunde. »Soll ich Ihnen damit helfen?« Sein Widerstreben war deutlich zu hören. Zwar wollte er den Clubbesitzer nicht unversorgt lassen, aber es würde bedeuten, Chloe loszulassen, und dazu konnte er sich einfach nicht aufraffen.

Dave zog sein T-Shirt aus und verzog das Gesicht, als er die klaffende Schnittwunde sah. »Nicht nötig. Wir haben eh kein Verbandmaterial hier, ich binde nur das T-Shirt darum, der Rest muss dann im Krankenhaus gemacht werden.« Sein Blick glitt wieder zu Scott. »Aber es hat sich gelohnt. Endlich ist dieses Schwein ausgeschaltet. Darauf habe ich seit Jahren gewartet.« Seine Gesichtsfarbe wurde etwas grauer, als er seinen T-Shirt-Verband stramm zog und verknotete. Eine Weile atmete er laut durch den Mund, dann schien der Schmerz nachzulassen. Das Blut, das bereits jetzt durch den T-Shirt-Stoff drang, zeigte, dass die Verletzung nicht so oberflächlich war, wie Dave behauptete. Er brauchte dringend ärztliche Versorgung, so viel war sicher.

»Geben Sie mir das Handy, dann rufe ich jemanden an.« Zach konnte sich zwar jetzt schon vorstellen, was der Sheriff dazu sagen würde, dass sie seinen Job übernommen hatten, aber das war ihm egal. Jetzt war nur wichtig, dass Chloe in ein Krankenhaus kam und wieder gesund wurde.

»Nicht nötig, das schaffe ich schon.« Dave zog unter einigen Verrenkungen das Handy aus seiner Hosentasche. Sein Finger auf dem Display erstarrte, und er hob den Kopf. »Wir haben Besuch.«

Zach griff nach der Pistole und drehte sich in die Richtung, in die Dave blickte. Sein Mund öffnete sich, aber kein Laut drang heraus, als er die schwer bewaffneten Gestalten sah, die aus allen Richtungen auf sie zukamen. Verdammt, wer waren diese Typen? Bisher hatte er immer gedacht, dass Scott ein Einzeltäter war, doch jetzt … Selbst wenn er mit jedem Schuss einen der Männer traf, waren sie ihm und Dave doch hoffnungslos überlegen. Dann betrachtete er sie sich genauer und stellte fest, dass er zumindest einen von ihnen kannte. Langsam ließ er die Pistole sinken.

»Clint?«

Dave räusperte sich. »Ich hätte Sie vielleicht vorwarnen sollen. Chloe hatte mich gebeten, ihren Bruder zu informieren, und er hat versprochen, so schnell wie möglich zu kommen. Ich hätte nur nicht gedacht, dass er es wirklich so schnell schafft.«

Zach betrachtete Chloes immer noch regloses Gesicht. »Leider nicht schnell genug.« Es war furchtbar, sie so zu sehen, und er konnte sich vorstellen, wie schlimm es für Clint sein musste, seine kleine Schwester so aufzufinden.

Während die anderen Männer – vermutlich SEALs – sich um sie herum verteilten und Wache hielten, kam Clint mit einem anderen Mann auf ihn zu. Bisher hatte Zach Chloes Bruder nur inmitten der Familie gesehen, doch selbst da war ihm selten anzumerken, was er gerade dachte. Jetzt jedoch brannten seine Augen, die Chloes so ähnlich waren, geradezu vor Wut. Gleichzeitig hatte die Sorge tiefe Furchen in seine Gesichtszüge gezogen. Wortlos kniete er sich neben Chloe und strich mit seiner großen Hand über ihre Wange.

»Was ist passiert?«

Dave antwortete, weil Zach momentan seine Stimme verloren hatte. »Der Mistkerl hat sie gewürgt. Wir waren nicht schnell genug da, um ihn daran zu hindern. Zach hat sie beatmet, jetzt ist sie so weit stabil, ist aber noch nicht wieder aufgewacht.«

Es von jemand anderem zu hören, ließ Zachs Furcht um Chloe in neue Höhen steigen. Er räusperte sich. »Es tut mir leid, Clint, es war meine Schuld.«

Clints Blick brachte ihn zum Verstummen. »Darüber reden wir später. Mouse wird sie untersuchen, und dann bringen wir euch zum Hubschrauber.« Er gab ein paar Handzeichen, während sich der andere SEAL neben Chloe kniete und sich um sie kümmerte.

Widerwillig machte Zach ihm Platz, doch sosehr er auch in ihrer Nähe bleiben wollte, es war wichtiger, dass sie medizinisch versorgt wurde. Nachdem das erledigt war, nahm Clint seine Schwester vorsichtig auf die Arme.

Sein Blick traf Zachs. »Kannst du alleine gehen?«

»Natürlich.« Mit seinem letzten Rest an Energie kam Zach auf die Füße und bemühte sich, nicht zu offensichtlich zu schwanken. Jetzt, wo die Gefahr vorbei war, schien sein Körper sich entschlossen zu haben, den Dienst zu verweigern. Ohne jede Vorwarnung sackten seine Beine zusammen, und er fand sich auf dem Boden wieder.

»Bull, kannst du ihn nehmen?«

Clints Stimme war über dem Rauschen in Zachs Ohren kaum auszumachen. Immer mehr schränkte sich sein Sichtfeld ein, bis alles um ihn herum schwarz wurde. Er wollte etwas sagen, stellte aber fest, dass er auch über seinen Mund die Kontrolle verloren hatte. Aber er konnte sich nicht fallen lassen, er musste für Chloe da sein.

»Es ist alles in Ordnung, wir passen auf sie auf. Lass los.« Die tiefe Stimme dicht an seinem Ohr war das Letzte, was er hörte.

30

Langsam wurde Chloes Verstand wach, wie aus großer Tiefe tauchte sie an die Oberfläche und nahm verschiedene Geräusche wahr, fremde Gerüche und eine vertraute Stimme. In ihrem benebelten Zustand konnte Chloe sie erst nicht zuordnen, aber sie wusste, es war jemand, der ihr viel bedeutete. Sein Tonfall klang erstickt vor unterdrückten Gefühlen, während er ihr sagte, wie sehr er sie liebe und sich wünsche, dass sie wieder aufwachen würde. Chloe wollte ihm antworten, dass sie wach sei, aber sie brachte keinen Ton über die Lippen. Sie schaffte es nicht einmal, irgendeinen Körperteil zu bewegen und ihm damit zu signalisieren, dass sie ihn hörte. Es war, als wäre sie in einer unsichtbaren Blase gefangen, aus der es kein Entkommen gab. Egal, wie sehr sie es auch versuchte und mit ihren Fäusten gegen die Scheibe zwischen sich und der Welt trommelte.

Erschöpft gab sie ihre Bemühungen auf und beschränkte sich darauf, nur zuzuhören. Sie mochte es, wie er mit ihr redete, als könnte sie ihn hören. Wie seine Hände sich um ihre Finger schlossen und er immer wieder mit den Lippen über ihre Haut strich, so, als könnte er es nicht ertragen, sie nicht zu berühren. Tränen quollen unter ihren geschlossenen Augenlidern hervor. Gott, sie wünschte sich, mit ihm sprechen zu können, ihm sagen zu können, dass alles gut werden würde. Die Verzweiflung, die von ihm ausging, tat ihr weh, doch sie konnte nichts dagegen tun. Sie war hilflos, in ihrer Blase gefangen.

Als sie das nächste Mal aufwachte, spürte sie eine andere Präsenz im Raum. Wieder ein Mann, doch diesmal war die Stimme tiefer, befehlsgewohnter. Er sagte ihr, dass sie endlich aufwachen solle, wenn sie nicht wolle, dass er Zach zur Verantwortung zöge. Trotz seiner harschen Worte konnte sie auch bei ihm deutlich seine Liebe und die Angst um sie spüren. Was zum Teufel war eigentlich passiert, dass sie mit ihr redeten, als stünde sie kurz vor dem Tod? Sie konnte sich beim besten Willen nicht daran erinnern. Aber immerhin wusste sie jetzt, wie der Mann hieß, der sich so liebevoll um sie kümmerte. *Zach*. Der Name brachte etwas in ihr zum Klingen, und sie erkannte, dass er der Grund war, warum sie sich so an das Leben klammerte.

Ein Bild erschien vor ihren Augen, von einem schlanken, hochgewachsenen Mann, die rotbraunen Haare zerzaust, die dunkelbraunen Augen liebevoll auf sie gerichtet. Sie konnte nicht zulassen, dass er litt, nur weil sie nicht in der Lage war, den Leuten klarzumachen, dass sie wach war und alles um sich herum wahrnahm. Noch einmal erklang die tiefe Stimme und erinnerte sie daran, dass ihre gesamte Familie hier einfallen würde, wenn sie nicht endlich aufwachte. Chloe wusste nicht, warum er das für eine Drohung hielt, sie stellte es sich schön vor, ihre Familie wiederzusehen. Wer auch immer dazugehörte.

Es erschreckte sie, dass sie sich an so wenig erinnern konnte. Nur an Gefühle, nicht daran, wer die Leute waren, die sie in regelmäßigen Abständen besuchten. Einmal war eine Frau da, deren Stimme ihr eine Gänsehaut versetzte. Am liebsten hätte Chloe sie weggeschickt, doch sie brachte die Wörter nicht heraus. Und es half auch nicht gerade, dass diese blöde Kuh ihr erzählte, sie habe all ihre Fälle übernommen, und sie brauche sich keine Sorgen zu machen. Warum sie so eine heftige Abneigung verspürte, konnte Chloe gar nicht sagen, aber sie wusste, dass es ihr in dem Fall nicht leidtat, dass sie den Namen der Person vergessen hatte.

Zach schien genau zu wissen, wie sie sich fühlte, er begann damit, ihr zu erklären, wer sie alles besucht hatte und wie die Leute zu ihr standen. Und immer wenn er einen Namen nannte, gewann sie ein Stück des Puzzles zurück, aus dem ihr Leben im Moment bestand. Mit der Zeit konnte sie sich an mehr erinnern, an Gesichter, Bruchstücke von Unterhaltungen, ihre Gefühle für die jeweiligen Personen. Nur Zach blieb weiterhin im Dunkeln. Warum redete er nie über sich? Sie wollte mehr über ihn wissen und was er ihr bedeutete. Bisher wusste sie nur, wie er mit Vornamen hieß und dass er sie liebte – zumindest hatte er das gesagt. Mehr als alles andere wollte sie ihm in die Augen sehen, während er das sagte. Doch dazu musste sie aufwachen …

Zach saß an Chloes Bett und hielt ihre Hand, wie er es nun schon seit vier Tagen tat. Die Ärzte hatten versucht, ihn zu überreden, in sein eigenes Zimmer zurückzukehren, doch er hatte sich geweigert. Schließlich sahen sie ein, dass er nicht von Chloes Seite weichen würde, bis sie wieder aufwachte. Egal, wie lange es dauerte. Müde strich er über sein Gesicht und bemühte sich, wach zu bleiben. Er konnte sich noch gut daran erinnern, wie es während seines Komas gewesen war, wie er versucht hatte, wieder aufzuwachen, aber es einfach nicht geschafft hatte. Oft hatte er Stimmen gehört und Berührungen wahrgenommen, aber es war ihm nicht möglich gewesen, darauf zu reagieren. Zwar wusste er nicht, wie es bei Chloe war, denn so eine tiefe Bewusstlosigkeit konnte bei jedem anders verlaufen, aber falls sie etwas wahrnahm, wollte er, dass sie seine Nähe spürte. Das war alles, was er im Moment für sie tun konnte.

Mit Mühe unterdrückte er ein Stöhnen, als sich die Tür des Krankenzimmers öffnete und Clint in den Raum trat. Zwar hatte Chloes Bruder nie etwas zu ihm gesagt, aber es war auch so deutlich geworden, dass Clint ihm die Schuld an dem gab, was seiner Schwester zugestoßen war. Womit er zweifellos recht hatte.

»Solltest du nicht im Bett liegen?«

Zach seufzte stumm. »Ich will Chloe nicht alleine lassen. Ich habe das Gefühl, dass sie deutlich ruhiger ist, wenn jemand sie berührt.«

Clint blickte ihn einen Moment lang an, dann nickte er. »Geh zur Seite.«

Zach wollte protestieren, erkannte aber, dass es nichts bringen würde. Wenn Clint sich einmal etwas in den Kopf gesetzt hatte, war er durch nichts davon abzubringen. Mühsam stemmte Zach sich hoch und behielt eine Hand auf dem Bett, während er sich langsam vorwärtsbewegte. Noch immer neigte er zu Schwindelanfällen, und die Ärzte hatten ihm gesagt, dass das noch eine Weile anhalten könne. Offenbar war der Schlag auf den Hinterkopf doch heftiger gewesen als erwartet und hatte zu einem kleinen Blutgerinnsel in seinem Gehirn geführt. Glücklicherweise war keine erneute Operation nötig gewesen, aber eigentlich sollte er die meiste Zeit im Bett verbringen. Nur stand das zu weit entfernt von Chloes und machte es ihm unmöglich, sie zu berühren und bei ihr zu sein. Deshalb saß er die meiste Zeit auf dem höllisch unbequemen Stuhl neben ihrem Bett.

Ungläubig sah Zach zu, wie Clint den Stuhl und einen Nachttisch wegräumte und dann sein Bett an das von Chloe heranschob. Die Idee war ihm zwar auch schon gekommen, aber er hatte sich nicht den Unmut des Krankenhauspersonals zuziehen wollen. Schließlich war es auch nicht gerade Standard, dass er in Chloes Zimmer schlafen durfte.

Clint schlug die Decke auf. »Und jetzt leg dich hin, bevor du auch noch umkippst. Ich habe keine Lust, mich um zwei Patienten zu kümmern.«

Ein heiseres Lachen entfuhr Zach, das erste seit scheinbar unendlich langer Zeit.

Clints Augenbraue hob sich. »Was ist daran so witzig?«

»Die Vorstellung, dass du meine Krankenschwester spielen könntest.« Jeglicher Anflug von Humor verschwand innerhalb von Sekunden, und er blickte Clint ernst an. »Ich weiß, dass du mich für das, was Chloe geschehen ist, verantwortlich machst. Und damit hast du auch völlig recht. Ich hätte nie mit ihr nach Belfast fahren und sie erst recht nicht alleine lassen dürfen. Wenn ich es ändern könnte, würde ich das tun. Aber leider kann ich das nicht mehr. Wenn sie wieder aufwacht, kann ich sofort verschwinden. Aber bis dahin werde ich hierbleiben und mich um sie kümmern.«

»Bist du jetzt fertig?« Clint hatte seine Arme über der Brust verschränkt. »Ich habe nie gesagt, dass du an der Sache die Schuld trägst, zumindest nicht die alleinige. Ich kenne meine Schwester lange genug und weiß, was für ein Dickschädel sie sein kann. Wärst du nicht mit ihr mitgefahren, wäre sie alleine dorthin gefahren, das steht fest. Offensichtlich mag Chloe dich sehr gern, sonst hätte sie sich nie in Scotts Gewalt begeben, um dich zu retten. Und Dave sagte mir, dass du trotz deiner eigenen Verletzungen alles getan hast, um Chloe zu retten. Von daher werde ich dich bestimmt nicht wegschicken.« Er beugte sich vor und senkte die Stimme. »Aber wenn du ihr in Zukunft wehtust, wirst du dir wünschen, ihr nie begegnet zu sein.«

Zach wollte sich lieber nicht vorstellen, welchen Schaden ein wütender SEAL anrichten konnte. Deshalb nickte er nur matt.

»Legst du dich jetzt endlich hin, oder muss ich Gewalt anwenden?«

Um einem weiteren Streit aus dem Weg zu gehen und weil sich bereits wieder Kopfschmerzen bemerkbar machten, folgte Zach dem Befehl und kletterte in das Bett. Mit einem tiefen Seufzer ließ er sich auf das Kopfkissen zurücksinken. Für einen Moment schloss er die Augen und genoss es, sich einfach nur ausruhen zu können. Als er die Tür klappen hörte, hoben sich seine Lider. Clint war gegangen und hatte ihn mit Chloe allein gelassen. Zufrieden, dass er sich endlich wieder ganz darauf konzentrieren konnte, sich um Chloe zu kümmern, drehte er sich auf die Seite und betrachtete ihr Gesicht. Zwischen ihren Augenbrauen stand eine Falte, so, als hätte sie selbst in ihrer tiefen Bewusstlosigkeit noch Schmerzen oder Sorgen.

Sanft strich Zach mit den Fingern darüber. »Es ist alles in Ordnung, Chloe. Scott ist tot und kann dir nichts mehr tun. Ich werde hier bei dir bleiben, bis du wieder aufwachst.« Er beugte sich vor und küsste sie sanft auf die Stirn, sparte aber die lila verfärbte Beule aus. »Deine Familie macht sich Sorgen um dich, aber ich weiß, dass du einfach nur ein wenig länger brauchst, um die Barrieren zu überwinden und ins Leben zurückzukehren.« Jedenfalls hoffte er das. Nicht jeder erwachte aus solch einem Koma. Und auch wenn die Ärzte ihm versichert hatten, dass noch Hirnaktivität vorhanden war, ließ sich die Angst nicht abschütteln, dass Chloe für immer für ihn verloren war.

Zach nahm ihre Hand und blickte sie an, bis ihm die Augen zufielen. In seinem unruhigen Schlaf träumte er davon, dass Chloe aufwachte und ihn nicht mehr erkannte, dass sie sich völlig veränderte und nichts mehr von ihm wissen wollte. In seinem nächsten Albtraum wachte sie überhaupt nicht mehr auf und würde auch in etlichen Jahren noch so hier liegen. Doch selbst während der schlimmsten Albträume hielt er immer ihre Hand sicher in seiner, nicht bereit, sie auch nur für einen Augenblick loszulassen und sie so möglicherweise für immer zu verlieren.

»Es ist alles in Ordnung, Zach, es ist nur ein Traum. Wach auf.«

Die warme Frauenstimme riss ihn aus seinem Schlaf, und seine Augen flogen auf. Konnte er alles nur geträumt haben und Chloe war hier bei ihm, gesund und munter? Hoffnungsvoll blickte er auf das Bett neben sich und spürte, wie sein Herz erneut brach, als er Chloe dort regungslos liegen sah. Sie hatte also nicht mit ihm geredet. War die Stimme auch nur ein Traum gewesen?

Eine Hand berührte seine Schulter. »Zach, bist du wach?«

Er drehte sich herum und erkannte Autumn, die sich über ihn beugte und ihn besorgt anblickte. »Autumn.«

»Es tut mir leid, dass ich jetzt erst kommen konnte. Momentan ist im Park die Hölle los, und einige der Ranger sind zudem noch krank. Deshalb ist Shane vorgefahren, und ich musste ein paar Tage warten, bis eine Vertretung gefunden war.« Sie setzte sich auf seine Bettkante. »Wie geht es dir?« Mit ihren grünen Augen blickte sie ihn voll Mitgefühl an.

»Körperlich so weit ganz gut, aber solange Chloe nicht aufwacht …« Seine Stimme versagte, und er blickte zur Seite, damit Autumn nicht sah, wie er gegen seine Gefühle ankämpfte.

Autumn legte ihre Hand auf seine. »Ich kann mir vorstellen, wie du dich fühlst. Es war furchtbar, als du damals so lange im Koma gelegen hast. Ich hatte wirklich Angst, dass du nicht mehr aufwachen würdest.«

»Ja, aber du hast mich nicht geliebt und hättest ohne mich weiterleben können, oder?« Sowie die Worte heraus waren, wünschte er sich, er könnte sie zurücknehmen. Autumns Augen waren geweitet, Tränen schimmerten darin. »Es tut mir leid, ich …«

Ein strahlendes Lächeln breitete sich auf Autumns Gesicht aus, während ihr gleichzeitig Tränen über die Wangen liefen. »Oh, ich bin so froh, dass du endlich die Frau gefunden hast, die zu dir gehört! Schon als du mich nach ihrer Adresse gefragt hast, habe ich geahnt, dass du etwas für sie empfinden könntest, aber ich wusste nicht, ob du es zulassen würdest, dich zu verlieben.«

Zachs Wangen wurden heiß, und er wünschte sich, er könnte sich einfach unter seiner Bettdecke verkriechen. »Du hast es auch gewusst? Und trotzdem hast du den Kontakt zu mir aufrechterhalten?«

»Natürlich. Du bist mein Freund, und ich mag dich wirklich sehr gern, Zach. Aber ich wusste, dass wir nicht zusammenpassen und ich mich in deiner Nähe auch immer an Roberts Taten erinnern würde. Es hätte immer zwischen uns gestanden.«

Zach schloss die Augen, als sie seine Vermutungen bestätigte. »Wenn Chloe wieder aufwacht und mich noch haben will, werde ich sicher hin und wieder auch an den Hunter-Familientreffen teilnehmen. Ich kann aber versuchen, dir weitgehend aus dem Weg zu gehen.«

»Oh Zach, so habe ich das nicht gemeint. Ich freue mich sehr darauf, dich in Zukunft öfter zu sehen, und es ist keineswegs so, dass ich dich mit Robert gleichsetze.«

Damit konnte er vermutlich leben. Er hoffte nur, dass Chloe sich auch wirklich weiterhin mit ihm abgeben wollte, wenn sie wieder aufwachte, sonst würde er alles verlieren, was ihm etwas bedeutete.

»Du liebst Chloe also?«

Es war ihm unangenehm, mit jemandem darüber zu sprechen, aber Autumn hatte vermutlich verdient, dass er ihr die Wahrheit sagte. »Ja. Mehr als alles andere.«

Sie lächelte ihm zu. »Und Chloe liebt dich auch?«

Unbehaglich hob er die Schultern. »Ich hoffe es. Wir haben noch nicht darüber gesprochen, bevor das passierte.« Er senkte seine Stimme. »Ich habe Angst, dass sie mich nicht mehr erkennt, oder noch schlimmer, nichts mehr mit mir zu tun haben will, wenn sie aufwacht.«

»Medizinisch gesehen könnte ein Gedächtnisverlust natürlich vorkommen, so viel habe ich damals verstanden, als du im Koma gelegen hast, aber wenn es so wäre, würdest du sie bestimmt noch einmal für dich gewinnen können. Und was das andere angeht – das ist der größte Blödsinn, den ich je gehört habe. Chloe ist unheimlich schlau, sie weiß, dass du nicht für Scotts Taten verantwortlich bist. Du warst für sie da und hast sie gerettet, das ist alles, was zählt.«

Mehr als alles andere wünschte er sich, dass Chloe das auch so sähe, auch wenn es sein eigenes Gefühl der Schuld und des Versagens nicht mindern würde.

Autumn beugte sich vor und küsste ihn auf die Wange. Die fehlende Reaktion seines Körpers zeigte ihm, dass er endlich seine fehlgeleitete Vernarrtheit abgelegt hatte. Er mochte Autumn immer noch sehr, aber das war auch alles.

»Ich werde dann mal gehen. Schon dich noch ein wenig, nicht, dass Chloe hinterher aufwacht, und du liegst flach. Ich habe das Gefühl, dass du viel Kraft brauchen wirst, um mit ihr mithalten zu können. Chloe ist ein Energiebündel.«

Zach lächelte sie an. »Das ist mir auch aufgefallen.« Er drückte sanft ihre Hand. »Danke für alles.«

»Immer wieder gerne, obwohl ich echt froh bin, wenn ich nie wieder ein Krankenhaus von innen sehen muss. Also verletz dich bitte nicht wieder und achte auch auf Chloe.«

»Ich werde mich bemühen.«

Autumn trat zum Bett und strich liebevoll über Chloes Haare. »Mach's gut, Chloe, ich sehe später noch mal nach dir.

Du solltest jetzt wirklich wieder aufwachen, bevor der Rest deiner Familie vor Sorge die Wände hochgeht. Von Zach ganz zu schweigen.« Langsam richtete sie sich auf und zwinkerte Zach zu, bevor sie das Zimmer ebenso leise verließ, wie sie es betreten hatte.

Zach blickte ihr hinterher, bis die Tür die Sicht verdeckte. Vielleicht hätte er Autumn doch früher schon mal treffen sollen, er konnte sich nicht vorstellen, dass sich seine Gefühle für sie in so kurzer Zeit gewandelt hatten. Vermutlich empfand er schon länger nur noch Freundschaft für sie, und seine Faszination für Chloe hatte die Tatsache nur umso deutlicher gemacht. Mit einem tiefen Seufzer wandte er sich wieder Chloe zu und wollte ihre Hand berühren, als er sah, dass ihre Augen offen waren. Vor Schreck blieb ihm der Atem weg, und er konnte sie nur stumm anstarren. Erst als er sah, dass sich ihre Brust weiterhin hob und senkte, schaffte er es, sich aus der Erstarrung zu lösen.

Rasch schob er sich näher an Chloe und beugte sich über sie. Er ignorierte das Schwindelgefühl und den Schmerz, der wie ein glühendes Eisen durch seinen Kopf zog, und versuchte, an ihren Augen zu erkennen, ob sie wirklich wach war. Es gab auch Patienten, die in einem Wachkoma lagen und dabei die Augen geöffnet hatten. Trotzdem konnten sie nicht auf ihre Umwelt reagieren.

Beinahe zögernd legte er seine Hand auf ihre Wange. »Chloe? Kannst du mich hören?« Obwohl sie ihn direkt ansah, schien sie durch ihn hindurchzublicken. Seine Kehle schnürte sich zu, und er musste sich räuspern, um nicht zu ersticken. »Es ist alles in Ordnung, ich bin bei dir.« Seine Stimme klang so rau, dass er sie selbst kaum erkannte.

Während er Chloe weiter beobachtete, tastete er nach der Klingel für die Schwester. Er war angewiesen worden, jede kleinste Veränderung sofort zu melden, damit die Ärzte gegebenenfalls geeignete Maßnahmen ergreifen konnten, um sie zurückzuholen. Doch es sah nicht so aus, als hätte sie Beschwerden. Es schien eine Ewigkeit zu dauern, bis endlich eine Schwester ins Zimmer stürzte. Als sie die zusammengeschobenen Betten sah, stutzte sie, doch dann ging sie um das Bett herum, um Chloes Zustand zu überprüfen. Sie legte ihre Finger auf Chloes Handgelenk und überprüfte ihren Puls.

»Hat sie etwas gesagt?«

Stumm schüttelte Zach den Kopf. »Es waren nur plötzlich ihre Augen offen. Ich habe sie angesprochen, aber sie hat nicht reagiert.«

Die Schwester lächelte ihn tröstend an. »Das kann vorkommen. Aber immerhin ist es ein gutes Zeichen, dass sie die Augen selbstständig geöffnet hat. Haben Sie zu der Zeit mit ihr geredet?«

»Nein. Ich habe kurz mit ihrer Schwägerin geredet, und als ich mich wieder zu Chloe umwandte, waren die Augen offen.«

»Vielleicht ist irgendetwas, das gesagt wurde, zu ihr durchgedrungen. Reden Sie auf jeden Fall weiter mit ihr, egal, worüber, es kann gut sein, dass sie bald aufwacht. Ich werde den Arzt informieren, damit er sie sich auch noch einmal ansieht.« Nach einem weiteren aufmunternden Lächeln verließ sie das Zimmer und zog leise die Tür hinter sich zu.

Zach schob sich noch dichter an Chloe, damit sie seine Nähe spürte. Sein Gesicht vergrub er an ihrer Halsbeuge. »Du hast gehört, was die Schwester gesagt hat, es gibt keinen Grund, warum du jetzt nicht wieder aufwachen solltest. Komm zu mir zurück, bitte, Chloe. Ich vermisse dich.« Eine Weile schwieg er, bis er seine Gefühle so weit unter Kontrolle hatte, dass er wieder sprechen konnte. »Du hast gehört, was Autumn gesagt hat, oder? Darüber, dass ich mich in dich verliebt hätte. Sie hat recht. Ich weiß nicht, wann es passiert ist und wie das überhaupt so schnell geschehen konnte, aber ich liebe dich, Chloe.« An seiner Wange konnte Zach ihren Puls spüren. Bildete er sich das nur ein oder war er gerade in die Höhe geschnellt?

Beinahe fürchtete er sich, nachzusehen. Zögernd hob er den Kopf und atmete enttäuscht aus, als Chloe weiterhin an die Decke blickte. Wahrscheinlich hatte er es sich so sehr gewünscht, dass er sich ihre Reaktion eingebildet hatte. Seine Finger strichen über ihre Halsschlagader, während er sich vorbeugte und sie sanft auf den Mund küsste. Diesmal war die Reaktion nicht misszudeuten, ihr Puls flatterte unter seinen Fingerspitzen. Aufregung breitete sich in ihm aus, und er wusste für einen Augenblick nicht, was er tun sollte.

Schließlich entschied er sich für reden. »Weißt du, was du alles verpasst hast? Clint und sein Team sind aus dem Hubschrauber gesprungen, um so schnell wie möglich zu uns zu gelangen. Dein Bruder hätte mir beinahe den Kopf abgerissen, als er dich gesehen hat. Das hat er dann auf später verschoben, weil er dich eigenhändig zum Hubschrauber getragen hat, damit du so schnell wie möglich ins Krankenhaus kommst.« Er ließ wohlweislich aus, dass er selbst auch getragen worden war, von einem Giganten, der auf den Namen Bull hörte.

»Dave wurde auch getragen. Seine Verletzung, die Scott ihm mit dem Messer beigebracht hat, war nicht so schlimm, aber er hatte viel Blut verloren, deshalb war es gut, dass er so schnell ins Krankenhaus gekommen ist.« Inzwischen hatte er sich gegen den Rat der Ärzte selbst entlassen und war in seinen Club zurückgekehrt. Auch Dave machte sich Vorwürfe, dass er nicht schnell genug zu Chloe gelangt war. Offensichtlich war er gerade auf der Rückseite des Hauses gewesen, als Scott mit Chloe aus der Haustür gekommen war, und hatte ihnen nur noch in den Wald folgen können. Da Scott Chloe die ganze Zeit mit dem Messer an der Kehle bedrohte, hatte Dave nicht sofort eingegriffen.

Nachdem die Polizei einen Empfänger bei Scotts Sachen gefunden hatte, waren Chloes und seine Wohnung durchsucht worden, wo man diverse Mikrofone fand. Offenbar hatte Scott sie beide abgehört. Dadurch hatte er auch Christines Adresse erfahren. Er war noch in der Nacht nach Maine geflogen, hatte sich dort von einem alten Kumpel ein Auto besorgen lassen und durch ihn auch die Adresse des verlassenen Hauses erfahren. Dieser Helfer würde wegen Mithilfe zum Mord angeklagt werden, aber vermutlich würde er nur eine geringe Strafe erhalten, weil ihm nicht nachzuweisen war, dass er von Scotts Plänen gewusst hatte.

Unter seinen Fingerspitzen konnte Zach immer noch Chloes Puls spüren, der inzwischen wieder langsamer geworden war. Offenbar fand sie seine Erzählungen nicht besonders spannend. Seine Mundwinkel hoben sich. Es gab schon einen Grund, warum er nie besonders viel redete. Für Chloe würde er das aber tun, er musste nur ein Thema finden, das sie interessierte. Er lehnte seine Stirn an ihre und schloss die Augen.

»Es war furchtbar, zu wissen, dass du kommen würdest, um mich zu retten, und ich dich nicht aufhalten konnte. Scott hat mich damit gequält, mir zu erzählen, was er alles mit dir tun würde.« Er hob den Kopf und blickte in ihre Augen. Sonst wirkten sie immer so warm und lebendig, doch jetzt waren sie irgendwie … leer. An ihrem Puls konnte er aber spüren, dass sie ihn hören musste. »Und als du dann da warst und er dich angegriffen hat … Gott, Chloe, ich hatte solche Angst um dich! Ich konnte nur daliegen und hoffen, dass du dich irgendwie gegen Scott verteidigen könntest, bis ich mich befreit hätte. Aber ich war zu spät …« Seine Kehle schnürte sich zusammen, als er sich an seine Gefühle erinnerte, während der Verbrecher Chloe aus dem Zimmer gezerrt hatte.

Plötzlich hielt er es nicht mehr aus. Zach rollte sich zur anderen Seite des Bettes und stand auf. Einen Moment lang musste er sich an der Wand abstützen, bis das Schwindelgefühl nachließ, dann machte er sich auf den Weg zur Tür. Er legte gerade die Hand auf die Klinke, als hinter ihm ein Geräusch ertönte.

»Ich … liebe dich … auch.« Chloes leise Stimme war kaum zu verstehen.

Mit weichen Knien kehrte Zach zum Bett zurück und setzte sich auf die Kante. Chloe blickte immer noch starr an die Decke, und er befürchtete schon, ihre Liebeserklärung nur geträumt zu haben, doch dann drehte sie ihr Gesicht zu ihm, und sein Herz begann zu hämmern, als er die Wärme in ihren Augen sah. Zach sagte nichts, sondern legte sich neben sie und hielt sie einfach nur fest. Wenn es nach ihm ginge, würde er sie nie wieder loslassen.

31

Chloe musste lächeln, als sie sah, dass Zach schon wieder mit der Hand durch seine Haare fuhr. Wenn das so weiterging, würden sie entweder bald ausfallen oder er würde aussehen, als hätten sie sich auf dem Weg zu Clints Haus in Richmond noch leidenschaftlich geliebt. Dagegen hätte sie auch nichts einzuwenden, denn seit ihrem Krankenhausaufenthalt behandelte Zach sie wie ein rohes Ei. Er ging immer so furchtbar vorsichtig mit ihr um, als wäre sie zerbrechlich. Sie konnte verstehen, warum er das tat; es hatte sie selbst erschreckt, beinahe zu sterben. Aber langsam nervte es, sie wollte wieder den heißen Liebhaber haben, der sie mit seinen Berührungen um den Verstand brachte. Heute würde sie ihm noch einen Tag Schonfrist geben, weil er nervös war, Teile ihrer Familie zum ersten Mal seit dem Krankenhausaufenthalt wiederzusehen, aber danach würde sie von ihm schon kriegen, was sie wollte.

Rasch legte sie ihre Hand auf seine, als er sich schon wieder zurückziehen wollte. »Keine Angst, sie werden dich nicht an die Wand nageln.«

Zachs Kopf schnellte zu ihr herum. »Du hast auch nicht Clints Gesichtsausdruck gesehen, als es aussah, als würdest du sterben.«

Chloe schnitt eine Grimasse. »Glücklicherweise. Aber im Ernst, Clint hat sich nur Sorgen um mich gemacht; es hatte nichts mit dir zu tun.« Es war ihm anzusehen, dass er ihr nicht glaubte, aber er sagte nichts. »Du hättest auch in New York bleiben können.«

Er verschränkte seine Finger mit ihren. »Ich wollte nicht, dass du alleine fährst. Außerdem werde ich deiner Familie sowieso früher oder später gegenübertreten müssen, denn ich habe nicht vor, dich noch einmal gehen zu lassen.«

Ein tiefes Gefühl der Wärme breitete sich in ihr aus, sie wünschte, sie säßen nicht gerade im Auto, damit sie ihn so küssen konnte, wie sie wollte. »Das höre ich sehr gerne. Und ich bin immer noch überzeugt, dass meine Familie dich lieben wird. Meine Mutter hat sich am Telefon jedenfalls sehr begeistert geäußert und schon mal angemerkt, dass es sie nicht stören würde, noch einmal Großmutter zu werden.« Sie grinste, als sie Zachs entsetzten Gesichtsausdruck sah. »Entspann dich, noch war es ein Scherz, erst einmal sind meine Geschwister dran.«

Zach atmete sichtbar auf. »Es ist nicht so, dass ich nicht irgendwann Kinder haben möchte, aber im Moment will ich erst einmal genießen, dass ich dich gefunden habe.« Besorgt blickte er sie an. »Ist das für dich okay?«

Chloe lächelte ihn an. »Absolut. Ich bin ganz selbstsüchtig und möchte dich erst mal ganz für mich allein haben.« Sie wurde ernst. »Außerdem muss ich mir erst überlegen, wie es beruflich weitergehen soll.« Noch im Krankenhaus hatte sie beschlossen, der Anwaltskammer ihren Verstoß gegen die Berufsethik zu melden. Sie wollte die Sache endlich zu einem Abschluss bringen, damit sie nicht wie ein Damoklesschwert ständig über ihr schwebte. Es würde noch einige Zeit dauern, bis das Verfahren eröffnet und sie zu einer Anhörung gerufen wurde. Bis dahin war sie beim Büro der Pflichtverteidigung beurlaubt.

»Egal, was du tust, ich stehe hinter dir.« Dafür, dass er sie nicht mit aufmunternden Sprüchen besänftigte, dass schon alles gut gehen würde, liebte sie ihn noch mehr.

»Danke.« Forschend blickte sie ihn an. »Wie geht es deinem

Kopf?« Er war unter der strengen Auflage aus dem Krankenhaus entlassen worden, sich sofort bei einem Arzt zu melden, wenn wieder Schwindelgefühl oder Schmerzen auftauchen würden. Außerdem musste er die nächsten Monate regelmäßig zur Kontrolle, damit jedes kleinste Blutgerinnsel sofort entdeckt wurde.

»Gut. Ich würde garantiert nicht dein Leben aufs Spiel setzen, indem ich mich hinters Steuer setze, wenn ich nicht hundertprozentig fit bin.«

»Das finde ich gut, aber ich wünschte, du würdest es auch machen, damit du selbst nicht verletzt wirst.«

Zach grinste sie schief an. »So schnell wirst du mich nicht los, Chloe Hunter. Von daher brauchst du keine Angst zu haben, dass ich leichtsinnig mit meinem Leben umgehen werde.«

Zufrieden lehnte Chloe sich im Sitz zurück. Genau das hatte sie hören wollen. Was ihr die Kraft gegeben hatte, aus dem Koma aufzuwachen, war die Verzweiflung, die sie bei Zach gespürt hatte. Sie hatte instinktiv gewusst, dass er aufgeben würde, sollte sie nicht wieder aufwachen oder sogar sterben. Und das konnte sie nicht zulassen – damals nicht und jetzt auch nicht. Im Leben gab es keine Sicherheiten, und sie wollte nicht, dass Zach den Lebensmut verlor, sollte ihr je etwas zustoßen.

Ihr war auch klar, dass er in den letzten Jahren viel zu zurückgezogen gelebt hatte, und sie würde garantiert lange Zeit brauchen, um ihn aus dieser Isolation ganz herauszuholen. Und ihre Familie würde dabei helfen. Jays Lebensgefährtin Jocelyn war nach der Tortur, die sie durchgemacht hatte, geradezu aufgeblüht, seit die Hunters sie in ihre Mitte aufgenommen hatten. Die Schatten unter ihren Augen waren verschwunden, und auch wenn sie sicher noch oft an ihre Zeit im Zeugenschutzprogramm dachte und an die Lebensgefahr, in der sie geschwebt hatte, ließ sie ihr Leben nicht mehr davon bestimmen.

Chloe deutete aus dem Fenster. »Das ist unsere Abfahrt.«

Schweigend steuerte Zach den Wagen vom Highway, wobei ihm deutlich anzusehen war, dass er am liebsten wieder umgekehrt wäre. Dass er es nicht tat, rechnete sie ihm hoch an.

Wenige Minuten später parkten sie vor Clints und Karens Stadthaus und stiegen aus. Chloe nahm ihre Tasche vom Rücksitz, während Zach sein Jackett überstreifte. Das war bei der Hitze zwar völlig unnötig, aber wenn er sich damit sicherer fühlte, würde sie ihn bestimmt nicht davon abhalten. Sie legte ihre Hand in seine, als sie zur Tür gingen, und Zach drückte sie dankbar. Als sie sich umsah, bemerkte sie die anderen in der Nähe parkenden Autos. Eines hatte das Kennzeichen von Bethesda, Maryland, die anderen waren Mietwagen.

Sie versuchte, das Grinsen zu unterdrücken, aber es gelang ihr nicht ganz.

Fragend blickte Zach sie an. »Was hast du?«

»Reg dich jetzt bitte nicht auf. Ich fürchte, es sind doch ein paar mehr Mitglieder meiner Familie hier versammelt als angekündigt.«

Zach blieb stehen. Wenn sie seinen Gesichtsausdruck deuten sollte, würde sie auf eine Mischung aus Unbehagen und blanker Panik tippen. »Wie viel mehr? Und woher weißt du das?«

Chloe deutete auf die Autos. »Leigh und Barker sind auf jeden Fall da, und wenn ich mir die ganzen Mietwagen so ansehe, fürchte ich, dass auch alle anderen da sind. Tut mir leid.«

Zach schluckte schwer, dann fuhr er noch einmal mit der Hand durch die Haare. »Ich fürchte, da muss ich wohl durch, oder?«

Besänftigend lächelte Chloe ihn an. »Sieh es mal so: Dann hast du es hinter dir und kannst dich beim nächsten Mal entspannen, wenn wir meine Familie treffen.«

Zach schnitt eine Grimasse. »Wenn mich das jetzt irgendwie beruhigen sollte, ist dir das nicht so ganz gelungen.«

Lachend trat Chloe näher an ihn heran und umarmte ihn. Sofort schlossen sich Zachs Arme um ihren Oberkörper, und sie legte ihre Wange mit einem Seufzer an seine Brust. Sie spürte, wie die Anspannung langsam seinen Körper verließ, und hob den Kopf. In Zachs dunkelbraunen Augen stand so viel Liebe, dass sie nicht anders konnte, als sich auf die Zehenspitzen zu stellen und mit ihren Lippen über seinen Mund zu streichen. Sofort antwortete er mit einem Kuss, der in ihrem Körper ein Kribbeln entfachte. Am liebsten hätte sie ihn zum Auto zurückgezerrt und wäre mit ihm irgendwo hingefahren, wo sie allein sein konnten, doch sie wollte ihre Familie nicht warten lassen, nachdem sie ihnen gerade solche Sorgen bereitet hatte.

Mit einem bedauernden Seufzer löste sie sich von Zach. »Wir sollten wohl besser reingehen.«

Mit den Fingern strich er über ihre Wange. »Du weißt, dass ich für dich gegen Drachen kämpfen würde, oder?«

Chloe begann zu lachen. »So schlimm sind sie nun wirklich nicht.«

Zach trat einen Schritt zurück und murmelte etwas, das sich verdächtig nach »Nein, noch schlimmer!« anhörte.

Kopfschüttelnd nahm sie wieder seine Hand und ging mit ihm zur Haustür. Nach einem letzten liebevollen Blick auf ihn drückte sie auf den Klingelknopf. Ein Gong schallte durch das Haus, und es dauerte eine Weile, bis schließlich die Tür geöffnet wurde. Ein Blick auf Clints zerzauste Haare brachte sie wieder zum Lachen.

Clint zog eine Augenbraue hoch. »Ich freue mich auch, dich zu sehen, Chloe.«

Sie umarmte ihn. »Schön, dass du diesmal wenigstens vollständig angezogen bist.« Es war seit Jahren Gesprächsthema in der Familie, wie Clint bei einem Besuch von Karens Eltern und Geschwistern die Tür in einem weniger respektablen Zustand geöffnet hatte. Sie hätte es zu gern selbst gesehen und vor allem die Gesichter von Karens doch eher zugeknöpfter Familie.

»Mom und Dad sind ja auch schon einige Zeit da.« Er zwinkerte ihr zu, bevor er sich an Zach wandte. »Hallo Zach. Ich hoffe, ihr habt noch einen Parkplatz gefunden. Seltsamerweise gab es heute einen unerwarteten Ansturm.«

»Hallo Clint. Wir haben noch einen bekommen.«

Da Zach noch ein wenig steif wirkte, übernahm Chloe wieder, um Clint von ihm abzulenken. »Du meinst, sie haben sich nicht mal vorher angekündigt? Ich hoffe, ihr habt genug zu essen da.«

Clint hielt ihr die Tür auf und ließ sie eintreten. »Ja, dafür haben Mom und Dad gesorgt. Anscheinend haben sie dieses kleine Familientreffen geplant.« Er drehte sich zu Zach um, der hinter Chloe hineinging. »Tut mir leid, ich konnte sie nicht davon abhalten.«

Chloe drückte Zachs Hand hinter ihrem Rücken. »Ist Leigh auch da?« Obwohl ihre Schwester im Umland von Washington, D. C. nicht so weit von New York entfernt wohnte, war sie seit der Wiederaufnahme ihrer Tätigkeit als Innenausstatterin und Glaskünstlerin so gefragt, dass sie selten wegkam. Umso mehr freute sie sich, als Clint jetzt nickte.

»*Alle* sind hier. Wir grillen im Garten.«

Zachs Druck an ihrer Hand wurde fester, und sie erwiderte ihn rasch. Sie war in dieser großen Familie aufgewachsen, deshalb war sie es gewöhnt, von vielen Menschen umgeben zu sein. Aber sie konnte sich vorstellen, wie das für jemanden wie Zach sein musste, der keine Familie mehr hatte.

Während Clint vorausging, drehte Chloe sich zu Zach um.

»Wenn es dir irgendwann zu viel wird, sag Bescheid, dann gehen wir.«

Zach lächelte sie an. »Das hier ist deine Familie, und ich kann ihnen gar nicht aus dem Weg gehen, wenn ich mit dir zusammen sein will. Ich werde es schon überleben.«

Chloe küsste ihn zärtlich. »Ich liebe mutige Männer, die zu allem entschlossen sind.«

Er knabberte spielerisch an ihrer Unterlippe. »Und ich dachte, du liebst nur mich.«

Mit einem Finger pikste sie ihn in den Bauch. »Das tue ich.«

Zach fing ihre Hand ein und hielt sie auf ihren Rücken. »Gut.« Seine Stimme war beinahe ein Grollen.

»Tante Chloe! Du bist endlich da!«

Chloe wirbelte herum und konnte gerade noch Maya auffangen, die sich ihr entgegenwarf. Lachend hob sie die Kleine hoch und setzte sie auf ihre Hüfte. »Hallo Süße, du bist ja richtig groß geworden!«

Maya verzog das Gesicht. »Das sagen alle. Ich will endlich *richtig* groß sein, so wie Dad.«

Chloe bemühte sich um einen ernsten Gesichtsausdruck, obwohl sie innerlich lachte. Sie vergötterte diesen süßen Wurm. »Das wird schneller passieren, als du denkst.« Mit Maya im Arm drehte sie sich zu Zach um. »Ich glaube, du erinnerst dich bestimmt nicht mehr an Zach, oder? Du warst damals noch ein Baby, als du ihn bei Onkel Shanes und Tante Autumns Hochzeit kennengelernt hast.«

Maya blickte Zach mit großen hellbraunen Augen an, die Chloes stark ähnelten. Ausnahmsweise schien sie sprachlos zu sein.

Mit ernster Miene reichte Zach ihr die Hand. »Hallo Maya. Wie geht es dir?«

Das Mädchen begann zu kichern und griff nach der Hand. »Bist du Tante Chloes Freund?«

Ein warmes Lächeln glitt über Zachs Gesicht, das Chloes Herz höherschlagen ließ. »Ja, ich denke schon.«

Mayas Stirn kräuselte sich. »Weißt du das etwa nicht genau?«

»Ach, hier ist sie abgeblieben.« Atemlos kam Karen ihnen entgegen. »Kommt doch erst mal rein. Tut mir leid, dass Maya euch gleich überfallen hat.« Sie streckte die Arme aus, und Maya kletterte wie ein kleiner Affe zu ihrer Mutter auf den Arm. Karen drückte ihr einen Kuss auf den Kopf und lächelte dann Zach zu. »Willkommen im Irrenhaus. Ich freue mich, dass du mitgekommen bist. Die Männer sind draußen beim Grill, die Frauen bereiten in der Küche das Essen vor.«

Zach war deutlich die Unentschlossenheit anzusehen, deshalb sprang Chloe rasch ein. »Du kannst gerne mit mir kommen. Es könnte allerdings passieren, dass dir die Gespräche unangenehm werden, wenn wir über unsere Männer schwärmen.«

»Uh, ich denke, ich gehe nach draußen.«

Chloe gab ihm einen letzten Kuss und beobachtete dann, wie er durch die Hintertür nach draußen ging. Als sie sich umwandte, blickte Karen sie mitfühlend an.

»Er wirkt, als müsste er zu seiner Hinrichtung.«

»Ich glaube, er fühlt sich immer noch schuldig und denkt, dass Clint ihm vorwerfen wird, was mir zugestoßen ist.« Unsicherheit kam in ihr auf. »Das wird er doch nicht, oder?«

»Nein, das wird er nicht.« Karens dunkelbraune Augen blitzten. »Ich habe ihm mit unsäglichen Strafen gedroht, wenn er Zach auch nur schief ansehen sollte.«

Chloe musste grinsen. »Liebesentzug?«

»Absolut. Und jetzt komm, wir wollen alles hören, was bei dir in letzter Zeit so passiert ist.«

Willig folgte Chloe ihr in die Küche. In New York hatte sie es noch nicht geschafft, Freundinnen zu finden, vor allem, weil ihr einfach die Zeit dazu fehlte. Deshalb genoss sie es jetzt, von so vielen tollen Frauen umgeben zu sein. Neben ihrer Mutter Angela waren auch ihre Schwestern Leigh und Shannon anwesend, genauso wie die Frauen ihrer Brüder, Autumn, Karen und Jocelyn. Es war unglaublich, wie gut sie sich verstanden, obwohl sie alle völlig unterschiedlich waren.

Schon bald war der große Raum von Gelächter erfüllt, und Chloe sog dieses Gefühl der Zugehörigkeit in sich auf. Endlich war sie nicht mehr die Jüngste, die noch keinen Freund hatte, sondern sie gehörte wirklich dazu. Natürlich wurde sie nach Zach ausgefragt, aber sie erfuhr auch einiges über die anderen Männer, zum Teil Dinge, die sie gar nicht unbedingt wissen wollte. Besonders über ihre Brüder.

Immer wieder blickte Zach zum Haus, aber es schien nicht so, als würde Chloe ihn in nächster Zeit erlösen. Nicht, dass die anderen Männer unfreundlich waren oder ihn ausschlossen, aber es war deutlich zu spüren, dass sich alle länger kannten und sich ihres Platzes in dieser Runde sicher waren. Zach dagegen war in den Cop-Modus zurückgefallen und beobachtete alles von der Seitenlinie aus. Mit Clint und Matt waren zudem auch noch Weggefährten aus ihrer gemeinsamen Zeit bei den Navy SEALs unter sich, die sich scheinbar ohne Worte verstanden.

»Es ist schwierig, von dieser großen Familie nicht ein wenig überwältigt zu sein, oder?«

Zach blickte zu Logan Barker, Leighs Lebensgefährten, der sich mit einer Bierflasche in der Hand neben ihn stellte. Vermutlich konnte er am ehesten nachvollziehen, wie Zach sich gerade fühlte. »Ja, irgendwie schon. Ich komme mir wie ein Außenseiter vor, obwohl sich alle wirklich bemühen.«

Logan nahm einen Schluck Bier. »Das ging mir auch lange so, aber nach einer Weile gehört man irgendwie dazu.« Ein Lächeln huschte über sein Gesicht. »Man schafft es gar nicht, sich lange außen vor zu halten, dafür werden schon die Frauen sorgen. Und ehrlich, auch wenn es einem einige nicht ganz so leicht machen …«, sein Blick glitt zu Clint, »… sämtliche Hunters samt Anhang sind wirklich tolle Menschen.«

Zach schnitt eine Grimasse. »Das habe ich befürchtet.«

Logan begann zu lachen und prostete ihm mit seiner Flasche zu. »Ich denke, du wirst hier wunderbar reinpassen. Und ich bin unendlich dankbar, dass ich nicht mehr ›der Neue‹ bin.«

»Wie nett, danke.« Aber Zach fühlte sich tatsächlich besser. Er ließ seine Bierflasche gegen Logans klicken. »Im Ernst, danke fürs Aufbauen. Für Chloe würde ich alles tun, aber wenn ihre Familie mich nicht akzeptieren würde, wäre ich machtlos.« Und er wusste, dass Chloe unglücklich wäre, wenn sie immer zwischen ihm und ihrer Familie stehen würde. Von daher würde er alles tun, um sich in den Hunter-Clan zu integrieren. Allzu häufig würden die Familienbesuche ja vermutlich auch nicht sein.

Logan berührte seine Schulter. »Es wird schon alles gut gehen.«

Zach sah ihm nach, als Logan zum Tisch zurückging, um den sich die anderen Männer bereits versammelt hatten. Mit einem tiefen Seufzer machte er sich bereit, sich in das Löwenrudel zu begeben. Er trank einen letzten Schluck Bier, dann schlenderte er los. Es war immer eine gute Ausrede, sich eine neue Flasche holen zu wollen. Als er an der Schaukel vorbeikam, die an einem Metallgerüst hing, sah er plötzlich eine Bewegung. Zuerst dachte er, es sei nur ein Schatten, doch dann erkannte er zwei blonde Zöpfe. Was machte Maya unbeaufsichtigt hier draußen? Eigentlich war er davon ausgegangen, dass sie sich drinnen bei den Frauen befände. Stattdessen war sie gerade dabei, an der Stange hinaufzuklettern.

Zach überlegte zu rufen, doch er befürchtete, das Mädchen zu erschrecken und sie damit zum Abrutschen zu bringen. Rasch überwand er die fehlenden Meter und fluchte stumm, als er sah, dass Maya sich auf der Querstange auf die Zehenspitzen stellte und sich dabei nur mit einer Hand festhielt, während sie sich nach oben reckte. Wie in Zeitlupe sah er, wie sie das Gleichgewicht verlor und nach hinten kippte. Zachs Herz begann zu rasen, und er handelte instinktiv. Ohne weiter nachzudenken, hechtete er vor und fing Maya auf. Hart traf er auf dem Boden auf, seine Rippen machten schmerzhafte Bekanntschaft mit dem Betonfuß des Gerüsts. Zachs Körper bildete einen schützenden Kokon um Maya, die vor Schreck zu weinen begann.

Wie aus weiter Ferne hörte er Rufe und laute Flüche, dann nahm ihm jemand das Mädchen aus dem Arm. Zach hob den Kopf und beobachtete erleichtert, wie sich Maya auf dem Arm ihres Vaters schnell beruhigte. Ein Schluckauf schüttelte ihren kleinen Körper, ein paar stille Tränen liefen noch über ihre Wangen, als sie ihn mit großen Augen anblickte. Dabei erinnerte sie ihn so sehr an Chloe, dass sich sein Herz zusammenzog. Die Vorstellung, dass ihrem gemeinsamen Kind jemals so etwas zustoßen könnte, ließ ihn vor Angst beinahe erstarren.

Schließlich räusperte er sich. »Geht es ihr gut?«

Tiefe Linien zogen sich durch Clints Gesicht. »Ja, dank deiner schnellen Reaktion. Sie hat sich nur erschrocken.« Einen Moment lang ließ er die ruhige Maske fallen, und Zach konnte in seinen Augen die Angst erkennen, die er gerade ausgestanden hatte. »Danke, Zach.«

Zach nickte nur, denn langsam machten sich die Schmerzen bemerkbar. Erschöpft ließ er sich in das Gras zurücksinken und starrte in den blauen Himmel. Nur Sekunden später erklangen aufgeregte Frauenstimmen, die rasch aus Richtung des Hauses näher kamen.

Logan beugte sich über ihn. »Alles in Ordnung bei dir?«

Mühsam verzog er den Mund zu einem Lächeln. »Ja, mehr oder weniger.«

Kopfschüttelnd lehnte Logan sich zurück. »Und du machst dir Sorgen, dass du nicht in die Hunter-Familie passen könntest. Du bist genauso wie sie.«

Während Zach sich noch überlegte, ob er das als Kompliment oder Beleidigung auffassen sollte, warf Chloe sich neben ihm auf die Knie. Ängstlich blickte sich ihn an, ihre Finger zitterten, als sie über seine Wangen strich. »Oh Gott, was ist passiert, Zach? Ist es die Kopfverletzung? Ich bringe dich in ein Krankenhaus und …«

Zach umfasste ihre Hände mit seinen. »Es ist alles in Ordnung. Wir hatten nur einen kleinen Unfall mit der Schaukel. Kein Grund zur Sorge.«

Ihr Blick zeigte deutlich, dass sie ihm kein Wort glaubte. Aber zumindest sah sie nicht mehr so aus, als wollte sie ihn eigenhändig zum Auto schleppen. Stattdessen half sie ihm, sich aufzurichten. Zach bemühte sich, keine Miene zu verziehen, als die Bewegung an seinen geprellten Rippen zerrte. Sein Blick glitt zu Maya, die sich glücklicherweise inzwischen beruhigt hatte. Sie lächelte ihn sogar zaghaft an. Karen hatte sich an Clint gepresst und rieb über Mayas Rücken. Dabei murmelte sie beruhigende Worte, die Zach nicht verstand.

Schließlich löste Karen sich von ihrer Familie und kam auf Zach zu, der sich inzwischen erhoben hatte. Wortlos schlang sie ihre Arme um ihn und presste ihr Gesicht an sein Hemd. Etwas unbeholfen klopfte Zach auf ihren Rücken; er war es nicht gewöhnt, solch eine Wirkung auf Frauen zu haben.

Mit geröteten Augen blickte Karen schließlich zu ihm auf. »Ich weiß nicht, wie wir dir jemals dafür danken können, was du heute für Maya getan hast.«

Zach lächelte sie an. »Das braucht ihr auch nicht. Ich denke, ihr würdet das Gleiche für mein Kind tun, sollte es jemals in eine ähnliche Situation kommen.«

Karen strahlte ihn an. »Auf jeden Fall!« Sie zwinkerte ihm zu. »Gut, dass Angela das mit dem Kind nicht gehört hat, sonst würde sie euch ab sofort jede Woche anrufen.«

Rasch blickte Zach sich um und atmete erleichtert auf, als er erkannte, dass Chloes Mutter tatsächlich weit genug entfernt stand. »Das war rein theoretisch gemeint.«

»Ich weiß.« Sie drückte ihn noch einmal an sich und trat dann einen Schritt zurück. »Falls ich es vorhin noch nicht gesagt habe: willkommen in der Familie.«

Er spürte, wie Hitze in seine Wangen stieg. »Danke.« Dankbar umfasste er Chloes Finger, als sie ihre Hand in seine schob.

Karen kehrte zu Clint und Maya zurück und Zach zog Chloe dichter an sich heran. Sie lächelte zu ihm hinauf. »Ich wusste ja schon immer, dass du ein Held bist, aber es hat sicher nicht geschadet, dass meine Familie es jetzt auch mitbekommen hat.«

Zach verzog den Mund. »Du kannst mir glauben, dass ich darauf gut hätte verzichten können.«

Chloe legte eine Hand um seinen Nacken und zog seinen Kopf zu sich herunter. »Das weiß ich, und genau darum liebe ich dich.«

Dann küsste sie ihn – vor sämtlichen Mitgliedern ihrer Familie –, und Zach vergaß völlig, dass sie nicht allein waren. Erst als der Kuss unter lautem Applaus endete, erinnerte er sich daran. Er hob den Kopf und konnte deutlich in den Gesichtern der Umstehenden erkennen, dass sie ihn so akzeptierten und mochten, wie er war. Und das befreite ihn mehr, als er es je für möglich gehalten hätte. Mit einem Lächeln blickte er in Chloes Augen, als sie ihre Hand auf seine Brust legte.

So leise, dass niemand anders sie hören konnte, flüsterte sie ihm zu: »Ich habe es dir doch gesagt.«

Das brachte ihn zum Lachen. »Du bist eben nicht nur wunderschön, sondern auch noch extrem schlau.«

Der Schalk funkelte in Chloes Augen. »Glaubst du, mit ein paar mageren Komplimenten bekommst du mich rum?«

»Aber nein, dafür brauche ich dich nur zu berühren.«

Ihre Augen verdunkelten sich. »Damit könntest du allerdings recht haben. Aber ich glaube, es wäre besser, wenn wir damit warten, bis wir wieder zu Hause sind.«

Zu Hause – das klang unheimlich gut in Zachs Ohren.

Epilog

Unruhig lief Zach in seinem Büro auf und ab. Schon seit Stunden wartete er auf Chloes Anruf, denn heute – nach drei Monaten Wartezeit – fand endlich die Anhörung wegen ihres Vergehens bei der damaligen Verteidigung von Bentley Scott statt. Wobei ihre Einmischung seiner Meinung nach genau richtig gewesen war, mit der Zeugin zu sprechen und sie an die Staatsanwaltschaft weiterzuleiten.

Zach zuckte zusammen, als das Handy auf dem Schreibtisch zu vibrieren begann. Rasch hob er es hoch und rief die neue SMS ab. Etwas enttäuscht begann er zu lesen. Er hatte gehofft, Chloe würde ihn anrufen, stattdessen schickte sie ihm nur eine mickrige Nachricht.

Triff mich im Riverside Club. Chloe

Verwirrt steckte Zach das Handy in seine Hosentasche. Warum wollte Chloe ihn in Daves Strip-Club treffen? War sie von der Anwaltskammer ausgeschlossen worden und wollte jetzt ihren Kummer im Alkohol ertränken? Nein, das passte nicht zu ihr. Nach einem Blick auf die Uhr schnappte Zach sich sein Jackett und beschloss, heute früher Feierabend zu machen. Er brachte sowieso nichts zustande, solange er nicht wusste, was bei Chloe los war. Das war auch eine neue Entwicklung – früher hatte er sich immer auf seine Arbeit konzentrieren können, jetzt hing seine Stimmung eindeutig davon ab, wie es Chloe ging.

Hätte ihm das vor vier Monaten jemand gesagt, er hätte ihn

ausgelacht. Seltsamerweise fühlte er sich aber überhaupt nicht eingeengt von der Beziehung, sondern im Gegenteil, wenn Chloe mal nicht da war, zählte er die Minuten, bis er sie endlich wiedersah. Zach schnitt eine Grimasse. Das sollte er besser nicht laut sagen, sonst würden ihn seine Kollegen für einen Waschlappen halten. Er hatte sich sowieso schon genug Sprüche anhören müssen, als herauskam, dass er jetzt mit Chloe Hunter zusammen war. Allerdings hatten einige Kollegen ihm auch dazu gratuliert, so eine tolle Frau für sich gewonnen zu haben. Zach hatte beschlossen, alles andere zu ignorieren.

In der Tiefgarage stieg er in seinen Wagen und fuhr über die Brücke nach Brooklyn. Noch immer rätselte er darüber nach, warum sie sich ausgerechnet hier mit ihm treffen wollte. Hatte es etwas mit Dave zu tun? Zwar wusste er, dass Chloe noch mit dem Ex-Cop in Kontakt stand, aber nach der anfänglichen Eifersucht hatte er eingesehen, dass sie rein freundschaftliche Gefühle für Dave hegte. Hatte er sich etwa geirrt? Nein, wenn es so wäre, hätte Chloe es ihm direkt gesagt und ihn nicht hierherbeordert, um ihn dann abzuservieren.

Noch unruhiger als vorher parkte er auf dem zugehörigen Parkplatz und ging rasch zur Eingangstür. Es stand nur ein einziges Auto dort, deshalb ging er davon aus, dass der Club noch nicht geöffnet hatte. Das Schild neben der Tür wies ihn darauf hin, dass montags Ruhetag war, was bedeutete, dass heute gar keine Gäste kommen würden. Verwirrt drückte er auf die unauffällige Klingel und trat automatisch einen Schritt zurück, während seine Hand sich auf den Griff seiner Pistole legte. Kopfschüttelnd zwang er sich dazu, die Hand wieder sinken zu lassen.

Die Tür öffnete sich, und Zachs Stimmung verschlechterte sich, als er Dave gegenüberstand.

»Kommen Sie rein, Chloe wartet bereits auf Sie.«

»Was soll das Ganze hier?«

Dave grinste ihn schief an. »Das sollten Sie Chloe fragen. Heute ist mein freier Tag, ich haue jetzt ab. Chloe hat einen Schlüssel, wenn ihr wieder rauswollt.« Damit trat er aus dem Gebäude, wartete, bis Zach eingetreten war, zog dann die Tür hinter sich zu und schloss sie ab.

Das Geräusch ließ Zachs Rückgrat prickeln, aber schließlich ging er weiter in den Raum. Im Hintergrund spielte leise Musik, das Licht war gedämpft. In der Nähe des Stegs, auf dem die Stripperinnen wohl ihre Show abzogen, war ein einzelner Tisch gedeckt. Sein Herz schlug höher, als er Chloe entdeckte, die ihm entgegenblickte. In dem düsteren Raum konnte er ihren Gesichtsausdruck nicht deuten.

Mit beiden Händen umfasste er die Rückenlehne des Stuhls ihr gegenüber. »Was soll das hier, Chloe? Wie ist die Anhörung gelaufen? Warum hast du mich nicht angerufen?«

Sie blickte ihn einen Moment lang stumm an, dann seufzte sie. »Hallo Zach. Auch schön, *dich* zu sehen.«

Zach verzog den Mund. »Entschuldige, ich bin nur den ganzen Tag schon so unruhig, und das Treffen hier hat mich einfach überrascht.«

Mit einem Lächeln deutete Chloe auf den Stuhl ihr gegenüber. »Warum setzt du dich nicht erst mal? Dann erzähle ich dir, was wir hier machen.«

Schweigend tat Zach, was sie ihm vorschlug. Er griff über den Tisch und nahm Chloes Hand in seine. »Wie ist es bei der Anhörung gelaufen?«

Sie verschränkte ihre Finger mit seinen. »So weit gut. Ich wurde gerügt, aber ich behalte meine Zulassung.«

Erleichtert lehnte Zach sich zurück. »Das ist super!«

»Ja, ich bin auch froh darüber.«

Aber warum klang sie dann nicht so? »Ist noch etwas anderes passiert? Sag nicht, das Büro der Pflichtverteidigung hat dir gekündigt.«

»Nein, das haben sie nicht. Ich glaube, sie waren erleichtert, dass die Sache jetzt erledigt ist und sie zum normalen Geschäft übergehen können. Ich schätze, auf meinem Schreibtisch türmen sich schon einige Akten.«

Forschend blickte Zach sie an. »Das ist doch gut, oder?«

Chloe hob ihr Weinglas an und blickte in die roten Tiefen. »Ja, schon. Aber …«

Zachs Anspannung steigerte sich. »Aber was? Nun komm schon, Chloe, du weißt, dass du mir alles erzählen kannst.«

Sie nahm einen Schluck und blickte ihn dann ernst an. »Ich habe gekündigt. Ich habe lange darüber nachgedacht, aber ich möchte diese Art der Arbeit einfach nicht mehr machen. Schon gar nicht, nachdem ich erfahren habe, dass meine Vorgesetzte meine Beurlaubung vorangetrieben hat.«

Heimlich atmete Zach auf. Er hatte sich schon die schlimmsten Dinge ausgemalt. »Das kann ich verstehen. Wenn du dich dort nicht mehr wohlfühlst, ist es die richtige Entscheidung.« Er drückte ihre Hand. »Was möchtest du jetzt machen?«

Dankbar lächelte sie ihn an. »Ich fange hier als Stripperin an.«

Zach wollte etwas sagen, verschluckte sich aber und begann zu husten. Als er sich schließlich wieder unter Kontrolle hatte, starrte er sie fassungslos an. »Das ist nicht dein Ernst, oder?«

»Denkst du, dass ich das nicht könnte?«

Zach presste eine Hand über seine Augen und versuchte, seine Fassung wiederzugewinnen. Schließlich fühlte er sich halbwegs sicher, wieder sprechen zu können. »Du bist auf jeden Fall sexy genug, aber ich könnte nicht garantieren, dass ich die Männer, die dich halb nackt sehen würden, am Leben lassen könnte.« Seine Antwort kam seltsam gepresst hervor.

Einen Moment lang starrte Chloe ihn nur an, dann begann sie zu lachen. »Du hättest dein Gesicht sehen sollen!«

Erleichtert sackte Zach auf seinem Stuhl zusammen. Gott sei Dank war es nur ein Scherz gewesen. Er bemühte sich zwar, für alles offen zu sein, aber er hätte wahrscheinlich nicht damit leben können, wenn Chloe wirklich hätte strippen wollen. Er presste eine Hand über sein Herz, das sich nur langsam wieder beruhigte. »Gott, wolltest du mich umbringen?«

Chloe stand auf und ging um den Tisch herum. Sie schlang ihre Arme um seinen Hals und küsste ihn ausgiebig. Bevor Zach richtig antworten konnte, trat sie schon wieder zurück. »Entschuldige. Ich wollte nur sehen, wie du darauf reagierst.«

Zach räusperte sich. »Und was hättest du gemacht, wenn ich gesagt hätte, dass das eine tolle Idee sei?«

Nachlässig zuckte sie mit den Schultern. »Ich hätte gestrippt.«

Sein Blutdruck schoss schon wieder in die Höhe. »Chloe …«

»Ich denke, ich werde eine eigene Kanzlei aufmachen und dort nur die Fälle annehmen, die ich moralisch vertreten kann.«

»Das klingt gut. Wo …?« Doch sie entfernte sich noch weiter von ihm, ein seltsames Lächeln im Gesicht.

Erst jetzt bemerkte er, dass sie ein kurzes, hautenges Glitzerkleid trug, das jede Kurve ihres Körpers nachzeichnete. Seine Augen weiteten sich. Sie wollte doch nicht wirklich …? Seine Gedanken verflogen, als Chloe auf die Bühne stieg, sich dort mit dem Rücken an die Poledance-Stange lehnte und die Hände über dem Kopf um die Stange legte. Sein Herz galoppierte los, und er beobachtete gebannt, wie Chloe sich zur Musik zu bewegen begann. Ihre Füße lösten sich vom Boden, und sie glitt an ihren Händen beinahe in Zeitlupe um die Stange herum.

Ein Knie legte sich um die Stange, und ihr Oberkörper bog sich nach hinten. Ihre Brüste drohten beinahe aus dem engen Oberteil zu entkommen, ihre Beine waren völlig nackt. Nur ein knapper Tanga bedeckte ihre intimsten Stellen.

Zachs Hände klammerten sich hinter seinem Rücken um die Lehne, damit er nicht sofort aufsprang und zu Chloe stürmte. Sein Mund wurde trocken, als Chloe sich wieder aufrichtete und in eleganten Tanzschritten um die Stange wirbelte. Es war beinahe eine Schande, dass sie keine Pole-Tänzerin war, sie hatte eindeutig Talent und vor allem das nötige Aussehen. Atemlos ließ Zach sich von ihrer Show verzaubern und dachte daran, wie gerne er sie aus diesem hautengen Kostüm pellen wollte.

Chloe schien alles um sich herum vergessen zu haben und völlig in ihrer Rolle aufzugehen, doch dann begann sie damit, den Reißverschluss zu öffnen, der zwischen ihren Brüsten begann und bis zu ihrem Bauchnabel reichte. Mit jedem Zentimeter Haut, den sie entblößte, fiel es Zach schwerer, still sitzen zu bleiben. Die hölzerne Lehne des Stuhls knarrte schon, weil er sie so fest umklammert hielt. Das Kleid rutschte an ihrem Körper nach unten und landete vergessen auf dem Boden. Nur in knappen Dessous griff Chloe wieder nach der Stange und schlang ihre Beine darum. Ihre Hände lösten sich, und sie ließ ihren Oberkörper nach unten kippen. Ihre Haare strichen über den Boden, aber Zachs Blick lag wie hypnotisiert auf den Spitzen ihrer Brüste, die über dem Rand ihres winzigen BHs sichtbar waren.

Das war es, er hielt es nicht mehr aus! Zach sprang auf und rannte zur Bühne. Mit einem Satz überwand er die Stufen, die nach oben führten und sank vor Chloe auf die Knie. Aus der Nähe konnte er den Pulsschlag in ihrem Hals sehen, ihr Atem kam schneller. Offensichtlich hatte ihr Tanz auf sie die gleiche

Wirkung gehabt wie auf ihn. Erneut griff sie nach der Stange und zog sich in eine sitzende Position. Zach konnte nicht länger warten und presste sich an sie. Tief atmete er ihren Geruch ein und vergrub sein Gesicht in ihren Haaren.

Chloes Arme schlangen sich um seinen Nacken, während sie sich auf seinen Schoß schob. Jeder Atemzug ließ ihre Brustspitzen über sein Hemd reiben, und sie unterdrückte ein Stöhnen. Hatte sie wirklich erwartet, sie würde es aushalten, für ihn so erotisch zu tanzen, ohne ihn dabei spüren? In der Theorie hatte es sich unheimlich sexy angehört: ein gemeinsames Essen, eine kleine Showeinlage und anschließend zu Hause das Dessert. Doch sie war zu aufgewühlt, und Zach schien es genauso zu gehen. Seine Hände glitten über ihren fast nackten Rücken und umfassten ihren Po. Da sie nur einen winzigen Stringtanga trug, fühlte es sich beinahe an, als wäre sie nackt. Seine Finger müssten nur etwas tiefer gleiten …

»Du schuldest mir noch einen Tanz.« Ihre Stimme kam als heiseres Flüstern heraus.

Zachs Hände schlossen sich fester um ihren Po. »Tue ich das?«

»Ja, du hast mich auf Shanes Hochzeit einfach versetzt.« Sie löste ihre Arme von ihm und fuhr über die Knopfleiste seines Hemdes. Mit zitternden Fingern öffnete sie einen Knopf, dann einen zweiten. Seine Haut darunter schien kochend heiß zu sein.

»Na, dann wird es aber Zeit.« Auch Zachs Stimme klang heiser. Sachte schob er ihre Hände beiseite und riss dann so heftig an seinem Hemd, dass die restlichen Knöpfe in sämtliche Richtungen sprangen. Erschrocken sog sie die Luft ein, da hatte er schon das Hemd ausgezogen und zur Seite geworfen. Anschließend zog er sie wieder an sich.

Chloes Unterleib zog sich zusammen, als sich ihre Hände auf seine nackte Brust legten und sie das wilde Pochen seines Herzens spürte. Unter ihr regte sich seine Erektion, und trotz ihres leicht bekleideten Status hatte sie das Gefühl, dass sie beide zu viel anhatten.

Zach erhob sich mit ihr im Arm, so, als würde sie nichts wiegen. Rasch schlang Chloe wieder die Arme um seinen Nacken, damit sie nicht herunterfiel. Aber da brauchte sie wohl keine Angst zu haben, denn Zach hielt sie so fest an sich gepresst, dass dazu keine Gefahr bestand. Sein Schaft rieb bei jedem Schritt an ihrem Eingang, als er zu tanzen begann. Ihre Füße berührten nicht einmal den Boden, aber das störte sie nicht weiter. Viel wichtiger war, dass seine Brusthaare über ihre empfindlichen Brustspitzen strichen und das Verlangen in ihr immer weiter steigerten.

Sie legte ihre Wange an seine Brust und testete mit ihrer Zunge seinen Geschmack: Mann, Salz – ganz Zach. In ihrem Kopf begann es, sich zu drehen, und sie schloss die Augen.

»Du hast zu viel an.« An ihrer Wange spürte sie die Vibrationen, als er redete.

Chloe biss leicht in seine Brust. »Das musst du gerade sagen.« Zwar war die Reibung seiner Hose an ihrer kaum bedeckten Scham erregend, aber noch schöner wäre es, nur seine nackte Haut zu spüren. Um ihm etwas mehr Freiheit zu geben, schlang sie die Beine um seine Taille, als wäre er die Pole-Dance-Stange. Dadurch presste sich sein Penis noch enger an ihren Eingang, und sie stöhnte auf.

Eine leichte Berührung an ihrem Rücken, dann wurde ihr BH weggezogen und ihre Brüste schmiegten sich endlich ohne störenden Stoff an Zachs Brust. *Ja, mehr!* Mit einem leichten Ruck verschwand auch ihr Slip, und dann presste sich sein heißer Schaft direkt an ihre Weiblichkeit. Sie wusste nicht, wie

Zach so schnell seine Hose heruntergezogen hatte, und es war ihr auch egal. Hauptsache, er konnte endlich in sie gleiten und sie ausfüllen, was er mit einem harten Stoß auch tat. Mit einem Stöhnen ließ sie den Kopf nach hinten fallen und genoss, wie Zachs starke Arme sie hielten und er sie tief im Innern ausfüllte. Dann begann er sich zu bewegen – nicht in ihr, sondern indem er tanzte.

Chloes Lider hoben sich, und sie blickte ihn an. Röte überzog seine Wangen, und seine Augen glitzerten, eindeutige Zeichen von höchster Erregung. »Was … tust du da?«

»Du wolltest doch … tanzen.« Sein Atem kam stoßweise, sein Penis in ihr wurde noch größer.

Chloe hätte gelacht, wenn sie nicht kurz vor dem Orgasmus stände. »Schon, aber … nicht unbedingt jetzt.«

Zach bewegte sich vorwärts, und die Stange berührte ihren Rücken. »Halt dich fest.«

Gehorsam schlang Chloe die Hände über ihrem Kopf um die Stange und stöhnte auf, als Zach sich aus ihr zurückzog, bevor er wieder in sie stieß. *Oh Gott!* Seine Hände gruben sich in ihre Pobacken, als er sich immer schneller in ihr bewegte. Innerhalb von Sekunden schlug die Erregung über ihr zusammen, und mit einem lauten Schrei erreichte sie den Höhepunkt. Zach drang noch einmal, zweimal in sie, dann begann sein kräftiger Körper ebenfalls zu zittern, und er vergrub sein Gesicht an ihrem Hals.

Die Kraft in ihren Armen versiegte, und gemeinsam rutschten sie an der Stange zu Boden. Zach drehte sich so, dass Chloe auf ihm zum Liegen kam. Es dauerte eine Weile, bis sie die Energie fand, den Kopf zu heben. Zachs Augen waren geschlossen, sein Atem immer noch unregelmäßig.

Chloe beugte sich vor und küsste ihn sanft auf die Lippen. »Das war der beste Tanz meines Lebens.«

Ein grollendes Lachen tönte aus Zachs Brust. »Dabei hast du noch gar nicht meine Fred-Astaire-Drehung gesehen.« Seine Augen öffneten sich und sie konnte deutlich die tiefe Liebe darin erkennen, die er für sie empfand.

Sie begann zu lächeln. »Das ist auch nicht nötig. Mehr könnte ich gar nicht aushalten.«

Nachwort

Abschied …

Mit *Späte Vergeltung* ist nun der letzte Band der Hunter-Serie als Taschenbuch und als E-Book erhältlich, für mich ein seltsames Gefühl. Schließlich hat mich die Familie Hunter seit 1999 begleitet. Es hat mir sehr viel Spaß gemacht, Zeit mit den Hunters zu verbringen und ihre Geschichten zu erzählen. Zwar habe ich sie dabei immer wieder durch die Hölle geschickt, aber alles nur zu einem Zweck: dass sie die Frau oder den Mann ihrer Träume finden.

Jetzt, wo alle Hunters ihren Partner oder ihre Partnerin gefunden haben, kann ich sie beruhigt sich selbst überlassen und mir ab und zu von ihnen berichten lassen, was in ihren Leben vorgefallen ist. Die Hochzeit von Shane und Autumn wird nicht die einzige gewesen sein, und auch wird Maya bestimmt nicht allzu lange Angelas einziges Enkelkind bleiben.

Aber es wird kein Abschied für immer sein, denn die Hunters werden auch weiterhin in meinen Büchern eine wichtige Rolle spielen, besonders in der TURT/LE-Serie, einem Spin-Off von *Riskante Nähe*. Im dritten Band der Serie wird es ein Wiedersehen mit allen Hunters geben, denn eine alte Gefahr taucht wieder auf …

Ich möchte allen Lesern der Hunter-Serie danken, besonders denen, die der Familie seit den Anfängen vor elf Jahren die Treue gehalten haben. Außerdem dem Bertelsmann Club, der damals den ersten Band veröffentlicht hat, und LYX, die meine Hunters in einem wunderschönen neuen Gewand noch einmal veröffentlicht haben. Ein ganz besonderer Dank geht an meine Freundin Ina, deren Begeisterung damals alles in Gang gesetzt hat, und an meine Freundin und Autorenkollegin Stefanie Ross, die auch meine Hunter-Manuskripte mit scharfem Blick durchgelesen hat.

Ich freue mich schon auf neue Abenteuer!
Michelle Raven